中国断代专题文学史丛刊

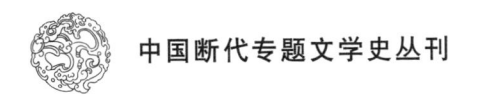

明清传奇史

郭英德 著

人民文学出版社

图书在版编目(CIP)数据

明清传奇史/郭英德著.—北京:人民文学出版社,2019
(中国断代专题文学史丛刊)
ISBN 978-7-02-015651-1

Ⅰ.①明… Ⅱ.①郭… Ⅲ.①传奇剧(戏曲)—戏剧文学史—中国—明清时代 Ⅳ.①I207.37

中国版本图书馆 CIP 数据核字(2019)第 194158 号

责任编辑　高宏洲　胡文骏
责任印制　徐　冉

出版发行　人民文学出版社
社　　址　北京市朝内大街 166 号
邮政编码　100705
网　　址　http://www.rw-cn.com

印　　刷　天津千鹤文化传播有限公司
经　　销　全国新华书店等

字　　数　612 千字
开　　本　880 毫米×1230 毫米　1/32
印　　张　25.375　插页 2
印　　数　1—4000
版　　次　2012 年 4 月北京第 1 版
印　　次　2019 年 10 月第 1 次印刷

书　　号　978-7-02-015651-1
定　　价　69.00 元

如有印装质量问题,请与本社图书销售中心调换。电话:010-65233595

目　录

绪论　明清传奇和明清传奇史 …………………………………… 1
　第一节　传奇：从小说到戏曲 ………………………………… 1
　第二节　明清传奇界说 ………………………………………… 10
　第三节　明清传奇的历史分期 ………………………………… 16

第一编　从戏文到传奇
（明成化初至万历十四年，1465—1586）………………… 25

　第一章　风起于青蘋之末 ……………………………………… 28
　　第一节　明前中期社会与剧坛 ……………………………… 28
　　　一、明前期社会与剧坛 …………………………………… 28
　　　二、明中期社会与剧坛 …………………………………… 33
　　第二节　元末至明中期戏曲的发展动向 …………………… 39

　第二章　传奇体制的确立 ……………………………………… 48
　　第一节　审美趣味的文人化 ………………………………… 48
　　第二节　剧本体制的规范化 ………………………………… 57
　　　一、戏文剧本体制的三种样式 …………………………… 57
　　　二、规范化的传奇剧本体制 ……………………………… 60
　　第三节　语言风格的典雅化 ………………………………… 68

　第三章　昆腔新声的崛起 ……………………………………… 76
　　第一节　四大声腔及其变迁 ………………………………… 76
　　第二节　昆山腔的改革 ……………………………………… 81

第三节　昆腔新声与传奇 …………………………… 84

第四章　传统主题的变异 …………………………… 92
第一节　有益风化的教化剧 ………………………… 93
　一、丘濬和邵灿 …………………………………… 95
　二、惟有孝义贞忠果美哉 ………………………… 101
第二节　虚实相半的历史剧 ………………………… 109
　一、嘉靖以前的历史剧 …………………………… 110
　二、张凤翼及其历史剧 …………………………… 115
第三节　情理和谐的风情剧 ………………………… 119
　一、《南西厢》和陆采 …………………………… 120
　二、郑若庸和高濂 ………………………………… 127

第五章　时代主题的先声 …………………………… 135
第一节　《宝剑记》：忠奸剧的定型 ……………… 135
第二节　《浣纱记》：历史剧的新篇 ……………… 145
第三节　《鸣凤记》：时事剧的发轫 ……………… 151

第二编　传奇的风行
（明万历十五年至清顺治八年，1587—1651） …… 159

第六章　晚明社会与剧坛风气 ……………………… 161
第一节　举国如狂的剧坛风气 ……………………… 161
第二节　心学思潮与传奇风行 ……………………… 163
第三节　实学思潮与传奇风行 ……………………… 169

第七章　汤显祖的文化意义 ………………………… 176
第一节　厌逢人世懒生天——汤显祖的人生追求 … 176
第二节　梦中之情，何必非真——《牡丹亭》的思想
　　　　意蕴 ……………………………………… 185
第三节　因情成梦，因梦成戏——《牡丹亭》的艺术

成就 ……………………………………………………… 192

第四节 等为梦境,何处生天——"二梦"的荒诞
意识 ……………………………………………… 197

一、《紫箫记》和《紫钗记》 ……………………………… 197

二、《南柯梦》和《邯郸梦》 ……………………………… 198

第八章 沈璟和吴江派 ……………………………………… 206

第一节 传奇音乐体制的格律化 …………………………… 206

一、不有光禄,词硎孰新 …………………………… 207

二、名为乐府,须教合律依腔 ……………………… 213

第二节 意在风世,美听通俗——沈璟传奇的风貌 …… 219

一、命意皆主风世 …………………………………… 219

二、通俗美听 ………………………………………… 224

第三节 衣钵相承,各出机杼——吴江派的理论与
创作 ……………………………………………… 227

一、前期吴江派嫡传 ………………………………… 229

二、前期吴江派羽翼 ………………………………… 237

三、后期吴江派作家 ………………………………… 244

第九章 传奇文体规范的成熟 ……………………………… 255

第一节 合律依腔与意趣神色——"汤沈之争"述略 … 255

第二节 合则并美,离则两伤 ……………………………… 264

第三节 浅深、浓淡、雅俗之间 …………………………… 268

第四节 演奇事,畅奇情 …………………………………… 276

第五节 从曲论到剧论 ……………………………………… 282

一、曲与诗原是两肠 ………………………………… 283

二、作曲犹造宫室者然 ……………………………… 287

第十章 曲海词山,于今为烈 ……………………………… 293

第一节 文词派余裔 ………………………………………… 294

一、梅鼎祚：文人丽裁 …………………………… *294*
　　二、屠隆：才士之曲（附论神佛剧与文人剧）…… *298*
　第二节　传奇十部九相思 ………………………… *305*
　　一、风流节义难兼善 ……………………………… *306*
　　二、世间只有情难诉 ……………………………… *310*
　　三、男女风情剧的分化 …………………………… *321*
　第三节　吴炳、孟称舜与阮大铖 ………………… *328*
　　一、吴炳：情致有余，豪宕不足 …………………… *328*
　　二、孟称舜：始若不正，卒归于正 ………………… *336*
　　三、阮大铖：寓意自嘲，情文宛转 ………………… *341*
　第四节　讽世剧与时事剧 ………………………… *347*
　　一、孙钟龄的讽世剧 ……………………………… *348*
　　二、蔚然大观的时事剧 …………………………… *351*

第三编　传奇的繁盛
（清顺治九年至康熙五十七年，1652—1718）　*359*
第十一章　文化思潮与传奇繁盛 ………………… *361*
　第一节　动荡社会与感伤情怀 …………………… *361*
　第二节　大众艺术与昆剧流行 …………………… *366*
第十二章　传奇文体规范的再构 ………………… *377*
　第一节　戏曲合一的戏剧观念 …………………… *377*
　第二节　缩长为短的剧本体制 …………………… *380*
　第三节　结构第一的艺术追求 …………………… *389*
　第四节　以俗为雅的语言风格 …………………… *397*
第十三章　李玉和苏州派 ………………………… *410*
　第一节　绿窗共把官商办——苏州派概说 ……… *411*
　　一、苏州派点将录 ………………………………… *411*

二、驰骋剧坛,同气相求 ·· 417
　第二节　讥切时弊,关注现实——苏州派传奇的现实
　　　　　精神 ··· 422
　第三节　事关风化,劝善惩恶——苏州派传奇的教化
　　　　　指向 ··· 430
　第四节　天下兴亡,匹夫有责——苏州派传奇的平民
　　　　　色彩 ··· 437
　第五节　既富才情,又娴音律——苏州派传奇的艺术
　　　　　特色 ··· 442

第十四章　李渔和风流文人 ·· 448
　第一节　风流道学,自娱娱人——李渔传奇的审美
　　　　　趣味 ··· 448
　　一、自行其是的生活态度 ·· 449
　　二、风流道学的思想追求 ·· 454
　　三、嬉笑诙谐的喜剧精神 ·· 460
　第二节　新奇·机趣·通俗——李渔传奇的艺术
　　　　　造诣 ··· 466
　　一、求新求奇 ·· 467
　　二、机趣通俗 ·· 470
　第三节　风流蕴藉,谈言微中——风流文人概述 ·········· 476
　　一、浙江籍风流文人 ··· 476
　　二、万树:言情言理,精巧清雅 ···································· 480
　　三、其他江苏籍风流文人 ··· 484

第十五章　文人之曲 ··· 490
　第一节　惆怅兴亡系绮罗——正统文人的故国忧思 ····· 490
　第二节　偌大乾坤无处住——正统文人的失意情怀 ····· 499
　第三节　以实录作填词——正统文人的叙事观念 ········· 507

5

第四节　游戏成文聊寓言——正统派传奇的艺术
　　　　　特征 ………………………………………… 512
第十六章　南洪北孔 …………………………………… 520
　第一节　洪昇的坎坷生平 ……………………………… 521
　第二节　情缘总归虚幻——《长生殿》的至情理想 …… 528
　第三节　排场之胜,无过于此——《长生殿》的艺术
　　　　　成就 ………………………………………… 538
　第四节　孔尚任仕途沉浮 ……………………………… 544
　第五节　桃花扇底系兴亡——《桃花扇》的历史意识 … 551
　第六节　颇得风人之旨——《桃花扇》的艺术特色 …… 563

第四编　强弩之末的传奇

（清康熙五十八年至嘉庆二十五年,1719—1820）… 571
第十七章　社会审美需要的嬗递 ……………………… 573
　第一节　职业戏班的昌盛 ……………………………… 573
　第二节　折子戏的流行 ………………………………… 579
　第三节　花部雅部的消长 ……………………………… 590
第十八章　传奇内容的道德化 ………………………… 599
　第一节　道德内容审美化 ……………………………… 600
　　一、夏纶:五伦为剧,意主惩劝 …………………… 601
　　二、有补伦常,无颇风化 …………………………… 605
　第二节　传奇艺术道德化 ……………………………… 609
　　一、蒋士铨:笔墨化工,维持名教 ………………… 610
　　二、千秋节义情而已 ………………………………… 617
　第三节　改俗曲以归雅正 ……………………………… 626
　　一、改昆调合丝竹天道人心 ………………………… 626
　　二、《雷峰塔》的演变 ……………………………… 630

6

第十九章　传奇艺术的诗文化 …… 639
第一节　曲史：传奇与历史沟通 …… 640
第二节　曲文：传奇与诗文联盟 …… 651
第三节　曲体：传奇与杂剧趋同 …… 657
第四节　曲语：传奇与雅风共尚 …… 664

第五编　漂泊无依的传奇
（清道光元年至宣统三年，1821—1911） …… 673

第二十章　风云变幻的剧坛 …… 675
第一节　诸腔竞奏 …… 675
　一、高腔腔系 …… 676
　二、弦索腔系 …… 679
　三、梆子腔系 …… 680
　四、皮黄腔系 …… 682
第二节　昆乱同台 …… 685
　一、昆乱不挡 …… 686
　二、昆曲翻新 …… 692

第二十一章　文人传奇的余绪 …… 698
第一节　因袭传统：传奇的萎缩 …… 699
　一、传奇名家巡礼 …… 699
　二、聊斋戏与时事剧 …… 706
第二节　与世俱迁：传奇的新变 …… 711

第二十二章　传奇文体的消解 …… 724
第一节　文学体制多样化 …… 724
　一、传奇杂剧的混融 …… 725
　二、结构排场的变异 …… 726
　三、脚色设置的变格 …… 729

四、曲白比重的倾斜 ………………………………… 733
　　五、语言风格的变化 ………………………………… 736
　第二节　音乐体制纷杂化 ………………………………… 739
　　一、昆乱夹演 ………………………………………… 739
　　二、曲牌体与板式体 ………………………………… 745
　第三节　表演艺术复合化 ………………………………… 754
　　一、文武与雅俗 ……………………………………… 754
　　二、虚拟与写实 ……………………………………… 759

余论　明清传奇的文化价值 ………………………………… 766
　第一节　明清传奇的认识价值 …………………………… 766
　第二节　明清传奇的审美价值 …………………………… 772

附录：明清戏曲研究书目举要 ……………………………… 779
后记 …………………………………………………………… 796
再版后记 ……………………………………………………… 802

绪论 明清传奇和明清传奇史

中国古代的文体名称,往往相当紊乱而又相当模糊。一方面,一个文体名称,大多不仅仅指称一种文体,而是可以指称多种不同文体;换句话说,不同文体往往可以有相同内涵的文体名称。另一方面,一个文体名称,即使当它指称一种文体时,也具有相当广泛的涵括性;换句话说,一种文体往往有着相当广泛而复杂的外延。有鉴于此,我们对明清传奇史的研究,便不能不遵循孔子"必也正名乎"的古训,首先从辨体开始。

第一节 传奇:从小说到戏曲

"传奇"一词的最初含义,约略同于"志怪"。"传"者,志也、记也;"奇"者,怪也;所以"传奇"即记述奇人奇事①。

"传奇"之名,始见于中唐元稹的《莺莺传》②。唐末人裴铏也

---

① 参见李剑国:《唐稗思考录——代前言》,见其《唐五代志怪传奇叙录》(天津:南开大学出版社,1993),第6页。本节有关传奇小说的资料,亦多参考此书。按,本书所引用的古今书籍,只在每章第一次引用时注明版本,同章多次引录同一书籍,则不重注版本。

② 按,南宋初赵令畤(德麟)编:《侯鲭录》(《知不足斋丛书》本),卷五收录北宋王铚(性之)《〈传奇〉辨正》一文,多次提到《传奇》这个名称,如说:"仆按元微之所(郭按,当为撰)《传奇》莺莺事,在贞元十六年春";又说:"则所谓《传奇》者,盖微之自叙,特假他姓以自避耳。"赵令畤撰《商调蝶恋花词》(亦见《侯鲭录》卷五),其《叙》也说:"夫《传奇》者,唐元微之所述也。"又南宋绍兴六年(1136)曾慥辑:《类说》(《四库全书》本),卷二八收录唐末陈翰所编《异闻集》一卷,其中莺莺、张生事亦题作(转下页)

许受到《莺莺传》的影响,以《传奇》名其小说集①。从中唐至唐末,"传奇"尚是专名,至今未有任何文献资料可以证明此时已用"传奇"一词指称唐代新兴的小说文体。

宋代初年,范仲淹撰《岳阳楼记》,此文"用对语说时景,世以为奇。尹师鲁读之曰:'《传奇》体尔!'"②尹师鲁即尹洙(1001—1047)。尹洙所说的"传奇",当是仅指裴铏之书,还不是统称的类名;但是,他既称《传奇》为"体",便隐含着一种辨别文体的意思,实为后代以"传奇"概称唐人新体小说的滥觞。北宋人称呼唐人新体小说,一般叫做"传记",借用的是历史文体的名称③。

宋人用"传奇"作为一种小说体裁的类名,始见于南宋淳祐元年(1241)谢采伯的《密斋笔记·序》:

> 经史本朝文艺杂说几五万余言,固未足追媲古作,要之无牴牾于圣人,不犹愈于稗官小说、传奇志怪之流乎?④

谢采伯以传奇与稗官小说、志怪对举,显然是指称三种不同的小说文体。可见至晚在南宋初年,"传奇"已经成为类名,人们已经约定俗成地用"传奇"作为中唐以来新兴的一种小说体裁的统称。这种新兴的小说体裁别具风貌,不仅与传统的"经史文艺"决非一休,而且与汉朝稗官小说、六朝志怪小说判然而别。

(接上页)《传奇》。据此,周绍良《〈传奇〉笺证》一文认为,宋人所见《莺莺传》,原题当为《传奇》;莺莺、张生事收入《太平广记》卷四八八,题作《莺莺传》,当系《太平广记》编者所加。见其《绍良丛稿》(济南:齐鲁书社,1984),第166—170页。李剑国:《唐五代志怪传奇叙录》第二卷《莺莺传》条,则认为《莺莺传》必是元稹原题(第313—314页),可备一说。

① 裴铏所撰《传奇》三卷,全书已佚,宋人所辑《太平广记》录有28篇。按,裴铏,约生活于唐懿宗、僖宗年间(约860—880)。

② 陈师道:《后山诗话》,收入《说郛》(上海:商务印书馆,1927),卷八三。此事并见毕仲询:《幕府燕闲录》,收入《说郛》卷十四;陈振孙:《直斋书录解题》(《四库全书》本),卷十一。

③ 参见李剑国:《唐五代志怪传奇叙录》,第7页。

④ 谢采伯:《密斋笔记》,《丛书集成初编》本。

用"传奇"来概称唐人的新体小说,就现有文献而言,始见于元中叶虞集《道园学古录》卷三八《写韵轩记》:

> 唐之才人,于经艺道学有见者少,徒知好为文辞。闲暇无可用心,辄想象幽怪遇合、才情恍惚之事,作为诗章答问之意,傅会以为说,盍簪之次,各出行卷,以相娱玩,非必真有是事,谓之"传奇"。元稹、白居易犹或为之,而况他乎?①

其后,元末陶宗仪《南村辍耕录》卷二五标称:"唐有传奇"②。明万历间臧懋循《弹词小序》也说:"近得无名氏《仙游》、《梦游》二录,皆取唐人传奇为之敷演。"③此后唐传奇之称便大行于世。

与臧懋循同时的胡应麟,在《少室山房笔丛》卷二九《九流绪论下》中,进一步总结前人的文体分类与审美感受,以"传奇"与"志怪"、"杂录"、"丛谈"、"辨订"、"箴规"等并列,作为中国古代小说的一种体裁④。20世纪20年代,鲁迅撰《中国小说史略》,略本胡应麟之说,认为"传奇"是唐代新兴的一种小说体裁,在唐宋两代最盛,元明清时期尚有余绪⑤。"传奇"作为一种小说文体的类名,从此成为定论。

但是,在宋元明清一千多年的实际运用中,"传奇"一词并不

---

① 虞集:《道园学古录》,《四部丛刊》影印本。按,此处所云"谓之'传奇'",并非唐人自谓,实指后人之称;所云"作为诗章答问之意",非指白居易《长恨歌》之属,乃指《莺莺传》等传奇小说中男女以诗章通情达意;而所云"白居易犹或为之",实系误记,乃指陈鸿《长恨歌传》。参见李剑国:《唐五代志怪传奇叙录》,第9页。

② 陶宗仪:《南村辍耕录》,《四部丛刊三编》影印本。按,陶宗仪,字九成,黄岩(今属浙江)人,后居松江(今属上海)。《南村辍耕录》首载孙作(大雅)至正丙午(二十六年,1366)《叙》。

③ 臧懋循:《负苞堂集》(上海:古典文学出版社,1958),卷三,第57—58页。

④ 胡应麟:《少室山房笔丛》(上海:中华书局上海编辑所,1958),第374页。

⑤ 见鲁迅:《中国小说史略》(北京:人民文学出版社,1973),第八、九篇《唐之传奇文》,第十篇《唐之传奇集及杂俎》,第十一篇《宋之志怪及传奇文》,第二十二篇《清之拟晋唐小说及其支流》等。

仅仅用于指称小说文体,还侵入了民间说话伎艺和戏曲文学的领地。

从现存的文献资料来看,在宋代民间说话伎艺中,"传奇"一词有广狭二义。

广义的"传奇",指民间说话伎艺所讲述的各种奇异故事。如宋末元初人罗烨《醉翁谈录》甲集卷一《舌耕叙引·小说开辟》说:

> 开天辟地通经史,博古明今历传奇。①

以传奇与经史对举,其义甚明。《金史》卷一二九《佞幸传》云:

> 张仲轲幼名牛儿,市井无赖,说传奇小说,杂以俳优诙谐语为业。②

所谓"传奇小说",也是此义。

狭义的"传奇",则指称民间说话伎艺之一"小说"的一种题材类型。如南宋末灌圃耐得翁《都城纪胜·瓦舍众伎》云:

> 说话有四家:一者小说,谓之"银字儿",如烟粉、灵怪、传奇,说公案皆是搏刀杆棒及发迹变泰之事。③

稍后吴自牧《梦粱录》卷二十"小说讲经史"条亦云:

> 且小说名"银字儿",如烟粉、灵怪、传奇、公案、朴刀、杆棒、发迹变泰之事……④

罗烨《醉翁谈录》甲集卷一《舌耕叙引·小说开辟》一节,则将小说

---

① 罗烨:《醉翁谈录》,收入《中国文学参考资料小丛书》第一辑(上海:古典文学出版社,1957),第5页。
② 脱脱等:《金史》(北京:中华书局,1975),第2780页。
③ 灌圃耐得翁:《都城纪胜》,《景印文渊阁四库全书》本。按,此书一名《古杭梦游录》,现存《说郛》(上海:商务印书馆,1927)卷三本等,与此处所引文字稍异,但均有"传奇"一目。
④ 吴自牧:《梦粱录》,《知不足斋丛书》本。

分为八类:"有灵怪、烟粉、传奇、公案,兼朴刀、杆棒、妖术、神仙。"他所列举的"传奇"篇名,有《莺莺传》、《爱爱词》、《王魁负心》、《鸳鸯灯》、《紫香囊》、《花萼楼》、《章台柳》、《卓文君》、《李亚仙》、《崔护觅水》等,大抵属于人世间男女爱恋、悲欢离合的题材①。由此可知,在宋末元初时,人们还通常以"传奇"作为某种小说题材类型的专称。

以"传奇"为题材类型,亦见于南宋时的诸宫调。如吴自牧《梦粱录》卷二十"妓乐"条云:

说唱诸宫调,昨汴京有孔三传,编成传奇、灵怪,入曲说唱。

元周密《武林旧事》卷六"诸色伎艺人"云:

诸宫调(传奇):高郎妇、黄淑卿、王双莲、袁太道。②

他们所说的"传奇",既然与"灵怪"并列,显然也指的是诸宫调中的一种题材类型。说唱诸宫调也有"传奇"一目,大概因为诸宫调的这类故事题材与说话伎艺中小说的同类故事题材互相袭用,所以共用一名。

根据现存的文献资料,以"传奇"称戏曲,始见于南宋末年张炎的〔满江红〕词小序:

赠韫玉,传奇惟吴中子弟为第一。③

所谓"吴中子弟",当指吴中地区的戏曲演员;据此,他所说的"传奇",应指当时流行于南方的南曲戏文。此后,元人习常称南曲戏文为"传奇"。如阙名《小孙屠》戏文第一出,副末道:"后行子弟不

---

① 罗烨:《醉翁谈录》,第3—4页。
② 周密:《武林旧事》,《知不足斋丛书》本。
③ 张炎:《山中白云词》(《彊村丛书》本),卷五。

知敷演甚传奇";阙名《宦门子弟错立身》戏文第五出,唱词有"你把这时行的传奇……你从头与我再温习"的话,接下去主人公王金榜用四支曲子缕述《王魁负心》等二十九本戏文名目①。

与此同时,元人也习称北曲杂剧为"传奇"。如钟嗣成《录鬼簿》著录元代杂剧作家与作品,分类标目题云:"前辈已死名公才人,有所编传奇行于世者。"又云:"右前辈编撰传奇名公,仅止于此。"②明初朱有燉《元宫词》云:

> 《尸谏灵公》演传奇,一朝传到九重知。奉宣赍与中书省,诸路都叫唱此词。③

按,《尸谏灵公》乃鲍天祐所撰杂剧,已佚,《录鬼簿》著录。可见明初人也习称杂剧为"传奇"。

到明清时期,笼而统之地称戏曲为"传奇"的仍大有人在。如清唐英的《古柏堂传奇》十七种,实为传奇杂剧合集;周乐清的《补天石传奇》,实为八种杂剧合集④。

以"传奇"通称戏曲,无疑是借用于小说的。那么,为什么古人借用"传奇"这一小说体裁的类称作为戏曲文学的通称呢?我认为有以下三个原因:

第一,从外在的演变迹象来看,由于宋元明清戏曲多取材于唐代传奇小说,演述人世间男女爱恋、悲欢离合的故事,故而袭用"传奇"的名称。明人胡应麟曾推测道:

> 传奇之名,不知起自何代。陶宗仪谓"唐为传奇,宋为戏

---

① 以上二例,依次见钱南扬:《永乐大典戏文三种校注》(北京:中华书局,1979),第257页,231—232页。
② 钟嗣成:《录鬼簿》,收入《录鬼簿(外四种)》(上海:上海古籍出版社,1978)。
③ 柯九思等:《辽金元宫词》(北京:北京古籍出版社,1988),第20页。
④ 按,唐英《古柏堂传奇》,现存清乾隆间古柏堂刻本、清嘉庆间古柏堂刻本等;周乐清《补天石传奇》,现存清道光间静远草堂原刻本。

>文,元为杂剧",非也。唐所谓"传奇",自是小说书名,裴铏所撰……然中绝无歌曲乐府,若今所谓戏剧者,何得以"传奇"为唐名?或以其中事迹相类,后人取为戏剧张本,因辗转为此称不可知。①

从"传奇"之名先见于小说、后用于戏曲这一历史事实来看,这一推测大抵"虽不中,亦不远矣"。

第二,从内在的因缘关系来看,由于戏曲文学继承了传奇小说的文体特征,故而借用"传奇"的名称。

作为一种独特的小说体裁,传奇应有不同于其他文体的本质特征。陈振孙《直斋书录解题》卷十一裴铏《传奇》条解题云:

>尹师鲁初见范文正《岳阳楼记》,曰:"传奇体耳!"然文体随时,要知理胜为贵,文正岂可与传奇同日语哉?

从这一故事可以得知,在北宋人心目中,传奇已是一种特殊的文体,自有其独特的文体特征。

那么,传奇小说的本质特征是什么呢?南宋赵彦卫《云麓漫抄》卷八,概括"传奇体"与其他散文不同的特征,说:

>盖此等文备众体,可见史才、诗笔、议论。②

这里所说的"史才",盖指讲述故事、结构情节的叙事能力。胡应麟更进一步辨析了传奇小说与志怪小说的差异,说:

>凡变异之谈,盛于六朝,然多是传录舛讹,未必尽设幻语。至唐人乃作意好奇,假小说以寄笔端。③

这里所说的"尽设幻语",是与志怪小说的"纪实"特点相对称的;

---

① 胡应麟:《少室山房笔丛》卷四一《庄岳委谈》下,第555页。
② 赵彦卫:《云麓漫抄》,收入《中国文学参考资料小丛书》第一辑。
③ 胡应麟:《少室山房笔丛》卷三六《二酉缀遗》中,第486页。

"作意好奇",即有意识地记叙奇行异事;"假小说以寄笔端",即有目的地借小说的形式寄托作者的思想感情。

综上所述,唐人传奇作为一种独立的文体,应具有四个主要的特征,即"文备众体"的综合性,"尽设幻语"的虚构性,"作意好奇"的传奇性,和"假小说以寄笔端"的寓言性。这四个特征不仅奠定了元明清小说的主要文体特征,而且为戏曲文学所继承,形成中国古代戏曲文学突出的审美特征。

论戏曲文学的综合性,如清孔尚任《桃花扇小引》说:"传奇虽小道,凡诗赋、词曲、四六、小说,无体不备。至于摹写须眉,点染景物,乃兼画苑矣。其旨趣实本于《三百篇》,而义则《春秋》,用笔行文,又《左》、《国》、《太史公》也。"[1]

论戏曲文学的虚构性,早在南宋时,灌园耐得翁《都城纪胜·瓦舍众伎》就说到影戏和傀儡戏具有"大抵真假相半"、"多虚少实"的特征。明代如胡应麟说:"凡传奇以戏文为称也,亡往而非戏也。故其事欲谬悠而亡根也,其名欲颠倒而亡实也";王骥德说:"古戏不论事实,亦不论理之有无可否,于古人事多损益缘饰为之,然尚存梗概";吕天成评论元末明初戏文也说:"有意驾虚,不必与实事合"[2]。清代如赵士麟《江花梦传奇序》说:"梦之为言幻也,剧之为言戏也,即幻也,梦与戏有二乎哉?"[3]许道承《缀白裘十一集序》说:"且夫戏也者,戏也,固言乎其非真也……事不必皆

---

[1] 孔尚任:《桃花扇》传奇(清康熙间原刻本),卷首。
[2] 依次见胡应麟:《少室山房笔丛》卷四一《庄岳委谈》下,第556页;王骥德:《曲律》卷三《杂论》上,收入《中国古典戏曲论著集成》(北京:中国戏剧出版社,1959),第四册,第147页;吕天成:《曲品》卷上《旧传奇品序》,吕天成著、吴书荫校注:《曲品校注》(北京:中华书局,1990),第1页。
[3] 龙燮:《江花梦》传奇卷首,《古本戏曲丛刊三集》影印旧抄本。按,《江花梦》本名《琼花梦》,参见陆林:《清初戏曲家龙燮生平、剧作文献新考》,《文献》2010年第2期。

有征,人不必尽可考。"①

论戏曲文学的传奇性,明代如阙名《鹦鹉洲序》云:"传奇,传奇也,不过演奇事,畅奇情"②;倪倬《二奇缘传奇小引》云:"传奇,纪异之书也,无奇不传,无传不奇。"③清代如李渔说:"古人呼剧本为'传奇'者,因其事甚奇特,未经人见而传,是以得名。可见非奇不传"④;孔尚任《桃花扇小识》也说:"传奇者,传其事之奇焉者也,事不奇不传。"⑤

论戏曲文学的寓言性,明代如丘濬称其《五伦全备记》传奇:"分明假托扬传,一场戏里五伦全,备他时世曲,寓我圣贤言"⑥;徐复祚说:"要之传奇皆是寓言,未有无所为者,正不必求其人与事以实之也"⑦。清代如李渔说:"传奇无实,大半皆寓言耳"⑧;尤侗自称其《钧天乐》传奇是:"莫须有,想当然,子虚子墨同列传,游戏成文聊寓言"⑨。

由此可见,综合性、虚构性、传奇性和寓言性,也是戏曲文学主要的文体特征。戏曲之称为"传奇",岂非其来有自?

第三,从传统的文学观念来看,古人出自于"求同存异"的思

---

① 《缀白裘十一集》卷首,《缀白裘全集》(清乾隆间金阊宝仁堂刻本)。
② 陈与郊:《鹦鹉洲》传奇(明万历四十八年[1620]原刻本),卷首。
③ 许恒:《二奇缘》传奇(明崇祯间刻本),卷首。
④ 李渔:《闲情偶寄》卷之一《词曲部·结构第一·脱窠臼》,《中国古典戏曲论著集成》第七册,第15页。
⑤ 孔尚任:《桃花扇》传奇,卷首。
⑥ 丘濬:《五伦全备记》传奇(万历间金陵世德堂刻本),第一出《副末开场》【临江仙】。
⑦ 徐复祚:《曲论》,《中国古典戏曲论著集成》第四册,第234页。
⑧ 李渔:《闲情偶寄》卷之一《词曲部·结构第一·审虚实》,《中国古典戏曲论著集成》第七册,第20页。
⑨ 尤侗:《钧天乐》传奇第三十二出《连珠》【尾声】,收入其《西堂全集·西堂乐府》(清康熙间聚秀堂原刻本)。

维方式的制约,主张"文本同而末异"①,认为如果用以抒情性为本质特征的诗文作为参照系的话,小说、戏曲、说唱文学三者是同源异流的,叙事性是它们共同的血缘纽带。例如,元末陶宗仪曾对杂剧源流作过这样一番史的通观:

> 唐有传奇。宋有戏曲、唱诨、词说。金有院本、杂剧、诸公(宫)调,院本、杂剧,其实一也。国朝(按,指元朝),院本、杂剧,始厘而二之。②

在他看来,小说、戏曲与说唱文学是同出一源,一脉相承的。直至晚清民初蒋瑞藻作《小说考证》及《小说考证续编》时,还将小说、戏曲、弹词等混为一谈,并指出:

> 戏剧与小说,异流同源,殊途同归者也。③

既然如此,以小说之名"传奇"来指称戏曲,不正是顺理成章的事吗?

第二节 明清传奇界说

以"传奇"作为戏曲的通称,这是广义的称呼。但明清以来人们更多地以"传奇"作为明清时期一种特殊的戏曲体裁的专称,这种狭义的"传奇"又具有什么样的本质特征呢?

在狭义的"传奇"一词的实际运用中,人们赋予其三种不同的含义:

第一,传奇是与杂剧相区别的长篇戏曲的通称。

---

① 曹丕:《典论·论文》(《四部丛刊》影印本)。
② 陶宗仪:《南村辍耕录》卷二五"院本名目"条。
③ 蒋瑞藻:《小说考证》(上海:上海古籍出版社,1984),附录《戏剧考证》,第337页。

这一含义始见于明后期,以吕天成《曲品》卷上所述最有代表性:

> ……金元创名杂剧,国初演作传奇。杂剧北音,传奇南调。杂剧折惟四,唱惟一人;传奇折数多,唱必匀派。杂剧但摭一事颠末,其境促;传奇备述一人始终,其味长。无杂剧则孰开传奇之门?非传奇则未畅杂剧之趣也。①

在这里,吕天成是以金、元北曲杂剧与明代新、旧传奇作比较的。其实,自从明中叶南杂剧兴起以后,在音乐体制上,杂剧用乐已不局限于"北音",而大多采用南曲或南北合套;在剧本体制上,杂剧折数已不拘泥于四折,而是少至一折(或称"出"),多至八九折不等;在演唱方式上,杂剧早已打破"一角主唱"的旧套,剧中各种角色皆可司唱,并有轮唱、分唱、对唱等演唱形式;所有这些,从明代万历年间开始都已成为惯例,在这些方面与传奇并无二致②。因此,吕天成的文体比较显然缺乏科学的准确性。但是,吕天成以外在体制的长短和内在结构的繁简作为杂剧与传奇相区别的本质特征,则可谓独具慧眼。其后明人祁彪佳、清人黄文旸和近人王国维、吴梅等戏曲评论家和研究家,皆准此将元明清戏曲分为杂剧与传奇两种体裁③。

此说的最大缺陷是未能对古代长篇戏曲内部"戏文"与"传奇"二体加以区别,因此在文体分类学的意义上就不免过于粗疏。

---

① 吕天成著、吴书荫校注:《曲品校注》,第1页。

② 参见周贻白:《中国戏剧史长编》(北京:人民文学出版社,1960),第六章第十九节《杂剧的南曲化》,第351—367页。

③ 祁彪佳撰《远山堂曲品》和《远山堂剧品》,分别收录传奇与杂剧的剧目,见《中国古典戏曲论著集成》第六册。黄文旸《曲海目》分列杂剧与传奇,见清李斗:《扬州画舫录》(北京:中华书局,1960),卷五,第111—121页。王国维《曲录》准此,见《王国维戏曲论文集》(北京:中国戏剧出版社,1984)。吴梅《中国戏曲概论》(1926年)亦明确区别杂剧与传奇为二类,见王卫民编:《吴梅戏曲论文集》(北京:中国戏剧出版社,1983)。

"戏文"的名称,始见于宋末元初,指称当时南方流行的戏曲作品。如元初刘一清《钱塘遗事》卷六"戏文诲淫"条云:"戊辰、己巳(郭按,指咸淳四年、五年,1268—1269),《王焕戏文》盛行都下"①;元初周密《癸辛杂志别集》卷上"祖杰"条,记元初温州乐清县僧人祖杰残害百姓,"旁观不平,惟恐其漏网也,乃撰为戏文,以广其事"②。

　　从元代至明初,南方流行的长篇戏曲,或称"戏文",或称"南戏",或称"南戏文"、"南曲戏文",或称"传奇",要之并无固定的名称③。人们对"戏文"与"传奇"并不加以区别,甚至在同一部戏曲作品中混用"戏文"与"传奇"的称呼,这也极为习见。如明成化本《白兔记》第一出副末开场时,既说:"今日利(戾)家子弟搬演一本传奇";又说:"戏文搬下不曾?"④在整个明清时期,人们都往往笼统地用"传奇"或"戏文"指称宋元以降的长篇戏曲。这一现象,既显示了中国古代文体浑融不分的分类特征,也表现了古人朦胧不清的辨体意识。

---

① 刘一清:《钱塘遗事》,收入丁丙辑:《武林掌故丛编》(清光绪钱塘丁氏嘉惠堂刻本),第十二集。

② 周密:《癸辛杂志》,收入毛晋辑:《津逮秘书》(上海博古斋景印明崇祯间汲古阁刻本,1922),第十四集。

③ 称"南戏"者,如元周德清《中原音韵》:"……悉如今之搬演南宋戏文唱念声腔。"见《中国古典戏曲论著集成》第一册,第219页。明初叶子奇《草木子》(北京:中华书局,1959),卷之四下《杂俎篇》:"俳优戏文始于《王魁》。"(第83页)称"南戏"者,如元夏庭芝《青楼集》:"龙楼景、丹墀秀,皆金门高之女,俱有姿色,专工南戏。"收入《中国古典戏曲论著集成》第二册,第32页。叶子奇《草木子》卷之四下《杂俎篇》:"其后,元朝南戏尚盛行。及当乱,北院本特盛,南戏遂绝。"(第83页)称"南戏文"、"南曲戏文"者,如元钟嗣成《录鬼簿》(天一阁旧藏明蓝格抄本),卷下:"萧德祥……又有南戏文。"按,清曹寅《楝亭十二种》(清康熙间刻本)所收《录鬼簿》卷下,此条则作:"又有南曲戏文等。"称"传奇"者,如前引《小孙屠》第一出与《宦门子弟错立身》第五出等。

④ 成化本《新编刘知远还乡白兔记》,收入《明成化说唱词话丛刊》(北京:文物出版社影印,1979)。

直到本世纪80年代初,张庚、郭汉城主编《中国戏曲通史》,仍然一面用"南戏"指称宋元时期出现在南方的戏曲样式,一面用"传奇"指称这种戏曲样式的文学剧本,实际上沿袭了明代以来的杂剧、传奇二分法。① 而《中国大百科全书·戏曲曲艺卷》"明清传奇与杂剧"条写道:

> 传奇是南戏系统各种剧本的总称。明清传奇指当时活跃在舞台上的海盐、余姚、弋阳、昆山等声腔及由它们演变的诸腔演出的剧本。②

显然也是持相同看法。

第二,传奇是与宋元戏文相区别的明清长篇戏曲的通称。

明确标称宋元戏文与明清传奇的区别,始于晚清时王国维的《宋元戏曲考》与姚华的《菉猗室曲话》③。到20世纪30年代,钱南扬、赵景深、陆侃如、冯沅君等人的诸种南戏研究著作问世,戏文与传奇的区别遂成定论④。傅惜华分别撰录《宋元戏文全目》和《明代传奇全目》,显然亦持此说⑤。此说将"戏文"与"传奇"区别

---

① 如该书第三编第一章说:"南戏至元末明初《荆》、《刘》、《拜》、《杀》与《琵琶记》等传奇在戏曲演出舞台上出现以后,传奇这种形式已成为当时群众很喜爱的一种戏曲形式,并且由于它们在各地的流传,促成了南戏各声腔剧种的形成。"张庚、郭汉城:《中国戏曲通史》中册(北京:中国戏剧出版社,1981),第3页。

② 《中国大百科全书·戏曲曲艺卷》(北京:中国大百科全书出版社 1983),第256页。

③ 王国维:《宋元戏曲考》,收入《王国维戏曲论文集》;姚华:《菉猗室曲话》,收入任讷辑:《新曲苑》(上海:中华书局,1940)。

④ 见钱南扬:《宋元南戏百一录》(北京:哈佛燕京学社,1934);赵景深:《宋元戏文本事》(上海:北新书局,1934);陆侃如、冯沅君:《南戏拾遗》(北京:哈佛燕京学社,1936)。但是关于南戏与传奇历史断限问题,至今学术界仍众说纷纭,参见孙玫:《关于南戏与传奇历史断限问题的再认识》,华玮、王瑷玲:《明清戏曲国际研讨会论文集》(台北:中央研究院中国文哲研究所筹备处,1998),第287—295页。

⑤ 傅惜华:《宋元戏文全目》,未出版;《明代传奇全目》,北京:人民文学出版社,1959。

为两种既不甚相同又前后传承的戏曲体裁,使戏曲体裁演变史的脉络清晰可寻,这充分表现了现代文学艺术研究者进行文学艺术分类的科学意识。但是,此说未能深入考察不同戏曲体裁之间的因革嬗变,而是简单地以政治朝代作为划分"戏文"与"传奇"的界限和标准,因而便难以体现"戏文"与"传奇"作为不同戏曲体裁的不同文体特征。

第三,传奇是明中叶以后昆腔系统的戏曲剧本的特称。

钱南扬《戏文概论》和庄一拂《古典戏曲存目汇考》皆持此说①。其依据是明嘉靖年间徐渭撰写的《南词叙录》②,凡《南词叙录》所著录的剧目悉归戏文,此外则皆属传奇,故此说较前说增加了"明初戏文"一目。

此说把传奇的诞辰定在明嘉靖年间,应该说是颇有见地的③。但是此说把昆腔作为传奇的主要内涵,却难以自圆其说。譬如汤显祖的《玉茗堂四梦》虽然不是昆腔系统的剧本④,但在当时就举世公认是传奇名著,这不正是有力的反证吗?

历史上如何称定某一文学艺术体裁,同我们今天如何尽可能科学地界定这一文学艺术体裁,这并不是一回事。因此,我们切不可以囿于传统的陈说旧习,随声附和,而应当对文学艺术体裁自身的特性进行更准确、更全面、更细致、更深刻的剖析与体认,力求得出切近文体本质的结论,否则就无法澄清众说纷纭的

---

① 钱南扬:《戏文概论》(上海:上海古籍出版社,1981);庄一拂:《古典戏曲存目汇考》(上海:上海古籍出版社,1982)。
② 徐渭:《南词叙录》,收入《中国古典戏曲论著集成》第三册。
③ 关于这一点的详细考论,见本书第一章第三节。
④ 参见徐朔方:《再论汤显祖戏曲的腔调问题》,见其《论汤显祖及其他》(上海:上海古籍出版社,1983),第63—69页。该文认为,汤显祖的戏曲用的是宜黄腔,属于海盐腔系统,并受到弋阳腔影响。与此相反,钱南扬《汤显祖剧作的腔调问题》一文,则认为汤显祖戏曲用的是昆腔。该文收入其《汉上宦文存》(上海:上海文艺出版社,1980),第109—116页。本文采用徐说。

历史公案。

  我认为,要为传奇这一戏曲体裁作出明确的界说,无疑应以杂剧(包括北杂剧与南杂剧)和戏文这两种相近的戏曲体裁作为参照系。易言之,传奇作为戏曲文学的共性,是在与诗、文、小说等文学样式的参照中得以凸现的;而传奇作为一种戏曲体裁的个性,则需在与杂剧、戏文的参照中得到说明。相对于杂剧,传奇无疑是一种长篇戏曲剧本,通例一部传奇剧本由二十出至五十出组成①;而杂剧则是一种短篇戏曲剧本,通例只有一出至七出(或九出)②。相对于戏文,传奇具有剧本体制规范化和音乐体制格律化的特征,而戏文在剧本体制和音乐体制上却有着明显的纷杂性和随意性③。因此,就内涵或本质而言,传奇是一种剧本体制规范化和音乐体制格律化的长篇戏曲剧本。

  对传奇戏曲来说,声腔(无论指南曲、北曲还是南曲诸腔)这一因素并不占主导地位,大多数传奇剧本都可以由诸腔"改调歌之",即为显证④。在传奇戏曲体制诸要素的形成过程中,声腔的

---

① 关于这一点的详细考论,见本书第十二章第二节。
② 考虑到传奇剧本的文学体制有一个不断成熟和演变的过程,我在《明清传奇综录》(石家庄:河北教育出版社,1996)一书中,对所收录的传奇剧本采取了"前宽后严"的权宜之计,即:对明代的戏曲剧本,一般十出以上的视为传奇,九出以下的视为杂剧;对清代的戏曲剧本,则严格地"一刀切",八出以上的均视为传奇,七出以下均视为杂剧。至于那些以若干出敷衍许多故事而合为一本的戏曲剧本,如沈采《四节记》、许潮《泰和记》、沈璟《十孝记》和《博笑记》等,虽"似剧体"(吕天成《曲品》卷下评《泰和记》、《十孝记》),但却与一般杂剧迥异,即周贻白《中国戏剧史长编》所说的"杂剧式的传奇"(第385页)。所以,《明清传奇综录》也沿袭传统,将它们作为例外,加以收录。
③ 关于这一点的详细考论,见本书第二章第二节和第八章第一节。
④ 按,朱彝尊:《静志居诗话》(北京:人民文学出版社,1990),卷十四"梁辰鱼"条云:"传奇家曲别本,弋阳子弟可以改调歌之,唯《浣纱》不能。"(第430页)其实,明末弋阳腔、青阳腔的戏曲选集选入《浣纱记》传奇的也很多,如《八能奏锦》、《万壑清音》、《缠头百练》、《玄雪谱》、《尧天乐》、《万家锦》、《昆弋雅调》等。参见蒋星煜:《关于魏良甫与〈骷髅格〉〈浣纱记〉的几个问题》,见其《中国戏曲史钩沉》(郑州:中州书画社,1982),第56—58页。

规范化是最后完成的,也是最先打破的,还是最多变易的,因此是最不稳定的要素,我们不宜以之作为传奇戏曲的内涵。

其次,从外延看,明清传奇尚有宫廷传奇、民间传奇和文人传奇的区别,它们分别凝聚和表现了贵族化的、大众化的和文人化的审美趣味。宫廷传奇如清乾隆年间张照、周祥钰、邹金生、王廷章等宫廷词臣编写的《劝善金科》、《昇平宝筏》、《忠义璇图》、《鼎峙春秋》、《昭代箫韶》等宫廷大戏①,它们思想落后而体制恢弘,形式杂乱而风格典丽,专供宫廷祭典、宴乐演出。民间传奇包括由民间戏曲艺人创作或改编的传奇剧本,大多是舞台演出本(脚本),它上承宋元戏文,下启清中叶以后各种地方戏剧本,是从宋元至清末民间戏曲发展史的一个重要环节。在明清传奇中,文人传奇占据着主导地位,因为明清时期传奇创作的主体是文人,文人的传奇作品数量最多,质量最高,流行最广,甚至宫廷传奇和民间传奇也大多受到文人传奇的波染,渗透着浓郁的文人情趣。因此,文人化的艺术审美趣味便成为传奇戏曲的一个相当重要的构成因素,影响及于传奇剧本的语言风格、情节结构、音乐情调等等。

第三节 明清传奇的历史分期

综上所述,传奇戏曲具有两个必不可少的基本要素,即规范化的长篇剧本体制和格律化的戏曲音乐体制,以及另一个相当重要的构成要素即文人化的艺术审美趣味。这三个要素的有机组合,构成了传奇戏曲区别于其他戏曲体裁的文体特征。这一文体特征的基本建构,标志着明清传奇史的开端;这一文体特征的本质蜕变,则标志着明清传奇史的终结。而明清传奇史的分期,也必须而

---

① 诸剧皆收入《古本戏曲丛刊九集》(上海:中华书局影印,1962—1964)。

且只能以这一文体特征的嬗变为主要依据。

历史从来不是直线发展的,它总是呈现为波浪式或螺旋式的发展状貌,文学艺术的历史也不例外。现代美国学者韦勒克和沃伦曾指出:文学发展史的"一个时期就是一个由文学的规范、标准和惯例的体系所支配的时间的横断面,这些规范、标准和惯例被采用、传播、变化、综合以及消失是能够加以探索的"①。在从明中叶至晚清约450年的历史进程中,传奇文体的总体特征发生过或这样或那样、或多或少的变化,从而构成不同时期特定的传奇文体特征。这种特定的传奇文体特征,既从属于既定的传奇总体特征,又由特定历史时期中传奇戏曲的创作实践所制约、所规范,存在于某一特定的历史过程中,并且不能从这一过程中游移出去。因此,这种特定的传奇文体特征便成为明清传奇演变史中某一历史时期的显著标志,它的基本建构,标志着这一历史时期的开端;它的基本解构,则标志着这一历史时期的终结。明清传奇史研究者的任务,便是发现并重构不同历史时期特定的传奇文体特征,阐释这一特征的内蕴,描述这一特征的表现。

当然,文学的历史演进,一方面根因于内在原因,由文学既定规范体系自身的演变所引发和催动;另一方面也根因于外在原因,由社会历史文化的变迁所引发和催动。在这里,内因是变化的依据,外因是变化的条件,二者相辅相成,缺一不可。因此,我们在坚持以某一特定的传奇文体特征作为传奇史分期标准,并据以研究不同时期的传奇文学的同时,必须深入地探讨促成这一特定文体特征的建构、变化和解构的内在的与外在的诸种原因,以便揭示历史演进的真正秘密。出于这一考虑,本书力图把传奇戏曲置于明

---

① 〔美〕雷·韦勒克、奥·沃伦:《文学理论》第四部第十章《文学史》,刘象愚等译(北京:三联书店,1984),第306页。

清时期古代文化与近代文化的冲突与调和中进行整体考察,着力研究传奇戏曲在总体文化嬗变中所打上的时代烙印,所扮演的特殊角色,所发挥的文化功能,所体现的思想趋向,以及所含蕴的民族文化心态。

根据以上认识,我认为,从明中叶至晚清,传奇的历史演进大致可以划分为五个时期,即生长期、勃兴期、发展期、余势期和蜕变期①。兹将各时期的主要特征简述如下。

(一)从明成化初年至万历十四年(1465—1586),共122年,是传奇的生长期。传奇逐渐形成了独特的文体特征,终于剪断了同戏文母体的脐带联结,呱呱落地了。

这时期的传奇作家从整理、改编宋元和明初的戏文入手,吸取北杂剧的优点,探索、总结和建立了规范化的传奇剧本体制。在这种整理和改编的过程中,传奇作家逐步建立起篇幅较长、一本两卷、分出标目、结构形式固定、有下场诗等不同于戏文的规范化的文学体制,成为后代传奇创作的圭臬。传奇剧本体制的定型约完成于嘉靖中后期(1546—1566),它标志着传奇的真正成熟。

文词派(也称骈绮派)是传奇生长期的主要流派。它滥觞于邵灿(成化、弘治间人),开派于郑若庸,李开先、梁辰鱼等推波助澜,至梅鼎祚、屠隆而登峰造极。文词派以涂金缋碧为能事,以饾饤堆垛为嗜好,将文人才情外化为斑斓文采,固然加强了传奇剧本的可读性和文学性,但却违背了戏曲艺术"模写物情,体贴人理,所取委曲宛转,以代说词"的文学特性②,削弱了传奇剧本的可演

---

① 拙著《明清文人传奇研究》(台北:文津出版社,1991;北京:北京师范大学出版社,1992,2001)第一章《明清文人传奇的历史演进》,将明清文人传奇的发展史划分为四个时期,即崛起期、勃兴期、发展期与余势期。本书因为总论明清传奇,所以将崛起期从明嘉靖元年(1522)提前至成化初年,改称生长期,并在余势期之后增加蜕变期,这样更能全面地概括整个明清时期传奇戏曲的历史演进状况。

② 王骥德:《曲律》卷二《论家数》,《中国古典戏曲论著集成》第四册,第122页。

性和戏剧性,使传奇沦为案头珍玩。从此以后,传奇的艺术风格一直受文词派的影响而不可自拔,典雅绮丽成为传奇作品的主导风格。而格调"清柔而婉折"的昆山新声的流行①,与传奇作品典雅绮丽的艺术风格埙箎相应,使传奇创作竞奏雅音。

传奇与时代精神的融汇,以李开先的《宝剑记》首开其风,《浣纱记》和《鸣凤记》相互应和。这三部传奇作品中鲜明的忠奸斗争观念、强烈的政治参与意识和深广的社会忧患意识,成为明清传奇重要的时代主题。此外,传统的伦理教化剧和爱情婚姻剧,在这一时期也发生了一些新的变化。

(二)从明万历十五年至清顺治八年(1587—1651),共 65 年,是传奇的勃兴期。这时期的传奇创作呈现出百花齐放的局面。

在这一时期,传奇创作被晚明进步文艺思潮推到时代思想文化的顶峰。有的传奇作家借助才子佳人的恋爱故事,淋漓尽致地表达内在的情感欲求和情与理的激烈冲突,追求肯定人性、放纵个性、歌颂世俗的享受和欢乐、向往个体人格的自由与平等的近代审美理想。有的传奇作家则用传奇作品抒发对黑暗社会的荒谬感受和对理想政治的痛苦追求,力图批判现实,挽救人心,有补世道,大量的历史剧和时事剧由此而生。

传奇音乐体制也逐渐走上格律化的道路。沈璟首先潜心致力于昆腔格律体系的建立,从宫调、曲牌、句式、音韵、声律、板眼诸方面,对传奇音乐体制作出严格的规定,于万历二十八年至三十四年(1600—1606)之间撰成《南九宫十三调曲谱》,成为"词林指南车"②。此后各种曲谱大量涌现,至崇祯、顺治间,传奇的昆腔格律体制已趋于完善。

---

① 顾起元:《客座赘语》(北京:中华书局,1987),卷九《戏剧》条,第 303 页。
② 徐复祚:《曲论》,《中国古典戏曲论著集成》第四册,第 240 页。

沈璟和汤显祖的争论是这一时期的一件大事,史称"汤沈之争"。论争的核心问题是戏曲创作中文辞与音律何者第一。二人的根本分歧在于:沈璟是从曲乐的角度要求文辞服从音律的,汤显祖则是从曲文的角度要求音律服从文辞。"汤沈之争"的结果,是使其后的许多传奇评论家提出了熔文辞与音律为一炉的理论主张,许多传奇作家也努力追求文辞与音律两臻其美的创作境界。"守词隐先生之矩矱,而运以清远道人之才情"①,自此成为传奇创作的不二法门。

勃兴期传奇的语言风格,逐步转向"才情在浅深、浓淡、雅俗之间"的审美追求②,以明白晓畅而又文采华茂的风格,达到雅俗共赏、观听咸宜的艺术境界。与此同时,传奇作家也自觉地追求传奇情节的新奇怪异,煽起一股求奇逐幻的时风。他们明确表示:"传奇,传奇也。不过演奇事,畅奇情。"③

(三)从清顺治九年至康熙五十七年(1652—1718),共67年,是传奇的发展期。

由于明清之际传奇创作和舞台演出的关系空前密切,促使传奇的剧本体制、文学要素和语言风格发生了新变。在传奇剧本体制上,出现了"缩长为短"的普遍的创作倾向和理论主张④,二十出至三十出成为传奇作品篇幅的常例。在传奇文学要素上,从音律与文辞何者第一的争论,转为明确标举"结构第一"⑤,突出了传奇

---

① 吕天成:《曲品》卷上,吕天成著、吴书荫校注:《曲品校注》,第37页。
② 王骥德:《曲律》卷四《杂论》下,《中国古典戏曲论著集成》第四册,第170页。
③ 阙名:《鹦鹉洲序》,陈与郊:《鹦鹉洲》传奇卷首,《古本戏曲丛刊二集》影印明万历间刻本。
④ 李渔:《闲情偶寄》卷之四《演习部·变调之二》,《中国古典戏曲论著集成》第七册,第77—78页。
⑤ 李渔:《闲情偶寄》卷之一《词曲部》,《中国古典戏曲论著集成》第七册,第7—10页。

的戏剧性特征,传奇的结构艺术至此也臻于成熟。在传奇的语言风格上,天平从雅俗共赏的平衡状态更多地偏向了俗的一边,李渔直截了当地说:"能于浅处见才,方是文章高手。"①于是,一个以剧本体制的严谨化、音乐体制的昆腔化、语言风格的通俗化、戏剧结构的精巧化,一句话,以传奇艺术的舞台化为特征的崭新的传奇文体规范体系得以重构。

此期传奇创作主要有三大流派:一是以李玉为代表的苏州派,包括清初生活在苏州一带的十几位专业戏剧作家,如朱㿥、朱佐朝、毕魏、叶时章、陈二白、丘园等。苏州派的整体风格,是以较完美的传奇艺术形式敷演伦理意向鲜明的戏剧性故事。二是以李渔为代表的一批风流文人,包括王绪古、范希哲、万树、周稚廉等十几位作家。他们的整体风格,是以日益完美的传奇艺术形式敷演既风流自赏又不悖礼教的才子佳人故事。三是以吴伟业、尤侗为代表的正统文人,他们以创作诗词古文的传统思维模式创作传奇,借传奇抒发故国之思、兴亡之叹、身世之感、风化之意,借传奇显示渊博的学识功底和深厚的文学造诣。他们是文人之曲的薪火接传者。

洪昇和孔尚任是两位集传奇创作之大成的戏剧家,分别创作出了划时代的传奇名著《长生殿》和《桃花扇》,把传奇创作推到了历史的最高峰。

(四)从清康熙五十八年至嘉庆二十五年(1719—1820),共102年,是传奇的余势期。

传奇内容的道德化,是这一时期的第一个特点。在程朱理学的影响下,戏曲风化观甚嚣尘上,在传奇创作中占据主导地位。夏

---

① 李渔:《闲情偶寄》卷之一《词曲部·词采第二·忌填塞》,《中国古典戏曲论著集成》第七册,第28页。

纶、董榕、吴恒宣等作家极力地将道德内容审美化,赤裸裸地以传奇教忠教孝。蒋士铨、张坚、石琰、沈起凤等作家则倡导传奇艺术道德化,主张以"笔墨化工"来"维持名教"①。一时理学之风盛行剧坛。

这一时期的第二个特点,是传奇艺术的诗文化,大多数作家都以创作诗文的思维方式和表现手法创作传奇。他们主张"以曲为史",强调事有所本,言必有据,力图以传奇为史传,表现出征实尚史的审美观念。他们提倡"以文为曲",将传奇视为"音律之文"②。以文的结构布局取代了戏的排场关目,以事件的来龙去脉压倒了戏剧的动作、冲突和情境,以人物关系的设置淹没了人物性格的刻画。他们标举风格雅正,以"虽浓艳典丽,而显豁明畅"作为传奇的语言风格③。而且在剧本体制上,这时期的传奇作品也逐渐表现出杂剧化的趋向,每本八至十二出的传奇作品大量涌现,已成惯例。

因此,虽然这时期传奇作品仍然为数甚夥,但是由于作品在内容上与时代精神脱节而日益理学化,在形式上与舞台实践脱节而日益诗文化,这就大大促进了传奇走向衰落的历史趋势。

(五)从清道光元年至宣统三年(1821—1911),共90年,是传奇的蜕变期。

首先是传奇剧本体制发生了根本的变化。从嘉庆年间开始的传奇杂剧化倾向,在这一时期蔚为风气,八出至十九出成为传奇剧本篇幅的常例。这不能不伴随着传奇作品的结构排场、角色设置、曲白比重、语言风格等一系列变化。传奇文体逐渐地消解了。

---

① 陈守诒:《香祖楼·后序》,蒋士铨:《香祖楼》传奇卷首,收入其《藏园九种曲》(清乾隆间红雪楼刻本)。
② 夏纶:《杏花村》第八出《报仇》眉批,收入其《惺斋新曲六种》(清乾隆间刻本)。
③ 张坚:《怀沙记·凡例》,见其《怀沙记》传奇卷首,收入其《玉燕堂四种曲》(清乾隆间刻本)。

更重要的是,从康熙、乾隆以来的所谓"花、雅之争"或"昆、乱之争",到嘉庆年间花部乱弹已逐渐占了上风,至道光以后愈演愈烈,雅部昆剧简直沦为花部乱弹的附庸了。传奇创作一方面在民间审美趣味的冲击和陶冶下,趋向于音乐体制的纷杂化和表演艺术的复合化。另一方面,传奇创作为了固守自己的一隅之地,干脆沦为纯粹的案头文章。特别是文人的传奇作品,已经几乎成为和诗文一样的抒情、言怀、讽世、宣教的文学作品。

综观明清传奇约450年的历史演进,大致经历了一个正、反、合的运动过程。在剧本体制上,从元杂剧之简短,到戏文和传奇的冗长,再到传奇的杂剧化,其所表现的生活内涵也发生了相应的变化。在音乐体制上,从戏文的散乱自由,到传奇的规整划一,嘉庆以后又出现流于散乱纷杂的趋向,各种戏曲声腔在竞争中普遍地汇合交流。在语言风格上,从戏文的朴拙鄙俗,到文词派的典雅绮丽,再到雅俗共赏的审美追求,最终复归为雅部昆剧的秀雅清丽和花部乱弹的直质粗俗的分流。在思想文化内涵上,从明前期戏文和生长期传奇的理学化,到明中期以后进步文艺思潮的激扬,而至清康熙、乾隆以后又沦入彻底的理学化。在审美趣味上,从彻底的文人化,到平民趣味的泼染、渗透,最终又复归为彻底的文人化。这种正、反、合的运动过程,在其抽象的意义上,不正是明清时期中国历史文化发展历程的缩影和象征吗?

第一编　从戏文到传奇

（明成化初至万历十四年，1465—1586）

　　一种新事物的萌芽，在林林总总的旧事物的包围中，不免显得孱弱微小，很不起眼。唯其如此，它往往为当时的人们所略焉不顾，甚至未能形诸记载，遑论细致研究。这就给后世的研究者们造成了很大困难，但也因此引起了极大兴趣——溯本追源，刨根究底，这是人类自孩童伊始就保持不衰的求知欲望。

　　对事物萌芽的探索至少有两种方法，即考古学的方法和文化学的方法。考古学者总是力图从残篇断简中考索出事物萌芽的文字记载，或从破砖碎石中寻找出事物萌芽的文物实证，以求复原事物萌芽的原生状貌，从而确定事物萌芽的确切时代。然而，一种新事物已然形诸记载或见诸实物了，果然还处在萌芽状态吗？事物的萌芽状貌果真可以复原如初吗？

　　在文化学者那里，情况就大不相同了。文化学者与其说重视文字记载或文物实证，不如说更重视孕育新事物萌芽的特殊文化氛围，以及新事物从萌芽到形成的历史过程。因此，他们的研究热点不在于绞尽脑汁地考证新事物萌芽的原生状貌或确切年代，而在于描绘促使新事物萌芽的"文化场"[①]。

　　[①] "文化场"指的是一种三维相交构成的文化空间，它包括（一）事物与整个社会文化背景的复杂联系，（二）事物本身的多层次文化结构，和（三）事物本身的历史文化变迁。在文化场中，事物与其他文化因素互相渗透，互相影响，连锁反应；事物的多层次结构变幻无穷，交相制约；事物在时间的链环中发展递变，延绵不断。因此，任何一个事物都不是单纯的个体存在，而是在复杂的关系中存在，受制于整个文化场的"场效应"。参见周宪等编：《当代西方艺术文化学》（北京：北京大学出版社，1988），《译序》，第7—12页。

持文化学的观点,我们就不难理解,以往将明清传奇史的发端或者断为元末高明的戏曲作品《琵琶记》,或者断为明代前、中期之交丘濬的戏曲作品《伍伦全备记》和邵灿(成化、弘治间人)的戏曲作品《香囊记》,这都不免胶柱鼓瑟。实际上,传奇戏曲体制的萌芽,应该是从元代末年至明嘉靖后期200多年中戏曲艺术运动的"文化场"的产物。我们的研究,应该从对这一"文化场"的特性和表征的认识与描述入手。

有鉴于此,我不同意把明清传奇史的上限追溯到高明。高明的《琵琶记》的确标志着"文人和南戏的血缘关系从此建立",南戏从此正式登上文坛,"开始它由原始质朴的民间文艺转变为精致典雅的文人创作的发展史"[1]。在这一意义上,《琵琶记》堪称传奇的发轫之作,在明清两代也以其"风化"典型和雅正风格嘉惠后世,遗泽深远。但是,《琵琶记》毕竟在文学体制和音乐体制上还完全保持南曲戏文体制的艺术规范,我们毋宁把它看作戏文文人化的第一块里程碑,却不应视为传奇戏曲体制的发端。

我也不同意将丘濬的《伍伦全备记》和邵灿的《香囊记》的出现,作为区分传奇与戏文的楚河汉界。无庸置疑,这两部剧作的道学内容和骈雅风格的确成为传奇文学构成的基本要素,继之而起的长篇戏曲创作显现出日益浓厚的文人审美趣味。但是,一方面它们外在的结构体制和曲调组织尚未能完全突破戏文的框架,其先后出现的长篇戏曲作品也仍然基本呈现为戏文体制与传奇体制相混杂的状貌,一种全新的传奇体制尚未脱胎而出。另一方面更重要的是,它们在内在的艺术品格上还没有融入张扬主体情感、批判黑暗现实的时代精神,还未能进入传奇戏曲特有的思想文化

---

[1] 徐朔方:《梁辰鱼的生平和创作》,广州中山大学学报《古代戏曲论丛》专辑(1983年)。

层次。

　　因此,我认为,从元末至明前期应是南曲戏文的沿袭期,或称传奇戏曲的孕育期,它是明清传奇的前史。大约从明成化元年开始至万历十四年(1465—1586)前后一百二十多年,则是传奇的萌芽生长时期。在这一时期里,传奇逐步挣脱了戏文的艺术规范,建构起独立的艺术体制,并步入了特定的思想文化层次。这是本编讨论的重点所在。

第一章　风起于青蘋之末

任何文学艺术形式的发生都不是空穴来风,一蹴而就的,它的"来处来,去处去",总是有迹可循的。作为一种审美意识形态的传奇戏曲,它的兴起既得益于艺术传统共时性的纵向聚合,也受惠于时代文化历时性的横向组合。正是艺术传统的哺育和时代审美的召唤,催生出新的艺术样式;同时,这种新的艺术样式本身便成为传统的结晶和时代的镜像,以其独特的状貌昭示着丰厚的艺术传统积淀和鲜明的时代文化特征。

基于这一认识,本章首先试图对下列问题做出解答:为什么传奇戏曲兴起于明代成化至万历年间?影响于它并受它影响的时代文化情境和文学艺术传统各自有什么特点?

第一节　明前中期社会与剧坛

研究明代戏曲史的人们常常为一个突出的现象所困惑:为什么明前期的剧坛一派沉寂,了无生气?为什么到明中期剧坛突然活跃异常,生机蓬勃?这恐怕首先应从明前中期的社会历史文化中寻求答案。

一、明前期社会与剧坛

经过元末数十年的社会大动乱,公元1368年,由草莽起家的朱元璋在南京建立了明王朝,定年号为"洪武"。

朱元璋在政治上大刀阔斧地进行了一系列的官制改革,废丞相制,罢中书省,设六部尚书和行省,扩充监察机构,建立内阁、督抚制度,完备法律制度,最终确立了"政皆独断"、集权中央的高度成熟的君主极权政治。

与专制主义极权政治相表里,明初的思想文化控制也变本加厉。《明史》卷一四七《解缙传》记载,朱元璋建国后,虽然拥有帝王之尊,却没有什么经典著作可读,闲时只能杂览《说苑》、《韵府》、《道德经》、《心经》等三教九流的杂书。解缙对此状况极为不满,于是在洪武二十一年(1388)递上万言书,建议朝廷修书,"上溯唐、虞、夏、商、周、孔,下及关、闽、濂、洛,根实精明,随事类别,勒成一经,上接经史",以作为"太平制作之一端"①。所谓"关、闽、濂、洛",指的就是宋代理学的正宗——程朱理学。解缙的意思,就是想用程朱理学作为明王朝的统治思想。

朱元璋很乐意地接受了这一建议。尽管他还无暇大规模地修书,但却明确不二地倡导尊经崇儒,奉程朱理学为正宗,"一宗朱氏之学,令学者非六经、《四书》不读,非濂、洛、关、闽之学不讲"②。洪武二年(1369),朱元璋规定:"国家明经取士,说经者以宋儒传注为宗,行文者以典实纯正为主。"他在刘基的帮助下,沿袭元朝皇庆条制,制定了严格的八股取士的科举考试制度,专取《四书》、《五经》命题试士,钦定朱熹的《四书集注》及程、朱派的其它解经著作为科举经义考试的标准。并且明确规定:"其有剽窃异端邪说、炫奇立异者,文虽工,弗录"③。同时,朱元璋还推行

---

① 张廷玉等:《明史》(北京:中华书局,1976),卷一四七《解缙传》,第4117页。
② 丘濬:《设学校以立教三》引,见黄训:《名臣经济录》(《景印文渊阁四库全书》本),卷二六。
③ 并见清阙名:《松下杂钞》卷下,收入孙毓修等辑:《涵芬楼秘笈》第三集(上海:商务印书馆,1917)。

森严的文字狱,加强对思想文化犯罪的惩治。

明成祖朱棣秉承乃父之志,进一步完善君主极权政治。永乐十二年(1414),他下诏撰修《五经大全》、《四书大全》、《性理大全》三部大书。次年(1415),书成进览,朱棣亲自执笔作序,随后命礼部刊赐天下,以此作为科举考试的准绳。他的目的是让天下之人"获睹经书之全,探见圣贤之蕴",从而"使国不异政,家不殊俗"①,"人皆由于正路,而学不惑于他歧。家孔孟而户程朱,必获真儒之用;佩道德而服仁义,咸趋圣域之归。顿回太古之淳风,一洗相沿之陋习"②。一句话,朱棣是想用三部《大全》来统一全国上下的思想,以期使皇权长固久安,其用心可谓良苦!

三部《大全》的颁行,标志着明前期朱学统治地位的最终确立,其意义决不下于汉武帝的"罢黜百家,独尊儒术"。

从此以后,从中央国子学到地方的书院,以至乡村的社学,都用朱熹的学说进行教育。社会上、家庭里,朱学如水银泻地,无孔不入,制约着人们的言论行为,涂染着文化的方方面面,装点着新朝门面,粉饰着"太平盛世"。

从此以后,程朱理学成为文化领域的无上权威。巍峨耸立的节孝牌坊,金碧辉煌的义门旌表,伦理教化的高文典章,"代圣贤立言"的诗赋八股,到处标志着理学原则对人类精神生活和世俗生活的独断统治。

从此以后,朱学有如万里长城,以其坚固的城墙包围着人们,禁锢着人们。整个思想文化领域处于一种万马齐喑、死气沉沉的"述朱"状态。何乔远《名山藏》卷七道:

---

① 朱棣:《四书大全序》,朱彝尊:《经义考》(《景印文渊阁四库全书》本),卷二五六引。

② 胡广:《进五经四书性理大全表》,程敏政:《明文衡》(《景印文渊阁四库全书》本),卷五。

> 明兴,高皇帝立教著政,因文见道,使天下之士一尊朱氏为功令。士之防闲于道域而优游于德囿者,非朱氏之言不尊。故当时有质行之士而无异同之说,有共学之方而无专门之教。①

朱熹的学说被尊崇为"圣贤之学",舍朱子之学无以进而立于学者之林。在当时的人们看来,学术思想只能有程朱理学一家,其余都是邪门歪道,是"野狐禅",都必须扫地出门。

因此,宗经、载道成为明前期文学观念的一大特点。刘基在《苏平仲文集序》中,明确提出"文以理为主"的思想②。宋濂在《徐教授文集序》中,更是直截了当地将"六经"作为文学的本体,从终极意义上划定了文学的基本内蕴③。在《文说》中,宋濂还提倡"明道之谓文,立教之谓文,可以辅俗化民之谓文",重视文学的伦理教化功能④。方孝孺在《读朱子感兴诗》一文中,特别强调诗歌"增乎纲常之重,关乎治乱之教"的作用⑤。所有这些,不都表现出程朱理学对文学观念的强大制约吗?

与此相关,明前期文坛展现出一派庙堂气象和宫廷风致。清初朱彝尊《静志居诗话》卷一记载,刚刚立国的朱元璋最喜欢诵读古人的"铿鍧炳朗之作,尤恶寒酸呫嗫龌龊鄙陋"⑥。上有所好,下必从焉。一时间追求盛世之音,摒弃衰世之调,成为文学的基本要求;铿锵有力,雍容典雅,成为时代的审美风格。以"三杨"(杨士奇、杨溥、杨荣)为代表的"台阁体"诗文,就是庙堂气象、宫廷风致

---

① 何乔远:《名山藏》(北京:北京大学出版社,1993),第5143页。
② 刘基:《诚意伯文集》(《景印文渊阁四库全书》本),卷十五。
③ 宋濂:《文宪集》(《景印文渊阁四库全书》本),卷七。
④ 宋濂:《文宪集》卷二六。
⑤ 方孝孺:《逊志斋集》(《四部丛刊》影印明刊本),卷四。
⑥ 朱彝尊:《静志居诗话》(北京:人民文学出版社,1990),"太祖高皇帝"条引解缙语,第1—2页。

的典范。

明前期剧坛也同样笼罩在程朱理学的巨大身影之中。

朱元璋和朱棣曾多次颁布律令榜文,对戏剧演出的内容作出严格的规定。如洪武二十二年(1389)三月二十五日榜文规定:

> 娼优演剧,除神仙、义夫节妇、孝子顺孙、劝人为善及欢乐太平不禁外,如有亵渎帝王圣贤,法司拿究。①

洪武三十年五月(1397)刊刻《御制大明律》,重申了这一律令,并注明:

> 凡乐人搬做杂剧戏文,不许妆扮历代帝王后妃、忠臣烈士、先圣先贤神像,违者杖一百;官民之家,容令妆扮者同罪。

永乐九年(1411)七月初一又追加一道更严厉的命令:

> 该刑科署都给事中曹润等奏:请敕下法司,今后人民、倡优装扮杂剧,除依律神仙道扮、义夫节妇、孝子顺孙、劝人为善及欢乐太平者不禁外,但有亵渎帝王圣贤之词曲驾头杂剧,非律所该载者,敢有收藏、传诵、印卖,一时拿送法司究治。奉旨:"但这等词曲,出榜后,限他五日都要干净,将赴官烧毁了,敢有收藏的,全家杀了。"②

对这些律令中所禁止演出的戏剧,我们可以暂置不论,因为历朝历代的法律从来也不可能雷厉风行地实行到底,而且法律禁令的一再重申也适足以证明"驾头杂剧"之类戏剧的演出在民间是屡禁不止的。但这些律令中所提倡的戏剧,却无疑表现出统治者对戏剧创作和戏剧演出的明确的思想导向,即大力揄扬符合程朱理学

---

① 清董含:《三冈识略》卷一,引《通园赘语》,收入《申报馆丛书续集·掌故类》。
② 顾起元:《客座赘语》(北京:中华书局,1987),卷十《国初榜文》,第347—348页。

思想、有助于封建道德教化的戏剧。例如,据徐渭(1521—1593)《南词叙录》记载,朱元璋对元末高明所撰的"关风化"的《琵琶记》戏文就极为欣赏,曾郑重其事地对臣下说:

> 《五经》、《四书》,布帛菽粟也,家家皆有;高明《琵琶记》,如山珍海错,贵富家不可无。

于是"日令优人进演"①。明前中期教化戏曲甚嚣尘上,不正是统治者思想导向的必然结果吗?而教化意图与戏曲精神的本质背逆,不正是造成明前期剧坛生气索然的根本原因吗?

二、明中期社会与剧坛

明代政治,以英宗正统朝(1436—1449)为一变。此后,最高统治者日益奢侈腐化,宦官专政,厂卫横行,法制松弛,吏治黑暗,上下玩急,贪污盛行,内乱外患频仍,政治危机四伏,用正德年间(1506—1521)王守仁的话说,这种"天下事势如沉疴积痿"的局面,"何异于病革临绝之时"②!即使万历初张居正(1525—1582)等"慨然以天下为己任"③,实行革新自救,建立考成法,清丈土地,推选"一条鞭法",力图振纲除弊,但也终无回天之力,无法阻止腐朽王朝的没落趋势。

社会政治的危机促成了思想文化的危机。明代建国以来程朱理学的束缚和八股取士的桎梏,造成了明中期思想文化界普遍的僵化和保守。物极必反。程朱理学的流弊,必将成为人们另辟途

---

① 徐渭:《南词叙录》,收入中国戏曲研究院:《中国古典戏曲论著集成》(北京:中国戏剧出版社,1959),第三册,第240页。
② 王守仁:《答储柴墟》,《王文成公全书》(《四部丛刊》影印明隆庆刊本),《文录》卷六。
③ 张廷玉等:《明史》(北京:中华书局,1974),卷二一三《张居正传》,第5646页。

径的契机。

成化(1465—1487)、弘治(1488—1505)年间,最高统治者提倡广开言路,"拔奇抡才,右文兴治"①,天下之士蔚然向风,于是由政治到学术文化,不满传统和时弊者多有革除之举。社会文化格局逐渐发生了划时代的转型:文人阶层从依附贵族转向倾慕平民,或者更准确地说,从附贵族之骥尾转向借平民以自重。文人阶层自我意识的高涨和主体精神的张扬,促成了不可抑止的文化权力下移的趋势,以文人阶层为主角的社会文化模式逐渐取代了以贵族为主角的社会文化模式。这种文化权力的下移,全方位地表现在经济、政治、意识形态等方面,而与传奇戏曲的兴起关系最为密切的是学术文化、文坛风气和社会风习方面的权力下移。

从明中期开始,学术文化的多元化、平民化蔚为一大风气,整个思想文化界酝酿着一场深刻的变化。黄佐说:

> 成化以后,学者多肆其胸臆,以为自得,虽馆阁中亦有改易经籍以私于家者。此天下所以风靡也夫。②

《明史》卷二八二《儒林传·序》描述了这一变化过程,道:

> 原夫明初诸儒,皆朱子门人之支流余裔,师承有自,矩矱秩然……学术之分,则自陈献章、王守仁始。宗献章者,曰江门之学,孤行独诣,其传不远。宗守仁者,曰姚江之学,别立宗旨,显与朱子背驰,门徒遍天下,流传逾百年,其教大行,其弊滋甚。嘉、隆而后,笃信程、朱,不迁异说者,无复几人矣。③

这种局面与《庄子·天下篇》所说的"道术将为天下裂"的情势可

---

① 张治道:《翰林院修撰对山康先生状》,黄宗羲辑:《明文海》(北京:中华书局影印清抄本,1982),卷四三三,第4545页。
② 黄佐:《禁异说》,《翰林记》(《景印文渊阁四库全书》本),卷十一。
③ 张廷玉等:《明史》卷二八二,第7223页。

相比拟。从"一尊朱氏为功令"到"学者多肆其胸臆"的变化,表明了文人自我意识的觉醒和主体精神的张扬,标志着意识形态统治权力从贵族独揽向文人把持的根本性转移。

王守仁"心学"的出现,无疑是这一转移的契机。王守仁认为,政治、经济的动荡是由于道德沦丧,道德沦丧是由于学术不明,而学术不明是由于朱学流弊。因此,在正德年间,他"范围朱学而进退之",以陆学的本心论为主,兼取朱学的理欲、理气论,又参透禅宗思想,加以熔铸,"别立宗旨",脱胎成为博大、精细的王学体系①。

王守仁在不背离儒家传统和理学精神的前提下,对儒学和理学进行了自我式的发挥,提出"心即理"、"致良知"之说,认为"心外无物,心外无事,心外无理,心外无义,心外无善",肯定"我心之良知,无有不自知者";同时把"唯圣人能致"的"良知"本体下降到人人皆有、圣愚皆同的普及地位,指出"良知之在人心,不但圣贤,虽常人亦无不如此"②。如此等等,不都体现出学术文化思想的下移趋向吗?

王守仁"心学"的本意,是要把伦理纲常灌输到人们的内心里,使之成为人们内在的心理需求,而不是像程朱理学那样,把伦理纲常说成是外在于人们心灵的道德约束,像绳索一样束缚人们。这一观点引发出两个十分重要的理论命题:一是否认用抽象的先验的理性观念来强制心灵的必要,二是突出个人在道德实践中的主体能动精神。这两个理论命题标志着士大夫的追求由外部世界进一步地转向内心世界,从而打破了明前期"迷古"、"述朱"的屏障,成为催生近代进步学术文化思想的媒介。诚如明人焦竑

---

① 张廷玉等:《明史》卷一九五《王守仁传》,第7223页。
② 依次见《与王纯甫二》、《书朱守乾卷》、《答顾东桥书》,《王文成公全书》卷四《文录》一、卷八《文录》五、卷二《传习录中》。

(1541—1620)所指出的,王学一出,"闻者霍然如披云雾而睹青天也"①。顾宪成(1550—1612)也说:"当士人桎梏于训诂词章之间,聚而闻'良知'之说,一时心目俱醒,恍若拨云雾而见白日,岂不大快!"②

为了推广"心学"思想,王守仁创建书院,积极进行社会普及性的讲学实践。于是,正德、嘉靖之际"搢绅之士,遗佚之老,联讲会,立书院,相望于远近"③,形成书院讲学热潮,彻底打破了成化、弘治以前学术文化的暮气沉沉的僵化局面,形成了学术自由的文化氛围。尤其是王学左派——泰州学派,来源于"农工商贾"之中,活动于"佣夫厮养"之间,"坐在利欲胶漆盆中",倡导"人欲",反对"天理","掀翻天地",更"非名教之所能羁络"④。从此以后,学术文化再也不像明前期那样由皇家贵族的意旨和风致所绝对支配,而变为随文人阶层的趣味和风尚而转移了。文人阶层取代皇家贵族,成为学术文化领域最为活跃的主角。

几乎与此同时,在文坛上也出现了"坛坫下移"的趋向。清人朱彝尊评论明前中期之际的文学状况,说:"成、弘间,诗道傍落,杂而多端",永乐以来由宰辅领导的"白草黄茅,纷芜靡蔓"的台阁体,和理学家"击壤、打油,筋斗样子"的性理诗,再也不能继续执文坛牛耳了⑤。在弘治、正德年间,李梦阳、何景明崛地而起,力图以古代诗文的高格逸调来纠正当时萎弱平庸的文风,"倡言复古,

---

① 焦竑:《国朝理学名公祠记》,《澹园续集》卷四,收入翁长森等辑:《金陵丛书》乙集(上元蒋氏慎修书屋排印本,1915)。
② 顾宪成:《小心斋札记》卷三,收入《顾端文公遗书》(清康熙间刻本)。
③ 张廷玉等:《明史》卷二三一《列传》第一百十九"赞",第6055页。
④ 黄宗羲:《明儒学案》卷三二《泰州学案·序》,收入《黄宗羲全集》(杭州:浙江古籍出版社,1992),第七册,第821页。
⑤ 朱彝尊:《静志居诗话》(北京:人民文学出版社,1990),卷十"李梦阳"条,第260页。

文自西京,诗自中唐而下,一切吐弃,操觚谈艺之士翕然宗之"①。文坛风气为之一变。王世贞为何景明集作序,深有感触地说:

> 是二君子,挟草莽,倡微言,非有父兄师友之素,而夺天下已向之利而自为德,于乎,难哉!②

清陈田《明诗纪事》丁签卷一"李梦阳"条,总结这一风气转移时也说:"空同出而异军特起,台阁坛坫,移于郎署"③。明末夏允彝《岳起堂稿序》更进一步将明中后期文坛权力的下移与唐、宋时期做了比较,说:

> 唐、宋之时,文章之贵贱操之在上,其权在贤公卿;其起也以多延奖,其合也或赍文以献,挟笔舌权而随其后,殆有如战国纵横士之为者。至国朝而操之在下,其权在能自立;其起也以同声相引重,其成也以悬书示人而人莫之能非。故前之贵于时也以骤,而今之贵于时也必久而后行。④

由此可见,文坛权力的下移与文人阶层摆脱对皇家贵族的依附而"自立"是相为表里的。

也是从明成化年间开始,社会上在衣食住行等方面,愈演愈烈地煽起了"僭越"之风,强烈地冲击着封建等级制,也同样体现了文化权力的下移趋向。人们一改明前期"民俗勤俭,不竞浮华"的风俗,追逐着与日俱长的"去朴从艳,好新慕异"的风潮⑤。例如在服饰方面,一反明前期的质朴、俭薄,时尚以华服为趋,从官僚、士

---

① 张廷玉等:《明史》卷二八五《文苑传序》,第 7308 页。
② 王世贞:《何大复集序》,见其《弇州四部稿》(《景印文渊阁四库全书》本),卷六四。
③ 陈田:《明诗纪事》(上海:上海古籍出版社,1993),第 1135 页。
④ 陈子龙:《陈忠裕公全集》(清嘉庆间刻本),卷首。
⑤ 正德《大名府志》卷一《风俗》。

子、市民以至乡间百姓,"竞以华服相夸耀,乡间妇女亦好为华服"。人们"不以分制,而以财制",一旦暴富,就可以逾越等级名分,乃至"倡优服饰侈于贵族"①。在饮食方面,也逐渐从俭素转向丰盛,不仅豪门大族炮凤烹龙,山珍海错,在一般市民中间,也是"以欢宴放饮为豁达,以珍味艳色为盛礼"②。

士风的普遍败坏是明中期社会风尚变异的鲜明表征。明中期士行"好诈"、"好进"、"好乱"风气的出现③,揭开了士风突变的序幕。士风的变化,一方面表现为追逐物质享受,如何良俊《四友斋丛说》卷三十四《正俗一》载:

> 宪、孝两朝以前,士大夫尚未积聚……至正德间,诸公竞营产谋利。一时如宋大参(恺)、苏御史(恩)、蒋主事(凯)、陶员外(骥)、吴主事(哲),皆积至十余万,自以为子孙数百年之业矣。④

另一方面表现为追求感官娱乐,如《明史》卷二八六称:吴中自祝允明、唐寅辈,"以放诞不羁,为世所指目。而才情轻艳,倾动流辈,传说增益而附丽之,往往出名教外"⑤。文人学士性格狂简疏纵,"好轻遽议论,放乎礼法之外,恣悻其私意"⑥,造就了一代求新尚奇的审美精神。

正是在明中期内外交困的社会危机催迫下,在文人阶层力图摆脱程朱理学思想长期禁锢、追求思想解放的思潮席卷下,在全社会的文化下移趋向推动下,在"去朴从艳,好新慕异"的社会风尚

---

① 依次见嘉靖《永丰县志》卷二《风俗》,嘉靖《广平府志》卷十六《风俗》。
② 万历《博平县志》卷四《人道》六《民风解》。
③ 王锡爵:《郭希所御史》,《王文肃公牍草》(明万历间刻本),卷四。
④ 何良俊:《四友斋丛说》(北京:中华书局,1959),第312页。
⑤ 张廷玉等:《明史》卷二八六,第7354页。
⑥ 康海:《送苏榆次序》,《对山集》(《景印文渊阁四库全书》本),卷三十。

鼓动下,剧坛上熔铸着文人审美精神、渗透着文人审美趣味的传奇戏曲,逐渐取代贵族化的北曲杂剧和平民化的南曲戏文,崛起而立,并渐趋成熟。在这一意义上可以说,传奇戏曲是时代的产儿。

第二节 元末至明中期戏曲的发展动向

当然,传奇体制的确立,在根本上还是由其内部机制的运作所决定的。传奇体制确立的远因,是从元末至明前期戏曲艺术发展动向的必然结果;而其近因,则是从明成化元年至万历十四年(1465—1586)前后,在总体的思想文化背景下,戏曲艺术的审美趣味不断文人化的产物。

元代戏曲以北方杂剧称擅剧坛,如皓月当空,群星黯然。而杂剧无疑是北方的产物,与北方少数民族文化的渗透关系匪浅。明人王骥德《曲律》卷一《总论南北曲》说:

> 曲之有南、北,非始今日也……以辞而论,则宋胡翰所谓:晋之东,其辞变为南、北;南音多艳曲,北俗杂胡戎。以地而论,则吴莱氏所谓:晋、宋、六代以降,南朝之乐,多用吴音;北国之乐,仅袭夷虏。以声而论,则关中康德涵所谓:南词主激越,其变也为流丽;北曲主慷慨,其变也为朴实。惟朴实,故声有矩度而难借;惟流丽,故唱得宛转而易调。[①]

其实北方文艺传统的形成,不但由于少数民族携来了异族情调,也由于在北方特殊地理环境影响下的北方人民从来具有豪放敦直的性格。从南北朝起,我国北方文艺传统和南方文艺传统就出现了明显的分野,这种分野由于金、元和南宋的长期对立而更形

[①] 《中国古典戏曲论著集成》第四册,第56—57页。

突出。元人虞集说:

> 中州隔绝,困于戎马,风声气习多有得于苏氏之道,其为文亦曼衍而浩博矣。①

"苏氏"即北宋文豪苏轼,其艺术风格以清旷豪迈著称于世,金、元时期的北方文艺恰恰承袭了这一传统。而元代的北曲杂剧,正是在北方文艺传统的沃土上孕育成长的奇葩异蕊。元代前期的杂剧作家,如关汉卿、白朴、王实甫、马致远等,多为北方人,就是明证。

然而,大致从元仁宗延祐年间(1314—1320)开始,情势却发生了逆转,在北方文艺由盛而衰的同时,南方文艺则由衰而盛。不仅正统文艺为然,连通俗文艺也难逃此劫。元末明初人长谷真逸《农田余话》卷下说:

> 至正间,北人歌辞破碎,声调哀促,号通街市,无复昔时文物豪雄之气。而人多制【香罗带】、【醋相思】之类,悲怨迫切之声,若不能一朝夕者,听之使人凄怆不自已,关系元气运亦不小者。②

"亡国之音哀,以思其民困"③,这是传承久远的审美认识。既然比杂剧更为通俗的俚曲俗谣都不免"破碎"、"哀促",北方文艺的衰颓岂非无可避免?

于是,从大德年间(1297—1307)开始,戏曲文化活动的中心就从北方的大都(今北京)逐渐南移到杭州(今属浙江)。元朝统一中国以后,北方杂剧作家就纷纷南下,有的定居,如白朴筑新居于南京,王仲文"踪迹住金华";有的游宦,如马致远做过江浙省务

---

① 虞集:《庐陵刘桂隐存稿序》,《道园学古录》(《四部丛刊》影印本),卷三三。
② 长谷真逸:《农田余话》,收入陈继儒辑:《宝颜堂秘笈》(上海:文明书局,1922),《广集》。
③ 吉联抗译注:《乐记·乐本篇》(北京:人民音乐出版社,1958),第3页。

提举,李文蔚做过江州瑞昌县尹,张寿卿做过浙江省掾,尚仲贤做过浙江省务提举,戴善夫做过浙江省务官,等等。元后期南迁之风更盛,像大兴人曾瑞卿那样由于"喜江浙才人之名,景物之盛,因家焉"的,在在皆是。如宫天挺、郑光祖、赵良弼、钟嗣成、乔吉、秦简夫、李显卿、陈无妄等北籍杂剧作家,皆久居浙江。至顺前后以迄元末新出的杂剧作家,干脆绝大多数都是江浙人①。

　　北曲杂剧的南迁,既扩大了自身的影响,更造成了自身的衰微。杂剧"逾淮为枳",失去了赖以形成和生长的北方土壤,成为无本之木、脱根之花,无法适应和满足南方的审美习惯和审美需要,即使进行诸如"南北合套"之类的局部体制革新,也无法挽救其衰颓的命运。审美习惯和审美需要的地域性特征,总是要呼唤新的文艺形态来与之相适应、相和谐的。明人王世贞曾说:

　　　　词不快北耳而后有北曲,北曲不谐南耳而后有南曲。②

此语如稍加改动成:"词不快北耳而后北曲兴,北曲不谐南耳而后南曲兴",则说明了文艺发展史上一条不易的规律。既然戏曲活动重心已移至南方,那么南方的审美习惯和审美需要无疑会支配戏曲剧种的兴衰,因此北曲杂剧的衰亡和南曲戏文的代兴就势在必行。

　　另一方面,杂剧的南进也携来了北方戏曲文化的良种,客观上改良了南方民间戏曲的审美品位。例如,元末人姚桐寿在《乐郊私语》中记载浙江海盐杂事,说:

---

　　① 以上均参见钟嗣成:《录鬼簿》,及阙名:《录鬼簿续编》,收入《录鬼簿(外四种)》(上海:上海古籍出版社,1978)。日本学者青木正儿曾列表对北曲杂剧作家南移加以说明,见其《中国近世戏曲史》第三章第四节,王古鲁译注(北京:作家出版社,1958),第68—71页。

　　② 王世贞:《曲藻》,《中国古典戏曲论著集成》第四册,第27页。

州少年多善歌乐府,其传皆出于澉川杨氏。

按,"澉川"即澉水,今浙江海盐县澉浦镇的别称。此地戏曲家杨梓在世时,独得曲家贯云石之传,撰有《豫让吞炭》、《霍光鬼谏》、《敬德不伏老》等杂剧。其诸公子"复与鲜于去矜交好,去矜亦乐府擅场,以故杨氏家僮千指,无有不善南北歌调者。由是州人往往得其家法,以能歌名于浙右"①。贯云石和鲜于去矜(即鲜于必仁)都是北曲名家,他们对海盐一带的南曲进行加工、改造,使之接受北曲的艺术成就而得以提高和发展,成为流行于明代前中期的四大声腔之一——海盐腔。南方戏曲窃得北方戏曲的文明火种,使自身发生了脱胎换骨的变化,从而在元代末年培育出了《琵琶记》和"荆、刘、拜、杀"等戏文作品的累累硕果。

这就是文化传统的巨大生命力:它在淘汰旧事物的同时,总是以丰厚的乳汁哺育着新事物。

然而,历史的演进总是迂回曲折的,北曲杂剧的衰颓和南曲戏文的代兴也是如此。在元代末年,南曲还始终敌不过北曲,尤其在上层社会是这样。如朱有燉《元宫词》写道:

江南名妓号穿针,贡入天家抵万金。莫向人前唱南曲,内中都是北方音。②

明代初年,朱元璋虽喜好南曲,却不满高明的《琵琶记》"不可入弦索",即不便于用北曲乐器伴奏。于是教坊色长刘杲、教坊奉銮史忠等人,奉旨用北方的乐器筝、琵,试行伴奏演唱南曲,创制一种"南曲北调"的"弦索官腔"③。但是宫廷一应扮演,仍限于形式单

---

① 并见姚寿桐:《乐郊私语》,收入陈继儒辑《宝颜堂秘笈》。
② 陈高华辑校:《辽金元宫词》(北京:北京古籍出版社,1988),第 20 页。
③ 见徐渭:《南词叙录》,《中国古典戏曲论著集成》第三册,第 240 页;陆采:《冶城客论》"刘史二伶"条,收入明陶珽辑《说郛续》(清顺治间宛委山堂刻本),卷七。

一的北曲杂剧①,杂剧从勾栏瓦舍步入宫廷殿堂,身价反而倍增。朱元璋还积极鼓励贵族们炫耀声色,李开先说:"洪武初,亲王之国,必以词曲一千七百本赐之。"②这些"词曲"恐怕大多是北曲杂剧剧本。成祖朱棣在燕邸时,周围就聚集了贾仲明、杨景贤、汤舜民、杨文奎等北曲杂剧作家。朱棣即位以后,更倡导北曲杂剧,一些藩王如宁王朱权、周王朱有燉,都是专写北曲杂剧的行家。

在明前期,杂剧在民间也盛演不衰。宣德年间朱有燉《香囊怨》杂剧中曾咏唱当时流行的杂剧名目有30多种③。当时北方一带有专演北剧的乐户,南京教坊司里也蓄有北曲乐工。从宫廷到文坛,人们心目中大都以北曲为正声雅乐,以南曲为村坊小伎,北曲杂剧仍然顽固地占据剧坛领袖的宝座。

到了明中期,在文化权力下移总体趋向的裹挟下,对北曲杂剧的嗜好从宫廷蔓延至文坛。而与当时文坛上的复古之风桴鼓相应,曲坛上重北轻南的成见也仍然根深蒂固。

北曲一直受到许多文人士大夫的青睐。北方文人如"前七子"中的王九思、康海,以及冯惟敏等,所作散曲和戏曲,大都一仍北曲旧贯。在南方,据顾起元《客座赘语》卷九记载,南京在万历元年(1573)以前,缙绅士夫和一般富贵之家普通的宴会请客(所谓"小集"),大都用清唱散乐,从三四人到十多人不等,唱唱大套散曲。逢到场面较大的宴会,就邀请教坊艺人"打院本,乃北曲四大套者"④。可见在万历以前,北曲杂剧在上层社会里还以其古香

---

① 参见张廷玉等:《明史》卷六十一《乐志》。
② 李开先:《张小山小令后序》,路工辑校:《李开先集》(北京:中华书局,1959),《闲居集》卷六,第370页。
③ 《香囊怨》杂剧,现存明沈泰辑:《盛明杂剧》(北京:中国戏剧出版社,1958)所收本。据梅鼎祚:《青泥莲花记》(上海:广益书局,1915)卷六,此剧约作于宣德七年(1432)。
④ 顾起元:《客座赘语》(北京:中华书局,1987),第303页。按,此书卷首有万历四十五年(1617)顾起元自序。

古色受到普遍重视。

华亭(今上海松江)人何良俊更是典型的北曲迷。他的祖父和父亲都嗜好金元杂剧,何良俊秉承家风,在嘉靖年间南曲之风已极盛之时,还执迷不悟地固守北曲的一隅之地,家里蓄有专唱北曲杂剧的家僮和女伶,"一时优人俱避舍,以所唱俱北词,尚得金、元遗风"①。何良俊曾引杨慎的话说:

> 南史蔡仲熊云:"五音本在中土,故气韵调平;东南土气偏诐,故不能感动木石。"斯诚公言也。近世北曲,虽郑、卫之音,然犹古者总章北里之韵,梨园教坊之调,是可证也。②

以北贬南,以古抗今,用心良苦。

与对北曲的迷恋形成鲜明的反照,在嘉靖以前,绝大多数的文人士大夫对南曲戏文极端鄙夷蔑视。连生活在南曲盛行之地苏州的祝允明,在《重刻中原音韵序》中也指斥道:

> 不幸又有南宋温浙戏文之调,殆禽噪耳,其调果在何处!③

直到嘉靖三十八年(1559),重北轻南之风仍然不泯,徐渭在《南词叙录》尖锐地批评当时这种不正常的现象说:"有人酷信北曲,至以伎女南歌为犯禁,愚哉是子!"④

然而,无论文人士大夫们如何痛心疾首,南曲戏文取代北曲杂剧却是历史的必然趋势。从元代末年以来,南曲戏文凭借其戏情真切、语言朴质、曲调流行的优势,在南方民间早已拥有广大的观众,在明前中期更是流被广远。魏良辅《南词引正》说:

---

① 沈德符:《顾曲杂言》,《中国古典戏曲论著集成》第四册,第204页。
② 何良俊:《四友斋丛说》卷三七《词曲》,第336—337页。
③ 祝允明:《怀星堂集》(《景印文渊阁四库全书》本),卷二四。
④ 《中国古典戏曲论著集成》第三册,第241页。

> 腔有数种,纷纭不类。各方风气所限,有昆山、海盐、余姚、杭州、弋阳。自徽州、江西、福建,俱作弋阳腔。永乐间,云、贵二省皆作之,会唱者颇入耳。①

可见在永乐年间(1403—1424),弋阳腔不仅活跃在民间舞台上,而且远传云南、贵州,在那里蓬勃发展。据陆采辑《都公谭纂》卷上记载,英宗天顺年间(1457—1464),南曲戏文艺人到京师演出,被锦衣卫以"以男装女,惑乱风俗"的罪名上报②。可知此时南曲戏文已在北方民间流行。

祝允明《猥谈》谈到弘治、正德间(1488—1521)剧坛风气时,曾说:

> 数十年来,所谓南戏盛行,更为无端,于是声乐大乱……盖已略无音律腔调。愚人蠢工徇意更变,妄名余姚腔、海盐腔、弋阳腔、昆山腔之类,变易喉舌,趁逐抑扬,杜撰百端,真胡说也。若以被之管弦,必至失笑。③

他对南曲戏文的贬抑不足称道,但却道出了南曲戏文在当时的勃勃生机。在南方,年轻人投身演戏行业成为非常普遍的现象。陆容《菽园杂记》卷十记浙江南戏流行情况,说:

> 嘉兴之海盐,绍兴之余姚,宁波之慈溪,台州之黄岩,温州之永嘉,皆有习为倡优者,名曰"戏文子弟"。虽良家子不耻为之。④

可见当时从业南戏者不仅甚多,而且他们也得到社会的广泛承认。

---

① 钱南扬:《南词引正校注》,文载《戏剧报》1961年7、8期合刊。
② 陆采辑:《都公谭纂》,收入《申报馆丛书续集·纪丽类》。
③ 祝允明:《猥谈》,收入陶珽:《说郛续》卷四六。
④ 陆容:《菽园杂记》(北京:中华书局,1985),第124页。按,陆容,成化二年(1466)进士,官至浙江右参政。所记当为成化中、末叶(约1476—1487)情况。

正德(1506—1521)以后,南曲戏文的演唱愈来愈盛行。据徐渭《南词叙录》记载,到嘉靖年间(1522—1566),南戏的几大声腔已流行于南方的江西、浙江、江苏、湖南、安徽等地,得到了很大的发展①。到万历年间(1573—1619),南曲诸腔终于完全取代北曲杂剧,占据了戏曲舞台演出的领袖地位。沈德符《顾曲杂言》说:

    自吴人重南曲,皆祖昆山魏良辅,而北词几废……北曲真同《广陵散》矣。②

吕天成《曲品》卷上也说:

    传奇(郭按,当包括戏文与传奇)既盛,杂剧寖衰,北里之管弦播而不远,南方之鼓吹簇而弥喧。③

连北曲的最后一个堡垒南京,情势也发生了显著的变化。举凡"公侯与缙绅及富家"所举办的宴会,"小集"已不用北曲,而"变而尽用南唱";"大会则用南戏,其始止二腔,一为弋阳,一为海盐"④。这可以见出南曲戏文的流行在上层社会中引起的强烈反响。万历间刻《金瓶梅词话》小说,第三十六、四十七、六十三、六十四、七十四诸回,叙写西门庆先后宴请蔡御史、宋御史、安进士等官吏,皆招海盐子弟演唱戏文,即可为证。

曲坛南盛北衰的状况,甚至影响及于北方。王骥德《曲律》卷一《论曲源》说:

    始犹南北画地相角,迩年以来,燕、赵之歌童舞女,咸弃其

---

 ① 《中国古典戏曲论著集成》第三册,第 242 页。
 ② 《中国古典戏曲论著集成》第四册,第 212 页。按,《顾曲杂言》摘录自沈氏《野获编》,所记皆万历间事。
 ③ 吕天成著、吴书荫校注:《曲品校注》(北京:中华书局,1990),第 1 页。吕天成《曲品》卷首有万历三十八年(1610)自序。
 ④ 顾起元:《客座赘语》卷九《戏剧》条,第 303 页。

捍拨(郭按,借指北曲伴奏乐器琵琶),尽效南声,而北词几废。①

"北转南风",已成为明中期以后曲坛大势所趋。传奇戏曲便是在这种趋势下应运而生,蔚然而兴的。没有南曲诸腔在各地的传唱和盛行,便没有传奇戏曲的兴起和繁盛。

---

① 《中国古典戏曲论著集成》第四册,第 55—56 页。关于明末和清代北曲的末路,可参看青木正儿《中国近世戏曲史》第七章第二节,第 174—178 页。

第二章 传奇体制的确立

在一定的历史时期里,艺术样式与时代文化和艺术传统之间虽然可以形成互相一致或同构的关系,即艺术样式映现着或对应着特定的时代文化和艺术传统;但二者更为经常的关系却是相互差异,即彼此的不一致,形成一种"紧张"情势。这种"紧张"情势内化为艺术样式自身的双重品格:在浅显层面,艺术样式具有顺从时代文化需求、适应艺术传统规程的特征;在深隐层面,艺术样式则不断引导时代文化需求,突破艺术传统规程。因此,借助于对艺术样式变迁的考察,将有助于我们窥视时代文化的内蕴,洞察艺术传统的规程,从而更为自觉地重构历史,更为深刻地阐释传统。

明中后期文化权力下移的时代文化需求是如何与艺术传统一道携手共建传奇戏曲体制的?新型的传奇戏曲体制又是如何突破艺术传统规程,引导时代文化需求,从而呈现出独特的社会意义的?这正是本章要回答的主要问题。

第一节 审美趣味的文人化

如前章所述,在元末至明前期,南曲戏文一直是"士夫罕有留意者"的民间戏曲样式①。在南曲戏文从民间戏曲样式蜕变为文

---

① 徐渭:《南词叙录》,中国戏曲研究院:《中国古典戏曲论著集成》(北京:中国戏剧出版社,1959),第三册,第239页。本章下文凡引此书者,不再一一出注。

人士大夫表情达意的文艺形式的历史过程中,有两位剧作家功不可没,这就是高明(1307?—1359)和丘濬(1421—1495)。

高明在元代末年以进士的身份创作南曲戏文《琵琶记》,成为士大夫染指戏文的第一人。徐渭《南词叙录》称其:"用清丽之词,一洗作者之陋,于是村坊小伎,进与古法部相参,卓乎不可及已。"这预示着南曲戏文即将在新朝代发生巨大的裂变。但是就高明的戏曲艺术观念而言,他之所以创作戏文,还仅仅是一种不甚自觉的选择,更多的是着眼于戏曲的"风化"功能,而不是其"动人"魅力①。

而身为馆阁大老、理学鸿儒的丘濬,在明成化年间染指南曲戏文,创作《伍伦全备记》,却已是一种相当自觉的艺术选择了。在《伍伦全备记》第一出《副末开场》中,他毫不含糊地指出:

……今世南北歌曲,虽是街市子弟、田里农夫,人人都晓得唱念,其在今日亦如古诗之在古时,其言语既易知,其感人尤易入。近世以来做成南北戏文,用人搬演,虽非古礼,然人人观看,皆能通晓,尤易感动人心,使人手舞足踏,亦不自觉。

这种对"南北歌曲"和"南北戏文"的审美价值和社会功能的充分肯定,堪称慧眼独具,在戏曲发展史上是值得特别一提的。

正是有见于此,丘濬刻意编撰了一本"一场戏里五伦全"的《伍伦全备记》,以便"备他时世曲,寓我圣贤言","诱人之观听"以"入其善化"②。他苦心积虑地要用程朱理学思想作为戏曲艺术

---

① 《琵琶记》第一出〔水调歌头〕云:"秋灯明翠幕,夜案览芸编。今来古往,其间故事几多般。少甚佳人才子,也有神仙幽怪,琐碎不堪观。正是不关风化体,纵好也徒然。　论传奇,乐人易,动人难。知音君子,这般另作眼儿看……"钱南扬:《元本琵琶记校注》(上海:上海古籍出版社,1980),第1页。

② 以上引文均见丘濬:《伍伦全备记》第一出《副末开场》,古本戏曲丛刊编委会:《古本戏曲丛刊初集》(上海:商务印书馆,1954)影印本。

的精神力量,使南曲戏文攀上理学的高枝,从而提高它的文化品位,其用心可谓良苦!《伍伦全备记》的问世,奏响了南曲戏文从村坊小伎跃居文人案头、从民间舞台走向上流社会的号角。

从弘治、正德年间(1488—1521)开始,越来越多的文人士大夫涉足曲坛,蔚为风气。如归有光《朱肖卿墓志铭》记弘治、正德年间,上海嘉定人沈龄(字寿卿,一字元寿)"慕宋柳耆卿之为人,撰歌曲,教僮奴为俳优,以此称于邑人"①。万历重修《江宁县志》卷九记载:上海松江人徐霖"多狭邪游,每当筵自度曲为新声","至今江左言风流者,必首髯仙(霖美髯,因自号也)"。祝允明虽然对南曲戏文贬斥有加,但却十分迷恋于戏曲演出,徐复祚记他:"为人好酒、色、六博,不修行检,常傅粉黛,从优伶间度新声。"②阎秀卿《吴郡二科志》也说:祝允明"屡为杂剧,少年习歌之"③。嘉靖时山东章丘人李开先,家有戏班,"戏子几二三十人,女妓二人,女僮歌者数人",规模极大④。

当时南北方文人士大夫所喜好的,固然有经过改良的、用"弦索官腔"演唱的北曲,也有用南曲演唱的清曲与剧曲,且后者渐有压倒前者的趋势。嘉靖初杨慎《丹铅总录》卷十四"北曲"条即说:

> 近日多尚海盐南曲,士夫禀心房之精,从婉娈之习者,风靡如一。甚者北土亦移而耽之。更数十〔年〕,北曲亦失传矣。⑤

---

① 归有光:《震川先生集》(《四部丛刊》影印清康熙间刊本),卷十九。
② 徐复祚:《曲论》,《中国古典戏曲论著集成》第四册,第243页。按,本章下文凡引此书者,不再一一出注。
③ 阎秀卿:《吴郡二科志》,收入《丛书集成初编·史地类》。
④ 何良俊:《四友斋丛说》(北京:中华书局,1959),卷十八《杂记》,第159页。
⑤ 杨慎:《丹铅总录》(《景印文渊阁四库全书》本)。该书卷首有嘉靖三十三年(1554)梁佐《序》。此条又见杨氏《词品》(《词话丛编》本)卷一。

文人审美趣味潮涌般地注入戏文的肌体,促使戏文开始了彻底文人化的过程,传奇便应运而生了。

据统计,生长期知名传奇作家共 37 人,作品共 74 种,今将他们的简况列表如下①:

生长期传奇作家作品一览表

姓名	字	别号	年代	籍贯	生平	传奇	杂剧	备注
邱濬	仲深	琼山、赤玉峰道人	1421—1495	海南琼山	景泰五年进士,官至大学士	#伍伦全备记		
崔时佩			成化、弘治间	浙江海盐		※南西厢记		
李景云						※崔莺莺西厢记 ※王十朋荆钗记		
邵灿	文明 宏治		成化、弘治间	江苏宜兴	少习举子业	#香囊记		
周礼	德恭	静轩	弘治间	浙江余杭		※东窗记		
姚茂良	静山		弘治间	浙江武康	落魄士子,隐居田园	#双忠记		
沈鲸	涅川		成化、弘治间	浙江平湖	嘉兴府知事	#双珠记 #鲛绡记 ※分鞋记 ※青琐记		

---

① 表中所述材料,主要根据傅惜华:《明代传奇全目》(北京:人民文学出版社,1959);并参照吕天成著、吴书荫校注:《曲品校注》(北京:中华书局,1990),徐朔方:《晚明曲家年谱》(杭州:浙江古籍出版社,1993),郭英德:《明清传奇综录》(石家庄:河北人民出版社,1996)。可参看本书第四、五章有关若干作家生平著作的考述。

徐　霖 子仁	九峰道人、快园叟、髯仙	1462—1538	先世江苏苏州，生于上海松江	诸生,隐居不仕,扈从武宗	※绣襦记　※三元记　梅花记　※留鞋记　※枕中记　种瓜记　※两团圆　※柳仙记		
王　济 伯雨	雨舟、紫髯仙客、白铁道人	1474—1540	浙江乌镇	太学生,横州通判	※连环记		
沈　采 练川		弘治、正德间	上海嘉定		※千金记　※还带记　※四节记		沈采与沈龄或为一人
沈　龄 寿卿 元寿	练塘渔者	1470?—1523后	上海嘉定	蔚以名流,确乎老学	※三元记　#龙泉记　※娇红记　#四喜记　#银瓶记		
李日华		弘治、正德间	江苏吴县		※南西厢记　四景记		
席正吾		弘治、正德间			#罗帕记		
陈黑斋		弘治、正德间		学究	※跃鲤记		
郑汝耿		弘治、正德间			※剔目记		
丁鸣春		弘治、正德间			※湘湖记		
方谕生		弘治、正德间			#忠孝节义		
陈龙光		弘治、正德间			※唐僧西游记		

郑若庸	中伯 仲伯	虚舟、蜣螂生	1490—1577	江苏昆山	屡试不第,隐支硎山,入幕赵邸	#玉玦记 ※大节记		
王炉峰			嘉靖、隆庆间	浙江会稽		#红叶记		
陆 采	子玄	天池、清痴叟	1497—1537	江苏长洲	太学生,屡试不第	※明珠记 ※南西厢 ※怀香记 ※存孤记 ※分鞋记		
李开先	伯华	中麓	1502—1568	山东章丘	嘉靖八年进士,官至太常寺少卿,四十岁隐居	※登云记 ※宝剑记 #断发记	园林午梦等	
谢　谠	献忠 正卿	海门、盖山子	1512—1569	浙江上虞	嘉靖二十三年进士,任泰兴令,弃官隐居	#四喜记		
郑之珍	汝席 子玉	高石山人	1518—1595	安徽祁门	邑庠生,屡试不第	※目连救母劝善戏文　五福记		
梁辰鱼	伯龙	少白、仇池外史	1519—1591	江苏昆山	隐居不仕,入胡宗宪幕	#浣纱记　鸳鸯记 ※寻亲记	红线女等	
秦鸣雷	子豫	华峰	1524—1599	浙江临海	嘉靖二十三年进士,官至吏部尚书	※合钗记		

张凤翼	伯起	灵墟、冷然居士	1527—1613	江苏长洲	嘉靖举人,绝意仕进,卖文为生	#红拂记 #祝发记 #窃符记 #虎符记 #灌园记 ※庡廖记 #平播记		
高濂	深甫	瑞南、湖上桃花渔	1527—1603后	浙江钱塘	国子监生,入赀待选,归隐西湖	#玉簪记 #节孝记		
郑国轩				浙江		※白蛇记 ※牡丹记		
端鏊	平川		嘉靖、隆庆间			※庡廖记		
张瑀			嘉靖、隆庆间	河北正定	屡试不第	#还金记		
张四维	治卿	午山、王山秀才	嘉靖、隆庆间	河北大名		#双烈记 ※章台柳		
鲁怀德						※藏珠记		
童养中						※胭脂记		
朱期	万山		嘉靖、隆庆间	浙江上虞	世家令子,困于卑官	#玉丸记		
江楫	葵南	百莱主人	隆庆、万历间	湖北荆门	屡试不第,以明经官真阳县尹	※芙蓉记		
张翀	子仪	浑然子	嘉靖、隆庆间	广西马平	嘉靖三十二年进士,官至刑部右侍郎	#锦囊记		

【注】表中剧名前标※者为改编宋元戏文或金元杂剧之作,剧名前标#者为独立创作,未标者不详。

根据上表,我们可以发现几个有趣的现象:

第一,在上述 37 位传奇作家中,现知籍贯的有 27 位。这 27 位作家中,南方作家共 24 人,约占 89%,其中浙江 11 人,江苏 6 人,上海 3 人,安徽、湖北、广西、海南各 1 人;北方作家仅 3 人,约占 11%,其中山东 1 人,河北 2 人。时至明中期,戏曲创作队伍中南方作家已成为主体,由此可一目了然。而此时浙江籍作家远多于江苏籍作家,也可以证明海盐腔的确风靡海内,前引杨慎之说言出有据。

第二,在上述 37 位传奇作家中,略知生平经历的有 21 位,无一例外全是文人或士大夫。其人数在嘉靖以后更比嘉靖以前多,以郑若庸为界,其前 8 人,其后 13 人。可见,正是在嘉靖年间,文人审美趣味已然奔泄剧坛,波染传奇了。

第二,在 21 位略知生平经历的传奇作家中,进士 5 人,约占 24%;举人 1 人,约占 5%;无功名的官吏 4 人,约占 19%;诸生 11 人,约占 52%。显然此时传奇创作队伍仍以功名失意、未入仕途的文人为主要成员,这种情况与元杂剧作家的构成和经历大致相似①。清初吴伟业在《北词广正谱序》中说:

> 盖士之不遇者,郁积其无聊不平之慨于胸中,无所发抒,因借古人之歌呼笑骂,以陶写我之抑郁牢骚;而我之性情,爱借古人之性情,而盘旋于纸上,宛转于当场。②

功名不遂,仕途失意,以文抒愤,藉以名世,这在古代戏曲作家中的确带有普遍意义。如清梁清远《袚园集》卷三《真定三子传》云:

> 张瑀先生者,在嘉、隆间名。能文章,多读书,六应试不

---

① 参见郭英德:《元杂剧作家身份初探》,原载《晋阳学刊》1985 年第 4 期,后收入《元杂剧与元代社会》(北京:北京师范大学出版社,1996),附录一,第 290—301 页。
② 李玉等:《一笠庵北词广正谱》(清康熙间刻本),卷首。

第,其才情一寓之于填词。①

明陈昭祥《劝善记序》说:

> 郑子(按,指郑之珍)幼为诸生时,负高世之雄才,擅凌云之逸响,而屡困于艺场。于是退而深惟曰:"吾身不用,何可以名没世而不称也……"故即目犍连救母事而编次之,而阴以寓夫劝惩之微旨焉。②

凡此皆是例证。其实,连进士出身的官吏如李开先和谢谠,也都是在官场失志、隐居田园以后创作传奇的,这种现象在明后期更是蔚为风气。在"借古人之酒杯,浇自己之块垒"的创作活动中,传奇的意蕴和体制怎能不逐渐涂染上鲜明的文人色彩呢?

第四,由上表还可以看出,明中期大多数传奇作家只作传奇,不作杂剧。上述37位作家,只有李开先和梁辰鱼兼作杂剧,约占5.5%。这是因为,在嘉靖、隆庆以前,杂剧创作主要沿袭金元杂剧的路数,大多仅用北曲演唱,用南曲演唱的南杂剧尚在萌芽之中。而这时文人士大夫对南曲的兴趣已远远超出于北曲,所以他们往往只作传奇,不作杂剧。于是杂剧在明中期不免一落千丈。甚至连北方作家如李开先之类,虽也创作北曲杂剧,但却为南曲戏文所深深吸引,情不自禁地改编戏文,创作传奇。直到梁辰鱼和徐渭把南曲引入杂剧,创构南曲杂剧以后,从明万历年间开始才有许多作家兼作杂剧和传奇,杂剧创作又呈复兴景象。

第五,在上表中所列传奇作家的74种传奇作品中,确知为改编旧剧或独创新剧的有68种。从横向分布看,这68种传奇,改编宋元戏文与金元杂剧之作为41种,约占60%;独立创作的作品为

---

① 梁清远:《祓园集》(清康熙间梁允桓刻本)。
② 郑之珍:《目连救母劝善戏文》卷首,《古本戏曲丛刊初集》影印明万历间高石山房原刻本。

27种,约占40%。可见在明中期,改编旧剧仍是传奇创作的主流。作者姓名可考的作品尚且如此,那些无名氏的作品更几乎全是旧剧新编。这是因为在传奇崛起之初,在主观上文人作家还不能娴熟地掌握和运用长篇戏曲样式来叙事抒情,在客观上南曲戏文本身的杂乱无章也不便于文人作家的学习和创作,所以他们不得不知难而退,先以现成的剧本为蓝本进行整理和改编,并在整理、改编的过程中逐步熟悉戏文体制,提高编剧技巧。正因如此,改编旧剧在这时成为剧坛热点。再从纵向演变看,若以郑若庸为界,则在他以前,改编与创作的比例约为2∶1;在他以后,则为1∶1。由此可见,时至嘉靖、隆庆年间,文人士大夫的传奇创作技巧已渐趋成熟,这正是传奇剧本体制渐次定型的必然结果。到了万历以后,创作新剧就成为不可抑止的时代潮流了。从改编旧剧到创作新剧,这是传奇创作史的发展规律之一。

第二节 剧本体制的规范化

传奇戏曲体制的确立,仅就其艺术形式而言,包括剧本体制的规范化和语言风格的典雅化两个方面。在长达一百多年的历史进程中,这两个方面呈现出一种错综复杂的发展状况。

中国古代任何文学艺术样式文人化的第一个步骤,往往是文学体制的规范化,戏文的文人化也不例外。明中期从戏文到传奇的演变,在艺术形式上最明显的迹象,就是剧本体制的规范化。

一、戏文剧本体制的三种样式

明中期的文人戏曲作家,最初是从整理、改编宋元和明前期的戏文入手,吸取北杂剧的优点,探索、总结和建立规范化的传奇剧本体制的。

现存的宋元和明前期戏文剧本的明刻本,大多标有"重校"、"重订"、"新刻"、"新刊"、"新镌"等字样。这些戏文的整理、改编者,有的姓名已不可考,有的姓名则得以留传或可以考证,他们大抵都是文人曲家。如《寒山堂新定九宫十三摄南曲谱》卷首《谱选古今传奇散曲集总目》中,《寻亲记》下注云:"今本已五改:梁伯龙、范受益、王陵(按,当即王錂)、吴中情奴、沈予一。"①梁伯龙即梁辰鱼,其改本已佚,现存富春堂本署"剑池王錂重订"。同书《杨德贤女杀狗劝夫记》下注云:"古本,淳安徐畹仲由著。今本,已由吴中情奴、沈兴白、龙犹子三改矣。"龙犹子即冯梦龙,现存明末毛氏汲古阁刻本《杀狗记》署"龙子犹订定",当是冯梦龙改本。又如明万历间文林阁刻本《胭脂记》未署改编者姓名,而祁彪佳《远山堂曲品》"具品"则题"童养中"撰,可知童养中就是改编者。由此可见,正是文人审美趣味潮涌般地注入戏文的肌体,方才促使戏文体制向传奇体制的转化。

一般地说,现存的宋元和明前期的戏文,在剧本体制上有三种样式②:

(一)戏文样式,即基本保留戏文体制原来面目的剧本,如《永乐大典》所收《张协状元》、《宦门子弟错立身》和《小孙屠》,清陆贻典钞校本、明嘉靖间苏州坊刻本和明嘉靖写本《琵琶记》,及明成化间北京永顺堂坊刻本《白兔记》。

(二)戏文与传奇的过渡样式,即经过明中期文人整理、改编,但还或多或少地保留戏文体制原貌的剧本,如明嘉靖间姑苏叶氏刻本《影钞新刻元本王状元荆钗记》,明万历间金陵唐氏世德堂刻本《新刊重订拜月亭记》、《新刊重订赵氏孤儿记》、《裴度香山还带

---

① 张彝宣:《寒山堂新定九宫十三摄南曲谱》(中国艺术研究院藏清抄本)。
② 以下所列举的剧本,可参看钱南扬:《戏文概论》(上海:上海古籍出版社,1981),《剧本第三》第二章第一节,第83—95页。

记》,明万历间金陵唐氏富春堂刻本《新刻岳飞破虏东窗记》、《新刻吕蒙正破窑记》、《新刻商辂三元记》、《新刻姜诗跃鲤记》,明万历间慎余馆刻本《新刻韦凤翔古玉环记》,明万历间刻《重校金印记》,钞本《黄孝子传奇》等。此外,明中期一部分根据宋元旧作改编的余姚腔剧本,改编者多已无考,大多也应属于戏文与传奇的过渡样式①。

（三）传奇样式,即经过明中后期文人整理改编,与戏文体制已面目全非的剧本,如明金陵唐氏富春堂刻本《周羽教子寻亲记》,明文林阁刻本《新刻全像胭脂记》,明毛氏汲古阁刻本《杀狗记》、《三元记》,清宝善堂钞本《牧羊记总本》等。

以上三种样式,甚至分别出现于同一位作家创作或改编的同一部剧本的不同版本中。如元末高明创作的《琵琶记》,陆贻典钞校本、苏州坊刻本和嘉靖写本同属"元本"系统,是戏文样式;而容与堂刻本、《绣刻演剧》本、《六合同春》本、凌氏朱墨本、汲古阁本等,则皆为明人改本,是传奇样式。又如柯丹邱改编的《荆钗记》,嘉靖刻本是戏文与传奇的过渡样式,而富春堂刻本、继志斋刻本、屠隆评本、汲古阁本等,则是传奇样式。

一部宋元或明前期的戏文作品,如经多次改编,撇开其内容的变化不论,单就剧本体制而言,其发展演变的线索是十分明晰的,即从戏文与传奇的过渡样式到传奇样式转化。试比较：

周礼《岳飞破虏东窗记》(明万历间富春堂刻本)——阙名《精忠记》传奇(明末汲古阁刻本)

---

① 钱南扬所列余姚腔剧本有16种,即：《薛平辽金貂记》、《韩朋十义记》、《何文秀玉钗记》、《范雎绨袍记》、《苏英皇后鹦鹉记》、《薛仁贵跨海征东白袍记》、《韩湘子九度文公升仙记》、《刘汉卿白蛇记》、《王昭君出塞和戎记》、《香山记》(以上明富春堂刻本)、《高文举珍珠记》、《刘秀云台记》、《青袍记》、《观音鱼篮记》、《袁文正还魂记》(以上明文林阁本)、《新刻全像古城记》等。见《戏文概论》,第95—96页。

阙名《赵氏孤儿记》(明万历间世德堂刻本)——徐元《八义记》(明末汲古阁刻本)

阙名《重校金印记》(明万历间刻本)——高一苇《金印合纵记》(明崇祯间刻本)

阙名《韦凤翔古玉环记》(明万历间慎余馆刻本)——杨柔胜《玉环记》(明末汲古阁本)

阙名《吕蒙正风雪破窑记》(富春堂刻本)——王錂《彩楼记》(清内府钞本)

戏文样式与传奇样式的区别,并不在名称上,而在体制上。如属于戏文样式的《小孙屠》开场末白:"后行子弟,不知敷演甚传奇。"众应:"《遭盆吊没兴小孙屠》。"属于戏文与传奇的过渡样式的《刘希必金钗记》第一出"副末开场"道:"众子弟每,今夜搬甚传奇?"内应:"今夜搬《刘希必金钗记》。"可见"传奇"一词本来就可指称戏文。

总体上看,现存宋元和明前期戏文的整理、改编本大多具有比较规整谨严的剧本体制,与基本保留戏文体制原来面目的剧本那种杂乱无章的状况迥然不同。正是在这种整理、改编的过程中,明中期的文人作家逐渐建立起与戏文体制判然而别的崭新的传奇剧本体制,以适合文人的审美趣味,并因此成为后代文人传奇创作的圭臬。

二、规范化的传奇剧本体制

规范化的传奇剧本体制,主要包括剧本结构和音乐格律两方面。这里先说剧本结构,关于音乐格律,将在本书第三章和第八章第一节分别加以讨论。

从戏文到传奇,剧本结构体制的变化,主要表现在题目、分出标目、分卷、出数、开场、生旦家门、下场诗等方面。

(一)题目

宋元戏文剧本一开头必有韵语四句,用来总括剧情的大纲,叫做"题目"。一般戏文题目的末一句即包含剧名,如陆贻典钞本《元本琵琶记》的题目云:

　　极富极贵牛丞相　　施仁施义张广才
　　有贞有烈赵贞女　　全忠全孝蔡伯喈

宋元戏文剧本中题目的作用,钱南扬认为"是写广告用的"①,可备一说。

明中期的传奇剧本却不再首标题目,而在副末念完开场白之后,多了四句下场诗。这四句下场诗,就是由题目变化而来的,如陆贻典钞本《琵琶记》的题目,在其他明代改编本中就一字不易地移做下场诗。在戏文的传奇改编本中,下场诗的末句往往包含剧名,如《荆钗记》、《拜月亭记》等戏文的明改本即是如此。明中后期文人创作的传奇剧本,有的也保留这种形式,剧作家有意把剧名藏在下场诗的末句,如嘉靖间陆采《明珠记》云:"《王仙客两赠明珠记》。"崇祯间袁于令《西楼记》云:"载痴缘一部《西楼记》。"但绝大多数传奇剧本,则连这一遗迹都不复存在了。

那么题目什么时候改变为下场诗呢?徐渭《南词叙录》"题目"条云:

　　　　开场下白诗四句,以总一故事之大纲。今人内房念诵以

------

① 钱南扬:《戏文概论》,第164页。

应副末,非也。

据此可知:第一,《南词叙录》卷首有嘉靖三十八年(1559)作者自序,则最晚到这时,戏文原有的题目已变为开场白之后的下场诗;第二,这一下场诗原本沿袭题目的特点,是不念诵的,这时却改为在戏房内念诵,与场上的副末相应和①。

(二) 分出标目

关于"出"的来历,钱南扬解释说:"'出'的名称,疑由演员的出场、进场而来……盖脚色由出场到进场,演戏一段,故称'一出'。'出'、'齣'同音,后人又借'齣'为'出'。"又说:"金元人以脚色为标准,无论什么脚色上下一场,都作一折计算……'折'与'摺'音同义近,故也可写作'摺'。"②

宋元戏文剧本是不分"出"或"折"的,只是顺着情节的展开,以连场形式一场一场地演下去。例如现存明永乐(1403—1421)年间钞本《永乐大典》所收戏文三种(《张协状元》、《小孙屠》、《宦门子弟错立身》)和陆贻典钞本《琵琶记》,都是不分出(折)的。以"出"或"折"作为戏曲情节的段落,是明中期以后的事。

1957年广东潮安西溪墓葬出土的明宣德六七年间(1431—1432)写本《刘希必金钗记》戏文,已经分成67出,是现在所能见到的最早的分出剧本,但尚未标目。而同样在宣德(1426—1435)年间刊刻的刘兑《金童玉女娇红记》杂剧、朱有燉《诚斋乐府》等,以及1967年发现的明成化年间(1465—1487)北京永顺堂书坊刻本《白兔记》戏文,都仍然不分出(折),可见此时剧本分出(折)还

---

① 按,此节论述参见钱南扬:《戏文概论》,第163—167页。然钱先生解释徐氏此说,以为"开场下白诗四句",是说题目是在"开场"二字之下,副末上场之前,似误。"下"字似应解为下场。钱先生又以徐氏此说是指题本来是由副末上场念的,"今人"改为在戏房内念诵,似亦误。"应"字当解为应和。

② 依次见钱南扬:《戏文概论》,第168页,169页。

未成定例。

其后,嘉靖二十六年(1547)刻本李开先《林冲宝剑记》和嘉靖二十七年(1548)苏州坊刻巾箱本《琵琶记》则皆分出,但尚无出目。嘉靖三十二年(1553)重刻本戏曲、散曲选集《风月锦囊》所收剧本散出,已多有标目①。可见此时为剧本分出标目已渐成风气。现存最早的分出标目的完整剧本,是嘉靖四十五年丙寅(1566)刻本《荔镜记》,全剧分为55出,每出有整齐的四字目②。

"出"、"齣"、"折"、"摺"四字,在明中期以后所刻的剧本中,一直是随意使用的,始终未能一律。而传奇剧本的出目则大致有一个演变过程,即从明前中期参差不齐的字数,至明中后期大多用整齐的四字目,再到明末清代大多用两字目。万历间刊刻的余姚腔剧本如《刘汉卿白蛇记》、《跃鲤记》、《鹦鹉记》、《金貂记》、《和戎记》、《升仙记》等,潮调剧本如《金花女大全》,以及嘉靖间刻戏曲选集《风月锦囊》和万历前中期刊刻的戏曲选集如《词林一枝》、《八能奏锦》、《群音类选》等所收剧本,出目都以四字为主,兼用五字、六字或七字不等。而万历后期以至明末刊刻的传奇剧本或戏曲选集如《吴歈萃雅》、《月露音》、《怡春锦》、《醉怡情》等,则多用

---

① 《风月锦囊》的初刻约在嘉靖元年(1522)以后,下距重刻,可能历20年。参见黄仕忠:《〈风月锦囊〉刊印考》,收入其《中国戏曲史研究》(广州:中山大学出版社,1997),第207—215页。

② 按,《荔镜记》刻本现存二本,藏日本天理大学和英国牛津大学。卷末有刊行者告白,云:"重刊《荔镜记》戏文,计有一百五叶。因前本《荔枝记》字多差讹,曲文减少,今将潮、泉二部增入《颜臣》、勾栏诗词、北曲,校正重刊,以便骚人墨客闲中一览,名曰《荔镜记》。买者须认本堂余氏新安云耳。嘉靖丙寅年。"可知此本实为《荔枝记》戏文的整理改编本。《荔枝记》现存明万历九年(1581)刻本,署"潮州东月李氏编集",也是戏文改编本,但稍存旧貌,因它仅有47出,正是所谓"曲文减少"者,而且分出而未标目。此本每半叶分上下两栏,上栏为插图,下栏是正文。每幅插图都用文字标明剧情提要,字数不等,当即出目的原始形式。元至正间刻《三国志平话》,也采用这种形式,成为后代章回小说回目的雏形。

两字目。作于万历四十二年(1614)的王骥德《新校注古本西厢记》,卷首《凡例》谓:

> 今本每折有标目四字,如《佛殿奇逢》之类,殊非大雅。今削二字,稍为更易,疏折下,以便省检。第取近情,不求新异。①

可见风尚转变。凡此细加比勘,我们不难看出明代传奇出目的演变迹象②。

(三)分卷

宋元戏文不分卷,一部戏曲浑然一体。分卷体例的出现和定型,大约也在明嘉靖年间,如李开先《宝剑记》、嘉靖苏州坊刻本《琵琶记》、嘉靖刻本《荔镜记》等,皆已分卷。可知分卷正是传奇剧本特有的结构体制。

在明中期,传奇分卷的卷数还不很固定,按照舞台演出的实际需要,一般分成二卷,也有分成四卷的,大抵是供二场或四场演出之用。如《琵琶记》、《宝剑记》、《荔镜记》等,皆分二卷;《荔枝记》、《草庐记》、《金貂记》等,则分四卷。有的剧本的不同刻本,则或分二卷,或分四卷,如《跃鲤记》、《千金记》、《绣襦记》等。只有万历十年(1582)刻本郑之珍《目连救母劝善戏文》例外,分为三卷,因为万历间皖南的目连戏迪例要演三天,所谓"目连愿戏三宵毕"(卷末收场诗),所以这部长达百出的戏文便分成了上、中、下三卷。到了万历中期以后,传奇剧本通例就以分二卷为主了。传奇上下二卷的结束处,一般有特定的戏剧性要求。上卷结束的一

---

① 王骥德:《新校注古本西厢记》,现存万历间山阴朱朝鼎香雪居刻本。
② 按,此为一般通例,也有例外。用三字的,如《荷花荡》;用五字的,如《醉乡记》;字数不定的,如《玉镜台》兼用二字、三字和四字。至如《东郭记》因取材于《孟子》,出目也用《孟子》语句,字数不等,如第一出标目《离娄章句下》,第二出标目《人之所以求富贵利达者》等等,别具一格。

出,要求留下悬念,"暂摄情形,略收锣鼓",称"小收煞";全剧结束时,应水到渠成,"无包括之痕,而有团圆之趣",称"大收煞"①。

(四)出数

宋元戏文剧本有的篇幅较长,有的却很短,尚无定例。以钱南扬校注本为例,《张协状元》分为53出,陆贻典钞本《琵琶记》分为42出;而《宦门子弟错立身》仅14出,《小孙屠》仅21出。而明前中期的戏文改编本或传奇创作本,则都采用了长篇体制,一般在30出以上。如宣德间写本《刘希必金钗记》分为67出,嘉靖间刻本《荔镜记》分为55出,邵灿《香囊记》分为42出,李开先《宝剑记》分为52出,等等。至于丘濬的《五伦全备记》仅29出,张瑀的《还金记》更短,仅14出,这是特例。

(五)开场

宋元戏文在正戏之前,先有一场戏,由副末上场,用一二阕小曲,开宗明义地将作剧宗旨或剧情大意告诉观众。因为戏文没有出目,不知这一场在宋元时叫做什么,明中期曲家一般称之为"开场"或"家门"②。南戏副末开场的艺术形式,据徐渭《南词叙录》称,大抵本于宋代勾栏说唱诸宫调开讲前的"开呵"。

戏文剧本的开场,照例一般念诵两阕词,如【鹧鸪天】、【西江月】、【蝶恋花】、【满江红】等,都是习见词牌。第一阕词抒写剧本立意和作者情怀,或表明作者的艺术主张;第二阕词则是总括全剧故事梗概。也有的剧本把第一阕省去,仅用一阕词叙述剧情,如

---

① 李渔:《闲情偶寄》卷之三《词曲部·格局第六》,《中国古典戏曲论著集成》第七册,第68—69页。
② 用"开场"的,如《金雀记》称"开场",《还带记》称"副末开场",《灌园记》称"开场家门",《投笔记》称"开场首引"等;用"家门"的,如《金丸记》称"家门",《金印记》称"家门正传",《古玉环记》称"家门始末",《彩毫记》称"敷演家门"等。其他如称"开演"(《四贤记》)、"叙传"(《龙膏记》)、"本传开宗"(《紫钗记》)、"传奇纲领"(《绣襦记》)之类,不胜枚举。参见钱南扬:《戏文概论》,第176页注释[五]。

《宦门子弟错立身》。副末唱念完毕,还要与后台人员问答,报告剧名。

宋元戏文剧本的这些开场形式,多为明清传奇剧本所沿用。所不同的是,传奇开场最后有四句下场诗,提纲式地总结剧情,如前所述,这是由戏文的"题目"演变而来的。一般情况下,每一部传奇作品只有一个副末开场。有的传奇作品有两个副末开场,如高濂《节孝记》,上部《赋归记》和下部《陈情记》各有一个开场;有的传奇作品有三个副末开场,如郑之珍《目连救母劝善戏文》分三卷,每卷有一个副末开场;凡此皆为特例。而清代孔尚任《桃花扇》传奇,上本试一出《先声》,下本加一出《孤吟》;蒋士铨《香祖楼》传奇,上卷楔子《情纲》,下卷楔子《情纪》;这是传奇作家有意创新,当属副末开场的变例。有的传奇作品,仅用一阕词报告剧情,如汤显祖的《邯郸梦》;有的传奇作品,用了三阕词,如丘濬的《伍伦全备记》;有的传奇作品,不采用词牌,而或用散文,或用杂曲;这也属刻意创新的变例。副末开场的作用,一是表明作者不同的创作意图、戏曲主张、志趣抱负等,二是说明剧情,三是迎客静场,从而在作者与观众之间,建立起一座交流的桥梁①。

(六) 生旦家门

戏文剧本在副末开场以后,接下来才是正戏。正戏照例先有"生旦家门",即第二出由生扮男主角登场,第三出由旦扮女主角登场,他们都是先唱一支引曲,接念诗、词的"上场诗",再念四六骈语的"定场白",其任务是作自我介绍,表述心事,引出情节。"生旦家门"之后,从第四出开始,才是"关目上来",剧情一步步展开,角色一个个上场。这在传奇剧本中也成为定例,而且较之戏文

---

① 参见徐扶明:《试论明清传奇副末开场》,赵景深主编:《中国古典小说戏曲论集》第二辑(上海:上海古籍出版社,1987),第140—157页。

剧本更为严格,少有破例者。

(七)下场诗

戏文剧本在每出戏的末尾,照例由角色念诵两句或四句韵语,然后下场,这韵语一般称"下场诗",也称"收场诗"或"落场诗"。这种体例大概源于宋元话本的收场诗①。金元杂剧没有下场诗,宋元戏文则大多采用下场诗,如《张协状元》、《琵琶记》等,每出末尾,大都有四句或二句下场诗。

明中期的戏文整理、改编本或传奇创作本,大都沿用了下场诗的形式,只是还不很规范。如嘉靖间刻本《宝剑记》、《荔镜记》等,几乎每出都有下场诗,或四句,或二句。而万历九年(1581)刻本《荔枝记》只有个别出有下场诗,大多数则没有,这也可以证明此本较《荔镜记》为古。至明后期,下场诗为传奇作品普遍采用,并基本规范为四句韵语。下场诗可以表明本出戏结束,可以对本出戏内容作一小结,有时还可以为下出戏留置悬念。

综上所述,传奇剧本结构体制的定型约完成于嘉靖中后期(1546—1566),至万历中期(1600年左右)则形成了规范化的严谨的传奇剧本结构体制。传奇剧本结构体制的定型和规范,是传奇体制成熟的主要标志。规范化的传奇剧本结构体制,便于文人有例可循地采用戏曲形式抒情写意,从一个方面促成了传奇创作的繁盛。

---

① 徐扶明《试论明清传奇长篇体制》曾举宋元话本《碾玉观音》为证。《碾玉观音》分上下两回,上回之末说到崔宁和秀秀逃到潭州同住,遇着一个汉子,从后大踏步尾着崔宁来。说话人说到这种紧要关头,便不再往下说,念了两句收场诗,正是:"谁家稚子鸣榔板,惊起鸳鸯两处分",布置悬念,对此回作了结束。见《戏曲论丛》第一辑(兰州:甘肃人民出版社,1986),第95页注释⑨。

第三节　语言风格的典雅化

清罗惇曧《文学源流·总论》说："文学由简而趋繁，由疏而趋密，由朴而趋华，自然之理也。"①在这种文学演进的总体规律制约下，中国古代文学艺术样式文人化的第二个步骤，就是语言风格的典雅化，从戏文到传奇的嬗变也是如此。

宋元和明初南曲戏文的语言风格以质朴古拙为基本特性，王骥德《曲律》卷二《论家数》说：

> 曲之始，止本色一家，观元剧及《琵琶》、《拜月》二记可见。

卷三《杂论上》又说：

> 古曲自《琵琶》、《香囊》、《连环》而外，如《荆钗》、《白兔》、《破窑》、《金印》、《跃鲤》、《牧羊》、《杀狗劝夫》等记，其鄙俚浅近，若出一手。岂其时兵革孔棘，人士流离，皆村儒野老途歌巷咏之作耶？②

如吕天成《曲品》卷上评《拜月亭记》："天然本色之句，往往见宝。"评《荆钗记》："以真切之调，写真切之情，情文相生，最不易及。"评《白兔记》："词极古质，味亦恬然，古色可挹。"此外评《杀狗记》"事俚词质"，评《牧羊记》"古质可喜"，《赵氏孤儿记》"其词太质"，《金印记》"近俚处俱见古态"等等，俱可为证③。

到明中期，由于大批文人染指南曲戏文，把以雕词琢句所体现

---

① 转引自舒芜等：《中国近代文论选》（北京：人民文学出版社，1981），第630页。
② 依次见《中国古典戏曲论著集成》第四册，第121页，151页。
③ 吕天成著、吴书荫校注：《曲品校注》，第165—177页。

的文人艺术思维方式和审美趣味带入了南曲戏文的改编和传奇戏曲的创作,这就大大改变了南曲戏文的语言风格传统。

明中期文人往往对宋元和明初的戏文剧本随意改窜,竭力变俚俗为文雅,甚至不惜将戏文原作弄得面目全非。这一点,我们只要将《九宫正始》所征引的宋元戏文原作的曲词,与明改本的曲词加以比较,就可以一目了然了:凡是《九宫正始》所征引的宋元戏文的曲词,往往比明改本明畅易晓,朴质俚俗。风气所至,甚至连原本以文雅著称的《琵琶记》也在劫难逃,变得更加典雅绮丽了①。

戏文与传奇在戏曲语言风格上的楚河汉界,是以文词派(或称文辞派、骈绮派)的兴起为标志的。徐渭《南词叙录》说:

> 以时文为南曲,元末国初未有也。其弊起于《香囊记》……未至澜倒。至于效颦《香囊》而作者,一味孜孜汲汲,无一句非前场语,无一处无故事,无复毛发宋元之旧。三吴俗子,以为文雅,禽然以教其奴婢,遂至盛行。南戏之厄,莫盛于今。

所谓"未至澜倒",说的是在弘治、正德年间,《香囊记》的影响还不甚广泛,大多数戏文的改编本和传奇的创作本尚能基本保持质朴古拙的语言风格传统。吕天成《曲品》卷上《旧传奇品序》,在概括"国初名流"的"旧传奇"的语言风格时说:"存其古风,则凑泊常语,易晓易闻","有意近俗,不必作绮丽观","极质朴而不以为俚,极肤浅而不以为疏"②。而所谓"以时文为南曲","无复毛发宋元之旧","南戏之厄,莫盛于今",不正透露出文词派出现后戏文规

---

① 钱南扬:《戏文概论·源委第二》第三章《元明戏文的隆衰》,曾举《荆钗记》、《琵琶记》等作品为例,说明"明人已经不满意于戏文的俚俗,于是动手改窜,企图使不雅的变雅"(第40—42页)。读者可以参看。

② 吕天成著、吴书荫校注:《曲品校注》,第1页。

范蒌谢和传奇体制代兴的信息吗?《南词叙录》今存本有嘉靖三十八年(1559)徐渭自序,可见这恰恰是发生在嘉靖年间的事情。王骥德《曲律》卷二《论家数》也说:

> 自《香囊记》以儒门手脚为之,遂滥觞而有文词家一体。近郑若庸《玉玦记》作,而益工修词,质几尽掩。①

文词派是明中后期传奇的主要流派,它滥觞于成化、弘治间邵灿的《香囊记》,开派于正德、嘉靖间的沈龄(寿卿)、郑若庸和陆采等曲家。徐復祚评沈寿卿《龙泉记》传奇〔南吕梁州序〕曲文说:"词亦秾艳,但多措大占伴语,《龙泉》通本皆然。"②吕天成《曲品》卷上评《玉玦记》说:"典雅工丽,可咏可歌,开后人骈绮之派。"③徐復祚《曲论》说:《玉玦记》"好填塞故事,未免开饾饤之门,辟堆垛之境,不复知词中本色为何物,是虚舟实为之滥觞矣"。梁辰鱼评陆采《明珠记》说:"摘词哀怨,远可方瓯越之《琵琶》;吐论嶒嵘,近不让章丘之《宝剑》。"④王骥德评陆采《明珠记》说:"事极典丽,第曲白类多芜葛。"⑤

其后,嘉靖后期至隆庆年间,李开先、梁辰鱼、张凤翼等推波助澜。凌濛初《谭曲杂札》评曰:"自梁伯龙(郭按,即梁辰鱼)出,而始为工丽之滥觞,一时词名赫然。"又评张凤翼:"毋奈为习俗流弊所沿,一嵌故实,便堆砌拼凑,亦是仿伯龙使然耳。"⑥

----

① 按,郑若庸的《玉玦记》传奇约作于嘉靖六年(1527)或略后,参见徐朔方:《晚明曲家年谱》(杭州:浙江古籍出版社,1993),《苏州卷·郑若庸年谱》,第58页。
② 徐復祚:《南北词广韵选》(清初抄本),卷一。
③ 吕天成著、吴书荫校注:《曲品校注》,第237页。
④ 梁辰鱼:《江东白苎》卷上,收入董康辑:《诵芬室丛刊初编》(武进董氏刻本,1915)。
⑤ 王骥德:《曲律》卷三《杂论上》,《中国古典戏曲论著集成》第四册,第152页。
⑥ 凌濛初:《谭曲杂札》,《中国古典戏曲论著集成》第四册,第253页,第255页。按,本章下文凡引此书者,不再一一出注。

至万历前期,梅鼎祚、屠隆等登峰造极,愈演愈烈。王骥德说:"于文辞家得一人,曰宣城梅禹金(郭按,即梅鼎祚),摛华掞藻,斐亹有致。"①祁彪佳《远山堂曲品》评屠隆《昙花记》说:"学问堆垛,当作一部类书观"②。流风所及,连汤显祖的初期作品《紫箫记》和沈璟的初期作品《红蕖记》,也都以骈雅藻丽见称。吕天成《曲品》卷上评《紫箫记》云:"琢调鲜华,炼白骈丽。"又记沈璟自谓《红蕖记》:"字雕句镂,止供案头耳。"③

"文词派"的戏曲创作一味追求典雅绮丽的语言风格,像清人李渔在《闲情偶寄》卷之一《词曲部·词采第二·忌填塞》中所批评的:"借典核以明博雅,假脂粉以见风姿,取现成以免思索。"④他们的作品不仅曲词"徒逞其博洽,使闻者不解为何语"⑤,而且"宾白尽用骈语,饾饤太繁"⑥。

我们可以举郑若庸《玉玦记》传奇中的两个例子,以见一斑。第七出《忆夫》中婢女春英伴随贵族小姐秦庆娘采桑时唱道:

【香遍满】野阴舒盖,采掇不少留,岂恤难再茂?想洞口桃花,绿叶曾攀否?恨春风恼乱,破萼争未休。把刘郎孱却,空叹了邯郸妇。

第八出《入院》中,鸨母李翠翠一句一典,将其女李娟奴依次比作邓夫人、寿阳公主、绿珠、潘妃、卓文君、柳氏等"古时几个美人",唱道:

【北醉扶归】獭髓添微绛,梅瓣贴宫妆。檀屑餐来玉体

---

① 王骥德:《曲律》卷四《杂论》下,《中国古典戏曲论著集成》第四册,第170页。
② 祁彪佳:《远山堂曲品》,《中国古典戏曲论著集成》第六册,第20页。
③ 依次见吕天成著、吴书荫校注:《曲品校注》,第219页,第201—202页。
④ 李渔:《闲情偶寄》卷之一《词曲部·词采第二·忌填塞》,第27—28页。
⑤ 徐复祚:《曲论》,《中国古典戏曲论著集成》第四册,第238页。
⑥ 沈德符:《顾曲杂言》,《中国古典戏曲论著集成》第四册,第206页。

香,行踹金莲上。漫说道临邛夜亡,索把章台傍。①

这是相当典型的文词派语言。婢女、鸨母并非才子佳人,但居然都是满腹诗书,出口珠玉,几乎无一字无出处,无一句无典故,连篇累牍,不厌其繁,意思隐晦不彰,令人不知所云。

但是,在当时的历史条件下,文词派对语言风格典雅化的艺术追求,仍有其不可抹杀的时代意义。首先,典雅绮丽的语言风格与文人的浪漫情思和蕴藉意绪构成一种"异质同构状态",它有利于文人学士抒发其细腻含蓄的艺术情感,展示其婉丽幽邃的内心世界。王世贞曾评价张凤翼说:

> 伯起才无所不际。骋其靡丽,可以蹈跻六季而鼓吹《三都》;骋其辨,可以走仪、秦,役犀首;骋其吊诡,可以与庄、列、邹、慎具宾主。高者醉月露,下者亦不失雄帅烟花。②

传奇语言风格之所以趋向典雅绮丽,其内因正在于此。因此,这种语言风格后来实际上成为晚明主情文学思潮的载体和表征,在有清一代也一直余风不泯。

其次,对才情与文采的浸淫、追求和自赏,是中国古代文人积重难返的普遍心态,这种普遍心态恰好借助于典雅绮丽的语言风格和蕴藉婉转的思维方式得以最充分的表现。传奇语言风格之所以趋向典雅绮丽,正根基于这种传统,所以王骥德在《曲律》卷二《论家数》中评论文词派的语言风格时说:

> 然文人学士,积习未忘,不胜其靡,此体遂不能废,犹古文六朝之于秦汉也。③

---

① 郑若庸:《玉玦记》,收入毛晋:《六十种曲》(北京:中华书局,1982)。
② 转引自徐复祚:《曲论》,《中国古典戏曲论著集成》第四册,第 246 页。
③ 《中国古典戏曲论著集成》第四册,第 121 页。

以雅为美是中国古代传统的审美意识,这和中国文人独特的文化心态是分不开的。当文人士大夫视"雅"为人的修养极致与最高美德的时候,雅正、雅致、雅趣、雅兴、闲雅、淡雅等等,便成为他们个人风度、气质、情趣的标志。同样的,当文人士大夫以"雅"为文艺的审美标准时,他们在音乐艺术中,常称"典雅纯正"、"中正和平"的歌乐为"雅乐",以此区分"淫邪"的郑声;在绘画艺术中,则追求"高雅"以抗流俗,崇奉"古雅"以薄寻常;在文学中,刘勰《文心雕龙·体性篇》标举"八体",首推"典雅",因其"熔式经诰,方轨儒门"①,所以历代文人或据"典雅"以抗新奇,或崇"雅正"以薄"侧艳",或倡"雅丽"以斥"俗恶"。文词派传奇典雅绮丽的语言风格,不正是以雅为美的文人审美意识的必然产物吗?

再次,"言之无文,行而未远"②,在中国古代是一种强大的审美思维定势。当文词派传奇作家竭力将文人才情外化为斑斓文采时,事实上是在有意识地加强传奇剧本的文学性和可读性,以便传奇剧本在当世和后世的文坛上流传。尽管这是以削弱了传奇剧本的戏剧性和可演性为代价的,但其结果毕竟提高了传奇文学的文体地位和社会地位,使之足以与诗词文赋等传统文学相抗衡,从而在明中期以后雄视文坛。

总之,正是由于传奇语言风格的典雅化,方才促成了明中期以后文人传奇创作的热潮,从而使明中期到清中期成为中国古代戏曲史上的第二个黄金时代,也成为世界戏剧史上并不多见的黄金时代。这是不可否认的事实。如果以"形式主义"的贬词一笔抹杀文词派传奇的时代意义,那无疑是非历史主义的。

当然,文词派传奇作家以涂金缋碧为能事,以饾饤堆垛为嗜好,这

---

① 范文澜:《文心雕龙注》(北京:人民文学出版社,1958),第505页。
② 《左传·襄公二十五年》引孔子语,《春秋左传正义》卷三六,《十三经注疏》(北京:中华书局,1980),第1985页。

在根本上违背了戏曲艺术"模写物情,体贴人理,所取委曲宛转,以代说词"的文体特征①,不免使传奇沦为案头珍玩,其流弊也是极为严重的。明末凌濛初《谭曲杂札》对此作了鞭辟入里的批评:

> 今之曲既斗靡,而白亦竞富。甚至寻常问答,亦不虚发闲语,必求排对工切。是必广记类书之山人,精熟策段之举子,然后可以观戏,岂其然哉?又可笑者:花面丫头,长脚髯奴,无不命词博奥,子史通淹,何彼时比屋皆康成之婢、方回之奴也?总来不解"本色"二字之义,故流弊至此耳。

的确,文词派典雅绮丽的语言风格,既违背了戏曲艺术的舞台演出规律,更违背了戏曲艺术的审美规律,后者直接关系到戏曲的艺术生命。因此,摆脱文词派语言风格对传奇创作的如影随形般的影响,便成为明后期许多传奇作家的自觉意识和努力追求。

就外部的文化情境而言,从戏文到传奇,语言风格之所以由质朴通俗趋向典雅绮丽,还与明中期新起的文艺思潮密切相关。弘治、正德年间,李梦阳、何景明等"前七子"首倡复古,标称陆机"诗缘情而绮靡"之说,抨击"其词艰涩,不香色流动"的宋诗。由于他们特别讲求文采和才情,有人批评他们的创作"是文人学士韵言耳,出之情寡而工之词多者也。"②至嘉靖、隆庆年间,以李攀龙、王世贞为代表的"后七子"继"前七子"之后,鼓吹"文必秦汉,诗必盛唐",创作诗文作品极力提倡古雅华丽的文学风格,连"藻艳"的六朝诗文和北宋西昆体,都因"材力富健,格调雄整"而得到称赏③。文词派传奇的风靡于世正是与这一文艺思潮桴鼓相应的。

---

① 王骥德:《曲律》卷二《论家数》,《中国古典戏曲论著集成》第四册,第121页。
② 依次见谢榛:《四溟诗话》卷二,丁福保辑:《历代诗话续编》(北京:中华书局,1983),第1146页;李梦阳:《缶音序》,《空同先生集》(嘉靖九年刻本),卷五二;李梦阳:《诗集自序》,《空同集》卷首。
③ 胡应麟:《诗薮》(上海:上海古籍出版社,1979),外编卷五,第209页。

凌濛初《谭曲杂札》说:

> 自梁伯龙出,而始为工丽之滥觞,一时词名赫然。盖其生嘉、隆间,正七子雄长之会,崇尚华靡。弇州公(按,即王世贞)以维桑之谊,盛为吹嘘,且其实于此道不深,以为词如是观止矣,而不知其非当行也。以故吴音一派,竟为剿袭靡词。

王世贞《曲藻》曾明确地以"学问才情"为标准评价元明戏曲,毫不客气地批评《拜月亭记》戏文"无词家大学问",而赞不绝口地称赏《琵琶记》的"琢句之工、使事之美"[①]。郑若庸、梁辰鱼、张凤翼、梅鼎祚、屠隆等文词派传奇作家,或是"七子"的附庸,或与"七子"中人关系密切,要之多是复古思潮中的弄潮儿。他们正是以典雅绮丽的传奇创作,为"七子"的复古思潮推波助澜的。

文词派典雅绮丽的语言风格奠定了传奇戏曲语言的基本审美格调,标志着传奇与戏文的最后分界。从此以后,传奇语言风格一直受文词派的影响而不可自拔,典雅绮丽成为传奇作品历百年而不变的主导风格。

[①] 依次见《中国古典戏曲论著集成》第四册,第34页,33页。

第三章 昆腔新声的崛起

明中期的传奇,无论就创作而言还是就演出而言,都不是昆腔新声的一统天下,而呈现为诸腔竞作、"纷纭不类"的状况。无视这一事实,过分地夸大昆腔新声在从戏文到传奇的演进中所起的作用,这就难免胶柱鼓瑟之弊。但是,昆腔新声的崛起,毕竟是明中期剧坛上的一桩重大事件,对明后期以后传奇的发展影响深远,所以历来得到戏曲史家的普遍关注。传奇作为一种戏曲艺术样式,归根到底还是以"曲"为灵魂的,这也应该是无庸置辩的事实。

第一节 四大声腔及其变迁

明初南曲仍保持着"顺口可歌"的"随心令"的质朴的民间特色[1]。在流传过程中,由于不同地区的方言、民俗、民间音乐的土壤以及观众成分的差异,逐渐形成姿致与风格各不相同的地方声腔。

到明中期,在"纷纭不类"的诸多声腔中,尤以所谓"四大声腔",即海盐腔、余姚腔、弋阳腔、昆山腔,影响最大,流播最广。祝允明《猥谈》"歌曲"条,记载"数十年来,所谓南戏盛行"的情况时就说道:

---

[1] 徐渭:《南词叙录》,收入《中国古典戏曲论著集成》(北京:中国戏剧出版社,1959)第三册,第239页。按,本章下文凡引此书者,不一一出注。

　　　　愚人蠢工，徇意更变，妄名余姚腔、海盐腔、弋阳腔、昆山腔之类。①

祝允明卒于嘉靖六年(1527)，他所说的"数十年来"，当指弘治、正德间(1488—1521)。有嘉靖二十六年(1547)金坛曹含斋跋语的文征明手写本魏良辅《南词引正》记载：

　　　　腔有数种，纷纭不类。各方风气所限，有昆山、海盐、余姚、杭州、弋阳。②

作序于嘉靖三十八年(1559)的徐渭《南词叙录》也说：

　　　　今唱家称弋阳腔，则出于江西，两京、湖南、闽、广用之。称余姚腔者，出于会稽，常、润、池、太、扬、徐用之。称海盐腔者，嘉、湖、温、台用之。惟昆山腔止行于吴中，流丽悠远，出乎三腔之上，听之最足荡人。

　　"四大声腔"各有来历，各有特点③。

　　弋阳腔是出自江西的地方声腔。汤显祖《宜黄县戏神清源师庙记》说，弋阳腔"其节以鼓，其调喧"④。意思是弋阳腔以鼓击节，有人声帮和。以鼓击节在南戏演出中有古老的传统，如南宋陆游《夜投山家》诗说："夜行山步鼓冬冬，小市优场炬火红。"⑤帮和

---

① 《猥谈》，收入陶珽：《说郛续》(顺治间宛委山堂刻本)，卷四六。
② 《南词引正》，见钱南扬：《南词引正校注》，载《戏剧报》1961年7、8期合刊。
③ 关于"四大声腔"的详细考述，可参见叶德钧：《明代南戏五大腔调及其支流》，见其《戏曲小说丛考》(北京：中华书局，1979)，第1—67页；周贻白：《中国戏剧史长编》(北京：人民文学出版社，1960)，第296—313页；张庚、郭汉城：《中国戏曲通史》中册(北京：中国戏剧出版社，1981)，第三编第一章《综述》，第3—39页；廖奔：《中国戏曲声腔源流史》(台北：贯雅文化事业有限公司，1992)，第二章《南曲单腔变体勃兴》，第37—108页；等。
④ 徐朔方笺校：《汤显祖诗文集》(上海：上海古籍出版社，1982)，卷三四，第1128页。按，本章下文凡引此文者，不一一出注。
⑤ 陆游：《陆游集》(北京：中华书局，1976)，《剑南诗稿》卷六九，第1636页。

唱法,也源于民间歌曲,如秧歌之类。弋阳腔的风格适合高台旷野的演出,合乎民间百姓的欣赏趣味,所以在明前中期足迹广远,两京(北京和南京)、湖南、安徽、广东、福建,以至云南、贵州,都有弋阳腔流传。但是弋阳腔不太投合文人士大夫的口味,文人雅士说起弋阳腔,多目之为粗俗,弃之如敝屣。

余姚腔是浙江余姚、慈溪一带戏文子弟所创造的南曲声腔,约出现于成化间,嘉靖间已流布到长江下游浙江、安徽一带。关于余姚腔的特色,明末王光鲁《想当然》传奇卷首有茧室主人《成书杂记》,其中一条说:

> 俚词肤曲,因场上杂白混唱,犹谓以曲代言。老余姚虽有德色,不足齿也。①

"俚词肤曲"是说文词通俗。"杂白混唱"是说曲文中常夹有念白,用流水板迅速地念唱,即后人所说的"滚调"。"以曲代言"是说唱腔简单明快,有时近似吟诵。

海盐腔发源于浙江海盐,其萌芽或可上溯宋元。明人李日华《紫桃轩杂缀》卷三记载,南宋时张镃曾来海盐,"作园亭自恣,令歌儿衍曲,务为新声,所谓海盐腔也"②。元末姚桐寿《乐郊私语》记载,元末海盐杂剧作家杨梓,"家僮千指,无有不善南北歌调者。由是州人往往得其家法,以能歌名于浙右"③。凡此皆可见海盐腔的渊源。明代成化年间,海盐腔已很流行,海盐一带出了许多戏文子弟。汤显祖《宜黄县戏神清源师庙记》说,海盐腔"体局静好,以拍为之节",与弋阳腔风格迥异。万历间人姚旅《露书》卷八《风

---

① 王光鲁:《想当然》传奇,《古本戏曲丛刊二集》影印明崇祯间刻本。
② 李日华:《紫桃轩杂缀》,《四库全书存目丛书》(济南:齐鲁书社,1995),"子部"第108册影印明末刻清康熙间重修本。
③ 姚桐寿:《乐郊私语》,收入陈继儒辑:《宝颜堂秘笈·正集》(上海:文明书局,1922)。该书卷首有至正二十三年(1362)姚桐寿自序。

篇》上介绍海盐腔说:"音如细发,响彻云霄。每度一字,几近一刻。"①这一特点与昆腔相似。正因为海盐腔演唱风格柔婉细腻,所以在正德、嘉靖年间就受到士大夫的普遍欢迎,影响及于大江南北。如杨慎《丹铅总录》卷十四"北曲"条说:

  近日多尚海盐南曲,士夫禀心房之精,从婉娈之习者,风靡如一。甚者北土亦移而耽之。②

张牧《笠泽随笔》也说:

  万历以前,士大夫宴集,多用海盐戏文娱宾客……若用弋阳、余姚,则为不敬。③

  昆山腔以苏州府属之昆山、太仓为起源地,在其发生期即与文人士大夫结下了不解之缘。魏良辅《南词引正》说:"元朝有顾坚者,虽离昆山三十里,居千墩,精于南辞,善作古赋",与杨维桢、顾仲瑛、倪元镇等为友,"善发南曲之奥,故国初有昆山腔之称。"《正德姑苏志》和明周玄炜《泾林续记》还记载朱元璋召见昆山长寿老人周寿谊,向他询问昆山腔一事④。徐渭《南词叙录》说昆山腔的特点是"流丽悠远",出乎弋阳、海盐、余姚三腔之上,"听之最足荡人"。这虽然说的是经过改革的昆腔新声,但应多少也包含昆山旧腔的特点。

  "四大声腔"的形成,是南戏艺人在当地适应群众的需要,与当地语言、民间艺术相结合,进而逐步变化而来的。这种声腔以它

---

  ① 姚旅:《露书》(明天启间刻本)。
  ② 《丹铅总录》(明刻本),卷一四。该书卷首有嘉靖三十三年(1554)梁佐《序》。
  ③ 张牧《笠泽随笔》,原为吴县潘氏所藏,后不知下落。此处转引自佟晶心:《通俗的戏曲》,载《剧学月刊》第四卷第五期(1935年5月)。
  ④ 周玄炜:《泾林续记》,收入孙毓修等辑:《涵芬楼秘笈》第八集(上海:商务印书馆,1925)。

形成的地方命名,说明它们已变成一种独立的剧种,在音乐、表演、舞台艺术多方面都具有了自己的风格特点。

从嘉靖年间开始,伴随着戏文向传奇的彻底蜕变,南曲诸声腔也由于"异调新声"的时尚波染而发生变迁。

弋阳腔因其通俗和适应性强,在南方城乡民间广受欢迎。在流传过程中,弋阳腔保持其入乡随俗的传统,广泛吸收各地方言土语、民歌俗曲以及地方声腔的艺术营养,逐渐分化成几种地方声腔,演变成弋阳腔系统。万历间汤显祖《宜黄县戏神清源师庙记》说:

> 至嘉靖而弋阳之调绝,变为乐平,为徽、青阳。

所谓"绝",当指原有的音调已不流行,而改用新的地方音调,从而分化出新的声腔。天启间王骥德《曲律》卷二《论腔调》也说:

> 数十年来,又有弋阳、义乌、青阳、徽州、乐平诸腔之出。今则石台、太平梨园,几遍天下,苏州不能与角什之二三。①

沈宠绥《度曲须知》说:

> 腔则有海盐、义乌、弋阳、青阳、四平、乐平、太平之殊派。②

尤其是弋阳腔在皖南的发展,与余姚腔互相交流,留下了一批宝贵的戏曲文献,如万历年间刊行的青阳腔剧本选集《新刻京板青阳时调词林一枝》,徽州腔剧本选集《新刊徽板合像滚调乐府官腔摘锦奇音》,徽州腔与青阳腔合选《鼎镌徽池雅调南北官腔乐府点板曲响大明春》、《精选天下时尚南北徽池雅调》等③。

---

① 《中国古典戏曲论著集成》第四册,第117页。
② 《中国古典戏曲论著集成》第五册,第198页。
③ 关于这些戏曲选集的编者和版本,参见本书附录一《戏曲研究参考书目》。

由弋阳腔分化而成的新声腔有一个共同的突出特点,即有"滚调"。所谓"滚调"就是给传奇的曲牌加"滚白"或"滚唱"。王骥德《曲律》卷二《论板眼》说:

> 今至弋阳、太平之滚唱,而谓之"流水板",此又拍板之一大厄也。①

从现存的文献看,其基本作法是将齐整的五、七言唱词,用近乎吟诵的流水板穿插在长短句的曲牌中。有时在曲牌中也插入一些念白,或三言、四言的唱词。就声律而言,这种滚调实际上是南北曲传统声腔格律的解放,成为清中期以后地方戏音乐板式结构体制的滥觞。

在万历以前,海盐腔一直与弋阳腔分庭抗礼,文人士大夫对之青目独加。这一来由于它"体局静好",适合文人士大夫的审美趣味;二来也因为它多采用南北通行的"官语"。万历间顾起元《客座赘语》卷九"戏剧"条说:

> 后乃变而尽用南唱……大会则用南戏,其始止二腔:一为弋阳,一为海盐。弋阳则错用乡语,四方士客喜阅之;海盐多官语,两京人用之。②

而直到嘉靖间,昆山腔仍仅流行于苏州一带,其势力远不足以与海盐腔相颉颃。

第二节 昆山腔的改革

嘉靖、隆庆间,在江苏苏州地区以魏良辅为代表的一批戏曲音

---

① 《中国古典戏曲论著集成》第四册,第119页。
② 顾起元:《客座赘语》(北京:中华书局,1987),第303页。按,《客座赘语》卷首作者自序,署"万历丁巳",即万历四十五年(1617),所记当为万历前期事。

乐家,集南北曲演唱经验之大成,对昆山腔进行了全面而成功的改革。这次改革在中国戏曲声腔发展史上产生了重大的影响。

有关魏良辅的籍贯和生平,因无完备的史料,只能根据当时和后世的一些零星记述,作一粗略的勾勒。嘉靖间文征明写本《南词引正》全称为《娄江尚泉魏良辅南词引正》。嘉靖间李开先《词谑·词乐》列举当时著名音乐家,有"太仓魏上泉",并说:"魏良辅兼能医。"①万历间张彝宣《梅花草堂笔谈》卷十二《昆腔》云:"魏良辅别号尚泉,居太仓之南关。"②据此,魏良辅当活动在嘉靖年间,别号尚泉(上泉),原籍或即为江苏太仓③。他约生于弘治十四年(1501)前后,卒于万历十二年(1584)前后④。

魏良辅"生而审音",早年就"能谐音律,转音若丝",但却"长于歌而劣于弹"⑤。据清初余怀《寄畅园闻歌记》记载:

> 良辅初习北音,绌于北人王友山,退而镂心南曲,足迹不下楼十年。当是时,南曲率平直无意致,良辅转喉押调,度为新声。疾徐高下清浊之数,一依本宫取字,齿唇间跌换巧掇,

---

① 《中国古典戏曲论著集成》第三册,第354页。按,《词谑》现存明嘉靖间刻本
② 张彝宣:《梅花草堂笔谈》,收入张静庐辑:《中国文学珍本丛书》第一辑(上海:贝叶山房,1936)。
③ 蒋星煜《魏良辅之生平和昆腔的发展》一文,以曲家魏良辅与江西新建魏良辅为一人,见其《中国戏曲史钩沉》(郑州:中州书画社,1982),第47—50页。谢巍《魏良辅身世略考》亦持此说,文载《中华文史论丛》第三辑(1983)。按,此说论据不足。徐朔方:《晚明曲家年谱》(杭州:浙江古籍出版社,1993),《苏州卷·梁辰鱼年谱》详辩之(第137—138页),可参看。
④ 参见陆萼庭:《昆剧演出史稿》(上海:上海文艺出版社,1980),第一章,第24—27页;胡忌、刘致中:《昆剧发展史》(北京:中国戏剧出版社,1989),第二章,第58—61页。
⑤ 依次见沈宠绥:《度曲须知》卷上,《中国古典戏曲论著集成》第五册,第198页;张彝宣:《梅花草堂笔谈》卷十二《昆腔》条;李开先:《词谑·词乐》,《中国古典戏曲论著集成》第三册,第354页。

恒以深邈助其凄泪。①

为了吸取南北曲诸腔的长处,魏良辅结识交游了许多南曲乐工歌手,如苏州洞箫名手张梅谷,昆山著名笛师谢林泉,还有梁溪人陈梦萱、顾渭滨、吕起渭、潘荆南,以及他的弟子张小泉、季敬坡、戴梅川、包郎郎等。实际上,这时在魏良辅周围形成了一个有共同见解和理想的艺术集团。魏良辅还经常征询当时极负声望的老曲家过云适的意见,"每有得,必往咨焉。过称善乃行,不,即反覆数交勿厌"。据记载,当时的北曲弦索名家张野塘,因罪贬谪太仓卫,深得魏良辅赏识,做了良辅的女婿,成为他的得力助手②。

魏良辅等人集思广益,通力合作,对昆山腔进行了全面的改革。这主要表现在以下两方面:

第一,唱曲。魏良辅以北曲音乐组织的谨严为据,从清唱入手,吸取弋阳、海盐两腔的曲调,在昆山腔的宫调、板眼、平仄、气韵、声口等方面苦心研磨,讲究"转喉押调"、"字正腔圆",彻底改变了南曲原有的"随心令"式的民间风格。其结果如沈宠绥《度曲须知》卷上所说的:

> 尽洗乖声,别开堂奥。调用水磨,拍捱冷板。声则平上去入之婉协,字则头腹尾音之毕匀。功深熔琢,气无烟火。启口轻圆,收音纯细……盖自有良辅,而南词音理,已极抽秘逞妍矣。③

时称"水磨调"、"冷板曲"。

第二,伴奏。南曲诸声腔中,弋阳腔没有管弦伴奏;至少在万历以前,余姚腔、海盐腔等用锣、鼓、板,也是无管弦伴奏的徒歌。

---

① 见张潮辑:《虞初新志》(民国间文明书局石印本),卷四。
② 参见余怀:《寄畅园闻歌记》;张彝宣:《梅花草堂笔谈》卷十二《昆腔》;叶梦珠:《阅世编》(上海:上海古籍出版社,1981),卷十《纪闻》,第221—222页。
③ 《中国古典戏曲论著集成》第五册,第198页。

祝允明《猥谈》说，余姚、海盐等腔，"若以被之管弦，必致失笑"。而徐渭《南词叙录》说：

> 今昆山以笛、管、笙、琵按节而唱南曲者，字虽不应，颇相谐和，殊为可听，亦吴俗敏妙之事。

可见在嘉靖年间，昆山腔已有管弦伴奏，有别于其他声腔。据记载，当时张野塘与魏良辅之女成婚后，"并习南曲，更定弦索音，使与南音相近。并改三弦之式，身稍细而其鼓圆，以文木制之，名曰'弦子'"。其后又有乐工杨六，为昆山新腔制造新乐器"提琴"，"仅两弦，取生丝张小弓，贯两弦中，相轧成声，与三弦相高下"①。于是，魏良辅等人把弦索、箫管、鼓板之类乐器合在一起，集南北曲乐队之精华，创立了一个规模完整、丝竹并用的乐队体制，"皆能和曲之微，而令悠长婉转以成顿挫也"②。

明人张丑《真迹日录贰集》录存文征明手写《娄江尚泉魏良辅南词引正》，有嘉靖二十六年丁未（1547）金坛曹含斋跋语，然则昆腔新声之成当在此年之前。魏良辅等人的改革首先用于清唱。魏良辅《曲律》自诩：昆腔新声"不比戏场借锣鼓之势，全要闲雅整肃，清俊温润"③；沈宠绥《度曲须知》卷上也说：昆腔新声"要皆别有唱法，绝非戏场声口"④。

第三节　昆腔新声与传奇

用于清唱的昆腔新声，与舞台上戏剧化的演唱之间，尚有相当

---

① 叶梦珠：《阅世编》卷十《纪闻》，第222页。
② 潘之恒：《鸾啸小品》（明崇祯间刻本），卷二《叙曲》。
③ 《中国古典戏曲论著集成》第五册，第6页。
④ 《中国古典戏曲论著集成》第五册，第198页。

距离。昆腔新声的唱法具有"清柔而婉折,一字之长,延至数息"的特点①。如何把这种唱法运用到性格化的戏曲行当之中,如何使其节奏与舞台上人物的动作相适应,进而建立起一种戏曲声腔的新体制,是昆腔新声发展实践所提出的迫切要求。

把改革后的昆腔新声推进成一种成熟的戏曲声腔,应归功于比魏良辅辈分稍晚的梁辰鱼等一批苏州地区的音乐家和剧作家。

梁辰鱼得魏良辅真传,又能"考订元剧,自翻新调",常与善演唱的唐小虞、陈梅泉,精音理的郑思笠、李季膺等,相互切磋②。他将舒缓绵邈、格律严整的昆曲新腔,配以雅艳工丽的曲辞,不仅创作了许多优美悦耳的清曲,更在嘉靖三十九年至四十四年(1560—1565)之间首创《浣纱记》传奇③,一时斐声曲坛。焦循《剧说》卷二引《蜗亭杂订》说:

梁伯龙风流自赏,修髯,美姿容,身长八尺,为一时词家所

---

① 顾起元:《客座赘语》卷九"戏剧"条,第 303 页。
② 张彝宣:《梅花草堂笔谈》卷十二《昆腔》。
③ 《浣纱记》传奇首见记载于王世贞《艺苑卮言》,称《吴越春秋》。《艺苑卮言》之作始于嘉靖三十六年(1557),嘉靖四十四年(1565)脱稿,隆庆六年(1572)增订毕,见王世贞:《弇州四部稿》,卷一四四《卮言》之《叙》及《后序》,收入《明人文集丛刊》第一辑(台北:文海出版社影印明刻本,1970)。而序于嘉靖三十八年(1559)的徐渭《南词叙录》,不仅在记载"本朝"戏文时未录《浣纱记》,还用"宋之嘌唱"比拟昆山腔,显见当时昆腔新声仍以清唱小曲为主,《浣纱记》当未问世。所以《浣纱记》作期上限不应早于嘉靖三十九年(1560)。汪道昆:《太函集》(明万历间刻本),卷一〇七有《席上观〈吴越春秋〉有作凡四首》诗,所述本事皆与《浣纱记》合。据徐朔方《晚明曲家年谱·皖赣卷·汪道昆年谱》(第 35 页)考证,此诗约作于嘉靖四十五年(1566),所以《浣纱记》作期下限不应晚于嘉靖四十四年(1565)。徐朔方认为《浣纱记》传奇约作于嘉靖二十二年(1543)前后,说见《晚明曲家年谱·苏州卷·梁辰鱼年谱》(第 121—124 页),误。因为张凤翼《红拂记》传奇约作于嘉靖二十四年(1545),王世贞《艺苑卮言》在《红拂记》之后记载《浣纱记》,显见《浣纱记》较后出。梁氏散曲集《江东白苎》的作品纪年,始于嘉靖三十二年癸丑(1553),止于万历三年乙亥(1575),据此可知梁氏专心致力昆腔新曲创作的时间的上下限,《浣纱记》之作采用昆腔新声,当不会早于嘉靖三十二年。嘉靖三十二年刊《风月锦囊》未收录《浣纱记》,亦可为一证。

宗。艳歌清引,传播戚里间……歌儿舞女,不见伯龙,自以为不祥也。其教人度曲,设大案,西向坐,序列左右,递传叠和。①

由此可以想见梁辰鱼在当时社会上的声气。

昆腔新声因梁氏清曲和《浣纱记》传奇的风行而得以推广和传播,不再"止行于吴中"了。一时"谱传藩邸戚畹、金紫熠爚之家,取声必宗伯龙氏,谓之昆腔"②。这大概是隆庆年间(1567—1572)的事③。

到了万历年间,吴门曲师声价日高,明末徐树丕说:"吴中曲调,起魏氏良辅,隆、万间精妙益出,四方歌曲,必宗吴门,不惜千里重贽致之,以教其伶妓"④。据顾起元《客座赘语》卷九"戏剧"条记载,在南曲诸声腔的竞演中,由于革新后的昆腔新声"较海盐又为清柔而婉折",逐渐取代海盐腔,博得上流社会的宠爱,士大夫们对昆山新腔"靡然从好,见海盐等腔已白日欲睡,至院本北曲,不啻吹篪击缶,甚且厌而唾之矣"。天启间王骥德《曲律》卷二《论腔调》也说:

> 旧凡唱南调者,皆曰海盐。今海盐不振,而曰昆山。⑤

---

① 《中国古典戏曲论著集成》第八册,第117页。
② 张彝宣:《梅花草堂笔谈》卷十二《昆腔》。
③ 何良俊《四友斋丛说》卷三五《正俗二》谓:"松江近日有一谚语,盖指年来风俗之薄,大率起于苏州,波及松江",谚语讥刺"游手好闲之人",其中说:"九清班,不知腔板再学魏良辅唱"(第323页)按,《四友斋丛说》初刻于隆庆三年(1569),仅三十卷;万历元年(1573)又续撰八卷,合并为三十八卷,重刻于万历七年(1579)。见卷首张仲颐《重刻本序》。此条既编于卷三十五,则当作于万历元年,此时昆腔在社会上已成流行之势。
④ 徐树丕:《识小录》卷四"梁姬传"条,手稿影印本收入《涵芬楼秘笈》第一集(上海:商务印书馆,1916)。
⑤ 《中国古典戏曲论著集成》第四册,第117页。

兼容南北曲特长的昆腔新声,大大促进了传奇剧本的创作。一时间,"名人才子,踵《琵琶》、《拜月》之武,竞以传奇鸣,曲海词山,于今为烈"①,形成传奇创作的高峰。

为什么新出的昆腔新声足以使传奇文人士大夫莫不靡然从好?其根本原因就在于,昆山腔柔婉曲折的艺术格调契合文人的审美趣味,符合这一时期以前后"七子"为代表的文艺思潮,更有利于风流才子们抒发细腻蕴藉的艺术情感与外化其婉丽幽邃的内心世界。昆腔新声的盛行,不但对传奇典雅绮丽的艺术风格起了推波助澜的作用,使传奇创作形成一种竞奏雅音的局面,而且为明后期传奇音乐体制规范化奠定了牢靠的基石。

昆腔新声演唱清曲和戏曲都获得了成功。随着它在各地的传唱和艺人的加工,日益成熟并逐渐形成流派。万历间潘之恒《鸾啸小品》卷三《曲派》说:

> 自魏良辅立昆之宗,而吴郡与并起者为邓全拙,稍折衷于魏,而汰之润之,一禀于中和,故在郡为"吴腔"。太仓、上海俱丽于昆,而无锡另为一调……三支共派,不相雌黄,而郡人能融通为一。

同书卷二《叙曲》又说:

> 无锡媚而繁,吴江柔而淆,上海劲而疏。

但是,万历年间的传奇,无论是演出还是创作,都并非昆腔新声的一统天下,而呈现为诸腔竞作的局面。

从演出来看,当昆腔新声盛行之时和之后,各地诸种声腔仍竞鲜斗艳,各领风骚,都在演出杂剧或传奇。早在明代前期,南曲诸腔虽然"纷纭不类",但它们演唱的曲调基本格式是一致的,也就

---

① 沈宠绥:《度曲须知》,《中国古典戏曲论著集成》第五册,第198页。

是说不同声腔所用的戏曲剧本大体上是可以通用的。这是因为诸腔所唱的曲子都沿袭了宋元南曲的传统。魏良辅《南词引正》即说：

> 唱曲俱要唱出各样曲名理趣，宋元人自有体式。

这种"宋元体式"，指的当是南曲曲调的基本格式①。这种基本格式自有一定之规，主要表现在民间传唱的南曲戏文中。徐渭《南词叙录》说：

> 南曲固无宫调，然曲之次第，须用声相邻以为一套，其间亦有类辈，不可乱也。如【黄莺儿】则继之以【簇玉林】，【画眉序】则继之以【滴溜子】之类，自有一定之序，作者观于旧曲而遵之可也。

这种情况直到万历年间仍是如此，如云水道人《蓝桥玉杵记》传奇卷首《凡例》说：

> 本传词调，多用传奇旧腔，唱者最易合板，无待强谐。
>
> 本传腔调原属昆、浙……词曲不加点板者，缘浙板、昆板疾徐不同，难以胶于一定。②

这里的"昆"指昆山腔，"浙"即指海盐腔。可见，南曲各声腔之间，往往通用一些传统"词调"即音乐组织形式，本来没有不可逾越的界限。同一本传奇，既可供海盐腔唱，也可用昆山腔唱，当然还可以用弋阳腔、余姚腔演唱。清初朱彝尊《静志居诗话》卷十四"梁

---

① 按，杨荫浏：《中国古代音乐史稿》(北京：人民音乐出版社，1981)，第十四章，曾引用《事林广记》等材料，说明"昆曲中的【赚】，与宋代的【赚】，在节奏形式上，是完全一致的。"(第305页)胡忌、刘致中：《昆剧发展史》第一章第一节，又对此加以论证(第2—15页)，可参看。

② 《蓝桥玉杵记》，《古本戏曲丛刊初集》影印明万历间浣月轩刻本，首载万历三十四年(1606)虎耘山人《蓝桥玉杵记叙》。

辰鱼"条说：

> 传奇家曲别本，弋阳子弟可以改调歌之，唯《浣纱》不能。①

其实，明后期弋阳腔、青阳腔的戏曲选集选入《浣纱记》传奇的并非罕见。刻意运用昆腔新腔创作的《浣纱记》尚且如此，其他传奇剧本被"改调歌之"就更不足为奇了。

再从创作来看，宋元南曲戏文的音乐虽有着某种"体式"，但却相当松散，颇为自由。徐渭《南词叙录》就认为：

> 永嘉杂剧兴，则又即村坊小曲而为之，本无宫调，亦罕节奏，徒取其畸农市女顺口可歌而已。谚所谓"随心令"者，即其技欤？

尤其是南曲戏文的音韵，由于地域的关系和传统的惯习，相对于曲调格式、联套形式及宫调来说，那就更带有随意性了，沈德符《顾曲杂言》评张凤翼的传奇作品，说是："以意用韵，便俗唱而已。"②因此，在梁辰鱼将昆腔新声用于传奇创作之前，苏州以外各地的传奇剧本自然并不按照昆腔格律创作。如王世贞《曲藻》嘲笑李开先的《宝剑记》不守格律，"第令吴中教师十人唱过，随腔改字，妥，乃可传耳"③。这实在是削足适履的做法，因为李开先的《宝剑记》本来就不是根据昆腔格律而创作的，也不是专门为昆腔演唱而创作的。而在梁辰鱼之后，也还有许多传奇剧本是根据各地声腔进行创作的，如万历间汤显祖的"临川四梦"、单本的《蕉帕记》等等④。

---

① 朱彝尊：《静志居诗话》（北京：人民文学出版社，1990），第430页。
② 《中国古典戏曲论著集成》第四册，第208页。
③ 《中国古典戏曲论著集成》第四册，第36页。按，此本原作"随腔字改妥"，误，据《艺苑卮言》附录一改，见《弇州四部稿》，卷一五二。
④ 关于汤显祖传奇作品的声腔问题，见本书第一章第二节注释。又，凌濛初《谭曲杂札》说：《蕉帕记》传奇，"至尾必双收，则弋阳之派，尤失正体也"。《中国古典戏曲论著集成》第四册，第260页。

即使是在昆腔的发源地和中心的苏州,如郑若庸、陆采、张凤翼乃至梁辰鱼等著名曲家,他们在创作时,也并不斤斤严守昆腔格律,而多习惯于采用南戏的传统韵辙,徐復祚《曲论》说是"操吴音以乱押者","但用吴音,先天、帘纤随口乱押,开闭罔辨"①。在他们的传奇作品中,相近韵部的通押随处可见。例如,陆采撰《明珠记》传奇:

> 曲既成,集吴门老教师精音律者,逐腔改定,然后妙选梨园子弟登场教演,期尽善而后出。②

《明珠记》约作于正德十年(1515)③,这时吴门老教师演唱的还是原有的昆山腔,所以现存的剧本用韵较为自由驳杂。相近韵部的通押相当普遍。如以歌戈协家麻(第十八、十九出),皆来协齐微(第十二出),桓欢协先天(第十四出),鱼模协歌戈(第十六、十七出),鱼模、支思、齐微通押(第二十三出【字字欢】),真文协侵寻(第二十七出),尤侯协鱼模(第三十五出),廉纤协监咸(第三十七出),等等。这正是南曲戏文的通例,而为明末许多昆腔传奇作家所忌避④。直到万历中期,相当多的苏州曲家仍然遵奉南戏的传统韵例,如孙柚、顾大典、许自昌等。甚至连昆腔格律大师沈璟的

---

① 《中国古典戏曲论著集成》第四册,第237页。
② 钱谦益:《列朝诗集小传》(上海:上海古籍出版社,1983),丁集上"陆永新粲"条附"陆秀才采",第396页。
③ 按,钱谦益《列朝诗集小传》丁集上记陆采:"年十九,作《王仙客无双传》,子馀助成之。"子馀即陆采之兄陆粲。考陆粲《陆子余集》(《四库全书》本),卷三《天池山人陆子玄墓志铭》,陆采卒于嘉靖丁酉十六年(1537),年四十一,则其生于弘治十年(1497),十九岁即正德十年(1515)。徐朔方《晚明曲家年谱·苏州卷·二陆年谱》,认为《明珠记》传奇当作于嘉靖十三年(1534),为陆粲与陆采合作(第115—116页),可备一说。
④ 参见徐朔方:《晚明曲家年谱·苏州卷》中《陆粲陆采年谱·引论》,第99—100页;并见同书《徐霖年谱·引论》论《绣襦记》和《郑若庸年谱·引论》论《玉玦记》,第5—6页,第51页。

戏曲和散曲作品,出韵和任意增减字句的情况也在在皆是①。

　　正是有见于此,我认为,是否按照昆腔格律创作剧本,并不能作为衡量戏文或传奇的标准。明中期大量的传奇作品可以证明,"不寻宫数调,而自谐其殳;不就拍选声,而自鸣其籁"②,正是这时传奇创作的特点。传奇音乐体制趋于规范化和精密化,还得经过明后期的戏曲家沈璟等人的艰苦努力才能成功,那时昆腔才从南戏的一个分支发展成为凌驾于其他姊妹剧种之上的全国性剧种,为昆腔创作传奇剧本也才蔚为时尚。

---

　　① 参见徐朔方:《晚明曲家年谱·自序》,《晚明曲家年谱》卷首,第3—8页。并见同书第13页叙浙东曲家。
　　② 吕天成:《曲品》卷上《旧传奇品序》,吕天成著、吴书荫校注:《曲品校注》(北京:中华书局,1990),第1页。

第四章　传统主题的变异

在从戏文到传奇的历史演进中,传奇体制的确立仅仅表现出戏曲形式规范的形成,而传统主题的变异方才展示了戏曲艺术精神的嬗递。戏文的传统主题在历史变迁中逐渐发生变异乃至革新,从而为戏文注入了新鲜的时代血液,于是传奇便脱颖而出了。易言之,没有传统主题的变异与革新,传奇艺术就不可能崛地而起。而且传统主题的变异与革新,也是士大夫文化与平民文化汇流交融的必然结果,有力地冲击了雄踞明前期剧坛的皇家贵族风范,成为明中期文化权力下移的总体趋势的一个组成部分。

但是,由于历时久远的传统观念异常顽固,总是像梦魇般缠绕着人们,支配着人们,所以在传奇生长期,大多数传奇作家顶多只能在传统主题中寻求变异,只有少数人能够超越传统,实现革新。这一章我们主要考察在传统主题中寻求变异的传奇作家作品,表现时代主题的作家作品,则留待下一章再叙。

吕天成《曲品》卷下曾将传奇题材分为六门:

> 一曰忠孝,一曰节义,一曰仙佛,一曰功名,一曰豪侠,一曰风情。①

---

① 吕天成著、吴书荫校注:《曲品校注》(北京:中华书局,1990),第 160 页。按,本章下文凡引此书者,不再一一出注。又按,吕天成的这一题材分类,继承了宋元至明初小说、戏曲题材分类的传统。宋末元初罗烨《醉翁谈录》(上海:古典文学出版社,1956),卷一《舌耕叙引》,将话本小说按题材分为灵怪、烟粉、传奇、公案、朴刀、杆棒、妖术、神仙等类。元末夏庭芝《青楼集志》,列举杂剧题材:"有驾头、闺怨、鸨儿、(接下页)

"忠孝"、"节义"二门,可合并为教化剧;"豪侠"、"功名"二门,可合并为历史剧;"风情"、"仙佛"仍单列一类——大部分传奇作品都可归入这四类中。本书对传奇题材的分类,即大致取此四类。

第一节 有益风化的教化剧

有益风化是元末明初剧坛的普遍倾向。元末夏庭芝在《青楼集志》里对此曾赞不绝口:

> 君臣如《伊尹扶汤》、《比干剖腹》,母子如《伯瑜泣杖》、《剪发待宾》,夫妇如《杀狗劝夫》、《磨刀谏妇》,兄弟如《田真泣树》、《赵礼让肥》,朋友如《管鲍分金》、《范张鸡黍》——皆可以厚人论(按,当为伦),美风化。

这种直接以"五伦"为题材选择和主题归趋的杂剧作品,往往通体洋溢着温柔敦厚的道德之美,显露出伦理教化的鲜明指向。而高明自觉标榜"不关风化体,纵好也徒然"的创作意图,塑造"全忠全孝"的蔡伯喈形象和"有贞有烈"的赵五娘形象(《琵琶记》第一

(接上页)花旦、披秉、破衫儿、绿林、公吏、神仙道化、家长里短之类",见《中国古典戏曲论著集成》(北京:中国戏剧出版社,1959),第二册,第7页。这是现存文献资料中所见最早的戏曲题材分类。明初朱权《太和正音谱》分杂剧为十二科:"一曰神仙道化,二曰隐居乐道(又曰林泉丘壑),三曰披袍秉笏(即君臣杂剧),四曰忠臣烈士,五曰孝义廉节,六曰叱奸骂谗,七曰逐臣孤子,八曰铍刀赶棒(即脱膊杂剧),九曰风花雪月,十曰悲欢离合,十一曰烟花粉黛(即花旦杂剧),十二曰神头鬼面(即神佛杂剧)。"见《中国古典戏曲论著集成》第三册,第24页。吕天成的戏曲题材分类即源出于此,只是稍加精简而已。日本能乐的题材分类亦相似,依次为:第一出能——神话传说,即吉祥戏;第二出能——武将战斗;第三出能——女角,哀感顽艳故事;第四出能——杂类,社会现实;第五出能——山精鬼怪。见〔日〕世阿弥:《风姿花传》,刘振瀛译注,载《古典文艺理论译丛》第十辑(北京:人民文学出版社,1965),第68页。能乐是十四世纪末室町时期(相当于中国明代初期)形成起来的戏剧,其题材分类可能受到中国戏曲的影响。

出),据说得到刚刚登上帝位的朱元璋赞不绝口的表彰①,更产生了深远的影响,成为明代教化戏曲一面光彩耀人的旗帜。

在程朱理学的指导下,明前期文人士大夫把"三纲五常"推崇到至高无上的位置。宋濂认为"三纲"是天地之间的"大经",决不可废②。薛瑄认为"三纲五常"是天地间"至大"的东西,无论做什么事都应该以此为"本体"③。在统治者明确的政策导向推动下,承绪元末剧坛的余风,明前期教化戏曲称霸天下,封建理学、伦理纲常的说教弥漫剧坛。

到明中期,虽然程朱理学受到了严峻的挑战,但是教化思潮仍然汹涌奔腾,余威甚劲。王守仁提倡"致良知",在张扬主体精神的同时,又以"去人欲,存天理"为宗旨和归宿④。他以"良知"取代"天理",力图激发人们心灵中对封建道德的认同感,借以达到"破心中贼"的目的,这是他一生奉行不悖的行为准则。于是,阳明心学便与程朱理学殊途同归,从不同的角度、用不同的方式同样强化了封建伦理道德对人们心灵的束缚。请看王守仁的文艺高论:

> 今要民俗反朴还淳,取今之戏子,将妖淫词调俱去了,只取忠臣孝子故事,使愚俗百姓,人人易晓,无意中感激他良知起来,却于风化有益。⑤

这与程朱理学"文以载道"的文艺思想不是如出一辙吗?

因此,在传奇生长期,教化戏曲仍然烜赫一时,传奇不得不在

---

① 见徐渭:《南词叙录》,《中国古典戏曲论著集成》第三册,第240页。按,本章下文凡引此书者,不一一出注。
② 宋濂:《贞节堂记》,《宋学士文集》(《四部丛刊》影印明正德间刊本),卷二。
③ 薛瑄:《读书录》(《景印文渊阁四库全书》本),卷六。
④ 王守仁:《传习录》上,《王文成公全书》(《四部丛刊》影印明隆庆刊本),卷一。
⑤ 刘宗周:《人谱类记》(《景印文渊阁四库全书》本),卷下引。

封建理学的桎梏下艰难地生长着。

一、丘濬和邵灿

生长期教化传奇中最有代表性的,是丘濬的《伍伦全备记》。后世传奇或者以之为殷鉴,或者以之为典范,总之都不能无视它的存在。

丘濬(1421—1495),字仲琛,广东琼山(今海南)人。景泰五年(1454)进士,历任翰林院编修、国子祭酒、礼部尚书、太子太保、武英殿大学士等职。以达官显贵的身份创作戏曲,丘濬是第一人,可谓开一代风气之先。而且,丘濬还是当时一位名声甚著的理学家,以理学家的身份创作戏曲,丘濬也是空前绝后的。

丘濬的《伍伦全备记》,又名《五伦记》、《忠孝记》、《纲常记》,约撰于成化年间(1465—1487)①,现存万历间金陵世德堂刻本,凡四卷二十九出,是一部"若于伦理无关紧,纵是新奇不足传"(第一出《副末开场》【鹧鸪天】)的传奇作品。剧中写伍伦全、伍伦备和安克和兄弟三人,在母亲的教诲和表率下,在朝忠君,在家孝亲,夫妻和睦,友于兄弟,信于朋友,"五伦全备",因此享尽荣华,超升仙界。

从总体上看,《伍伦全备记》无疑是一部"纯是措大书袋子语,陈腐臭烂,令人呕秽"的作品②,历来受到人们的贬斥。但在明清传奇史上,《伍伦全备记》的出现却占有重要的一席之地。

首先,在丘濬之前,文人编创长篇戏曲,多为旧戏新编,如《琵琶记》、《牧羊记》、《赵氏孤儿》和"荆、刘、拜、杀"等等,莫不如此。而《伍伦全备记》则是中国戏曲史上第一部由文人完全虚构编创

---

① 陆容《菽园杂记》(北京:中华书局,1985),卷十三说:"闻近时一名公作《五伦全备》戏文印行,不知其何所见,亦不知清议何如也。"(第159页)按,陆容(1436—1494)与丘濬是同时代人,《菽园杂记》作于其晚年,所说"近时",当指成化间。

② 徐复祚:《曲论》,《中国古典戏曲论著集成》第四册,第236页。按本章下文凡引此书者,不一一出注。

的长篇戏曲作品,无论是故事情节还是人物形象,都纯属捏造,于史无考,表现了明确的虚构意识。

丘濬不仅具有明确的虚构意识,而且还要求戏曲创作应有显明的托寓性。第一出《副末开场》【临江仙】云:

> 每见世人搬杂剧,无端诬赖前贤。伯喈负屈十朋冤。九原如可作,怒气定冲天。 这本《伍伦全备记》,分明假托扬传,一本戏里五伦全。备他时世曲,寓我圣贤言。

第二十九出《会合团圆》【余音】又云:

> 两仪间禀性人人善,一家里生来个个贤。母能慈爱心不偏,子能孝顺道不愆,臣能尽忠志不迁,妻能守礼不二天,兄弟和乐无间言,朋友患难相后先,姒娌协助相爱怜,师生恩又义所传——伍般伦理件件全。这戏文一似庄子的寓言,流传在世人搬演。但凡世上有心人须听俺谆谆言。

尽管丘濬所"寓"的是程朱理学观念,但他所提倡的"分明假托扬传"的虚构意识和"寓我圣贤言"的创作方法,却强调了戏曲创作过程中的主体表现性,接续了早在先秦时期就由庄子发端的中国古典艺术的"寓言"精神,从而对明清两代传奇创作产生了深远的影响。在明清传奇作品中,故事与叙述充其量只是客体、是对象,是文人作家赖以表现主体情感、主体精神的艺术载体、艺术符号或艺术手段。所以寓言性成为传奇叙事的本体性质[①]。而丘濬则当

[①] 关于明清传奇的寓言性特征,拙著《明清文人传奇研究》(北京:北京师范大学出版社,1992),第五章《明清文人传奇的创作方法》有详细论述,第173—207页。参见夏写时:《论中国戏剧观的形成》,载《戏剧艺术》1984年第1期;吴毓华:《论戏曲艺术的寓言性特征》,载《戏曲研究》第4辑(1988年);谭帆、陆炜:《中国古典戏剧理论史》(北京:中国社会科学出版社,1993),第四章第三节《寓言:戏剧故事的本体观念》,第174—184页。

之无愧地是戏曲寓言说的首创者。

其次,丘濬也是把南曲戏文推向极端理学化,力图以程朱理学观念将戏文改造为传奇的第一人。在第一出《副末开场》中他赤裸裸地鼓吹理学家的"剧以载道"观,说:

> 这三纲五伦,人人皆有,家家都备。只是人在世间,被那物欲牵引,私意遮蔽了,所以为子有不孝的,为臣有不忠的……是以圣贤出来,做出经书,教人习读,做出诗书,教人歌诵,无非劝化人世,使他个个都习五伦的道理。然经书都是论说道理,不如诗歌吟咏性情,容易感动人心……近世以来做成南北戏文,用人搬演,虽非古礼,然人人观看,皆能通晓,尤易感动人心,使人手舞足蹈,亦不自觉。但他做的都是淫词艳曲,专说风情闺怨,非为不足以感化人心,倒反被他败坏了风俗……近日才子新编出这场戏文,叫做《五伦全备》,发乎性情,生乎义理,盖因人所易晓者以感动之。搬演出来,使世上为子的看了便孝,为臣的看了便忠……虽是一场假托之言,实为万世纲常之理。

在丘濬之前,南曲戏文即便像高明《琵琶记》那样涂满伦理教化色彩,也未尝以系统的程朱理学观念作为维系情节、塑造形象的内在依据。而丘濬的《伍伦全备记》无论是故事情节还是人物形象,都是程朱理学观念的拙劣图解,是三纲五常等封建伦理道德的形象演示。先看人物关系:伍母是继室,伦全是前妻之子,伦备是亲生子,安克和是义子;伍家兄弟的老师施善教有二女,一为亲生,名淑清,一为养女,名叔秀,二女分别嫁给伦全、伦备。这样一来,母子、夫妻、兄弟、朋友、师生,诸种人伦关系,尽在其中,颇为"典型"。次看故事情节:为讲"三从四德",就写"施门训女"(第四出);为写母子之情、兄弟之义,就有误伤人命,"一门争死"(第五出);为写夫妻之情,就有叔秀双目失明,伦备贵不易妻(第七出),伦全无子,淑清代为买妾(第十八出);为写贤媳教姑,就有两位媳妇"割肝疗亲"(第十三出);为显忠君爱国,就写上本谏诤(第十六出),抵御外敌,被掳不屈(第二十出);等等。全剧的故事情节缺乏艺术的逻辑,人物形象毫无艺术的生命,完全成为程朱理学教条的低劣注脚。

总之,《伍伦全备记》是一部通俗的理学百科全书,它把道德说教恶性发展到了极致,成为一具艺术僵尸的独特标本。这在明清传奇史上起了两方面的作用:其一,以《伍伦全备记》为嚆矢,明清两代绝大多数的传奇作品都明确标榜伦理教化的主旨,即使是那些离经叛道的"专说风情闺怨"的"淫词艳曲",也一本正经地贴上伦理教化的标签。要之,伦理教化成为明清传奇史上一股汹涌澎湃的创作热潮。其二,《伍伦全备记》严重的概念化、图解化倾向,也给文人作家的传奇创作提供了不可多得的反面教材。人们认识到,丘濬主张以戏曲为教化工具"劝化世人",这是可以接受并且应该提倡的,但却不能毫不顾及戏曲艺术的审美特性,不能像《伍伦全备记》那样通身发出腐烂臭气。如何把有益风化与感动人心融为一体,成为许多文人传奇作家汲汲探求的艺术课题。

为了使"街市子弟,田里农夫"都能"易见易知",便于"劝化",《五伦全备记》的语言平实质古,以至于俚浅板滞。沈德符《顾曲杂言》说:

> 邱文庄淹博,本朝鲜俪,而行文拖沓,不为后学所式。至填词,尤非当行。今《五伦全备》是其手笔,亦俚浅甚矣![1]

嗜好"俚浅"的语言风格,这也是宋代以来理学家"重道轻文"的传

---

[1] 《中国古典戏曲论著集成》第四册,第203—204页。按,本章下文凡引此书者,不一一出注。丘濬,谥号文庄,清雍正年间后,因避孔子之讳,均作"邱濬"。

统。而这种"俚浅"的语言风格,便成为教化戏曲的一种流派。在传奇勃兴期,沈璟极力提倡浅显俚俗的传奇语言风格,即堪称丘濬的嫡传。

《伍伦全备记》以鲜明的教化观为教化传奇奠定了思想基调。步其后尘的有邵灿的《香囊记》传奇。

邵灿,字文明,江苏宜兴人,活动于成化、弘治年间。少年习举业,未入仕途,终身布衣。学识广博,喜词赋,通音律,著有《乐善集》①。他忠实地追随丘濬,有感于"士无全节"、"有缺纲常","因续取《五伦新传》,标记《紫香囊》"(第一出《家门》【沁园春】)。《香囊记》一名《五伦传紫香囊》,现存万历间金陵世德堂刻本等,凡二卷四十二出,赤裸裸地以宣扬伦理道德为主旨:

> 忠臣孝子重纲常,慈母贞妻德永臧,兄弟爱慕朋友义,天书旌异有辉光。(卷末收场诗)

全剧叙写南宋时毗陵人张九成一家在宋、金交战的动乱中悲欢离合的故事,竭力表彰张九成的忠义、张九思的孝悌、邵贞娘的贞节、王伦的信义和崔夫人的贤德。

同《五伦全备记》一样,《香囊记》传奇也是事无所本的,作者自称:

> 今即古,假为真,从教感起座间人。传奇莫作寻常看,识义由来可立身。(第一出《家门》【鹧鸪天】)

以无中生有的虚构故事来宣扬封建伦理道德思想,这是丘濬、邵灿一派戏剧家的独创,也是他们鲜明的戏剧观。与丘濬不同的是,邵灿刻意把人物悲欢离合的故事置于宋、金交战的历史背景中,这就

---

① 有关邵灿的生平事迹,参见吴书荫:《〈香囊记〉及其作者——有关邵灿生平的点滴发现》,载《戏剧学习》1981年第3期。

为虚构的故事提供了一个真实的历史环境,从而增强了传奇作品的历史感。这种半虚半实、亦虚亦实的戏剧创作观念,为其后的文人作家所发扬光大,成为明清传奇的一种重要的创作方法。

《香囊记》的语言风格在明清传奇史上尤开风气之先。邵灿刻意卖弄才学,强求绮丽,标榜典雅,剧中人物唱词多化用《诗经》与杜甫诗句,道白多为隽雅的文言,连滑稽人物的插科打诨也多用诗句(如第三、第六、第十出)。正如徐渭《南词叙录》所说的,该剧是"以时文为南曲"的始作俑者,流弊甚广。吕天成《曲品》卷下说:

> 《香囊》词工白整,尽填学问。此派从《琵琶》来,是前辈最佳传奇。

《香囊记》的"词白工整,尽填学问",是对高明《琵琶记》"专弄学问,其本色语少"的变本加厉的恶性发展①。全剧不问情境,不问人物,一律用典雅绮丽的文语填词作白,典故堆砌,辞赋盈篇(如第十、第十四、第十五、第二十四等出)。徐復祚《曲论》评云:

> 《香囊》以诗语作曲,处处如烟花风柳。如"花边柳边"、"黄昏古驿"、"残星破暝"、"红入仙桃"等大套,丽语藻句,刺眼夺魄。然愈藻丽,愈远本色。

但是,《香囊记》仅仅是在表面上开文词派曲家典雅绮丽之风,在骨子里还缺乏文词派曲家的才情意趣。正是有见于此,连深好雅丽的王世贞,也在《曲藻》中批评《香囊记》"近雅而不动人"②。换句话说,须既"近雅"而又"动人",才是文词派曲家语言风格的理

---

① 何良俊:《曲论》,《中国古典戏曲论著集成》第四册,第6页。
② 《中国古典戏曲论著集成》第四册,第34页。按,本章下文凡引此书者,不一一出注。

想境界,而《香囊记》则虽登其堂,未入其室。

《香囊记》全剧结构松散,情节芜杂。如第六、七、八三出,皆写张九成兄弟赴考途中事,一分为三,岂非蛇足?但作者以紫香囊这一小物件作为情节线索,贯串全剧,却成为后世传奇的嚆矢,值得注意。在韵律上,《香囊记》第一个突破戏文用韵的窠臼,凛遵元人周德清的《中原音韵》,凡戏文杂韵、犯韵之部,在《香囊记》中几乎无一处混押。这一点的确堪称典范。

在成化、弘治年间,丘濬以当朝重臣的地位,邵灿以文人学士的身份,染指"下里巴人"的传奇,把传奇引入文人士大夫的文化圈里,这对于提高传奇的地位,扩大传奇的影响,无疑起了重要的作用。《伍伦全备记》和《香囊记》既恢张前绪,又重开端倪,此后效尤者接踵而至,汇成教化传奇的创作潮流。

二、惟有孝义贞忠果美哉

生长期的教化传奇,就作家队伍而言,大致可分为两类:一类是文人的创作,一类是民间艺人的创作。二者虽在审美趣味上有些微差别,但却都以伦理教化为主题,无一不是在"五伦"之内花样翻新,为"三纲"之说歌舞鼓吹。请听他们共同的心声:

纷纷乐府争超迈,风化无关浪逞才,惟有孝义贞忠果美哉!(陈黑斋《跃鲤记》第四十二折【尾】)

从来名教纲常重,德行彻重瞳,褒旌宠锡如天纵。忠和孝,难伯仲,况坚贞胶巩,从容成义勇,卓异尤超众。(沈鲸《双珠记》第四十六出《人珠还合》【永团圆】)

主圣臣忠子孝,妻贤妇节明良。九流三教有纲常,叠作一场新唱。(阙名《四美记》第一出《究义》【西江月】)

因此,生长期的文人教化传奇与民间教化传奇,在文化内涵上,更多地呈现出相通相融的特性:文人教化传奇在向平民灌输纲常伦理的同时,往往接受并表达了一些平民的习俗和感情,关注着他们的生活和命运;而民间教化传奇在展示平民生活和世俗情调的同时,也明显地向文人教化传奇看齐,表现出对纲常伦理内在的认同感和自觉的实践精神,并且不断得到充实。这体现出士大夫文化和平民文化的循环渗透关系。在这种循环渗透关系中,封建伦理道德观念得以横向扩散,成为支配生长期教化传奇的主导思想。

表扬朝廷政治中忠义之士的教化传奇,有《鲛绡记》和《韩朋十义记》。

《鲛绡记》传奇的作者是沈鲸[1],现存清顺治七年(1650)沈仁甫钞本,凡二卷三十出。剧写南宋襄阳人魏从道与子必简,和沈必贵与女琼英,备受秦桧党人迫害,终得团圆。全剧事无所本,主要人物形象的姓名事迹多系假托,而点缀秦桧弄权的史实作为背景。剧作的独创之处,在于把朝廷中的忠奸冲突引入市井乡间,淋漓尽致地描写了市井富豪刘君玉的怙恶不悛和沈家父女的守节仗义,作者宣称:

  琼英沈老真堪敬,节义双全名振,万古流传戒后人。(第三十出《团圆》【尾】)

这就给忠奸冲突涂上了浓厚的世俗色彩,影响及于明末清初以李玉为代表的苏州派作家。全剧曲词明白如话,便于场上,在后世传演不衰。《曲海总目提要》卷十三"鲛绡记"条说:"闻明中叶间,苏

---

[1] 沈鲸,字涅川,生卒年未详。《咸丰兴化县志》卷七《选举》二载:"明成化年间,任嘉兴府知事。"所撰传奇四种:《鲛绡记》、《双珠记》,今存;《分鞋记》、《青琐记》,仅存散出。

州上三班相传,曰'申《鲛绡》,范《祝发》'。申谓大学士申时行家乐,则此剧乃在嘉、隆以前无疑也。"①

《韩朋十义记》传奇是民间弋阳腔剧本,作者佚名。现存万历间富春堂刻本,凡二卷二十八折,叙写唐末关中人韩朋一家悲欢离合的故事。事无所本,凭空结撰。剧中男女共十人,先后仗义救助韩朋一家,故称"十义"。其间关目人物,多因袭元人纪君祥《赵氏孤儿》杂剧②,但更突出下层平民的义气。祁彪佳《远山堂曲品》评云:

> 李、郑救韩朋父子,程婴、公孙之后,千古一人而已,惜传之尚未尽致。中唯《父子相认》一出,弋优演之,能令观者出涕。③

按,《父子相认》系富春堂刻本第二十四出《父子相逢》,《乐府红珊》卷十六、《尧天乐》卷二均选录。从"能令观者出涕"的评语中,可以看出此剧具有强烈的艺术感染力。

称颂封建家庭中贤母、孝子、节妇、悌弟的传奇,有《跃鲤记》、《双珠记》、《白蛇记》和《商辂三元记》等。

《跃鲤记》传奇的作者陈黑斋,相传是学究。该剧现存万历间富春堂刻本,凡四十二折,《风月锦囊》卷十二收录《姜诗》九出,与今存刻本大率相同。此剧据《后汉书》卷八四《姜诗妻传》,叙写东汉广江人姜诗、妻庞氏三娘及子安安侍亲至孝的事迹。祁彪佳《远山堂曲品》评云:"任质之词,字句恰好;即一节生情,能展转写出。"清焦循《剧说》卷四引《谭辂》评云:"《姜诗》传奇,相传是学

---

① 董康等辑:《曲海总目提要》,北京:人民文学出版社,1959年。
② 《赵氏孤儿》,现存《元刊杂剧三十种》本及《元曲选》本。
③ 《中国古典戏曲论著集成》第六册,第114页。按,本章下文凡引此书者,不一一出注。

究陈罴斋所作,虽粗浅,然填词亦亲切有味,且甚能感动人,似有裨于风化,不可以其肤浅而弃之。"①剧中说明庞氏前世殴打丫头,丫头投水身死,所以今世报应,令其夫妻、婆媳、母子分居两年,以见:"善恶由来祸福基,鬼神报不爽毫厘;人生日用存方寸,瓜瓞绵绵庆有余。"(第二十折下场诗)如此宣扬鬼神报应以强化伦理教化,表达的是流行于民间的创作思想。

《双珠记》传奇也是沈鲸的作品,现存《六十种曲》所收本,凡二卷四十六出,叙写唐朝王楫一家悲欢离合的故事。前半郭氏事,本于元末陶宗仪《辍耕录》卷十二《贞烈墓》,后半则自出机杼。作者自述创作意图云:

  忠孝贤贞具秉彝,双珠离合更神奇。明王超格颁恩宠,留得余风作世维。(卷末收场诗)

剧中所写王楫夫妇悲离死生的境况与情感,感人至深,吕天成《曲品》卷下评云:"情节极苦,串合最巧,观之惨然。"清梁廷楠《曲话》卷三评云:"《双珠记》通部细针密线,其穿穴照应处,如天衣无缝,具见巧思。"②其实,此剧前半关目结构固然甚佳,而后半则多牵强巧合之处,如结尾王九龄因珠会母等情节,即过于虚假不实。其中插入王慧姬嫁边将及王楫戍边立功事,亦使头绪纷杂。至于其语言风格,梁廷楠《曲话》又说:"唯每人开口,多用骈白,头面雷同,且中有未尽合口吻者,乃为美玉之玷。"这正是受《香囊记》传奇影响的结果。

《白蛇记》传奇的作者是郑国轩③。该剧现存万历间富春堂刻本,凡二卷三十六出,叙写秦朝四川成都华阳人刘相(字汉卿)与

---

① 《中国古典戏曲论著集成》第八册,第159页。
② 《中国古典戏曲论著集成》第八册,第277页。
③ 郑国轩,生平不详,浙江人,撰传奇二种:《白蛇记》,今存;《牡丹记》,已佚。

妻王氏、子廷珍,受继母张氏迫害,妻离子散,毫无怨言,几经周折,终于使张氏愧悔,一家完聚。事无所本,似据民间传说而作。剧中以家庭财产纠纷为中心冲突,宣扬"家和贫亦好,不义富如何"的伦理道德,这继承的是元杂剧中郑廷玉一派作家的思想倾向。但全剧随处可见当时市井风习,语言也朴质俚俗。万历以后,阙名据此改编为《鸾钗记》传奇,翁子忠据此改编为《白蛇记》传奇,皆佚,祁彪佳《远山堂曲品》著录。可知此剧故事脍炙人口,盛传不衰。

《商辂三元记》传奇简称《三元记》,一名《断机记》,又名《三元登科记》,作者失名①。该剧现存万历间富春堂刻本,凡二卷三十八折,叙写明朝浙西淳安人商霖,富而好礼。聘妻秦雪梅,乃致仕府尹秦彻之女。商霖染病命绝,其妾鲁爱玉生遗腹子名辂。秦氏乃辞其父母,至商家守节,与鲁氏共抚商辂。商辂读书稍懈怠,秦氏即严加督责,自断其织机以示警诫。后来商辂赴试,连中三元,授翰林院学士,褒封二母,并造五凤牌坊。商辂传见《明史》卷一七六,剧中所叙,除连中三元以外,全不核实。全剧以宣扬封建道德为主旨,而且说神说鬼,格调不高。但语言通俗本色,如同口语,朗朗上口,曲白相兼成趣,颇便于场上演出,所以成为后世昆剧的保留剧目。

宣扬行善积德的传奇,有《冯京三元记》、《还带记》和《还金记》等。

《冯京三元记》传奇的作者是沈龄(1470?—1523后)②。祁彪佳《远山堂曲品》评《龙泉记》云:"节义忠孝之事,不可无传。沈君手笔绝肖邱文庄之《五伦记》。"这可以概括沈龄剧作的基本思

---

① 或云为沈受先撰,误。参见拙著《明清传奇综录》(石家庄:河北教育出版社,1996),卷一《商辂三元记》条,第95—96页。

② 沈龄,字寿卿,一字元寿,号练塘渔者,嘉定(今属上海)人。所撰传奇五种:《冯京三元记》、《还带记》,今存;《龙泉记》、《娇红记》,仅存散出;《四喜记》,已佚。参见徐朔方:《沈龄事实存录》,见其《晚明曲家年谱》(杭州:浙江古籍出版社,1993),《苏州卷》,第33—44页。

想内涵。《冯京三元记》现存《六十种曲》所收本,凡二卷三十六出,叙写宋朝湖广江夏人冯商,好积阴德,笃行"博施"、"毁券"、不发盗木人、"还妾"、"还金"、"诬徒认马"等诸多善事,终得善报,其子冯京连中三元。此剧据宋元阙名的《冯京三元记》戏文改编①,本事出宋罗大经《鹤林玉露·冯三元》及姚庭若《不可录》,多所增饰,成为富豪善行的大汇编。《曲海总目提要》卷十八"三元记"条云:"后世艳称科目之威,以为必有阴德致之,故举厚德卓行,悉归京父,不尽实也。"此剧以富豪为主角,表达富而求贵求仁的人生追求,更多地表现出平民的审美趣味。传奇部分保持了戏文自然质朴的语言特色,"多市井语"②,同时大量融入诗语与文语,使全剧语言风格不甚一致。

　　《还带记》传奇也是沈龄的作品,现存万历间世德堂刻本等,凡二卷四十一出。该剧据元人关汉卿《裴度还带》杂剧改编和扩充③,写唐朝裴度还带积德、建功立业的故事,表明:"发一点善念慈心,享无穷富贵福禄。"(第一出《副末开场》)还带事本于唐王定保《唐摭言》卷四《节操》,裴度功业则本《旧唐书》卷一七〇及《新唐书》卷一七三本传。其间插入李逢吉谋杀、裴度妻播离等事,俱系增饰。祁彪佳《远山堂曲品》评云:"是记虽无隽冷之趣,而局面正大,词调庄炼,其《金印》、《孤儿》之亚流乎?"明蒋一葵《尧山堂外纪》云:"今传奇有《还带记》,嘉定沈练川所作,以寿杨邃翁者也。故曲中有'昔掌天曹,今为地主'等语,邃翁喜圈此八字。"④按杨邃翁,名一清(1454—1530)。此剧为杨一清

---

① 《冯京三元记》戏文,徐渭《南词叙录·宋元旧篇》著录,已佚。
② 徐渭:《南词叙录·本朝》,《冯京三元记》目下注。
③ 《裴度还带》杂剧,现存脉望馆钞校本。按,此本或作贾仲明撰。
④ 蒋一葵:《尧山堂外纪》,明万历间舒一泉刻本。按,清褚人获:《坚瓠甲集》(清四雪草堂刻本),卷二《祝寿》,亦言及此事。

七十寿辰而作,时在嘉靖二年(1523)。剧中以裴度讨平淮西吴元济叛乱,赞美杨一清三度出镇西北,并戡定安化王朱寘鐇叛乱。以传奇作品作为敬献达官贵人的贽礼,此剧实为发端,可见戏剧实用功能的提高和发挥。

张瑀的《还金记》则首开以传奇为自叙传的路数①。此剧现存清初钞本,北京大学图书馆藏,与方疑子《鸳鸯坠》杂剧合为一册,凡二卷十四出。剧叙张瑀父亲病重,因瑀尚年幼,便将平日积攒白金百两,托付亲戚梁相保存,嘱其待日后交给张瑀。梁相恐表弟张瑀损抑志气,故在瑀父去世后,秘而不宣。瑀发愤勤学,但七赴考场,皆未考中。下第归来,家徒四壁,一贫如洗。时值初冬大雪,张瑀与老母生计极为艰难。梁相约友人崔桂同往张家,将寄存28年的白金,悉数相还。钞本卷首作者自序说:

> 记也事皆实录,穷巷悉知。唯石麟诞瑞,玉诏颁恩,颇涉虚伪,然非此无以劝也。况天道福善,君道彰善,亦理之常,虽虚而同归实参矣。

按,梁相,字怡庵,号我津,系万历间兵部尚书梁梦友之父,张一桂《漱秋文集》卷六有《贺我津梁翁七秩荣寿序》,即指其人。张瑀将自己作为剧中主角,写实人实事,在明代传奇中实开先声。全剧仅十四出,未涉及才子佳人事,在嘉靖、隆庆间亦别具一格。稍后以传奇为自叙传的,还有万历初朱期的《玉丸记》,现存万历间武林刻本,吕天成《曲品》卷下云:"即此君自况也。"②

借助宗教故事劝善教化的,则有郑之珍(1518—1595)的《目

---

① 张瑀,正定(今属河北)人,生平见清梁清远:《真定三子传》,《袯园集》(清康熙梁允桓刻本),卷三。
② 按,朱期,字万山,上虞(今属浙江)人。《玉丸记》传奇主角为朱其,即影指朱期。剧云朱其避严嵩而退隐,不应胡宗宪之聘,隆庆改元出仕,复避张居正而弃职,则此剧之作,当在万历十年(1582)张居正去世之前。

连救母劝善戏文》①。目连救母故事,从中唐以后即有变文、杂剧、南戏、宝卷等各种体裁的作品,此剧即在这些民间作品的基础上编纂而成。剧中插演的《尼姑下凡》、《和尚下山》,取自明冯惟敏《僧尼共犯》杂剧②。其余穿插杂戏亦甚多,如《王婆骂鸡》、《哑子背疯》、《赵花子打老子》、《拐子相邀》、《行路施金》等,皆出于民间传说。作者《序》述创作缘起云:

> 余不敏,幼学夫子而志《春秋》,惜以文不趋时,而志不获遂。于是萎念于翰场,而游心于方外。时寓秋浦之剡溪,乃取目连救母之事,编为《劝善记》三册。敷之声歌,使有耳者之共闻;著之象形,使有目者之共观。至于离合悲欢,抑扬劝惩,不惟中人之能知,虽愚夫愚妇,靡不悚恻涕洟,感悟通晓矣,不将为劝善之一助乎?

劝善教化的拳拳之心,溢乎言表。陈澜《劝善记评》也说:此剧"志于劝善是第一义。故其爱敬君亲,崇尚节义,层见叠出。"

《目连救母劝善戏文》现存万历十年(1582)高石山房原刻本,共三卷,上卷三十三出,中卷三十五出,下卷三十四出。每卷皆有敷演场目与开场,且各有其终局,既可合而为一,又可厘而为三,故卷末收场诗云:"《目连戏》愿三宵毕,施主阴功万世昌。"祁彪佳《远山堂曲品》评此剧:"全不知音调,第效乞食瞽儿沿门叫唱耳。无奈愚民佞佛,凡百有九折,以三日夜演之,哄动村社。"③此剧本于安徽民间戏文,其音调自然不合昆腔,但民间却流行极广。明代

---

① 郑之珍,字汝席,一字子玉,号高石山人,祁门(今属安徽)人。传见《清溪郑氏族谱》,赵荫湘、陈长文《郑之珍生平史料的新发现》引录,载《戏曲研究》第22辑(北京:文化艺术出版社,1987),第250—251页。据原刻本卷首诸序,《目连救母劝善戏文》作于万历七年(1579),刻于十年(1582)。

② 冯惟敏《僧尼共犯》杂剧,现存嘉靖间刻《海浮山堂词稿》附录本等。

③ 今存原刻本一百零二出,与祁氏所说"百有九折"不符,祁氏所见当为翻刻本。

《词林一枝》、《群音类选》、《乐府菁华》、《昆弋雅调》等戏曲选集，均收录此剧散出。清乾隆间宫廷大戏有《劝善金科》，后世各地方戏也多有目连剧目，至今盛演不衰。

第二节 虚实相半的历史剧

元代和明前期的历史剧有两个十分显著的特点，即浓郁的道德史观和鲜明的虚构意识，这成为传奇生长期历史剧的艺术传统。

首先，《春秋》经典隐寓褒贬和垂戒来世的叙事功能，不仅成为中国历代写史遵循不易的准则，而且积淀为历代文人传承不绝的历史道德意识。褒善贬恶，赏善罚恶，既是解说、认识、评判历史的始点和终点，也是历史自身的基本目的和最高职能。这种传统的道德史观，成为元代和明前期绝大多数历史剧的创作主旨。当然这并不排斥每一部历史剧中都包含着作家对于历史的独特阐释，而仅仅是说，作家的阐释在根本上无法超越道德史观。传奇生长期的历史剧延续了这一传统，大多也是溯本于道德史观的，以阐扬忠孝节义为天职，以惩劝世道人心为本务，表现出与教化传奇殊途同归的艺术趋向。

其次，元代和明前期的历史剧与宋代戏剧"大抵真假相半"、"多虚少实"的艺术观念一脉相承①，在题材上多采自历史传说而不是史书正传，即使取材于史书正传的也多加以虚构增饰。胡应麟《少室山房笔丛》卷四一《庄岳委谈》下说："其事欲谬悠而亡根也，其名欲颠倒而亡实也。"②王骥德《曲律》卷三《杂论》上说："古戏不论事实，亦不论理之有无可否，于古人事多损益缘饰为之，然

---

① 见灌园耐得翁：《都城纪胜》（《景印文渊阁四库全书》本），《瓦舍众伎》条；吴自牧：《梦粱录》（《知不足斋丛书》本），卷二十《百戏伎艺》条。

② 胡应麟：《少室山房笔丛》（上海：中华书局上海编辑所，1958），第556页。

尚存梗概。"①吕天成《曲品》卷上《旧传奇品序》也说："有意驾虚，不必与事实合。"传奇生长期的历史剧中，凡是改编宋元戏文旧本的，无论出自文人之手还是出自民间艺人之手，几乎都继承了这种"多虚少实"的特点，甚至有意标榜艺术虚构。如阙名《苏英皇后鹦鹉记》第一折【鹧鸪天】云：

> 戏曲相传已有年，诸家搬演尽堪怜。无非取乐宽怀抱，何必寻求实事填？

而传奇生长期由文人士大夫独立创作的历史剧，则往往表现出一种反虚求实的创作倾向，虽然他们并不绝然地否定艺术虚构，但却更自觉地以史书正传为创作蓝本。胡应麟《庄岳委谈》下又说："近为传奇者若良史焉，古意微矣。"②谢肇淛《五杂俎》卷十五也说：

> 近来作小说，稍涉怪诞，人便笑其不经。而新出杂剧，若《浣纱》、《青衫》、《义乳》、《孤儿》等作，必事事考之正史，年月不合，姓字不同，不敢作也。如此，则看史传足矣，何名为戏？③

但总体上看，这时期文人士大夫独立创作的历史剧大多还是"虚实相半"，并未能忠实地坚持"良史"的风范。

一、嘉靖以前的历史剧

嘉靖以前的历史剧，较著名的有《东窗记》、《双忠记》、《连环

---

① 王骥德：《曲律》，《中国古典戏曲论著集成》第四册，第147页。
② 胡应麟：《庄岳委谈》，《少室山房笔丛》卷四一，第556页。按，该书约成书于万历十七年至二十年（1589—1592）间。
③ 谢肇淛：《五杂俎》（上海：中华书局上海编辑所，1959），第447页。《浣纱记》，梁辰鱼撰；《青衫记》、《义乳记》，顾大典撰；《孤儿》即《八义记》，徐元撰。

记》、《千金记》、《金丸记》、《金印记》等。这些历史剧更多地汲取的是民间大众艺术的创作源泉,所以一直葆有旺盛的生命力,在舞台上长演不衰。

《东窗记》传奇的作者可能是周礼①。该剧现存万历间富春堂刻本,凡二卷四十折,据宋元阙名戏文《秦太师东窗事犯》改编,叙写北宋岳飞抗金的事迹,情节多采诸野史杂传及民间传说。曲词质朴遒劲,壮烈悲愤,读之令人裂眦。其后阙名又据此剧改编为《精忠记》传奇,今存汲古阁刻本,流传更广。

《双忠记》传奇的作者是姚茂良②。该剧现存万历间富春堂刻本,凡二卷三十六折,取材于《旧唐书》卷一八七、《新唐书》卷一九二本传及韩愈《昌黎先生集》卷十三《张中丞传后叙》,叙写唐朝张巡、许远抗击安史之乱的事迹。这是文人独立创作的传奇作品,所以剧中所叙多为实迹,全剧泼染着浓重的道德教化色调。作者自云:

> 典故新奇,事无虚妄,使人观听不舍。阎闾之间,男子效其才良;闺门之内,女子慕其贞烈。将见四海同风,咸归尊君亲上之俗,岂小补哉?(第一折)

吕天成《曲品》卷上评云:"笔能写义烈之肺肠,词亦达事情之悲愤。求人于古,足重于今。"卷下又评云:"境惨情悲,词亦充畅。"剧末写张、许二人阴魂聚首,结局殊觉黯然。这种浓烈的悲剧情

---

① 徐渭:《南词叙录·本朝》,著录《岳飞东窗事犯》一本,注云:"用礼重编。"用礼,或疑为周礼之误。周礼,字德恭,号静轩,余杭(今属浙江)人,累科不第,以著述为事。活动在弘治、正德年间。传见《万历余杭县志》、《增广事类氏族大全·皇明人文》(明末刻本)卷十八。

② 姚茂良,字静山,武康(今浙江德清)人。《双忠记》首折〔满庭芳〕词云:"士学家源,风流性度,平生志在鹰扬。命途多舛,曾不利文场。便买山田种药,杏林春熟,桔井泉香。"可知其似为落魄士子,隐居田园。

调,既源于作者忠实于历史,背离团圆俗套,直写主人公的悲剧结局,也包含着作者对英烈殉国的无限感慨。

《连环记》传奇的作者是王济(1474—1540)①。该剧现存清钞本,凡二卷三十折,叙写东汉末年司徒王允用义女貂蝉设连环计,谋杀董卓的故事。此剧以元阙名《锦云堂美女连环记》杂剧为蓝本②,兼采《三国志通俗演义》小说第四回《废汉帝陈留践位,谋董贼孟德献刀》及第八回《王司徒巧使连环计,董太师大闹凤仪亭》,并参合正史,详加铺叙。吕天成《曲品》卷下评云:"词多佳句,事亦可喜。"卷上又评云:"颇知炼局之法,半寂半喧;更通琢句之方,或庄或逸。"就语言风格而言,此剧系文词派的早期作品,但曲词流畅平稳,在文词派作品中可称翘楚。

《千金记》传奇的作者是沈采③。该剧现存万历间富春堂刻本,凡四卷五十折。全剧以楚汉相争时韩信的生平事迹为主,系据元代金仁杰《萧何月夜追韩信》杂剧改编④;又牵合项羽事迹,而以汉高祖刘邦成大业事为背景,以张良、萧何为贯穿线索,大略据《史记》、《汉书》、《资治通鉴》等正史敷演,稍加增饰。剧中虚构韩信母亲、妻子的事迹,作为旦角关目,实成蛇足,并未能像后出的

---

① 王济,字伯雨,号雨舟,自称紫髯仙客,晚更号白铁道人,乌镇(今属浙江桐乡县)人。官横州通判。《连环记》或作于明嘉靖元年(1522)。参见徐朔方:《王济年谱》,见其《晚明曲家年谱·浙江卷》,第1—16页。

② 《连环记》杂剧,现存脉望馆校《元人杂剧选》本。《元曲选》本作《锦云堂暗定连环计》。

③ 沈采,字练川,上海嘉定人。徐朔方:《沈龄事实录存·引论》,以为沈采即沈龄,可备一说,见其《晚明曲家年谱·苏州卷》,第33页。

④ 《萧何月夜追韩信》杂剧,现存《元刊杂剧三十种》本。徐復祚《曲论》云:《千金记》"本元金志甫《追韩信》来,今《北追》、《点将》全用之。"《千金记》第二十二折《北追》,几乎完全袭用杂剧第二折,唯文字与曲牌略有修改处。第二十六折《登拜》之曲词中【粉蝶儿】、【十二月】两阕,亦为借用元曲者。参见〔日〕青木正儿:《中国近世戏曲史》,王古鲁译著(北京:作家出版社,1958),第126页。

《宝剑记》、《鸣凤记》那样将英雄的亲属与英雄的壮举融为一体。所以吕天成《曲品》卷下评云:"但事业有余,闺阃处太寥落。且旦是增出,只入虞姬、漂母,亦何不可?"祁彪佳《远山堂曲品》亦评云:"纪楚、汉事甚豪畅,但所演皆英雄本色,闺阁处便觉寂寥。"全剧虽以韩信为主,但描写项羽处极有声色,所以结构上分为两条线索,缺少"主脑"。后世流传的多为以项羽为主人公的出目,如《励兵》(俗名《起霸》)、《会宴》(《鸿门》)、《夜宴》、《代谢》(《撒斗》)、《歌楚》(《楚歌》)、《解散》(《探营》)、《别姬》、《问津》、《灭项》(末二折合为《跌霸》)等;演韩信者,仅有《北追》(《追信》)、《登拜》(《拜将》)二折。

阙名的《金丸记》传奇①,现存清康熙间钞本等,凡二卷三十出,以元代阙名的《金水桥陈琳抱妆盒》杂剧为蓝本②,叙写北宋真宗时宫廷倾轧的故事,本于宋元民间传说。剧中歌颂太监陈琳、宫女寇承御勇救太子的义举,展示了卑贱者在政治斗争中所表现出的高尚道德品质和鲜明政治态度,昭示了平民参与政治的苗头,尤其值得注意。此剧约撰成于成化十一年至二十三年间(1475—1487),吕天成《曲品》卷下评云:"此词出在成化年,曾感动宫闱。"《曲海总目提要》卷三十九"金丸记"条云:剧中所叙宋真宗李宸妃事,"与明代纪太后事相类,或作者借宋事以寓意耳"。③ 同时尚有说唱词话《新刊全相说唱足本仁宗认母传》,现存明成化间刻本。

---

① 此剧一名《妆盒记》,又名《金弹记》。吕天成《曲品》卷下著录,未题撰者。阙名《古人传奇总目》误题"姚静山所作",见《中国古典戏曲论著集成》第六册,第 278 页。清代诸家曲目均因之。《曲海总目提要》卷三九有此本,据黄宗羲《思旧录》(《梨洲遗著汇刊》,上海:时中书局,1915)定为史槃撰,亦误,因史槃乃隆、万时人,不当作此。

② 《金水桥陈琳抱妆盒》杂剧,现存《元曲选》本。

③ 按,纪太后事见《明史》卷一〇三《纪太后传》。此明代宫闱秘事,自成化十一年(1475)颁诏天下后,盛传于朝内外。而纪太后之死,当时大学士尹直撰哀册有云:"睹汉家尧母之门,增宋室真皇之恸。"见陈洪谟:《治世余闻》(北京:中华书局,1985),上篇卷一,第 3 页。是其时自朝廷以下,并不讳饰此事,且公开以宋仁宗比拟成化皇帝。

可以看出这是当时的一个热门题材。

阙名的《金印记》传奇①,现存万历间继志斋刻本等,凡四卷四十二出,叙写战国时洛阳人苏秦合纵连横的事迹,系宋元阙名戏文《苏秦衣锦还乡》的改编本②。剧作大率据《战国策》和《史记》卷六十九《苏秦列传》敷演,稍作增饰。此剧寄托了改编者怀才不遇的孤愤情怀,第一出《家门正传》【水调歌头】云:

> 挥毫夺造化,鼓舌动风雷。良时未遇,珠玉暂尘埋。尚且鹏程九万,未遂龙门三汲,风月且舒怀。闲得《六国传》,书会好安排。　　按宫商,妆科范,有诙谐。比如故事,有如神骥压驽骀。醒炎凉世态,只恁轻贫重富,所贵在多才。知音高着眼,大喝采声来。

剧中对世态炎凉的描写,富于平民色彩。吕天成《曲品》卷下评云:"写世态炎凉曲尽,真足令人感激,近俚处俱见古态。"全剧关目琐细,曲词质朴,颇存戏文旧貌。

传奇生长期据元人杂剧或宋元戏文改编的历史剧为数甚夥。如以三国故事为题材的传奇有《桃园记》、《古城记》和《草庐记》,祁彪佳《远山堂曲品·桃园》云:"《三国传》中曲,首《桃园》,《古城》次之,《草庐》又次之。虽出自俗吻,犹能窥音律一二。"此外,《举鼎记》传奇写春秋时伍子胥故事,《和戎记》传奇写汉朝王昭君出塞,《投笔记》传奇写汉朝班超投笔从戎,《白袍记》传奇写唐朝

---

① 吕天成:《曲品》卷下著录,未题撰者。沈自晋:《南词新谱》(北京大学影印清顺治间刻本),卷首《古今入谱词曲传剧总目》著录,亦未题撰者。阙名:《古人传奇总目》,第一次题为"明苏复之作",见《中国古典戏曲论著集成》第六册,第278页。《曲海目》、《今乐考证》、《曲录》均从之。按,苏复之或为苏复,朱权:《太和正音谱》,列举"国朝一十六人"杂剧,云:"苏复之词,如云林文豹。(指挥)"但未著录其作有《金印记》,明人著作中亦未见提及。故定《金印记》为阙名作。

② 戏文今无存本,徐渭《南词叙录·宋元旧篇》著录。

薛仁贵征东,《金貂记》传奇写尉迟恭不服老等等①。这些剧本大都本于民间传说,采用民间曲调,虽然语言粗鄙,却因谐俚俗而快人心,盛行于剧场。

二、张凤翼及其历史剧

生长期专力创作历史剧的文人传奇作家,有张凤翼。

张凤翼(1527—1613),字伯起,号灵墟,别署冷然居士。长洲(今江苏苏州)人。早岁工古文辞,与弟献翼、燕翼并有才名,时人称为"三张"。嘉靖四十三年(1564)中举,后四次会试均落第,乃绝意仕进。晚年以卖文佣书为生,不同于传统的文人。沈瓒《近事丛残》云:

> 张孝廉伯起,文学品格,独迈时流,而耻以诗文字翰,结交贵人。乃榜其门曰:"本宅缺少纸笔,凡有以扇求楷书满面者,银一钱;行书八句者,三分;特撰寿诗寿文,每轴各若干。"人争求之。自庚辰(按,即万历八年[1580],凤翼五十四岁)至今,三十年不改。②

张凤翼与王世贞等"后七子"派交往密切。所著有《处实堂前后集》、《谭辂》、《文选纂注》、《梦占类考》等③。

据徐复祚《曲论》记载,张凤翼精于曲律,"晚喜为乐府新声,天下之爱伯起新声甚于古文辞。"他曾自扮蔡伯喈,其仲子扮演赵五娘,父子同台演出《琵琶记》,"观者填门,夷然不屑意也"。撰有

---

① 按,《桃园记》已佚;《古城记》、《草庐记》、《和戎记》、《投笔记》、《白袍记》、《金貂记》等,现存明万历间刻本;《举鼎记》现存传抄本。
② 沈瓒:《近事丛残》,北京:广业书社,1928。
③ 关于张凤翼生平事迹的详细考证,可参看叶德钧:《读曲小纪·明戏曲家张凤翼》,见其《戏曲小说丛考》(北京:中华书局,1979),卷上,第418—425页;徐朔方:《张凤翼年谱》,见其《晚明曲家年谱·苏州卷》,第171—252页。

散曲集《敲月轩词稿》,已佚。所撰传奇七种:《红拂记》、《祝发记》、《窃符记》、《虎符记》、《灌园记》、《㲬廖记》六种,合称《阳春六集》,唯《㲬廖记》仅存残曲,其余五种皆存;另有《平播记》,已佚。

张凤翼现存的传奇都是历史剧,其中以《红拂记》最负盛名。《红拂记》传奇现存万历间玩虎轩本、富春堂本、继志斋本、文林阁本等,凡二卷三十四出,叙写隋末大乱,京兆三原人李靖于杨素府中与歌妓红拂相遇生情,一起投奔李世民,途中得到虬髯客张仲坚的资助。而流落杨素府中的乐昌公主,与其夫徐德言破镜重圆,也在红拂的劝说下投奔李靖。后李靖奉命征高丽,张仲坚率海外兵士,助其成功。剧中红拂慧眼识英雄,侠情耀日月,形象光彩照人,表现了文人士大夫渴望红颜知己的心态。而李靖的英迈气概,也是作者豪情壮志的寄托。

此剧为张凤翼青年时新婚伴房一月而成,当以红拂、乐昌二故事,自贺得良妻之意[1]。红拂事本唐人杜光庭《虬髯客传》,见《太平广记》卷一九三;乐昌公主事本唐人孟棨《本事诗·情感类》。按其本事,乐昌之事在陈隋代兴之际,红拂之事在隋唐代兴之时,相隔二十余年,但都与杨素有关系,所以作者两相牵合,虚构红拂与乐昌同时为杨府美人,成为患难之交,前后离合起伏,针线绵密,浑然一体。徐復祚《曲论》訾其"本《虬髯客传》而作,惜其增出徐德言合镜一段,遂成两家门,头脑太多",非为的评。李贽《焚书》卷四《杂述·红拂》总评云:"此记关目好,曲好,白好,事好。"[2]其中第二出《仗策渡江》,第十出《侠女私奔》,最为脍炙人口。

---

[1] 见尤侗:《北红拂记题词》,《艮斋倦稿》卷九,见其《西堂全集·西堂余集》(清康熙间刻本)。按,时为嘉靖二十四年(1545),张凤翼十九岁。

[2] 李贽:《焚书》(北京:中华书局,1960),第 195 页。

《窃符记》传奇现存明万历间金陵继志斋刻本等，凡二卷四十出①，取材于《史记》卷七七《魏公子列传》，写战国时魏国信陵君与如姬窃符救赵的故事。原传唯言如姬之父为人所杀，剧中增出仇仁（亦即"仇人"），铺叙如姬姓王，受仇仁逼迫，恰为信陵君所救，终得入宫为姬，而仇仁逃赵，为赵括用为中军，信陵君遣朱亥至赵营杀仇仁等情节。于是如姬之所以勇于窃符，事出有因。如姬窃符后结果如何，史无记载，剧中作如姬遭受拷打，及信陵班师，仍与魏王和好，这是作者以意为之，多少表现出平民的审美趣味。

《虎符记》传奇现存万历间富春堂刻本等，凡二卷四十折，叙写元末怀远人花云，从明太祖朱元璋起兵，出守太平，为陈友谅所擒，其妻郜氏、子花炜和妾孙氏悲欢离合的故事。本于《明史》卷二八九《花云传》，多所增饰。如花云本与许瑗、王鼎同时殉节，作者为后来团圆，虚构花云被擒囚禁，增出张定边劝降、花云失明及花炜立功、迎父入朝等后段大半情节。原传郜氏赴水而死，亦改为被其弟所救。凡此皆为了说忠表孝，扬贞褒义，作者盖深致惋惜，为古人补恨。吕天成《曲品》卷下评云："前半真，后半假，不得不尔。女侠如此，固当传。"

《祝发记》传奇现存万历间富春堂刻本，凡二卷二十八出，事本《南史》卷六十《徐摛传》附《徐孝克传》及《陈书》卷二六《徐陵传》附《徐孝克传》，略加增饰，叙写徐孝克尽孝、其妻守节的故事。据沈德符《顾曲杂言》载：张凤翼"以丙戌上太夫人寿，作《祝发记》，则母已八旬，而身亦耳顺矣。"按，丙戌为万历十四年（1586），此剧作于是年。吕天成《曲品》卷下评云："伯起以之寿母，境趣凄楚逼真。布置安插，段段恰好，柳城（按，即吕天成的伯父孙如法）

---

① 按，此本为日本神田喜一郎所藏。《古本戏曲丛刊初集》所收为清雍正间沈闻生钞本，凡二卷二十四折，当为后世舞台演出本。

称为七传之最。但事情非人所乐谈耳。"然则此剧为作者表示孝心之作,实为教化剧之流亚。

《灌园记》传奇亦存万历间富春堂刻本,凡二卷三十出,叙写战国时齐缗王荒淫无度,国势倾危,世子田法章忧国进谏,触怒父王,被发往莒州安置,历尽艰辛,最后得以复国。事本《战国策·齐策》、《史记·田敬仲完世家》及《资治通鉴》等。剧中所叙多与史实相合,唯法章与君王后相爱的情节全属虚构。吕天成《曲品》卷上评云:"有风致而不蔓,节侠俱在。"后来冯梦龙不满此剧情节,删改为《新灌园》,《新灌园序》指摘《灌园记》缺点说:

> 夫法章以亡国之余,父死人手,身为人奴,此正孝子枕戈、志士卧薪之日,不务愤悱忧思,而汲汲焉一妇人之是获,少有心肝,必不乃尔。且五六年间,音耗隔绝,骤尔黄袍加身,而父仇未报也,父骨未收也,都不一置问,而惓惓焉讯所私德之太傅,又谓有心肝乎哉?君王后千古女侠,一再见而遂失身,即史所称阴与之私,谈何容易!而王孙贾子母忠义,为嗣君报终天之恨者,反弃置不录。若是,则灌园而已,私偶而已。灌园、私偶,何奇乎?而何传乎?①

其实,这样的情节构思,正表现出张凤翼运用史实的审慎态度、倾慕风致的生活情趣和信守礼教的创作思想。

张凤翼的传奇作品一般拘泥于史实,结构较为松散,王骥德《曲律》卷四《杂论》下评云:"长洲体裁轻俊,快于登场,言言袜线,不成科段。"卷三《论剧戏》又举例说:"传中紧要处,须重著精神,极力发挥使透。如……红拂私奔,如姬窃符,皆本传大头脑,如何草草放过!"但其剧本体制较为短小,如《红拂记》三十四出,《祝发

---

① 冯梦龙:《新灌园》(崇祯间刻《墨憨斋定本传奇》所收本),卷首。

记》二十八出,《窃符记》四十出,《灌园》三十出,《虎符记》四十出;而且每出一般由四五支曲牌组成,便于舞台演出,实为后世传奇剧本篇幅"缩长为短"的先导①。

在语言风格上,张凤翼属于文词派作家,凌濛初《谭曲杂札》评云:

> 张伯起小有俊才,而无长料。其不用意修词处,不甚为词掩,颇有一二真语、土语,气亦疏通。毋奈为习俗流弊所沿,一嵌故实,便堆砌拼凑,亦是仿伯龙(按,指梁辰鱼)使然耳……乃心知拙于长料,自恐寂寥,未免涂饰,岂知正是病处。

这一批评的确是一针见血。沈德符《顾曲杂言》论其音韵云:

> 张(伯起)则以意用韵,便俗唱而已。余每问之,答云:"子见高则诚《琵琶记》否?余用此例,奈何讶之?"

的确,张凤翼更多的是采用南戏民间韵例,而不是昆腔新曲的韵例,这正是明中期传奇作家的共同特点。徐復祚《曲论》不明白这一点,评《红拂记》说:"佳曲甚多,骨肉匀称,但用吴音,先天、帘纤随口乱押,开闭罔辨,不复知有周韵(按,即周德清《中原音韵》)矣。"这未免无的放矢。

第三节 情理和谐的风情剧

宋元以后爱情婚姻题材文学作品的总主题,是表现处于萌芽状态的个人性爱与封建社会现实、封建婚姻制度和封建伦理观念的矛盾冲突。以王实甫《西厢记》为代表的金元杂剧、宋元南戏、宋元话本里的爱情婚姻题材作品,与唐传奇同一题材作品集中揭

---

① 参见本书第十二章第二节。

示爱情同封建门阀制度及其相应的伦理观念的冲突不同,主要表现了爱情与封建礼教制度及其相应的伦理观念的冲突,即情与礼的冲突,并力图寻求情与礼经由冲突达到和谐的途径。因此文学家们在揭示情与礼的外在冲突的同时,总是坚信不移地歌颂人的心灵中情与理的内在和谐,借以抵销或冲淡外在的礼对人的感情的约束与扼制。

传奇生长期的风情剧基本上即延续了这一传统主题,执着于"发乎情,止乎礼义",力求达到爱情与伦理纲常的和谐。我们不妨听听作者的自白:

> 风情节义难兼擅,《胭脂》重修在此编,博笑名骚识者传。(童养中《胭脂记》第四十一出《团圆》【尾声】)

> 父能教子子扬名,兄弟情怡友难拯。道合君臣夫妇乐,纲常风月两堪称。(谢谠《四喜记》卷末收场诗)

> 夫妻纲常友朋伦,重婚再世果希闻。时人请听《芙蓉记》,不数《香囊》、《琵琶》声。(江辑《芙蓉记》卷末收场诗)

在这里,我们不是能清楚地感受到情理和谐的传统人性观念的沉重积淀吗?

传奇生长期较为优秀的风情剧作家,有陆采、郑若庸和高濂。他们的传奇作品,不同程度上展现出在传统中变迁的时代趋势。

一、《南西厢》和陆采

在风情剧创作中,王实甫的《西厢记》具有典范意义。也许可以说,明代传奇作家正是在重新解读和刻意模仿《西厢记》的过程中,探索风情剧创作新途的。

将元人王实甫的北曲名剧《西厢记》翻为南曲,始于正德、嘉靖间海盐(今属浙江)人崔时佩。后来又经长洲(今江苏苏州)人李日华增订,题为《南调西厢记》,凡二卷三十六折①,前后情节悉本王《西厢》,唯改北曲为南词。明清曲家对此剧褒贬不一。褒者如明张琦《衡曲麈谭》云:"今丽曲之最胜者,以王实甫《西厢》压卷,日华翻之为南,时论颇弗取。不知其翻变之巧,顿能洗尽北习,调协自然,笔墨中之炉冶,非人官所易及也。"②贬者如明凌濛初《谭曲杂札》多指摘其弊,谓其"增损字句以就腔,已觉截鹤续凫","真是点金成铁手"③。清陈栋《北泾草堂曲论》云:"若《西厢》一记,李日华以北庚南,则裂郑锦以补鹑衣,碎楚玉以饰瓫甋,实甫何辜,冤遭此劫。"④清李渔《闲情偶寄》卷二《词曲部·音律之三》认为,李日华之于王实甫,"可谓功之首而罪之魁"。其功在以雅调昆曲传演《西厢》,其罪则在曲白音律无一不恶⑤。但是,明代许多戏曲选集均收录此剧散出,后世昆剧所演《游殿》、《闹斋》、《惠明》、《寄柬》、《跳墙》、《着棋》、《佳期》、《拷红》、《长亭》、《惊梦》诸出,也均出此剧。可见评者自评,而演者自演。

其后,陆采(1497—1537)因不满于李日华《南西厢记》裁割王实甫原词以入南曲,反失其意,所以率以己意,重新创作,仍名《南

---

① 高儒《百川书志》卷六称,崔时佩原作仅二十八折,其余为李日华新增。收入叶德辉:《观古堂书目丛刊》(湘潭叶氏刻本,1915)。按,现存明万历间富春堂刻本,于若干折后,注"新增"字样,盖即日华增补者。梁辰鱼《南西厢记序》云:"此崔时佩笔,李日华特较增耳。间有换韵几调,疑李增出。崔割王腴,李攘崔有,俱堪冷齿。"(明崇祯间吴兴闵氏刻本《会真六幻》所收本卷末闵遇五《跋》引)祁彪佳《远山堂曲品》亦云:"此实崔时佩笔,李第较增之。人知李之窃王,不知李之窃崔也。"可知此剧崔时佩为功最多。李日华与崔时佩的生平均不详。
② 《中国古典戏曲论著集成》第四册,第269页。
③ 《中国古典戏曲论著集成》第四册,第257页。
④ 收入任讷辑:《新曲苑》(上海:中华书局,1940)。
⑤ 《中国古典戏曲论著集成》第七册,第33—35页。

西厢记》,现存万历间周居易校刻本,凡二卷三十七折①。该剧情节关目大抵一仍王《西厢》之旧,唯不用其词,别出心裁而已。第一折【临江仙】词云:

> 千古《西厢》推实甫,烟花队里神仙。是谁翻改污瑶编?词源全剽窃,气脉欠相连。　试看吴机新织锦,别生花样天然。从今南北并流传,引他娇女荡,惹得老夫颠。

吕天成《曲品》卷下评云:"天池恨日华翻改,故猛然自为握管,直期与王实甫为敌。其间俊语不乏。常自诩曰:'天与丹青手,画出人间万种情。'岂不然哉?愿令优人亟演之。"但这毕竟只是一厢情愿,后世曲坛流行者,却在崔、李而不在陆氏。凌濛初《谭曲杂札》说得好:"陆天池亦作《南西厢》,悉以己意自创,不袭北剧一语,志可谓悍矣。然元词在前,岂易角胜,况本不及?"

陆采原名灼,字子玄,号天池山人,别署清痴叟,长洲(今江苏苏州)人。少为校官子弟,以例升太学,二十余年间,累试不第。纵学无所不观。著有《天池小稿》、《陆子玄诗集》、《冶城客论》、《览胜纪谈》等②。所撰传奇,除《南西厢记》外,现存的还有《明珠记》和《怀香记》,都是改编宋元戏文,并以"丽情"为题材的,作者自诩道:

---

① 刻本卷首《自序》云:"迨后,李日华取实甫之语翻为南曲,而措词命意之妙,几失之矣。余自退休之日,时缀此编,固不敢媲美前哲,然较之生吞活剥者,自谓差见一班(斑)。若夫正人君子,责我以桑间濮上之音,燕女溺志者,则吾不敢辞。虽然,予倦游矣,老且无用,不藉是以陶写凡虑,何由遣日?况嘲风弄月,又吾侪常事哉!"按,陆采所著《览胜纪谈自序》自署"嘉靖乙未重阳日",见清华大学图书馆藏鄞县马廉抄本《览胜纪谈》卷首,这正是在他"倦游"之后。乙未为嘉靖十四年(1535),此剧或即成于是年。徐朔方《陆粲陆采年谱》认为,陆采一生未尝入仕,曷言"退休"?而其兄陆粲(1494—1551)则在嘉靖十三年(1534)自永新知县任致仕归乡,故可言"退休"。然则此剧作者当为陆粲,或兄弟二人合作。见其《晚明曲家年谱·苏州卷》,第97页及第116页。录以备考。

② 关于陆采的生平事迹,参见徐朔方:《陆粲陆采年谱》,见其《晚明曲家年谱·苏州卷》,第93—120页。

东吴才子多风度,撮俏拈芳入艳歌,锦片也似丽情传万古。(《明珠记》第四十三出《荣封》【意不尽】)

据王世贞《曲藻》记载:"《明珠记》即《无双传》,陆天池采所成者,乃兄浚明给事助之,亦未尽善。"清钱谦益《列朝诗集小传》丁集上"陆秀才采"条亦云:"子玄年十九,作《王仙客无双传奇》,兄子余助成之。曲既成,集吴门老教师精音律者,逐腔改定,然后妙选梨园子弟登场教演,期尽善而后出。"①按,王世贞之中表兄弟史幼咨乃陆粲婿,见《弇州四部续稿》卷九三《太学生史幼咨暨妇陆氏合葬志铭》,其说当可信。陆采生于弘治十年(1497),19岁应是正德十年(1515),《明珠记》作于是年。吕天成《曲品》卷下云:"此系天池之兄给谏陆粲具草,而天池踵成之者。"直以此剧著作权归于陆粲,另持一说②。

《明珠记》传奇现存《六十种曲》所收本,凡二卷四十三出,是宋元戏文的改编本③,叙写唐朝襄阳书生王仙客与少女刘无双的

---

① 钱谦益:《列朝诗集小传》(上海:上海古籍出版社,1983),第396页。
② 按,此剧第一出《提纲》【圣天忧】曲云:"人世欢娱少,眼前光景流星。青春不乐空白头,老大损风情。"不像十九岁少年口吻。剧末收场诗又云:"金谷铜驼非故乡,归心日夜忆咸阳。三年奔走荒山道,一旦悲欢见孟光。游说尚凭三寸舌,江流曲似九回肠。相逢尽道休官去,不逐东风上下狂。"陆采无休官之事,而此诗则颇合陆粲生平。按《明史》卷二〇六本传及尹台《明给事中贞山先生陆公墓志铭》(《陆子余集》附录),陆粲字子余,一字浚明,号贞山,嘉靖五年(1526)进士,八年(1529)降职贵州都匀驿丞,次年赴谪所,数月后始闻其妻去世。十年(1531)改任江西永新知县,次年赴任,正是"三年奔走荒山道"。十三年(1534)休官归乡。据此,陆粲"助成"此剧,或在嘉靖十三年,既为定稿,故作诗以寄慨。参见徐朔方《晚明曲家年谱·苏州卷·陆粲陆采年谱》,第95—96页。
③ 元阙名有《王仙客》戏文,已佚,《九宫正始》、《寒山堂曲谱》收录残曲五支,与《明珠记》完全不同。其后元山东平原人白寿之亦有《无双传》戏文,已佚,今存残曲十支。《九宫正始》引其【滴滴金】曲,注云:"按此《明珠记》,元时先有失名氏《王仙客》一本,后又有平原白寿之《无双传》,今此'金卮泛蒲绿'套,即其词也。今被陆天池窃用于《明珠记》耳。"按,此套曲见《明珠记》第三出《酬节》,可知《明珠记》与白氏戏文确有渊源。

爱情故事,事本唐末薛调《无双传》小说,见《太平广记》卷四八六。《明珠记》力图"掩过《西厢》花月色",但其主旨却仅仅在于演述一个风流韵事而已,中心冲突无非才子佳人的悲欢离合。陆采自述作意云:

> 佳人才子古难并,苦离分,巧完成,离合悲欢,只在眼前生。四座知音须拱听,歌正好,酒频倾。(第一出《提纲》【南歌子】)

"离合悲欢",本就是历代才子佳人故事的一个俗套。至于才子佳人为什么会有"离合悲欢"?为什么自古以来就"难并"?陆采实在无意深究,道其然,而不求其所以然。剧中刘震之所以一直不应允王仙客与刘无双的婚事,不过考虑到"嫡亲中表,怎结百年欢"(第七出《却婚》),并没有别的原因,而且后来也很快就默允此婚事了。刘无双之所以矢贞不二,只不过念及"婚姻一言为定,女子从一而终"(第八出《闺叹》),伦理道德的戒条竟成为爱情的基石和动力。王仙客固然对无双念念不忘,脉脉含情,但却毫无愧怍地先娶无双的婢女采蘋为妾。虽然一夫多妻在当时是习以为常的,但剧作有意杜撰的这一情节,不免使王仙客感情的真挚程度大大地打了折扣。

有趣的是,《明珠记》传奇中的关键情节,与莎士比亚的杰出悲剧《罗密欧和朱丽叶》极其相似:真挚相爱的男女青年,为了冲破社会阻力得以团圆,只有依靠另一位同情者(前者是侠士古押衙,后者是教士劳伦斯),设计使女主人公吞下诈死之药(前者是仙药,后者是现实世界的草药)。在莎剧中,朱丽叶明知吞食毒药有生命危险,但却毅然决然地甘冒风险,表现出对爱情的热烈追求,而罗密欧则对此事全然不知。莎士比亚清醒而严谨的现实主义精神,使得结局中维也纳这一对热恋的情人仍然成为不幸的牺牲者。"人谋"不如"天意",所谓"天意"即世世代代彼此仇视的封建家庭的野蛮仇杀。在《明珠记》传奇里,王仙客和刘无双都幻想得救,而他们对古押衙的计谋却一无所知,处于随人摆布的被动地位。最后他们终于在非现实的力量的参与下化险为夷,无双得脱宫禁,与仙客喜庆团圆。"人定胜天",尽管这一胜利染上了一些幻想色彩。中国古代小说戏曲大多以大团圆结局,洋溢着古典的乐观精神;而古希腊以来推崇悲剧的文化传统,溶汇了文艺复兴时期的人文主义思想,则给莎士比亚悲剧涂上了现实主义色调。《明珠记》比《罗密欧和朱丽叶》早出八十多年,两者鲜明地表现出中世纪精神和近代精神的区别。

《明珠记》传奇以其事奇而艳,所以多为世人所称道,但亦有贬词。就结构而言,剧作在个别的片断上虽不乏巧妙构思,正如清李调元《雨村曲话》所说的:"其穿插处,颇有巧思";但其总体结构,却不脱明中期一般传奇散漫的弊病,梁辰鱼《江东白苎》卷上批评道:"但始终事冗,未免丰外而啬中;离合情多,不无详此而略彼。"①吕天成《曲品》卷下评云:"然其布局运思,是词坛一大将也",这未免伤于谀词。

至于论其文辞,王世贞《曲藻》云:"未尽善";王骥德《曲律》卷三《杂论》上云:"事极典丽,第曲白类多芜葛";吕天成《曲品》卷下云:"抒写处有景有情,但音律多不叶";梁辰鱼《江东白苎》卷上则激赏之曰:"摛词哀怨,远可方瓯越之《琵琶》;吐论嶒嵘,近不让章丘之《宝剑》";徐復祚《曲论》评曰:"《明珠》却绝有丽句……其声价当在《玉玦》上";凌濛初《谭曲杂札》亦称之曰:"《明珠记》尖俊宛展处,在当时固为独胜,非梁、梅辈派头……以

---

① 梁辰鱼:《江东白苎》,收入董康辑:《诵芬室丛刊初编》(武进董氏刻本,1915)。

其不甚用故实,不甚求藻丽,时作真率语也。"的确,从语言风格上看,《明珠记》属于文词派作品,但却是文词派中较为优秀的作品。如果说《香囊记》开教化文词派,《连环记》开历史文词派,那么《明珠记》则开风情文词派,至此文词派传奇的各种题材已大致齐全了。

王实甫的《西厢记》在陆采的《怀香记》传奇中留下了更为清晰的烙印。

《怀香记》传奇现存《六十种曲》所收本,凡二卷四十出,以元阙名《韩寿窃香记》戏文为蓝本①,叙写西晋时南阳书生韩寿与司空贾充之女午姐私情相爱的故事。本事出《世说新语》卷下《惑溺》,又见《晋书》卷四十《贾充传》。第一出《家门始终》【青玉案】词云:"劝君亦莫思三上,且向歌台听宝障。"按,陆采第三次赴秋试,在嘉靖四年(1525),此剧或作于是年之前②。

此剧的旨意无非歌颂才子佳人的风流际遇,作者自云:

一般佳遇风流种,青琐怀香千古颂。漫把缀入官商,永与知音传诵。(第四十出《毕姻封锡》【意不尽】)

才子佳人并美难,情钟青琐一窥间。聊成离合悲欢调,留与风流醉笑看。(卷末收场诗)

但是,剧作在传颂风流丽情时,着力描写了贾午姐情感的强烈和追求的迫切,肯定"人同此心,心同此欲"(第六出《绣阁怀春》),让贾午姐明言:"须仗你了却相思欠"(第二十五出《佳会赠香》),并充分描绘了贾午姐刻骨铭心的相思之苦。如此明确肯定男女之情

---

① 此剧现仅存残曲十二支,见钱南扬:《宋元戏文辑佚》(上海:上海古典文学出版社,1956),第260—262页。

② 参见徐朔方:《晚明曲家年谱·苏州卷·陆粲陆采年谱》,第103—104页。

是人的自然感情,不可遏止,这多少透露出晚明主情思潮的曙光,尽管还十分暗淡。作者更肯定了爱情追求的"大胆",韩寿说:"小生风情海样深,小姐色胆天来大……若没有恁般大胆,怎容得这等深情?"(第十六出《椽房订约》)情深而胆大,正是剧作极力歌颂的。

此剧与《明珠记》一样,没有激烈的中心冲突,贾充对女儿的私情,只是在事发之后才出面阻挠,而且在阻挠时已含有成全之意。剧作有意避开外部冲突,把冲突引向人物内心的探索,表现出风情题材作品发展的新趋势。但是,剧中描写韩寿与贾午姐通情私会的经过,大多采诸旧剧。如传简、逾墙、佳会、拷婢,全落《西厢记》窠臼;韩寿因醉酒而误佳期,实本元阙名《王月英元夜留鞋记》杂剧①。清梁廷楠《曲话》卷三评云:"《怀香记·佳会》折,全落《西厢》窠臼。而【解袍欢】、【山桃红】数曲,在旁眼偷窥,写得欢情如许美满,较【十二红】正不啻青出于蓝而过于蓝矣。"②从文学史上看,文学作品的雷同因袭,要么是另辟蹊径的探索,要么是陈陈相因的恶习,此剧当属后者。而情节关目的蹈袭,恐怕是此剧不甚流行的主要原因。

二、郑若庸和高濂

生年略早于陆采,以"山人"的身份从事传奇创作,并因其诗文作品而享誉文坛的,是郑若庸。

郑若庸(1490—1577),字中伯,号虚舟,别署蛣蜣生,昆山(今属江苏)人。16岁为诸生,屡次不第,归隐于太湖之滨的支硎山,杜门为古文辞,文名迭起。赵康王朱厚煜慕其贤,十年三聘,乃于

---

① 《王月英元夜留鞋记》杂剧,现存《元曲选》本等。宋元戏文亦有《王月英月夜留鞋记》,徐渭《南词叙录·宋元旧篇》著录,现存仅残曲。
② 《中国古典戏曲论著集成》第八册,第276页。

嘉靖三十一年(1552)春赴彰德,与谢榛、吕时臣等,同为上宾,邺下征属文者无虚日。嘉靖三十三年(1554)冬,随翰林院学士程文德至北京,不久又返回彰德。嘉靖三十九年(1560),康王死,郑若庸离开彰德,定居临清,卖文为生。他为赵王编纂的大型类书《类隽》,得到徐阶、王锡爵、王世贞等达官名士作序。另著有《北游漫稿》、《蛣蜣集》、《市隐园文纪》、《虚舟尺牍》、《虚舟词余》等①。

郑若庸传奇的代表作是《玉玦记》,现存万历间富春堂刻本等,凡二卷三十六折。该剧叙南宋时山东钜野人王商,在妻子秦氏庆娘的劝说下,上京应举。落第后耻于归乡,淹留临安,结识了妓女李娟奴。年余财尽,娟奴与鸨母商议,用"倒宅计",抛弃了王商。王商发奋读书,应试中状元,授翰林学士,升京兆尹,报仇杀了娟奴和鸨母。其初,因张安国之乱,秦氏偕婢避难,途中为安国所擒,欲纳为妾。秦氏誓死守节,剪发毁容,以断安国之念。及张安国兵败,秦氏等人被送往京城,由王商在癸灵庙审理,王商遂得与秦氏重逢。全剧前半部分借用唐代白行简《李娃传》小说中郑元和、李亚仙故事的前半截,后半部分则借用宋代阙名《王魁》戏文中王魁、敫桂英故事的后半截,只不过负心人不是才子而是妓女。

剧作旨在批判妓女负心,警诫浮浪子弟,表彰贞节,赞扬"知己补过存忠义"(第三十六折《团圆》【余文】),以艳情故事宣扬伦理观念。沈德符《万历野获编》卷二五《著述》"类隽类函"条,记郑若庸:"少粗侠,多作犯科事,因入士籍,避仇中州。"郑若庸被开除学籍,在嘉靖四年(1525),或与他出入妓院有关。《玉玦记》第一出《标题》【月下笛】自叙:

---

① 关于郑若庸的生平事迹,参见徐朔方:《郑若庸年谱》,见其《晚明曲家年谱·苏州卷》,第45—92页。

> 和璧悲瑕垢,恨红殒啼花,翠眉颦柳。扬州梦觉,是非一笑何有?

然则此剧当隐寓郑若庸在风月场中的经历,应作于嘉靖四年稍后①。

《玉玦记》之所以为时人所艳称,主要还是得力于它曲词典丽,用韵谐协。吕天成《曲品》卷下评云:"典雅工丽,可咏可歌,开后人骈绮之派。每折一调,每调一韵,尤为先获我心。"沈德符《顾曲杂言》所评最为得当:

> 又郑山人若庸《玉玦记》,使事稳帖,用韵亦谐,内"游西湖"一套(按,即第十二折《赏花》),尤为时所脍炙。所乏者,生动之色耳。

而所以乏生动之色,盖由于用故事过多。臧懋循(1550—1620)《元曲选序》说:"至郑若庸之《玉玦》,始用类书为之。"②王骥德《曲律》卷三《论用事》说:"《玉玦》句句用事,如盛书柜子,翻使人厌恶。"③徐复祚《曲论》批评得最为激烈,说:

> 郑虚舟(若庸),余见其所作《玉玦记》手笔,凡用僻事,往往自为拈出,今在其从侄学训(继学)处。此记极为今学士所赏,佳句故自不乏。如"翠被拥鸡声,梨花月痕冷"等,堪与《香囊》伯仲。"赏荷"、"看潮"二大套亦佳。独其好填塞故事,未免开饾饤之门,辟堆垛之境,不复知词中本色为何物,是

---

① 参见徐朔方:《郑若庸年谱》,第57—58页。按,吕天成《曲品》卷下"绣襦"条,祁彪佳《远山堂曲品·绣襦》,朱彝尊《静志居诗话》卷十四"郑若庸"条,皆谓此剧意在嘲讪院妓,剧出而曲中无宿客,诸妓酿金倩人作《绣襦记》以雪之,而客复来。此说不足信,说详拙著《明清传奇综录》卷二《绣襦记》条,第319—320页。
② 臧懋循:《元曲选序》,《元曲选》(明万历间刻本),卷首。
③ 《中国古典戏曲论著集成》第四册,第127页。

虚舟实为之滥觞矣。

因此,《玉玦记》堪称文词派中登峰造极的作品。

《玉玦记》继《香囊记》之后,开始严格地用周德清《中原音韵》检韵写作,三十六出中,除个别地方因剧情变化而一出中几支曲子换韵外,绝大多数是一出一韵,其中混韵现象极少。王骥德《曲律》卷二《论韵》说:

> 南曲自《玉玦记》出,而宫调之伤与押韵之严,始为反正之祖。①

这鲜明地体现出文人曲家严守规范的创作倾向。万历间沈璟即大张其风,标榜以《中原音韵》为南曲创作的用韵准的,遂成为传奇音乐体制的规范之一。

郑若庸另有《大节记》传奇,以孝子(周瑞隆)、仁人(韩琦)、义士(吴保安)集于一记,吕天成《曲品》卷下著录,评其以"工雅"见长,是典型的教化剧,今不存。

逸出传统的风情主题而别出新意的传奇作品,有高濂的《玉簪记》。

高濂(1527—1603后),字深甫,号瑞南,别署湖上桃花渔、千墨主、万家居,钱塘(今浙江杭州)人。隆庆元年(1567)入北京国子监,屡赴秋试失利。隆庆六年(1572)入贡,待选鸿胪寺,未及补官,归隐西湖。著有《雅尚斋诗草》、《芳芷楼词》、《遵生八笺》等。所撰传奇《玉簪记》、《节孝记》,皆存②。

《玉簪记》现存万历二十七年(1599)继志斋刻本等,凡二卷三十四出,叙写南宋河南书生潘楷(字必正)与金陵女贞观女尼陈妙

---

① 《中国古典戏曲论著集成》第四册,第111页。
② 关于高濂的生平事迹,参看徐朔方《高濂行实系年》,见其《晚明曲家年谱·浙江卷》,第197—222页。

常的恋情故事,在当时及后世极负盛名,四百年来演唱不绝。本事见明冯梦龙《情史》卷十二《潘法成》,及清张宗楠《词林纪事》卷十九引陈妙常【太平时】词注引《古今女史》等。元明间阙名有《张于湖误宿女贞观》杂剧,明弘治、嘉靖间有话本小说《张于湖宿女贞观》①,当即《玉簪记》的蓝本。

祁彪佳《远山堂曲品》评此剧说:"幽欢在女贞观中,境无足取。"这是礼教奉行者的偏见,正从反面说明了高濂逾越封建礼法的大胆精神。此剧最值得称道之处,恰恰在于通过肯定女贞观中的女尼对爱情的渴望和追求,表现出男女的爱情是宗教的枷锁所束缚不住的。《茶叙》、《问病》、《琴挑》、《偷诗》、《秋江》等出,描写男女恋情,或细腻婉转,或热情奔放,明清以来一直流行歌场。这种对人的自然本性的肯定和赞赏,成为汤显祖《牡丹亭》传奇的先声。陈妙常在杂剧中是做头巾生意的小商人女儿,在传奇中却改为府丞之女,女主角身份的改变,使她的所作所为带有更强烈的叛逆色彩。

但是,在杂剧中潘必正和陈妙常纯系偶然相逢,传奇却改为他们从小就有婚约,以玉簪为聘礼,战争使两家长期离散,彼此互不相识。虽然作者并未将婚约当作男女爱情婚姻的必要条件,但这一构思本身,却将青年男女"发乎情"的恋爱感情纳入"止乎礼义"的婚姻规范之中,使之命中注定地成为"合情合理"的行为。在这里隐含着的无疑是文人士大夫对封建礼教由衷的精神皈依。这种审美趣味,在明末阮大铖、孟称舜的传奇作品中得到了强烈的反响。

---

① 《张于湖误宿女贞观》杂剧,现存脉望馆钞校本。《张于湖宿女贞观》话本,载何大伦辑:《燕居笔记》(明万历间刻本),卷九;当即余象斗辑:《万锦情林》(明万历间刻本)卷一之《张于湖记》,余公仁辑:《燕居笔记》(明万历间刻本)卷七之《张于湖宿女贞观记》,吴敬所辑:《国色天香》(明万历间刻本)卷十之《张于湖传》。

《玉簪记》约作于隆庆四年(1570)①。高濂的审美注意集中于对潘、陈恋情的描绘,对原作其余情节的增润却不免疏忽马虎,近人吴梅就尝指摘"其中情节颇有可议者",说:

> 潘、陈自幼结姻,陈投女贞观,虽未通名籍,顾既遇潘生,审知河南籍贯,岂有不探夫家之理,乃竟用青衿挑达之语,淫词相构,殊失雅道,一不合也。王公子慕耿衙小姐,百计钻求,顾以门客一言,遂移爱于妙常,属凝春庵主说合,直至终篇耿衙小姐毫无归着(记中有耿衙小姐已嫁王尚书府一语,不可即作归着,须登场作出才合),二不合也。张于湖先见妙常,止为日后判决王尼张本,却不该围棋挑思,先作轻薄语,况于湖为外色乎?三不合也。②

疏于结构,正是生长期传奇作品的通病,这是由于文人学士刚刚染指长篇叙事作品,于此道造诣尚浅,难免捉襟见肘。

至于《玉簪记》的曲辞风格,祁彪佳《远山堂曲品》批评它受到文词派的影响,说:

> 惟着意填词,摘其字句,可以唾玉生香;而意不能贯词,便如徐文长(按,即徐渭)所云"锦糊灯笼,玉镶刀口",讨一毫明

---

① 第十二出《下第》【菊花新】曲云:"两度长安空泪洒,无栖燕傍谁家。"剧叙潘必正秋闱失利,羞归故乡,故而投金陵女贞观寄迹,如此情节均不见于《古今女史》及话本《张于湖宿女贞观》;元阙名杂剧《张于湖误宿女贞观》亦仅云:"旧岁科场,不料染病京师,误了进场,因此上羞归故里。"《玉簪记》改为"两度长安空泪洒",有意切合高濂隆庆元年、四年两度秋试失利;"无栖"双关无妻,隐指高濂隆庆四年丧妻;然则,此剧或即隆庆四年所作。全剧结尾收场诗云:"慢写出风情月思,画堂前侑酒承欢。"则剧必不成于两年后高濂京师待次及万历二年(1574)丧父之后。据其父墓志铭,其母先已去世。参见徐朔方:《晚明曲家年谱·浙江卷·高濂行实系年》,第210—211页。

② 吴梅:《瞿安读曲记·玉簪记》,王卫民编:《吴梅戏曲论文集》(北京:中国戏剧出版社,1983),第432页。

快不得矣。①

但比起一般文词派作品来,此剧的曲词更以清丽俊秀见长,往往诗意盎然。此剧在韵律上本宋元南戏传统,相邻韵部多通押,因此受到信守昆腔格律者的指摘。如冯梦龙《太霞新奏》评云:"时有俊语,而于律调未甚精解。"吴梅也说:"至于用韵之夹杂,句读之舛误,更无论矣。"②又,吕天成《曲品》卷下评云:"词多清俊。第以女贞观而扮尼讲佛,纰缪甚矣。"按,此指第八出《谈经听月》。但佛道相混,本为民间传统,为了演员扮相之美,作者是可以不屑死守生活真实的,这正是中国戏曲艺术的奥秘所在。

《节孝记》凡二卷,上卷节部《赋归记》十七出,下卷孝部《陈情记》仅存十五出,下阙二出,约作于隆庆五年(1571)③。《赋归记》以陶潜《归去来兮辞》为题材,略本《晋书》卷九四、《宋书》卷九三及《南史》卷七五《陶潜传》,并杂采《续晋春秋》、《高僧传》诸书和《陶渊明集》中有关诗文。情节大率据实,唯结尾陶潜弃家入莲社,实为撰出。作者旨在表扬陶潜的高风亮节,宣露归隐情趣,自云:

　　清风史载高人传,素节青留归去篇,三隐浔阳万古传。(第十七出《弃家入社》【尾声】)

　　堪笑人生共戏场,无论真假浪悲伤。当筵有酒不尽醉,碌碌风尘空自忙。(卷末收场诗)

《陈情记》以李密《陈情表》为题材,事本《晋书》卷八八《李密传》,参见《三国志》卷四五本传。大率据史敷演,唯典衣买药、割股作

---

① 《中国古典戏曲论著集成》第六册,第49—50页。
② 吴梅:《瞿安读曲记·玉簪记》,《吴梅戏曲论文集》,第432页。
③ 参见徐朔方:《晚明曲家年谱·浙江卷·高濂行实系年》,第211—212页。

羹系增出,以写李密夫妇之至孝,这也是宋元戏文的熟套。

此剧陶潜以节,李密以孝,一记分上下两帙,实为传奇变格。其后沈璟《奇节记》传奇,谱权皋、贾直言一忠一孝二事,体例相同①。祁彪佳《远山堂曲品》评云:

> 陶元亮之《归去辞》,李令伯之《陈情表》,皆是千古至文,合之为节孝,想见作者胸次。但于二公生平概矣,未现精神。且《赋归》十六折,而陶凡十五出;《陈情》十六折,而李凡十三出,不识场上劳逸之节。②

这实际上道出了文人抒怀写志之作的通病,他们是以创作诗文的思维方式来创作戏曲的,所以只管"写什么",不顾"怎么写";只供案头玩赏或筵前清唱,不求场上演出。这种创作倾向到清中期愈演愈烈,成为导致传奇戏曲走向衰落的一个重要原因。

---

① 《奇节记》,《南词新谱》内仅存残曲。吕天成《曲品》卷下云:"一帙分两卷,此变体也。"
② 《中国古典戏曲论著集成》第六册,第50页。

第五章　时代主题的先声

如前所述,到明代嘉靖年间,文化权力下移已经成为不可阻挡的历史潮流,以文人为主角的社会文化模式取代了以贵族为主角的社会文化模式。因此,一旦传奇这种渐趋成熟的崭新的文学艺术样式进入文人的视野,文人就不满足于沿袭戏文的传统,用传奇来单纯地进行教化或空泛地言情说爱,而力图借用这种文学艺术样式,表达时代感受,张扬主体精神。

于是,在嘉靖后期到万历初年之间,先后产生了著名的三部传奇作品,即李开先的《宝剑记》、梁辰鱼的《浣纱记》和阙名的《鸣凤记》。这三部传奇作品的出现,标志着传奇戏曲发展到了一个崭新的历史阶段,它已经承担起巨大的艺术使命,广泛而深入地涉及了政治、历史与人生。三部传奇中鲜明的忠奸对立观念、强烈的政治参与意识和深广的社会忧患意识,成为明清传奇的重要主题,遗泽后世,厥功非浅。

第一节　《宝剑记》:忠奸剧的定型

嘉靖二十六年(1547),这是中国古代戏曲史上值得永远记住的一个年头。正是在这一年,李开先完成了《宝剑记》传奇,最早以传奇这一戏曲样式透露时代风会,表达时代主题,从此揭开了中国戏曲史上的新篇章。尽管前人嗤责它"生硬不谐","以致吴侬见诮","此公不识炼局之法,故重复处颇多"①;尽管今人评它把"草莽英雄的性格士大夫化了"②;但是,《宝剑记》对开拓传奇戏曲思想文化内涵的筚路蓝缕之功却是不可抹杀的。

李开先(1502—1568),字伯华,号中麓,别署中麓放客,章丘(今属山东)人。嘉靖八年(1529)进士,历官户部主事、吏部考功主事、员外郎、郎中等,官至太常寺少卿,提督四夷馆。嘉靖二十年(1541)40岁时,因上疏抨击朝政,被罢官为民,归乡隐居终老。

李开先才思敏捷,为文作诗,纵笔而成,有天然自在之趣。嘉靖初,即与王慎中(字道思,号遵岩居士,晋江人)、唐顺之(字应德,一字义修,武进人)、赵时春(字景仁,号浚谷,平凉人)等,并称"嘉靖八才子"③。著有诗文集《闲居集》。他平生热衷于民歌、戏曲、小说的搜集、研究和创作,喜爱藏书,词曲尤富,有"词山曲海"之称。熟悉音律,"知填词,知小令,知长套,知杂剧,知戏文,知院本……善作能歌"④。撰院本六种,总名《一笑散》,其中《园林午梦》、《打哑禅》,今存;《乔坐衙》、《昏斯谜》、《搅道场》、《三枝花大闹土地堂》,已佚;杂剧《皮匠参禅》,亦佚。传奇三种:《宝剑记》、《断发记》今存;《登坛记》,已佚。散曲集有《中麓小令》、《卧病江皋》、《四时悼内》⑤。

雪蓑隐者(苏洲)《宝剑记序》说:"是记……坦窝始之,兰谷继

---

① 依次见沈德符:《顾曲杂言》,《中国古典戏曲论著集成》(北京:中国戏剧出版社,1959),第四册,第203页;祁彪佳:《远山堂曲品》,《中国古典戏曲论著集成》第六册,第47页。
② 游国恩等主编:《中国文学史》(北京:人民文学出版社,1984),第四册,第64页。
③ 见李开先:《吕江峰集序》,《李开先集》(北京:中华书局,1959),《闲居集》文之五。
④ 姜大成:《宝剑记后序》,《宝剑记》传奇卷末。
⑤ 关于李开先生平事迹的详细考证,可参看[日]八木泽元:《明代剧作家研究》,罗锦堂译(台北:中新书局,1977),第四章《李开先·李开先传研究》;卜键:《李开先传略》(北京:中国戏剧出版社,1989);曾远闻:《李开先年谱》(济南:齐鲁书社,1991);李永祥:《李开先年谱》(济南:黄河出版社,2002)。

之,山泉翁正之,中麓子成之。"(《宝剑记》传奇卷首)王世贞《曲藻》也说:"伯华……所为南剧《宝剑》、《登坛》记,亦是改其乡先辈之作。"①据此可知,《宝剑记》与嘉靖以前大部分传奇作品一样,也是一部民间累积型的作品,经过民间艺人的多次改编创作,而李开先不过是其最后的写定者。《宝剑记》第一出【鹧鸪天】词即云:"联金缀玉成新传,换羽移宫按旧腔。"坦窝、兰谷、山泉翁诸人,生平皆无考,或为民间艺人,或为下层文人。

《宝剑记》传奇现存嘉靖二十六年(1547)原刻嘉靖二十八年增刻序跋本。全剧五十二出,取材于《水浒传》小说第七回《豹子头误入白虎堂》至第十二回《梁山泊林冲落草》,但多所改易,面目一新②。因林冲携带宝剑(小说原作宝刀)误入白虎堂,所以得名。

《宝剑记》传奇与《水浒传》小说的最大不同,就在于把主人公林冲与其对立面高俅父子的冲突由社会冲突改变为政治冲突,突出了二者之间忠与奸的矛盾。小说中林冲遇难,起因于太尉高俅之子高衙内垂涎于林冲之妻张贞娘的美色,旨在表现权势子弟在社会上横行霸道、为非作歹,展示中下层人民的苦难处境,这就带有市井文学浓厚的平民性和世俗性特征。而《宝剑记》传奇却从市井步入朝廷,完全改变了林冲遇难的社会背景和社会根源,浓墨重笔地重塑了林冲的性格。

传奇中林冲原任征西统制,因上本弹劾权奸童贯而贬官。幸

---

① 《中国古典戏曲论著集成》第四册,第36页。
② 按,今知《水浒传》各种明刊本,最早的即刊刻于嘉靖年间,有:(一)高儒《百川书志》卷六《史部·野史》记:"《忠义水浒传》一百卷。钱塘施耐庵的本,罗贯中编次。"按,《百川书志》序于嘉靖十九年(1540)。(二)沈德符《野获编》卷五"武定侯进公"条云:"武定侯郭勋,在世宗朝号好文多艺,能计数。今新安所刻《水浒传》善本,即其家所传,前有汪太函序,托名天都外臣者。"按,郭勋卒于嘉靖二十八年(1549)。汪太函即汪道昆(1525—1593)。(三)李开先《词谑·时谑》记《水浒传》"二十册"。可知李开先确曾读过《水浒传》小说,并以之为改编依据。

得张叔夜提拔,回京任禁军教师。这时他见"朝廷听信高俅拨置,遣朱勔等大兴土木,采办花石,骚动江南黎庶,招致塞上干戈","称贺时世太平,不管闾阎涂炭"(并见第二出),于是不顾官小职卑,毅然决然地再度奏本参劾高俅、童贯,斥责他们奸比赵高、权倾董卓。高俅、童贯恼羞成怒,必欲置之死地而后快,设计以看宝剑为名,将林冲赚入白虎堂,诬其行刺,问罪发配。

这样一来,传奇一开始就构置了一场激烈的政治斗争:一边是祸国殃民的权臣奸相,一边是忧国忧民的忠臣义士,忠奸之间水火不容,殊死搏斗。至于高俅之子高朋企图占有林冲之妻张贞娘,强逼成婚,并进而想把林冲逼死,这一小说中原有的情节,在传奇中却被有意挪置到林冲发配之后,作为把戏剧冲突推向高潮的强化性因素。于是传奇中冲突双方的戏剧行动,便不像小说中那样仅仅关乎一家的夫妻婚姻,而是牵动着江南黎庶、塞北干戈、民族安危、苍生水火,总之,与国计民生息息相关。祁彪佳《远山堂曲品》批评《宝剑记》的结构说:

> 且此公不识炼局之法,故重复处颇多。以林冲为谏诤,而后高俅设白虎堂之计,末方出俅子谋冲妻一段,殊觉多费周折。[①]

其实他不明白,李开先这样另起炉灶,"多费周折",正是为了别开生面,适合突出忠奸斗争主题的需要,从而强调林冲的冤案的起因是国事而不是家事。

毋庸置疑,李开先是有意识地以林冲作为忠良之士,而以高俅、童贯等作为谗佞之徒的。第一出【鹧鸪天】词表达了他的创作意图:

[①] 《中国古典戏曲论著集成》第六册,第47页。

诛谗佞,表忠良,提真作假振纲常。古今得失兴亡事,眼底分明梦一场。

这种忠奸对立情节模式所蕴涵的伦理教化指向,在总体上并没有超越当时剧坛上流行的谈忠说孝的窠臼。但是,李开先把林冲的"忠良"提升到忧国忧民的高度,把高、童等的"谗佞"落实到害国害民的罪行,这就赋予传统的伦理命题以崭新的意味,即突现了反对封建专制统治的时代主题,"足以寒奸雄之胆而坚善良之心"(雪蓑隐者《宝剑记序》)。剧作着意以忠臣的末路反衬专制统治下无边的政治黑暗,政治是如此黑暗,以致像林冲这样的忠臣义士竟然走投无路,逼上梁山:

专心投水浒,回首望天朝。急走忙逃,顾不的忠和孝……封侯万里班超,生逼做叛国的红巾,背主的黄巢。(第三十七出【新水令】、【折桂令】)

林冲忠于"天朝"的赤胆忠心,只能以"啸聚山林"的极端反常的方式来表达,岂不是情非得已,理属当然?这与其后万历年间李贽《忠义水浒传序》所说的:"若以小贤役人,而以大贤役于人,其肯甘心服役而不耻乎?……其势必至驱天下大力大贤而尽纳之水浒矣。则谓水浒之众,皆大力大贤、有忠有义之人可也"[1],适足以相互发明。

原本具有鲜明叛逆色彩的《水浒传》故事,之所以从明嘉靖年间开始,便得到许多文人士大夫格外的垂青,其原因就在于,故事中林冲、宋江等人物形象具有日月可昭的耿耿忠心——忠于皇帝,但又不仅止于忠于皇帝,而是进而忠于天下国家、百姓苍生。在《宝剑记》传奇中,李开先并没有,也不可能显示出丝毫反对皇帝

---

[1] 《李卓吾先生批评忠义水浒传》(明万历间容与堂刻本),卷首。

的意向,但他毕竟对以皇帝为中心的昏聩的朝廷,表露出失望和抱怨的强烈情绪。李开先对理想的封建秩序无疑是憧憬的,所以始终以林冲的警谏为归依,包括忠言的警谏和义举的警谏。全剧以林冲的悲剧遭遇体现出这样一种精神:朝廷和皇帝都难免陷入谬误的泥潭,为了国家和百姓的利益,忠贞之士必须敢于起而直谏;如果谏而无效、报国无门,甚至不妨潜迹绿林、分庭抗礼,直至朝廷和皇帝回心转意。这种在政治斗争中以明辨是非为目的而不是以恪守道德为准则的思想,是明中后期反对封建专制统治的政治思潮中最具光彩的思想,在明清时期以忠奸对立为主题的传奇作品中影响深远。

那么,李开先致仕归乡,本已闲居优游,为什么还不避忌讳,以如椽之笔改编带有浓厚政治色彩的《宝剑记》呢?姜大成《宝剑记后序》解释道:

> 古来抱大才者,若不得乘时柄用,非以乐事系其心,往往发狂病死。今借以坐消岁月,暗老豪杰,奚不可也?(《宝剑记》传奇卷末)

这段话以曲笔道出了李开先的创作动机。

在嘉靖年间,政治败坏、权奸擅政已成为极为严重的政治现象,引起有识之士深切的殷忧。嘉靖皇帝朱厚熜迷信道教,祈求长生,道士邵元节、陶仲文因此得以官拜礼部尚书,其他术士妖人如段朝用、王金、蓝道行等也备受宠幸。朝中大臣以"修醮赞玄"为首务,国事民生,置之脑后。大学士多以书写青词得以入阁,夏言、严嵩、袁炜等固不待言,贤能者如徐阶、高拱亦不能免俗。大笔财物用于兴建各种祀殿、雷坛,打醮做法,赏赐幸臣,国库为之空虚,民力为之耗竭。而朝臣也热衷于结党营私,势如水火,互相倾轧。这就导致国事隳败,边防松弛,边患日益严重,北方蒙古入侵,南方倭寇骚扰。《宝剑记》传奇第四十出宋江自言造反原因说：

> 只因着朝廷，信任童、蔡、高、杨四贼在朝，不修边备，专务花石。朱勔等辈，生事开边。百姓生不能安，死不得葬，使天下豪杰，各皆逃散。

这不正是对嘉靖年间现实政治的影射吗？李开先在朝任官时，曾主动投身于反对权奸的斗争①。罢官后，回忆往事，愤从中来，所以借题发挥，以林冲与高俅等人的冲突影射现实中的忠奸斗争。如果说林冲上本劾奸的行为是李开先自身行为的艺术写照，那么，林冲逼上梁山的义举则是李开先敢想而不敢做的精神企望。以现实的政治立场、政治态度选择和改编历史传说故事，寄托作家自身的感慨、愤怨和理想，李开先的《宝剑记》在明清传奇创作史上堪称始作俑者。

与小说相比较，《宝剑记》传奇中的张贞娘形象，几乎全是李开先的再创造，突出体现了中国古代妇女明大义、识大体、忍辱负重的高尚美德。张贞娘的形象之所以在传奇中得到充分的描写，这首先归因于南曲戏文一生一旦贯穿始终的传统的艺术格局。而李开先自觉地继承这一艺术格局，也溶入了他自身对时代气息的感应。

在剧中，张贞娘既是林冲忠谏的积极支持者，又是家庭苦难的主要承受者；既要在精神上抚慰丈夫，又要在生活上扶持婆母；既要救丈夫于沉冤之中，又要抵御因自己的美貌而遭来的横祸。她

---

① 沈德符《顾曲杂言》云："填词出才人余技，本游戏笔墨间耳，然亦有寓意讥讪者。如……李中麓之《宝剑记》，则指分宜父子。"《中国古典戏曲论著集成》第四册，第207页。董康等辑《曲海总目提要》（北京：人民文学出版社，1959），卷五"宝剑记"条本此，亦云："开先特借以诋严嵩父子耳。"此实系后人附会之说。按史传，开先罢归，实因夏言而起，与严嵩父子无涉，《李开先集·闲居集》文之九《亡妻张宜人散传》即云："庙灾上疏乞休，夏相拟旨如疏。"

既体贴温柔,以一个贤淑的妻子、媳妇撑持灾难下的门楣;又刚毅机智,敢于在官府衙门中申述是非曲直,善于在流离颠沛中保全贞节性命。一部政治气氛极重的戏,由于有了张贞娘这个形象,被涂染上浓重的人情色彩。《宝剑记》传奇中人情因素的加入,尤其是渲染浓重的悲剧感情,这就充分发挥了南曲戏文善于言情的特征和长处。而且,通过张贞娘的形象,剧作既强化了人物内心中理性和感情的剧烈冲突,更以淋漓尽致之笔抒写了人物形象在理性制约下或者说在理性范围中感情的奔突和沸腾。从这里,我们可以感觉到扑面而来的时代气息,它将拂掠剧坛百余年,吹绿文人传奇创作的原野。

忠奸对立和情理冲突,从此成为明清传奇的两大主题,催生出林林总总的名作佳篇。《宝剑记》传奇开风气之先,功不可没。

与李开先有意以《宝剑记》传奇寄托自身的感慨、愤怨和理想相表里,剧作的语言风格具有鲜明的文人士大夫特征,以曲词典雅绮丽为人称道,成为文词派传奇的羽翼。雪蓑隐者(苏州)《宝剑记序》评云:"是记则苍老浑成,流丽款曲,人之异态隐情,描写殆尽,音韵谐和,言辞俊美,终篇一律,有难于去取者。兼之起引、散说、诗句、填词,无不高妙者……才思文学,当作古今绝唱。"(《宝剑记》传奇卷首)名列"前七子"的王九思《书宝剑记后》评云:"至圆不能加规,至方不能加矩,一代之奇才,古今之绝唱也。"(《宝剑记》传奇卷末)吕天成《曲品》卷上也说:"才原敏赡,写冤愤而如生;志亦飞扬,赋逋囚而自畅。此词坛之雄将,曲部之异才。"[1]

至于《宝剑记》传奇的音律,人们则多所指摘。王世贞《曲藻》记载:

(李开先)自负不浅。一日问余:"何如《琵琶记》乎?"余

---

[1] 吕天成著、吴书荫校注:《曲品校注》(北京:中华书局,1990),第13页。

谓:"公辞之美,不必言,第令吴中教师十人唱过,随腔改字,妥,乃可传耳。"李怫然不乐罢。①

沈德符《顾曲杂言》也说:

> 李中麓不娴度曲,即所作《宝剑记》,生硬不谐。且不知南曲之有入声,自以《中原音韵》叶之,以致吴侬见诮。②

这些批评并不切合实际。因为第一,《宝剑记》根据流行于山东地方的南曲声腔进行创作,本来就不是专为昆腔而创作的剧本,要"吴中教师"改过,以"吴侬见诮"讥之,这未免刻舟求剑。第二,李开先并非"不娴度曲",他对元代戏曲就深有研究,在《南北插科词序》中说:"颇究心金元词曲……《芙蓉》、《双题》、《多月》、《倩女》等千七百五十余杂剧,靡不辨其品类,识其当行。"③还曾同门人一起选订元剧六种,编成《改定元贤传奇》一书。不过由于他是北方人,难免长于北曲而短于南曲。吕天成《曲品》卷上说他:"熟誉北曲,悲传塞下之吹;间著南词,生扭吴中之拍。"④就较为恰当。

吕天成《曲品》卷下评《宝剑记》,又说:"内自撰曲调名亦奇。"⑤祁彪佳《远山堂曲品》也说:"中有自撰曲名,曾见一曲采入于谱,但于按古处反多讹错。"⑥如【四娘子】(十七出)、【踢鞭儿】(十九出)、【洞房春】(四十四出)、【玉堂人】(四十五出)、【雨中花】(四十六出)、【水边静】(四十七出)等曲牌,均不见于曲谱⑦。

---

① 《中国古典戏曲论著集成》第四册,第36页。
② 《中国古典戏曲论著集成》第四册,第203页。
③ 李开先:《李开先集》(上海:中华书局上海编辑所,1959),《闲居集》之六,第320页。
④ 吕天成著、吴书荫校注:《曲品校注》,第13页。
⑤ 吕天成著、吴书荫校注:《曲品校注》,第190页。
⑥ 《中国古典戏曲论著集成》第六册,第47页。
⑦ 参见吕天成著、吴书荫校注:《曲品校注》,第191页笺注〔三〕。

这些曲调或为流行于山东一带的地方曲调,或是李开先等人的自度曲,所以与南曲旧谱不相和谐。

《宝剑记》传奇全本,在后代少有演出。但其中第三十一出,却以《林冲夜奔》为名,不仅至今仍然上演,而且数百年来一直被京剧、弋腔、川剧、汉剧、湘剧、徽剧等剧种改编演出,为各阶层的观众击节称赏。

另有《断发记》传奇,吕天成《曲品》卷下著录,未题撰者。阙名《古人传奇总目》始标为"李开先作"[1],后人皆沿袭此说。现存万历十四年(1586)金陵唐氏世德堂刻本,全名《新刊重订出相附释标注裴淑英断发记》,未署撰者。按,日本学者岩城秀夫《中国戏曲善本三种》卷首《解说》,举《宝剑记》第四出【梁州序】、第十五出【山坡羊】为例,比较《断发记》中的相应曲牌,证明二剧的押韵规律完全相同,因此认为《断发记》传奇是李开先的作品[2]。此说应可信。

《断发记》全剧三十九出,叙隋朝绛州闻喜人李德武与妻裴淑英事迹,本于《旧唐书》卷一九三及《新唐书》卷二〇五,并见《太平御览》,稍加缘饰。作者自述作意道:

> 五伦全处蒙旌表,《绝发》、《宝剑》记世少,管教万古名同天地老。(第三十九出【余文】)

剧中谈忠说孝的教化色彩,比《宝剑记》传奇更为浓重。吕天成《曲品》卷下评云:"事重节烈。词亦佳,非草草者。且多能守韵,尤不易得。"[3]祁彪佳《远山堂曲品》评云:"惜作记者犹不脱寒酸

---

[1] 《中国古典戏曲论著集成》第六册,第281页。
[2] 此书有日本京都思文阁1982年影印本。参见蒋星煜:《日本新刊〈中国戏曲善本三种〉》,见其《中国戏曲史探微》(济南:齐鲁书社,1985),第93页。
[3] 吕天成著、吴书荫校注:《曲品校注》,第189页。

态耳。词甚工整,且能守律,当非近日词人手笔。"①据此,此剧或作于《宝剑记》传奇之后,李开先在音律上虽已经有所进境,在思想上却难免渐呈暮态。

第二节 《浣纱记》:历史剧的新篇

同样以创作历史剧见长,但文人气息却更为浓重的,是梁辰鱼。

梁辰鱼(1519—1591),字伯龙,号少白,又号仇池外史,昆山(今属江苏)人。身长八尺,虬髯虎颧。少时性好谈兵习武,不屑就诸生试。后以例贡为太学生,竟不入学。任侠豪纵,居家营造华屋,招徕四方俊彦。又好游历,足迹遍于吴越、荆楚、齐鲁等地,常与诸名士出入青楼酒肆,痛饮狂歌,终因囊中悬磬而归。嘉靖三十五年(1556)前后,曾专心钻研昆腔,得魏良辅之传,清词丽句,传播戚里,为一时曲家所宗。晚年艺益高,名益起,而穷日益甚。万历十九年(1591)卒。梁辰鱼与李攀龙、王世贞等"后七子"交往密切,诗集有《远游稿》、《鹿城集》。撰传奇二种:《浣纱记》,今存;《鸳鸯记》,已佚。杂剧三种:《红线女》、《无双传补》,今存;《红绡妓》,已佚。据明清之际张彝宣《寒山堂曲谱》卷首《谱选古今传奇散曲集总目》记载,梁氏还改编过《周羽教子寻亲记》。散曲集有《江东白苎》②。

梁辰鱼的代表作是《浣纱记》传奇,一名《吴越春秋》,约作于

---

① 《中国古典戏曲论著集成》第六册,第25页。
② 关于梁辰鱼生平事迹的详细考证,参见徐朔方:《梁辰鱼年谱》,见其《晚明曲家年谱》(杭州:浙江古籍出版社,1993),《苏州卷》,第121—170页;吕天成著、吴书荫校注:《曲品校注》,第43页笺注〔一〕。

嘉靖三十九年至四十四年之间(1560—1565)①。全剧以范蠡和西施的爱情线索串络吴越之间的政治斗争。故事情节起于吴胜越败,结于吴败越胜,越国反败为胜的原因,在于越王勾践和谋臣范蠡施展了一系列成功的政治谋略。其中最重要的一个计策,就是向吴王夫差进献越国的浣纱美女西施,使之离间吴国君臣,而西施却恰恰是范蠡的未婚妻!范蠡为了社稷,为了自己的政治谋略,西施为了大义,为了顺从范蠡的意志,他们一起做出了可怕的牺牲。最后,沉湎于酒色的吴王夫差终于被卧薪尝胆十年的越王勾践所击败,范蠡功成隐退,携带西施,泛舟五湖。剧中范蠡与西施初会时,西施正浣纱于若耶溪畔,乃以细纱定情,离别时两人各分一半,团聚时又得合纱,故名《浣纱记》。

范蠡与西施的故事,出于《史记》卷四一《吴越世家》、卷一二九《范蠡列传》,以及赵晔《吴越春秋》、袁康《越绝书》等正史别传,是一个历来为人们津津乐道的故事,并且早已在戏曲舞台上广为流行。金院本有《范蠡》,陶宗仪《辍耕录》卷二五著录。元代关汉卿有《姑苏台范蠡进西施》杂剧,已佚,钟嗣成《录鬼簿》著录;赵明道有《灭吴王范蠡归湖》杂剧,《录鬼簿》著录,《元人杂剧钩沉》辑存【双调】一套;吴昌龄有《陶朱公五湖沉西施》杂剧,已佚,阙名《传奇汇考标目》增补本著录。宋元间阙名有《范蠡沉西施》戏文,已佚,张彝宣《寒山堂曲谱》引录。

梁辰鱼采用这个传统的故事题材,却注入了自身独特的审美情趣。其主旨是讴歌爱情吗?显然不是。因为在剧中男女情爱绝对地服从于君臣政治,个人情感无条件地隶属于国家大义。那么,其主旨是否明辨吴越政治斗争的是非曲直呢?显然也不是。梁辰鱼是吴人,当时曾有浙江友人问他:"君所编吴为越灭,得无自折

---

① 说见本书第三章第三节注释。

便宜乎？"①这就不免为剧作吴败越胜的表层结构所障蔽了。因为在剧中，梁辰鱼既批判了沉湎酒色、听信谗言、不纳忠谏的吴王夫差和贪贿卖国、排斥异己、奸诈邪佞的权相伯嚭，赞扬了卧薪尝胆、发愤图强的越王勾践，同时也歌颂了忠心耿耿的吴国大夫伍子胥和越国能臣良将范蠡、文种，并且有意把伍子胥忠谏被害和范蠡功成隐退加以鲜明的比照，借以说明即使是励精图治的越国，忠良在功成后也难以自保。吴越两方，各打五十大板，作者并无偏倚。

我们还是来看看梁辰鱼怎样表述自己的创作意图吧。第一出《家门》【红林擒近】道：

> 佳客难重遇，胜游不再逢。夜月映台馆，春风叩帘栊。何暇谈名说利，漫自倚翠偎红。请看换羽移宫，兴废酒杯中。骥足悲伏枥，鸿翼困樊笼。试寻往古，伤心全寄词锋。问何人作此？平生慷慨，负薪吴市梁伯龙。

原来，是功名失意的愤慨和历史兴亡的感伤，交织成《浣纱记》传奇的深层意蕴。

梁辰鱼平生虽以风流才子自许，但却一直有着不可抑止的政治抱负。面对北方蒙古族俺答汗的入塞骚扰，他在《拟出塞序》中曾表述自己的豪情壮志说：

> 余也智乏孙、吴，才惭颇、牧。然逸气每凌乎六郡，而侠声常播于五陵。鲁连子之羽，可以一飞；陈相国之奇，或能六出。假以樊侯十万之师，佐以李卿五千之众，则横行鸡塞，当双饮左右贤王之头；而直上狼居，必两击南北单于之颈。②

---

① 冯梦龙：《古今笑》（石家庄：河北人民出版社，1985），《机警部》，第359页。
② 梁辰鱼：《江东白苎》卷下，收入董康辑：《涌芬室丛刊初编》（武进董氏刻本，1915）。

文中流溢着誓为明王朝御侮靖边的决心。嘉靖四十一年(1562),他还曾经打算束装从戎,入浙江总督胡宗宪的幕府,因故未能成行。他虽然豪情满怀,但一生未尝做官,落魄不羁,这正是"骥足悲伏枥,鸿翼困樊笼。"在晚年他甚至过着放荡不羁的生活,正如王伯稠赠诗所说的:"斗酒清夜歌,白头拥吴姬。家无儋石储,出多年少随。"①这实际上是他功名失意后的精神寄托。《浣纱记》传奇作于梁辰鱼四十二岁至四十七岁之间,不正倾注了他壮年时政治抱负不得施展的愤懑之情吗?——如果能像伍子胥、范蠡那样尽情地施展政治才能,为挽救国家或振兴国家作出贡献,即使牺牲生命或牺牲爱情也在所不惜,这是多么令人向往的事啊!

然而,功名失意的愤慨还仅仅是梁辰鱼创作此剧的触媒。细察全剧,我们可以发现,梁辰鱼审美注意的焦点在于:他既以满腔热情极力探讨吴越两国强弱转化、兴亡代谢的历史运转的奥秘,又按捺不住兴废聚散不定、人生世事如云的消极喟叹:

【北收江南】呀!看满目兴亡真惨凄,笑吴是何人越是谁⋯⋯

【北清江引】人生聚散皆如此,莫论兴和废。富贵似浮云,世事如儿戏⋯⋯(第四十五出《泛湖》)

从这里,我们可以隐约地看到嘉靖、隆庆年间翻云覆雨的朝政那黑暗的投影,因为作家对历史的诠释从来就含蕴着对现实的认识和感受。而且,这也有趣地表露了中国文人历史意识的二重性:他们既深信历史进程没有不可知的动因和规律,又把这种动因和规律归结为神秘的、异己的超精神力量,堕入宿命论;既对历史兴亡的思考充满强烈的兴趣,又对人类历史活动的意义持怀疑态度,堕入

---

① 钱谦益:《列朝诗集小传》(上海:上海古籍出版社,1983),丁集中"梁辰鱼"条,第489页。

虚无主义;既对历史事件和人物的道德评判秋毫不爽,又对这种道德的维系及其价值在现实政治中软弱无力深有感触,堕入无是非论。

因此,梁辰鱼叙写范蠡和西施的爱情生活,也不是着眼于男女情爱本身,而是着重表现这对情人过人的胆略和坚强的意志。梁辰鱼充分肯定范蠡和西施为了国家大义而不惜牺牲个人情感的行为,这种理智统辖感情的观念,与《宝剑记》传奇一脉相承。而《浣纱记》传奇把男女爱情和家国兴亡融为一体,相互生发,在明清戏曲史上更具有开创性的意义。清代的《长生殿》、《桃花扇》等传奇,都明显地受到它的影响。

功名失意的愤懑感情,兴亡代谢的历史哲理,和情服从理的人性观念,赋予《浣纱记》传奇以浓郁的时代色彩,使昆腔新声一用于文人传奇就溶合了时代主题。这也是昆腔新声得以风行于世的重要原因。

由于作者创作意图的多重性和作品思想意蕴的多层次,《浣纱记》传奇主脑不够突出,结构不免散漫。王世贞《曲藻》评云:"梁伯龙《吴越春秋》,满而妥,间流冗长。"①吕天成《曲品》卷下评云:"罗织富丽,局面甚大,第恨不能谨严。事迹多,必当一删耳。中有可议处。"②徐复祚《曲论》也评云:"……关目散漫,无骨无筋,全无收摄"③。青木正儿《中国近世戏曲史》说:

> 其云"全无收摄"者,盖当为非难结末之泛游五湖一出者,然以余观之,觉其余韵袅袅,意味深长。且不犯生旦当场团圆之法,而脱旧套焉。但其关目散缓,最为短处。④

---

① 《中国古典戏曲论著集成》第四册,第 37 页。
② 吕天成著、吴书荫校注:《曲品校注》,第 236 页。
③ 《中国古典戏曲论著集成》第四册,第 239 页。
④ [日]青木正儿:《中国近世戏曲史》,王古鲁译著(北京:作家出版社,1958),第 204 页。

梁辰鱼之所以能"不犯生旦当场团圆之法,而脱旧套焉",不正是为了满足其表达文人审美情趣的需要吗?

《浣纱记》传奇在采用悠扬柔美的昆腔的同时,又充分注意到曲词的典雅工丽,其语言风格基本上属于文词派,文雅清丽而略乏机趣。全剧不但曲词使事用典,不厌其繁,甚至对白也像做骈文一样,通本极少口头散语。凌濛初《谭曲杂札》评曰:"自梁伯龙出,而始为工丽之滥觞,一时词名赫然。"①徐復祚《曲论》评云:"即其词亦出口便俗,一过后便不再咀。"②对其俗处,作为其后辈的文词派大家屠隆颇有非议。沈德符《顾曲杂言》记载:

> 《浣纱》初出时,梁游青浦,屠纬真为令,以上客礼之,即命优人演其新剧为寿。每遇佳句,辄浮大白酬之,梁亦豪饮自快。演至《出猎》,有所谓"摆开摆开"者(按,系第十出《打围》之【北朝天子】曲),屠厉声曰:"此恶语,当受罚!"盖已预储洿水,以酒海灌三大盂。梁气索,强尽之,大吐委顿,次日不别竟去。屠每言及此,必大笑,以为得意事。

此事虽属传闻,未必可信,但也事出有因③。徐復祚《曲论》又说:"然其所长,亦自有在,不用春秋以后事,不装八宝,不多出韵,平仄甚谐,宫调不失,亦近来词家所难。"④所以在音律上堪称昆腔传奇的典范之作。但其曲词韵律仍时有错误之处,王骥德《曲律》卷二《论须识字》便多加指摘⑤。

---

① 《中国古典戏曲论著集成》第四册,第253页。
② 《中国古典戏曲论著集成》第四册,第239页。
③ 《中国古典戏曲论著集成》,第209页。按,据《光绪鄞县志》卷三八本传,屠隆于万历七年(1579)调任青浦(今属上海市)知县。万历十年(1582)梁辰鱼游青浦,屠隆为其《鹿城集》作序,见《鹿城集》卷首及屠隆《白榆集》卷二。此时《浣纱记》行世已十余年,不当为"初出"。
④ 《中国古典戏曲论著集成》第四册,第239页。
⑤ 《中国古典戏曲论著集成》第四册,第239页,第119—120页。

据沈德符《顾曲杂言》所记,《浣纱记》传奇在当时就已流传海外。明清两代也一直盛演不衰。近世京剧、越剧有《西施》,汉剧、滇剧有《卧薪尝胆》,秦腔有《访西施》,川剧有《吴越春秋》,都与《浣纱记》有密切的渊源关系。

第三节 《鸣凤记》:时事剧的发轫

如果说,《宝剑记》和《浣纱记》还是古为今用,将历史和现实打成一片,那么《鸣凤记》传奇则直面现实,把现实中刚刚发生的政治斗争搬上了舞台。《鸣凤记》编就演出之时,这场政治斗争刚刚结束,而余波未已。清焦循《剧说》卷三记载:

> 相传《鸣凤》传奇,弇州门人作,唯《法场》一折,是弇州自填。词初成时,命优人演之,邀县令同观。令变色起谢,欲亟去,弇州徐出邸抄示之,曰:"嵩父子已败矣。"乃终宴。

这一传闻虽在时间上有误①,但却生动地表现出,《鸣凤记》传奇对嘉靖年间严嵩结党营私、把持朝政、误国害民的丑恶嘴脸和无耻行

---

① 《中国古典戏曲论著集成》第八册,第136页。按,青木正儿《中国近世戏曲史》引焦循《剧说》卷三文后,云:"此事果为事实,而世蕃伏诛既为嘉靖四十四年(1565)事,则此记之成,应在此时。"(第193页)但是,考剧中所言史实,多有隆庆、万历时事。如第四十一出"封赠忠臣"中"圣旨"云:"其张翀、董传策、吴时来并以忠言受诬,赦罪复职,以待不次超迁。故相夏言追赠紫金光禄大夫,仍赐遗腹子袭荫。曾铣、郭希颜并赠荣禄大夫。杨继盛谥忠愍大中大夫"。按《明史》本传,张、董、吴三人"赦罪复职",夏、曾追赠,杨谥忠愍,均在隆庆年间;据沈德符《野获编》卷二十"言事"条,郭希颜昭雪,亦在隆庆间。剧中叙邹应龙、林润、孙丕扬三人同登进士,同授都御史,按《明史》本传,此三人固然为同年进士,但邹、林授御史在隆庆间,孙则在万历元年。又剧中第二十七出"幼海议本",张翀自称"兵部郎中",按《明史》本传,张翀弹劾严嵩时,为刑部主事,其任兵部职系隆庆至万历初年事;董传策自称"礼部主事",按《明史》本传,其劾严嵩时亦官刑部主事,在礼部任职始于万历元年。据以上诸证,此剧创作年代不应早于万历元年(1573)。参见张军德:《〈鸣凤记〉创作年代初探》,载《文学遗产》1986年第6期。

径极尽揭露鞭挞之能事,对忧国忧民的正派官员夏言、杨继盛等则予以热情歌颂,其政治倾向的鲜明、斗争精神的大胆以及干预时政的及时,实有震聋发聩的效用。

《鸣凤记》传奇虽然不是"后七子"巨魁王世贞所作,却同王世贞有着密切的关系[①]。王世贞从嘉靖二十六年(1547)进士登第,步入仕途开始,就直接参与了反对严嵩集团的政治斗争,积极支持夏言、杨继盛、沈炼等反严势力,强烈抨击赵文华等严氏党羽,而且他的父亲王忬即死于严嵩之手[②]。所以,将王世贞同《鸣凤记》传奇挂上钩,虽然查无实据,但却事出有因。而王世贞在万历初年雄居"后七子"之首的令人瞩目的社会地位,也大大扩大了《鸣凤记》传奇的社会影响。

《鸣凤记》传奇现存最早刻本,为明万历间读书坊刻本,题《宝晋斋鸣凤记》。全剧共四十一出,围绕正邪善恶两大阵营的对峙冲突展开。作者着力把邪恶一方的骄奢淫逸、横行霸道揭露得淋漓尽致,把正义一方的勇敢刚强、大义凛然表现得充分透彻,从而

---

① 吕天成《曲品》卷下著录《鸣凤记》,列于"作者姓名无可考"之类,后人误于剧目品评后增"王凤洲作"。其实吕天成《曲品》卷上已列王世贞于"不作传奇而作散曲者"名单之内。明人的《祁氏读书楼书目》、《徐氏家藏书目》、《鸣野山房书目》、《南词新谱》卷首《古今入谱词曲传剧总目》等,著录《鸣凤记》,均未题作者。至清人的《古人传奇总目》、《传奇汇考标目》、《曲目新编》、《今乐考证》等,始谓"王世贞作",盖以讹传讹。焦循《剧说》卷三以为是王世贞的门人作,《曲海总目提要》卷五亦持此说,但都未说明门人的姓名。苏寰中《关于〈鸣凤记〉的作者问题》认为:"不是王世贞所作,说为王世贞门人所作也缺乏根据,而应该是隆庆、万历间无名氏的作品。"(《中山大学学报》1980年第3期)《乾隆太仓州志》则将《鸣凤记》传奇置于唐仪凤名下,卷二七《杂记》上云:"唐仪凤,州之凤里人,才而艰于遇。撰《鸣凤》传奇,表扬椒山公之大节。书成,质之弇州,弇州曰:'子填词甚佳,然谓出自子则不传,出自我乃传。吾非欲掠美,正以成子之美耳。'仪凤许之。弇州乃赠以白米四十石,而刊为己所编。然吾州则皆知出自唐云。"此说晚出,盖属传闻,未必征信,可备一说。

② 参看徐朔方:《王世贞年谱·引论》,见其《晚明曲家年谱·苏州卷》,第490—495页。

造成强烈的艺术感染力。

　　嘉靖年间,北有俺答,南有倭寇,国土沦丧,生灵涂炭。而严嵩、严世蕃父子及其爪牙赵文华、鄢懋卿等人却把持朝政,为非作歹,劣性恶行,令人发指。剧中《严嵩庆寿》、《严通宦官》、《花楼春宴》、《文华祭海》、《世蕃奸计》、《鄢赵争宠》等出,直截无隐地把严氏集团奢侈、残暴、鄙怯、倾轧的丑恶面貌和阴暗本质披露在光天化日之下。其中以第二十一出《文华祭海》最为荒诞绝伦。倭寇侵犯东南,"攻陷城池,杀戮百姓",消息传来,皇帝令严嵩派人前去剿灭。严嵩惧怕如派一勇将前去灭敌奏功,便会令勇将得到皇帝信任,威胁自己的权势,于是他便任命义子赵文华为兵部尚书,督师征剿。赵文华对军事一窍不通,到了东南沿海,便先用"金银酒器一箱"祭祀东海龙王,事后又滥杀无辜百姓冒充倭寇首领,向朝廷领赏。严嵩派赵文华督师时,指望:"江南富贵繁华,赵公一去,可保金银宝玩满载而归,少不得一半是我家的。"因此赵文华对自己的所作所为自然有恃无恐:"我朝内有人,边功易奏,岂有他虞!"至于倭寇横行,百姓遭殃,他们都置之脑后,不屑一顾。贪图个人私利,满足一己欲望,而不顾国家危亡,任凭生民涂炭,这正是奸臣邪佞的本质特性。

　　剧中还穿插了一些小插曲,用以揭露严氏集团的暴虐。如第二十三出《拜谒忠灵》,写翰林学士郭希颜与门生邹应龙、林润在街上闲行,遇到一个唱曲行乞、骨瘦如柴的瞎女人。原来她是被严世蕃强夺的扬州良家妇女,父亲被逼死,家财被掳尽,她也因色衰宠弛,被世蕃正妻刺瞎双目,赶出家门,靠叫化为生。他们又遇到一个男乞丐,是严嵩乡人,名胡义。严嵩未发达时多得胡家接济,既发达后,反而纵容管家侵占胡家田地。胡义进京告状,历时半年,毫无结果,竟沦为乞丐。这类插曲大约是当时的实事,剧中散陈杂列,带有一定的新闻报导性,这正是时事纪实剧的特点。

《鸣凤记》传奇更以千钧笔力塑造了一批前仆后继与严氏集团进行殊死斗争的忠臣义士。第一出《家门大意》说："前后同心八谏臣，朝阳丹凤一齐鸣。"所以剧名《鸣凤记》。所谓"八谏臣"，即杨继盛、董传策、吴时来、张翀、郭希颜、邹应龙、孙丕扬、林润；又合夏言、曾铣为"十义"，或称"双忠八义"。受到流传久远的"赵氏孤儿"故事的启发，感受现实中言官冒死进谏的风气，《鸣凤记》突破了传奇作品以一生一旦作为主角贯穿全剧的传统格局，先后铺张了"双忠八义"舍生忘死的政治行动和他们的家属们悲欢离合的不幸遭遇。封建政治体制的腐朽似乎使作者感觉到，以昏君为靠山的邪恶势力的巨大决非孤军奋战的正义力量所能抗衡；而伦理意识的强化以及对朝廷的精神凝聚力，又使作者摒弃了《宝剑记》传奇所称许的绿林道路；于是他有意识地描写了一场十个忠臣在朝廷斗争中前仆后继的英雄壮举，以表达对黑暗政治的激烈批判。正因为如此，全剧充满了悲壮的悲剧精神。

　　在剧中，这十位忠臣的行动无一不是为国抗争、为民请命，所以有着鲜明的正义性。

　　宰相夏言本已告老还乡，同僚旧友想借他的声望阻遏严嵩的凶焰，极力向皇上推荐，他出于忧国之心，毅然重受相职于豺狼当道之时。他运筹帷幄，力图恢复河套，却处处受到奸臣们的阻拦。这时，他毫不畏惧，当面斥责严嵩的误国行径。他下定决心："猛拼舍着残生命，不学他腼腆依回苟禄人。"抱定主意："倘有不虞，何惜一死！"（第六出《二将争朝》）后来果然被圣旨处斩，含冤九泉。与历史人物相比，传奇中的夏言形象更为光彩耀人。

　　剧中杨继盛夫妇的烈迹最为感人。当初，杨继盛揭发严党仇鸾通敌的阴谋，反遭严嵩陷害，毒刑拷打，手指拶折，胫骨夹损，贬谪到边地为小吏。仇鸾事暴露后，皇帝召回杨继盛，升任兵部武选司。杨继盛出于义愤，决心写奏本弹劾严嵩。当他"灯前修本"

时,手指流血,夫人劝阻,甚至先人鬼魂也现形警诫,他仍义无反顾。次日他到午门外朗声宣读奏章,结果当即被判处斩刑。杨夫人闻讯赶到刑场,为丈夫满斟别酒一杯,并高诵祭文,表扬丈夫的"正气"、"忠心"和"壮怀"。为了为丈夫伸冤,杨夫人伏阙要求"尸谏",监斩官不敢转达,她立即拔出利刃,当场自刎身亡①。杨继盛夫妇这种大无畏的牺牲精神,真可惊天地,泣鬼神。

剧中兵部郎中张翀、礼部主事董传策和工科给事吴时来三人相约上本,其事也可歌可泣。吴时来先是担心老母忧虑,用假言搪塞,后来以实言相告,他的母亲说:"孩儿,你不须念我,且把死生父母置之度外,好好去做个忠臣!"(第二十八出《吴公辞亲》)有这样深明大义的亲人的支持,忠臣义士怎能不"杀身成仁,舍生取义"!张翀则作好必死的准备,他安排妻儿回乡,未与妻子说明原因,却命人预备下自用的棺材。他浩然长叹道:

    我想朝中众臣,多是封妻荫子,下官为国,反成抛妻弃子,恐非人情也!只是我平生志愿,不在妻孥之乐。倘驱除奸佞,使天下夫妻母子皆得安宁,便苦了我一家也说不得!(第二十九出《鹤楼赴义》)

这种公而忘私、舍身为国的高尚情怀,怎不感人肺腑!

这些忠臣义士的行动只是上本参奏。他们同奸臣的斗争不是依靠广大人民(这在当时是不可能的),而是指望最高统治者皇帝的觉悟(这在当时是唯一可行的)。他们抱着坚定的信念:"这也不是圣上斥逐忠良,都是奸臣蒙蔽之过。"(第三十出《三臣谪戍》)他们的斗争方式是迂腐的,他们的思想认识也是浅陋的,但他们的

---

① 按《明史》卷二○九本传,杨继盛入狱后,迁延三载,方才定罪处斩。其妻张氏曾伏阙上书,愿代丈夫而死,书未呈报,张氏在家自缢身亡。剧中据史稍加缘饰,将上本、处斩、尸谏三事,连贯写来,具有强烈的戏剧性和悲剧性。

斗争目标却是明确而正义的:为国计民生必须清除奸臣!正是这种正义性,使他们的行动和精神激荡起一股浩然正气,凝聚为一脉民族精神。这种舍身求法、为民请命、公而忘私的高尚精神,应该是我们民族文化的精华。

对忠臣义士们的事迹和遭遇,作者既感叹:"堂堂命世臣,聚朝廷,矢心重把纲常整。忠魂醒,义气伸,芳名振。非干明圣无聪听,荣枯生死皆有命。"(第四十一出《封赠忠臣》【节节高】)又庆幸:"龙飞嘉靖圣明君,忠义贤良可庆。"(第一出《家门大意》【西江月】)流露出一种难以明言的矛盾情感。这里隐含着一种难以言说的对传统道德的怀疑精神。

因为传统的单线突进的结构方式无法表现这场铺盖着很大的空间范围和时间范围的政治斗争,因此为了服从表现主题的需要,《鸣凤记》传奇不能不别出心裁,采用多线索的结构方式。全剧头绪纷繁,人物驳杂:十个忠臣、五个回合的斗争,三个主要的奸臣,再加上受害者家属的流离失所和外敌的入侵骚扰。而全剧的艺术完整性,主要是由其总体感染的鲜明性得以体现的。作者善于集中提炼典型事例,组成戏剧冲突,使全剧首尾连贯,一气呵成,毫不松懈。

此外,为了使结构更为严谨,作者还着意采用了一些特殊的结构手法。如以邹应龙(生)和林润(小生)的成长为主线,忠奸两派一个回合又一个回合的斗争,既促使他们不断成长起来,也使两派的力量对比逐渐发生变化,强者变弱,弱者变强,经过曲折而艰巨的斗争,最后正义终于战胜邪恶。又如作者将十个忠臣作了分类处理,或单写(如杨继盛),或合写(如张翀、董传策、吴时来),或正写(如夏言等),或侧写(如曾铣),用不同的方式展示人物各自不同的性格,使同中有异。而且,作者还娴熟地运用了对比手法,主要是正邪、忠奸的对比,既有正面冲突(如第五出《忠佞异议》、第六出《二相争朝》),也有侧面渲染(如第七出《严通宦官》、第十三出《花楼春宴》、第十四出《灯前修本》),还有一些总结性、阶段性的场面(如第十一出《驿里相逢》、第十六出《夫妇死节》、第三十出《三臣谪戍》、第三十四出《忠良会边》),这些场面对比鲜明,使全剧波澜跌宕。

《鸣凤记》传奇的语言风格属于文词派,曲辞和宾白都偏重于典雅绮丽,是口味纯正的文人之曲。清人梁廷楠《曲话》卷三评云:"《鸣凤记》《河套》一折,脍炙人口。然白内多用骈俪之体,颇碍优伶搬演。上场纯用小词,亦新耳目,但多改用古人名作为之,大雅所弗善也。"①

吕天成《曲品》卷下评此剧云:"记时事甚悉,令人有手刃贼嵩之意。"②的确,《鸣凤记》传奇是明清时期以当代重大政治斗争为题材的时事剧的开山之作,成为明末时事剧的直接先导和艺术典范。而且清初李玉的《清忠谱》、孔尚任的《桃花扇》等传奇作品,也都从《鸣凤记》得到了启发。

明后期,《鸣凤记》传奇的演出一直不衰,《群音类选》、《乐府菁华》、《醉怡情》等戏曲选集,均收录此剧散出。清初周亮工《书影》卷九记载,海盐戏曲演员张金凤,少以色幸于严世蕃,严败,金凤粉墨扮《鸣凤记》中的严世蕃,举动酷肖,名噪一时③。侯方域《马伶传》记载,明末某大盐商同时请来金陵梨园兴化、华林二部演戏,都演《鸣凤记》,摆擂台比优劣。李伶扮演严嵩,得到观众喜爱;而马伶扮演严嵩,观众却甚寥寥。于是马伶潜身匿迹,不知去向。三年以后,马伶突然出现,要求大盐商再搞一次擂台赛,演出《鸣凤记》。他仍扮演严嵩,惟妙惟肖,终于把李伶比下去了。人

---

① 《中国古典戏曲论著集成》第八册,第275页。
② 吕天成著、吴书荫校注:《曲品校注》,第369页。
③ 周亮工:《书影》(上海:上海古籍出版社,1981),第251—252页。

们问他拜何人为师,技艺竟如此长进?他说:当年我投身"严相国俦"的相国昆山顾秉谦,"求为其门卒三年,日侍昆山相国于朝房,察其举止,聆其语言,久乃得之。此吾之所为师也"①。可见,正是由于明后期严嵩式的权奸佞臣依然数见不鲜,《鸣凤记》传奇才能始终热演,具有长久不衰的生命力。借助于文学艺术作品来认识和批判现实,这是中国古代传承久远的文艺欣赏传统。清代戏曲选集《缀白裘》,也收录此剧《辞阁》、《嵩寿》、《吃茶》、《河套》、《夏驿》、《写本》、《斩杨》、《醉易》、《放易》等出。

---

① 侯方域:《壮悔堂文集》(清顺治间刻本),卷五。

第二编　传奇的风行

（明万历十五年至清顺治八年，1587—1651）

从明万历十五年到清顺治八年（1587—1651），共65年，传奇戏曲的创作实践和理论探讨都呈现出一派百花齐放、万象更新的热闹局面，传奇戏曲进入了蓬勃兴盛的时期。

万历十五年（1587），汤显祖将旧作《紫箫记》改编为《紫钗记》，摆脱了文词派的羁缚，这是传奇文学革故鼎新，进入新的历史时期的发端。十一年后（1598），汤显祖不朽的传奇名著《牡丹亭》脱稿问世①，标志着传奇戏曲同晚明进步文艺思潮发生了紧密的结合。与此相先后，万历十七年（1589），沈璟辞官归里，自号"词隐生"，开始潜心于传奇戏曲创作和昆腔音乐的研究，十七年后（1606）撰成《南曲全谱》②，于是词曲之学大明于世，标志着昆腔在曲坛上盟主地位的确立。吕天成《曲品》卷上说："不有光禄，词硎弗新；不有奉常，词髓孰抉？"③的确，汤显祖与沈璟二人在明

---

① 参见徐朔方：《汤显祖年谱》（上海：上海古籍出版社，1980），附录丙《玉茗堂传奇创作年代考》，第221—229页。

② 参见李真瑜：《沈璟年谱》，载《中国古代戏曲论集》（北京：中国展望出版社，1986），第173—187页；徐朔方：《沈璟年谱》，见其《晚明曲家年谱》（杭州：浙江古籍出版社，1993），《苏州卷》，第287—321页。

③ 吕天成著、吴书荫校注：《曲品校注》（北京：中华书局，1990），第37页。按，沈璟官至光禄寺丞，故时称沈光禄；汤显祖曾官南京太常寺博士，故时称汤奉常。

清传奇发展史上具有不可抹杀的划时代的历史地位。

与汤、沈同时或稍后,越来越多形形色色的文人士大夫投身于传奇文学创作。据不完全统计①,这一时期姓名可考的传奇作家约有351人,是传奇生长期姓名可考的传奇作家(37人)的9.5倍;他们的传奇作品约为780种(几位作家合作的剧本只算一种,存疑的作品不计在内),约为生长期姓名可考的传奇家作品(74种)的10.5倍②。再加上这一时期阙名传奇家的作品200余种③,这时期短短65年之中,创作的传奇作品几乎达到1000种,真可谓洋洋大观。因此,我们称这一时期为明清传奇的勃兴期。

---

① 这一统计,主要根据傅惜华:《明代传奇全目》(北京:人民文学出版社,1958),卷二、卷三、卷四,以及庄一拂:《古典戏曲存目汇考》(上海:上海古籍出版社,1982),卷九、卷十,剔除其中属于传奇生长期的作家及其作品,如梁辰鱼、陆采、李日华、张凤翼等,补入部分属于这一时期的明清之际的作家及其作品,如袁于令等。

② 这780种,包括作家创作和改编的传奇作品。按,传奇生长期姓名可考的传奇作家及其作品,参看本书第二章第一节《生长期传奇作家作品一览表》。

③ 傅惜华《明代传奇全目》卷五、卷六著录明代无名氏传奇家作品计332种,其中生长期传奇作品与勃兴期传奇作品的比例约为1∶2。

第六章　晚明社会与剧坛风气

　　传奇戏曲的勃兴繁盛,以传奇戏曲的彻底文人化作为鲜明的表征。从表显层次来看,文人士大夫积极参与戏曲活动已经成为一种时髦的社会风气,达到举国如狂的地步。从深隐层次来看,文人士大夫越来越自觉,也越来越执着地借助于传奇戏曲,来表达自身的主体精神、主体需求,因而传奇戏曲成为文人士大夫社会存在和生命意识的艺术表现形态。也正是在这一时期,以传奇为主的戏曲已取得正式的文学地位,进入了最高文化层次,成为当时的民族精神和民族文化的重要象征。

第一节　举国如狂的剧坛风气

　　从万历年间开始,文人士大夫大多把戏曲活动视为他们生活中不可缺少的一个部分,如痴如狂地创作戏曲,演出戏曲,欣赏戏曲。

　　当时,有一大批文人士大夫投身于戏曲创作中,操觚染翰,卖弄才华。时人说:

　　　　近世士大夫,去位而巷处,多好度曲。[1]

---

[1] 齐恝:《诊痴符序》,陈与郊:《樱桃梦》传奇卷首,《古本戏曲丛刊二集》影印明万历四十四年(1616)海昌陈氏原刻本。序文作于万历三十二年(1604)。

> 年来俚儒之稍通音律者,伶人之稍习文墨者,动辄编一传奇。①

> 今则自缙绅、青襟,以迨山人、墨客,染翰为新声者,不可胜记。②

创作队伍人数的扩大,鲜明地标志着这时戏曲文体已经同诗文等传统文体一样,受到文人士大夫的普遍青睐,成为他们表达主体精神、抒发个人情感的文学艺术样式。

万历年间的一般官僚士大夫,往往把度曲填词看作是风雅之举,沈德符说:

> 近年士大夫享太平之乐,以其聪明寄之剩技。吴中缙绅留意音律,如太仓张工部新、吴江沈吏部璟、无锡吴进士澄,俱工度曲,每广座命伎,即老优名倡俱皇遽失措,真不减江东公瑾。③

这里虽然也不乏官场失意的精神寄托,然而更多的却是附庸风雅的浪漫情思。例如,万历间刑部左侍郎陈瓒,致仕后归故乡献县(今属河北),尤"喜串戏",居然在家"素服角带串《十朋祭江》"④;崇祯间进士王厈,一日赴岳父家酒宴,"酒半忽起",竟然"入优舍,装巾帼如妇人,登场歌旦曲二阕而去"⑤。

再进一步看,官僚士大夫的征歌选舞,无非是一种在风雅情趣装潢点缀下的淫靡生活。屠隆说:

---

① 沈德符:《顾曲杂言》,《中国古典戏曲论著集成》第四册,第206页。
② 王骥德:《曲律》卷四《杂论》下,《中国古典戏曲论著集成》,第四册,第167页。
③ 沈德符:《万历野获编》(北京:中华书局,1959),卷二四。
④ 阙名:《虞阳杂志》,收入丁祖荫:《虞阳说苑》乙编(虞山丁氏初园排印本,1932)。
⑤ 谈迁:《北游录》(旧钞本),《纪闻上》。

余见士大夫居乡,豪腴侈心不已。日求田问舍,放债取息,奔走有司,侵削里闬。广亭榭,置器玩,多僮奴,饰歌舞。①

可见,士大夫或兼并土地,或贪赃枉法,用剥削和攫夺来的财富尽情享乐,奢侈淫靡,"饰歌舞"便是他们淫靡生活的一部分。

明末南北两京和江南地区一些官僚士大夫对昆剧的爱好,几乎达到疯狂的程度,置备家班,宴饮观剧,成为他们淫靡生活的重要内容。有些人甚至三日一小宴,五日一大宴,终年宴饮观剧。就在清兵进入北京,挥师南下之际,江南官僚士大夫仍然一如既往,饮宴观剧,"清歌漏舟之中,痛饮焚屋之内"②。尤其是南京,"秦淮灯火不绝,歌舞之声相闻"③。

在官僚士大夫的表率倡导下,明代末年,"不问贵游子弟,庠序名流,甘与俳优下贱为伍,群饮酣歌,俾昼作夜,此吴越间极浇极陋之俗也。而士大夫恬不为怪,以为此魏晋之遗风耳"④。戏曲活动已成为由文人士大夫领导潮流的一种全社会性的文化活动。因此,传奇戏曲彻底的文人化,便成为这一时期的突出特征。

第二节 心学思潮与传奇风行

如果戏曲活动仅仅成为文人士大夫歌舞享乐的生活方式,那么也就不值得称道了。透过征歌选舞的表象,我们不难发现,文人

---

① 屠隆:《鸿苞》(明万历间刻本),卷二一《清秽》。
② 靳荣藩辑注:《吴诗集览》(清乾隆间靳氏凌云亭刻本),卷十九上,吴伟业《望江南》词十八首评语引陈子龙语。
③ 吴伟业:《宋子建诗序》,李学颖集评标校:《吴梅村全集》(上海:上海古籍出版社,1990),卷二八,第667页。按,关于明末剧坛盛况,参见胡忌、刘致中:《昆剧发展史》(北京:中国戏剧出版社,1989),第三章第一节,第135—154页。
④ 管志道:《从先维俗议》卷之五,收入俞庆恩辑:《太昆先哲遗书》(太仓俞氏世德堂影印明万历本,1928)。

士大夫之所以迷恋戏曲,更出自于表达主体精神、抒发主体情感的内在需求。

传奇戏曲之所以在晚明蓬勃兴盛,风行于世,从意识形态方面来看,无疑与晚明此起彼伏、汹涌澎湃的心学思潮与实学思潮关系密切。而心学思潮与实学思潮的涌动泛滥,在根本上又是晚明时期的政治经济、社会心理和社会风习共同作用的产物。

明中后期,王守仁心学诸流派甚嚣尘上,成为社会上主要的哲学——文化思潮。后七子的巨魁王世贞就说:"今天下之好守仁者十之七八"①。在王学诸流派中,尤以泰州学派最富叛逆色彩,先后出现了王艮、颜钧、罗汝芳、何心隐、李贽、焦竑等著名的思想家。他们的学术思想延续王学的余荫,但却自成一家,风动宇内。

王守仁主张学问贵在有所心得,不盲目地以孔子的是非为是非,对以圣贤为偶像崇拜有所持疑②。李贽在《答耿中丞》、《题孔子像于芝佛院》、《藏书·世纪列传总目前论》等文章中,进一步申发了这一观点,指出:"咸以孔子之是非为是非,故未尝有是非耳。""夫天生一人,自有一人之用,不待取给于孔子而后足也。若必待取给于孔子,则千古以前无孔子,终不得为人乎?"③

王守仁一贯主张,不必拘泥于《六经》载籍的陈说旧论,强调以"心"作为裁判《六经》的标准,"求《六经》之实于吾心"④。李贽发挥此说,在《童心说》一文中,认为《六经》、《论语》、《孟子》等书,不过是当时的"迂阔门徒,懵懂弟子"的随笔记录,大半不是圣人之言;就算有圣人之言,也只是"因病发药,随时处方",怎能作

---

① 王世贞:《弇州史料》(清刻本),《前集》卷二五。
② 王守仁:《传习录》中《答罗整庵少宰书》,《王文成公全书》(《四部丛刊》影印明隆庆刊本),卷二。
③ 依次见李贽:《焚书》(北京:中华书局,1975),卷一;《续焚书》(同上),卷四;《藏书》(北京:中华书局,1974),卷首。
④ 王守仁:《稽山书院尊经阁记》,《王文成公全书》卷七。

为"万世之至论"？因此，"《六经》、《语》、《孟》，乃道学之口实，假人之渊薮，断断乎其不可以语于童心之言明矣"①。

王守仁认为，平民百姓通过"致良知"，就可以达到圣人的境界。因此，"圣人"和"愚夫愚妇"之间并不存在着一条不可逾越的鸿沟，"人人皆可为尧舜"②。到了王艮那里，进一步指出：

> 圣人之道无异于百姓日用，凡有异者，皆谓之异端……百姓日用条理处，即是圣人之条理处。③

他把理论的立足点从圣人转移到百姓，表达了一种富于近代意义的平等观念。而李贽所说的"穿衣吃饭，即是人伦物理；除却穿衣吃饭，无伦物矣"④，更为直截了当，简单明白，完全摘去了罩在人伦物理之上的神圣光圈，使它成为世俗的东西了。

王守仁要求去人欲而识天理，追求一种摆脱物欲、无所牵挂的"心体"，这种"心体"不能不染上感性情感的色调⑤。泰州学派的学者由此出发，把心学愈来愈向感性方向推挪，明确地提倡自然，肯定人欲。李贽以绝世之资，大讲"童心"，提倡"私欲"，开近代自然人性论的先河。他在《童心说》中解释道："夫童心者，绝假纯真，最初一念之本心也。"在《德业儒臣后论》中说："夫私者，人之心也。人必有私而后其心乃见，若无私则无心矣。"⑥这就把"私欲"的价值推向了极端。

可见，泰州学派的思想深受王守仁心学的影响，它们都是对当时红得发紫的程朱理学的反拨。只不过泰州学派走得更远，更加

---

① 李贽：《焚书》卷三。
② 王守仁：《传习录》中《答顾东桥书》，《王文成公全书》卷二。
③ 王艮：《语录》，《心斋王先生全集》(明万历间刻本)，卷三。
④ 李贽：《答邓石阳书》，《焚书》卷一。
⑤ 王守仁：《传习录》上，《全书》卷一。
⑥ 李贽：《焚书》卷三，《藏书》卷三二。

离经叛道罢了。正如黄宗羲《明儒学案》卷三二《泰州学案·序》所说的,他们"多能赤手以搏龙蛇","遂复非名教之所能羁络矣。""诸公掀翻天地,前不见有古人,后不见有来者"①。这种离经叛道的思想超越了统治阶级的思想樊篱,悖逆于传统观念,不免涂染上叛逆的色彩,这怎能不被当时的统治者和理学家视为"异端之尤"呢?李贽即以"异端"自居、自豪,终以"敢倡乱道,惑世诬民"的罪名被捕,死于诏狱②。但是他的学说却反而不胫而走,明末沈瓒《近事丛残》载:

> 李卓吾好为惊世骇俗之论,务反宋儒道学之说。其学以解脱直截为宗,少年高旷豪举之士多半乐慕之,后学如狂。不但儒教防溃,而释氏绳检亦多所屑弃。③

在泰州学派的鼓荡下,肯定人的私欲,追求个性自由,张扬世俗享乐,形成明中后期一股思想解放的文化思潮,如狂飙突起,弥漫于整个社会。颜钧认为:"平时只是率性所行,纯任自然,便谓之道"④;何心隐主张:"性而味,性而色,性而声,性而安适,性也"⑤;李贽宣称:"盖声色之来,发乎情性,由乎自然"⑥;袁宏道怀疑"夫世果有不好色之人哉"⑦;陈确提出:"盖天理皆从人欲中见,人欲正当处,即是理,无欲又何理乎"……⑧

---

① 《黄宗羲全集》(杭州:浙江古籍出版社,1992),第七册,第821页。
② 《明神宗万历实录》(上海:商务印书馆影印江苏国学图书馆传钞本,1940),卷三六九。
③ 沈瓒:《近事丛残》,北京:广业书社,1928。
④ 黄宗羲:《明儒学案》卷三二,《黄宗羲全集》第七册,第822页。
⑤ 何心隐:《寡欲》,《何心隐集》(北京:中华书局,1981),卷二,第40页。
⑥ 李贽:《读律肤说》,《焚书》卷三,第132页。
⑦ 袁宏道:《兰亭记》,袁宏道著、钱伯城笺校:《袁宏道集笺校》(上海:上海古籍出版社,1981),卷十《解脱集》之三,第444页。
⑧ 陈确:《与刘伯绳书》,《陈确集》(北京:中华书局,1979),《别集》卷五《瞽言》四,第468页。

哲学思想既是社会风习、社会心理的理论表述,反过来也对社会风习、社会心理产生了巨大影响。明人吕祖师曾感慨当时的文人雅士对声色之事津津乐道,恬不知耻,说:"尝见读书才士,与一切伶俐俊少,谈及淫污私情,必多方揣摩,一唱百和,每因言者津津,遂使听者跃跃。"①晚明政治已经腐败到"国势如溃瓜,手一动而流液满地"的境地②。商品经济的急剧发展,金钱万能的广泛影响,使富人放纵声色,市民逐利追欢,"世俗奢僭"、"伤风败俗",形成无法遏止的社会潮流。人们认识到,"天理"的皈依、伦理的笃信、人欲的邪恶等等传统的规范、价值、标准,都是虚假的或可疑的,都是不可信或无价值的,只有世俗的人生享乐才是真的,只有个体的感性欲望才是真的。既然如此,为什么不摆脱伦理羁缚,沉溺于世俗生活,满足感性欲望的需求呢?这种社会心理、社会风习,强有力地冲击着盘根错节的传统社会秩序。

　　与社会心理、社会风习和哲学思想相呼应,晚明时期一股"主情"(即主张以个人的主观心灵、真情实感为文学的本源、对象和功能)的进步文艺思潮席卷文坛。李贽以崇尚"自然之性"为基础,倡言:"天下之至文,未有不出于童心焉者也。"③徐渭主张:"古人之诗本乎情,非设以为之者也。"④汤显祖宣称:"世总为情,情生诗歌,而行于神。"⑤屠隆指出:"夫文者华也,有根焉,则性灵

---

①　黄正元:《欲海慈航·闲邪正论》引,转引自王利器辑录:《元明清三代禁毁小说戏曲史料》(上海:上海古籍出版社,1981),第238页。

②　吕坤:《答孙玉峰》,《去伪斋文集》卷五,收入《吕新吾全集》(清同治光绪间修补明万历间刻本)。

③　李贽:《童心说》,《焚书》卷三,第98页。

④　徐渭:《肖甫诗序》,《徐渭集》(北京:中华书局,1983),《徐文长三集》卷十九,第534页。

⑤　汤显祖:《耳伯麻姑游诗序》,汤显祖著、徐朔方校笺:《汤显祖诗文集》(上海:上海古籍出版社,1982),卷三一,第1050页。

是也。"①袁宏道《叙小修诗》说:"大都独抒性灵,不拘格套,非从自己胸臆流出不肯下笔。"②袁中道《中郎先生全集序》说:"至于今天下之慧人才士,始知心灵无涯,搜之愈出,相与各呈其奇,而各穷其变,然后人人有一段真面目溢露于楮墨之间。"③谭元春也强调:"夫作诗者,一情独往,万象俱开,口忽然吟,手忽然书。即手口原听我胸中之所流,手口不能测;即胸中原听我手口之所止,胸中不可强。"④

受到主情思潮的启发,晚明传奇作家明确地指出曲(包括散曲和剧曲)是"心曲",是表达人的主观情性的最佳艺术样式:

且子亦知乎曲之道乎?心之精微,人不可知,灵窍隐深,忽忽欲动,名曰心曲。曲也者,达其心而为言者也。⑤

闻之曲为心曲,名言为曲,实本为心。⑥

诗不如词,词不如曲,故是渐近人情……快人情者,要毋过于曲也。⑦

夫曲者,谓其曲尽人情也。⑧

---

① 屠隆:《文章》,《鸿苞》卷十七。
② 袁宏道著、钱伯城笺校:《袁宏道集笺校》,卷四《锦帆集》之二,第187页。
③ 袁中道著、钱伯城点校:《珂雪斋集》(上海:上海古籍出版社,1989),卷十一,第522页。
④ 谭元春:《汪子戊己诗序》,《谭友夏合集》(上海:贝叶山房,1935),卷八。
⑤ 张琦:《衡曲麈谭》,《中国古典戏曲论著集成》第四册,第267页。
⑥ 曹履山:《牟尼合记序》,阮大铖:《牟尼合》传奇卷首,《古本戏曲丛刊二集》影印明崇祯间刻本。
⑦ 王骥德:《曲律》卷四《杂论》下,《中国古典戏曲论著集成》第四册,第160页。
⑧ 陈继儒:《施子野花影集序》,《陈眉公先生文集》(明崇祯间刻本),卷十一。

曲本于"心",是"心"的物化产品。而且,由于曲更为通俗而又高雅,更为酣畅而又幽曲,因此比之传统的诗词文赋更便于表达人的主观情性。

在主情思潮的推动下,晚明剧坛上掀起一股"近情动俗"的传奇创作热潮。清顺治间高奕《新传奇品序》说:

> 传奇至于今,亦盛矣。作者以不羁之才,写当场之景,惟欲新人耳目,不拘文理,不知格局,不按宫商,不循声韵,但能便于搬演,发人歌泣,启人艳慕,近情动俗,描写活现,逞奇争巧,即可演行,不一而足。其于前贤关风化劝惩之旨,悖焉相左;欲求合于今,亦已寥寥矣。①

综观古今中外,只有解脱传统观念束缚、表达人的真情实感的文学艺术,才能自由自在地在广阔天地中展翅翱翔。正是由于背离了传统的"前贤关风化劝惩之旨","近情动俗"、"逞奇争巧",才促成了传奇戏曲的风行。

第三节 实学思潮与传奇风行

实学是明代后期出现的一股进步的思想潮流,由东林学派开其端绪,至明清之际的顾炎武、黄宗羲、王夫之等趋于高潮,到清代道光、咸丰年间的龚自珍、魏源等宣告结束。这一思潮针对宋明理学的日益空疏,尤其是王守仁心学的"禅化",表现出尚实学、重实证、讲求经世致用、反对空谈心性的基本特点,由学术思想领域而影响及于政治、经济、科学和文学艺术。

---

① 高奕:《新传奇品》卷首,《中国古典戏曲论著集成》第六册,第269页。按,高奕字晋音,一字太初,会稽(今浙江绍兴)人,约清顺治年间在世。他所批评的当即晚明传奇创作。

实学思潮的兴起,是晚明社会矛盾激化的必然产物。明代万历年间以后,明王朝政治腐败,危机深重,专制统治濒临崩溃的边缘。万历间李应升曾精确地概括道:

  盖天下有三患:一曰夷狄,吭背之患;二曰盗贼,肘腋之患;三曰小人,心腹之患。①

"万历民变"、白莲教起义和李自成、张献忠起义等下层百姓(所谓"盗贼")与统治阶级之间的阶级矛盾,东北努尔哈赤建州女真部(所谓"夷狄")入侵的民族矛盾,以及"东林党"与"邪党"(包括昆、浙、宣、齐、楚诸党)、"阉党"等统治阶级内部所谓"君子"和"小人"之间的党争,所有这些矛盾的合力,把明王朝推向了风雨飘摇、朝不保夕的绝境。在这个"山雨欲来风满楼"的时代里,一批进步的文人士大夫面对动乱的现实和危机的国势,有感于王学末流谈空说玄,空疏误国,主张发扬儒家经世致用的优良传统,从事实事、实政,"贵实行",力图改革弊政,提倡"有用之学",于是实学思潮就应运而生了。

东林学派的出现有力地助长了实学思潮的蓬勃展开。早在万历八年(1580),江苏无锡人顾宪成会试中式,组织"三元会","日评骘时事",就开始了讲学活动。到万历十四年(1586),在他周围已经隐然形成了一个"外人"(即在野势力)集团,凭借社会舆论,同"庙堂"(即在朝势力)互相抗衡②。

---

① 李应升:《抚时直发狂愚触事略商补救以备圣明采择疏》,《落落斋遗集》卷一,收入姚莹等辑:《乾坤正气集》(清道光间刊同治间印本)。

② 均见顾与沐:《顾端文公年谱》卷上,顾宪成:《顾端文公遗书》(清光绪三年泾里宗祠重刻本),附录。按《年谱》载:万历十四年九月,顾宪成补吏部验封司主事,入都谒大学士王锡爵。王曰:"君家居日久,亦知长安近来有一异事乎?"顾曰:"愿闻之。"王曰:"庙堂所是,外人必以为非;庙堂所非,外人必以为是。"顾曰:"又有一异事。"王曰:"何也?"顾曰:"外人所是,庙堂以为非;外人所非,庙堂必以为是。"二人相对抚掌大笑。黄宗羲《明儒学案》卷五十八《东林学案》亦载此事,唯"庙堂"作"内阁","外人"作"外论"。

万历三十二年(1604)秋,由顾宪成、顾允成兄弟首倡,偕同高攀龙、钱一本、薛敷教、史孟麟、于孔兼等,修复江苏无锡东林书院,聚众讲学,并明确地把读书、讲学和关心国事紧密地联系在一起。东林书院有一幅著名的对联,写道:

> 风声、雨声、读书声,声声入耳;
> 家事、国事、天下事,事事关心。

他们的讲学活动,吸引了许多有志之士争相趋赴,人数之多,使东林书院"学舍至不能容"。于是,以顾宪成、高攀龙为首,以东林书院为主体的东林学派,便在读书、讲学、救国的呼声中正式诞生了。其后,像赵南星、李三才、邹元标、冯从吾、周起元、魏大中、李应升、杨涟等在朝的正直官员,也往往与东林书院遥相应和,形成朝野相呼、南北相连的声势。这时,东林书院实际上成为一个社会舆论中心,"与政府每相持","凡一议之正,一言不随俗者,无不谓之东林"①,作为学术团体的东林学派又逐渐扩大成为一个政治派别,时称"东林党"。

在政治思想上,东林学派反对封建独裁专制,极力抨击大宦官、大官僚的专权乱政,积极地"讽议朝政,裁量人物"②,以期革新朝政。他们一方面积极肯定"清议"的必要性,以"清议"反对当政者,认为:

> 将长安有公论,地方无公论邪?抑缙绅之风闻是实录,细民之口碑是虚饰邪?③

---

① 依次见高攀龙:《薛敷教墓志铭》,《东林书院志》(清雍正间修乾隆初年刻本),卷八;黄宗羲:《明儒学案》卷五八《东林学案·序》。
② 张廷玉等:《明史》(北京:中华书局,1974),卷二三一《顾宪成传》,第6033页。
③ 顾宪成:《自反录》,收入《顾端文公遗书》。

这种以天下人的舆论来制约朝廷政治的主张,体现了文人士大夫积极干预政治的自觉意识,为清初思想家们提供了思想启迪,也为清初实学高潮的形成创造了思想条件。另一方面,东林学派成员反对权臣、宦官及其爪牙,反对矿税与贪官污吏,主张改良政治,甚至把矛头指向皇帝:"陛下爱珠玉,民亦慕温饱;陛下爱子孙,民亦恋妻孥;奈何崇聚财贿,而使小民无朝夕之安?"①这种激烈的批判精神,形成一代政治风貌。

在学术思想上,东林学派把王学末流的空谈心性而不务实学,看成是"以学术杀天下",把能否治国平天下作为学问是否有用的尺度。顾宪成"论学以世为体",反对"相与讲求性命,切磨德义",主张念头要"在世道上"②。高攀龙提出了"学问通不得百姓日用,便不是学问"的观点,提倡"治国平天下"的"有用之学"。东林学派还严厉批评"良知"之说,反对王学末流的"空言之弊",而"贵实行",重视"躬行",提倡做学问要"参求"、"理会"、"判明"、"印证"、"体验"和坚持,要"讲"、"习"结合③。这种"躬行实践"的主张,到明清之际顾炎武、黄宗羲、方以智等发展为"言必证实,言必切理"的重实践、重实证的一代新学风。

此后以张溥、张采、陈子龙为代表的复社名士,接武东林,认为造成明末吏治腐败、士人无行的原因,就在于"士子不通经术",在于王学末流"其说汪洋,其旨虚渺"。他们从学术"务为有用"出发,立志事功,务为实学,提倡以通经治史为内容的"兴复古学"④。陈子龙主张研究"时王所尚,世务所急"的"实学",编辑《皇明经世

---

① 陈鼎:《东林列传》(清康熙初年刻本),卷十六引李三才语。
② 黄宗羲:《明儒学案》卷五八《东林学案》一。
③ 以上均见:高攀龙:《东林会语》,《高子遗书》(清道光二年重刻本),卷五。
④ 均见眉史氏:《复社纪略》卷一,收入《东林始末》(上海:神州国光社,1946),第181页。

文编》①。他们开创的"通今"、"实用"的治经新风,直接启发了清初顾炎武倡导"经学即理学"的经学研究,和黄宗羲及其弟子的浙东史学"经史致用"的学风。

这时的一些学者从务实出发,积极从事自然科学活动,为实学思潮的兴起推波助澜。如徐光启的富国强兵之旨和《农政全书》,以及引进西方历法、数学等"主于实用之学",徐宏祖《游记》中实地考察之学,宋应星《天工开物》的"成务"在人的科技观等等,都成为实学思潮的组成部分。

在实学思潮的影响下,明末的文学家们逐渐从主情思潮的狂想中清醒过来,正视活生生的现实政治,提倡求实致用的文学,表现出鲜明的现实批判精神和忠诚的伦理救世思想。人们要求文学责无旁贷地肩负起批判腐败政治、挽救民族命运、寻求社会出路的重任。如陈子龙在肯定"情以独至为真,文以范古为美"的基础上,特别强调文学的内容要为现实政治斗争服务:

夫作诗而不足以导扬盛美,刺讥当时,托物连类,而见其志,则《风》不必列十五国,而《雅》不必分大小也,虽工,而余不好也。

他认为,"诗之本"是"忧时托志",痛斥"后之儒者"秉持"忠厚"诗教,"曰'居下位不言上之非',以自文其缩然。自儒者之言出,而小人以文章杀人也日益甚"②。卓人月相信文学具有平乱治国的政治功能,说:"夫儒者以文章为干橹,可以起八代之衰,而不足以平一方之乱者,未之尝闻。"③这种求实致用的文学主张,在清初顾

---

① 《皇明经世文编序》,陈子龙等辑:《皇明经世文编》(中华书局影印本),卷首。
② 依次见陈子龙:《佩月堂诗稿序》、《六子诗序》,陈子龙著、王昶辑:《陈忠裕公全集》(清嘉庆八年簳山草堂刻本),卷二五;及《诗论》,《陈忠裕公全集》卷二一。
③ 卓人月:《复斋初刻序》,《蟾台集》(清顺治间刻本),卷一。

炎武、黄宗羲、王夫之等人那里,更得到发扬光大。

于是,明末的小说创作出现了空前未有的征实尚史的倾向,产生了一大批"动关政务,事系章疏"的时事小说①。无独有偶,以"寓言"著称的戏曲创作也产生了大批时事剧作品。这些征实尚史的时事小说与时事戏剧,与当时大量的诗文作品一起,汇成了一股波澜壮阔的求实致用思潮,蔚为明末文坛的奇观。

毋庸置疑,心学思潮是晚明时期传奇戏曲风行的主要动力,但它却不是全部的动力。因为传奇戏曲决不仅只是作家抒情写意的工具,由中国古代的文学传统和戏剧艺术的自身特性所决定,传奇戏曲还有着显而易见的伦理教化功能和社会实用功能。

如前所述,秉承"文以载道"的传统,传奇戏曲自其崛起之日起就一直强化着它的伦理教化功能。到明后期,以传奇戏曲作为教化的工具仍然是戏曲家们的共识。如沈璟传奇,"命意皆主风世"②;王骥德要求作家"取古事,丽今声,华衮其贤者,粉墨其慝者,奏之场上,令观者藉为劝惩兴起,甚或扼腕裂眦,涕泗交下而不能已,此方为有关世教文字"③。当然,伦理教化本身有着劝善与惩恶的双重功能,如果说生长期教化传奇明显地倾向于劝善的话,那么勃兴期传奇则更多地偏重于惩恶,这显然受到实学思潮所倡导的批判精神的濡染。实学思潮的一位重要的思想家刘宗周在《人谱类记》卷下中就曾认为,为了挽救末世颓风,"主持世道者",正宜从戏剧"设法立教"④。

另一方面,戏曲创作在明后期已经得到广泛的普及,成为文人

---

① 峥霄主人:《魏忠贤小说斥奸书·凡例》,吴越草莽臣:《魏忠贤小说斥奸书》(明崇祯间刻本),卷首。
② 吕天成:《义侠记序》,沈璟:《义侠记》卷首,《古本戏曲丛刊二集》影印明万历间刻本。
③ 王骥德:《曲律》卷四《杂论》下,《中国古典戏曲论著集成》第四册,第160页。
④ 刘宗周:《人谱类记》,《景印文渊阁四库全书》本。

士大夫得心应手的文艺样式,于是在戏曲创作中出现了一种引人注目的社会实用倾向。有应他人请托而创作戏曲的,如张凤翼的《平播记》传奇,是"大将楚人李应祥者,求作传奇以侈其勋,润笔稍益厚"①;有为奉承他人而创作戏曲的,如黄维楫"在王新建座上"作《龙绡记》传奇,"为新建寿,三日而成,又五日而伶人遂歌以侑觞"②;有为娱亲庆寿而创作戏曲的,如张凤翼作《祝发记》"上太夫人寿"③,祁麟佳作《庆长生》杂剧"以寿母"④,王衡作《真傀儡》杂剧为其父寿⑤;还有为交相攻讦而创作戏曲的,如郑之文与吴兆合作《白练裙》传奇,讽刺屠隆与王稚登的好色⑥;如此等等,不一而足。明后期传奇实用倾向的加强,在某种程度上不也与实学思潮因缘相关吗?

总之,在实学思潮的影响下,传奇戏曲更为自觉地关注现实,更为密切地贴近生活,既汲取了丰富的思想文化乳汁,又得以充分发挥其舞台演出的直观性和感动人情的普遍性的特征,从而如御八骏,风行于世。

---

① 沈德符:《顾曲杂言》,《中国古典戏曲论著集成》第四册,第208页。
② 祁彪佳:《远山堂曲品·龙绡》,《中国古典戏曲论著集成》第六册,第54页。
③ 沈德符:《顾曲杂言》,《中国古典戏曲论著集成》第四册,第208页。
④ 祁彪佳:《远山堂剧品·庆长生》,《中国古典戏曲论著集成》第六册,第165页。
⑤ 沈泰:《盛明杂剧》(北京:中国戏剧出版社影印本,1958)所收本批注。
⑥ 沈德符:《顾曲杂言》,《中国古典戏曲论著集成》第四册,第211—212页。

第七章　汤显祖的文化意义

16世纪中后期,正当英国剧作家莎士比亚裹挟着文艺复兴的雄风,在欧洲剧坛上叱咤风云的同时,在中国剧坛上,汤显祖也喊出了石破天惊的最强音。一中一西,遥相呼应,堪称世界文化史上的奇观。

在明清传奇史上,汤显祖以他蓬勃旺盛的生命写下了最为光辉的篇章。汤显祖的传奇作品"临川四梦",以淋漓的才华和遒劲的笔墨塑造出丰满而生动的艺术形象,同时也融汇了深刻的思想文化追求,使传奇艺术接受晚明进步文艺思潮的陶冶,跃进到时代思想文化的顶峰,从而为中国戏曲史、中国文化史留下了辉煌灿烂的一页。正因为如此,汤显祖才成为中国乃至世界历史上的一位文化巨人。

第一节　厌逢人世懒生天
——汤显祖的人生追求

汤显祖(1550—1616),字义仍,号若士、海若、海若士,别署清远道人,晚年自号茧翁。所居书斋名玉茗堂、清远楼。抚州临川(今属江西)人。著有传奇五种:《紫箫记》、《紫钗记》、《牡丹亭》、《南柯梦》、《邯郸梦》。《紫钗记》是《紫箫记》的改本,所以历来称《紫钗记》以下四种为"临川四梦"或"玉茗堂四梦"。

汤显祖出身于一个文人士大夫家庭。祖父汤懋昭,中年以后笃信道教;父亲汤尚贤,是位举行端方的儒者。汤显祖14岁进学,21岁中举,文名卓著。这时首辅张居正为网罗海内名人,以壮大子侄声势,特地邀请汤显祖与其子嗣修、懋修交游,汤性格刚正,断然拒绝。结果,万历五年(1577)、八年(1580)两次会试,张嗣修、张懋修分别中探花、状元,而汤显祖皆名落孙山。直到万历十一年(1583),即张居正卒后第二年,汤显祖方中进士,先后任南京太常寺博士、南京礼部主事。

万历十九年(1591),天下灾异相连,三月适值星变,汤显祖借机上了《论辅臣科臣疏》,弹劾大学士申时行等人,行文中婉转地讽刺了皇帝。为此,汤显祖被贬为徐闻县(今属广东)典史。两年后,迁任遂昌县(今属浙江)知县。在遂昌五年,他政绩卓著,受到当地百姓的爱戴。但他对朝廷的腐败政治始终采取严厉的批判态度,所以得不到当权者如沈一贯等人的赏识。万历二十六年(1598),汤显祖决计投劾回乡。万历二十九年(1610),沈一贯等人借察政之机,以"浮躁"罪名,把汤显祖追论削籍。自此以后,汤显祖在临川过着隐居著述的生活,直到老死[①]。

除了传奇作品以外,汤显祖在当时还是一位著名的诗文作家。他在二十六七岁时,就刊印了诗集《红泉逸草》(1575)、《雍藻》(1576,已佚)。而后又把万历五年至七年(1577—1579)写作的百余首诗赋,编为《问棘邮草》。此外还有《玉茗堂文集》、《玉茗集》,流行于世。徐朔方将汤显祖的诗文作品辑编为《汤显祖诗文集》,并作笺校,最为完备[②]。

[①] 有关汤显祖生平事迹的详细考证,参见徐朔方:《汤显祖年谱》,见其《晚明曲家年谱》(杭州:浙江古籍出版社,1993),《皖赣卷》,第201—496页;黄芝冈:《汤显祖事迹编年评传》(北京:中国戏剧出版社,1996)。

[②] 《汤显祖诗文集》,上海:上海古籍出版社,1982。按,本章凡引此书者,仅随文标明卷数和篇目。

总起来看,极力寻求社会和人生的出路而终究无路可走的两难心理和汲汲不息地探索追求却终究归于失败的悲剧精神,构成汤显祖文化意识的基本内核。这种文化意识主要由社会理想和人性观念两方面组成。

从魏晋南北朝起,儒道互补的社会思想就成为中国文人群体意识的重要构件,汤显祖也未尝超脱这种历史文化的深厚遗传。他自道:"家君恒督我以儒俭,大父辄要我以仙游。"(卷二《和大父游城西魏夫人坛故址诗·序》)综观其一生,大约严尊"儒检",积极入世,是他青年和中年的抱负;而厌恶官场,企望"仙游",则是他晚年的行径。其实,这只是表象,汤显祖就曾明白地声称:"秀才念佛,如秦皇海上求仙,是英雄末后偶兴耳!"(卷四九《答王相如》)在他身上,入世情结与出世希冀始终交织在一起,并且二者有着内在的一致性,这就是强烈的参与意识:参与社会,参与政治,参与人生,在社会、政治和人生中确认自身的价值。

什么是汤显祖的社会理想呢?这就是他所说的"王术"。读读他的《赵子瞑眩录序》(卷三十)、《南昌学田记》(卷三四)、《论辅臣科臣疏》(卷四三)、《牡丹亭》第八出《劝农》、《南柯梦》第二十四出《风谣》等篇章,再看看他在遂昌建书院、教稼穑、轻赋役、收隐田、平冤狱、惩恶霸等卓然政绩,就可以明白汤显祖"王术"理想的基本内容,这就是:治平之世,礼义之国,举贤任能,薄赋轻徭,丰衣足食——总之,是封建秩序的完美协调和高度稳定。显然,这种"王术"理想在本质上并未超出儒家的仁政理想,而且与万历年间东林党人的政治主张大致相同[①]。当然,"王术"理想还有其时

[①] 汤显祖与顾宪成、高攀龙、邹元标、李三才、顾允成等早期东林党的重要人物,关系颇为密切,《汤显祖诗文集》中多有往来酬答的诗文。参见周育德:《汤显祖和万历政界》三《汤显祖和东林党》,见其《汤显祖论稿》(北京:文化艺术出版社,1991),第128—141页。

代特征,这就是具有反对贪欲和权势欲的鲜明倾向,并且以常人之"情"为基础,而不是以专制之"法"为基础①。

汤显祖正是怀着这种"王术"理想步入仕途的。然而,尽管他不屈不挠地实践自己的政治主张,但在党同伐异、利欲横流的官场中却连连遭到挫折。仕途风波与官场丑恶,使他终于醒悟到"王术"理想与现实政治是格格不入的。这时他并没有像孔子、屈原、杜甫那样执着地信守自己的社会理想模式,而是亲手毁灭了这一理想。他的《南柯梦》传奇采用象征的艺术方式,在以高昂的调子讴歌"王术"理想之后,随即不无痛苦地写出了理想的破灭,把"王术"药方连同黑暗现实一齐埋葬在自己的笔下。

理想的幻灭,与之俱来的是对现实社会政治更为激烈的批判和更为痛绝的失望。当其游太学时的座师张位(江西新建人)以吏部侍郎兼东阁大学士入阁执政时,汤显祖大胆预言:"早知新建当危!"并解说道:"头年即是次年因,说与诸公不信人。未是沙堤行不稳,沙堤无处可藏身。"(卷十四《记与万祠部语次戊戌春事》诗及自注)果不其然,张位入阁仅六年,便罢相闲住,不久以"妖书《忧危竑议》"一案除名为民,遇赦不宥②。而且,汤显祖还认识到,政局动荡,官场腐败,万历皇帝绝不能辞其咎。万历二十四年(1596),当内宫矿使至遂昌勒索时,他写下了《感事》一诗:

  中涓凿空山河尽,圣主求金日夜劳。赖是年来稀骏骨,黄金应与筑台高。(卷十二)

对皇帝隐含讥讽。遂昌的一隅善治,无济于王朝的全局衰败。他深深地慨叹:"上有疾雷,下有崩湍,即不此去,能有几余?"(卷四

---

① 汤显祖《青莲阁记》云:"世有有情之天下,有有法之天下……今天下大致灭才情而尊吏法"(卷三四)。
② 见张廷玉等:《明史》卷二一九《张位传》,第5780页。

——《答郭明龙》)世事已无可为,只有弃官归里。

那么,梦醒之后又何去何从呢?以儒家理想改革政治既然此路不通,在当时的历史条件下,汤显祖只能求助于"谈玄礼佛"的宗教救世思想。早年积极而晚年颓唐,从对黑暗现实的失望出发最终走到消极出世的路途上去,这是中国古代文人相当普遍的一种精神皈依。然而汤显祖却是一个例外,他并不满足于以佛理道说来麻痹自己的心灵,并没有落入看破红尘的彻底沉沦。在他看来,佛道的社会理想和救世态度恰恰是儒家政治理想的反拨。他在《邯郸梦记题词》中说:他之所以大写"神仙之道",是因为有"不意之忧,难言之事","回首神仙,盖亦英雄之大致矣"(卷三三)。《寄邹梅宇》又说:"'二梦记'殊觉恍惚。惟此恍惚,令人怅然。无此一路,则秦皇、汉武为驻足之地矣。"(卷四七)可见,正是有见于晚明王朝无法建立秦皇、汉武般的功业,在不可抑止的社会责任感驱使下,汤显祖才另辟蹊径,求助于成佛合仙、普度众生的宗教救世学说。

而汤显祖最为可贵之处,则在于他醒悟到,无论是积极入世还是超脱出世,在当时都没有出路,因而他陷入了"厌逢人世懒生天"的无路可走的深沉悲哀之中(卷十四《达公来,自从姑过西山》诗)。《南柯梦》和《邯郸梦》两部传奇完成后,他在《答孙俟居》中自白:"以'二梦'破梦,梦竟得破耶?儿女之梦难除。"要彻底摆脱"世界身器"(卷四五《寄达观》),遨游于无何有之乡,实在令人令己都难以相信!《邯郸梦》第三十出《会仙》中,众仙对卢生说:

> 你怎么只弄精魂?便做的痴人说梦两难分,毕竟是游仙梦稳。

说穿了,成佛生天充其量也只是梦罢了,谁又能真正超脱现实人生呢?

沿着儒家社会理想的思路走向极端,看到的是脆弱的"王术"理想被严酷的现实撞得粉碎;沿着佛道救世宝筏的思路走向极端,看到的是虚无境地里的现实灵魂仍然不得安宁——汤显祖的一生就是这样卷入了不可解脱的悲剧冲突之中。这一悲剧的实质是改革现存政治、促使社会更新的历史的必然要求与这一要求实际上不可能实现的冲突。一方面,"王术"理想不能不依赖现实政治来实现,另一方面,现实政治却无孔不入地腐蚀着"王术"理想;一方面,强烈的参与意识使汤显祖无法忘却世事,另一方面,世事溃败已显然无可救药;一方面政治责任感促使他以改革现实为人生目的,另一方面,他又隐约感受到现实社会的没落是历史的必然——汤显祖在这种两难心理的痛苦折磨中,用自己的文学作品奏出了时代的最强音。

如果说,汤显祖社会理想的悲剧冲突是个人与社会的对立的表显层次,那么,他的个性意识与他所秉受的传统人性观的冲突则进入了这一对立的深隐层次。

汤显祖的时代,是以王守仁"心学"为代表的性一元论人性观反对程朱的性二元论人性观并占压倒优势的时代,性一元论人性观成为明中叶以后哲学思想的主潮。汤显祖的人性观也是性一元论。从他散见杂出的哲学表述中,我们大致可以梳理出这么一条思维逻辑线索:

> "天机者,天性也;天性者,人心也。"(卷四二《阴符经解》)——"人生而有情。"(卷三四《宜黄县戏神清源师庙记》)——"性乎天机,情乎物际。"(卷四九《答马仲良》)——"性无善无恶,情有之。"(卷四七《复甘义麓》)——"岂以人情之大窦,为名教之至乐也哉!"(卷三四《宜黄县戏神清源师庙记》)

这就是说，天机、人心、天性、情都出于同一个本体，即人生而有之的天性。其区别仅仅在于，性是人性的必然，无善无恶；情是人性的可能，随物而动，乃分善恶，善恶皆为情之所固有。情之善者，即为名教（伦理道德）之根柢，因此必须遂情以存性。

汤显祖的这一人性观显然受到王守仁"心学"和泰州学派的影响。王守仁哲学有所谓"四句教法"：

> 无善无恶是心之体，有善有恶是意之动，知善知恶是良知，去善去恶是格物。

王守仁说："莫谓天机非嗜欲，须知万物是吾身。"对"意之动"、对"嗜欲"作了客观的肯定。然而他又说："此欲此心纯乎天理，而无一毫人欲之私，此作圣之功也。"而"学问之道"就在于"去人欲而存天理"[①]。这就在本质上回归了程朱理学的基本命题。王守仁的四传弟子、泰州学派大师王艮的三传弟子罗汝芳，刻意改造了王守仁的命题，说：

> 万物皆是吾身，则嗜欲岂出天机外耶？……若其初，志气在心性上透彻安顿，则天机以发嗜欲，嗜欲莫外天机也；若志气少差，未免躯壳着脚，虽强从嗜欲以认天机，而天机莫外嗜欲也。[②]

嗜欲就在天机之内，只是有邪正之分罢了：出之以正，则嗜欲即是天机；出之以邪，则天机反为嗜欲。这不正是汤显祖情有善有恶说的直接源头吗？

由此可见，在汤显祖的人性观里，情和理既有矛盾对立的一

[①] 依次见《王文成公全书》（《四部丛刊初编》影印明隆庆间刊本），卷三三《阳明夫子年谱》卷三"九月壬午发越中"条，卷二《答陆原静书》，卷一《传习录》上。

[②] 黄宗羲：《明儒学案》卷三四，收入《黄宗羲全集》（杭州：浙江古籍出版社，1992），第七册。

面,也有统一同源的一面。当他痛感现实社会中天理禁锢和扼杀人情的时候,当他的个性意识在心灵中翻滚奔突的时候,他就着重强调情与理的对立和冲突,并以艺术的激情把这种对立和冲突推到了势不两立的极端;而当他为了捍卫情的合理性、正义性和纯洁性的时候,当以人伦为人的本性的传统人性观支配着他的思想的时候,他则着重声明了情与理的统一和同源,情即是理,理在情中。是以情反理还是以情存理,汤显祖始终无法在哲学思想上圆满地解决这一矛盾,这就使他一生都处于悲剧性的探索之中。于是他由衷地感叹道:

> 嗟夫!人世之事,非人事所可尽。自非通人,恒以理相格耳!(卷三三《牡丹亭题词》)

丰富多彩的现实人生,瞬息万变的情感世界,决非苍白的哲学理论所能尽该。面对这种两难的处境,艺术家总是比哲学家高明,因为他们更多地沉浸于现实人生的体味,而不是满足于哲学教条的推演;他们的艺术作品是人生感受的抒发,而不是哲学思考的演绎。恰恰是现实人生,赋予汤显祖的艺术表现以超越当时所有进步的哲学思考的深邃哲理,把他推到了时代文化的巅峰。

明白了这一点,就不难理解汤显祖为什么少年时师事罗汝芳,还非常崇拜比自己年长二十余岁的思想家李贽,受到王学左派的思想熏陶,却无法完全接受王学左派要求人们率其性情之正以合于天理的主张,而一直耽溺于"激发推荡,歌舞诵数自娱"[1],"跳叫际眊,登临赋诗,自写其抑郁无聊之气"[2],始终无法忘乎情而归

---

[1] 见《太平山房集选序》:"盖予童子时从明德夫子(按,即罗汝芳)游,或穆然而咨嗟,或熏然而与言,或歌诗,或鼓琴,予天机泠如也。后乃畔去,为激发推荡,歌舞诵数自娱。积数十年,中庸绝而天机死。"(卷三十)

[2] 邹元标:《汤义仍谪朝阳尉序》,《邹忠介公全集·存真集》(明崇祯间刻本),卷四。

于理。直到晚年,他还感慨地说:"岁之与我甲寅者再矣。吾犹在此为情作使,劬于使剧。为情转易,信于痃疟"(卷三六《续栖贤莲社求友文》)。

明白了这一点,也就不难理解汤显祖为什么得到达观和尚的嫡传①,为他的"理明则情消,情消则性复,性复则奇男子能事毕矣"的哲理所慑服②,却始终未尝绝情,而仍是苦苦地"解情",对情的基础、情的归宿乃至情自身进行着痛苦而深刻的反思③。——原来,汤显祖过于迷恋、执着于现实人生的审美感受,始终无法以亦步亦趋的哲学探索来满足自己不懈地追求人性真谛的愿望。

毫无疑问,受到传统人性观的制约,汤显祖对人性真谛的探索只能驻足于人伦的层次而未尝深入人性的底蕴,未能对独立自存的生命本源作出解释和阐发,未能促成真正的个性意识的觉醒。时至十六、十七世纪,个性意识的发展在世界范围内已是历史的必然要求,但这一要求在传统意识盘根错节的中国封建专制社会中却根本不可能实现,这种悲剧冲突在更深的层次上导致了汤显祖心灵的悲剧。然而,汤显祖以艺术家的敏锐思维和强烈感受,毕竟借助于他的传奇作品,在中国文化史上第一次在审美领域里把"至情"激扬到超逸传统意识的高度,把情与理的冲突所造成的思想苦闷表现得淋漓尽致,并在对"情"自身的反思中深切地怀疑传统人性观,这真是"前无作者,后鲜来哲,二百年来,一人而已"④!

汤显祖的文化意识所具有的这种极力寻求社会和人生的出路

---

① 按,达观和尚即紫柏(1543—1603),俗姓沈,释名真可,字达观,吴江(今属江苏)人,著有《紫柏老人集》等。
② 达观:《与汤义仍》,《紫柏老人集》(明刻本),卷二三。
③ 见《江中见月怀达公》诗:"无情无尽却情多,情到无多得尽么?解到多情情尽处,月中无树影无波。"(卷十四)
④ 王骥德:《曲律》卷四《杂论》,《中国古典戏曲论著集成》(中国戏剧出版社,1959),第四册,第 165 页。

而终究无路可走的两难心理和汲汲不息地探索追求却终究归于失败的悲剧精神,也是从 16 世纪到 19 世纪中国封建社会后期无数志士仁人的群体意识的基本内核。汤显祖一生思想和实践的历程,正是这个时代先进知识分子的探索精神和探索经历的缩影。

在汤显祖的传奇创作中,相比较而言,《牡丹亭》更多地体现了他对人性的探索,而《南柯梦》和《邯郸梦》则更多地体现了他对社会的思考。它们共同构成汤显祖文化意识的艺术象征。

第二节 梦中之情,何必非真
——《牡丹亭》的思想意蕴

《牡丹亭》传奇以其深刻的思想意蕴和卓越的艺术成就,成为中国戏曲史上不可多得的杰作。

汤显祖曾自谓:"一生'四梦',得意处唯在《牡丹》。"①那是因为,《牡丹亭》传奇正是他一生性灵的形象写照。

沈德符《顾曲杂言》说:"汤义仍《牡丹亭梦》一出,家传户诵,几令《西厢》减价。"②那是因为,《牡丹亭》传奇传达了时代的审美精神,适应了时代的审美需要。

《牡丹亭》传奇现存明万历间金陵文林阁刻本等,今人徐朔方、杨笑梅校注本(北京:人民文学出版社,1963),最为流行。

《牡丹亭》传奇的故事题材并非汤显祖的独创。在《牡丹亭记题词》(卷三三)中,汤显祖说:

> 传杜太守事者,仿佛晋武都守李仲文、广州守冯孝将儿女

---

① 王思任:《批点玉茗堂牡丹亭词叙》引,《清晖阁批点牡丹亭还魂记》(明天启四年会稽张氏著坛校刻本),卷首。
② 《中国古典戏曲论著集成》第四册,第 206 页。

事,予稍为更而演之。至于杜守收拷柳生,亦如汉睢阳王收拷谈生也。

按,李仲文故事见《太平广记》卷三一九引《法苑珠林》,记晋时武都太守李仲文之女,年仅十八而亡,葬于郡城北。后来张世之为太守,其子梦见李女前来相就。后仲文"发棺示之,女体已生肉,颜姿如故"。张子又梦李女说:"我比得生,今为所发,事遂不成。"冯孝将事见《太平广记》卷二七六引《幽明录》,记东晋时广州太守冯孝将之子,夜梦一女子,年十八九,自谓太守北海徐元方之女,不幸为鬼所杀,现许更生,应为冯子之妻。于是相从数日,约期开棺,见女尸完好如故,复活后结为夫妇,生二男一女。谈生事见《太平广记》卷三一六引《列异传》,记汉代谈生年四十无妻,夜有美女相就,但戒三年内不得以火相照。两年后,谈生不能忍,窃以灯火照之,见"其腰已上,生肉如人,腰下,但有枯骨"。美女遂离谈生而去,赠珠袍一件。后谈生持袍卖与睢阳王府,王识为其女之物,收拷谈生,谈生遂以实告。

这些笔记小说中起死回生的故事原型,无疑为《牡丹亭》传奇所继承。而《牡丹亭》传奇的直接取材,则是胡文焕(约1558—1615后)《胡氏粹编·稗家粹编》卷二"幽期部"收录的文言小说《杜丽娘记》[①]。小说写宋光宗时南雄太守杜宝之女丽娘,在一次游园之后,感梦而亡。她生前曾自绘小像,死后为柳太守之子梦梅所得。梦梅日夜思慕,遂得与丽娘的鬼魂幽会。最后开冢还魂,

---

① 《胡氏粹编》现存明万历胡氏文会堂刻本,今藏中国国家图书馆,见北京图书馆古籍出版编辑组编:《北京图书馆古籍珍本丛刊》(北京:北京图书馆出版社,2000),第46—48页。该书为分刻合编本,其《稗家粹编》一种应刊刻出版于万历二十二年(1594)或二十三年(1595)。余公仁(明万历、天启间人)辑《增补批点图像燕居笔记》(明万历间刻本)卷八收录《杜丽娘牡丹亭还魂记》,与胡本大同小异。明万历间刻本何大伦辑《重刻增补燕居笔记》卷九所收《杜丽娘慕色还魂》,则是话本小说。

杜、柳结亲。汤显祖对这一题材加以改造、增饰、变形,赋予新意,别开生面,创作出《牡丹亭》传奇。

乍一看,《牡丹亭》传奇的情节实在奇异到了怪诞的地步。女主人公杜丽娘既没有青梅竹马的爱侣,也没有一见钟情的际遇。她只是游了一次园,做了一场梦,就因梦感情,因情而死。谁料到梦里的意中人柳梦梅果有其人,杜丽娘的鬼魂居然能够和意中人幽会。更为奇特的是,已经死去的杜丽娘竟然还能复生,和柳梦梅终成眷属。

如此怪诞的艺术构思,怎么能够在剧场上容身,又怎么能够让人们信以为真呢?可是,《牡丹亭》传奇不仅受到人们的充分信任,而且还以巨大的艺术力量震撼了无数青年男女的心灵。

相传当时娄江(今江苏太仓)有一位青年女子,名叫俞二娘,秀慧能文。她酷爱《牡丹亭》传奇,天天捧着剧本,反复诵读,再三品味,蝇头细字,密密批注,不禁幽思痛惋,年仅17岁就断肠而死。汤显祖听说这件事,伤感不已,曾经作诗悼念俞二娘,其中一首写道:

何自为情死?悲伤必有神。一时文字业,天下有心人!
(卷十六《哭娄江女子二首》之二)

天下的有心人并不止俞二娘一个。明末杭州女演员商小玲,最擅长演出《牡丹亭》传奇。她曾爱上一位俊俏书生,因故不得遂愿,忧郁成疾。所以她每次演到《牡丹亭》中的《寻梦》、《闹殇》等出,就好像身临其事,总是缠绵凄婉,泪痕盈目。一天正在舞台上演出《寻梦》,唱到"待打并香魂一片,阴雨梅天,守得个梅根相见",她想起自己的不幸遭遇,悲歌哀痛,如泣如诉,突然仆地身亡[①]。

[①] 见鲍倚云:《退馀丛话》卷上,刘世珩辑:《聚学轩丛书》(清光绪间贵池刘氏刻本),第四集。

明代末年还盛传一个故事,说的是扬州少女冯小青,容貌艳丽,能文善诗。但是她出生低贱,被卖给某富商做妾,受到富商之妻的悍妒凌辱。不到二年,小青不堪折磨,染疾而死。小青生前感叹自己红颜薄命,曾经夜读《牡丹亭》传奇,再三咏玩,感慨万千,写了一首饱含血泪的诗:

   冷雨幽窗不可听,挑灯闲看《牡丹亭》。人间亦有痴于我,岂独伤心是小青。①

为什么情节如此怪诞的作品,却能引起这么强烈的情感共鸣呢?原因不是别的,就是因为《牡丹亭》传奇以其深邃的思想内涵,造成了强烈的审美感染力。杜丽娘如痴如醉的深情,和当时千百万青年男女的感情息息相通;杜丽娘生生死死的追求,对当时人们的爱情向往和理想追求有着巨大的感召力。因此,杜丽娘形象成为人们冲破封建束缚、渴望个性自由的艺术象征。

杜丽娘出生于名门望族,又是太守的小姐,从小沐浴着封建教养的熏陶。严父、慈母、迂腐的塾师和深寂的闺阁,形成了一个封建礼教的铁樊笼,严酷地禁锢着杜丽娘的身心。她在刺绣之余偶尔午睡片刻,她的衣裙上绣点鲜艳的花鸟,连这点小事都要受到双亲的干涉和责怪。

然而,杜丽娘毕竟是一个少女,在她的内心中不能不滚动着青春的热流。在黑暗如漆的社会氛围里,只要些许火花,就能点燃对光明的热切而强烈的憧憬。杜丽娘从《诗经》第一篇《关雎》那动人的诗句里,发现连堂堂圣人也不讳言男女之间的恋情,圣人之情居然和自己的青春之情相通!"今古同怀"(第九出《肃苑》),这种青春之情岂不是不悖圣教的吗?

---

① 见阙名:《小青传》,收入张潮辑:《虞初新志》(民国间文明书局石印本),卷一。按,此文或云为明崇祯间支如增(字美中,号小白,浙江嘉善人)撰。

为了消遣内心的郁闷,杜丽娘到后花园作了一次短促的巡行。后花园中"春色如许",生机勃勃的花草莺燕,激起了她情感的波澜:

> 原来姹紫嫣红开遍,似这般都付与断井颓垣。良辰美景奈何天,赏心乐事谁家院……朝飞暮卷,云霞翠轩;雨丝风片,烟波画船——锦屏人忒看的这韶光贱!(第十出《惊梦》【皂罗袍】)

杜丽娘本来就"一生儿爱好是天然"(第十出《惊梦》【醉扶归】)。她看到如火如荼的春光竟会被人遗弃,就像自己的青春被人遗弃一样,这是多么可悲的事啊!于是她又获得了一个更重要的发现:对自己的发现,也就是自我的觉醒。她说的"春色恼人"、"春光困人",不是自然对心灵的压抑,而是自然对青春的催发。杜丽娘的心中充溢着一种紧迫感:要珍惜年华,满足情感,享受青春!

所以,杜丽娘不由自主地做起了大胆的白日梦。在梦中,她第一次享受到美好的爱情。正是由于在现实环境中,她的青春情感受到严重的压抑,丝毫没有自由抒发、健康发展的机会,这才使她不得不步入虚幻的梦境。这梦境寄托着杜丽娘全身心的憧憬和追求,是如此宝贵,以至杜丽娘又不由自主地背着人到花园去寻梦。梦不可寻,但又不由得不寻,而且不由得不苦苦追寻。因为这宝贵的梦并不是杜丽娘一时的生理冲动或心理冲动,而是对凝聚着她全部生命的理想的执着追求。她倾诉道:

> 这般花花草草由人恋,生生死死随人愿,便酸酸楚楚无人怨。待打并香魂一片,阴雨梅天,守的个梅根相见。(第十二出《寻梦》【江儿水】)

为了实现这一理想的追求,杜丽娘竟不惜献出自己宝贵的生命。在临终之际,她没有表现出丝毫对生的留恋,尽情抒发的只是对青春的珍爱,对美貌的惋惜,对此生此心无可依附的怅惘,对此情此意无处寄托的迷茫。死对于杜丽娘来说,并不是什么痛苦的选择,这是她理想的最高升华,是她在现实之外另辟一条实现理想的新路的起点。

所以杜丽娘并没有真正地死去。她化成游魂,继续寻找自己的爱情和幸福。当她终于和意中人柳梦梅会面私合以后,她就获得了新生。梦而不至于死,不足以表现杜丽娘精神企望的热切和强烈;死而不至于复生,也不足以表现杜丽娘实际追求的果敢和坚决。

汤显祖在《牡丹亭记题词》(卷三三)中热情洋溢地歌颂道:

天下女子有情,宁有如杜丽娘者乎?梦其人即病,病即弥连,至手画形容,传于世而后死。死三年矣,复能溟莫中求得其所梦者而生。如丽娘者,乃可谓之有情人耳。情不知所起,一往而深,生者可以死,死可以生。生而不可与死,死而不可复生者,皆非情之至也……人世之事,非人世所可尽。自非通人,恒以理相格耳!第云理之所必无,安知情之所必有邪!

正是这种生生死死的至情,赋予杜丽娘形象以感人至深的艺术魅力。据说,汤显祖的老师张位读了《牡丹亭》传奇以后,劝他:"以君之辩才,握麈而登皋比,何渠出濂、洛、关、闽下?而逗漏下碧箫红牙队间,将无为青青子衿所笑?"汤显祖回答说:"某与吾师终日共讲学,而人不解也。师讲性,某讲情。"张位无言以答①。汤显祖所标榜的"情",具有个性意识的内涵,正如王思任所说的:"若士以为'情不可以论理,死不足以灭情'"②。"情"的激荡是超越人

---

① 见陈继儒:《牡丹亭题词》,《眉公先生晚香堂小品》(上海:贝叶山房,1936),卷二二。

② 王思任:《批点玉茗堂牡丹亭词叙》,《清晖阁批点牡丹亭还魂记》卷首。

生的人性价值的表现,任何外在力量,无论是人事的规范如"天理",还是客观的规律如死生,都无法抑制它,更无法扼杀它。这种根基于人的自然本性的"情",无疑是和程朱的性理之学相对立、相悖逆、相抗衡的。

《牡丹亭》传奇所表现的就是这种情和理的冲突,即爱情作为人的自然本性和束缚人们身心的封建伦理道德观念的冲突。作为至情的化身,杜丽娘的冲突对象,不是个别的封建人物如其父杜宝太守,归根到底是山一样沉重、夜一般浓黑的封建社会氛围,是源远流长、盘根错节的封建传统意识。为什么杜丽娘必须经历一番出生入死、起死回生的情感行程呢?这是因为作者认识到,在当时的社会里,要实现正常的爱情理想,要实现个性的自由解放,几乎是没有现实可能的。然而天地间毕竟存在着一种超越生死的男女至情,一种违背理学的人性要求;这种男女至情和人性要求,是应该也可以冲破禁锢人性的黑暗现实的。所以,作者一方面如实地展示了杜丽娘的出生入死,来表现杜丽娘理想实现的痛苦性和艰难性;另一方面又设置了杜丽娘的起死回生,来歌颂至情和人性不可阻挡的巨大力量。

可以说,杜丽娘形象实际上是汤显祖的化身。杜丽娘对她所生活的环境的感受,同汤显祖对时代和社会的感受是息息相通的;杜丽娘对爱情的生生死死的追求,是汤显祖对理想的执着追求的象征。这种对至情和人性的强烈呼唤和热烈讴歌,在当时犹如石破天惊,风靡全国,响应四方。它凝聚着人们对新时代、新生活的渴望,激励了人们对新时代、新生活的追求。

杜丽娘为了追求美好的人性理想,而出生入死、起死回生,这一异乎寻常的人生经历,充分展现了对人的感性情欲、人的自我生命的追求及其实现过程,这岂能为理所容纳?恰恰相反,它是理的对立和反叛。然而,一旦杜丽娘还魂回生,情就不得不向理屈服投诚了,所以杜丽娘对柳梦梅说:"鬼可虚情,人须实礼"(第三十六出《婚走》)——理想的"情"在现实的"礼"面前,暗淡无光,几乎不堪一击。剧中最后,柳、杜的婚姻不是落入了"奉旨完婚"的窠臼吗?恋爱自由、个性自由的追求,不是步入了"七香车稳情载,六宫宣有你朝拜,五花诰封你非分外"的旧途吗(第三十九出《如杭》【小措大】之二曲)?不论后世人们如何为《牡丹亭》传奇的大团圆结局辩解,这种大团圆的色调同杜丽娘的人性觉醒及爱情追求毕竟是极不谐调的。悬殊的反差,反映出作家思想的最高点和最低点,也反映出作家大胆地挣脱传统的束缚而终竟又落入束缚之中的必然思想归宿。

《牡丹亭》传奇所体现的探索精神和探索途径,犹如封建社会后期许多进步的封建思想家的探索精神和探索经历的缩影,预言般地揭示出:在封建关系盘根错节、封建意识根深蒂固的中华帝国中,单靠自身的思想力量实现观念意识从古代向近代的根本变革,几乎是不可能做到的。社会的封闭性、保守性,决定了观念的复古性、因袭性;没有彻底的思想武器的批判,也不可能实现彻底的社会政治批判。

第三节 因情成梦,因梦成戏
——《牡丹亭》的艺术成就

《牡丹亭》传奇怪诞的情节和幽渺的深情,在当时犹如天马行空,横世独出。人们在惊诧之余,又不免对它横加改动,以适合传统的审美趣味。

对《牡丹亭》传奇的这一命运,汤显祖奋力加以抗争。他曾就当时有人改动《牡丹亭》传奇一事,在诗文里不止一次提到唐代诗人王维的《雪里芭蕉图》,诗有《见改窜〈牡丹〉词者,失笑》(卷

十九):

　　　醉汉琼筵风味殊,通仙铁笛海云孤。总饶割就时人景,却愧王维旧雪图。

文见《答凌初成》(卷四七):

　　　不佞《牡丹亭记》,大受吕玉绳改窜,云便吴歌。不佞哑然笑曰:"昔有人嫌摩诘之冬景芭蕉,割蕉加梅,冬则冬矣,然非王摩诘冬景也。其中骀荡淫夷,转在笔墨之外耳。"

他把改窜《牡丹亭》传奇与"割蕉加梅"这种大煞风景之事相提并论,表现出《牡丹亭》传奇与王维《雪里芭蕉图》二者有内在的相通之处,即看似不合客观自然之理,实则自含主体深邃之意,体现了艺术家独特的人生感受、个体精神和审美趣味,由此构成"转在笔墨之外"的"骀荡淫夷"的艺术境界。

汤显祖曾说过:"因情成梦,因梦成戏"(卷四六《答孙俟居》)。正是为了张扬至情,为了表现情与理的激烈冲突,汤显祖才有意构置了杜丽娘出生入死、起死回生的情感历程,以此展现个人与社会、理想与现实、主观与客观之间的冲突与调和。以情与理的冲突为中心线索,《牡丹亭》传奇可以分为三个情节结构段落:从第二出《言怀》到第二十出《闹殇》,写杜丽娘的"生可以死";从第二十一出《谒遇》到第三十五出《回生》,写杜丽娘的"死可以生";从第三十六出《婚走》到第五十五出《圆驾》,写柳、杜婚姻的成立。人间——阴间——人间,现实——理想——现实,依次转换的三个场景,既是杜丽娘人生追求的完整的情感历程,也是汤显祖文化探索的完整的精神历程。这一情节结构本身,就包含着独特而深邃的象征意蕴。

戏曲文学特别注重展示人物的内心世界,抉发人物内心幽微细密的情感。明人张琦《衡曲麈谈》说得好:"子亦知乎曲之道乎?

心之精微,人不可知,灵窍隐深,忽忽欲动,名曰心曲。曲也者,达其心而为言者也。"①汤显祖的《牡丹亭》传奇在这方面也取得了很高的艺术成就。王思任《批点玉茗堂牡丹亭词叙》称赞《牡丹亭》传奇的人物塑造说:

> 其款置数人,笑者真笑,笑即有声;啼者真啼,啼即有泪;叹者真叹,叹即有气。杜丽娘之妖也,柳梦梅之痴也,老夫人之软也,杜安抚之古执也,陈最良之雾也,春香之贼牢也,无不从筋节窍髓,以探其七情生动之微也。杜丽娘隽过言鸟,触似羚羊,月可沉,天可瘦,泉台可瞑,獠牙判发可狎而处,而"梅"、"柳"二字,一灵咬住,必不肯使劫灰烧失。柳生见鬼见神,痛叫顽纸,满心满意,只要插花。老夫人暂是血描,肠邻断草,拾得珠还,蔗不陪檗。杜安抚摇头山屹,强笑河清,一味做官,半言难入。陈教授满口塾书,一身襫气,小要便宜,大经险怪。春香眨眼即知,锥心必尽,亦文亦史,亦败亦成。如此等人,皆若士玄空中增减圬塑,而以毫风吹气生活之者也。②

《牡丹亭》传奇中的人物形象之所以达到很高的艺术造诣,就是因为汤显祖善于"从筋节窍髓,以探其七情生动之微",深入人物的内心世界,寻找其喜怒哀乐的潜在根源,并加以细腻深刻、委婉曲折的表现;而且还善于对人物形象从"玄空中增减圬塑,而以毫风吹气生活之",进行艺术虚构、艺术创造,使之形神毕露,从而赋予人物形象以鲜明的性格特征和深刻的文化内涵。

实际上,重意境,重抒情,也决定了《牡丹亭》传奇的语言特色。《牡丹亭》传奇所运用的语言,是文学语言而不是生活语言,是剧诗而不是口语,许多地方未免过于典雅蕴藉了。清人李渔在

---

① 《中国古典戏曲论著集成》第四册,第267页。
② 《清晖阁批点牡丹亭还魂记》卷首。

《闲情偶寄》卷之一《词曲部·词采第二·贵显浅》中批评说：

　　《惊梦》首句云："袅晴丝吹来闲庭院，摇漾春如线。"以游丝一缕，逗起情丝，发端一语，即费如许深心，可谓惨澹经营矣。然听歌《牡丹亭》者，百人之中有一二人解出此意否？若谓制曲初心，并不在此，不过因所见以起兴，则瞥见游丝，不妨直说，何须曲而又曲，由晴丝而说及春，由春与晴丝而悟其如线也？若云作此原有深心，则恐索解人不易得矣。索解人既不易得，又何必奏之歌筵，俾雅人俗子同闻而共见乎？①

　　从戏剧艺术的舞台欣赏角度来看，李渔对《牡丹亭》传奇语言的这种批评，的确是切中其弊的。剧本语言如果过于晦涩，必然影响观众的艺术欣赏和艺术接受。但是，从汤显祖的创作思想和审美情趣来看，这种典雅蕴藉的语言，却正是他表达浪漫情思所必需的。汤显祖的浪漫情思，本来就难以明言，似浅似深，若有若无，朦朦胧胧，如雾中之花，水中之月。这种情感，可以感受，却不能解释；可以意会，却难以言传。不用典雅蕴藉的语言，又怎么表达这种情感呢？

　　当然，《牡丹亭》传奇的语言并不都这么模糊晦涩，也有明白如话，通俗晓畅的。那不是别的，恰恰也是根基于汤显祖表达直爽明朗的情感的需要。根据个体情感表达的需要，运用自如地选择恰当的语言形式，这不正显示出汤显祖高超的艺术造诣吗？汤显祖常常能扣准不同环境、不同身份的人物，采用不同风格的语言。例如，那些艳丽典雅的语言，往往用来描写才子佳人、官宦士夫的生活；而第八出《劝农》写到公人、田夫、牧童、采桑女，第二十三出《冥判》写到胡判官，唱词就比较通俗。王骥德《曲律》卷四《杂

---

① 《中国古典戏曲论著集成》第七册，第23页。

论》下评汤显祖的戏曲语言"才情在浅深、浓淡、雅俗之间"①,这正是文人戏曲追求的最高境界。

汤显祖戏曲语言的艺术成就,多得力于元代杂剧的哺育。姚士粦《见只编》卷中说:"汤海若先生妙于音律,酷似元人院本。自言箧中收藏,多世不常有,已至千种,有《太和正音谱》所不载者。比问其各本佳处,一一能口诵之。"②臧懋循《负苞堂集》卷四《寄谢在杭书》说,他在麻城刘承禧家借到的元代杂剧300种,出于汤显祖的挑选③。可见汤显祖对元杂剧濡染颇深。

《牡丹亭》传奇是汤显祖的力作,它标志着汤显祖在传奇创作上达到的最高水平。李渔《闲情偶寄》卷之一《词曲部·结构第一》曾说:"使若士不草《还魂》,则当日之若士已虽有而若无,况后代乎!是若士之传,《还魂》传之也。"④这是符合实际情况的。《牡丹亭》传奇不仅在明清传奇史上具有一种独特的精神上的典范意义,在中国文化史上也具有一种独特的精神上的典范意义。

在20世纪,《牡丹亭》传奇一直是明清戏曲研究的热点之一。潘群英《汤显祖牡丹亭考述》(台北:嘉新水泥公司文化基金会,1969)和徐扶明《牡丹亭研究资料考释》(上海:上海古籍出版社,1987),以丰富的资料和详尽的考释,为研究者提供了极大的方便。《牡丹亭》传奇有美国学者Cyril Birch 的英译本 *The Peony Pavilion*(Bloomington:Indiana University Press,1980)⑤。

---

① 《中国古典戏曲论著集成》第四册,第170页。
② 姚只粦:《见只编》,《丛书集成初编》本。
③ 臧懋循:《负苞堂集》,上海:古典文学出版社,1958。
④ 《中国古典戏曲论著集成》第七册,第8页。
⑤ 此本又有新版,Bloomington(Indiana):Indiana University Press,2002.

第四节　等为梦境,何处生天

——"二梦"的荒诞意识

如果说《牡丹亭》传奇主要表现汤显祖对至情理想的追求,那么,《紫钗记》、《南柯梦》、《邯郸梦》三部传奇,尤其是后"二梦",则主要表现了汤显祖对晚明政治腐败和社会黑暗的强烈愤慨。

一、《紫箫记》和《紫钗记》

万历五年至七年(1577—1579)间,汤显祖以唐人蒋防的传奇小说《霍小玉传》为题材,创作了《紫箫记》传奇,只写到三十四出,未能完成。在《紫钗记题词》(卷三三)中他说:

> 往余所游谢九紫、吴拾芝、曾粤祥诸君,度新词与戏,未成,而是非蜂起,讹言四方。诸君子有危心,略取所草,具词梓之,明无所与于时也。记初名《紫箫》,实未成。

此作何以会引发"是非"、"讹言",使参与者"有危心",汤显祖语焉不详。据沈德符《顾曲杂言》云:"又闻汤义仍之《紫箫》,亦指当时秉国首揆,才成其半,即为人所议……"①。正因如此,汤显祖才急于把未完之作付梓,让世人知道此作"无与于时也"。

《紫箫记》传奇在《霍小玉传》在基础上,多所改益。剧中如相会、观灯、成婚、中魁、出征、班师等情节,皆与原著大不相同。全剧情节平铺直叙,缺乏精彩的戏剧冲突。而曲词华美,文采绚丽,时人帅机就指出:"此案头之书,非台上之曲也。"②吕天成《曲品》卷下则肯定其"琢雕鲜美,炼白骈丽",批评其"太曼衍,留此清唱

---

①　《中国古典戏曲论著集成》第四册,第208页。
②　汤显祖:《紫钗记题词》(卷三三)引。

可耳"。

万历十五年(1587),37岁的汤显祖在南京太常博士任上,将未完成的《紫箫记》改写成《紫钗记》传奇,全剧五十三出。此剧仍以《霍小玉传》为蓝本,却另出机杼,重新构置了戏剧冲突。作品写霍小玉与李益在上元节之夜相会,以坠钗、拾钗为契机,彼此产生爱慕之情。而后李益受卢太尉迫害,强赴边关,久久难归。霍小玉变卖首饰,祈求神佑,以至卖掉心爱的紫钗。剧中增加了反面人物卢太尉,使原作小玉痴情、李益负心的矛盾转变为男女爱情与强权势力的矛盾。卢太尉是强权势力的代表,他的权势相当于宰相,"坐掌朝纲,出入近乘舆"。他为了胁迫李益入赘为婿,恩威并施,手段险毒,想方设法迫害李益和霍小玉。剧末,汤显祖着重刻画了黄衫客形象,让他倚仗非凡的力量,把李益从劫持者手中夺回来,送还霍小玉。这一构思寄托了作家把希望寄托在下层侠义之士身上的空幻理想。

二、《南柯梦》和《邯郸梦》

万历二十八年至二十九年(1600—1601),汤显祖在家隐居时,又连续创作了两部传奇,即《南柯梦》和《邯郸梦》(简称"二梦"),将笔锋转向广阔的社会政治。我认为,无论是把"二梦"判为人生如梦的形象展示,还是把它们说成是晚明宦场的生动写照,都未能切中汤显祖"曲意"的肯綮。前者被"二梦"中弥漫的"谈玄礼佛"的迷雾遮障了双眼,忽视了汤显祖清醒的政治头脑和热切的人生关注;后者则热衷于文学与现实的影射比附,却无视汤显祖自由超越的审美思维。其实,正是晚明变动骚乱的社会所产生的以生活为梦魇的困惑心理和荒诞意识,促使汤显祖用超现实的荒诞形式来反映现实社会,表露现实感受。

《南柯梦》传奇共四十四出,取材于唐人李公佐的传奇小说

《南柯太守传》,见《太平广记》卷四七五引《异闻录》;《邯郸梦》传奇共三十出,取材于唐人沈既济的传奇小说《枕中记》,见《太平广记》卷八二引《异闻集》。汤显祖在创作时虽然多有改编增饰之处,但却同样地继承了原故事的总体框架,即以人物之梦为中心情节,通过"怪怪奇奇,莫可名状"的写梦手法(卷三二《合奇序》),制造令人目眩的梦幻效果。

《南柯梦》传奇的主人公淳于棼被免职后,无聊醉卧,酣然入梦,为槐安国使者迎去,做了国王的驸马,出任南柯太守,入朝拜相,荒淫宫廷,最后被遣归家——醒来卧榻如初,窗下酒尚留余温。

《邯郸梦》传奇写吕洞宾在邯郸赵州桥北的一个小饭店里度脱卢生,让他高枕磁枕,沉睡入梦。梦中,卢生遍历了结婚、应试、治河、征西、蒙冤、贬谪、拜相、封公、病亡等一辈子宦海风波,五十年人我是非,一梦醒来,馔中黄粱尚未煮熟。

人生如梦,在中国古代是源远流长的人生哲学思想。因此,自从战国时期庄子在"庄周构蝶"的故事里[①],以梦境与现实的或即或离状态来怀疑现实、人生乃至人的主体存在以来,在中国古代文学中就形成了一种传统,即以梦境与实境的对比,来观照现实社会的荒诞,透示人生自我的虚无,从而召唤精神幻想的永恒。这一传统,由于佛教的输入和禅宗的盛行,在中唐以后,尤其对文人士大夫产生了巨大的影响。于是在诗词、小说、戏曲中,人生如梦成为重要的文学主题。梦境的虚幻性、理想性和寓意性,既给人们以深刻的启发和强烈的警醒,也捎来了悠长深远的空幻感和虚无感。在某种意义上可以说,"二梦"正是人生如梦的传统主题的变奏。

但是,"二梦"的梦境描写,还仅仅是其荒诞意识的表层意蕴。

[①] 《庄子·内篇·齐物论第二》,郭庆藩辑:《庄子集释》(北京:中华书局,1961),第112页。

实际上,汤显祖只是借助于梦境的外壳,来表达他对现实图景、人生状况和人性特征的独特感受和理解,这才是其荒诞意识的深层意蕴所在①。

那么,"二梦"是怎样表现荒诞意识的呢?

首先,汤显祖在"二梦"中展示了一幅荒谬绝伦的现实图景,这是一个几乎无法用传统的理性方法加以解释的世界。在这里,一切都是那么荒谬怪诞,然而又是那么冠冕堂皇;一切都是那么龌龊卑鄙,又是那么正大光明。真和假,善和恶,美和丑,仿佛可以随意倒置,就像变戏法一样。

《邯郸梦》传奇里,婚姻犹如儿戏:破门而入的卢生,竟因情愿"私休",由阶下之囚跃身为堂上娇客,与崔氏婚配。科举成为买卖:卢生在崔氏鼓励下,进京赴考,"将金赀广交朝贵,耸动了君王,在落卷中翻出做个第一",居然成为状元。胡行竟得成功:卢生对河工一窍不通,却不得不勉为其难地操办,用盐蒸醋煮的荒唐办法,居然破石开河,克奏奇功。而官场倾轧、宦途升迁更如风云变幻:卢生忽而受宠,忽而遭贬,忽而勒石纪功,忽而被判死刑,忽而流放边关,忽而位极人臣,尝尽了世态炎凉,受够了人情冷暖。

《南柯梦》传奇里,淳于棼刚新婚公主,做上"老婆官",就无功受禄,被授为南柯太守。南柯治绩显著,官升左相,权盛一时。不料公主病殁,他的"裙带"一断,便颓然倒台了。"君心"翻覆,仕途

---

① 在汉语里,荒诞犹言荒唐,本意为漫无边际,引申为虚妄不可信,如说话没有根据或行为不合情理就称为荒唐,或荒诞。但是当我们用"荒诞"来翻译英语 absurd 一词时,却另有别解,与汉语之意几乎毫不相关。absurd 一词,由拉丁文的 surdus(耳聋)演变而来,在音乐中用来指不协调音,在哲学上指个人与其生存环境脱节,即自我与人生的缺乏意义。在这个哲学概念中,人既不是世界的主人,也不是社会的牺牲品;他对外部世界无法理解,他的任何行为和喜怒哀乐的感情对他都不起作用;世界只呈现冷漠、陌生的脸孔。因而所谓荒诞意识,就是指这样一种哲学思想:认为世界是荒诞不可知的,命运是变幻无常的,人与人之间是无法沟通的,人的一切行为都是毫无意义的,如此等等。这里所谓荒诞意识,即用此意。

沉浮,真如白云苍狗。

值得注意的是,上述这些情节,大多是唐人小说中未尝描写或甚为简略的。而汤显祖匠心独运,以形象的画面表达了对荒诞现实的深刻感受。而且,这种荒诞感,在《邯郸梦》里较之《南柯梦》里更为强烈、更为鲜明,可以看出,在汤显祖的哲学意识中,荒诞感几乎是与日俱增的。《邯郸梦》所展现的卢生由布衣而登青紫,历宦海而几沉浮,终拜相而享福寿的梦中世界、枕里乾坤,不仅寓含着汤显祖对文人的人生追求所能达到的最高境地及其虚幻性和短暂性的清醒认识,而且包含着他对龌龊、黑暗、险恶、荒唐的官场况味的深切感受。

其次,汤显祖在"二梦"中表现了人在这个荒谬的现实中的荒诞的生存状态。人的主体性在荒诞的世界面前几乎微不足道。人的一切生存活动似乎是被习惯与本能牵动的盲目运动,他不能按照自己的意志做出有意义的行动,可又终日忙忙碌碌。他只是一个牵线木偶,是谁在牵线?该如何动作?将发生什么?他一无所知,但却不能不活动着、活动着。

《南柯梦》传奇里,淳于棼不得不违心地做上"老婆官",本是"酣荡之人,不习政务",竟然能把南柯郡治理得井井有条。他以功升左丞相,本应更有所建树,孰料竟不由自主地日益腐化堕落起来,加上"君王国母宠爱转深,入殿穿宫,无所不听,以此权门贵戚,无不趋迎,乐以忘忧,夜而继日",最后发展到同国嫂、郡主、皇姑三人在宫中花天酒地、淫乱无度的地步。他始终不明白,他为何会从嗜酒落魄的狂徒,变为清政抚民的纯吏,又沦为腐朽没落的权贵?在整个荒诞现实的制约下,他的主体能动性几乎丧失殆尽。

《邯郸梦》传奇里的卢生同样被卷入这种不可理喻的宦海波澜中,任其漂流,任其沉浮。只要一步入仕途,他就身不由己地要去钻营贿赂,逢迎公卿,贪赃枉法,营私舞弊,倾轧构陷,好大喜功,穷奢极欲。这是任何人为的力量也阻挡不住的。传统的修身养性、正己治国之说,在荒诞的现实面前显得如此苍白无力,不堪一击。

而且,"二梦"还进一步表现出人一生的全部努力、全部追求,人所向往的一切,实际上都是毫无意义的。人在现实的生存中找不到意义,在世界上找不到归宿。他注定只能陷入或则麻木不仁、或则迷惘痛苦的境地。等待他的唯一结局只有死亡。要超脱死亡的唯一出路,只是甩手红尘,遁入虚无。"二梦"站在哲人的高度,把主人公追逐功名利禄的几十年光阴压缩为短暂的一瞬,以说明人生人世的荣华富贵,无非空幻如梦,根本不值得贪恋与追逐。在主人公入梦之前与出梦之后,什么也没有发生变化:杯酒尚温,黄粱未熟。人生的意义何在?人的价值何在?人的理想何在?一切归于虚无。于是荒诞意识就升华为宗教意识。

在《南柯梦》传奇里,作者认为人世间的纷争如同蚁争一般毫无意义,"众生佛无自体,一切相不真实","诸色皆空,万法唯识",人们终生追求的至境只能是"万事无常,一佛圆满"。淳于棼沉梦初醒后,经老僧契玄点破,方知所谓大槐安国就是庭院中一棵大槐树洞里的蚂蚁群。他顿然大彻大悟:"人间君臣眷属,蝼蚁何殊?一切苦乐兴衰,南柯无二。等为梦境,何处生天?"(第四十四出《情尽》)于是参透情梦,遁入佛门。作者在《南柯梦记题词》(卷三三)中写道:

> 嗟夫!人之视蚁,细碎营营,去不知所为,行不知所往,意之皆为居食事耳。见其怒而酣斗,岂不哄然而笑曰:"何为者耶!"天上有人焉,其视下而笑也,亦若是而已矣……世人妄以眷属富贵影像执为吾想,不知虚空中一大穴也。倏来而去,有何家之可到哉!

以"人之视蚁"与神之视人相比照,用以否定徒劳的人生和纷纭的世事,参透情梦,终归虚无。

《邯郸梦》传奇结尾,卢生梦醒后深深喟叹:"忽突帐,六十年光景,熟不得半箸黄粱!"吕洞宾片语点醒他:"都是妄想游魂,参成世界!"他才顿然彻悟:"人生眷属,亦犹是耳,岂有真实相乎?其间宠辱之数,得丧之理,生死之情,尽知之矣!"(第二十九出《生寤》)于是尽扫功名富贵之念,拜吕洞宾为师,云游四方,终登仙境。作者在《邯郸梦记题词》(卷三三)中说:

> 独叹《枕中》生于世影法中,沉酣喑呓,以至于死,一哭而醒。梦死可醒,真死何及……至乃山河影路,万古历然,未应悉成梦具。曰:既云影迹,何容历然?岸谷沧桑,亦岂常醒之物耶?第概云如梦,则醒复何存?所知者,知梦游醒,必非枕孔中所能辩耳!

生与死,醒和梦,概无区别,但果真要抹杀"世界身器",岂非令人令己都难以置信?

既然人生的探索追求都是徒劳无益的,于是寻找自我的真实存在便成为摆在汤显祖面前的严峻课题。在淳于棼和卢生的梦魇般的现实生涯中,汤显祖痛苦地看到了他所孜孜以求的"情"一旦沦为"矫情"后,将如何成为一种异己的力量而导致人格的消失和人性的堕落。

吴梅在《中国戏曲概论》中指出:

> 《邯郸》卢生,则衾具夤缘,邀功纵敌,而俨然功臣也。[1]

的确,汤显祖一反常规,在《邯郸梦》传奇中没有以忠臣、孝子、节妇、义夫等作为传奇主角,而是让卢生这样一个随波逐流、狡诈机

---

[1] 王卫民编:《吴梅戏曲论文集》(北京:中国戏剧出版社,1983),第159页。

变的中庸之材取代了英雄的地位。卢生从来就机心叵测,行为不轨:他的钦点状元,是用钱买通皇亲贵族得到的;他在翰林院利用兼制诰职权,偷写夫人诰命,朦胧进呈,瞒过皇帝;河功成就,迎驾东巡,他不择手段,弄虚作假,取悦"龙颜";率师御边,他邀功纵敌,军务倥偬,还念念不忘在天山勒石记功;缠绵病榻之际,他仍大权独揽,军国大事俱决于床前;直到弥留之际,他因小妾所生幼子尚未受封,竟久久不得咽气……卢生仕途奔竞的丑态和势焰熏天的权欲,跃然纸上。但是,汤显祖又有意把卢生作为正面人物与权奸宇文融两相对立。卢生累建河功、边功,说明他并非碌碌无为、尸位素餐之辈。他因功被诬,险些斩首云阳,终竟流窜崖州,妻子没为官婢,这种功臣末路的描写也揭露了封建官场的翻云覆雨。在卢生的身上,杂糅着崇高的事功、悲惨的境遇和滑稽的行为、卑劣的心性,封建传统的理想人格已然不复存在了。

而《南柯梦》传奇里的淳于棼则展现了人性堕落的历程。他治理南柯二十年,取得卓著政绩,俨然是理想的清官良吏,士、农、商、妇为之歌功颂德,盛赞"征徭薄,米谷多,官民易亲风景和"的太平景象。然而,当他被国王召回朝廷,加封左丞相后,他就不由自主地日益腐化堕落起来,嗜酒纵情,淫乱宫廷。淳于棼的善始而继之以恶终,表现了在浑浊的官场中的人格的扭曲、人性的堕落和灵魂的污染。汤显祖的用意似乎在暗示:整个封建统治集团、国家机器的黑暗腐败,就好比一口大染缸,甘为贪官污吏者固然永远沤烂于其中而不可自拔,即使是才干卓具的仁人志士,倘若淹留官场,也终竟逃脱不了被染黑、被沤烂的命运。症结不在个别官僚士大夫的道德品质,而在整个统治集团的政治风气。

如前所述,汤显祖曾将情分为善与恶两种,认为情之善者本源于"性",是其正常形态;情之恶者悖逆于"性",是其反常形态,因而成为一种异己的力量,势必导致"性"的扭曲和堕落,导致人格的毁灭和人性的荒诞。然而,人一旦涉足社会,情之恶者的滋生和膨胀就是不可避免的,淳于棼和卢生不就是鲜明的例证吗?人不得不涉足社会,因而只能充当自己想象中要充当的角色,而这种角色本身又是假装的,是不符合本性的——这是多么令人困惑的悖论!要恢复本性,只有完全泯灭情,但这是可能的吗?因此,不仅人生的现实追求失去了一切真实的内容,而且人的精神存在也失去了一切真实的内容——作为一个人,无论是形而下抑或形而上,都是毫无价值、毫无意义的,与蝼蚁无殊。这就是人的存在的荒诞性。

在"二梦"中汤显祖的荒诞意识如此鲜明、如此深刻,归根结底是晚明的荒诞现实和精神危机的映射,是封建社会信心动摇和幻想破灭的征兆。万历年间,荒谬绝伦的事情层出不穷。汤显祖屡次说:"……廊庙事,足为一哄"(卷四七《与汤霍林》);"顾世局无一处非可笑,兹且日新"(卷四八《与岳石帆》)。"酒色财气"四病俱全的万历皇帝朱翊钧,从万历十七年(1589)之后郊庙、朝讲、召对、面议均废,仅仅因"梃击"案召见群臣一次。内阁大臣张居正因"夺情"风波,残酷迫害反对者,不是廷杖,就是充军。但他死后不到两年,家产就被全行籍没,长子敬修被逼自杀,全家发配到烟瘴地南充军,报应竟如此之速!此外还有科举的营私舞弊,官场的党同伐异,士大夫的沉溺声色……神圣的儒学传统遭到了无情的嘲弄和亵渎。一些思想敏锐的文人士大夫如李贽、徐渭、汤显祖者流,在脱离了熟悉的世界之后深感痛苦与恐惧,于是超越了具体的历史社会范畴,直接向人的存在本身发问,产生了像《南柯梦》与《邯郸梦》所表现的荒诞意识。"二梦"之所以在晚明、清代历久不衰地演出,其深潜原因,不就是因为人们总是情不自禁地从"二梦"中观照到荒诞的社会现实,感受到虚无的人生意义吗?

第八章　沈璟和吴江派

当汤显祖以遒劲之笔创作了"临川四梦",使传奇创作与晚明进步文艺思潮汇流合脉,跃升到时代思想文化顶峰的时候,沈璟及其追随者们则惨澹经营地致力于传奇音乐体制的格律化,努力确立昆腔新声在传奇创作中的一统地位。他们不仅呕心沥血地营建昆腔格律体系,编纂了大量有关南曲声律音韵的著作,并对南曲格律的诸方面进行了深入细致的理论探讨;而且,他们还努力实践这些艺术主张,创作和改编了100多部昆腔传奇作品,有力地促进了昆腔传奇的繁荣。于是,在沈璟的周围,形成了中国戏曲史上第一个成熟的戏曲流派——吴江派。

第一节　传奇音乐体制的格律化

在万历年间,大批文人士大夫因趋慕风雅、宣泄才情而创作传奇,但他们大多不谙习音律,不熟悉舞台演唱,冯梦龙《曲律叙》曾批评道:

> 恒饤自矜其设色,齐东妄附于当行。乃若配调安腔,选声酌韵,或略焉而弗论,或涉焉而未通。[①]

他们信手挥洒,随心所欲,创作了大量的"案头之作"。这种芜杂

[①] 王骥德:《曲律》卷首,《中国古典戏曲论著集成》(北京:中国戏剧出版社,1959),第四册,第47页。本章下文凡引此书者,不再一一出注。

的状况,不利于传奇创作的健康发展,有识之士视为"传奇之一厄"①。

如何解决剧本创作与舞台演唱统一的问题,使"案头之作"变成"场上之曲",将传奇创作引导到正轨上来?这是明中后期剧坛现状给理论家和剧作家提出的当务之急。

早在嘉靖二十八年(1549),常州人蒋孝以元人陈、白二氏所藏《旧编南九宫目录》为底本②,编成《南九宫谱》。他按照谱目所提供的曲牌,"遂辑南人所度曲数十家其调与谱合,及乐府所载南小令者,汇为一书,以备词林之阙"③,又附录《十三调南曲音节谱》目录,并刻行世。此书虽"每调各辑一曲,功不可诬",但却因其草创艰辛,所以体式简陋,格律未备,"率多鄙俚及失调之曲",没有受到曲家的充分重视④。

到万历中期,如火如荼的昆腔传奇创作局面,南曲音乐体制的规范划一和昆腔格律技法的探索总结已成为重要课题,迫切地提到戏曲研究者的议事日程上来了。于是,在时代提供的必然性和可能性的条件下,沈璟身当其任,完成了继魏良辅改革昆腔、蒋孝编定南曲旧谱之后建立昆腔格律体系的时代要求。

一、不有光禄,词硎孰新

沈璟(1553—1610),字伯英,晚字聃和,号宁庵,又号词隐生。江苏吴江人。万历二年(1574)进士,除兵部主事,改礼部,转员外

---

① 沈德符:《顾曲杂言》,《中国古典戏曲论著集成》第四册,第206页。本章下文引此书者,不再一一出注。
② 蒋孝,字维忠,嘉靖二十三年(1544)进士,生平未详。
③ 蒋孝:《南小令宫调谱序》,《旧编南九宫谱》(《玄览堂丛书》本),卷首。
④ 王骥德:《曲律》卷四《杂论》下。按,关于蒋孝《旧编南九宫谱》的详细评论,参见王古鲁:《国立北京图书馆所藏之蒋孝旧编南九宫谱》,见〔日〕青木正儿:《中国近世戏曲史》,王古鲁译著(北京:作家出版社,1958),附录一,第560—610页。

郎,复改吏部。十四年(1586)因上疏立储,及为王恭妃请封号,忤旨,左迁行人司正,奉使归里。十六年(1588)还朝,复任光禄寺丞。第二年(1589)以疾告归。家居20余年,致力戏曲创作,潜心研究音韵格律,崇尚本色的戏曲语言,成为吴江曲派的领袖①。

沈璟"生长三吴歌舞之乡,沉酣胜国管弦之籍"②。后仕于朝,又"尝从礼官侍祠典乐,慨然有意于古明堂之奏";及辞官归家,"息轨杜门,独寄情于声韵"。他"常以为吴歈即一方之音,故当自为律度"③,遂与孙镰、孙如法、王骥德等人相互切磋曲学,潜心致力于昆腔格律体系的建立④。他以蒋孝《旧编南九宫谱》为蓝本,结合昆腔演唱实践,以80多部宋元及明初南戏、当代文人传奇以及部分唐宋词作为基本例证,从宫调、曲牌、句式、音韵、声律、板眼诸方面,对昆腔格律作出严格的规定,约于万历三十四年(1606)编成出版《南曲全谱》⑤。又别辑《南词韵选》,幸传于世。此外,

---

① 关于沈璟生平事迹的详细考证,参见凌敬言:《词隐先生年谱及其著述》,燕京大学《文学年报》1929年第5期;李真瑜:《沈璟年谱》,载《中国古代戏曲论集》(北京:中国展望出版社,1988),第173—187页;徐朔方:《沈璟年谱》,见其《晚明曲家年谱》(杭州:浙江古籍出版社,1993),《苏州卷》,第287—320页;朱万曙:《沈璟评传》(北京:中国戏剧出版社,1992)。

② 吕天成:《曲品》卷上,吕天成著、吴书荫校注:《曲品校注》(北京:中华书局,1990),第30页。按,本章下文凡引此书者,不再一一出注。

③ 均见李鸿:《南词全谱序》,《南曲全谱》(北京大学据清康熙间刻《啸余谱》影印本),卷首。

④ 按,孙镰,字文融,号月峰,余姚(今属浙江)人。万历二年(1574)与沈璟同科进士,官至南京兵部尚书。其《居业次编》卷三有《与沈伯英论韵学书》,尤擅长于"析字之阴阳"。参见吕胤昌:《大司马月峰孙公行状》,吕兆熙辑:《姚江孙氏世乘》(嘉庆间静远轩刻重印本),卷六。孙如法,字世行,号俟居,别号柳城,余姚人。官刑部主事,贬潮阳典史。深于声律之学,曾帮助沈璟改正过传奇韵句。参见钱棨:《光禄卿俟居孙公传》,《姚江孙氏世乘》卷六。王骥德生平,详见本章第三节。

⑤ 《南曲全谱》,又名《南词全谱》、《南九宫谱》、《南九宫十三调曲谱》等。《南曲全谱》之名是沈璟自己的称谓,见王骥德《新校注古本西厢记》(明万历间刻本)附录"词隐先生手札二通"。此书约编成出版于万历三十四年,参见徐朔方:《沈璟年谱》,第313页。

还作有《古今词谱》、《遵制正吴编》、《论词六则》、《唱曲当知》等戏曲音乐理论著作,皆为审音家所宗,惜皆失传。

沈璟的《南曲全谱》虽拓本于蒋孝旧谱,但却后出转精,别开洞天。徐大业《书南词全谱后》对此做了详尽的评述:

> 自宋以来,四十八调不能具存。北曲仅存《中原音韵》所载之六宫十一调。南曲仅存毗陵蒋惟忠所谱之《九宫十三调》,每调各录旧词为式,又骎骎失传。词隐先生乃增补而校定之,辨别体制,分厘宫调,详核正犯,考定四声,指摘误韵,校勘同异,句梳字栉,至严至密。而腔调则悉遵魏良辅所改昆腔,以其宛转悠扬,品格在诸腔之上,其板眼、节奏,一定不可假借。天下翕然宗之。①

概括地看,沈璟为建立昆腔格律体系,主要做了以下几个方面的工作②:

第一,辨别体制,分厘宫调。《南曲全谱》的宫调系统仍以蒋孝旧谱为经纬,但对旧谱所附《十三调》中性质相近的一些宫调做了大幅度的抽删缀合。清代《钦定曲谱凡例》对此总结道:

> 盖以仙吕为一宫而羽调附之,正宫为一宫而大石调附之,中吕为一宫而般涉调附之,南吕为一宫,黄钟为一宫,商调为一宫而小石调附之,双调为一宫,仙吕入双调为一宫。共九宫十三调也。③

---

① 《乾隆吴江县志》卷五七。转引自赵景深、张增元《方志著录元明清曲家传略》(北京:中华书局,1987),第95—96页。
② 以下论述参见王古鲁:《蒋孝旧编南九宫谱与沈璟南九宫十三调曲谱》,原载《金陵学报》第3卷第2期,后收入王译青木正儿:《中国近世戏曲史》,附录二,第613—708页;李真瑜:《沈璟论》,硕士论文打印稿,1984年12月;周维培:《沈璟曲谱及其裔派制作》,载《文学遗产》1994年第4期,第86—90页。
③ 王奕清等:《钦定曲谱》(清康熙间内府刻朱墨套印本),卷首。

经过兼并汇合,《南曲全谱》实际上成了综录九宫、十三调的格律谱,所以后人又称作《南九宫十三调曲谱》。

第二,参补新调,增列新曲。《南曲全谱》共辑曲牌 652 章。其较蒋孝旧谱所增补者,一是原十三调内仍可传唱的曲牌,即"有曲可查者",附归九宫谱各调之后,共 67 章;二是蒋谱失载的曲牌,沈璟谱标注"新增",共 189 章,包括为九宫谱辑录的 143 章,"不知宫调及犯合调曲"46 章。新增曲以多曲合犯为多。而犯调集曲的辑录分析,以沈谱为滥觞,成为后世南曲谱的重要内容之一,反映了曲谱与创作的密切关系。

第三,校订旧曲,增列新例。沈谱对蒋谱例曲的处理,采用三种方法:其一,字句不动,全予保留,约 71 首;其二,依据善本、古本,加以校勘增订,约 292 首;其三,用新曲换旧例,以寻绎某调的正格或反映该调的原貌,约 100 首。另外,沈谱新增曲调的例曲,则皆属沈璟独立采编辑录。

第四,标注平仄,附点板眼。蒋谱只是一调一例,全无字音句律方面的分辨标识。沈谱则无论旧曲新调,一一考校其例曲乐字的读音,尤其注意对入声字及其归派三声后的音类标注。这种注谱形式,源自明初朱权编纂的《太和正音谱》[1]。而沈璟更以昆曲行腔吐字及吴歙方言的音调为本,进行字音分析,尤称实用。板眼是古代音乐控制旋律的标记方法,王骥德《曲律》卷二《论板眼》说:"盖凡曲,句有长短,字有多寡,调有紧慢,一视板以为节制,故谓之板眼。"沈谱对板眼"必录声校定",以期"一人倡万人和……如出一辙"[2],成为曲谱史上第一部附点板眼、标明正衬的著作,有着首创之功。

---

[1] 《中国古典戏曲论著集成》第三册,第 1—231 页。
[2] 李鸿:《南词全谱序》,《南曲全谱》卷首。

沈璟用力最勤的，是《南曲全谱》中有关例曲的格律分析。首先，他归纳总结了有关南曲同名异格即"名同音律不同"的曲牌，一个曲牌而有两种以上句式的，皆以"又一调"的方式注出，大体形成归类格局；其次，他在排比旧曲套数的基础上，以附录于各宫调之末的"尾声总论"为中心，拈出有关套曲尾声的平仄谱式，以探求南曲联套的体例和方法；再次，他以例曲为中心，以注文形式对每一曲调的格律进行了具体细致的分析，梳理曲调格式的变迁，分析句法格式，研讨板式及衬字增损，指示下字平仄用韵之法。此外，《南曲全谱》的谱式注文还对集曲犯调的构成途径、拗体失律的症结所在、例曲造语下字的得失、刊本之间语句之差讹等等，都做了一定的阐述。

沈璟的昆腔格律理论是以声律为中心的。在【二郎神】套《词隐先生论曲》中①，他对昆腔的声律、音韵提出了一些基本原则。其中尤其值得注意的，是他提出的"入声可代平声"的声律理论："倘平音窘处，须巧将入韵埋藏。这是词隐先生独秘方，与自古词人不爽。"这一理论虽未能完全阐明南曲四声相互间的关系，但却标志着南曲的四声理论已跳出诗词四声理论的范围，与唱曲发生了直接的联系。沈璟第一次明确提出传奇用韵应以周德清《中原音韵》为准绳，而不能承袭高明《琵琶记》以降戏文的用韵路数。沈德符《顾曲杂言》说：

> 惟沈宁庵吏部后起，独恪守词家三尺，如庚青、真文，恒欢、寒山、先天诸韵，最易互用者，斤斤力持，不少假借，可称度曲申、韩……沈工韵谱，每制曲心遵《中原音韵》、《太和正音谱》诸书，欲与金元名家争长。

―――――――――
① 此套曲附见沈璟《博笑记》传奇（明万历间刻本）卷首。又见冯梦龙：《太霞新奏》（明天启间刻本），卷首。

211

王骥德《曲律》卷二《论平仄》也说：

> 词隐谓入可代平,为独泄造化之秘。又欲令作南曲者,悉遵《中原音韵》……

此后许多传奇作家"韵韵不犯,一禀德清",形成明清传奇用韵上的"《中原音韵》派"①。这就使传奇创作既接续了元曲的传统,又更切近、突出了曲韵的独立性,摆脱了曲韵依附于词韵的状况。

沈璟制谱定调,为昆腔传奇建立了较为完备的格律体系,并奠定了南曲曲学研究的基础。对此,时人与后人作出了极高的评价。吕天成《曲品》卷上评云：

> 嗟曲流之泛滥,表音韵以立防;痛词法之蓁芜,订全谱以辟路……运斤成风,乐府之匠石;游刃余地,词部之庖丁。此道赖以中兴,吾党甘居北面。

王骥德《曲律》卷四《杂论》下评云：

> 其于曲学,法律甚精,泛滥极博。斤斤返古,力障狂澜,中兴之功,良不可没……盖词林之哲匠,后世之师模也。

绾结而言,沈璟曲学的功绩包括两个方面:一是提高了昆腔新曲的地位。沈宠绥《度曲须知》卷下《方音洗冤考》云：

> 尝考宁、年、娘、女数音,其字端皆舌舐上腭而出,吴中疑为北方土音,所唱口法,绝不相侔。幸词隐追始《正韵》,直穷到底,奴经一切,昭然左证,而土音之嘲始解。②

这就是说,正是由于沈璟对昆腔格律作了规范化的工作,昆腔新声

---

① 凌濛初:《谭曲杂札》,《中国古典戏曲论著集成》第四册。本章下文凡引此书者,不再一一出注。按,此节论述,参见周维培:《论中原音韵》(北京:中国戏剧出版社,1990),第69—76页。

② 《中国古典戏曲论著集成》第五册,第311页。

才得以融汇南北,成为通行全国的雅声正调。二是为后人提供了正确而实用的制曲技法。徐復祚《曲论》评沈璟《南曲全谱》、《唱曲当知》说:"订世人沿袭之非,铲俗师扭捏之腔,令作曲者知其所向往,皎然词林指南车也。"①张琦《衡曲麈谭》说:"至沈宁庵则究心精微,羽翼谱法,后学之南车也。"②凌濛初《谭曲杂札》说:"近来知用韵者渐多,则沈伯英之力不可诬也。"

但是,由于受到王世贞等"后七子"崇古泥古风气的影响,沈璟往往用僵化的眼光看待曲律,制谱选调力求古朴本色,"但取其古而得体也"③,以寻绎曲调的原始面貌为要旨,因此入选例曲往往徒"取其声而不论其义"④,古则古矣,却不合实用。王骥德《曲律》卷四《杂论》下在分析《南曲全谱》的得失时指出:"各调有宜遵古以正今之讹者,有不妨从俗以就今之便者。"如沈谱中【步步娇】等七调句式,"其所署平仄,正今失调,断所宜遵";而【皂罗袍】等六调句式的平仄,"从古可也,即从俗,亦不害其为失调也";至于【玉芙蓉】等八调句式的平仄,"则世俗之以新调相沿旧矣,一旦尽返之古,必群骇不从"。沈谱之失,则在一味遵古,力斥从俗,这样一来,曲谱也就因此失去其示人格式、有利创作的编纂本意了。

二、名为乐府,须教合律依腔

尽管沈璟强调"名为乐府,须教合律依腔",提倡"词人当行,歌客守腔,大家细把音律讲"⑤,然而万历以后的剧坛却并没有因为《南曲全谱》的问世而立刻对之翕然向风,但逞才情、不顾音律

---

① 《中国古典戏曲论著集成》第四册,第240页。
② 《中国古典戏曲论著集成》第四册,第270页。
③ 沈璟:《南曲全谱》正宫过曲【白练子】注。
④ 王骥德:《曲律》卷四《杂论》下。
⑤ 沈璟:【二郎神】套《词隐先生论曲》,《博笑记》传奇卷首。

213

的传奇创作倾向仍然余风不泯。时至明末,文震亨为阮大铖《牟尼合》传奇作序时还说:

> 盖近来词家,徒骋才情,未谙音律。说情说梦,传鬼传神,以为笔笔通灵,重重慧现,几案尽具奇观。而一落喉吻间,按拍寻腔,了无是处,移换推敲,每烦顾误,遂使歌者分作者之权。①

因此,明末清初一大批有志之士,踵武沈璟,继续不懈地汲汲致力于昆腔格律体系的建设。潜心研讨昆腔格律的,有王骥德的《曲律》,沈宠绥的《弦索辨讹》、《度曲须知》。结合昆腔传奇的创作实践,继续修订、编纂曲谱的,则有冯梦龙的《墨憨斋词谱》,沈自晋的《南词新谱》,徐于室编、纽少雅订的《南曲九宫正始》,张彝宣(大復)的《寒山堂曲谱》,查继佐的《九宫谱定》,胡介祉的《随园曲谱》,吕士雄、杨绪等合编的《新编南词定律》等等②。此外,冯梦龙的《太霞新奏》,凌濛初的《南音三籁》③,则按宫调选录只

---

① 阮大铖:《遥集堂新编马郎侠牟尼合记》(董氏诵芬室刻本),卷首。
② 按,《曲律》成书于万历三十八年(1610),现存明天启四年(1624)原刻本。《弦索辨讹》、《度曲须知》,成书并刊行于崇祯十二年(1639年),现存原刻本。《墨憨斋词谱》作于崇祯末年,全本已佚,只有部分内容保存在冯梦龙曲选《太霞新奏》与沈自晋《南词新谱》中。钱南扬有辑本,收入其《汉上宧文存》(上海:上海文艺出版社,1980)。《南词新谱》,全称《广辑词隐先生增定南九宫十三调词谱》,成书于清顺治三年(1646),现存不殊堂原刻本等。《南曲九宫正始》始辑于明天启五年(1625),定稿于清顺治八年(1651年),现存清初钞本。《寒山堂曲谱》,又名《寒山堂新定九宫十三摄南曲谱》,约成书于清康熙初年,现残存钞本六册。《九宫谱定》约成书于清康熙初年,现存清初刻本。《随园曲谱》,又名《南九宫大全》,约作于康熙后期,现存原稿本。《新编南词定律》成书于康熙五十九年(1720),现存清内府刻本等。参见钱南扬:《论明清南曲谱的流派》,《南京大学学报》1964年第2期;周维培《沈璟曲谱及其裔派制作》,载《文学遗产》1994年第4期,第90—94页。
③ 按,《太霞新奏》现存天启七年丁卯(1627)刻本,《南音三籁》现存明末刻本及清康熙七年(1668)衮园客增订重刻本。

曲,"以调严、韵协为主"①,从而瓣香沈璟,张大格律。

至顺治、康熙年间,传奇的昆腔格律体系已臻完善,终于彻底摆脱了南曲戏文宫调之学混杂、曲牌句式紊乱、音韵平仄不明、八声阴阳不分的惯例。

传奇音乐体制由杂乱趋向规整,由宽泛趋向严谨,在本质上体现了文人的审美心理和审美趣味,如王骥德《曲律》卷四《杂论》下所说的:"盖先生(按,指沈璟)雅意,原欲世人共守画一,以成雅道";同时也符合文学艺术形式由散而整的发展规律的,如冯梦龙《曲律叙》所说的:"人事滥而天概之,必然之势也。"

宋元南曲戏文的格律,虽有着某种限定性甚或某种范式,但原本是相当松散、颇为自由的。徐渭《南词叙录》就认为,南戏"本无宫调,亦罕节奏,徒取其畸农市女顺口可歌而已";"南曲固无宫调,然曲之次第,须用声相邻以为一套,其间亦有类辈,不可乱也"②。尤其是南曲戏文的用韵,由于地域的关系和传统的惯习,相对于曲调格式、联套形式及宫调来说,那就更带有随意性了,沈德符《顾曲杂言》说是:"以意用韵,只便于俗唱。"即使到明中期,在昆腔的发源地和中心的苏州也大多沿袭旧例,如郑若庸、陆采、梁辰鱼、张凤翼等著名曲家,就仍习惯采用南戏的传统韵辙,徐復祚《曲论》说是"随口乱押,开闭罔辨"。在他们的传奇作品中,相近韵部的通押随处可见。直到万历中期,相当多的苏州曲家仍然遵奉南戏的传统韵例,如孙柚、顾大典、许自昌等。甚至连沈璟自己的戏曲和散曲作品,出韵和任意增减字句的情况也在在皆是③。

然而,时至万历中后期,要求将传奇剧本的创作纳入韵律严谨

---

① 冯梦龙:《太霞新奏·发凡》,《太霞新奏》卷首。
② 《中国古典戏曲论著集成》第三册,第240页,241页。
③ 以上论述,可参见徐朔方:《晚明曲家年谱自序》,《晚明曲家年谱》卷首,第3—8页,并见第13页叙浙东曲家。

规整的正轨,已经渐成时代风气,实为大势所趋。王骥德为其少年之作《题红记》传奇作序时,对自己走过的弯路感到汗颜,说:"然其时所窥浅近,遣声署韵,间有出入。今辄大悔,惧人齿及。"以至于他竟不让好友吕天成将《题红记》收入《曲品》中①。徐復祚《南北词广韵选》收录顾大典《葛衣记》【商调梧桐树】曲,批评其韵律不严,同沈璟异趣,说:

> 独怪沈先生与顾先生同是吴江人,生又同时,又同有词曲之癖,沈最严于韵,不与顾言之,何也?顾与张伯起先生(按,即张凤翼)亦最厚,岂其箕裘伯起而弁髦词隐也?

凌濛初在《南音三籁》中对梁辰鱼《羽调四季花·寒宵闺怨》的好评,正足以见出他对梁氏习惯于用韵不严是多么反感:

> 用庚青韵,无一字傍犯,伯龙之出色者。岂其晚年已知用韵乎?②

凌濛初在《谭曲杂札》中,还指斥单本的《蕉帕记》传奇不守格律,是"弋阳之派,尤失正体也"。

这种时代风会的形成,与其说是沈璟制谱定律的影响,不如说沈璟的制谱定律在根本上既体现了文人的审美心理和审美趣味,也符合在古代社会中文学艺术形式趋向由散而整的发展规律,因此蔚然成风,促成了传奇音乐体制的格律化。

传奇音乐体制的格律化,首先使传奇创作有律法可循。传奇音乐体制并非出于人们的臆造,而是戏曲艺术的一种客观规律,在本质上反映了人们在戏曲艺术实践活动中积淀而成的内在的审美

---

① 均见王骥德:《曲律》卷四《杂论》下。
② 凌濛初:《南音三籁》,王秋桂汇编《善本戏曲丛刊》第四辑影印本(台北:台湾学生书局,1987)。

心理结构或文化心理结构,正如沈自晋(1583—1665)所说的:"语曲以律,其在天人相与之际乎?"①沈璟的《南曲全谱》等曲谱为新兴的昆腔创建了客观、严谨而又实用的格律体系,为那些不谙曲学却渴望填词制曲的爱好者提供了便于操作的格律蓝本与工具书,因此具有一种深隐而普泛的吸引力。正如冯梦龙《太霞新奏后序》所说的:

> 先辈巨儒文匠,无不兼通词学者,而法门大启,实始于沈铨部《九宫谱》之一修。于是海内才人,思联臂而游宫商之林。②

这就促成了晚明清初传奇创作的空前繁荣,"名人才子,踵《琵琶》、《拜月》之武,竞以传奇鸣,曲海词山,于今为烈"③。沈德符《顾曲杂言》曾用正统的口吻讥刺那些曲海涉猎之人,说:

> 年来俚儒之稍通音律者,伶人之稍习文墨者,动辄编一传奇,自谓得沈吏部《九宫正始》之秘。

凌濛初《谭曲杂札》也不无反感地批评:

> 越中一二少年,学慕吴趋,遂以伯英开山,私相服膺,纷纭竞作。

这正适以从反面说明了沈璟的《南曲全谱》所产生的强烈的吸引力和广泛影响力。

更重要的是,传奇音乐体制的格律化有力地扭转了文词派传奇走向案头的错误倾向,使传奇创作迈出了从可读到可唱的决定性的一步。从此以后,是"场上之曲"还是"案头之作",就成为衡

---

① 沈自晋:《重定南词新谱凡例续纪》,《南词新谱》卷首。
② 《太霞新奏》卷首。
③ 沈宠绥:《度曲须知》卷上,《中国古典戏曲论著集成》第五册,第198页。

量传奇作品艺术成就的主要标准。诚如冯梦龙《曲律叙》所说的：

> 然自此律设,而天下始知度曲之难;天下知度曲之难,而后之芫词可以勿制,前之哇奏可以勿传。悬完谱以俟当代之真才,庶有兴者。

与诗文、小说不同,戏曲是必须经过作家创作和演员演唱的两度创造才能完成的艺术样式。作家的第一度创造——剧本,能否成为艺术品奉献给审美主体——观众,还要经过演员的第二度创造——演唱;而演唱能否实现,则取决于剧本是否符合演唱的要求。创作和演唱的两度创造,经由戏曲艺术形式的基本特征得以绾结和沟通。而戏曲艺术形式最重要的特征,无疑是以乐曲为主要的形式因素,乐曲是戏曲的主要艺术媒介,这就是为什么人们常把看戏称为"听戏"的道理。而乐曲的声律音韵,无疑必须遵守一定的格律要求。格律,既是作家创作的蓝本,更是演员演唱的依据,它是使作家创作的剧本得以为演员演唱所实现的关键媒介。因此,传奇音乐体制的格律化就从根本上保证了传奇作品的可唱性和可演性,确立了昆腔传奇在剧坛上的绝对优势。

当然,作为某种审美心理结构或文化心理结构的产物,传奇音乐体制也必须在现实的艺术实践中不断扬弃、不断刷新。当传奇音乐体制以其完整的结构形态与艺术实践发生联系时,它既要把自身既有的形式规定性作为支配与选择艺术实践的依据,又要因境制宜,根据艺术实践所提供的新内容,不断更新自身的形式,从而激活自身的艺术生命,永葆自身的艺术青春。

而沈璟及其追随者为了加强传奇音乐体制的格律化,有意无意地在理论上将昆腔格律体系凝固化、绝对化,使之变成不受现实的艺术实践支配与再铸的纯粹形式。他们一味强调作曲如何适合唱曲的规律,而未能深入研究唱曲如何适合作曲的突破,更未能进一步探讨作曲与唱曲如何适合时代审美思潮、审美风气的变化。这样一来,他们就把昆腔格律体系误当作一种本质性的凝固不变的存在,使之同日新月异的艺术实践活动机械地对立起来,甚至与艺术实践剧烈地冲撞,从而割裂了艺术形式与艺术内容的血肉联系,把昆腔格律体系逐渐引向自我封闭、自我窒息的死胡同。昆腔格律体系的这一"后遗症",到清中期"花雅之争"时严重复发,并最终导致昆腔格律体系的衰微和瓦解。

第二节 意在风世,美听通俗
——沈璟传奇的风貌

沈璟不仅潜心致力于昆腔格律体系的创立,而且在传奇作品的创作上也极为勤奋。他的传奇作品共有17种,总名《属玉堂传奇》。如此巨大的创作量,在明清传奇史上是空前未见的。其中,《红蕖记》、《埋剑记》、《双鱼记》、《义侠记》、《桃符记》、《坠钗记》、《博笑记》7种,今存全本;《十孝记》、《分钱记》、《鸳衾记》、《四异记》、《凿井记》、《珠串记》、《奇节记》、《结发记》8种,仅存残出或残曲;《合衫记》、《分柑记》2种,已佚。另外,沈璟还改定汤显祖《牡丹亭》为《同梦记》,仅存残曲;改定《紫钗记》为《新钗记》,已佚。散曲集有《情痴呓语》、《词隐新词》及《曲海青冰》,皆佚①。

一、命意皆主风世

沈璟的传奇作品,大多根据元代杂剧或前代小说改编而成。

---

① 徐朔方辑校《沈璟集》(上海:上海古籍出版社,1991),收录现存沈璟作品最为全备。

根据元代杂剧改编的,如《合衫记》传奇本于张国宾《相国寺公孙合汗衫》,《桃符记》传奇本于郑廷玉《包龙图智勘后庭花》,《双鱼记》传奇兼采马致远《半夜雷轰荐福碑》。这三部杂剧现皆存《元曲选》本等。

根据前代笔记小说与传奇小说改编的,如《红蕖记》传奇本事出唐阙名传奇小说《郑德璘传》,见《太平广记》卷一五二;《埋剑记》传奇本事出唐许棠传奇小说《吴保安传》,见唐牛肃《纪闻》及《太平广记》卷一六六;《双鱼记》传奇杂取宋王明清笔记《摭青杂说》所载单符郎与邢春娘离合故事,另起炉灶。

根据明代笔记小说、传奇小说或白话小说改编的,如《坠钗记》传奇本事出明初瞿佑传奇小说《金凤钗记》,见《剪灯新话》卷一;《四异记》传奇本事出明阙名笔记《暇弋编》;《义侠记》传奇悉本《水浒传》小说第二十二回至第三十回各回事迹,敷叙而成;《博笑记》传奇则多取材于明王同轨笔记《耳谈》[1]。其中尤可注意的,是沈璟传奇与当代小说的密切联系,或直接取材于当代小说,或与当代小说采用相同题材。这一创举开风气之先,影响至于明末清初苏州派的传奇创作[2]。

吕天成《义侠记序》说:"先生诸传奇,命意皆主风世"(《义侠记》传奇卷首)。"风世",即以封建伦理道德针砭社会上堕落的人情世态,这是沈璟传奇的基本主题。在他的传奇中,我们不难看到教化传奇投下的浓重阴影。沈璟评吕天成传奇作品,称扬其"扬厉世德","警戒贪淫,大裨风教","可令道学解嘲"[3],也可见其审美趣味所在。

例如,《埋剑记》传奇现存明万历间继志斋刻本,凡二卷三十

---

[1] 以上参见郭英德:《沈璟传奇本事考略》,《文献》1993年第4期,第33—45页。
[2] 参见本书第十三章第二节的有关论述。
[3] 沈璟:《致郁蓝生书》,吕天成著、吴书荫校注:《曲品校注》附录。

六出,叙写唐朝郭仲翔(字飞卿)、吴保安(字永固)二人生死不负的友情,借以抨击虚情假义、见利忘义的世风。祁彪佳《远山堂曲品》评云:

> 郭飞卿陷身蛮中,吴永固以不识面之交,百计赎出,可谓不负生友。飞卿千里赴莫,移恤永固之子,可谓不负死友。世有生死交如此,洵足传也。①

剧中借用《史记》卷三一《吴太伯世家》所记春秋时吴季札挂剑于徐君冢树之事,虚构郭仲翔以家传宝剑赠吴保安,后竟埋剑祭友,特意歌颂侠义之情。作者旨在"看取旧传新编论交谊,愧杀世间人,称友朋"(第三十六出《恩荣》【饶饶令】)。所以作者开宗明义道:

> 达道彝伦,终古常新,友朋中无几何存。朝同兰蕙,暮变荆榛,又陡成波,翻作雨,覆为云。 所以先贤,著《绝交》文,畏人间轻薄纷纷。我思前事,作劝人群,可继萧朱,追杜左,比雷陈。(第一出《提纲》【行香子】)

徐复祚《南北词广韵选》卷一评云:"此传笃于友谊,深可为纷纷转蓬者之戒。"可谓深得作者之心。

《双鱼记》传奇现存明万历间继志斋刻本,凡二卷三十出。剧作一方面描写了刘皞与同窗好友石若虚终生不渝的友情,将他们比作"范张鸡黍"之情,从而针砭"门庭畏客频,世路知交尽"的世风(第二出《过从》【玉芙蓉】)。另一方面肯定了邢春娘守身不辱的节义,当她飘泊落难时,宁可卖身,也不忍当掉她与刘皞定情的白玉双鱼;当她沦落烟花时,为保贞节而力求洁身,最后终得团圆。

---

① 祁彪佳:《远山堂曲品》,收入《中国古典戏曲论著集成》第六册。本章下文凡引此书者,不再一一出注。

而《桃符记》传奇则侧重于抨击世风的堕落和道德的沦丧。《桃符记》现存清康熙六十一年（1722）钞本等，凡二卷三十出，叙宋朝刘天仪、裴青鸾冤案，着重描写了裴青鸾父亲病亡，母女无依，惨遭强徒谋害的悲惨遭遇，深深同情下层人民在弱肉强食的社会中任人摆布的命运。吕天成《曲品》卷下称其："宛有情致，时所盛传。"

《义侠记》传奇是沈璟的代表作①，现存明万历四十年（1612）继志斋刻本等，凡二卷三十六出。剧中所演武松景阳冈打虎，阳谷县遇兄，杀西门庆，伏蒋门神，十字坡认义，飞云浦复仇，避难十字坡，投奔梁山泊诸情节，皆本于《水浒传》小说。结尾添出宿元景颁诏，梁山群雄招安。作者刻意把武松士大夫化，突出其忠义和侠烈，表现了"名将出衡茅"的思想（第一出《家门》【临江仙】）。吕天成《义侠记序》抉发此剧意旨道：

> 且武松一萑苻之雄耳，而闾里少年，靡不侈谈脍炙。今度曲登场，使奸夫淫妇，强徒暴吏，种种之情形意态，宛然毕陈，而热心烈胆之夫，必且号呼流涕，搔首瞋目，思得一当以自逞，即肝脑涂地而弗顾者。以之风世，岂不溥哉！彼世之簪珮章缝，柔肠弱骨，见义而不能展其侠，慕侠而未必出于义，愧武松多矣，然读此不亦兴起而有立志乎？（刻本卷首）

剧中描写武松之侠义，武大之懦弱，潘金莲之淫荡，西门庆之奸黠，王婆之刁诡，蒋门神之蛮横，虽不及小说原本描摹细致，但亦态各人殊，尚能曲尽其致。

《博笑记》传奇现存明天启三年（1623）刻本，凡二卷二十八

---

① 按，冯梦祯《快雪堂日记》（明刻本），壬寅九月二十五日载："赴吴文倩之席，邀文仲作主，文江陪，吴徽州班演《义侠记》，旦张三者，新自粤中回，绝技也。"壬寅为万历三十年（1602），《义侠记》当作于是年九月之前。

出。全剧由十个互不相关的小剧组成,包括:《巫举人痴心得妾》、《乜县佐竟日昏眠》、《邪心妇开门遇虎》、《起复官遘难身全》、《恶少年误鸳妻室》、《诸荡子计赚金钱》、《安处善临危祸免》、《穿窬人隐德辨冤》、《卖脸客擒妖得妇》、《英雄将出猎行权》。每事皆取旧有题材,敷演成剧。这是一组怪诞的喜剧作品,将社会中的人情世态、风情习俗或种种劣迹败行,集中夸大,或歌颂、或讽刺,造成强烈的喜剧效果。如《安处善临危祸免》叙安处善因忠信而逢义虎,船盗谋财害命而被虎吃掉,揭示虎有仁义,人不如兽。《乜县佐竟日昏眠》以漫画笔调,叙写一个愚蠢无能的县丞终日昏睡,不理政事,辛辣地讽刺了当时官场的恶习。卷末收场诗云:"旧迹于今总未湮,一番提起一番新。"显然包含针砭时弊之意。

当然,劝善惩恶的道德倾向并不是沈璟传奇的全部内涵。当大多数传奇作家还在历史传说与文人韵事中流连忘返的时候,沈璟的传奇作品率先着力展示市井风习和平民口味,这在当时实为一种易旧鼎新的文化现象,在明清传奇史上应该大书一笔。

在沈璟的传奇作品中,我们看到了对人情世俗的精雕细绘和对世态人情的津津玩味,尤其是对平民百姓个人命运的关心同情和对他们的形态情感的写真传神,使人读之顿感一股扑面而来的清新之气。其中,举凡妓女、小贩、船夫、偷贼、僧道、流氓、赌夫……无不登场司唱,栩栩如生。这种刻意为平民百姓描摹传写的艺术倾向,有力地推进了明中期以降文化权力下移的历史趋势,成为明末清初苏州派传奇的先声。

从作品题材上看,戏曲最初出现时,便极多表现市井生活的作品。宋杂剧从今存名目上看,即以"多市井琐屑"为特点①。在宋

---

① 吴梅:《中国戏曲概论》卷上,王卫民编:《吴梅戏曲论文集》(北京:中国戏剧出版社,1983),第 117 页。

元戏文现存的三个剧本《张协状元》、《宦门子弟错立身》和《小孙屠》中,主要角色即多为市井中人,如下层文人、艺人、屠户、妓女、胥吏等等。元杂剧中,也多有描写市井生活的作品。沈璟在文人审美趣味风靡剧坛的万历年间,毅然决然地上接宋元传统,张扬市井风习,展示出崭新的艺术风貌和文化风貌。

二、通俗美听

和明后期许多传奇作家一样,沈璟最初受到文词派影响,填词亦从骈俪绮艳入手。他的处女作《红蕖记》传奇①,现存明万历间刻本,凡二卷四十出,叙唐朝贞元间郑德璘与韦楚云、崔希周与曾玉丽姻缘遇合故事,便是文词一派的作品。吕天成《曲品》卷下评云:

> 著意铸裁,曲白工美。郑德璘事固奇,无端巧合,结撰更异。先生自谓:字雕句镂,止供案头耳。此后一变矣。

祁彪佳《远山堂曲品》评云:

> 记中有十巧合,而情致淋漓,不啻百转。字字有戛金戛玉之韵,句句有移宫换羽之工。至于以药名、曲名、五行、八音及联韵叠句入调,而雕镂极矣。先生此后一变为本色,正惟能极艳者方能极淡。

风格同样以骈雅见长的,尚有《埋剑记》、《十孝记》等。

后来,沈璟摆脱了文词派的羁缚,转而"僻好本色"②,倡导并模仿宋元戏文质朴通俗的语言风格。王骥德《曲律》卷四《杂论》

---

① 祁彪佳《远山堂曲品·红蕖记》云:"此词隐先生初笔也。"沈璟于万历十七年(1589)告归,开始戏曲创作,则此剧当作于是年顷。
② 王骥德:《新校注古本西厢记》(明刻本),卷六,附录《词隐先生手札二通》之一。

下评云：

> 《红蕖》蔚多藻语。《双鱼》而后，专尚本色。

这大约是万历二十年(1592)左右的事①，标志着传奇开始摆脱文词派的束缚，由"案头之曲"向"场上之曲"转变，同时也奠定了吴江派戏曲语言的基本风格。而这种"崇古"的文学倾向，与王世贞等后七子的影响也颇有关系。

但是，沈璟的传奇语言过分追求朴淡，往往误入歧途，以至淡而无味，俗而过俚，甚至连他的代表作《义侠记》传奇也难免此弊。凌濛初《谭曲杂札》批评道："沈伯英审于律而短于才，亦知用故实、用套词之非宜，故作当家本色俊语，却又不能，直以浅言俚句，掤拽牵凑，自谓独得其宗。"

到晚年，沈璟对喜剧创作情有独钟。如吕天成《曲品》卷下评《分柑记》云："此本谑浪叠出，可喜。"评《四异记》云："旧传吴下有嫂奸姑事，今演之，快然。"现存的《坠钗记》传奇（又名《一种情》），有清代钞本，凡二卷三十一出，叙唐朝博陵人崔嗣宗（乳名兴哥）与御使何厚之女兴娘、庆娘姊妹的生死姻缘，"盖因《牡丹亭记》而兴起者"②。吕天成《曲品》卷下评云："先生自逊，谓'不能作情语'，乃此情语何婉切也！"但与《牡丹亭》传奇以悲剧色彩为底蕴不同，此剧纯粹以误会与巧合为主要情节，洋溢着轻快的喜剧情调。而《博笑记》传奇更是别开生面的喜剧小品汇编，寓庄于谐，妙语连珠，吕天成《曲品》卷下评云："杂取《耳谈》中事谱之，多令人绝倒。先生游戏，至此神化极矣。"

---

① 按，吕天成《曲品》卷下《玉合记》条云："(梅鼎祚)又曾著《玉导》，家君（按，指吕玉绳）谓之曰：'符郎事已引入《双鱼》。'遂止。"《玉合记》传奇作于万历十二年(1584)，而梅鼎祚与吕玉绳往来则在是年至万历二十年(1592)间（参见〔日〕八木泽元《明代剧作家研究》第六章《梅鼎祚》），则《双鱼记》传奇大约作于万历二十年顷。

② 王骥德：《曲律》卷四《杂论》下。

沈璟创作传奇,自觉地以"场上之曲"为职志,所以在艺术上有志于革新。如《博笑记》传奇,"每一事为数出,合数事为一记,既不若杂剧之拘于四折,又不若传奇之强为穿插"①,实为传奇变体,盖系沈璟特创。其先沈璟撰有《十孝记》,以三出演一孝子事,合三十出为一编,吕天成《曲品》卷下评云:"每事三折,似剧体,此是先生创之。"今无传本,唯《群音类选》等选录散出。《博笑记》体例亦同,唯每事或二出,或三出,或四出,出数更不整饬②。

又如《红蕖》、《埋剑》、《双鱼》等传奇,都"具有程度不同的双重结构,立意以情节离奇、关目曲折取胜,对后来活跃于苏州一带的剧作家群影响不小。清初朱㿥的《双熊梦》(即后来的《十五贯》)就是同类型的作品"③。而且,沈璟着意以"无端巧合"构成传奇情节主干的艺术趣味,对明后期传奇"尚奇"风气的形成,也产生了一定的影响。凌濛初《谭曲杂札》说:

> 沈伯英构造极多,最喜以奇事旧闻,不论数种,扭合一家,更名易姓,改头换面,而又才不足以运掉布置,掣衿露肘,茫无头绪,尤为可怪。

这既说明了沈璟传奇结构追求新奇的特点,也指出了其传奇结构不免散漫的弊病,这不正是万历年间传奇作家的通病吗?

沈璟的传奇创作和他的曲律研究一样,以"美听"为归趋④,因而在格律上颇下工夫。但他基本上还处于艺术探索阶段,所以一者文笔不免拙笨,二者曲律也不甚整饬。沈德符《顾曲杂言》

---

① 茗柯生:《刻博笑记题词》,《博笑记》传奇卷首。
② 按,以一本传奇演数则故事,此体实自明沈采的《四节记》传奇,分春夏秋冬,以四名人配四景,各述一故事,分之则为四记,合之则为一本。
③ 徐朔方:《沈璟年谱·引论》,《晚明曲家年谱·苏州卷》,第293页。
④ 《南曲全谱》附录卷【巫山十二峰】注云:"'上小楼','上'字用在'小'字上,若唱上声,不美听,只得唱去声矣。"

评道:

> 惟沈宁庵吏部后起,独恪守词家三尺,如庚青、真文、桓欢、寒山、先天诸韵,最易互用者,斤斤力持,不少假借,可称度曲申、韩。然词之堪入选者殊鲜。

王骥德《曲律》卷四《杂论》下也评道:

> 吴江诸传,如老教师登场,板眼场步,略无破绽,然不能使人喝采。

> 吴江守法,斤斤三尺,不欲令一字乖律,而毫锋殊拙……生平于声韵宫调,言之甚悉,顾于己作,更韵更调,每折而是,良多自恕,殆不可晓耳。

其实,这既反映了沈璟的重音律而轻文词的审美趣味,也体现出筚路蓝缕者的艰辛,并没有什么"不可晓"之处。

第三节 衣钵相承,各出机杼
—— 吴江派的理论与创作

明代后期,沈璟曲学的影响逐渐扩大,"嗣后作者,波委云属"①,于是在沈璟的周围形成了一个重要的戏曲流派,因为沈璟是吴江人,后人称之为"吴江派"。

吴江派曲家究竟包括多少人?历来说法不一。明崇祯间沈自晋第一次勾画出吴江派的阵容,其《望湖亭》传奇第一出《叙略》【临江仙】云:

---

① 邹式金:《杂剧新编·小引》,邹式金辑:《杂剧新编》(清顺治间刻本),卷首。

词隐登坛标赤帜,休将玉茗称尊。郁蓝继有榭园人,方诸能作律,龙子在多闻。　香令风流绝调,幔亭彩笔生春,大荒巧构更超群。鲰生何所似？犟笑得其神。①

"词隐"即沈璟,"玉茗"即汤显祖,"郁蓝"为吕天成,"榭园人"为叶宪祖,"方诸"为王骥德,"龙子"即冯梦龙,"香令"即范文若,"幔亭"即袁于令,"大荒"即卜世臣,"鲰生"乃沈自晋自谦之词。以此为准,属于吴江派的作家有沈璟、吕天成、叶宪祖、王骥德、冯梦龙、范文若、袁于令、卜世臣、沈自晋等九人。青木正儿《中国近世戏曲史》增补顾大典一人②。钱南扬《谈吴江派》又增补史槃、汪廷讷、沈自征、吴炳、胡遵华等五人,并认为吴江沈氏一门及亲戚朋友有作品见于沈自晋《南词新谱》的三四十人,亦应从属于吴江派③。徐朔方《晚明曲家年谱·苏州卷·沈璟年谱·引论》则认为,徐复祚与许自昌也可看作吴江派曲家。

在上举数十人中,吴炳实以汤显祖为传奇创作楷模,可剔除不算;沈自征仅作杂剧,可不论;胡遵华和吴江沈氏一门亲戚朋友,或仅作散曲,或所作传奇不存,也可不论。那么,吴江派传奇作家可供讨论者共有 14 人:沈璟、卜世臣、吕天成、王骥德、汪廷讷、叶宪祖、史槃、顾大典、徐复祚、许自昌等十人,主要活动于万历年间,可称前期吴江派;冯梦龙、范文若、袁于令、沈自晋等四人,主要活动于明末清初,可称后期吴江派。

这 14 位吴江派作家共创作传奇作品约 115 种,现存 37 种,改编当代传奇作品 20 种,现存 14 种,可谓洋洋大观。这些传奇作品大多以伦理教化或惩劝风世为主旨,一般严守格律,曲辞本色,便

---

① 沈自晋:《望湖亭》传奇,《古本戏曲丛刊二集》影印明崇祯间刻本。
② 见该书第九章第二节,王古鲁译著本,第 217 页。
③ 见《谈吴江派》一文中《吴江派的代表人物和它的阵容》一节,收入钱南扬《汉上宧文存》(上海:上海文艺出版社,1980)。

于场上演出,构成吴江派传奇的基本特色。

一、前期吴江派嫡传

前期吴江派传奇作家中,卜世臣、吕天成、王骥德、汪廷讷、叶宪祖五人,都与沈璟有师弟关系,可称吴江派嫡传。他们以"合律依腔"为旗帜,但无论是在理论上还是在创作上,都对沈璟既有所继承也有所修正。

王骥德《曲律》卷四《杂论》下说:"自词隐作《词谱》,海内斐然向风。衣钵相承,尺尺寸寸,守其榘彟者二人,曰吾越郁蓝生,曰槜李大荒逋客。""郁蓝生"即吕天成,"大荒逋客"即卜世臣,二人可谓沈璟的衣钵传受者。

卜世臣(1572—1645),字孝裔,别号蓝水,又号大荒逋客。秀水(今浙江嘉兴)人。诸生。博学多闻,蓄书籍甲于一郡。磊落不谐俗,每日扃户著书。著有《挂颊言》、《玉树清商》、《多乐识》等。其从姑为沈璟母亲,沈璟的妹妹又嫁其从兄卜二南,卜、沈两家世代联姻,所以卜世臣的曲学深受沈璟影响,平生与吕天成也"素相友善"①。所撰传奇三种:《冬青记》尚存;《乞摩记》、《双串记》,已佚。《传奇汇考标目》增补本还著录有《四劫记》,不知所据。

《冬青记》传奇现存明万历间原刻本,凡二卷三十六出,第九出至第二十九出残缺。剧演元初山阴儒生唐珏和临安太学生林德阳(字景曦)等收拾安葬南宋诸帝遗骨的故事,本事见元末陶宗仪《南村辍耕录》卷四《发宋陵寝》,及郑元祐《遂昌山樵杂录·书林义士事》。剧作极力表彰忠臣义士,吕天成《曲品》卷下评云:

> 悲愤激烈,谁诮腐儒酸也?音律精工,情景真切。吾友张望侯云:"槜李屠宪副于中秋夕,率家乐于虎邱千人石上演

---

① 吕天成:《曲品》卷上。

此,观者万人,多泣下者。"

乾隆间蒋士铨撰《冬青树》传奇,也将这一故事穿插其中,以衬托文天祥的忠贞爱国。

吕天成《义侠记序》称卜世臣对于沈璟曲学"遵奉功令唯谨"。观《冬青记》剧卷首《凡例》所论:"宫调整按《九宫词谱》,并无混杂";"《中原音韵》凡十九,是编上下卷各用一周";"填词大概取法《琵琶》,参以《浣纱》、《埋剑》,其余佳剧颇多,然词工而调不协,吾无取矣";"点板悉依前辈古式,不敢轻徇时尚"……的确于沈璟"衣钵相承"。但"其中间有点板用调处,尚涉趋时",沈璟劝他"宜改遵旧式",他却考虑到:"俗师舌上传讹,已非朝夕,骤绳以古格,彼且骇为怪物,哄然走耳。"所以还是"姑以循里耳"①。可见在吴江派曲家那里,守律在根本上还是应为便于舞台演出服务的。而他的《乞麾记》传奇,则严守格律,"终帙不用上去叠字,然其境益苦而不甘"②。

吕天成(1580—1618),字勤之,号棘津,别署郁蓝生、竹痴居士。余姚(今属浙江)人。其父吕胤昌、舅祖孙鑛、表伯孙如法,皆酷好曲学,与沈璟交往密切。吕天成28岁时曾为沈璟校订《义侠记》并作序,还为沈璟刊刻过一些传奇。沈璟对他也极为信任,"生平著作,悉授勤之",并致信和作【江头金桂】套曲,品评他的传奇和杂剧③。

吕天成所作传奇共13种:《神女记》、《金合记》、《戒珠记》、《神镜记》、《三星记》、《双栖记》、《四相记》、《四元记》、《二淫记》、《神剑记》(以上10种合称《烟鬟阁传奇十种》)、《双阁画扇

---

① 卜世臣:《冬青记》传奇,卷末《谈词》。
② 王骥德:《曲律》卷四《杂论》下。
③ 参见王骥德:《曲律》卷四《杂论》下,吕天成著、吴书荫校注:《曲品校注》附录。

记》、《李丹记》、《蓝桥记》,均佚。沈璟评其作"音律精严,才情秀爽"①。王骥德《曲律》卷四《杂论》下评云:"所著传奇,始工绮丽,才藻烨然;后服膺词隐,改辙从之,稍流质易,然宫调、字句、平仄,兢兢愍夺,不少假借。"其严守沈璟轨范:"《神剑》、《二淫》等记,并其科段转折亦似之。""率斤斤功令,称松陵衣钵高足。"另有杂剧作品二三十种,今仅存《齐东绝倒》,收入《盛明杂剧》中。

吕天成的《曲品》一书,初刻于万历三十八年(1610),增补于万历四十一年(1613),保存了众多传奇作家和传奇剧目的可靠材料,是研究明代戏曲的最珍贵的文献。而且书中对作家作品的评论,要言不烦,精彩迭见,于沈璟曲学既有所发挥,更有所修正②。

与沈璟、吕天成交谊深厚,并在曲学上卓有建树的,有王骥德。

王骥德(1542—1623),字伯良,一字伯骥,号方诸生,别署方诸仙史、秦楼外史、玉阳生、玉阳仙史。会稽(今浙江绍兴)人。尝献业于南国子祭酒冯梦祯门下,但功名终未得意。曾北上燕京,浪游维扬、汴梁,以词曲知名当时。始师事同里徐渭,继与沈璟讨论音律,厘订平仄。沈璟对他的声律造诣极其赞赏,"谓有冥契","诸所著撰,往来商榷"③。他曾怂恿沈璟编著《南曲全谱》,沈璟撰成后,还请他作序④。沈璟也评点过他校注的《西厢记》。他又从孙𬭚、孙如法学习声韵,辨别阴阳。著有《方诸馆集》、《方诸馆乐府》、《曲律》、《南词正韵》等。所撰戏曲六种,其中传奇《题红记》,杂剧《南王后》,今存;杂剧《金屋招魂》、《弃官救友》、《两旦

---

① 沈璟:《致郁蓝生书》,吕天成著、吴书荫校注:《曲品校注》附录。
② 关于吕天成的生平与作品,参见吴书荫《吕天成和他的作品考》,《曲品校注》附录,第422—463页;徐朔方:《王骥德吕天成年谱》,见其《晚明曲家年谱·浙江卷》,第237—291页。
③ 毛以遂《曲律跋》,王骥德《曲律》卷末。
④ 王骥德《曲律》卷四《杂论》下云:"……作谱,余实怂恿先生为之","尝一命余序《南九宫谱》"。

双鬟》、《倩女离魂》,皆佚。《传奇汇考标目》增补本还著录有《天福记》、《题曲记》、《百合记》、《裙钗婿》四种,不详所据①。

在创作上,祁彪佳《远山堂剧品·金屋招魂》云:"方诸生遵词隐功令,严于法者也。"其《题红记》传奇约作于二十岁左右(嘉靖四十一年[1562]?),现存明万历间金陵继志斋刻本,凡二卷三十六出。以元人白朴《韩翠蘋御水流红叶》杂剧为蓝本,本事出宋张实传奇小说《流红记》,叙唐朝洛阳人于祐与宫女韩翠屏红叶题诗、姻缘遇合的故事,系改易其祖父王炉峰《红叶记》传奇之作②。此剧大旨在宣扬姻缘天意,兼抒男女之情,作者自云:

> 姻缘总天造,看霜红凑巧,乍挥毫,岂意便成姻好。波流颠倒,这其间自有神明导。(第三十六出《恩弛完合》【乔合笙】)

就其风格而言,《题红记》实为文词派的流裔,曲辞藻丽,而结构松散。徐復祚《曲论》评云:

> 今观其词,使事向于禹金(按,指梅鼎祚),风格不及伯起(按,指张凤翼),其在季孟之间乎?独其结构如抟沙,开阖照应,了无线索,每于紧处散缓,是又大不如伯起者也。

此剧相近韵部通押,遵从南戏韵例,与王骥德后来的声律主张大不相符。

王骥德的《曲律》一书,从曲源、曲牌、宫调、平仄、阴阳、韵辙、板眼、调式、章法、句法、字法以及套数、小令、引子、过曲、尾声、宾

---

① 关于王骥德的生平事迹,参见任讷:《王骥德传略》,《曲谱》卷三,收入其《散曲丛刊》(上海:中华书局,1931);徐朔方:《王骥德吕天成年谱》,见其《晚明曲家年谱·浙江卷》,第237—291页。

② 王骥德《曲律》卷四《杂论》下云:"余大父炉峰公博学高才……少时曾草《红叶》一记,都雅婉逸,翩翩有风人之致。遗命秘不令传,今藏家塾。余弱岁卧病,先君子命稍更其语,别为一传,易名《题红》,为屠纬真仪部强序入梓。"胡文焕《群音类选》(中华书局影印本)卷十七收录《红叶记》散出五出,未题撰者,疑即王炉峰所作者。

白、科诨等方面,对前代和当代的曲学研究成果作了全面的总结,以其理论的创新性和系统性而成为明代曲学研究的高峰,是中国古代戏曲理论发展史上承前启后的经典著作。近人任讷(1897—1991)认为:

> 无骥德则谱律之精微,品藻之宏达,皆无以见,即谓今日无曲学可也。①

其曲学虽是"遵词隐功令,严于法者",但又不入沈璟窠臼,于本色论、声律论等都别有心得,自成一家。尤其在音韵上,沈璟遵守《中原音韵》,王骥德则改从《洪武正韵》,编纂《南词正韵》,欲以之作为传奇韵例的典型。

当时即被称为"词隐高足"的,还有汪廷讷和叶宪祖。祁彪佳《远山堂曲品》评汪廷讷《投桃记》云:"作者犹未脱俗,惟守律甚严,不愧词隐高足。"吕天成在《义侠记序》里称叶宪祖"遵奉"沈璟"功令唯谨",在《曲品》卷下论其《双卿记》时又说他:"景趣新异,且守韵调甚严,当是词隐高足。"按,汪、叶二人于沈璟,当仅私淑而已,恐皆未必亲炙,但审美趣味与沈璟相近,则是事实。

汪廷讷(1569?—1628后),原字去泰,改字昌朝,号无如、坐隐先生、无无居士、全一道人、清痴叟。休宁(今属安徽)人。家为富商。万历二十六年(1598)捐赀为盐课副提举,迁宁波府同知。家筑坐隐园、环翠堂,广储图书,喜接四方名士。中年后皈依道家,后不知所终。著有《坐隐先生集》、《无无子正续赘言》、《坐隐先生订谱全集》等。辑有《人镜阳秋》、《文坛列俎》、《环翠堂华衮集》等②。

---

① 任讷:《王骥德传略》,《曲谐》卷三。
② 关于汪廷讷的生平事迹,参见徐朔方《汪廷讷行实系年》,《晚明曲家年谱·皖赣卷》,第505—546页。按,周晖《续金陵琐事》卷下云:"陈莨卿所闻,工乐府,《濠上斋乐府》外,尚有八种传奇:《狮吼》、《长生》、《青梅》、《威凤》、《同升》、《飞鱼》、《彩舟》、《种玉》,今书坊汪廷讷皆刻为己作。余怜陈之苦心,特为拈出。"据此,汪氏之传奇或多出于陈所闻之手,待考。

汪廷讷所作戏曲甚富,合集为《环翠堂乐府》。有杂剧 9 种:《画舫寻梅》(又名《青梅佳句》)、《捐奁嫁婢》、《闻歌纳妓》(又名《广陵月》)、《中山救狼》、《诡男为客》、《石室悟棋》、《同僚认父》、《报仇归释》8 种,今存;《太平乐事》,已佚。传奇 14 种:《狮吼记》、《投桃记》、《三祝记》、《彩舟记》、《义烈记》、《重订天书记》6 种,今存;《长生记》、《种玉记》、《二阁记》、《威凤记》、《飞鱼记》、《忠孝完节》、《高士记》、《同升记》8 种,已佚。

汪廷讷的传奇作品有浓重的伦理教化色彩。如《投桃记》、《彩舟记》等作品,皆写少男少女私情苟合的故事,却偏要标榜"发乎情,止乎礼义","愿天下人知所惩创而开示以自省之门"①。他甚至一边耽恋风情故事,一边还要声称:"寻常风月何堪记?总不如孝和弟,唱与随,忠兼义。"②于是作《三祝记》传奇,写宋朝范仲淹父子的事功、文章与道德,惩恶劝善,"其有裨于风化者岂鲜小哉"③!又作《义烈记》传奇,写东汉党锢之祸时,张俭望门投止,四处逃难,而孔融一家一门争死,"高义薄云天,伟烈贯金石……戏剧中有系名教,非偶然已也"④。

顾起元《坐隐先生传》称汪廷讷:"传奇中率借人以写己怀,得寓言比兴之意。"⑤可见他的传奇不乏自我写照之作,如《长生记》、《同升记》等作品,正是其求仙证道的产物。

汪廷讷信守沈璟曲律,他的《广陵月》杂剧第二折有两支【二

---

① 陈昭远:《投桃记序》,汪廷讷:《投桃记》传奇卷首,《古本戏曲丛刊二集》影印明万历间环翠堂刻本。
② 汪廷讷:《三祝记》传奇第三十六出《双寿》【节节高】,《古本戏曲丛刊二集》影印明万历间环翠堂刻本。
③ 陈昭远:《叙三祝记》,汪廷讷:《三祝记》传奇卷首。
④ 薛应和:《义烈记序》,董康等辑:《曲海总目提要》(北京:人民文学出版社,1959),卷八"义烈记"条引。
⑤ 汪廷讷:《坐隐先生订谱全集》(明万历间刻本),卷首。

郎神】曲,强调:"名虽小技,须教协律依腔";"把仄韵平音分几项,阴阳易混,辨来清浊微茫"。全然是沈璟【二郎神】套《词隐先生论曲》的复制品。因此他的传奇、杂剧一般严守格律,自称"音谐律吕自堪传"①。如《投桃记》,吕天成《曲品》卷下评云:"……此记甚有情趣,佳句可讽,且精守韵律,尤为可喜。"祁彪佳《远山堂曲品》评云:"作者犹未脱俗,惟守律甚严,不愧词隐高足。"

汪廷讷的代表作是《狮吼记》传奇,现存明万历间环翠堂原刻本等,凡二卷三十出。本事出《宋人小说类编》卷三《调谑》,叙宋朝陈慥惧内,其妻柳氏性奇妒,多番加以折磨,而苏轼设法惩治柳氏,终使柳氏皈依佛门。剧中兼采诸多惧内故事,堪称惧内故事大全②。剧作警劝为人妇者勿犯妒恶,并宣扬佛法无边,卷末收场诗云:

> 祸福无门只自招,柳氏积恶犯天条。狮威尽仗真僧伏,黑梦全凭学士调。千里友朋同结社,一时父子共登朝。这般妒妇犹成佛,始信灵山路不遥。

全剧思想旨趣虽然不高,但却生动地描写了畸形的封建家庭生活,刻画了封建士人既风流又萎弱的矛盾性格,饶有滑稽戏谑的喜剧格调,所以流行于剧场。吕天成《曲品》卷下评云:"惧内从无南戏。汪初制一剧,以讽枋榆,旋演为全本,备极丑态,堪捧腹。末段悔悟,可以风笄帏中矣。"祁彪佳《远山堂曲品》评云:"初止一剧,继乃杂引妒妇诸传,遂无境不入趣矣。曲、白恰好,迥越昌朝

---

① 汪廷讷:《彩舟记》传奇(明万历间环翠堂刻本),卷末收场诗。
② 如第九出《奇妒》用荀介子事,出南朝梁沈约《俗说》;第二十一出《诉冤》所谓"四畏堂",用王文穆事,见清赵吉士《寄园寄所寄》所引《遣愁集》;第十六出《顶灯》用李大壮事,出宋陶谷《清异录》;第十六出《变羊》、十九出《复形》用某士人事,出《艺文类聚》卷三五引虞通之《妒记》。参见赵景深《狮吼记杂采诸小说》,见其《中国戏曲初考》(郑州:中州书画社,1983),第181—186页。

他本。"

叶宪祖（1566—1641），字美度，一字相攸，号六桐、桐柏，别署槲园生、槲园外史、槲园居士、紫金道人。余姚（今属浙江）人。万历二十二年（1594）中举，至四十七年（1619）方中进士。历任新会知县、大理寺评事、工部主事等。因讥议魏忠贤建生祠，坐故削籍。崇祯三年（1630）起复，历官至广西按察使，以疾辞官归乡。晚年归依佛法。善诗古文，著有《青锦园集》、《青锦园续集》、《白云初稿》、《白云续集》等①。

叶宪祖尤工词曲，所撰戏曲 30 种。其中传奇 6 种：《鸾鎞记》，今存；《金锁记》、《玉麟记》、《双卿记》、《双修记》、《宝铃记》5 种，已佚。杂剧 24 种：《夭桃纨扇》、《碧莲绣符》、《丹桂钿合》、《素梅玉蟾》（以上 4 种合称《四艳记》）、《三义成姻》、《北邙说法》、《易水寒》、《寒衣记》、《团花凤》、《渭塘梦》、《琴心雅调》、《骂座记》12 种，今存；《巧配阎越娘》、《西楼夜话》、《死生缘》、《芙蓉屏》、《耍梅香》、《玳瑁梳》、《碧玉簪》、《桃花源》、《贺季真》、《会香衫》、《龙华梦》、《鸳鸯寺》12 种，已佚。

《鸾鎞记》现存明末汲古阁刻《六十种曲》所收本，凡二卷二十七出。另有清红格钞本，凡二卷三十四折，情节关目多所增饰，科介且更详细，盖系清代的舞台演出本。传奇为真实的历史人物虚构故事，以唐朝末年杜羔和赵文姝、温庭筠和鱼玄机两对青年男女的爱情纠葛为主线，穿插贾岛科举落第、削发为僧的事迹。据史，温庭筠与鱼玄机虽相识，且有诗篇酬答，但未尝有婚嫁之事，"盖作者之意，以庭筠有才而沦落，玄机有才色而飘零，以为二人相偶，庶几无憾耳"②。作者自云："槲园性格耽游戏，把两个佳人扯作一

---

① 关于叶宪祖的生平事迹，参见徐朔方：《叶宪祖年谱》，见其《晚明曲家年谱·浙江卷》，第 493—518 页。

② 董康辑：《曲海总目提要》卷十三"鸾鎞记"条。

堆,妆点新词自解颐。"(刻本第二十七出【尾声】)

而《鸾𫛳记》的主旨,实为抨击晚明腐败的科场,且寄寓作者25年科场蹭蹬的不平之慨,黄宗羲《外舅广西按察使叶公改葬墓志铭》云:"如《鸾𫛳》借贾岛以发抒二十余年公车之苦,固有明第一手矣。"①第十二出《摧落》借题发挥,淋漓尽致地揭露了科场的黑暗腐败,显然是有为而作的。吕天成《曲品》卷下评云:"曲中颇具愤激。"以传奇抨击科举制度的黑暗,《鸾𫛳记》实开风气之先,清代尤侗的《钧天乐》传奇等作品,即承其余绪,张大旗帜。

叶宪祖的剧作一般短于创新,曲文平板而乏生气,黄宗羲称道他:"古淡本色,街谈巷语,亦化神奇,得元人之髓"②,实属谀词。但作者用心于结构,全剧以鸾𫛳为贯串关目的物件,"看一对鸾𫛳分合,总关多少情踪"(第一出《提宗》),颇具匠心。

二、前期吴江派羽翼

前期吴江派中,史槃、顾大典、徐復祚、许自昌四人,与沈璟关系稍疏,但却各自以其戏曲理论或传奇创作与沈璟遥相呼应,从而张大了吴江派的势力,可称为吴江派的羽翼。

比沈璟生年稍早,在传奇创作旨趣上大致相近的作家,有史槃和顾大典。

史槃(约1533—1629稍后),字叔考,会稽(今浙江绍兴)人。工词曲,与王骥德同为徐渭门人。所为书画,刻画徐渭,即徐渭亦不能自辨。仕途困厄,南北飘零,品花醉酒,出入妓院。著有《童𣫏斋集》。所撰戏曲19种。其中杂剧《三卜真状元》、《清凉扇余》、《苏台奇遘》3种,惜皆未传。传奇16种:《樱桃记》、《鹣钗

---

① 黄宗羲:《南雷诗文集》卷上,《黄宗羲全集》第十册(杭州:浙江古籍出版社,1993)。

② 黄宗羲:《外舅广西按察使叶公改葬墓铭》。

记》、《吐绒记》3种,今存;《合纱记》、《忠孝记》、《梦磊记》3种,仅存残曲;《檀扇记》、《青蝉记》、《李瓯记》、《琼花记》、《双鸳记》、《朱履记》、《冬青记》、《梵书记》、《双串记》、《双丸记》等10种,已佚①。

史槃现存的传奇作品清一色都是才子佳人剧。《樱桃记》传奇现存明末刻本,凡二卷三十六出,叙唐末三河人丘奉先(字素平)与穆爱娟姻缘离合故事,中间插入黄巢与丁香的情恋,事无所本。祁彪佳《远山堂曲品》评云:

> 丘素平樱桃之盟几败矣,而作之合者,乃在黄巢。此君作贼,犹不失英雄本色。后以死丁香易生爱娟,凿空出奇,大可捧腹。

《鹈钗记》传奇现存明末书林杨居寀刻本等,凡二卷三十四出,叙唐朝宋璟(字广平)与荆燕红、康璧与真国香的爱情婚姻纠葛,祁彪佳《远山堂曲品》评云:

> 此记波澜,只在荆公误认宋广平为康璧耳,搬弄到底。至于完姻之日,欲使两女互易,真戏场矣。

《吐绒记》传奇(一名《唾红记》),现存清抄本,凡二卷三十出,叙唐朝润州人皇甫曾兄弟与卢忘忧主婢悲欢离合的故事。剧中人物虽多见于史,然情节事迹却皆属虚构。祁彪佳《远山堂曲品》评云:

> 叔考匠心创词,能就寻常意境,层层掀翻,如一波未平,一波复起。词以淡为真,境以幻为实,《唾红》其一也。

史槃传奇作品于情节刻意求奇,都用双重结构,并以误会与巧

---

① 关于史槃的生平事迹,参见徐朔方:《史槃行实系年》,见其《晚明曲家年谱·浙江卷》,第223—237页。

合取胜,"极曲中奇幻"①,成为明末清初才子佳人剧的熟套。冯梦龙《梦磊记序》评云:

> 史氏所作十余种,率以情节交错,离合变幻为骨,几成一例。②

祁彪佳《远山堂曲品·檀扇记》评云:

> 叔考诸作,多是从两人错认处,搏挽一番,一转再转,每于想穷意尽之后见奇。幸其词属本色,开卷便见其概,不令人无可捉摹耳。

史槃较早地以大量的传奇作品,构置出与《西厢记》、《牡丹亭》迥然不同的才子佳人戏曲的情节模式,为明清之际的才子佳人戏曲小说提供了艺术典范,在文学史上是值得注意的。其后吴炳和阮大铖推波助澜,才子佳人戏曲从此蔚然成风。

史槃的传奇作品多为场上之曲,音律谐协,语言通俗,自称:"编成不顾人称赏,论本色元人不让,可惜吠犬哗哗竞滚汤。"(《鹣钗记》第三十四出【尾声】)祁彪佳《远山堂曲品·青蝉》云其"深得词隐作法"。王骥德《曲律》卷四《杂论》下也评道:"自能度曲登场,体调流丽,优人便之,一出而搬演几遍国中。"

顾大典(1540—1596),字道行,一字衡宇,江苏吴江人。隆庆元年(1567)举人,二年(1568)进士,历任绍兴府学教授、处州府推官、刑部主事、南京兵部主事、山东按察副使、福建提学副使等。万历十五年(1587),为忌者所劾,坐谪禹州知州,自免归乡。流连诗酒,寄情词曲,多蓄声伎,与张凤翼、沈璟过从甚密。工诗文,著有

---

① 姚燮:《今乐考证》著录《吐绒》笺注引明郑仲夔《泠赏》,《中国古典戏曲论著集成》第十册,第225页。

② 史槃著、冯梦龙订定:《墨憨斋订定梦磊记传奇》,《古本戏曲丛刊二集》影印明崇祯间刻本。

《清音阁集》等。所撰传奇4种,总名《清音阁传奇》:《青衫记》、《葛衣记》,今存;《义乳记》、《风教编》,已佚①。

《青衫记》传奇是顾大典的代表作,约作于万历二十年(1592)②,现存明万历间金陵凤毛馆刻本等,凡二卷三十出。本事出唐白居易《琵琶行》诗及元马致远《江州司马青衫泪》杂剧,参照唐代史实,叙唐朝诗人白居易与长安名妓裴兴奴悲欢离合的故事。剧中包含作者对仕途的厌倦之情,卷末收场诗云:

> 休论白傅与元郎,仕路从来是戏场。一曲琵琶千古恨,翻令迁客有辉光。

张凤翼《青衫记序》则说他:"夫以乐天后身,传乐天往事,何异镜中写真。"显见剧中白居易正是作者写照。全剧情节,以青衫为线索,质衫、赎衫、携衫、赠衫,而以泪衫作结,颇觉牵强。

此外,《葛衣记》传奇现存旧钞本,凡二卷二十七出,本事出《南史》卷五九《任昉传》,叙南朝梁乐安博昌人任西华与到溉之女的婚姻离合故事,虚构到溉与任西华之父任昉结姻及退亲复圆等事,致慨于世态炎凉、人情冷暖。吕天成《曲品》卷下评云:"此有为而作,感慨交情,令人呜咽。"至于《义乳记》传奇和《风教记》传奇,则都以道德教化为主旨。这种创作旨趣与沈璟极为相近。

顾大典的传奇大都袭用南戏韵辙,徐复祚《曲论》说是"操吴音以乱押",这与沈璟颇相轩轾。因此,王骥德《曲律》卷四《杂论》下评顾大典的传奇"略尚标韵,第伤文弱",显然含有贬义。

---

① 关于顾大典的生平事迹,参见徐朔方:《顾大典年谱》,见其《晚明曲家年谱·苏州卷》,第263—286页。

② 据张凤翼《处实堂续集》(明万历间刻本)卷十《青衫记序》,此剧撰于顾大典归田以后。梅鼎祚《鹿裘石室集》(明天启间刻本)"书牍"卷九《与商道行学使》云:"新谱《青衫》,引泣千古,然胡不一润我耳,使随百兽率舞也。"此信写于万历二十年(1592)秋,既云"新谱",《青衫记》之作盖在是年,或稍前一二年。

万历后期,在理论上羽翼沈璟的还有徐復祚,在创作上模仿沈璟的则有许自昌。

徐復祚(1560—约1630),原名笃儒,字阳初,又字讷川,号谟竹,别署阳初子、爽鸠文孙、洛诵生、休休生、破悭道人、三家村老、忍辱头陀、悭吝道人、琴川逸士等。常熟(今属江苏)人。诸生,屡试不第,遂杜门著述,不求谐世。著有《三家村老委谈》(又名《花当阁丛谈》)。尤工词曲,张凤翼为其妻之世父,往往就受曲学指导。徐復祚《曲论》标称沈璟为曲学"宗匠",以是否"守沈先生三昧"为批评标准。又继承沈璟的《南词韵选》,辑有曲选《南北词文韵选》,今存钞本。所撰戏曲9种。其中杂剧3种:《一文钱》,今存;《梧桐雨》、《闹中牟》,已佚。传奇6种:《霄光记》、《红梨记》、《投梭记》,今存;《题塔记》、《雪樵记》、《祝发记》,已佚①。

《红梨记》传奇是徐復祚的代表作,一名《红梨花》,又名《三错认》,现存明万历间洛诵生原刻本等,凡二卷三十出。剧作以元张寿卿《谢金莲诗酒红梨花》杂剧为蓝本,叙宋朝山东淄川人赵汝州与官妓谢素秋姻缘遇合故事。杂剧今存《元曲选》本等,其第二折传奇用于第二十一出《咏梨》,第三折用于第二十三出《计赚》,第四折用于第二十九出《宦游》。第十一出《错认》、二十三出(俗称《再错》)、二十九出(俗称《三错》),是此剧"剧胆",巧于构思,精于布局,大大丰富了杂剧原有的情节,后世盛演于剧场。作者还以金兵南侵和权相弄权作为男女主人公离合的背景,"记家国兴衰,备陈始末,洵为词家异军"②。将男女恋情故事置于社会政治背景中加以描写,成为明清之际才子佳人戏曲小说的一种普遍倾向。此剧清曲丽词,俯拾即是,凌濛初《谭曲杂札》评云:

---

① 关于徐復祚生平事迹,参见徐朔方:《徐復祚年谱》,见其《晚明曲家年谱·苏州卷》,第321—347页。
② 吴梅:《中国戏曲概论》卷中,王卫民编:《吴梅戏曲论文集》,第161页。

>　　大是当家手。佳思佳句,直逼元人处,非近来数家所能。
>　　才具虽小狭于汤(按,指汤显祖),然排场停匀调妥,汤亦不及。

叶堂《纳书楹曲谱》认为:"《红梨》才弱,一二曲后,未免有捉襟露肘之态。"①非为确论。

《宵光记》传奇,一名《宵光剑》,又作《霄光剑》,现有明万历间金陵唐振吾刻本,仅存上卷十七出;近人许之衡饮流斋钞本,题《宵光剑》,共三十折。本事出《史记》卷一一一及《汉书》卷五五《卫青传》,叙西汉河东平阳人卫青发迹变泰的故事,多所缘饰。剧中增饰卫青与异母弟郑跕兄弟阋墙之事,盖徐复祚有感于其家事而作②。

《投梭记》传奇现存明末汲古阁刻《六十种曲》所收本,凡二卷三十二出。本事见《晋书》卷四九《谢鲲传》,并兼采《资治通鉴》所记当时史迹,缘饰谢鲲与邻女元缥风的爱情故事以及谢鲲讨伐王敦叛乱的功绩,以作情节波澜。清焦循《剧说》卷四评云:"《投梭》笔墨雅洁,情词婉妙为胜"③但思想情趣却甚为平庸。

许自昌(1578—1623),字玄祐,别署梅花主人,别业名梅花墅。长洲(今江苏苏州)人。屡试不第,遂捐赀谒选,授文华殿中书舍人。后请假归里,葺圃娱亲,诗酒留连。生平以读异书、交异人为快。校刻《太平广记》及诸盛唐名家集。因笃事母病,以劳毁卒。著有《樗斋诗草》、《樗斋漫录》等。所撰传奇7种:《水浒记》、

---

　　① 叶堂:《纳书楹曲谱》,王秋桂汇编:《善本戏曲丛刊》第六辑影印本(台北:台湾学生书局,1987)。
　　② 万历三十七年(1609),徐復祚之弟鼎祚,告发其长兄昌祚谋产杀姑,昌祚因此被逮下狱,自尽身亡。事见徐復祚《家儿私语》,收入赵诒琛等辑:《丙子丛编》(1936年排印本)。
　　③ 《中国古典戏曲论著集成》第八册,第173页。

《橘浦记》、《灵犀佩》3种,今存;《弄珠楼》,存佚出;《报主记》、《临潼会》、《瑶池宴》3种,已佚。改订明人许三阶《节侠记》传奇、王昇《种玉记》传奇,皆存①。

《水浒记》传奇现存明末汲古阁刻《六十种曲》所收本等,凡二卷三十二出。事本《水浒传》第十三回至第二十一回中晁盖、宋江二人事迹,及第三十九、第四十回"闹江州"、"劫法场"等情节,略加渲染增删而成。晁盖、宋江二人事,呈双重结构,显然受沈璟影响。其中张三郎借茶、阎婆惜活捉等,则出作者增饰,并大肆渲染。作者描写阎婆惜的情恋心理及其悲剧命运,刻画入微,别具一格,遂成为流传后世的著名片断,与沈璟《义侠记》中潘金莲与西门庆的折子戏相媲美。

祁彪佳《远山堂曲品》评《水浒记》云:

> 记宋江事,畅所欲言,且得剪裁之法。曲虽多稚弱句,而宾白却甚当行,其场上之善曲乎?

但此剧曲词在总体上偏于骈丽,则承袭文词派余风。如第九出《慕义》,梁山泊偻罗叙述梁山泊形胜,妃黄俪白,长达千余言,俨若一赋。第三十一出《冥感》,后世作《活捉》,张文远问阎婆惜鬼魂究竟是何人,婆惜答道:

> 我是那怀扼臂薛昭临赠,我是那去辽阳丁令还灵,我未能勾鹦鹉重逢环玉痕,暂临风携将金碗出凡尘。(【锦渔灯】)

四句四个典故,只有"丁令威化鹤"事还习见。"环玉痕"指韦皋、玉箫事,用词暗晦。"怀扼臂"事见唐人小说《薛昭传》,相当生僻。而"金碗"为《搜神记》卢充事,则不但生僻,而且阎婆惜并未有子,

---

① 关于许自昌的生平事迹,参见徐朔方:《许自昌年谱》,见其《晚明曲家年谱·苏州卷》,第453—482页。

用此典未免拟于不伦。这是典型的文词派语言风格。

《橘浦记》传奇现存明万历四十四年(1616)刻本,凡二卷三十二出。本事出唐李朝威传奇小说《柳毅传》,见《太平广记》卷四一九引《异闻集》。作者又据《搜神记》等书,增饰救白鼋、避洪水、救灵蛇与猿猴等情节,借以讽刺浇薄的世风。作者自云:

> 恩多成怨情无状,此际人禽莫妄量,须信道涉世悠悠是戏场。(第三十二出《团圆》【意不尽】)

> 荣辱升沉影与身,世情谁是旧雷陈?众生好度人难度,宁度众生莫度人。(卷末收场诗)

秽道比丘《橘浦传奇叙》也说:

> 中间鼋蛇等颇知感恩,一段真心,奈人为万物之灵,反生忮害,作记者其感于近日人情物态乎?是可慨也,特为拈出。(卷首)

这种创作旨趣正与沈璟传奇相互呼应。此剧也承袭文词派余风,祁彪佳《远山堂曲品》评云:"词喜用古,而舌本艰滞,反为累句。"

《灵犀佩》传奇现存明天启四年(1624)查味芹抄本,凡二卷三十五出,叙信安诸生萧凤侣与窦湘灵、梅琼玉二女的爱情故事,落入一般才子佳人剧的窠臼。作者自云:"佳人才子怜同调,事比《弄珠楼》更巧,供取当筵燕笑良宵。"(第三十五出【尾声】)

三、后期吴江派作家

后期吴江派传奇作家包括冯梦龙、范文若、袁于令和沈自晋。他们在守腔合律上较前期作家更为严谨,也更为成熟,但却在理论和创作两方面,都表现出将才情与声律融合为一的创作倾向。

冯梦龙是跨越前后期的吴江派作家,沈自晋《南词新谱·凡例》称他是"吾苏同调"。

冯梦龙(1574—1646),字犹龙,一字子犹,别署顾曲散人、龙子犹、姑苏词奴、墨憨子、墨憨斋主人等。长洲(今江苏苏州)人。才情跌宕,诗文藻丽,尤工经学。但进学之后,久困名场。崇祯三年(1630)始成贡生,授江苏丹徒县训导,升福建寿宁知县。崇祯十一年(1638)任满,归隐乡里。明亡,辑《甲申纪事》,刊布《中兴伟略》等书。清顺治三年(1646)春,感愤而死,或谓为清兵所杀。酷喜通俗文艺,编刊民间歌谣集《挂枝儿》、《山歌》,话本小说集《喻世明言》(即《古今小说》)、《警世通言》、《醒世恒言》(世称"三言"),增补章回小说《新平妖传》、《新列国志》,编纂《太平广记钞》、《古今谭概》、《情史》、《智囊》诸书①。

冯梦龙早年曾师事沈璟,精通音律,其《曲律叙》云:"余早岁曾以《双雄》戏笔,售知于词隐先生。先生丹头秘诀,倾怀指授"②。后来在原则上虽主张文词与音律"双美",要求戏曲创作"娴于词而复不诡于律",但他强调:

> 词学三法:曰调,曰韵,曰词。不协调则歌必捩嗓,虽烂然词藻,无为矣。③

可见他仍坚持以音律为先。

沈璟喜爱改编前人剧作,而冯梦龙更是变本加厉,多取古今传奇删改更定之,易其名目,通称《墨憨斋定本传奇》,现知者凡16种:《新灌园》(张凤翼原本)、《酒家佣》(陆采、饮虹江原本)、《女

---

① 关于冯梦龙的生平与著作,参见容肇祖:《冯梦龙的生卒及其著述》,《岭南学报》第2卷第2、3期(1931年);徐朔方:《冯梦龙年谱》,见其《晚明曲家年谱·苏州卷》,第393—452页。
② 王骥德:《曲律》卷首。
③ 冯梦龙:《太霞新奏·凡例》,《太霞新奏》卷首,王秋桂汇编:《善本戏曲丛刊》第五辑影印本(台北:台湾学生书局,1987)。

丈夫》(卷上张凤翼、刘晋充,卷下张凤翼、凌濛初原本)、《量江记》(佘翘原本)、《精忠旗》(李梅实原本)、《梦磊记》(史槃原本)、《洒雪堂》(梅孝巳原本)、《楚江情》(袁于令原本)、《风流梦》、《邯郸梦》(均汤显祖原本)、《人兽关》、《永团圆》(均李玉原本)、《杀狗记》(元末南戏)等13种,今存;《双丸记》(史槃原本)、《一捧雪》、《占花魁》(均李玉原本),已佚。在明清传奇史上,冯梦龙是改编古今传奇最多的作家,这就跟他是改编古小说最多的作家一样。看来,他的文学才能,更偏重于改编而不是创作。

此外,冯梦龙还编有《太霞新奏》、《墨憨斋词谱》等书,对昆腔格律体系的建立做出了贡献。

冯梦龙早年撰写的传奇《双雄记》、《万事足》,今皆存明崇祯间墨憨斋刻本等。吴梅《顾曲麈谈》评云:"曲白工妙,案头场上,两擅其美"①。

《双雄记》传奇凡二卷三十六折,叙明朝吴县东山人丹信与友人刘双,受丹信叔三木员外迫害,幸得刘方正与龙神帮助,得脱苦难,后俱以武功显名。吕天成《曲品》卷下评云:

  闻姑苏有此事。此记似为其人泄愤耳。

《曲海总目提要》卷九"双雄记"条引《总评》云:

  世俗骨肉参商,多因财起。丹三木之事,万历庚子、辛丑(二十八、二十九年)间实有之。是记感愤而作,虽云伤时,亦足警俗。

则此剧实据当时真人真事而作。剧中刘双与妓女黄素娘事,亦本冯梦龙友人刘某实事②。剧中人物的善恶对比与情节的双重结

---

① 《吴梅戏曲论文集》,第107页。
② 见《太霞新奏》卷十二冯梦龙《青楼怨序》及【双调锦堂月】套《金闾纪遇序》所云"余友东山刘某"与白小樊悲欢离合事。

构,与沈璟传奇如出一辙。吕天成《曲品》卷下云:"事虽卑琐,而能恪守词隐先生功令,亦持教之杰也。"祁彪佳《远山堂曲品》评云:"此冯犹龙少年时笔也。确守词隐家法,而能时出俊语。"

《万事足》传奇凡二卷三十六折,据阙名《万全记》传奇改编①,叙明朝陈循、高谷两家各自因子嗣引起的家庭纠纷,也是以陈妻之贤与高妻之妒相对比,构成情节的双重结构。剧中陈循斥责高谷之妻,系实事,出明陆容《菽园杂记》卷四。其余关目,或假借点缀,或虚构铺叙。其《叙》自述作意云:

> 览斯剧者,能令丈夫爱者明,弱者有立志,胜捧诵《佛说怕婆经》多多矣!其闺人或览而喜,或览而怒。喜则我梅,怒则我邵。孰贤孰不,孰吉孰凶?到衰老没收成时,三更梦醒,自有悔著。此自为身家百年计,勿恃陈状元棒喝不到为幸也。

可见其一番救世婆心。

后期吴江派中,"游戏而为乐府,极幻极怪,极艳极香"②,以才情艳丽见称于世的作家,有范文若与袁于令。

范文若(1590—1637),初名景文,字更生,后改名文若,字香令,别署吴侬荀鸭。松江(今属上海市)人。明万历三十四年(1606)中举,万历四十七年(1619)进士,历任山东汶上、浙江秀水、湖北光化知县,迁南京兵部主事、南大理寺评事等,以忧去官。归里闲居,为家人刘贞刺杀,其母也同时遇难。好为乐府词章,撰传奇16种。其中《花筵赚》、《梦花酣》、《鸳鸯棒》,合称《博山堂

---

① 《曲海总目提要》卷九"万事足"条引《总评》云:"旧有《万全记》,词多鄙俚,调复不叶。此记缘饰情节而文之。"按,《万全记》,已佚,祁彪佳《远山堂曲品》著录,未署撰者,谓:"传陈相国循、高相国谷,掇拾遗事,至于不经。此等识见,欲以作者自命,难矣!"《中国古典戏曲论著集成》第六册,第88页。

② 陈继儒:《题西楼记》,袁于令:《西楼记》传奇卷首,《古本戏曲丛刊二集》影印明末剑啸阁原刻本。

三种》,今存明崇祯间博山堂原刻本等。其余《生死夫妻》、《勘皮靴》、《金明池》、《花眉旦》、《雌雄旦》、《欢喜冤家》等6种,仅存佚曲;《倩画姻》、《金凤钗》、《闹樊楼》、《晚香亭》、《绿衣人》、《斑衣欢》、《千里驹》等7种,已佚。尚有《博山堂乐府》,辑有《博山堂北曲谱》①。

《花筵赚》与《梦花酣》都是典型的才子佳人剧。《花筵赚》传奇凡二卷二十九出,本于《世说新语》,叙东晋时温峤赚表妹刘碧玉为妻的故事,又牵入谢鲲事迹,巧用错认与误会技巧,多所缘饰,另设布局,遂使波澜迭生,情趣盎然。祁彪佳《远山堂曲品》评云:

    洗脱之极,意局皆凌虚而出,真是"语不惊人死不休"。
  温之痴,谢之颠,此记之空峭,当配之为三。

《梦花酣》传奇凡二卷三十四出,以元阙名《萨真人夜断碧桃花》杂剧为蓝本,叙北宋书生萧斗南绘梦中美女于图,后竟得与谢蒨桃、郑彩鸾二女成婚。这种画中美人的构思,前承汤显祖,后启吴炳。传奇第十五出《魂交》,颇类《牡丹亭》第二十八出《幽媾》;第二十八出《榜婿》,颇类《牡丹亭》第五十三出《硬拷》。作者《梦花酣序》称:此剧"微类《牡丹亭》,而幽奇冷艳,转折姿变,自谓过之。"(刻本卷首)郑元勋《梦花酣题词》评云:

    《梦花酣》与《牡丹亭》情景略同,而诡异过之。余尝恨柳梦梅气酸性木,大非丽娘敌手,又不能消受春香侍儿,不合判入花丛绣簿。如萧斗南者,从无名无象中,结就幻缘,布下情种,安如是,危如是,生如是,死如是,受欺受谤如是,能使无端

---

① 关于范文若的生平事迹,参见蒋星煜:《范文若的生平与〈博山堂三种〉》,见其《中国戏曲史探微》(济南:齐鲁书社,1985),第61—66页;邓长风:《七位明清上海戏曲作家生平钩沉·范文若》,见其《明清戏曲家考略》(上海:上海古籍出版社,1994),第2—3页。

而生者死、死者生，又无端而彼代此死、此代彼生。（刻本卷首）

的确，此剧塑造萧斗南形象，柔情似水，深情如痴，实为至情化身。由此可见，这时期优秀的传奇作家已是"转益多师"，不拘守宗派家法了。

《鸳鸯棒》传奇是范文若的代表作，凡二卷三十二出，取材于冯梦龙《古今小说》卷二七《金玉奴棒打薄情郎》，稍加改易。剧叙宋朝临安秀才薛季衡，穷愁潦倒，寄寓东岳庙中，或偷庙中物出换酒食，或入乞儿群赌博谋利。乞丐头目钱盖以女儿惜惜相许，入赘季衡。既而季衡乡试，中解元，乃厌恶钱家出身卑贱。等到他进士及第，竟忘恩负义，为了另攀高门，不惜推妻入水。碰巧成都太守张咏救起惜惜，问明因由，收为义女，又许嫁于薛季衡。新婚之夜，张咏使仆婢数十人，持棒乱击新郎，又出鸳鸯棒，令季衡盟誓，方成婚礼。

作者的笔触并未浅尝辄止地停留在事件的表层，而是入木三分地深入到人物的灵魂，把薛季衡无赖的嘴脸、势利的性格、薄幸的心性、虚伪的文饰、狡诈的品质和无耻的本性，不动声色地逐一披露于光天化日之下。这不仅仅是道德的审判，更是灵魂的审判，怎能不产生惊心动魄的艺术效果呢？正如作者《鸳鸯棒序》所说的：

季衡固大是忍人，后遭窘辱提弄，亦备至矣。前二十四出，每出令人卒啼、卒骂、卒詈，起掷沙砾。后十出，又莫不令人道快。（刻本卷首）

郑元勋《鸳鸯棒题词》评云：

嗟乎！人情百端俱假，闺房之爱独真。至此爱复移，无复有性情者矣。览薛季衡、钱媚珠事，使人恨男子不如妇人，达

> 官不如乞儿,文人不如武弁,其重有感也夫?吾安得乞其棒,打尽天下薄幸儿也。(刻本卷首)

尽管作者在剧末用"姻缘有命"为饰词,以"终是佳人心性软"为团圆,但薛季衡"中山狼"似的心胸却终究无所遁形地暴白于天下。

范文若的三种传奇都是喜剧,结构精美奇巧,针线细密,详略得当。张琦《衡曲麈谭》评云:

> 近之奇崛者,有范香令,结构玄畅,可追元人步武。

而最能体现范文若吴江派本色的,是他的传奇作品守律极严,如《花筵赚·凡例》云:"韵悉本周德清《中原》,不旁借一字";"记中每出一宫,终始不敢出入";"曲中凡系监咸、廉纤、侵寻闭音,悉明注于首",这正是沈璟的一贯主张。但他并未一味遵从沈璟,如《花筵记·凡例》批评沈璟:"于平声窨处,用入声韵埋藏,而词中入韵仍作入唱,非也,还应照平、上、去为是。"但其剧作曲辞,却与沈璟崇尚本色不同,偏重秀雅绮丽,冯梦龙评云:

> 人言香令词佳,我不耐看。传奇曲,只明白条畅,说却事情出便够,何必雕镂如是?①

范文若《梦花酣序》也承认:"独恨幼年走入纤绮路头。今老矣,始悟词自词,曲自曲,重金叠粉,终是词人手脚。"但又为自己辩护说:"虽然,亦不可为非情之至也。"(刻本卷首)仅此一点,也可见范文若出入沈、汤两家,并重才情音律的特点。

袁于令(1592—约1672),原名晋,字令昭,改名于令,字韫玉,号凫公、箨庵,别署幔亭、幔亭峰歌者、幔亭仙史、白宾、吉衣道人等。吴县(今属江苏)人。万历间府庠膳生,膺岁贡。崇祯间曾为京官。入清,授州判官,升工部虞衡主事,迁本司员外郎,提督山东

---

① 沈自晋:《重定南词全谱凡例续记》引,《南词新谱》卷首。

临清砖厂兼管东昌道。顺治五年(1648)擢荆州知府,十年(1653)被劾侵盗钱粮而落职。晚年侨居南京,游历于江浙之间,佻达亦如少时。康熙十三年(1672),忽染异疾,终卒于会稽寓中。著有诗文集《音室稿》、《砚斋稿》,小说《隋史遗文》,并曾批评《两汉演义》小说。尤擅戏曲,以叶宪祖为师。所撰杂剧2种:《双莺传》,今存;《战荆轲》,已佚。传奇9种,合称《剑啸阁传奇》。其中《西楼记》、《金锁记》、《鹔鹴裘》、《长生乐》4种,今存;《珍珠衫》,仅存佚出;《玉符记》、《瑞玉记》、《合浦珠》、《汨罗记》4种,已佚①。

《西楼记》传奇,一名《西楼梦》,是袁于令的代表作,约作于万历三十八年(1610)②,现存明末剑啸阁原刻本等,凡二卷四十出。叙书生于鹃(叔夜)和妓女穆素徽的爱情故事,事无所本,相传为作者之自叙传③。剧中《错梦》等出描写于鹃的痴情,生动细腻,作者自云:"就中痴事人难到,痴事还须痴想描。"(第四十出《乘鸾》【意不尽】)全剧以于鹃与穆素徽双线交错并进,情节曲折,波澜起伏,针线细密。而且文辞平实朴拙,曲律协调当行,堪称谨守吴江派衣钵之作。作者自称:"纵思敲字句,无敢乱宫商。"(第一出【临江仙】)张琦《衡曲麈谈》评云:

> 袁凫公奉谱严整,辞韵恬和。《西楼》一帙,即能引用谱书,以畅己欲言,笔端之有慧识者。

所以此剧在剧场上十分流行,陈继儒《题西楼记》评云:"近出《西

---

① 关于袁于令的生平事迹,参见孟森:《西楼记传奇考》,见其《心史丛刊二集》(上海:商务印书馆,1917);李复波:《袁于令的生平及其作品》,《文史》第27辑,第269—286页;陆萼庭:《谈袁于令》,收入其《清代戏曲家丛考》(上海:学林出版社,1995),第1—15页。

② 据明施绍莘:【梧桐树】套《舟中端午》自跋,《秋水庵花影集》卷二,收入任讷:《散曲丛刊》。陆萼庭:《谈袁于令》一文,认为《西楼记》作期不可能前于万历四十五年(1617),即沈同和、赵鸣阳出事之后,可备一说。见其《清代戏曲家丛考》,第13页。

③ 参见孟森:《西楼记传奇考》,陆萼庭:《谈袁于令》。

楼记》,凡上衮名流,冶儿游女,以至京都戚里,旗亭邮驿之间,往往抄写传诵,演唱多遍。"(原刻本卷首)

《鹔鹴裘》传奇现存明末剑啸阁原刻本,凡二卷四十四出,叙西汉司马相如与卓文君故事,据《史记》本传,旁采诸书,凡有关司马相如之事,大概填入。祁彪佳《远山堂曲品·当垆》评云:"传长卿者多矣,惟《鹔鹴裘》能集众长。"与同题材作品相比,此剧刻意写情,文君"放诞风流",自言:"我风流性格原天纵,怎做得乔庄重。"(《调弦》)她主动遣婢女与相如密约,"不告而嫁",说是:"虽无节妇牌坊,必登侠女传记了。"(《盟心》)作者旨在"把人间旷怨皆舒气"(《自嫁》),所以极力肯定"风流岂肯寻俗调"(《杜门》),"两慕才情,肯将绳墨守"(《劝析》)?以至于相如艳羡茂陵女郎,欲聘为妾,也津津乐道。此剧的审美情趣,显然与沈璟相去甚远,而与汤显祖接近。但有的研究者据此将袁于令归入所谓"临川派",却失之无当。因为我们很容易找到另一反证,说明袁于令在精神旨趣上也与沈璟相通,这就是《金锁记》传奇。

《金锁记》传奇,一名《窦娥冤》,是袁于令与叶宪祖合作的传奇,现存清内府精抄本等,凡二卷三十三出。据元关汉卿《感天动地窦娥冤》杂剧改编,增饰蔡昌宗龙宫姻缘及状元及第,又令窦娥临刑不死,张驴儿终遭雷殛,大肆渲染封建伦理道德,与关汉卿原作精神意趣相去甚远。袁于令另有《长生乐》传奇,现存清钞本,凡二卷十七出。剧叙晋朝刘晨、阮肇天台遇仙事,本《太平广记》卷六十一《天台二女》,增饰刘、阮并举状元等情节,实为吉庆团圆之戏。

其实,在艺术倾向上,袁于令显然承袭的是沈璟的曲学,张琦《衡曲麈谭》说:"《九宫词谱》为声音滞义,藉作者疏通之,凫公与有力焉。"清毛先舒《袁箨庵七十序》评袁于令的传奇创作说:"歌词一落笔,晨而脱稿,夕遍里巷,过数十日而海内管弦而歌。凡北里善和诸坊曲,氍毹灯烛高堂所奏,无非袁生辞也。"①可见他的传奇盛行于剧场。

吴江派的殿军是沈自晋。沈自晋(1583—1665),字伯明,晚字长康,号鞠通生。吴江(今属江苏)人。弱冠补博士弟子员,后屡试不第。深沉好古,旁及稗官野乘,无不穷搜。入清后隐居吴山。他是沈璟的族侄,谨守家法而兼妙神情,一时词曲家如卜世臣、范文若、冯梦龙、袁于令等,并加推服。著有《广辑词隐先生增定南九宫十三调词谱》(即《南词新谱》),现存清初不殊堂原刻本,为制曲家所尚。散曲集有《鞠通乐府》,现存精钞本。崇祯间撰传奇三种:《望湖亭》、《翠屏山》,今存;《耆英会》,仅存佚曲②。

《望湖亭》传奇现存清初玉夏斋刻《十种传奇》所收本等,凡二卷三十六出。剧以冯梦龙《醒世恒言》卷七《钱秀才错占凤凰俦》小说为蓝本,唯易钱青为钱万选,颜俊为颜秀,高秋芳为高白英,添出高舅金本谦、颜婢黄小正。情节与小说大率相同,稍加增饰。作者自述作意云:

   多情莫笑无情憨,节操须关名教场,羞称艳冷,词还正雅规放荡。(第三十六出《昼锦》【意不尽】)

剧中幻设出文昌帝君二番示现,以为钱万选天定姻缘功名,及玉皇敕旨兴风降雪,以示惩恶褒善,颇为荒诞无稽。全剧结构严谨,曲词平实。

《翠屏山》传奇现存清雍正九年(1731)抄本,凡二卷二十七出。本于《水浒传》小说第四十四回至四十六回,稍作增删,叙"拼

---

① 毛先舒:《潠书》(清康熙间刻本),卷一。
② 参见凌景埏:《鞠通生先生年谱及其著述》,《文学年报》1940年第6期;赵景深:《明代曲家沈自晋》,见其《明清曲谈》(上海:古典文学出版社,1957),第106—114页。

命三郎"石秀与杨雄结义,揭露杨雄妻潘巧云的奸情,杀潘氏和奸夫裴如海,共上梁山。曲词亦用本色。此剧可与沈璟《义侠记》、许自昌《水浒记》鼎足而三,剧中潘巧云与裴如海奸情的片段,最流行于剧场。

沈自晋的曲学继承沈璟,戏曲主张也衣钵相承,以合律与本色为主。他的《望湖亭》传奇卷末收场诗说:

> 梨园至再请新声,请得新声字字精。只管当场词态好,何须留与案头争。

以"当场词态"为传奇创作的归趋,强调"场上之曲"的第一性,这既是吴江派共同的艺术追求,也标识着时代风气的根本转变。

沈自晋的《南词新谱》在宫调系统、辑曲方法、纂修体例上,仍然沿袭沈璟曲谱的成规,但却多所增补,以反映曲律变迁、总结时作新裁为特征。《新谱》在沈谱基础上,增辑了大量的时调新曲,仅首次选录的牌名就增添了274章,几乎全是剧作家与伶工曲师试拟的集曲曲牌,充分反映了昆曲创作中的曲调变化与发展。沈自晋还有意广采"新声",以"先辈名词"和"诸家种种新裁"改换沈璟原谱的例曲,不仅具有存留古曲遗响、荟萃当代名笔的曲选性质,而且肯定趋时从俗,以"新"与"备"体现了曲谱应有的实用价值,从而避免了制谱案头化、缺乏生命力的弊病。这种通变、求新、从俗的修谱原则,岂非超越了沈璟崇古尚旧的曲学体系[①]?

吴江派的传奇理论和传奇创作,上承宋元戏文的传统,下启李渔的戏曲理论和苏州派的传奇创作,并且为我们留下了丰富的戏曲遗产,这在明清传奇史上是值得大书一笔的。

---

① 以上论述,参见周维培:《沈璟曲谱及其裔派制作》,《文学遗产》1994年第4期,第91—92页。

第九章 传奇文体规范的成熟

时至传奇勃兴期,文人士大夫对传奇文体的喜好,已不仅仅局限于雕词琢句和审音协律了,他们将传奇视为与传统的诗文迥然不同的一种崭新的文学体式,因此在理论与实践两方面同时对传奇的文体规范进行了深入的探索,从而促使传奇文体规范步向成熟。值得注意的是,文人士大夫对传奇文体规范,无论是在实践上的探索、建构,还是在理论上的研究、总结,都带有强烈的自觉意识,并倾注了旺盛的热情,从而在传奇文体规范中投入了他们鲜明的主体精神。可以说,在传奇勃兴期,传奇戏曲已成为文人士大夫的精神象征,不仅其文化内涵是如此,其文体规范也是如此。

勃兴期作家对传奇文体规范的建构,已经超出文学体制与音乐体制的外在形式,而深入到内在形式,包括文辞与音律的关系、戏曲语言风格、传奇情节规范、戏曲文体特征以及传奇结构特征等方面。对传奇文体规范的全方位的建构,既是传奇戏曲勃兴的结果,也是传奇戏曲勃兴的动力。

第一节 合律依腔与意趣神色
——"汤沈之争"述略

晚明曲坛上汤显祖与沈璟的论争,史称"汤沈之争"。这场论争的兴起和展开,为明后期曲坛增添了新的活力,有力地促进了传奇艺术风格的成熟。关于这场论争的过程,当时并没有详细的记载,近人研究又多语焉不详或参差错讹。现据原始的文献资料,参照时人的有关考证,评述如下①。

首先必须说明,在万历中后期,昆腔新声仍主要盛行于以苏州为中心的吴语地区,尚未能独擅曲坛。而汤显祖作为江西人,他的传奇创作,并没有采用昆腔新声,而是采用融汇了江西弋阳腔曲调的海盐腔②。在当时的戏曲家中,反面谈到这一点的,如臧懋循《玉茗堂传奇引》云:

> 今临川(按,指汤显祖)生不踏吴门,学未窥音律,艳往哲之声名,逞汗漫之词藻,局故乡之闻见,按亡节之弦歌,几何不为元人所笑乎?③

所谓"局故乡之闻见,按亡节之弦歌",不正说的是汤显祖创作传奇,用的是流行于江西的地方声腔,而不是"吴门"的昆腔吗?正面谈到这一点的,如凌濛初《谭曲杂札》云:

> 近世作家如汤义仍,颇能模仿元人,运以俏思,尽有酷肖处,而尾声尤佳。惜其使才自造,句脚、韵脚所限,便尔随心胡凑,尚乖大雅。至于填词不谐,用韵庞杂,而又忽用乡音,如"子"与"宰"叶之类,则乃拘于方土,不足深论,止作文字观,犹胜依样画葫芦而类书填满者也……彼未尝不自知,只以才足以逞而律实未谐,不耐检核,悍然为之,未免护前。况江西弋阳土曲,句调长短,声音高下,可以随心入腔,故总不必合

---

① 本节所用文献资料的考订,多得益于徐朔方先生的《晚明曲家年谱》(杭州:浙江古籍出版社,1993),尤其是其中的《汤显祖年谱》、《沈璟年谱》和《王骥德吕天成年谱》。朱万曙:《沈璟评传》(北京:中国戏剧出版社,1992),第四章第一节,专论汤沈之争,对我亦多有启发,参见该书第133—150页。

② 参见徐朔方:《再论汤显祖戏曲的腔调问题》,见其《论汤显祖及其他》(上海:上海古籍出版社,1983),第63—69页。

③ 臧懋循:《负苞堂集》(上海:古典文学出版社,1958),《文选》卷三,第62页。

调,而终不悟矣。①

他所说的"乡音"、"土曲",并不完全符合汤显祖传奇作品的实际情况,但他的意思很明白,无非是以昆腔为正统而贬抑其他地方声腔。

因此,自从万历二十六年(1598)秋《牡丹亭》传奇问世以后,就遭到许多人特别是吴语地区戏曲家的责难。他们普遍认为,《牡丹亭》的"才情"自不可掩,但由于不谐昆腔音律,所以不便于用昆腔演唱。如沈德符《顾曲杂言·填词名手》说:"汤义仍《牡丹亭梦》一出,家传户诵,几令《西厢》减价。奈不谐曲谱,用韵多任意处,乃才情自足不朽也。"②

这时,既是汤显祖的进士同年、也是沈璟的至交好友的吕胤昌③,给汤显祖寄来了沈璟的曲学论著,隐含着示以矩范的意思。汤显祖回信说:

> 寄吴中曲论良是。唱曲当知,作曲不尽当知也,此语大可轩渠。凡文以意趣神色为主。四者到时,或有丽词俊音可用,尔时能一一顾九宫四声否?如必按字模声,即有窒滞迸拽之苦,恐不能成句矣。④

"吴中曲论"当即沈璟的曲学著作,汤显祖称其"良是",可见并没有将其一笔抹杀。《唱曲当知》,是沈璟的曲学著作之一,汤显祖顺手拈来,加以引申,表示开怀畅适,显然也没有对立的情绪。他只是认为,沈璟将谱曲者应知之事告诫于作曲者,未免弄错了对

---

① 《中国古典戏曲论著集成》(北京:中国戏剧出版社,1959),第四册,第254页。
② 《中国古典戏曲论著集成》第四册,第206页。
③ 按,吕胤昌(1560—1609后),字玉绳,号麟趾,又号姜山,余姚(今属浙江)人,吕天成的父亲。传记附见徐朔方:《王骥德吕天成年谱》,《晚明曲家年谱·浙江卷》,第237—289页。吕天成是沈璟的私淑弟子和信从者,所以胤昌与沈璟关系密切。
④ 汤显祖:《答吕姜山》,徐朔方校:《汤显祖诗文集》(上海:上海古籍出版社,1982),卷四十七,第1337页。按,本章下文凡引此书者,仅随文括注卷数与篇名。

象。同时,他提出正面主张,认为文学创作应"以意趣神色为主",音律则是第二位的,必须服从文辞。

万历三十四年(1606),沈璟《南九宫十三调曲谱》刻成。大约第二年,汤显祖的进士同年、沈璟的友人孙如法以一帙寄给汤显祖①。汤显祖回信说:

> 曲谱诸刻,其论良快。久玩之,要非大了者。庄子云:"彼乌知礼意。"此亦安知曲意哉!其辨各曲落韵处,粗亦易了⋯⋯且所引腔证,不云"未知出何调"、"犯何调",则云"又一体"、"又一体"。彼所引曲未满十,然已如是,复何能纵观而定其字句音韵耶?弟在此自谓知曲意者,笔懒韵落,时时有之,正不妨拗折天下人嗓子。兄达者,能信此乎?(卷四六《答孙俟居》)

所谓"曲谱诸刻",当指沈璟的《南九宫十三调曲谱》。汤显祖说"其论良快",可见也并未绝对反对曲谱。他的意思是说:曲谱是应该有的,但要切合实用。用韵之类是容易懂的事,不必繁琐;对于曲调的流变和体式,倒应加以考核。但是沈氏曲谱纷纭杂乱,至于无格可循,反而难以遵依。与其如此,不如以"曲意"为主,信马由缰,自成声律。这封信的措辞已稍见激烈,但还限于"学术讨论",尚未形成意气之争。

对于汤显祖的批评,沈璟当即做出了明确的反批评。附刻于他晚年的传奇作品《博笑记》卷首的【商调二郎神】套曲②,显然隐

---

① 孙如法(1559—1615),字世行,号俟居,余姚(今属浙江)人。传记附见徐朔方:《王骥德吕天成年谱》。孙如法是吕天成的表伯父。

② 《博笑记》,现存明天启三年(1623)刻本。按,万历三十五年(1607),吕天成为沈璟的《义侠记》传奇作序,历述沈璟的传奇作品(包括刻本和稿本),未提及《坠钗记》、《博笑记》和《牡丹亭》改本,可知此二作一改在本年或略后。此时沈璟已病发,作年不当更往下移。参见徐朔方:《沈璟年谱》,《晚明曲家年谱·苏州卷》,第 315 页。

含着对汤显祖的非议,而且措辞极为严厉,毫不稍贷:

> 名为乐府,须教合律依腔。宁使时人不鉴赏,无使人挠喉捩嗓。说不得才长,越有才越当着意斟量……纵使词出绣肠,歌称绕梁,倘不谐音律,也难褒奖。耳边厢,讹音俗调,羞问短和长。

这里所说的"挠喉捩嗓",很容易使人联想到汤显祖说的"正不妨拗折天下人嗓子";而"讹音俗调",不也正是时人对汤显祖传奇的普遍批评吗?可见汤、沈二人已公开对垒,势同水火。

不过,沈璟对汤显祖的《牡丹亭》传奇还是十分看重的。他晚年曾模仿《牡丹亭》,创作了《坠钗记》传奇①。剧中《闹殇》、《冥勘》、《拾钗》、《仆侦》、《魂诀》和《牡丹亭》的《闹殇》、《冥判》、《拾画》、《欢挠》、《冥誓》,几乎可以一一对照。据沈自晋《重定南词全谱·凡例》,在《坠钗记》传奇卷首【西江月】曲(今佚)中,沈璟还曾公开赞扬汤显祖②。

但是,也许正因为沈璟对《牡丹亭》传奇过于看重,不禁嫌它不太谐合音律,于是约在万历三十五年(1607),他亲自动手将《牡丹亭》改编为《同梦记》(又名《串本牡丹亭》)③。他的办法是保留曲调,修改曲词,以便于昆腔演唱,结果当然是伤筋动骨,甚至歪曲了原作的"意趣"。这一举动不能不使汤显祖大动肝火。据王骥德《曲律》卷四《杂论》下记载:

> (沈璟)曾为临川改易《还魂》字句之不协者。吕吏部玉

---

① 《坠钗记》,现存清顺治七年抄本。另有清康熙间抄本《一种情》,收入《古本戏曲丛刊初集》,亦即《坠钗记》别本。

② 沈自晋:《南词新谱》(清初不殊堂原刻本),卷首。

③ 《同梦记》传奇已经失传,仅在沈自晋《南词新谱》卷十六和卷二十二中保存越调〔蛮山忆〕、双调引子〔真珠帘〕两曲,前者合汤氏原作二曲为一曲。

绳（郁蓝生尊人）以致临川。临川不怪,复书吏部曰:"彼乌知曲意哉？余意所至,不妨拗折天下人嗓子。"①

由于牵涉到汤氏宝爱珍惜的传奇作品,"汤沈之争"更为白热化了。

汤显祖对沈璟改本的反驳,仅见于此。但是在汤显祖的书信中,有两处提到吕胤昌改本《牡丹亭》。一是《答凌初成》:

> 不佞《牡丹亭记》,大受吕玉绳改窜,云便吴歌。不佞哑然笑曰:"昔有人嫌摩诘之冬景芭蕉,割蕉加梅,冬则冬矣,然非王摩诘冬景也。其中骀荡淫夷,转在笔墨之外耳。"(卷四七)

"凌初成"即凌濛初,"吴歌"即昆腔。一是《与宜伶罗章二》:

> 《牡丹亭记》,要依我原本,其吕家改的,却不可从。虽是增减一二字以便俗唱,却与我原做的意趣大不同了。(卷四八)

他还专门作了一首七绝《见改窜牡丹亭词者失笑》,抒发不满情绪:

> 醉汉琼筵风味殊,通天铁笛海云孤。总饶割就时人景,却愧王维旧雪图。(卷十九)

问题在于,在汤显祖书信中,只提及吕氏改本,而不提沈氏改本,这是为什么呢？人们一般认为,在沈氏改本之外,尚有吕氏改本,有人甚至认为吕氏改本在沈氏改本之前。这恐怕值得商榷。因为,第一,吕氏改本除汤氏书信以外不见于其他任何记载,此一孤证,难以为凭。而且吕氏虽熟谙音律,却从未创作或改编过传

---

① 《中国古典戏曲论著集成》第四册,第165页。

奇。第二，吕氏作为汤氏好友，寄去自己的一个《牡丹亭》改本，引起对方不满，如果再寄去另一个改本，而且又是汤显祖对之有成见的沈璟的改本，这于情于理，都说不通。徐朔方先生认为，事情大抵是这样的：吕氏赞赏沈璟改本。前次他先后把沈氏的一些曲论、曲谱寄给汤氏，引起汤氏的非议。为了避免不必要的误解，这次把《同梦记》寄去时并未说明谁是改编者。所以汤氏就把《同梦记》看作是吕氏改本了。"吕家改本"应该理解为吕氏寄来的改本①。因此，这二信一诗当亦作于万历三十五年。

综上所述，围绕戏曲创作中音律与文辞的关系问题，针对《牡丹亭》传奇的改编问题，汤显祖与沈璟在万历三十五年（1607）前后发生了一场激烈的论争。沈璟堂侄沈自友《鞠通生（沈自晋）小传》云："（汤、沈）水火既分，相争几于怒詈"，当有传闻为据②。在这场论争中，汤、沈二人始终没有正面交锋，只是通过他们共同的朋友吕胤昌和孙如法作为中间人而展开，信息传递过程中的变形，也容易使他们相互之间产生误解。到万历三十八年（1610）沈璟去世，汤、沈之间的论争就自然停止了。

其实，汤、沈之间并非没有共同之处，他们都以音律和文辞兼美为戏曲创作的最高境界。只是在可能顾此失彼、不能两全其美的情况下，汤选择了文辞，沈选择了音律。汤显祖的重视音律，近十多年来已有许多研究者作了精彩的论述，此不赘述③。同样，沈

---

① 参见徐朔方：《关于汤显祖沈璟关系的一些事实》，见其《论汤显祖及其他》，第121—124页。陆萼庭：《昆剧演出史稿》（上海：上海文艺出版社1980），亦持此说，见第61页。

② 见〔日〕青木正儿：《中国近世戏曲史》，王古鲁译著（北京：作家出版社，1958），第十章"参考一"附录，第370—371页。

③ 参见徐朔方：《再论汤显祖戏曲的腔调问题》，见其《论汤显祖及其他》；张秀莲："汤沈之争"外论》，收入江西省文学艺术研究所编：《汤显祖研究论文集》（北京：中国戏剧出版社1984），第480—499页；叶长海：《中国戏剧学史稿》（上海：上海文艺出版社，1984），第143—145页；等。

璟也对才情心向往之,在《致郁蓝生(按,即吕天成)书》中,他说:

> 总之,音律精严,才情秀爽,真不佞所心服而不能及者……不佞老笔俗肠,泛泛守律,谬辱嘉奖,愧与感并。①

可见沈璟并非一味弃绝才情,只是在才情与音律不能得兼的情况下,才坚守音律,因为他的天分与才能,原本就更适于在音律上讨生活。

那么,汤、沈之间的根本分歧是什么呢?从上引文献材料可以看出,汤、沈二人的根本分歧在于:沈璟是从曲乐的角度要求文辞服从音律的,因而尤重曲法;而汤显祖则是从曲文的角度要求音律服从文辞的,因而强调曲意。两人各执一隅,相持不下。

汤显祖明确不二地要求,在戏曲创作中,作者的"曲意"在任何情况下都是第一位的,音律应该服从文辞,就因为文辞是作者"曲意"的最好的表现形式。因此,足以表达作者的意旨、风趣、神情、声色(即"意趣神色")的"丽词俊音",应先于且高于音律(即"按字模声")。但由此走向极端,无限度地缩小音律的作用,甚至不惜"拗折天下人嗓子",这就违背了戏曲作为综合艺术其各种艺术因素应求得基本平衡的客观规律,使剧本难免沦为"案头之曲"。

与此相反,沈璟在戏曲创作上强调文辞"合律依腔"的重要性。他看到,戏曲剧本作为一种特殊的语言艺术,不是用于"读"的,而是用于"讴"的,这应该说是抓住了戏曲作为舞台艺术的核心特征。但由此走向极端,就不免自缚手脚,甚至买椟还珠,约束了或丧失了艺术创作中作家的主体精神,使作家沦为审音酌韵的艺匠。沈璟赞赏何良俊《曲论》中的观点:"夫既谓之辞,宁声叶而

---

① 吕天成:《曲品》(清乾隆间杨志鸿钞本),附录。

辞不工,无宁辞工而声不叶。"①并对此下一转语说:"宁协律而词不工,读之不成句,而讴之使协,是曲中之巧。"②这就变本加厉地把音律抬高到无以复加的程度。这种极端重视音律,乃至于为了谐律而不顾词义的主张,只能压抑、扼杀作家的创造性,将戏曲创作引入歧途。

汤、沈之间艺术观点的根本分歧,首先根基于戏曲创作中文辞与音律的固有矛盾。戏曲语言以唱词为主,因此它是音律与文辞的结合体。如何处理好音律与文辞的关系,做到既能挥毫泼墨,表现作家才情,又能合腔谐律,便于舞台演唱?这是颇费斟酌的艺术难题,也是令人向往的审美佳境。元罗宗信《中原音韵序》曾总结元曲(包括散曲与剧曲)创作的状况,说:

> 当其歌咏之时,得俊语而平仄不协,平仄协语则不俊。必使耳中耸听,纸上可观为上,太非止以填词而已,此其所以难于宋词也。③

既然在戏曲创作中"得俊语而平仄不协,平仄协语则不俊"的现象屡见不鲜,就容易产生两种错误倾向,这就是元杨维桢《周乐湖今乐府序》所说的:"论文采者失音节,谐音节者无文采。"④汤显祖和沈璟二人不过是将这两种错误倾向在理论上引向极端,激化了戏曲创作中文辞与音律的固有矛盾而已。

其次,汤、沈之争还有其时代思潮的原因。在晚明文学思潮

---

① 《中国古典戏曲论著集成》第四册,第 12 页。
② 吕天成:《曲品》卷上,吕天成著、吴书荫校注:《曲品校注》(北京:中华书局,1990),第 37 页。王骥德《曲律》卷四《杂论》下亦引,云:"宁协律而不工,读之不成句,而讴之始协,是为中之巧。"见《中国古典戏曲论著集成》第四册,第 165 页。末句疑有误夺。
③ 周德清:《中原音韵》卷首,《中国古典戏曲论著集成》第一册,第 177 页。
④ 杨维桢:《东维子文集》(《四部丛刊初编》影印本),卷十一。

中,汤显祖的文学观念与李贽、徐渭、公安三袁等人相近,主张文学应表现"童心"、"性情"、"真情",反对前后"七子"的复古主义。沈际飞《玉茗堂文集题词》就曾称扬汤显祖的古文:

> 机以神行,法随力满。言一事,极一事之意趣神色而止;言一人,极一人之意趣神色而止。何必汉宋,亦何必不汉宋。若士自云:汉宋文字各极其致是也。①

可见在文学创作中突出"意趣神色",这是汤显祖一贯的文学思想。而沈璟的文学观念倾向于以王世贞为代表的后七子,以复古、拟古作为文学创作的思维定势。他在《南曲全谱》中对宋元戏文的典范赞不绝口,标称"甚古"、"近古"、"古意"、"元人北曲遗意"等等,就是明证。因此,汤、沈之争无疑是明后期主情文学思潮和复古文学思潮相互撞击,在曲坛上激起的波澜。

那么,如何评价汤、沈二人的戏曲观念呢?就明后期曲坛的实际情况来看,沈璟致力于扶衰救弊,汤显祖瞩目于振聋发聩,二人的文化品位仍有高低之别:沈璟"合律依腔"的努力,对文词派拨乱反正,有利于戏曲艺术在艺术形式方面的完善和规范;而汤显祖"意趣神色"的革新,对传统观念横冲直撞,则有利于戏曲艺术在艺术精神方面的充实和激扬。两相比较,后者无疑具有更高的文化价值和历史意义。我认为,明后期主情思潮与复古思潮的文化价值和历史意义,也应作如是观。

第二节 合则并美,离则两伤

汤显祖和沈璟同时并出,相互论辩,在晚明曲坛上形成角立对

---

① 转引自《汤显祖诗文集·附录》。

峙的局面。争论和对峙,往往是理论研究向纵深发展的强劲动力。还在汤、沈在世的时候,便有不少人卷入他们之间的论争。在他们去世之后,人们仍然不断对汤、沈二人的见解发表各自的看法。人们纷纷对汤、沈二人的意见进行评判、调解、取舍或评述,作为"汤沈之争"的余波,既掀起了戏曲理论研究的新澜,更刷新了传奇创作的状貌。

曲坛上最早将汤显祖和沈璟相提并论,并对汤显祖和沈璟作比较研究的,是王骥德和吕天成。万历三十八年(1610)十一月,王骥德《曲律》成,十二月,吕天成《曲品》定稿①,二书皆言及"汤沈之争"。有趣的是,王是沈璟的至交好友,吕是沈璟的私淑弟子,都属于吴江派作家,但对汤、沈二人却持相当公允的理论态度,而没有狭隘的门户之见。极端的、片面的见解,能给清醒的理论家、批评家以深刻的启示,却难以令他们附和苟同,事情常常是这样的。

吕天成在《曲品》卷上的《新传奇品》中,将沈、汤二人同时列为"上之上",沈虽在汤之前,但吕天成惟恐人们误解,解释说:"略具后先,初无轩轾。"他还评论道:

予谓二公譬如狂狷,天壤间应有此两项人物。不有光禄,词硎弗新;不有奉常,词髓孰抉?倘能守词隐先生之矩矱,而运以清远道人之才情,岂非合之双美者乎?

吕天成首先从戏曲发展史的角度对沈璟和汤显祖作出了客观的评价,认为沈璟制定了戏曲创作的规范法则,汤显祖则抉发了戏曲创作的精神内涵,各自作出了不可抹杀的贡献。其次,吕天成又从戏曲创作的实际出发,指出沈、汤二人从不同的方面为人们昭示了法

---

① 《曲律·自序》署:"万历庚戌冬长至后四日,琅邪方诸生书于朱鹭斋";《曲品·自叙》署:"万历庚戌嘉平月望日,东海郁蓝生书于山阴樛木园之烟鬟阁"。

式与才情,亦即音律与文辞"合之双美"的光辉大道。这种不守门户、圆融通达的见解,是很值得称道的。

万历三十九年(1611)或稍后,吕天成为单本《蕉帕记》传奇作序,原文已佚,仅凌濛初《谭曲杂札》中残存只言片语,云:"吕勤之序彼中《蕉帕记》,有云:'词隐先生之条令,清远道人之才情。'又云:'词隐取程于古词,故示法严;清远翻抽于元剧,故遣调俊。'……其语良当。"①这说明吕天成的观点是一以贯之的。

王骥德的《曲律》一书高度评价了沈璟的曲学,并在音律理论上补充了沈璟,深化了沈璟,比沈璟分析得更为细致,要求得也更为苛刻。但他对汤、沈二人却采取了一种平正的态度,既多次指出汤显祖传奇中不协音律的毛病,也多次批评沈璟论曲、谱曲"取其声而不论其义",认为沈璟的传奇"出之颇易,未免庸率"。王骥德对沈、汤二人各打五十大板,说:"松陵(沈璟)具词法而让词致,临川(汤显祖)妙词情而越词检。"②并在《曲律》卷四《杂论》下中进一步详论道:

> 临川之于吴江,固自冰炭。吴江守法,斤斤三尺,不欲令一字乖律,而毫锋殊拙。临川尚趣,直是横行,组织之工,几与天孙争巧;而屈曲聱牙,多令歌者龇舌。③

要之,二人均未臻极境。王骥德超越了汤、沈的意气之争,着眼于真理的不懈探求,这就表现出一位成熟的理论家可贵的学术品格。

具体到选择评价戏曲作品的标准时,晚明不同的戏曲家提出了不同的看法。如崇祯间孟称舜作《古今名剧合选序》,说:

> 迩来填词家更分为二:沈宁庵(璟)专尚谐律,而汤义仍

---

① 《中国古典戏曲论著集成》第四册,第259—260页。
② 吕天成:《曲品》卷上引。
③ 《中国古典戏曲论著集成》第四册,第164—165页。

(显祖)专尚工辞。二者俱为偏见。然工辞者,不失才人之胜;而专尚谐律者,则与伶人教师、登场演唱者何异?予此选去取颇严,然以辞足达情者为最,而协律者次之。①

在他看来,虽然文辞与音律不可偏废,但作为评价作品的标准,还是文辞第一,音律第二,因为二者关系到"才人"与"艺士"的区别②。与之相反的是与他同时的祁彪佳,他虽然认识到:"词律严整,再得词情纡宛,则兼善矣。"但在评判戏曲作品时,却明确标举"论词以律为主"的主张③。

尽管戏曲家的偏向不一,取舍不一,观点不一,但却有一个共同的基点,那就是他们一致主张,戏曲的神品"必法与词两擅其极"④。这是符合戏曲艺术的基本规律和基本特征的。

正确地处理戏曲创作中文辞与音律的关系,关键不在于斤斤计较何者第一,而在于极力追求两臻至美,使戏曲作品既富于文学性,又具有演出性,既便于台上演唱,又适宜案头观赏。茅暎在《题牡丹亭记》中,从内容和形式统一的角度论述文辞与音律兼美的审美追求,表达了古代文艺思想中源远流长的意与法辩证统一的观点,其说最为精到:

> 大都有音即有律;律者,法也,必合四声,中七始,而法始尽。有志则有辞;曲者,志也,必藻绘如生,颦笑悲涕,而曲始

---

① 孟称舜编:《古今名剧合选》(明崇祯间刻本),卷首。
② 清初李渔本此,在《闲情偶寄·词曲部·结构第一》中,对戏曲艺术诸要素的排列次序是:结构第一,词采第二,音律第三……他解释道:"词采似属可缓,而亦置音律之前者,以有才、技之分也。文词稍胜者,即号才人;音律极精者,终为艺士。"见《中国古典戏曲论著集成》第七册,第 11 页。
③ 依次见祁彪佳:《远山堂剧品·三义成姻》,《远山堂曲品·猷隼》,《中国古典戏曲论著集成》第六册,第 159 页,第 108 页。
④ 王骥德:《曲律》卷四《杂论》下,《中国古典戏曲论著集成》第四册,第 172 页。

工。二者合则并美,离则两伤。①

的确,文学创作是意和法的统一,作家应该尽可能地遵守某一文学体式的基本规范,来运用自如地表达自己的情感;而戏曲剧本又是乐和文的合成,优秀的剧本应该达到可读性和可唱性、文学性和戏剧性的完美结合,"可演之台上,亦可置之案头观赏"②。因此,沈、汤之争合乎规律的结果,是使明后期以后的传奇作家清楚地认识到,只重音律而轻视文辞或只重文辞而忽略音律,都是片面的、有害的。于是,在晚明剧坛上,不仅理论上形成了上述熔文辞与音律为一炉的创作主张,创作上也出现了文辞与音律两全其美的艺术追求。吴梅先生曾分析道:吴炳与孟称舜是"以临川之笔,协吴江之律",吕天成、卜大荒、王骥德、范文若等是"以宁庵之律,学若士之词",而冯梦龙、史槃、徐复祚、沈嵊等则"协律修辞,并臻美善"③。

自此以后,文辞与音律兼美,便成为传奇文体的基本规范。"守词隐先生之矩矱,而运以清远道人之才情"④,成为文人传奇创作的不二法门;"事必丽情,音必谐曲,使闻者快心,而观者忘倦"⑤,成为文人传奇创作的自觉追求。

第三节 浅深、浓淡、雅俗之间

就传奇的音律与文辞各自而言,在传奇勃兴期也都分别步入

---

① 汤显祖:《牡丹亭记》传奇(明刻茅远士批评朱墨本),卷首。
② 孟称舜:《古今名剧合选序》,《古今名剧合选》卷首。
③ 吴梅:《中国戏曲概论》卷中,王卫民编:《吴梅戏曲论文集》(北京:中国戏剧出版社,1983),第153页。
④ 吕天成:《曲品》卷上。
⑤ 臧懋循:《玉茗堂传奇引》,《负苞堂集》卷三。

了规范化的道路。传奇音乐体制的格律化,已见本书第八章第一节。本节专论传奇语言风格的规范化,这较之音乐体制的格律化,应该是一种更深层次,也更有典范意义的文体规范。

首先我们看到,勃兴期传奇语言风格出现了鲜明的通俗化倾向,这是对生长期传奇典雅化语言风格的反拨。

明代文人普遍认识到,戏曲首先是曲,是与诗、词相关而不相同的一种文体。因此,在传奇生长期,人们已经开始注意在诗、词、曲的辨体中,揭示曲体独特的语言风格特征了。如李开先《西野春游词序》说:

> 词与诗,意同而体异。诗宜悠远而有余味,词宜明白而不难知。以词为诗,诗斯劣矣;以诗为词,词斯乖矣……用本色者为词人之词,否则为文人之词矣。①

他所说的"词",即歌词,通指散曲与剧曲;而所谓"本色",即指"意同而体异"中的"体",也就是文体的语言风格。

李开先明确肯定曲体的语言风格是"明白而不难知",这成为当时人们对曲体语言风格的基本共识,开明中后期曲体"本色论"的先声。其后,徐渭的《南词叙录》、何良俊的《曲论》、沈璟的《南曲全谱》、徐復祚的《曲论》、沈德符的《顾曲杂说》、王骥德的《曲律》、吕天成的《曲品》、冯梦龙的《太霞新奏》、凌濛初的《谭曲杂札》等,都针对曲体的发展历史和创作实践,对曲体的"本色"展开了广泛而深入的研究。虽然他们所说的"本色"含义不尽相同,甚至名同而实异,但有一点却是共通的,这就是着意于对曲体独特的语言风格的探索。这种明确的文体意识,成为传奇艺术繁荣昌盛的重要触媒。而"本色论"也成为明代曲论中成果最为丰硕的一

---

① 路工编:《李开先集》(北京:中华书局,1959),《闲居集》文之六。

个部分。

"明白而不难知",就是通俗易懂。传奇勃兴期的戏曲家认为,这种曲体语言的"本色",在根本上是由曲的舞台演唱性即所谓"当行"所决定的,所以吕天成《曲品》卷上说:"果属当行,句调必多本色;果其本色,境态必是当行。"

适合舞台演唱,主要就是适合观众的审美需要。如果说,清曲还多用于家宴酒席,供文人士大夫与妓女们浅吟低唱,是特定场合中的抒情艺术;那么戏曲就迥然不同,它是一种群众性的观赏艺术。戏曲观众的广泛性和戏曲欣赏的直观性,从一开始就造就了并始终制约着戏曲文学的语言风格。凌濛初《谭曲杂札》说得很明白:

> 盖传奇初时本自教坊供应,此外只有上台勾栏,故曲白皆不为深奥……自成一家言,谓之本色。使上而御前,下而愚民,取其一听而无不了然快意。

戏曲的观众有着"上而御前,下而愚民"的广泛性,戏曲欣赏有着"一听而无不了然快意"的直观性,这就要求戏曲必须"自成一家言",与诗词判然而别。正是这种曲体的"一家言",构成曲体语言的基本风格特征。

但是,对于明中后期的文人学士来说,戏曲毕竟还是一种崭新的文学体式,创作戏曲无啻于一种文学探险活动,不能不经历一番摸索和挫折。于是,在这时期的曲坛上就出现了两种通病:"非椎鄙不文,为里谈秽语,以取悦闾巷;则填缀古今文赋,以矜博雅,顾其语多痴笨,使人听之闷闷欲卧。"[①]后者由于文人学士积习难改,即使立意浅俗,也难以抗拒雅隽绮丽的诱惑;而前者则由于文人学

---

① 松涛:《天宝曲史序》,孙郁:《天宝曲史》传奇(清康熙间刻本),卷首。《序》中所指为"近世作者",可以上推至明后期。

士修养有限,向往自然本色,却误入庸拙俚俗的歧途。

在传奇勃兴期,为了摆脱文词派梦魇般的影响,有的传奇作家如沈璟等人,赏识和提倡南曲戏文质朴俚浅的语言风格,并且自觉地用于传奇的创作。这与当时的"七子派"、"唐宋派"为了摆脱时文风尚而提倡秦汉文、唐宋文,采取的是同一种理论思路。吕天成在《曲品》卷下评沈璟《红蕖记》传奇时说:"先生自谓字雕句镂,正供案头耳,此后一变矣。"这一转变,约在万历十八年至万历二十年(1590—1592)之间①,这是明后期文人作家致力于重建传奇语言风格规范的重要标志。

沈璟等人的理论思路及其创作实践,对于纠正文词派典雅绮丽的语言风格,将戏曲由"案头之曲"引入"场上之曲",固然起了积极的作用,但却不免矫枉过正,走向了另一个极端。凌濛初《谭曲杂札》便批评沈璟的传奇创作"欲作当家本色俊语,却又不能,直以浅言俚句,掤拽牵凑";其后学步其后尘,更是"以鄙俚可笑为不施脂粉,以生梗雉率为出之天然",堕入了恶套。王骥德《曲律》卷四《杂论》下也强调指出:要是以为本色就是"庸拙俚俗",那就是认差了本色的路头。他还举沈璟《南曲全谱》中的评语为例,说:

> 如《卧冰记》〔古皂罗袍〕"理合敬我哥哥"一曲,而曰:"质古之极,可爱可爱。"《王焕》传奇〔黄蔷薇〕"三十哥央你不来"一引,而曰:"大有元人遗意,可爱。"此皆打油之最者,

---

① 《红蕖记》是沈璟第一部传奇,约作于万历十七年(1589)以病告归时或稍后;胡文焕《群音类选》约编成于万历二十一年(1593),已收录沈璟《红蕖》、《十孝》、《分钱》三剧。据此可知,沈璟传奇语言风格的转变,约在万历十八年至万历二十年(1590—1592)之间。参见徐朔方:《沈璟年谱》,《晚明曲家年谱·苏州卷》。与此同时,汤显祖在万历十九年(1591)前后,将《紫箫记》改编为《紫钗记》,也表现出摆脱文词派影响的趋向。参见徐朔方:《汤显祖年谱》,《晚明曲家年谱·皖赣卷》。

而极口赞美。

这种"打油之最"的曲子,虽具口语风格和民歌风味,却未免过于质直浅俚,缺乏情韵风致,为文人学士所不屑称许,更不屑效法。

因此,如何处理好曲体语言的雅与俗的关系,锻铸真正当行本色的曲体语言风格,像吕天成《曲品》卷上所说的,既不可"工藻缋少拟当行",又不可"袭朴淡以充本色",对文人学士来说,这并不是一件容易的事。王骥德《曲律》卷二《论家数》说:

> 至本色之弊,易流俚腐;文词之病,每若太文。雅俗浅深之辨,介在微茫,又在善用才者酌之而已。

祁彪佳《远山堂曲品·觅莲》也感叹道:

> 此道明畅者,类涉肤浅;婉曲者,偏多沉晦;即使词意簇凑,又易入于小乘;所以识者致叹于当行之难也。

既要便于淋漓尽致地披示文人学士的主体精神和细腻感受,又要恰到好处地适应平民观众的审美能力和审美需要,此间分寸,实在不易把握。在传奇勃兴期,有不少传奇作家对此进行了艰苦的探索。

传奇的语言风格,由戏曲艺术舞台性、直观性、群众性的特征所决定,应该是通俗性与文学性的统一,是可解和可读的统一,既适合舞台演出,又富有文学色彩。因此传奇语言的规范,应该是文而不深,俗而不俚,所谓"组织藻绘而不涉于诗词","常谈口语而不涉于粗俗",以明白晓畅而又文采华茂的文学风格,达到雅俗共赏、观听咸宜的艺术效果。

基于对曲体语言的"本色"、"当行"的本质确认和审美取向,勃兴期传奇创作的语言风格从生长期的一味典雅绮丽,逐步转向"才情在浅深、浓淡、雅俗之间"的审美追求[①]。正因为如此,汤显

---

① 王骥德:《曲律》卷四《杂论》下,评汤显祖传奇语。

祖的作品作为传奇语言风格的典范,受到明后期传奇作家的普遍称赞。相对于诗文来说,戏曲在明中后期毕竟和小说一样都属于新兴的通俗文艺,因此传奇作家更多地追求的既不是以雅为美,也不是以俗为美,而是灵活运用化俗为雅、雅俗并陈的艺术修辞方式。

化俗为雅的修辞方式,就是点铁成金,使日常口语饶有趣味。明中期何良俊在《曲论》中称赞元代戏剧家郑光祖的《倩梅香》杂剧,说:"止是寻常说话,略带讪语,然中间意趣无穷。"徐渭在《题昆仑奴杂剧后》中也说:戏曲作家应该具有"点铁成金"的回春妙手:"点铁成金者,越俗越雅,越浅薄越滋味,越不扭捏动人越自动人。"①吕天成《曲品》卷上也说:"本色不在摹勒家常语言,此中别有机神情趣,一毫妆点不来,若摹勒,正以蚀本色。"

雅俗并陈的修辞方式,就是区别不同的曲体和不同的语境,或雅或俗,恰到好处,适得其美。王骥德《曲律》卷三《论过曲》曾举例说:"过曲体有两途:大曲宜施文藻,然忌太深;小曲宜用本色,然忌太俚。须奏之场上,不论士人闺妇,以及村童野老,无不通晓,始称通方。"

但是,无论是化俗为雅还是雅俗并陈的修辞方式,都仅仅是一种外在的、权宜的叙事策略,而不是一种内在的、根本的思维方式。在中国古代文人学士心目中,浅深、浓淡、雅俗之间的辩证关系,归根结底还是以深、浓、雅为审美底蕴的。正因为以深、浓、雅为审美底蕴,浅、淡、俗才能步入美的殿堂,甚至达到比深、浓、雅更高的审美境界。清人袁枚在《随园诗话》中说:"诗宜朴不宜巧,然必须大巧之朴;宜淡不宜浓,然必须浓后之淡。"②套用这一说法,我们可

---

① 徐渭:《徐文长佚草》,卷二,《徐渭集》(北京:中华书局,1983),第1093页。
② 袁枚:《随园诗话》(北京:人民文学出版社,1960),卷五,第150页。

以说:曲宜俗不宜雅,然必须雅极之俗。祁彪佳在《远山堂曲品·飞鱼记》中谈到沈璟的传奇语言由藻丽雕琢变为本色质朴时就说:"正惟能极艳者方能极淡。"这种雅极之俗,或称化俗为雅,正是中国古代文人传承久远、普遍认同的审美趣味。

这种"浅深、浓淡、雅俗之间"的审美追求,就其表显层次而言,体现出走出生长期文词派传奇误区的文人传奇作家,进一步主动地向平民审美趣味靠拢,这是平民审美趣味波染和冲击传奇戏曲的必然结果。

戏曲艺术作为一种群众性的观赏艺术,原本就以极其开放的姿态和兼容并蓄的胸怀面向平民,因此就比诗文等传统文艺更频繁地承受平民审美趣味的波染和冲击,也更易于吸收和转化平民的审美趣味。一般地说,平民审美趣味更偏向于浅、淡、俗,这种审美要求构成平民阶层对包括戏曲艺术在内的通俗文艺的强烈的心理期待。当勃兴期传奇作家明确地认识到戏曲艺术靠观众而生存,而戏曲观众又有着"上而御前,下而愚民"的广泛性的时候,平民阶层的审美心理期待便潜移默化地但却强有力地影响着,甚至制约着文人士大夫的艺术思维,使他们的传奇创作自觉地或不自觉地适应于或转向于浅、淡、俗的审美趣味,以此冲淡了他们积重难返的深、浓、雅的审美趣味。

而就其深隐层次而言,这种"浅深、浓淡、雅俗之间"的审美追求,更体现出以通俗化为标志的近代艺术思维艰难地崛起和演进过程。在明清时期,承袭着古典艺术思维的文人传奇作家在艺术思维近代化的努力中,不由自主地采取了一种居高临下、以己为主的思维定势,因此,他们对传奇语言风格规范的审美追求,其出发点和归趋在本质上都是以雅为美,即坚守古典的审美理想。

中国古代文学艺术在中唐时出现了通俗化的苗头,文人士大夫的艺术思维开始努力挣脱古典的艺术传统,自觉地向平民文化贴近。中唐以后通俗诗歌、说唱变文和传奇小说的兴起,就是这种苗头的最初表征。通俗化趋向的出现,有着深刻的历史根源,其中最重要的一点,就是整个中国文化从古典形态向近代形态的缓慢而持续的转型。其后,有了宋诗、宋词的通俗化,有了宋元话本、宋元戏文尤其是金元杂剧的崛地而起,通俗化的苗头渐渐蔚为大观。但是与此同时,通俗化和典雅化之间也形成了严峻的对峙和激烈的冲突。可以说,宋元以后的中国文学正是在通俗化与典雅化之间"拉锯战"式的文化张力中发展演变的。以通俗化为前驱的近代艺术思维经历几度风雨、几度春秋,直到晚清时期仍未能压倒古典艺术思维而占上风,当然更未能取代古典艺术思维而赢得"正统"的身份。直到"五四"时期白话文学运动的兴起,古典的艺术传统和艺术思维才迫不得已地从历史舞台上"逊位",近代的艺术传统和艺术思维终于大张旗鼓,席卷文坛,"振长策而御宇内","履至尊而制六合"。

因此,在从古典艺术思维到近代艺术思维过渡的明清时期,即便是最激进的文学艺术家,充其量也只能采用或创造通俗化的文雅语言,以通俗化与典雅化的和谐、融合作为审美的最高境界,而绝不可能迈出彻底通俗化的关键一步。无论是袁宏道对"宁今宁俗"的诗文语言的提倡[1],是王骥德对"才情在浅深、浓淡、雅俗之间"的戏曲语言的赞扬,还是冯梦龙对"宋人通俗,谐于里耳"的小说语言的肯定[2],都是如此。

综观明后期传奇作家的作品,能够真正做到"才情在浅深、浓淡、雅俗之间"的,毕竟是凤毛麟角,大多数传奇作品不是流于藻绩,就是失于鄙俚。尽管如此,这一时期传奇作家对曲体独特的语

---

[1] 袁宏道:《与冯琢庵师》,袁宏道著、钱伯城笺校:《袁宏道集笺校》(上海:上海古籍出版社,1989),卷二十二《瓶花斋集》之十。

[2] 冯梦龙:《醒世通言序》,《醒世通言》(明天启间刻本)卷首。

言风格的理论探索,对雅俗共赏的审美境界的艺术追求,尤其是对戏曲语言通俗易晓的"当行本色"的明确提倡,毕竟为发展期传奇创作的迅猛发展铺平了道路。

第四节 演奇事,畅奇情

早在元代,钟嗣成的《录鬼簿》在评述杂剧作家的艺术成就和特色时,便常常标以"奇"或"新奇",如评范康《杜子美游曲江》:"下笔即新奇",评鲍天祐的剧作是"跬步之间,惟务搜奇索古而已,故其编撰多使人感动咏叹"①。元人称杂剧和戏文为"传奇",在很大程度上当即着眼于此。勃兴期的传奇作家承元人遗风,开传奇新声,在理论表述和创作实践上,表现出对传奇情节新奇怪异的自觉的审美追求,从而形成了传奇文体逐奇尚异的情节规范。

在理论表述上,勃兴期传奇作家已经有意识地以传奇性作为传奇戏曲的本体特征。如万历年间阙名为陈与郊《鹦鹉洲》传奇作序,从审美对象的角度简要地概括传奇的本体特征,说:

> 传奇,传奇也,不过演奇事,畅奇情。②

崇祯年间袁于令也要求传奇作品的情节应"悲欢眷见,离合环生","愈出愈奇","极其纡曲","突兀起伏,不可测识"③。崇祯年间倪倬为许恒的《二奇缘》传奇作序,则从审美对象与艺术生命的关系的角度,明确地宣称:

---

① 见《录鬼簿(外四种)》(上海:上海古籍出版社,1978)。
② 阙名:《鹦鹉洲序》,陈与郊:《鹦鹉洲》传奇卷首,《古本戏曲丛刊二集》影印明万历间海昌陈氏原刻本。
③ 袁于令:《焚香记序》,王玉峰:《焚香记》传奇卷首,《古本戏曲丛刊二集》影印明崇祯间刻本。

>传奇,纪异之书也;无奇不传,无传不奇。①

崇祯年间茅暎的《题牡丹亭记》,更将传奇的审美对象与艺术生命作一统合,将"奇"与"传"之间的关系说得更为详尽:

>第曰传奇者,事不奇幻不传,辞不奇艳不传;其间情之所在,自有而无,自无而有,不瑰奇愕眙者亦不传。②

综合来看,勃兴期传奇作家在理论上清楚地认识到,传奇性作为传奇戏曲的本体特征,指的是故事情节迂回曲折,波澜叠起,变幻莫测,人物情感幽邃深邈,千回百转,悲喜交替,因而能激起观众的惊奇感,使之得到审美的愉悦和满足。这样的传奇作品,自然具有审美的广泛性和持久性。

在创作实践上,勃兴期的传奇作家,如沈璟、汤显祖、卜世臣、周朝俊、孙钟龄、汪廷讷、陈与郊、叶宪祖、史槃、徐復祚、吴炳、范文若、阮大铖、袁于令、沈自晋、张琦、沈嵊等人,无不如痴如狂地尚奇逐怪,演奇事,绘奇人,抒奇情,设奇构,写奇文,用奇语,形成一股汹涌澎湃的创作热潮。崇祯年间祁彪佳说:"近日词场,好传世间诧异之事"③。清初张岱批评明清之际戏曲创作的风尚,说:

>传奇至今日,怪幻极矣。生甫登场,即思易姓;旦方出色,便要改妆。兼以非想非因,无头无绪,只求闹热,不问根由,但要出奇,不顾文理。④

---

① 倪倬:《二奇缘传奇小引》,许恒:《二奇缘》传奇卷首,《古本戏曲丛刊二集》影印明崇祯间刻本。

② 茅暎:《题牡丹亭记》,汤显祖:《牡丹亭记》传奇(明刻茅远士评校朱墨本),卷首。

③ 祁彪佳:《远山堂曲品·双杯》。按,祁彪佳卒于清顺治元年(1645),故《远山堂曲品》之成,当在崇祯年间。

④ 张岱:《答袁箨庵》,《琅嬛文集》(上海:贝叶山房,1936),卷三。按,此文约作于清顺治间。

清初高奕也说:

> 传奇至于今,亦盛矣。作者以不羁之才,写当场之景,惟欲新人耳目,不拘文理,不知格局,不按宫调,不循声韵,但能便于搬演,发人歌泣,启人艳慕,近情动俗,描写活现,逞奇争巧,即可演行,不一而足。①

清顺治十五年(1658)黄山农为李渔《玉搔头》传奇作序,描绘当时戏曲创作的盛况说:

> 谓事不妄诞则不幻,境不错误乖张则不眩惑人。于是六尺氍毹,现种种变相。②

现代戏曲史家与戏曲批评家,对晚明清初传奇创作的尚奇逐怪之风,大多给予严厉的批评和完全的否定,我认为这是不公正的。晚明清初传奇创作中这种尚奇逐怪的时代风气,体现出传奇作家在主情文学思潮和平民审美情趣的激荡下,对传统的守规范、严法律、套模式、遵典型的美学风范的强烈不满和猛烈冲击,在本质上应予以明确的肯定。这正是当时整个社会慕奇好异的审美精神的集中表现。

中国古代美学特别讲究"中和"之美,无论是动静、是虚实,还是奇正、是雅俗,都不主张偏执一端,而要求兼收并蓄,"允执其中"。所以,求新而不可悖旧,逐奇而不可失正,成为一以贯之的传统的审美精神。刘勰在《文心雕龙》中提出"酌奇而不失其真"的艺术原则,要求"奇正虽反,必兼解以俱通",主张"执正以驭

---

① 高奕:《新传奇品序》,《新传奇品》卷首,《中国古典戏曲论著集成》第六册,第269页。按,高奕,生卒年不详,清顺治、康熙时戏曲家。

② 黄山农:《玉搔头序》,李渔:《玉搔头》传奇卷首,《笠翁十种曲》(清康熙间刻本)。按,《序》署"戊戌仲春","戊戌"为顺治十五年。

奇"，反对"逐奇而失正"，正表达了这种传统的观念①。

到了明中后期，在动荡社会的影响下，在文化新潮的鼓荡下，与文人士大夫的奇行怪举、奇谈怪论和奇思异想相互表里，在文坛上和社会上也掀起一股慕新好奇的审美思潮，催生出明人特有的"新奇"的审美精神②。人们对传统的观念产生了一种强烈的逆反心理，希求挣脱奇正中和的审美规范的羁络，首先在文学艺术创作中大胆地求新求奇，并总结出一般套颇具体系的"新奇"观，对传统的守规范、严法律、套模式、遵典型的审美风范发起了猛烈的冲击。

汤显祖的尚奇主张，堪称这种"新奇"观的代表。在《序丘毛伯稿》中，他首先把文章的"新奇"归因于文人的"心奇"，从主体方面论证了"新奇"观的心理根源，说：

> 天下文章所以有生气者，全在奇士。士奇则心灵；心灵则能飞动；能飞动则上下天地，来去古今，可以屈伸长短，生灭如意；如意则可以无所不如。（卷三二）

的确，正是明中后期慕奇好异的人格理想，特别是文人学士性格狂简疏纵，"好轻遽议论，放乎礼法之外，恣肆其私意"③，才鼓动起文坛上的新奇风尚。士不奇，文就不奇。从这一意义上说，新奇的审美精神正是慕奇好异的人格理想的象征。

其次，在《合奇序》中，汤显祖又将"奇"与"气"联系起来，从客体方面论证"新奇"观的客观根源，说：

---

① 见范文澜：《文心雕龙注》（北京：人民文学出版社，1958），卷一《辨骚第五》，第48页；卷六《定势第三》，第530—531页。

② 关于明中后期文人士大夫的奇行怪举、奇谈怪论和奇思异想的详细论述，可参看郭英德、过常宝：《明人奇情》（北京：北京师范大学出版社，1993），第二章，第15—33页。

③ 康海：《送苏榆次序》，《对山集》（《景印文渊阁四库全书》本），卷三十。

予谓文章之妙不在步趋形似之间。自然灵气,恍惚而来,不思而至,怪怪奇奇,莫可名状,非物寻常得以合之。(卷三二)

他继承了唐代李德裕《文章论》所说"文之为物,自然灵气,恍惚而来,不思而至"的观点,加以发挥,特别强调"怪怪奇奇,莫可名状,非物寻常得以合之"的不入"格"、不用"意"的特征,从而显示出逾越规矩、异乎寻常的求新求奇的时代精神。而且,汤显祖在《合奇序》中还把"奇"看作具有自然物质内容的"天地间奇伟灵异、高朗古宕之气"的审美化表现,这就使"奇"与天地造化相融合,成为根基于自然人性的一种审美精神,从而与古老滞重的封建社会现实形成尖锐的对立和鲜明的对照。

在明中后期的人们看来,美在于新奇,而不在于旧、老、平、常;旧、老、平、常如果要成为美,那它就必须赋予新奇的内质,具有新奇的状貌。因此,人们总是嗜好社会生活和文学艺术中新鲜而奇特的事物,唾弃旧、老、平、常的事物。清康熙初年杜浚在《巧团圆·总评》中,曾忧心忡忡地慨叹:"末世人情厌正而趋奇,嗜淫而恶慝"[①],正道出了晚明清初的时代风尚。这样的一种社会审美需要和审美心理,又反过来催生着社会生活和文学艺术中新奇事物的层出不穷,蔚然大观。

勃兴期传奇作家的"演奇事,畅奇情"的传奇情节本体观,不仅是时代的产物,也是符合戏剧艺术的本质特征的。西方戏剧家认为,戏剧性的主要成分是引起观众的惊奇感的情境,这些成分"是戏剧家构思情节的基础","一出戏里,大小震惊安排得越巧妙、越有力,这出戏就越富于强烈的戏剧性","那些情境设计之用意,则是凭借其奇异性、特殊性与不落俗套进而感染、刺激和震动

---

① 李渔:《巧团圆》传奇卷首,《笠翁十种曲》。

观众"①。在这一点上,中西方戏剧家的审美认识可谓"心有灵犀一点通"。

在具体的创作实践中,勃兴期传奇作家尤其善于采用"错认"与"破坏"这两种情节构成方式,创造奇正相生的传奇性情节。

所谓"错认",就是以假当真,以真为假,或以此作彼,以彼为此。在戏曲里采用错认手法引起情节波澜,其源出自元人关汉卿的《拜月亭》杂剧和元末据之改编的《拜月亭》戏文。在《拜月亭》里,蒋瑞隆兄妹和王瑞兰母女逃难中失散,王母错认蒋瑞莲为女,蒋瑞隆却错认王瑞兰为妹,由此引起一系列关目变幻。这种错认的情节构成方式,为勃兴期演述才子佳人风情故事的传奇作家如史槃、范文若、吴炳、袁于令等人所广泛运用。到阮大铖的《春灯谜》传奇,竟然有"十错认"之称:

> 男入女舟,女入男舟,一也;兄娶次女,弟娶长女,二也;以媳为女,三也;以父为岳,四也;以韦女为尹生,五也;以春樱为宇文生,六也;(宇文)羲改李文义,七也;(宇文)彦改卢更生,八也;兄豁弟之罪案,九也;师以仇为门生,而为媒己女,十也。盖以喻满盘皆错,故曰"十错认"云尔。②

王思任《春灯谜记叙》说:"天下无可认真,而惟情可认真;天下无不当错,而惟文章不可不错。"③这正表达了传奇作家共同的审美追求。

而且,勃兴期才子佳人传奇不仅承袭了《拜月亭》那种因外界

---

① 〔英〕阿·尼柯尔:《西欧戏剧理论》,徐士瑚译(北京:中国戏剧出版社,1985),第39—40页。
② 董康等辑:《曲海总目提要》(北京:人民文学出版社,1959),卷十一"春灯谜"条。
③ 阮大铖:《春灯谜》传奇卷首,《石巢传奇四种》(明崇祯间吴门毛恒刻本)。

环境的缘故造成错认的表现方式(可称客观错认),还大量使用剧中人物有意乔装冒充的表现方式(可称主观错认),着意造成起伏转折的情节变化,如前述张岱所说的:"生甫登场,即思易姓;旦方出色,便要改妆。"于是,在晚明的传奇作品中,人物的改名易姓和女扮男装或男扮女装,便雷同蹈袭,成为熟套,屡见不鲜。

所谓"破坏",就是由专制家长、权贵势家、无行文人、无赖流氓、和尚尼姑等,出于一己的私利或一时的私愤,千方百计地图谋破坏才子佳人的姻缘会合。例如,袁于令的《西楼记》传奇中,无行文人赵不将、专制家长于鲁和权贵势家池同先后齐心协力,生生拆散了于鹃和穆素徽的幸福姻缘。吴炳的《绿牡丹》、孟称舜的《娇红记》、阮大铖的《燕子笺》等传奇作品,也都套用了这种情节模式。

勃兴期传奇文体逐奇尚异的情节规范的建构,具有不可低估的历史意义。就创作实践而言,它不仅激发了勃兴期传奇作家的艺术想象力和艺术创造力,一时传奇佳作层出不穷,也为发展期的传奇创作提供了成功的经验和失败的教训。就理论批评而言,它有力地推动了发展期传奇作家对传奇戏曲的传奇性的认识,步入"布帛菽粟"之奇、"人情物理"之奇的坦途[①]。

第五节 从曲论到剧论

在元明时期,"曲"一般包括散曲与戏曲,二者往往是浑融不

[①] 见张岱《答袁箨庵》:"布帛菽粟之中,自有许多滋味,咀嚼不尽,传之永远,愈久愈新,愈远愈淡。"《琅嬛文集》卷三。李渔《笠翁馀集·窥词管见》亦云:"即在饮食居处之内,布帛菽粟之间,尽有事之极奇,情之极艳,询诸耳目,则为习见习闻,考诸诗词,实为罕听罕睹。"《笠翁一家言全集》(清康熙间刻本),卷八。丁耀亢《赤松游题词》也说:"曲曰传奇,乃人中之奇,非天外之事。"《赤松游》传奇(清顺治间刻本),卷首。

分的,因此对戏曲体式的研究始终包含于曲体研究之中。元明人是将戏曲作为曲的一个分支来看待的,这说明他们的文体分类意识仍囿于诗文分类的传统规范,未能将戏曲体式视为一种独立的文艺体式。这同中国戏曲以曲为核心要素的文体特征有着密切的关系。所以,"歌曲乃诗之流别"[①],构成中国戏曲文学创作和文学批评的民族特性。因此,就整体而言,元明时期的戏曲理论还是曲论而非剧论。时至传奇勃兴期,人们的戏剧观念仍主要是以诗歌为戏剧本体的"曲"的观念。

但是,在总体把握曲体特征的基础上,在传奇创作实践的推动下,勃兴期的戏剧观念出现了引人注目的理论形态的拓展。戏曲作家和批评家逐步展开对戏曲文体特征的研究,表现出建立独立的剧论的理论趋向。这种独立的剧论,主要表现在两个方面:一是探讨戏曲艺术独特的文体特征,二是研究戏曲情节的结构方式。这标志着勃兴期戏剧理论从曲论到剧论的过渡。

一、曲与诗原是两肠

戏曲艺术异于以抒情性为主的传统诗歌的主要特征,是它的叙事性和演出性。因此,传奇勃兴期的戏剧家对戏曲艺术的叙事性和演出性的理论探讨,便成为戏剧理论从曲论到剧论的过渡的显著标志。

元明时期的戏曲家大多都将散曲和戏曲混为一谈,对曲的叙事性和抒情性浑融不分,表现出界限模糊的分类意识。但是,在元代钟嗣成的《录鬼簿》中,已注意区分"乐章"(即散曲)和"传奇"(即杂剧);明万历年间周之标的《吴歈萃雅·题辞二》,更进一步对"时曲"(即时兴散曲)和"戏曲"两个不同概念的内涵作了深刻

---

① 何良俊:《曲论》,《中国古典戏曲论著集成》第四册,第6页。

的比较,指出:

> 时曲者,无是事,有是情,而词人曲摹之者也。戏曲者,有是情,且有是事,而词人曲肖之者也。①

这就是说,时曲主要是一种抒情的演唱艺术,戏曲则是一种抒情性与叙事性兼备的演出艺术。时曲创作只是对感情的单纯摹写,戏曲创作则要求通过具体事件的叙述和描写体现出感情。因此,正如抒情性是时曲的艺术构造原则一样,叙事性是戏曲的基本艺术构造原则,它使戏曲在本质上有别于传统诗词。

文人对时曲与戏曲的本质区分表明,时至明中后期,叙事兴趣的增长已成为时代潮流,与抒情趣味一争高下,并强有力地改变了中国文学的传统格局。在从南曲戏文到传奇戏曲的转型过程中,文人作家在叙事艺术方面进行了一系列的创造,这些创造无论多么浅陋粗糙,都比同时在抒情艺术方面的革新更具有开拓性的意义。文人作家对传奇叙事艺术的开拓,同时代文化权力的下移趋势和文人主体意识的高涨情境是互为表里的。

当然,戏曲文学的叙事,并不同于一般的叙事文学如史传散文、小说等。天启年间王骥德作《曲律》综论散曲与戏曲,在卷四《杂论》下明确地指出:"曲与诗原是两肠。"该书卷三还特列《剧戏》一章,专论戏曲。他说:

> 夫曲以模写物情,体贴人理,所取委曲宛转,以代说词……

所谓"模写物情,体贴人理",蓝本于王世贞《曲藻》对元人高明《琵琶记》戏文的批评:"体贴人情,委曲必尽;描写物态,仿佛如生;问

---

① 明梯月主人编:《吴歈萃雅》(明万历四十四年[1616]序刻本),卷首。

答之际,了不见扭造"①,概括了戏曲文体的叙事特性。所谓"以代说词",则指的是戏曲文学的代言体特征,这最能显示戏曲文学独具的文体特性。明人对此多有论述,如周之标《吴歈萃雅·题辞二》认为,戏曲文学是"骚人以自己笔端,代他人口角";臧懋循《元曲选序二》说:"……填词者必须人习其方言,事肖其本色,境无旁溢,语无外假"②;王骥德《曲律》卷三《论引子》,要求戏曲曲词的创作"须以自己之肾肠,代他人之口吻","设以身处其地,模写其似"。从叙事人称的角度揭示戏曲文学的文体特性,明人在这方面的理论建树,在世界范围内的文体研究领域也是应该大书一笔的。

在《古今名剧合选序》中,孟称舜简明扼要地比较了戏曲与诗词的异同。他认为,作为表演艺术的戏曲和作为抒情艺术的诗词,其艺术表现方式迥不相侔。第一,从审美对象来看,诗词以传情写景为主,"顾其所谓情与景者,不过烟云花鸟之变态,悲喜愤乐之异致而已,境尽于目前,而感触于偶尔。"而戏曲则以塑造人物形象为主,不仅"极古今好丑、贵贱、离合、死生,因事以造形,随物而赋象";而且还必须以演员为媒介和手段,来实现直感性的舞台形象的创造:"狐末靓狙,合傀儡于一场,而征事类于千载。笑则有声,啼则有泪,喜则有神,叹则有气。"因此,"非作者身处于百物云为之际,而心通乎七情生动之窍,曲则乌能工哉!"第二,从审美创造主体来看,诗词总是直接抒发作者的情感,"率吾意之所到而言之,言之尽吾意而止矣"。而戏曲作者则必须"化身为曲中之人",设身处地,代人物立言,"忽为之男女焉,忽为之苦乐焉,忽为之君

---

① 王世贞《曲藻》,《中国古典戏曲论著集成》第四册,第33页。
② 臧懋循编:《元曲选》(明万历间刻本),卷首。

主仆妾、金夫端士焉"①。孟称舜的这段论述,涉及了有关戏曲文体的一些重要命题,如戏曲文学独特的审美对象,戏曲的意境,舞台形象的时态、表现方式和审美效果,代言体的抒情方式,等等。这样的戏曲文体论,无疑具有相当的理论深度。

此外,王骥德《曲律》卷三《杂论上》对戏曲艺术特性的分析也值得一提。他把戏曲的发展过程划分为古优人所演和近世"剧戏"两个阶段。第一阶段的优人所演,无论是先秦优孟、优旃的"葬马"、"漆城",还是后唐敬新磨的"李天下",和宋优人的"公冶长"、"二圣环"②,都不能算是真正成熟的戏曲。只有到了元人杂剧,才称得上是真正的戏曲。区别这两个阶段的标志主要是:

> 古之优人,第以谐谑滑稽供人主喜笑,未有并曲与白而歌舞登场,如今之戏子者。又皆优人自造科套,非如今日习现成本子,俟主人拣择而日日此伎俩也。

可见,王骥德是将"并曲与白而歌舞登场",与有"现成本子"即文字形态的剧本,作为戏曲的主要构成因素,它已经涉及了戏曲艺术的综合性、大众性和文学性等特征。特别是标称戏曲文学剧本作为戏曲成熟的标志,这在明人曲论中是绝无仅有的。

基于对戏曲文体特征的认识,明人还注意到杂剧与传奇的区别,由此对戏曲文体作了分类研究。吕天成《曲品》卷上说:

> 金元创名杂剧,国初演作传奇。杂剧北音,传奇南调。杂剧折惟四,唱止一人;传奇折数多,唱必匀派。杂剧但撮一事颠末,其境促;传奇备述一人始终,其味长。无杂剧则孰开传奇之门?非传奇则未畅杂剧之趣也。

---

① 孟称编:《古今名剧合选》,卷首。
② 依次见《史记·滑稽列传》;《五代史·伶官传》;洪迈《夷坚志支集》乙四,岳珂:《桯史》。

尽管他对杂剧音乐体制的论述只限于北杂剧而未顾及南杂剧,但是他标举杂剧与传奇在外在体制的短长和内在结构的啬丰两方面的重要区别,则是颇具慧眼的。明末袁于令亦着眼于此,在《为林宗词兄叙明剧》中认为,传奇似擎张如盖而神散之蕈,杂剧似含苞如卵而味全之蕈;传奇如天柱地首之嵯峨,杂剧如"小石含山意"之拳石;传奇如长铍大戟,杂剧则是词场之短兵;要之,二者的审美含蕴是判然有别的①。

二、作曲犹造宫室者然

作为叙事性文学的一种体裁,在戏曲文学中,故事、情节、结构三者是密切相关的,通常就笼统地称为故事情节或情节结构。

元明时期的戏剧家通称戏曲作品的故事情节、情节结构为"关目"。如元刊本《古今杂剧》就标有"大都新编关目的本《东窗事犯》","古杭新刊关目的本《李太白贬夜郎》"等。明初贾仲明在为《录鬼簿》所补的挽词中,经常评杂剧剧本"关目真"、"关目奇"、"关目嘉"、"关目冷"、"关目风骚"等等,评姚守中杂剧则说"布关串目高吟咏"。可见他所说的"关目",既指故事情节,也指情节结构,后者尤为明中后期戏剧家所习用。如柳浪馆主人《紫钗记总评》说:

> 一部《紫钗》,都无关目,实实填词,呆呆度曲,有何波澜?有何趣味?临川判《紫箫》云:"此案头之书,非台上之曲。"余谓《紫钗》犹然案头之书也,可为台上之曲乎?②

联系到"有何波澜"和"台上之曲"的说法,这里的"关目"一词无疑是指情节结构。

---

① 沈泰编:《盛明杂剧二集》(北京:中国戏剧出版社影印本,1958),卷首。
② 《柳浪馆批评玉茗堂紫钗记》传奇(明末柳浪馆刻本),卷首。

情节结构是叙事性文学的主要构成要素,因而在戏曲文学中占有举足轻重的地位。古希腊哲人亚里斯多德认为,悲剧艺术由六个成分构成,即情节、性格、言词、思想、形象与歌曲,其中"最重要的是情节","情节乃悲剧的基础,有似悲剧的灵魂"①。他所说的"情节",即情节结构。

与之相同,中国古代戏剧家在戏剧艺术诸要素中,也是首重情节结构的,把"关目"好作为剧本的首要条件。如李贽评张凤翼《红拂记》传奇时,便列"关目"为戏曲文学诸艺术要素之首,说:

此记关目好,曲好,白好,事好。②

他所说的"关目",与故事之"事"并提,显然指情节结构。王骥德的好友毛允遂品第戏曲作品,"每种列为关目、曲、白三则,自一至十,各以分数等之","关目"也列居首位③。

由于明中后期传奇创作已成风气,传奇的篇幅比杂剧长多了,情节结构问题尤为突出。而明中后期文人传奇作品"关目散缓,无筋无骨"已成通病④,所以人们逐渐意识到情节结构在传奇创作中的重要性。臧懋循《元曲选序二》论"作曲三难"时,将"关目紧凑之难"列为第二。王骥德《曲律》卷三《论剧戏》以形象的比喻说:剧戏"以全帙为大间架,以每折为折落,以曲白为粉垩、为丹雘"。祁彪佳《远山堂曲品·玉丸》深有感触地说:"作南传奇者,构局为难,曲白次之。"凌濛初《谭曲杂札》也说:"戏曲搭架,亦是要事,不妥则全传可憎矣。"这些片段的论述,已开清初李渔"结构第一"论的先声。

---

① 亚里斯多德:《诗学》第六章,罗念生译《诗学·诗艺》(北京:人民文学出版社,1962),第21页、23页。
② 李贽:《红拂》,《焚书》(北京:中华书局,1975),卷四《杂述》。
③ 王骥德:《曲律》卷四《杂论下》。
④ 徐復祚:《曲论》评梁辰鱼《浣纱记》传奇。

到传奇勃兴期,戏剧家已将情节的完整性和结构的有机整体性提到议事日程上来了。他们认为,完整的戏剧情节一般包括开端、发展、高潮、结尾等几个环节,展示事件的全过程;而且这几个环节必须中心突出,上下连接,前后呼应,曲折有致,形成一个有机的结构整体。

元代乔吉在谈到散曲作法时,有一段很精妙的议论,对明代剧论产生了重要的影响。他说:

> 作乐府亦有法,曰凤头、猪肚、豹尾六字是也。大概起要美丽,中要浩荡,结要响亮。尤贵在首尾贯穿,意思清新。苟能若是,斯可以言乐府矣。①

他不仅说明了乐府起、中、结各自的特点,而且强调"首尾贯穿",即结构的有机整体性,的确是深有见地的。他所说的"乐府"指的是小令,其实,散套和戏曲又何尝不应如此呢?

王骥德在《曲律》卷二《论章法》中,借鉴刘勰《文心雕龙·附会》所谓"筑室之须基构"的比喻,详细阐述了作曲的结构,说:

> 作曲,犹造宫室者然。工师之作室也,必先定规式,自前门而厅、而堂、而楼,或三进、或五进、或七进,又自两厢而及轩寮,以至廪庾、庖湢、藩垣、苑榭之类,前后左右,高低远近,尺寸无不了然胸中,而后可施斤斫。作曲者,亦必先分段数,以何意起,何意接,何意作中段敷衍,何意作后段收煞,整整在目,而后可施结撰。

他所说的"曲",包括散曲与剧曲。这种曲的整体结构论,为清初李渔的《闲情偶寄》所采纳和发挥。

正因为注重情节结构的有机整体性,所以明人对传奇作品结

---

① 陶宗仪:《南村辍耕录》(《四部丛刊三编》影印本),卷八引。

构的松散多有批评。如李贽论《拜月记》戏文："首似散漫,终致奇绝";评梅鼎祚《玉合记》传奇："此记亦有许多曲折,但当紧要处却缓慢,却泛散,是以未尽其美"①。吕天成《曲品》卷下批评梁辰鱼《浣纱记》传奇："第恨不能谨严,中有可减处,当一删耳。"批评屠隆《昙花记》传奇："但律以传奇局,则漫衍乏节奏耳。"王骥德《曲律》卷三《论剧戏》更从理论上提出要求,说："贵剪裁,贵锻炼……勿太蔓,蔓则局懈,而优人多删削。"

情节结构的有机整体性,首先要求每部作品要有一个中心,即所谓"头脑"。明后期戏剧家用"头脑"一词,含义不一,甚至自相矛盾。如王骥德《曲律》卷四《杂论》下说："不关风化,纵好徒然,此《琵琶》持大头脑处。"这里"头脑"指创作意图。同书卷三《论剧戏》说："传中紧要处,须着重精神,极力发挥使透。如《浣纱》遗了越王尝胆及夫人采葛事,红拂私奔,如姬窃符,皆本传大头脑,如何草草放过?"这里"头脑"指主要情节。同书卷三《论套数》又说："《西厢记》每套只是一个头脑。"这里"头脑"则指一折即戏曲中一个片段的中心。此外,如冯梦龙为李梅实《精忠记》传奇作的批语说："刻背是《精忠》大头脑,扮时作痛状或直作不痛,俱非,须要描写慷慨忘生光景。"②这里的"头脑"指全剧中心。徐復祚《曲论》说:张凤翼《红拂记》"本《虬髯客传》而作,惜其增出徐德言合镜一段,遂成两家门,头脑太多"。又说:"(孙柚)《琴心记》极有佳句,第头脑太乱,脚色太多,大伤体裁,不便于登场。"这里的"头脑"又指全剧的主要线索。清初李渔在《闲情偶寄》中作为结构要素的"主脑"这一概念,即从明人的"头脑"一词演变而来,并作了较为严谨的理论界定。

---

① 均见李贽:《焚书》卷四《杂述》。
② 冯梦龙改编:《精忠旗》传奇,《墨憨斋定本传奇》(明崇祯间刻本)。

情节结构的有机整体性,还要求情节与情节之间前后连贯和起伏照应。王骥德《曲律》卷三《论剧戏》说:"毋令一人无着落,毋令一折不照应。"祁彪佳在《远山堂曲品》中论传奇作品,便经常提到"贯串"。如评阙名《五福记》传奇:"先后贯串,颇得构词之局";评王元寿《空缄记》传奇:"此记贯串如天衣无缝";评史槃《朱履记》传奇:"头绪太繁,细绎之,乃见贯串之妙";评王元寿《中流柱》传奇:"传耿朴公强项立节,而点缀崔、魏诸事,俱归之耿公,方得传奇联贯之法。觉他人传时事者不无散漫矣。"冯梦龙改编传奇作品,也注重贯串衔接。如《风流梦总评》说:

两梦不约而符,所以为奇。原本生出场,便道破因梦改名,至三、四折后旦始入梦,二梦悬截,索然无味。今以改名紧随旦梦之后,方见情缘之感。《合梦》一折,全部结穴于此。①

陈继儒评论《拜月记》戏文时,则特别欣赏作品中的起伏照应手法,说:

《拜月》曲都近自然,委是天造,岂曰人工。妙在悲欢离合,起伏照应,线索在手,弄调如是。兴福遇蒋,一奇也,即伏下贼寨逢迎,文武并赘。旷野兄妹离而夫妻合,即伏下拜月缘由。商店夫妻离而父子合,驿舍而子母夫妻俱合,又应前旷野之离。商店兄弟合,又起下文武团圆,夫妻兄妹总成奇逢。结局岂曰人力,盖天合也,命曰"天合记"。②

优秀的传奇作品,在情节结构上不仅讲究一气贯串、起伏照应,而且还要纡回曲折,极尽文情之妙。阙名《红梅记总评》说:

---

① 冯梦龙:《墨憨斋重定三会亲风流梦》,《墨憨斋定本传奇》。
② 《陈眉公批评幽闺记》,《六合同春》(清顺治间刻本)。

"境界纡回宛转,绝处逢生,极尽剧场之变。"①祁彪佳《远山堂曲品》评郑之文《旗亭记》传奇:"铺叙关目,犹欠婉转";评其《芍药记》传奇:"所少者曲折映带之妙耳"。评阙名《三妙记》传奇说:"写闺情而乏婉转之趣,盖作者能填词不能构局故也。"批评阙名《赤松记》传奇说:"全以简练为胜,遂使一折之中无余景,一语之中无余情。"但转折也不能太多,否则易使观众眼花缭乱,不知所从。祁彪佳评《翡翠记》传奇说:"迩来词人,每喜多其转折,以见顿挫抑扬之趣。不知转折太多,令观者索一解未尽,更索一解,便不得自然之致。"而称赞徐阳辉《青雀舫》传奇说:"疏疏散散,灵气统于笔墨,若无意结构,而凑泊自佳。"精心结构,而能使人以为是天造地设,这正是中国古代艺术结构的最高境界。

可以看出,传奇勃兴期戏剧家关于传奇情节结构的论述,极大地启发了清初李渔在《闲情偶寄》中对传奇作品"立主脑"、"密针线"、"减头绪"等有关戏曲结构的有机整体性的理论思考②,从而有力地推进了中国古典戏曲理论的飞跃性进展。而影响更为深远的是,勃兴期戏剧家对传奇情节结构的重视,促使一些作家在创作或改编传奇作品时,一反生长期传奇作家疏于结构的习气,刻意讲究谋篇布局,穿插照应,起承转合,繁简隐显,从而促进了传奇情节结构基本规范的确立。在这方面,冯梦龙、范文若、吴炳、阮大铖等人所做的贡献尤为卓著。

---

① 《玉茗堂批评红梅记》(明万历间刻本),卷首。按,此评托名汤显祖。
② 参见本书第十二章第三节。

第十章　曲海词山，于今为烈

明代万历四十一年（1613）左右，吕天成在《曲品》卷上《新传奇序》中说：

> 博观传奇，近时为盛。大江左右，骚雅沸腾；吴浙之间，风流掩映。①

崇祯十二年（1639）左右，沈宠绥在《度曲须知》卷上《曲运衰隆》中谈到明代中期以后剧坛动向，也说：

> 风声所变，北化为南。名人才子，踵《琵琶》、《拜月》之武，竞以传奇鸣。曲海词山，于今为烈。②

这是丝毫也不夸张的。吕天成《曲品》收录戏文与传奇作品212种③，祁彪佳《远山堂曲品》（残稿）收录戏文与传奇作品466种，各自都约有90%是在传奇勃兴期创作或改编的传奇作品。这都是他们当时亲见或亲藏的，有刊本或抄本流传于世，足见当时传奇创作的盛况。从崇祯间毛晋汲古阁编刻的《六十种曲》，和万历、天启、崇祯年间各地书坊编刻的20多种戏曲选集④，也大致可以

---

① 吕天成著、吴书荫校注：《曲品校注》（北京：中华书局，1990），第22页。本章下文凡引此书者，不再一一出注。
② 沈宠绥：《度曲须知》，《中国古典戏曲论著集成》（北京：中国戏剧出版社，1959），第五册，第198页。
③ 参见吴书荫：《吕天成和他的作品考》，《曲品校注》附录二。
④ 参见本书附录一《明清戏曲研究书目举要》。

293

看出当时传奇演出的盛况。据拙著《明清传奇综录》卷二、卷三统计,在勃兴期创作或改编的传奇作品,现有全本或残本流传于世的还有216种之多。

本章即拟从传奇勃兴期的"曲海词山"中,选取若干作家作品,大略按题材分类,从传奇演变史的角度,作一概要的评述。

第一节 文词派余裔

如前所述,文词派传奇在嘉靖、隆庆间曾风靡于世,至万历年间仍然流被广远,甚至愈演愈烈。崇祯间凌濛初《谭曲杂札》就说:

> 今之曲既斗靡,白亦竞富,甚至寻常问答,亦不虚发闲语,必求排对工切。是必广记类书之山人,精熟策段之举子,然后可以观优戏,岂其然哉?又可笑者,花面丫头,长脚髯奴,无不命词博奥,子史淹通,何彼时比屋皆康成之婢、方回之奴也?①

勃兴期最著名的文词派传奇家,有梅鼎祚与屠隆。而这时期的神佛剧与文人剧也多走文词派的老路。

一、梅鼎祚:文人丽裁

梅鼎祚是明代中后期文词派曲家中的巨擘,王骥德《曲律》卷四《杂论》下盛称道:"宛陵以词为曲,才情绮合,故是文人丽裁。""于文词一家得一人,曰宣城梅禹金,揉华摘藻,斐亹有致。"②

梅鼎祚(1549—1615),字禹金,号汝南,别署无求居士、千秋乡人、胜乐道人。宣城(今属安徽)人。十六岁为诸生,郡守罗汝芳招致门下,龙溪王畿呼为小友,所以与泰州学派多少有些瓜葛。万历十八年

---

① 凌濛初:《谭曲杂札》,《中国古典戏曲论著集成》第四册,第259页。
② 王骥德:《曲律》,《中国古典戏曲论著集成》第四册,第166页、170页。本章下文凡引此书者,不再一一出注。

(1590)贡士,次年辞大学士申时行(1535—1614)之荐,绝意名场,由北京南归。其后以古学自任,饮食寝处不废书,发为文辞,沉博雅赡。与王世贞、汪道昆诸巨公游,名满海内。一生肆力诗文,撰述甚富,著有《鹿裘石室集》,编辑《诗乘》、《文纪》、《古乐苑》、《唐乐苑》、《书记洞诠》、《宛雅初编》、《青泥莲花记》等。癖好词曲,同曲家屠隆、汤显祖、龙膺、佘翘等过从甚密。所撰戏曲三种:杂剧《昆仑奴》,传奇《玉合记》、《长命缕》,皆传于世①。

梅鼎祚的《玉合记》传奇,一名《章台柳》,是文词派的典范之作,现存明万历间金陵世德堂刻本等,凡四十出。本事见唐许尧佐传奇小说《柳氏传》(载《太平广记》卷四八五)及孟棨《本事诗·情感》,叙唐朝天宝年间才子韩翃(君平)与长安李王孙歌妓柳氏一见钟情,王孙遂以柳氏赠韩翃,并尽付家产,孤身入华山寻仙。不久安禄山乱起,韩翃独赴山东。柳氏避难,入法灵寺为尼姑,被吐蕃大将沙吒利幽禁府中。安史之乱后,韩翃归长安,感慨此事,义士许俊挺身而出,为他夺柳氏归。事闻于朝廷,圣旨准许柳氏归韩翃,赐沙吒利金帛。

此剧当作于万历十二年(1584)②。屠隆《章台柳玉合记叙》

---

① 关于梅鼎祚的生平事迹,参见〔日〕八木泽元:《明代剧作家研究》,罗锦堂译(台北:中新书局,1977),第六章《梅鼎祚》;徐朔方:《梅鼎祚年谱》,见其《晚明曲家年谱》(杭州:浙江古籍出版社,1993),《赣皖卷》,第105—199页。

② 按,梅鼎祚《长命缕序》云:"凡天下吃井水处,无不唱《章台传奇》者……是时道人三十余尔,又三十余年而《长命缕》出。"见《鹿裘石室集》(明天启间刻本),《文集》卷四。梅鼎祚于万历四十三年(1615)六十七岁时卒,设使《长命缕》撰成于是年,即在《玉合记》撰成三十余年后,以最低之三十一年计算,《玉合记》之作当不得晚于万历十二年。又梅氏《与汤义仍太常》云:"忆与足下别署中,何黯然也。归而杜门,一再寻旧史,略加丹墨……《玉合》刻竣,乃费我姬人金步摇耳。"见《鹿裘石室集·尺牍》卷五。此信当作于汤显祖在南京太常博士任上,是时《玉合记》已刻竣。按,汤显祖在太常博士任上,是自万历十二年至十六年间,见徐朔方《汤显祖年谱》(上海:上海古籍出版社,1980)。然则《玉合记》刻竣刊行亦当在此五年之间。综上所述,足以满足上述两条资料所提供之条件者,《玉合记》作期唯有万历十二年。八木泽元《明代剧作家研究·梅禹金》考订《玉合记》作于万历十一年,徐朔方《汤显祖年谱》、黄芝冈《汤显祖事迹编年评传》(北京:中国戏剧出版社,1996)则认为作于万历十四年,皆误。

云:"余顷观禹金,傥荡有英雄器,略与君典(按,即沈懋学,安徽宣城人)埒,降心而为此,季豹所谓有托,其然乎?"①据黄芝冈《汤显祖事迹编年评传》考证,《玉合记》传奇是借韩、柳故事,写梅鼎祚自己的风流韵事。梅氏叔父季豹所谓有托,大约指此。韩、柳故事历来脍炙人口,梅鼎祚又以丽词写艳情,于人物情感细微处抉幽发隐,曲尽其妙,所以当时即盛传剧坛。

《玉合记》传奇关目冗杂散漫,李贽《焚书》卷四《杂述·玉合》评云:

> 此记亦有许多曲折,但当紧要处却缓慢,却泛散,是以未尽其美,然亦不可谓之不知趣矣。②

全剧主线是韩、柳的悲欢离合,副线是安史之乱,两条线索都原委清晰,一丝不紊,但副线和次要人物的戏穿插太多,约占全剧篇幅的一半,遂使主线支离破碎,拖沓松散。这是以文为剧的结果。

《玉合记》传奇的曲词风格,直承郑若庸《玉玦记》传奇,以典雅绮丽著称于世,享誉士林。有褒之者,如吕天成《曲品》卷下评云:

> 词调组诗而成,从《玉玦》派来,大有色泽。伯龙(按,指梁辰鱼)赏之。恨不守音韵耳。

祁彪佳《远山堂曲品》列《玉合记》于"艳品",评云:

> 骈骊之派,本于《玉玦》,而组织渐近自然,故香色出于俊逸。词场中正少此一种艳手不得,但止题之以"艳",正恐禹金不肯受也。③

---

① 屠隆:《栖真馆集》(明万历间刻本),卷十一。
② 李贽:《焚书》(北京:中华书局,1975),第193页。
③ 祁彪佳:《远山堂曲品》,《中国古典戏曲论著集成》第六册,第19页。本章下文凡引此书者,不再一一出注。

有贬之者,如沈德符《顾曲杂言》评云:

> 梅雨金《玉合记》最为时所尚,然宾白尽用骈语,饾饤太繁,其曲半使故事及成语,正如设色骷髅,粉捏化生,欲博人宠爱,难矣!①

徐復祚《曲论》也说:

> (《玉合记》出,)士林争购之,纸为之贵。曾寄余,余读之,不解也。传奇之体,要在使田畯红女闻之而跃然喜,悚然惧;若徒逞其博洽,使闻者不解为何语,何异对驴而弹琴乎?……余谓:若歌《玉合》于筵前台畔,无论田畯红女,即学士大夫,能解作何语者几人哉!②

就《玉合记》传奇自身的语言风格而言,唱词藻饰堆砌,念白骈四俪六,的确艰涩难懂。但是与《玉玦记》传奇相比较,我们还是多少看出,文词派传奇语言风格在时代审美需要的影响、制约下,已渐渐倾向于平民观众,祁彪佳所谓"组织渐近自然",正是这个意思。同时,我们也可以看出,文词派传奇语言风格正在逐渐从浓艳转向清艳、雅艳,这正是清前期以吴伟业、尤侗为代表的正统派传奇作家和清中期以蒋士铨为代表的传奇作家的传奇语言风格的滥觞。

到了梅鼎祚晚年,文词派已成众矢之的,所以他不免悔其少作,《鹿裘石室文集》卷四《长命缕记序》说:

> 凡天下吃井水处,无不唱《章台传奇》者。而胜乐道人方

---

① 沈德符:《顾曲杂言》,《中国古典戏曲论著集成》第四册,第206页。本章下文凡引此书者,不再一一出注。
② 徐復祚:《曲论》,《中国古典戏曲论著集成》第四册,第237—238页。本章下文凡引此书者,不再一一出注。

自以宫调之未尽合也,音韵之未尽叶也,意过沉而辞伤繁也。

所以他在万历四十三年(1615)临终前,又作《长命缕》传奇,《长命缕记序》自称:

> 调皈宫矣,而位署得所,无羼牙衡决之失。韵谐音矣,无因重,无强押,犹一串之珠累累而不绝,若九连环圆转而无端。意不必使老妪都解,而不必傲士大夫以所不知。词未尝不藻缋满前,而善为增减,兼参雅俗,遂一洗酰盐赤酱、厚肉肥皮之近累。故以此为台上之歌,清和怨适,聆者润耳;即以此为帐中之秘,鲜韶宛然,览者惊魂。

由此可见,除了改正"不守音律"的毛病以外,寻找一种介于"士大夫"可"知"与"老妪"可"解"之间的"兼参雅俗"的语言风格,是梅鼎祚晚年主要的审美追求,这也是勃兴期占主导地位的传奇语言审美追求。

《长命缕》传奇现存明崇祯间刻本,凡二卷三十出,与沈璟《双鱼记》传奇同一题材,叙宋朝单飞英(小字符郎)与邢春娘悲欢离合的故事。作者自述作意云:"一段悲欢离合事,不淫不妒贞良。更有那攘夷卫国副平章,勋名节义,《长命缕》传芳。"(第一出《题纲》【临江仙】)此剧仍写风流情事,但染上浓厚的封建道德气息,行文滞重,老气横秋,所以少有演出。

二、屠隆:才士之曲(附论神佛剧与文人剧)

屠隆(1543—1605),字长卿,又字纬真,号赤水,别署一衲道人、蓬莱仙客、由拳山人、冥寥子、鸿苞居士、娑罗馆居士、娑罗主人、赤松侣等。鄞县(今属浙江)人。万历五年(1577)进士,历任颍上、青浦知县,迁礼部主事,历郎中,放浪不羁。万历十二年(1584),刑部主事俞显卿以淫纵论劾屠隆,指称他与西宁侯宋世恩夫人有私,屠隆遂被革职。归乡后以鬻文为生,纵情山水,笃好仙道,以消胸中块垒。一生著述甚富,有《由拳集》、《白榆集》、《栖真馆集》、《采真集》、《鸿苞集》、《考槃余事》等。王世贞列为"末五子",称其诗有天造之致,文尤瑰奇横逸①。

屠隆喜新声,擅词曲,常阑入群优中,登台演出。他的《昙花记》、《彩毫记》、《修文记》三种传奇,总名《凤仪阁乐府》,约作于万历二十六年至三十三年(1598—1605)之间,都是他罢归以后的作品。屠隆的传奇是"才士之曲"②,继承了古人"不平则鸣"的传统,寄寓着个人的身世与情感,是文人士大夫风流而又颓废的精神世界的表征。

《昙花记》与《修文记》是典型的神佛剧。《昙花记》传奇现存明万历间武林天绘楼刻本等,凡二卷五十五出,叙唐朝太原人木清泰(字西来)及其妻、妾勘破酒色财气,游仙修道,共证菩提。吕天成《曲品》卷下认为,此剧是屠隆为自己被劾罢归之事泄愤而作,木西来即隐指宋世恩,他说:

> 赤水以宋西宁侯嬲戏事罢官,故托木西来以颂之,亦犹感宋德。或曰:"卢杞即指吴县相公,孟豕韦即指纠之者。"才人丧检亦常事,何必有恚耶?

其实剧中所叙木清泰降伏群魔,修不动心之道的经历,与屠隆所作的《冥寥子》颇有相似之处。《冥寥子纪游跋》云:"冥寥子即四明屠长卿也。"可见木清泰实为屠隆"托名喻己"③。屠隆自觉地"以传奇语阐佛理"(刻本卷首屠隆《昙花记序》),以宣扬宗教思想为

---

① 关于屠隆的生平事迹,参见徐朔方:《屠隆年谱》,见其《晚明曲家年谱·浙江卷》,第309—394页。
② 王骥德:《曲律》卷四《杂论》下。
③ 董康等辑:《曲海总目提要》(北京:人民文学出版社,1959),卷七"昙花记"条。

旨意,寄寓对成仙入道的企望。刻本卷首《昙花记凡例》自云:"此记广谭三教,极陈因果,专为劝化世人,不止供耳目娱玩。"祁彪佳《远山堂曲品》评云:"先生阐仙释之宗,穷天罄地,出古入今。其中唾骂奸雄,直以消其块垒。"

《修文记》传奇现存明万历间刻本,凡二卷四十八出,叙固陵人蒙曜与妻韩氏双双修道,及其子女升天为仙的事迹。蒙曜实为屠隆自寓,作者借蒙曜枉受不白之冤,为自己洗雪冤屈。而剧中所叙蒙曜合家修道信佛,正是屠隆一家修行的写照①。屠隆之子金枢,与剧中蒙曜长子玉枢名相近;而其女名瑶瑟,字湘灵,竟与蒙曜之女完全相同,显系寄托比附。吕天成《曲品》卷下评云:

> 赤水晚年好仙,为黠者所弄,文人入魔,信以为实。然遂以一家夫妇子女托名演之,以穷其幻妄之趣。

全剧情节人物几无足取。只有第二十出颠和尚所唱的"普劝歌",对官场的嘲讽尖锐泼辣,堪称妙文,可与清代曹雪芹《红楼梦》小说第一回中的"好了歌"并观。

《彩毫记》传奇是典型的文人剧,现存明末汲古阁原刻初印本,凡二卷四十二出。剧中以淋漓尽致的笔墨描写了唐朝诗人李白供奉翰林,醉草《清平调》,受谗挂冠南下,载妓舟游采石矶,被困永王营,罪贬夜郎等事迹,大略据史传杂记铺叙,稍加缘饰。屠隆自诩才高,愤慨被弃,所以以李白自况,发泄满腹牢骚不平之气。沈德符《顾曲杂言》评云:

> 屠长卿之《彩毫》记,则竟以李青莲自命,第未知果惬物情否耳。

---

① 屠隆《上寿母太夫人九十叙》云:"某日与妇杨,奉太夫人板舆婆娑斋,阁供大士、昙师诸仙佛像,日夕焚香顶礼罢,各就蒲团跏趺,瞑息臧获化之,翛然庞居士家风。"见《栖真馆集》卷十一。

徐復祚《南北词广韵选》卷十一云：

> 先生才高名盛，当时所忌，登仕者无几，辄以诖误被斥，踯躅吴越间，声酒自放，憔悴以死，何类青莲之迍邅乎？《彩毫》之作，意在斯欤？吴渤海之鲸尝语先生曰："青莲千载，金粟是何人？"先生笑而不答，意可想矣。①

屠隆的《凤仪阁传奇》，曲词与说白无不涂金缋碧，骈雅典丽，而又精致稳称，恰到好处地表现了文人士大夫的崇尚雅隽的审美情趣，堪称文词派的殿军，但却并非剧坛上的佳作。王骥德《曲律》卷四《杂论》下说："四明新采丰缛，下笔不休，然于此道，本无解处。"如《昙花记》传奇，吕天成《曲品》卷下评云："其词华美充畅，说世情极醒，但律以传奇局，则漫衍乏节奏耳。"祁彪佳《远山堂曲品》评云："学问堆垛，当作一部类书观，不必以音律节奏较也。"徐復祚《曲论》评《昙花》、《彩毫》："肥肠满脑，莽莽滔滔，有资深逢源之趣，无捉襟露肘之失，然又不得以酰盐赤酱訾之，惜未守沈先生三章耳。"清徐麟《长生殿传奇序》评《彩毫记》也说："其词涂金缋碧，求一真语、隽语、快语、本色语，终卷不可得。"②

此外，《昙花记》在传奇体例上出一新例，臧懋循《元曲选序一》指摘道："屠长卿《昙花》白，终折无一曲……其谬弥甚。"③即剧中纯以宾白演出的出目甚多，如《祖师说法》、《仙佛同途》、《天曹采访》、《冥官迓圣》、《卓锡地府》、《遍游地狱》、《冥官断案》、《阴府凡情》、《上游天界》等。这不失为一种艺术创造。清后期传

---

① 徐復祚：《南北词广韵选》，清初钞本。
② 洪昇：《长生殿》传奇（清康熙间刻本），卷首。
③ 臧懋循编：《元曲选》（明万历间刻本），卷首。

奇作品出现个别出目有曲无白的现象,可以从这里找到遥远的渊源①。

明初朱权《太和正音谱》分杂剧为十二科,其中就有"神仙道化"和"神头鬼面(即神佛杂剧)"二科②,大致"神仙道化"偏向于"仙",而"神头鬼面"偏向于"佛"。到吕天成的《曲品》卷上,就简单地合为"仙佛"一门,我们将它称之为神佛剧。

勃兴期像屠隆的《昙花记》、《修文记》那样"以传奇语阐佛理"的神佛剧,现存于世的还有苏元俊的《梦境记》、谢国的《蝴蝶梦》、罗懋登的《香山记》、吴德修的《偷桃记》、陈一球的《蝴蝶梦》、金怀玉的《妙相记》、谢天佑的《剑丹记》、智达的《归元镜》、证圣成生《筌筷记》等,大多意趣平庸,曲词典丽,成为文词派的余响尾声。只有汤显祖的《南柯梦》和《邯郸梦》,如鹤立鸡群,脱出凡俗。

勃兴期的神佛剧中值得一提的,有陈与郊(1544—1611)的《樱桃梦》③。《樱桃梦》凡二卷三十五出,本事出唐陈翰《异闻集·樱桃青衣》,亦见《太平广记》卷二八一。叙唐朝范阳卢生由黄里先生引导,梦遇青衣崔樱桃,历尽婚姻仕宦,世态炎凉。忽然大梦惊醒,荣华尽逝,服饰如故。黄里先生点破凡梦,卢生即随之寻真访道。这种"梦里乾坤大,壶中日月长"的构思,与汤显祖《邯

---

① 参见本书第二十二章第一节"三、曲白比重的倾斜"。
② 《中国古典戏曲论著集成》第三册,第24页。
③ 陈与郊,字广野,号禺阳,一作玉阳,别署玉阳仙史、蔌川、高漫卿。海宁(今属浙江)人。万历二年(1574)进士,历官至太常寺少卿。万历十九年(1591)以事去职,居家不复出。著有《隅园集》、《奉常佚稿》、《黄门集》、《蔌川集》等,辑有《古名家杂剧》、《乐府古题考》。退官里居后,自以缙绅大夫,不屑以词曲名于时,托名"高漫卿",撰传奇四种:《樱桃梦》、《鹦鹉洲》、《麒麟罽》、《灵宝刀》,总名《泠痴符》,署题"任诞轩"作,现存海昌陈氏原刻本。另撰杂剧五种:《昭君出塞》、《文姬入塞》、《袁氏义犬》三种,今存;《淮阳侯》、《中山狼》二种,已佚。参见〔日〕八木泽元:《明代剧作家研究》第五章《陈与郊》;徐朔方:《陈与郊年谱》,见其《晚明曲家年谱·浙江卷》,第395—439页。

郸梦》传奇略相类似。祁彪佳《远山堂曲品》评云：

> 炎冷合离，如浪翻波叠，不可摸捉，乃肖梦境；《邯郸》之妙，亦正在此。先生此记，尽泄其慨世之语，而其才情宕逸，皆不可一世。

但是，正因为陈与郊过分地沉溺于儿女私情与宦海沉浮，津津乐道，执迷不悟，所以旨趣不免低下。而情节又一味求奇，反失主脑。《曲海总目提要》卷六评云：

> 虽极意经营，而头绪纷杂，不成章法。且悁忿恣骂，无和平之音。视临川之谱《邯郸》，不逮远矣。

陈与郊与沈璟相知最深，所以祁彪佳《远山堂曲品·樱桃梦》说："其守律正音，则居然老宿也。"但其传奇语言风格却与沈璟判然而别，以绮丽典雅见称，可归入文词一派，吕天成《曲品》卷下评《樱桃梦》云："词藻工丽，可追《玉合》。"陈与郊的其他传奇作品，也大多不脱文词派习气。如《鹦鹉洲》传奇叙韦皋、玉箫两世姻缘事，吕天成《曲品》卷下评云："纪韦南康事，词多绮丽。第局段甚杂，演之觉懈。是才人语，非词人手。"祁彪佳《远山堂曲品》评云："此记逸藻翩飞，香色满楮，衬以红牙檀板，则绕梁之音，正恐化彩云飞去耳。禺阳自诩为：'写之无逸景，用之无硬事，铺之无留情。'"《麒麟罽》传奇，一名《麒麟坠》，据张四维《双烈记》传奇改编，叙韩世忠、梁红玉事，较之《双烈记》，情节反见芜杂，曲白则另出机杼。陈继儒评云："……中间创词，语语奇绝，语语如画，传奇中鲜有能并之者。"（第三十四出《西湖赏雪》眉批）此评未免过誉，但却道出陈与郊承文词派余风的特色。《灵宝刀》传奇，据李开先《宝剑记》传奇重加删润，一本《水浒传》小说，曲词也多所增删。但结构松散，主线不明，而精彩关目，仍不出《宝剑记》范围，所以后世少有演出。

神佛剧在明末层出不穷，泛滥成风。清初朴斋主人在《风筝误总评》中曾指出：

> 近来牛鬼蛇神之剧充塞宇内，使庆贺宴集之家终日见鬼见怪，谓非此不足以悚夫观听。①

但这些神佛剧却大多流为恶套。如祁彪佳《远山堂曲品》评《平妖记》传奇说："终是神头鬼脸，景促而趣短。"评《玉掌记》传奇说："一涉仙人荒诞之事，便无好境趣。"评《剑丹记》传奇说："画工画鬼魅易，若词家反难之。盖如元曲所称神头鬼脸者，易涉于俚。"

勃兴期的文人剧，除屠隆的《彩毫记》以外，现存于世的还有许三阶的《节侠记》、张琦的《郁轮袍》、纪振伦的《三桂记》《折桂记》、无心子的《金雀记》、显圣公的《麒麟记》等。而最为著名的，是陈汝元（1572前—1629后）的《金莲记》②。

《金莲记》现存明万历三十四年（1606）陈氏函三馆原刻本等，凡二卷三十六出，以正史与笔记杂传为本，稍加缘饰，叙写北宋著名文学家苏轼的一生事迹。祁彪佳《远山堂曲品》评云：

> 记苏长公，此可称实录。然亦有附缀以资谐笑，如鲍不平之雪愤是也。亦有省削以为贯通，如赐莲之在廷对，焚券之在琼崖，再谪之后即内召是也。

剧中以苏轼与章惇的矛盾为中心冲突，详细描写了"乌台诗案"的始末，着意表现苏轼耿直正义，才意峻迈，节操凛然，而又荣辱不萦

---

① 李渔：《风筝误》传奇卷末，《笠翁十种曲》（清康熙间刻本）。
② 陈汝元，字起侯，号太乙，一作太一，别署燃藜仙客。会稽（今浙江绍兴）人。徐渭弟子。万历二十五年（1597）举人，历任陕西清涧县令、直隶易州知州、城堡同知。万历四十五年（1617），以母老乞养归。所撰戏曲四种，杂剧《红莲债》，传奇《金莲记》，今存；传奇《紫环记》《太霞记》，已佚。参见徐朔方：《陈汝元行实系年》，《晚明曲家年谱·浙江卷》，第519—524页。

于怀,放旷乐观,随缘自适的风神性貌,使一代"坡仙"跃然纸上。祁彪佳《远山堂曲品·太霞记》引陈继儒评陈汝元的传奇风格是:"骈丽精整,雄奇变幻。"可见他仍不出文词派的范围。

第二节 传奇十部九相思

勃兴期传奇作品的题材内容是丰富多彩的,既有风云变幻的政治事件,铁马金戈的战争故事,改朝换代的帝王命运,叱咤咽鸣的将相风貌,也有对现实社会的世俗人情的津津乐道和对具体平凡的个人命运的精细描写。在这些丰富多彩的传奇作品中,数量最多、成就最大的是以男女风情为题材的作品。这时期姓名可考的传奇家作品约有780种,其中题材大致可考的约631种,分类情况如下:

题材类型	风情剧	历史剧	时事剧	社会家庭剧	文人剧	神佛剧	合计
数量(种)	288	120	44	88	50	41	631
比率(%)	45.6	19	7	14	7.9	6.5	100

可见男女风情剧占有绝对优势。这时期阙名传奇作品题材类型的比例也大致如此。清初李渔所说的"传奇十部九相思"[①],夸张地描述了勃兴期男女风情题材的传奇作品在剧坛上独领风骚的局面。

如果我们将传奇勃兴期的状况与传奇生长期作一比较,男女风情剧在勃兴期的繁盛就更为清楚了。生长期姓名可考的传奇家作品约有74种,其中题材大致可考的约71种,分类情况如下:

---

① 李渔:《怜香伴》传奇卷末收场诗,《笠翁十种曲》。

题材类型	风情剧	历史剧	时事剧	社会家庭剧	文人剧	神佛剧	合计
数量(种)	24	18	1	20	3	5	71
比率(%)	33.8	25.4	1.4	28.2	4.2	7	100

可见传奇生长期男女风情剧的数量与历史剧和社会家庭剧相差无几,并不占绝对优势。这与传奇勃兴期的情况形成鲜明的对比。

一、风流节义难兼善

传奇勃兴期男女风情剧的风靡于世,是当时的文化思潮和社会风气的产物。如本书第六章第二节所述,在明代中后期,人的感性情欲一度冲决了理性伦理的堤坝,如洪水般泛滥于文坛。由于程朱理学的恶性发展引起了人们的普遍反感,从王守仁心学标举"心即理"、"致良知"的命题开始,整个思想文化思潮逐渐转向提倡以内在的自然、情感、欲求为人性本体,而反对以外在的天理、规范、秩序为人性本体。人们纷纷引用经书的旧典成说,如"食色,性也","饮食男女,人之大欲存焉"等①,断章取义,并加以片面地推衍和发挥,注入时代的内容,从而高度肯定人的自然情欲、需求和愿望,反对封建伦理道德对人性的过分束缚,要求人的个性得到自由发展、自由表现。与此相呼应,社会上兴起了奢侈淫靡风尚,形成一种"人欲横流"的局面,正如张瀚《松窗梦语》卷七所说的:"世俗以纵欲为尚,人情以放荡为快"②。

在这样的社会背景中,汤显祖对"至情"的热切呼唤,《牡丹亭》的"家弦户诵,几令《西厢》减价"③,在传奇勃兴期的戏曲界掀

---

① 依次见《孟子·告子》,《礼记·礼运》。
② 《松窗梦语》(北京:中华书局,1985),第139页。按,张瀚(1513—1595),字子文,号元洲,仁和(今浙江杭州)人。此书卷首有万历癸巳(二十一年,1593)张瀚所作《松窗梦语引》。
③ 沈德符:《顾曲杂言》。

起了轩然大波,顿时涌现出"邪教横流,篇满目"的戏曲创作洪流。人们明确地认识到:"风流节义难兼擅"①;"含气之属,有一不知食色者乎?而人又何以自命也?"②以汤显祖创造的杜丽娘和柳梦梅为标的,敢于悖逆礼教而放纵情欲、追求幸福而摒弃道德、解放个性而反抗社会的青年男女,成为传奇作家们津津乐道、争相仿效的理想人格。清顺治间,金圣叹(1608—1661)在《第六才子书西厢记》卷一《惊艳》批语中感慨地说:

> 我见近今填词之家,其于生旦出场第一引中,类皆肆然早作狂荡无礼之言,生必为狂且,旦必为倡女,夫然后愉快于心,以为情之所钟在于我辈也如此。③

这不正说明当时传奇作品讴歌才子佳人风流情欲的如汤如火的热潮吗?

勃兴期传奇作家迷恋于才子佳人旖旎的恋爱风情故事,藉以淋漓尽致地表达内在的自然感情的强烈欲求和情与理的激烈冲突,从而凝聚成空前未有的近代审美理想,即肯定人性,放纵个性,歌颂世俗的享受和欢乐,向往个体人格的自由与平等。在这里,男女风情成为这种近代审美理想的象征。男女风情的传奇作品作为一个艺术整体,既揭示了这种近代审美理想在中国古代社会所能达到的极致,也预示了其不可避免地沦于失败的必然归宿。

勃兴期以男女风情为题材的传奇作品,表现了一些具有近代意义的爱情婚姻观念。这主要包括以下三个方面:

第一,肯定私情相悦,主张恋爱自由、婚姻自主。传奇作品中

---

① 周履靖:《锦笺记》第四十出【尾】,《古本戏曲丛刊二集》影印明万历间刻本。
② 马权奇:《鸳鸯冢题词》,孟称舜:《娇红记》卷首,《古本戏曲丛刊二集》影印明崇祯间刻本。
③ 张国光校注:《金圣叹批本西厢记》(上海:上海古籍出版社,1986),第33—34页。

的男主人公往往明确地要求顺乎自己的性情,自由择偶,自主婚姻,每每辞却显宦的求婚或媒妁的通问,抛弃功名富贵,不惜四处寻访,必欲亲睹其貌、亲知其才、亲悦其情,方才选定意中人,甚至宣称:"若论钻穴逾墙,是读书人偷香的本等。"①女主人公也不甘示弱,总是大胆地追求自择佳偶,往往也要亲见其貌、亲试其才、亲探其情,方才珍重地托以终身,甚至不惜以种种悖逆传统礼教的方式私订婚盟。总之,"风流岂肯寻俗调"②,男重"寻亲",女重"自媒",甚至无妨采取私通、私奔之类决绝的行动,这是传奇作家极力肯定、热烈赞扬的。这种观念无疑表现了对封建礼教、封建思想"严男女之大防"和剥夺男女青年爱情权利的不满和反对。

第二,主张男女平等,夫妻平等,以双方色、才、情的相对相称,作为择偶的标准和婚姻的基础。色即外在的容貌,才即内在的灵气,情则是深层的恋爱心理,所以三者尤以情为主。由封建宗法制度和礼教观念所决定,封建社会里决定男女之间择偶标准和婚姻基础的往往是政治、经济、社会地位等社会功利的考虑,而不是男女青年的个人意愿。因此,明后期男女风情剧旗帜鲜明地以恋爱双方的色、才、情三者兼美的理想人格为择偶标准和婚姻基础,就具有悖逆封建传统的破坏力,是值得充分肯定的。

第三,歌颂爱情的无所不至的作用和力量。即使遭逢重重艰难险阻,无论是来自家庭的家长阻挠,还是来自社会的权势威压和小人拨弄,男女双方都以坚贞不渝的爱情与之抗争,最终实现美好的爱情理想。传奇中的男女主角在表层意识上也常常流露出"守贞不二"、"守义不移"等道德观念,但真正支配他们的心理动因,却是对美好的爱情理想的向往和追求,对所认定的理想人格的专

---

① 张琦:《灵犀锦》第十一出《窃红》,《古本戏曲丛刊二集》影印明崇祯间刻本。
② 袁于令:《鹔鹴裘·杜门》,《古本戏曲丛刊二集》影印明末剑啸阁原刻本。

注与珍重。而且这种心心相印的爱情极深、极广、极强,所谓:"情不知所起,一往而深。生者可以死,死可以生。生而不可与死,死而不可复生者,皆非情之至也。"①"天下只有一个'情'字,情若果真,离者可以复合,死者可以再生。"②"但得个同心子,死同穴,生同舍。"③

这种近代意义的爱情婚姻观念,与恩格斯所说的区别于古代"单纯的性欲"的"现代的性爱"极为接近:"第一,它是以所爱者的互爱为前提的;在这方面,妇女处于同男子平等的地位,而在古代爱的时代,绝不是一向都征求妇女同意的。第二,性爱常常达到这样强烈和持久的程度,如果不能结合和彼此分离,对双方来说即使不是最大的不幸,也是一个大不幸;仅仅为了能彼此结合,双方甘冒很大的危险,直至拿生命孤注一掷,而这种事情在古代充其量只是在通奸的场合才会发生。最后,对于性交关系的评价,产生了一种新的道德标准,不仅要问:它是结婚的还是私通的,而且要问:是不是由于爱情,由于相互的爱而发生的?"④

然而,男女风情剧的爱情婚姻观念,充其量只能达到封建意识和近代意识的临界状态,其最终趋向是复归封建意识,而不可能发生质的进步。请看:男女恋爱婚姻的追求虽然极尽自由自主的努力,但男子"寻亲"志在选一淑女,女子"自媒"唯恐所托匪人,而婚姻的最后成立,岂非回复"德流荇菜"、"礼正斧柯"的旧辙吗?男女平等、夫妻平等的主张,不是在对腐朽的多妻制、纳妾制的津津乐道中黯然失色了吗?而无论如何赞美、揄扬情的功能,传奇中的

---

① 汤显祖:《牡丹亭题词》,徐朔方校笺:《汤显祖诗文集》(上海:上海古籍出版社,1982),卷三四。
② 吴炳:《画中人》第五出《示幻》,《古本戏曲丛刊二集》影印明崇祯间刻本。
③ 孟称舜:《娇红记》第四出《晚绣》。
④ 恩格斯:《家庭、私有制和国家的起源》,《马克思恩格斯选集》(北京:人民出版社,1972),第四卷,第73页。

男男女女们对君臣、父子、兄弟等伦常关系,始终彬彬守礼,又岂敢越雷池一步?因此,爱情婚姻观的终极趋向,只能是达到情理合一的极境。这在根本上是由封建文人的文化人格所决定的:无论他们在思想、言论和行动上如何超逸出名教之外而无法无天,但在骨子里却总是不愿也无法摆脱名教的羁缚的,换句话说,他们对名教总是有着不以个人意志为转移的强大的向心力的,就好像铁屑对磁铁的盲目趋附一样。

下面我们将对勃兴期的部分男女风情剧作一粗略的点评。男女风情剧的代表作家吴炳、孟称舜和阮大铖,将在本章第三节专论。

二、世间只有情难诉

勃兴期的一些传奇作家,热衷于推陈出新,给传统的戏曲题材注入时代的血液,通过才子佳人悲欢离合的故事,鞭辟入里、细致入微地描绘了发生在少男少女灵魂中的情与理的搏斗,热情洋溢地歌颂少男少女对爱情生死不渝的执着追求,并总是以情的实现和情的不朽为理想境界。如孙柚的《琴心记》、王玉峰的《焚香记》和阙名的《绣襦记》,即堪称典范。

孙柚的《琴心记》传奇现存明万历间金陵富春堂刻本等①,凡四十四出,叙西汉司马相如与卓文君的爱情婚姻故事,本事出《史记》卷一一七《司马相如列传》等。这是一个为历代文学家百写不厌的热门题材,宋元话本小说、元杂剧、宋元戏文和明前期杂剧中,就有许多同类题材的作品。

《琴心记》传奇前半大率据实,后半则多出虚构,着力描写了

---

① 孙柚(1540—1585后),字禹锡,或作梅锡,一字遂初,常熟(今属江苏)人。生平事迹参见徐朔方:《孙柚行实系年》,见其《晚明曲家年谱·苏州卷》,第253—262页。

相如与文君这对才子佳人的绝世奇情。相如得知卓文君是倾城倾国的绝代佳丽，顿生渴慕之情，不惜屈尊赴卓王孙之宴。而文君景仰相如是名满天下的大名士，竟至春心荡漾，不顾身为寡妇，偷至堂前窥觑。两人相见恨晚，双双堕入情网，而且一发而不可止。于是有了相如琴挑，文君听曲；有了相如与文君暗地相约，星夜私奔。他们的感情是坚贞不渝的，贫穷不可屈，患难不可移，流言蜚语无法中伤，分别离散更加坚定，因为他们的感情是一种相互知己的真情，也是一种自我选择的真情。卷末收场诗说：

> 才子文章冠今古，佳人倾国更知音。花间每忆相思调，月下常追隔壁琴。分散莫嫌清夜怨，团圆须记《白头吟》。谁人为写云和曲，落魄孙生万古心。

这种对私奔的肯定，对真情的讴歌，在明后期蔚为风气，杂剧如叶宪祖《琴心雅调》，传奇如陈济之《题桥记》、杨柔胜《绿绮记》、韩上桂《凌云记》、陈贞贻《当垆记》、袁于令《鹔鹴裘》、陈玉蟾《凤求凰》等，都一而再、再而三地取材于同一故事，戏曲作家的审美趣味无疑是与当时观众的审美期待相合拍的。

但是《琴心记》传奇过于拘泥史实，不免情节芜蔓，结构松散。徐復祚《曲论》评云："极有佳句，第头脑太乱，角色太多，大伤体裁，不便于登场。曲亦时有未叶，以故反不若梁长（名辰鱼，字伯龙）《浣纱》之传，然较之宣城（按，指梅鼎祚）之嵌宝拣金，临川（按，指汤显祖）之字觑句鬼，亦大有径庭矣。"

王玉峰的《焚香记》传奇现存明万历间刻本等①，凡二卷四十出，叙南宋时书生王魁与妓女敫桂英的情恋故事，本事见曾慥《类说》卷三四引《摭遗·王魁传》。宋元时期以此为题材的话本、杂

---

① 王玉峰，松江（今属上海）人，生平未详。

剧与戏文,大略写王魁及第,抛弃桂英,桂英自刎身亡,化作厉鬼,生擒王魁。翻案为王魁不负桂英的作品,则首见于明初杨文奎的《王魁不负心》杂剧,已佚。明前中期有阙名《桂英诬王魁》传奇,已佚,徐渭《南词叙录》著录,也许就是《焚香记》传奇的蓝本。

《焚香记》传奇为了改变"痴情女子负心汉"的悲剧结局,便另起炉灶,把王魁塑造成一位情深似海、坚贞不渝、贵不易妻的多情公子。王魁与桂英定终生之约后,相偕诣海神庙,焚香互誓情爱不变,这在他们两人都是由衷之言,也都对此守信终生。在被迫与桂英泣别之时,王魁满腹离愁,深深感叹功名恩爱两难全。对他来说,功名与恩爱的分量是不平衡的,博取功名只不过是达到永久恩爱的舟楫而已。因此当他既入仕途之后,丞相韩琦想要招他为婿,他就坦诚地宣称:"下官已有早年结发,乃贫贱糟糠,前不可弃,后不可娶矣"(第十八出《辞婚》),坚决谢绝不允。这种崇高的德行决非单纯的守义持节,因为王魁与桂英的婚姻并没有"父母之命,媒妁之言"的约束,在传统的道德观念看来,并不是完全必须从一而终的。王魁的德行,更多地建立在男女之间的深挚情义上,因此显得那么浓厚、那么感人。作者热情地歌颂有情人终成眷属,道:"重欢庆,真堪羡,这会合今古难见,莫把海誓山盟作等闲。"(第四十出《会合》【尾】)

作品还特意设置了反面人物莱阳富豪金垒员外,作为破坏王魁与桂英婚姻的罪魁祸首。金垒想方设法欲娶桂英为妾,把王魁致桂英的家书改为休书,声称王魁已入赘韩琦府中,要桂英改嫁。于是导致桂英诉情海神,自缢身亡,魂入冥界,再谒海神,对质王魁等一系列悲剧情节。是什么使金垒得以为所欲为呢?不是别的,就是金钱。凭借金钱的力量,他几乎是无所不能的,这正反映了明中后期以金钱为主宰的社会的严酷现实和时代心理。剧作结尾金垒的不得好死,表现了作者以爱情对抗金钱的美好愿望,和唾骂

"钱虏"①、针砭俗肠的现实精神。

《焚香记》传奇无论叙事写景还是刻画人物,都以真为本,以情动人,所以在剧坛上流传极广。万历间刻本卷首剑啸阁主人(即袁于令)《序》云:

> 兹传之总评,惟一真字足以尽之耳。何也?桂英守节,王魁辞姻无论,即金垒之好色,谢妈之爱财,无一不真,所以曲尽人间世炎凉喧寂景状,令周郎掩泣,而童叟村媪亦从而和之,良有以已。

刻本卷首阙名《焚香记总评》也说:

> 作者精神命脉,全在桂英冥诉几折,摹写得九死一生光景,宛转激烈。其填词皆尚真色,所以入人最深,遂令后世之听者泪,读者颦,无情者心动,有情者肠裂。何物情种,具此传神手! 独金垒换书,及登程,及招婿,及传报王魁凶信,颇类常套,而星相占祷之事亦多。然此等波澜,又觑觎上不可少者。此独妙于串插结构,便不觉文法沓拖,真寻常院本中不可多得。

阙名《绣襦记》现存明万历间刻本等②,凡二卷四十一出。本事出唐白行简传奇小说《李娃传》,见《太平广记》卷四八四引《异闻集》,叙唐朝荥阳士子郑元和与长安名妓李亚仙的姻缘始末。宋元话本、元代杂剧、戏文、明初杂剧都有同一题材的作品。

《绣襦记》传奇超越前人之处,在于重笔浓墨地描绘了郑元和与李亚仙的深挚爱情。他们因外貌的相互吸引而相恋,从如胶似漆、缠绵多情的性爱生活,升华为唯愿白头偕老、"地久天长,海阔

---

① 语出《盛明杂剧·一文钱》栩庵居士眉批。
② 关于《绣襦记》作者的考证,详见拙著《明清传奇综录》卷二该条,此处不赘。

天高"的坚贞爱情,尽管尝尽了沉沦与失落的辛酸,甚至付出血的代价,也决不变心。为了极写郑元和的真情,作者虚构了他杀掉心爱的五花马(第十四出)、卖掉情同手足的家童(第十六出),和中榜后谢绝显贵求婚(第三十五出)等情节。为了渲染李亚仙的真情,作者增饰她顶住鸨母压力,不肯逢迎新客,只"愿与郑生同生死"(第二十四出),为了激励郑元和,甚至不惜用鸾钗剔损丹凤眼,毁伤花容(第三十三出)。这种忘我的爱,这种不因贫贱富贵而转移的爱,深入了人性的底蕴,洋溢着个性的色彩,因此感人至深,动人肺腑。全剧关目生动,写情细腻,曲辞自然而精彩,所以一直盛行于剧场。

勃兴期另有一些男女风情剧的作家,擅长于借用前代或当代的传奇小说为题材,进行再创作,理直气壮、直言不讳地言情,写情,揄扬至情,赞赏真情,表达了作家对现实的社会和人生的深切感受。这可以周朝俊的《红梅记》为代表,此外还有梅孝已的《洒雪堂》、王元寿的《异梦记》等。

周朝俊(1580?—1624后)创作《红梅记》传奇是有感而发的[①],剧末收场诗写道:

> 落拓江湖二十年,闲愁闲闷过花前。且将一片丈夫气,散作绮罗丛里言。

刻本卷首王稚登《叙红梅记》说,他曾在万历三十七年(1609)秋,于杭州西湖昭庆寺中得会周朝俊,并阅《红梅记》。剧中主人公裴禹也寓居西湖昭庆寺,周朝俊或者即借以自寓?卷首阙名《红梅记总评》就说:"裴郎虽属多情,却有一种落魄不羁气象,即此可以想见作者胸襟矣。"

[①] 周朝俊,字夷玉,一作仪玉,鄞县(今浙江宁波)人。生平事迹参见徐朔方:《周朝俊事实存录》,见其《晚明曲家年谱·浙江卷》,第535—537页。

《红梅记》现存明万历间金陵广庆堂刻本等,凡二卷三十四出。叙南宋时贾似道携众家姬乘舫游杭州西湖,书生裴禹(字舜卿)等正伫立断桥看花,家姬李慧娘见裴禹,失声叹道:"美哉少年!"贾似道大怒,归府即杀慧娘。另有卢总兵之女昭容,折梅花赠裴禹,两人心心相印。贾似道想要强纳昭容为妾,拘禁了裴禹。李慧娘鬼魂与裴禹幽会,相契半载。贾似道又命人刺杀裴禹,慧娘纵裴禹遁走。似道疑为群妓所为,拷讯群妓,慧娘现形争辩,似道大惊。这时元兵攻破襄阳城,而似道仍庆寿恣宴。太学生郭谨献诗讥讽似道。不久贾似道被贬官,在漳州木绵庵为郑虎臣杀死。裴禹中探花,与昭容团圆。

剧中裴禹、李慧娘的生死爱情和裴禹、卢昭容的悲欢离合两条线索,以贾似道的残酷迫害连接在一起。可见作者的本意,并不是单纯地描写才子佳人的爱情故事,而是借裴、李爱情这一哀恻感人的插曲来揭示贾似道的荒淫无度,借裴、卢爱情这一缠绵悱恻的故事来抨击贾似道的凶狠残暴,这就给爱情故事注入了鲜明的政治内容,使爱情与政治相互表里、相互生发。这种构思开时代之先风,与清初孔尚任"借离合之情,写兴亡之感"的《桃花扇》传奇遥相呼应[1]。

在裴、卢爱情与裴、李爱情这两条线索中,尽管前者是贯串全剧的主线,但后代观众和评论家却对后者尤为赞不绝口。这一称赞并非无由而发。李慧娘的悲惨遭遇令人同情,她的勇敢倔强令人钦佩,而她的复仇更是大快人心。她生为佳人,死为厉鬼,爱憎分明,虽死不渝。她对裴禹一见钟情,坚贞不移,敢于逾越生死界限去争取爱情。她对贾似道则是嫉恶如仇,矢志必报,不因身死而或移。这一敢爱敢恨、爱得炽烈、恨得深切的形象,深深地印在了

---

[1] 孔尚任:《桃花扇》传奇(清康熙间刻本),试一出《先声》。

数代人们心上,久久难以磨灭。

剧中卢昭容事出于杜撰。李慧娘事本于元人小说《绿衣人传》,见明瞿佑《剪灯新话》卷四。剧本融合小说中贾家姬与绿衣双鬟为一人,撰名李慧娘,并增饰其救裴禹的情节。按,宋末罗烨《醉翁谈录》中,说到《绿窗新话》收有《金彦游春遇会娘》一篇,注明出《剡玉小说》,实际上是已佚的《锦庄游春》话本的梗概。话本中的李会娘当即李慧娘的雏形。但是与《金彦游春遇会娘》和《绿衣人传》相比,传奇中的李慧娘形象情感更热烈,行动更坚决,意志更坚强,命运也更凄婉,因此而成为不朽的艺术形象。

《红梅记》传奇的结构颇具巧思。作者以裴禹被拘系贾府为关节,将两条故事线索互相勾连,成为一体。刻本卷首阙名《红梅记总评》评云:"境界迂回宛转,绝处逢生,极尽剧场之变。"王稚登《叙红梅记》评云:"其词真,其调俊,其情宛而畅,其布格新奇而毫不落于时套。削尽繁华,独存本色。"剧中有些场次安排奇特,描写细致生动。如写裴禹往扬州寻访卢昭容的《寻遇》、《夜晤》二出,看去出乎意外,却又合情入理,"细腻有情,虽不脱套,又不落套"(剧中眉批)。当然,剧中有些细榫斗接之处,还较为疏略。如写裴禹被幽禁贾府,与李慧娘鬼魂相亲相爱,竟至来往半年,贾似道才想起要派人谋杀裴禹。如此旷日持久,与似道平生所为显然不符。此外,李慧娘在传奇下本全无交待,也显出作者的构思不够细密。至于此剧曲词,则以秀美见称,祁彪佳《远山堂曲品》评云:"手笔轻倩,每有秀色浮动曲白间,当是时调之隽。"

与《红梅记》传奇相比较,梅孝巳的《洒雪堂》更专重于言情①。《洒雪堂》现存明崇祯间墨憨斋刻本等,凡二卷四十折,系冯梦龙改编本。冯梦龙于刻本的总评及眉批中,并未言及增删关目

---

① 梅孝巳,号情痴,西陵(今河北易县西)人。生平未详。

之处,似于原本未尝多加改动。本事出明李昌祺《剪灯余话》卷五《贾云华还魂记》,叙元朝书生魏鹏(字寓言)与贾平章之女云华私会,因云华的母亲莫夫人阻挠,未能成婚。云华卧病不起,郁郁而卒。阎罗王悯其深情,许其托生。后借长安丞宋子璧女月娥之尸还魂,与魏鹏成婚。刻本卷首梅孝巳《小引》自述作意云:

即如云华附月娥事,岂但事出不经,即其姓氏名字之间,固已自露其乌有亡是之意。然而情则何可泯也?是其传之者,必自有一种难处之情,而钟之至也。欲如其死,求其遂也;欲如其生,碍其人也。则生不于其身,明其缘之定也。则假借以指腹之盟,而符合以神人之梦,是直破事势之难,而穷死生之变者也。传者之事,何取于真?作者之意,岂遂可没?取而奇之,亦传者之情耳。

从这里不难看出,作者看中的是小说中所深含的青年男女生生死死的一片深情,要传达的更是自己心中难以泯灭的一片真情。所以冯梦龙在卷末收场诗中称道:"谁将情咏传情人,情到真时事亦真。"在《洒雪堂总评》中又评道:"是记穷极男女生死离合之情,词复婉丽可歌,较《牡丹亭》、《楚江情》,未必远逊,而哀惨动人,更似过之。"

王元寿一生撰有23种传奇作品①,创作数量居明代传奇作家之首。这23种传奇作品中,竟有19种是男女风情剧,王元寿堪称男女风情剧专家。现存的有《异梦记》、《红梨花记》、《石榴花》3种。

《异梦记》传奇现存万历四十六年(1618)序刻本,凡二卷三十二出。本事出明瞿佑《剪灯新话》卷二《渭塘奇遇记》,叙元朝金陵

---

① 王元寿,字伯彭,郃阳(今陕西合阳)人。生平未详。

书生王奇俊,赴京应试,途经渭塘,邂逅顾仲瑛之女云容,两目传情。当晚奇俊与云容分别梦见二人相会,题诗彩笺,两相欢合,并互赠信物。后被小人张曳白冒名顶替,设计陷害,几经周折,奇俊终于得娶顾云容和表妹范琼琼。全剧情节发端于男女异梦,显然受到汤显祖《牡丹亭》传奇的影响。刻本卷首兰畹居士《异梦记序》云:

> 渭塘异梦,友人何犹认梦为非梦也?尝备览终篇,不屈犇真,类其强项;恋恋甸环,类其钟情;西台之周全成就,类其笃友谊;而其间所遇之非偶,亦间尝值之。传奇之幻境,实友人之真境也。以故播弄婉转,模写逼真,一片幻境,却成真境。即知者睹此,亦常若梦中说梦。

据此,剧中人物情节,多少融入了作者的生平经历与性格品质。在这里,幻境即真境,真境即幻境,作者人格与审美对象融为一体,浑然不可分。这一创作旨趣,也与汤显祖有相通之处。全剧情节曲折而结构严谨,卷首《异梦记总评》云:"……遂觉关目交错,情致迂回,而妙在千丝一缕,毫无零乱之病。"祁彪佳《远山堂曲品》也评云:"此曲排场转宕,词中往往排沙见金,自是词坛作手。"

《红梨花记》传奇据冯梦龙《情史》卷十二《赵汝州》增饰,叙宋朝书生赵汝州与洛阳名妓谢金莲的姻缘,以歌颂坚贞不渝的爱情,作者自云:

> 拈花弄柳情偏眷,贵贱交情世所难,编作新词万古传。

(第三十四出【尾声】)

《石榴花》传奇,一名《巧联缘》,又名《景园记》,本事出王世贞《艳异编·张幼谦图圈报捷》,又见冯梦龙《情史》卷三《张幼谦》,叙南宋浙东书生张幼谦与罗惜惜,曾在石榴花树下,指花为誓,私结姻盟,后几经波折,终得团圆。祁彪佳《远山堂曲品》评云:

> 伯彭喜为儿女子传情,必有一段极精警处,令观场者破涕为欢。若此记,罗惜惜寻花下之盟,竟至误约是也。然结末只宜收拾全局,若叠起峰峦,未免反致障眼,如惜惜之误谒,非乎?

按,惜惜误约辛无文,见第十折;惜惜误谒榜眼张有兼,见第三十一折。这种"曲终奏雅"、再起波澜的艺术构思,为清初李渔所肯定,成为清代才子佳人戏曲的一个情节范式,王元寿是始作俑者。

勃兴期还有一些传奇作家擅长于"借他人之酒杯,浇自己之块垒",在现实的或传说的男女风情故事中融入自己的身世之感或审美情趣,将自身的情感、意绪、观念、愿望等主体精神对象化,借戏曲人物及其遭际,尽情地抒发个人的主观感情。这可以朱京藩的《风流院》和王光鲁的《想当然》为代表。

朱京藩的《风流院》传奇现存明崇祯间德聚堂刻本①,凡二卷三十四出,本事见清初张潮《虞初新志》卷一所收《小青传》。冯小青的婚姻悲剧,是明万历年间的真人真事。而作者有憾于世无知己,难求"志以性通,气以味合"之人,"又值下第之惨",偶读小青诗,"如形贯影,相契之妙,不在言表。即世人亦有契之者,而我契则别焉矣"。他和小青独特的相契之处何在?原来,他感到自己才高学富却仕途坎坷,穷而不达;而小青貌秀才美,偏偏屈身为妾,受尽荼毒,郁郁而亡——两人遭遇十分相似。他说:"呜呼!人苟有才,其知香识美,必为上天所讳忌。男子有才,必蹇抑于功名;女子有才,必迍邅于遭际。"正是在个人才能和生活命运的悲剧冲突这一点上,朱京藩和小青发生了强烈的情感共鸣,因此,他把一腔怀才不偶的穷愁悲愤之情溶注于小青这一艺术形象之中,"诵之,拜之,哭之,欣之,生之,死之"(均见刻本卷首朱京藩《风流院

---

① 朱京藩,字价人,别署不可解人。籍里、生平均未详。

叙》)。

而且,为了在传奇作品中直接同小青声气相感,作者还特意虚构了舒洁郎这一形象:"旷世逸才,遭逢不偶,悲歌慷慨,以至移情花柳,死而复生,乃始酬之以绝色,报之以功名。呜呼!其初抑何蹇抑,而其后得于造物者又何丰也!则又古今之常理也。然则舒生非他,夫亦作者自为写照云尔。"(刻本卷首柴绍然《风流院叙》)其实,舒洁郎更是作者的心灵幻影,他不是坦白地承认吗?他之所以捏造舒洁郎与小青在汤显祖任院主的上天风流院中相会成婚,并在南山老人的帮助下,"双魂返世作夫妻",那正是为了聊以自慰:"不是词人拈出幻,只缘恨极借来题。"(第三十三出《泛湖》收场诗)因此,在《风流院》传奇中,我们处处可以看到作者自我的公开介入和主观感情的直接抒发。

《风流院》的这种创作旨趣,与当时取材于小青故事的杂剧传奇,如吴炳的《疗妒羹》传奇、徐士俊的《春波影》杂剧、陈季方的《情生文》杂剧、胡士奇《小青传》杂剧、来集之《挑灯闲看牡丹亭》杂剧等,是迥然不同的。这种赤裸裸的自我写照和心灵幻影,不免趣味庸俗,品格低下。祁彪佳《远山堂曲品》评云:"《春波影》传小青而情郁,郁故妩媚百出;《风流院》演为全本而情畅,畅则流于荒唐。故有所谓窈窕仙子,幽囚落花槛中者。且传得汤若士粗夯如许,大煞风景。至其词,时现快语,不得以音韵律之。"

王光鲁的《想当然》传奇托名为明嘉靖间卢楠所作①,现存明崇祯间刻本,凡二卷三十八出。本事出吴敬所《国色天香》中的《刘生觅莲记》,叙会稽书生刘一春与孙碧莲及其婢匀笺的姻缘会合,中间穿插以

---

① 王光鲁,字汉恭,号款思居士。江苏广陵(今扬州)人。诸生,为周亮工的门人。按,周亮工《书影》(上海:上海古籍出版社,1981),卷一云:"……惟予门人邢江王汉恭名光鲁,所作《想当然》,犹有元人体裁……《想当然》托卢次楩之名以行,实出汉恭手。"又按,卢次楩,即卢楠,浚县(今属安徽)人,《明史》卷二八七有传。

恶生耿汝和多方陷害,未能得逞。刻本卷首自序云:

> 大江以南有一君子,城愁以居,啖字为饱,淫淫于睡梦之乡。则常叹曰:"人生几何,少冶难系。功名事业,会须有时,独此迟之不得,错之不可者,死心一佳丽耳。"……一日偶阅稗乘,见刘一春觅莲事,则抛书狂叫曰:"是矣,是矣!人生有此一日,千劫后可无活也。烦卿作念,无用相酬,则酬之以歌……"既慨许之,此数人者,遂坐我喉间不去……总之,情自我生,境由他转,阅数月而尽矣……要以心想取之,染作墨云,绣为声谱,按拍观场,呜呜作弥大王有驴耳尔。则此三十八折者,非刘郎、莲姊、曹郎、许氏之词,而予之想也,遂命曰:《想当然》。

从这篇序文,可以看出当时一般男女风情剧作家的创作心态:他们之所以神魂颠倒地迷恋于才子佳人的风流遇合,正是要满足自己"死心一佳丽"的白日梦。这种"情自我生,境由他转"的创作方法,在明清传奇作家中具有相当广泛的普遍性。

《想当然》传奇大抵是一本场上之曲,一时流行甚广。刻本卷首茧室主人《成书杂记》评云:"先生兹本,取事未尝不奇,而回峰过峡,引水归源,恣意横皴,欢肠袍舌。更妙在嵌空着步,缠绵幽曲,必欲节节尽情,台上案头,共珍名作。"周亮工《书影》卷一评云:"其曲分视之则小令,合视之则大套;插入宾白则成剧,离宾白亦成雅曲,不似今人全赖宾白为敷演也。"祁彪佳《远山堂曲品》评云:"此于离合关目,亦未尽恰,但时出俊爽,才情迫露。"

三、男女风情剧的分化

正因为勃兴期的男女风情剧大多融入了文人自身的现实感受、生活态度和审美趣味,所以受到当时社会风气和社会心理的影响,也受到传统意识的潜在制约,传奇作家对情欲的提倡和张扬,从万历后期开始,就分化为三个不尽相同的流向:一是情欲淫邪化,二是情欲伦理化,三是情欲情趣化。

作为人的本质力量,情欲本来是无所谓善,无所谓恶的,但它自身却有着双重的积淀,既积淀着善的基因,也积淀着恶的基因。因此,情欲便有导向善与导向恶的双重的潜在可能性。当人们把感性情欲升华为爱情时,情欲就显现为善;反之,当人们一味地沉溺于感性情欲而不可自拔,甚至放纵性欲时,情欲就显现为恶。勃兴期的一些男女风情剧趋向于情欲淫邪化,就是这种恶的情欲的产物。

张琦(?—1636后)的传奇作品可为代表①。在张琦的《白雪楼五种曲》中,只有《郁轮袍》传奇叙唐朝诗人王维的故事,是文人剧,其他四种都是男女风情剧,以男女风情与强横权势、奸邪小人的冲突为主题。如《明月环》传奇叙秣陵书生石鲸与乔罗浮、荆青娥二女的姻缘故事,中间穿插荆棘与花仙的阻挠。《诗赋盟》传奇叙唐朝书生骆俊英与少女于如玉诗赋传情,面订姻盟,因受虞世南之子虞基作梗,几遭婚变,最后得到圣旨赐婚。《灵犀锦》传奇叙东魏建州人张善相与都督段韶之女琳瑛定有婚约,留宿段府西轩,与婢女瘦红狎昵,并密晤琳瑛,后受桑参将迫害,投军立功,得娶琳瑛为妻,瘦红为妾。《金钿盒》传奇叙北宋翰林承旨权次卿偶得半面紫金钿盒,就冒认为白留哥,向姑母白氏之女徐妫英求婚,受到白氏之子痴哥与恶生贡癸酉的阻挠,几番周折,终得与妫英及其表妹妫秀成婚。

---

① 张琦,字楚叔,一名楚,字叔文,号骚隐生,别署骚隐居士、西湖居士、松癯老人、湖隐居士、白雪斋主人。杭州(今属浙江)人。万历四十二年(1614),辑元明丽情散曲,为《吴骚初集》,后续出二、三集。崇祯九年(1636),与其弟旭初合辑为《吴骚合编》,现存崇祯十年(1637)白雪斋原刻本。所撰传奇六种:《明月环》、《诗赋盟》、《灵犀锦》、《郁轮袍》、《金钿盒》五种,合刻为《白雪楼五种曲》,今存明崇祯间刻本;《题塔记》,已佚。

而张琦津津乐道的,主要不是情与势的冲突,也不是情与理的较量,而是男主角对情欲如痴如狂的迷恋与追逐。在这里几乎谈不上什么爱情,有的只是赤裸裸的性欲的渴求。所以他的传奇作品中的男主角往往不择手段地追求异性,或逾墙钻穴,或冒名顶替,或勾引成奸。更有甚者,他们可以随心所欲地移情别恋,见异思迁,以满足自己的性欲。如张善相与段琳瑛已有婚约,却急不可耐地狎昵瘦红;权次卿追求徐妙英,但一见妫秀貌美,竟不顾一切地向她求欢。《白雪楼五种曲》的风情故事,大都是作者凭空撰作的,因此作品中男主角的风流行径不是作者放荡生活的写照,便是作者梦寐以求的欲望,总之体现了风流文人放纵情欲的生活态度和生活趣味。他们以变态的情欲向世俗偏见挑战,固然有其不可抹杀的历史价值,表明当时的人们已经敢于撕破层层纱幕,赤裸裸地表现情欲;但是,由于缺乏审美的升华,这种欲求不免流于恶趣鄙俗。

为了将情欲纳入传统意识的正轨,勃兴期有的传奇作家自觉地将情欲投入传统道德的洪炉中冶炼、净化,最终凝结为道德化的情欲。这种情欲道德化的趋向,肯定情欲既不违背道德,又是以道德的完善或张扬为皈依的,在根本上是符合中国古代传统人性观的。本书第八章第三节所叙吴江派作家的风情剧,大多即是这种情欲道德化的标本;而本章下一节将论述的孟称舜,更是这种审美趣味的典型。此外,如周履靖的《锦笺记》、路迪的《鸳鸯绦》等传奇作品也流行一时。

周履靖(1549—1640)的《锦笺记》传奇现存明万历三十六年(1608)金陵继志斋刻本等①,凡二卷四十出。叙元朝江北书生梅

---

① 周履靖,字逸之,号梅墟,别署螺冠子、梅颠道人、抱真先生等。秀水(今浙江嘉兴)人。少弃经生业,广搜古今典籍,读书鸳湖之滨。郡县交辟,不应。生平事迹参见张军德:《周履靖的生卒年及其他》,《戏曲研究》第28辑;徐朔方:《周履靖年谱》,见其《晚明曲家年谱·浙江卷》,第291—308页。

玉与杭州少女柳淑娘私通锦笺,两相约会,密订姻盟,历经波折,最后与淑娘及其婢芳春偕合姻眷。作者分明写的是男女私情,也分明看到"风流节义难兼擅"的必然冲突,却偏要强调柳淑娘虽然风流多情,自订终生,但在与梅玉的交往中却始终持身自重。为了既不得罪意中人,又能满足意中人的欲望,她竟不惜以婢女芳春代侍枕席。而且剧作还专门以想要改节私奔的陈大娘作陪衬,让她含羞自缢。作者振振有词地声称:"女诫分明在此编,寄语梨园仔细传。"(第四十出【尾】)刻本卷首陈大来《锦笺记引》道出作者的一片苦衷,说:

  抱真先生愤世破情,特为是以垂闺范耳。其曰世谊亲昵,惩结义也;曰词笺召衅,禁工文也;曰慕德耀,感乞儿,谓内言外言毋出入也。游观当戒,何论僧尼寺庵,即家园难免窥觇;眼色易牵,宁独淫僧狂客,即性女亦自垂情。兼以三姑六婆,奸诡万状,捷如姚江,严如帅府,且为笼络透漏,况其他乎?若夫励操全盟,割爱忘妒,捐躯代选,安分辞荣,节义两全,讵不称美?而自炫自售之妇,徒取杀身辱名,观者莫不惕然哉!此先生作记意也。

这就不仅是简单的"发乎情止乎礼义"了,而是苦口婆心地借风情谈节义,可谓得清初李渔传奇的审美趣味之先声。

  路迪的《鸳鸯绦》传奇现存明崇祯八年(1635)刻本[①],凡二卷三十八出。本事出明冯梦龙《醒世恒言》卷二二《张淑儿巧智脱杨生》,叙明朝扬州举人杨直方与焦如鹿、费元空二生上京应试,途经山东某地宝华寺,为寺僧广智、广谋与寺邻张小二谋害,幸得小二姊淑儿赠以白玉鸳鸯绦定姻盟,逃赴京城应试。最后得与淑儿

---

① 路迪,字惠期,号海来道人。宜兴(今属江苏)人。生平未详。

团圆。中间增饰奚友贤、胡平二人,一为贤能文臣,一为忠勇武将,并增饰夷虏犯边、胡平御虏等情节,似为感慨时事而作。作者自述作意云:

> 阳羡一书痴,感愤吐新词。清言能脱俗,激语或伤时。立国思忠义,传家必孝慈。持世有君子,知罪两凭之。(卷末收场诗)

刻本卷首爱莲道人《鸳鸯绦记叙》评云:

> 记中微词冷语,似谐似谑,若教若诫。最后一偈,婆子心切。则惠期氏救时悯亡之微意,概可睹矣。

同时作家许恒(约1625—?)的《二奇缘》传奇也取同一题材,而另出机杼。

情欲道德化虽然足以满足文人的道德需求,然而文人毕竟是文人,他们更欣赏才华四溢、风神飘逸、愤世嫉俗、放浪超迈等精神性的情趣之美,更愿意陶醉于美妙的理想或虚妄的幻想之中,玩味充满情趣的生活。因此,情欲情趣化在勃兴期男女风情剧中便有了广泛的市场。我们不妨读一读单本的《蕉帕记》、沈嵊的《绾春园》、沈君谟的《风流配》和王异的《弄珠楼》。

祁彪佳《远山堂曲品·蕉帕》说:

> 槎仙生而不好学,故词无腐病;生而不事家人产,故曲无俗情;且又时以衣冠优孟,为按拍周郎,故无局不新,无词不合。

由此可见单本(约1562—1636后)的文人情趣[①]。《蕉帕记》传奇现存明万历间金陵文林阁刻本等,凡二卷三十六出。叙南宋东吴

---

① 单本,字槎仙。会稽(今浙江绍兴)人。生平事迹参见徐朔方:《单本事实存录》,见其《晚明曲家年谱·浙江卷》,第487—491页。

书生龙骧迷恋胡章之女胡弱妹,白牝狐幻形弱妹,勾引龙骧,以求阳气,并窃宝珠赠龙骧为聘,使龙骧得以入赘胡府。后来白牝狐成仙,暗中帮助龙骧考中状元。剧中弱妹和狐仙,一真一假,扑朔迷离,既使剧情曲折活泼,更寄托着文人对情欲的欣赏与追求。

《蕉帕记》传奇是弋阳腔作品,曲辞雅俗共赏,音律谐协悦耳。作者自云:

> 净洗铅华,单填本色,从来曲有他肠。作诗容易,此道久荒唐。　屈指当今海内,论词手几个周郎。笑他行,非伤绮语,便落腐儒乡。(第一出《开场》【满庭芳】)

此剧结构精巧,吕天成《曲品》卷下评云:"传龙生遇狐事。此系撰出,而情节局段能于旧处翻新,板处作活,真擅巧思而新人耳目者。"人物塑造也别具巧思,祁彪佳《远山堂曲品》评云:"龙骧、弱妹诸人,以毫锋吹削之,遂令活脱生动,洵有天才。"

沈嵊(?—1645)平生不修小节,越礼惊众,好饮酒纵马[1]。他的《绾春园》传奇现存明末螳麟斋刻本,凡二卷四十四出。叙元朝嘉兴秀才杨珏,秋试落第,留滞西湖昭庆律寺,因误认崔倩云为阮蒨筠,后竟并娶双姝。中间牵入奸臣伯颜、纳速剌以作点缀,并以威远伯阮翀为蒨筠之兄,贯串情节。作者自云:

> 不堪对剑诉贫羞,聊借新声谱旧愁。刨出奇文醒我醉,捏椿快事豁人眸。因掀悲愤敲枯泪,恐失宫商嚼碎讴。莫向痴生述情语,湖滨寻遍进香舟。(卷末收场诗)

沈嵊另有《息宰河》传奇,现存明末且居刊本,凡二卷三十一出。叙明末南京山东道监察御史衾公孟一家忠孝义节,当据当时

---

[1] 沈嵊,字孚中,一字唵庵,号孚中道人。钱塘(今浙江杭州)人。生平事迹参见陆次云:《沈孚中传》,张潮辑:《虞初新志》(民国间文明书局石印本),卷十。

传闻实迹而作,是一本时事剧。第一出《教忠》出末评云:

> 有心世道之人,作深知时务之文,自无寒酸头巾语。人谓其熟史学,我谓其熟邸报,道人胸中真欲以曲作史。

周亮工对此剧评价甚高,说:"一落笔便有证入元人三昧,狠心辣手。"①

沈君谟的《风流配》传奇②,一名《女新郎》,现存清红格抄本,凡二卷三十二出。以欧阳绮、缪瑶云、阮翠涛三人,皆具风流品性,而终成配偶,故名《风流配》。又以瑶女乔扮新郎,诈娶翠涛,故名《女新郎》。清初陈二白《称人心》传奇及阙名《风流配》小说,情节与此剧大率相同,唯人物姓名各异,当是各据传闻而作。

王昇的《弄珠楼》传奇现存明崇祯间杭州凝瑞堂刻本③,凡二卷三十二出。叙宋朝毗陵孝廉阮翰赴临安会试,泊舟枫桥,与旷士之女霏烟诗笺酬和,又与其姑之婢柳枝私订婚姻。阮翰因受韩侂胄迫害,险遭不测。最后高中状元,娶霏烟为妻,柳枝为妾。剧中牵引韩侂胄、赵汝愚等人,以点缀关目。祁彪佳《远山堂曲品》评云:

> 轻描淡染,不欲一境落于平实。但姓名之错认,刱于《拜月》,遂多为不善曲者所袭。无功今之作手,何不别寻结构耶?

所谓"姓名之错认",指剧中阮瀚与阮翰名异音同,造成几重情节

---

① 周亮工:《赖古堂集》(上海:上海古籍出版社据清康熙刻本影印,1979),卷二十《复余澹心》。

② 沈君谟,字苏门,号鹤苍子,吴江(今属江苏)人。生平未详。与曲家沈自晋同宗。所撰传奇五种:《风流配》,今存;《一合相》、《丹晶坠》、《玉交梨》、《绣凤鸳》,已佚。

③ 王昇,一名权,字无功。郃阳(今陕西合阳)人。生平未详。所撰传奇6种:《弄珠楼》,今存;《灵犀佩》、《检书记》、《看剑记》、《保主记》、《玛瑙簪》,皆佚。改编许自昌《水浒记》、汪廷讷《种玉记》、阙名《花亭记》,皆佚。

波澜,这是男女风情剧惯用的伎俩。

上述这些传奇作品,大多凭空虚构,写一位才子与二位佳人的风流韵事,穿插仕途风波与朝政得失,表现了文人对功名富贵和美女佳丽的企望;也大多情节新奇,结构精巧,善用误会错认法,风格俊爽。而明末集情欲情趣化之大成的传奇作家,则是阮大铖。

第三节 吴炳、孟称舜与阮大铖

吴炳、孟称舜与阮大铖是明末最著名的传奇作家,并且都以男女风情剧见长。就审美趣味而言,吴炳颇饶汤显祖的余韵,张大"至情"旗帜,孟称舜堪称情欲道德化的代表,而阮大铖则充分地发展了情欲情趣化的倾向,他们对清初李渔等风流文人影响甚巨。就传奇艺术而言,他们三人的剧作都案头场上,交相称美,在传奇的艺术结构、人物塑造和曲辞音律等方面更臻完美。

一、吴炳:情致有余,豪宕不足

吴炳(1595—1648),初名寿元,后改名炳,字可先,号石渠,别署粲花主人。宜兴(今属江苏)人。明万历四十七年(1617)进士,历官至江西提学副使。南明时,先后扈从福王、唐王、桂王,官至礼部尚书兼东阁大学士。永历元年(1647)八月,桂王奔湖南靖州,吴炳扈从世子,被清兵执送衡阳。次年一月,于湘山寺赋诗明志,绝食而死[①]。

---

① 关于吴炳的生平事迹,参见《明史》卷二七九本传。按,王夫之:《永历实录》(同治间刻《船山遗书》本)卷四《吴何黄列传》谓,永历元年吴炳以痢疾留武冈,与刘承胤降清。后随孔有德至衡州,因与有德执酥茶,烧豚炙牛,强饱餐之,遂病痢死。是又一说,录以备考。参见蒋星煜:《吴炳降清后死于痢疾考》,见其《中国戏曲史探微》(济南:齐鲁书社,1985),第67—77页。

吴炳少时即喜作词曲,癖好声色,《绿牡丹》、《疗妒羹》、《画中人》、《西园记》、《情邮记》等5种传奇,都作于三十六岁(1630)以前,总名《粲花斋五种曲》,又名《粲花别墅五种曲》、《石渠五种曲》,现存明崇祯间金陵两衡堂刻本。

吴炳的传奇创作步武汤显祖,紧紧围绕爱情婚姻问题,热情地歌颂"至情",肯定恋爱自由、婚姻自主,在一定程度上体现出要求个性解放的时代进步思想。在《疗妒羹》传奇中,他借乔小青之口,表达了对汤显祖的至情观念的赞同,说:"'第云理之所必无,安知情之所必有',临川序语,大是解醒。"(第九出《题曲》)在《画中人》传奇中,他也借剧中人物之口推崇真情,说:"天下人只有一个'情'字,情若果真,离者可以复合,死者可以再生。"(第五出《示幻》)在《情邮说》中他还指出:

> 盖尝论之,色以目邮,声以耳邮,臭以鼻邮,言以口邮,手以书邮,足以走邮,人身皆邮也,而无一不本于情。有情则伊人万里,可凭梦寐以符招,往哲千秋,亦借诗书而檄致。非然者,有心不灵,有胆不苦,有肠不转,即一身之耳目手足,不为之用,况禽鱼飞走之族乎!信矣,夫情之不可已也!此情邮之说也。(《情邮记》传奇卷首)

这种对超越时空界限、打破生死隔离的真情的赞颂,与汤显祖何其相似乃尔!

因此,吴炳以汤显祖笔下的杜丽娘为楷模,塑造了一批自由恋爱、自主婚姻的栩栩如生的佳人形象。如《绿牡丹》传奇中的车静芳,不仅"仪容绝世",而且"百家诸史,无不淹通,诗词歌赋,援笔立成"。她向往美满幸福的婚姻,但父母双亡,长兄车本高又"游荡猖狂,甚不成器"。她并没有消极被动地听任命运的捉弄,而是积极主动地凭借自己的勇敢和智慧自择佳偶。当她为才子谢英的诗篇所倾倒时,立即抓住机遇,请保姆一再寻访谢英,情愿托以终生。她还不顾当时男尊女卑的世俗偏见,大胆地隔帘面试希图占有她的劣生柳希潜,使他当场出丑。最后,她终于如愿以偿,获得了美满的婚姻。

《西园记》传奇中赵玉英的遭遇,与元人王实甫《西厢记》杂剧中的崔莺莺颇为相似,她也出身于官宦之家,从小受到封建礼教的长期熏陶,由父母做主,与粗俗呆蠢的贵族子弟王伯宁订下婚约。但她并没有像崔莺莺当初那样逆来顺受地接受这一命运,而是深深抱怨明珠暗投:"可怜红粉,岂委白丁?誓不俗生,情甘怨死。"竟至"抱恨身亡",以宝贵的青春生命同罪恶的封建礼教作抗争。当她魂归地府时,她追求幸福美满婚姻的诚心感动了冥帝,冥帝特许她自由自在地去寻找自己的意中人。她见痴情才子张继华夜夜呼叫自己的姓名,感其情意,私下与他订了姻盟,往来幽会,甚至不怕王伯宁的鬼魂以封建礼教相威逼,毫不示弱地"自寻张郎"。这种以情抗礼的反叛精神,比杜丽娘是有过之而无不及的。

相比较之下,《疗妒羹》传奇中的乔小青,命运更加悲惨。乔小青虽然才貌双全,却因出身贫穷,被卖与粗鲁无文的褚大郎为妾,还受到大妇苗氏的折磨与迫害。但是,她尽管身处逆境,内心中仍充满着对幸福爱情的渴望和向往。当她挑灯夜读《牡丹亭》传奇时,杜丽娘出生入死的爱情追求引起了她的强烈共鸣。所以她不惜像杜丽娘那样自祭肖像,端坐待死,决心以身殉情,摆脱现实生活的束缚与磨难。乔小青死而复生后,改嫁给一直深爱着她的吏部员外郎杨器为妾,这一虚构的情节体现了吴炳相信真情总能实现的乐观精神。吴炳认为:"自古许错了人,嫁错了人的,不妨改正",这就在一定程度上冲击了"一妇不更二夫"的封建传统教条。

更值得称赞的是,吴炳以汤显祖笔下的柳梦梅为典范,塑造了一批真情如痴、坚贞不渝的才子形象。其中最突出的是《画中人》传奇里的扬州秀才庾启。

庾启才高八斗,誉满文林,但是常常郁郁不欢。原来他心中有一段难与人言的想头:"必得落雁沉鱼,方好配我雕龙绣虎。"这是才子对佳人的热烈的企慕,也是才子对幸福的衷心的向往。不过,庾启还有一种奇特的看法,他觉得在人世间哪有真正的佳丽?若要神采映发,骨肉停匀,极态穷妍,纤毫无憾,除非把心中所思、梦里所想的美人神态,自己描摹出来。于是他画了一幅理想中的美人图,张挂内室,顶礼膜拜,向画图频频呼唤,如痴如狂。这样整整三七二十一天,美人果然从画中飘然而下。原来庾启日夜呼唤的,正巧是刺史郑志玄的女儿琼枝。琼枝被频频呼唤,中心感动,魂离肉体,竟然飞到庾启家,和他结下了不解之缘。其后琼枝离魂身亡,庾启开棺救活琼枝,两人成婚团圆。

吴炳这一艺术构思的过人之处,不仅仅在于"把一幅死丹青拈活了",而且在于:"唤画虽痴非是蠢,情之所到真难忍。"(第一出《画略》【蝶恋花】)呼唤画中美人,这当然是痴迷的举动,但却并不是愚蠢的表现。因为非如此设想描写,就不足以披露才子与众不同的痴情。这种痴情一旦产生,就像决堤的洪流,滔滔滚滚,不可阻挡!

《西园记》传奇中的张继华和《情邮记》传奇中的刘乾初,也都是情深意挚的"至情种"。张继华起初误以为王玉真即是赵玉英,真心相爱,痛惜其夭亡,常常对月呼唤玉英的姓名。后来他又误以为赵玉英的鬼魂是王玉真,信守姻盟,婉言谢绝赵家的提亲。这种真心痴情、矢志不渝的行为,的确十分可贵。而刘乾初与王慧娘、贾紫箫两位佳人从未面谋,却仅仅凭着一首题壁诗,就执着不舍地追求,甚至不怕得罪权贵,这种一往情深的痴情,怎不令人感动?

当然,吴炳所讴歌的至情归根结底还仅仅是男女之间的恋情,

331

这与汤显祖所张扬的作为人的自然本性的至情,有着本质的区别。在传奇作品中,吴炳大大淡化了汤显祖《牡丹亭》传奇中那种情与理的根本对立和严重冲突,他更关注或者说更欣赏的是至情理想在现实中的实现过程,并对至情理想在现实中的实现充满着乐观的信心。所以,《粲花斋五种曲》大多洋溢着喜剧色彩,即使像乔小青的悲剧故事,也被他接上了一条喜剧的尾巴,并纳入到惩处妒妇、彰扬贤妇的传统伦理教化的正轨中:"谱入弦歌风俗移,从今收拾家家醋";"剧中并列贤和妒,看剧者将何所取,惟尔知予或罪予"。(第三十二出《弥庆》【节节高】、【尾声】)正因为如此,吴炳的传奇实际上成为明末清初情欲情趣化的男女风情剧的滥觞。

在男女风流韵事中隐寓对晚明黑暗现实和腐朽现象的揭露和抨击,也是吴炳传奇的一大特色。如《情邮记》传奇在描写刘乾初与王慧娘、贾紫箫的悲欢离合故事时,便将批判的矛头指向权臣枢密使阿乃颜、势利小人何金吾和王仁,从而揭示了官场的腐败状况和官僚的卑劣灵魂。《绿牡丹》传奇对柳希潜和车本高在考试中的种种作弊丑态,作了淋漓尽致的描绘和辛辣无情的嘲讽,借以针砭晚明科场弊病,入木三分。这成为明末清初才子佳人小说戏曲的共同特色。

吴炳传奇作品的艺术成就,在明末传奇作家中是首屈一指的。

首先是情节构思奇特巧妙。吴炳喜欢借鉴汤显祖《牡丹亭》传奇的艺术构思,这不仅在一些关目的模仿上,如《疗妒羹》传奇中的《礼画》、《假魂》和《画中人》传奇中的《呼画》、《画生》等,即借鉴了《牡丹亭》中的《玩真》、《魂游》等出;更重要的是,他深得汤显祖艺术精神的真谛,认定"梦中之情,何必非真?天下岂少梦中之人耶?必因荐枕而成亲,待挂冠而为密者,皆形骸之论也"[①]。

---

① 汤显祖:《牡丹亭记题词》,《牡丹亭》传奇(明万历间刻本),卷首。

他说：

> 世间何物似情灵,画粉依稀也唤醒。河上三生留古寺,从今重说《牡丹亭》。(《画中人》第三十四出《证画》【尾声】)

> 世人讳把差讹说,似这般颠颠倒倒偏有因缘结,这都是造化弄人真巧绝。(《西园记》第三十三出《道场》【煞尾】)

因而,吴炳善于自由驰骋艺术想象,无所依傍地构思情节,别出心裁地设置情境,虚中传神地刻画人物。如《画中人》传奇"摹写离魂光景,自死之生,在一人上着想";而《西园记》传奇则有王玉真、赵玉英,"一生一死,就两人上分写"①。再如《绿牡丹》传奇写才子与佳人以才相感,构思与众不同,刻本卷末牡丹花史评云:

> 佳人善诗,词场旧例也。但他剧或情词联咏,或艳语流传,虽则称奇,殊为伤雅。沈、车二姝,妙在暗中主盟,暗中缔社,机关巧藏,风情不漏,蕴藉风流,于此乎最。

又如《情邮记》传奇的构思虽受到元人戴善甫《陶学士醉写风光好》杂剧的启发②,但却另出机杼,出奇制胜,无疾子《情邮小引》评云:

> 此记,香阁中有两能诗女子,一奇也;先后居停,一诗两和,二奇也;邮亭何地,婚姻何事,咏于斯,梦于斯,证果于斯,三奇也;情深联和,一而二,三而四,竞秀争妍,各极其至,四奇也;甚而枢府之金屋,不克藏娃,运使之铁肠,不堪留意,婉转作合,双缔良姻,五奇也。(《情邮记》传奇卷首)

---

① 吴梅:《西园记跋》,王卫民编:《吴梅戏曲论文集》(北京:中国戏剧出版社,1983),第443页。

② 《陶学士醉写风光好》杂剧,现存《元曲选》本等。

尽管全剧刻意求奇,大量运用误会与巧合,使剧情跌宕生姿,但却毫无牵强造作之弊,奇而不谬,巧而入情。

其次是戏剧结构严谨紧凑。明中后期传奇一般都结构松散,而吴炳的传奇却往往匠心独运,精于结构,巧于布局。如《绿牡丹》传奇以"绿牡丹"诗为贯串,先后设置了同中有异的三场文会,在逐步暴露柳希潜和车本高应试作弊的同时,逐步推进谢英与车静芳之间的曲折爱情,全剧结构浑然一体,情节发展水到渠成。《西园记》传奇中安排王玉真与赵玉英的忽真忽假、忽生忽死,迷离惝恍而一丝不乱,跌宕起伏而针线缜密。《情邮记》传奇的情节更为丰富曲折,所以结构就更为惨澹经营。吴梅《情邮记跋》评云:

> 吕药庵读此记,比诸武夷九曲,盖就剧中结构言之。余谓此剧用意,实似剥蕉抽茧,愈转愈隽,不独九曲而已……石渠他作,头绪皆简,独此曲刻意经营。文心之细,丝丝入扣,有意与阮圆海(按,即阮大铖)争胜也。①

剧中因刘乾初错认王慧娘、贾紫箫,而陡起关目波澜,有自然之趣,无牵强之痕。以驿亭的题壁诗维系姻缘,虽头绪多端,而丝连紧密,绝无支离之弊。

第三是人物刻画细腻生动。吴炳善于在对比中塑造人物形象,刻画人物性格。在他的传奇中,不仅有人物的正反、美丑的对比,如《绿牡丹》传奇中的谢英、顾粲与柳希潜、车本高,《西园记》传奇中的张继华与王伯宁,《疗妒羹》传奇中的颜氏与苗氏,《画中人》传奇中的庾启与胡图等等;而最可称道的,是相似人物的对比,即叶昼在《水浒传》小说第三回评语中所说的"全在同而不同

---

① 王卫民编:《吴梅戏曲论文集》,第447页。

处有辨"①。如《西园记》传奇里的王玉真与赵玉英,同是大家闺秀,玉真从小父母双亡,寄养赵家,因而性格拘谨羞怯;而玉英生前则多愁善感,哀怨悱恻,死后则大胆泼辣,敢作敢为。又如《画中人》传奇中的胡图与《西园记》中的王伯宁,"同一俗物。而写胡图处,语语绝倒,写伯宁处,则语语爽快"②。

第四是"词彩艳冶,音律谐美"③。吴炳十分注重传奇的音律,黄宗羲给叶宪祖写的墓志铭载:"石渠院本,求公诋诃,然后敢出。"④所以他的剧作曲调合律,便于场上。他的传奇语言风格优雅隽秀,曲白字字呕心沥血,却不留痕迹。吴梅《情邮记跋》评云:

> 至就文字论……字字呕心雕肝,达难达之意,言难言之情,使读者莫知其用笔所在。自是君身有仙骨,非后人所能摹效矣。

《画中人跋》认为:

> 至以填词之法施诸南北曲,亦唯粲花为工……粲花则雅而不巧,腴而不艳,字字从性灵中发,遂能于研炼中别开生面,此真剥肤存液之境。

即便是净、丑的曲词,历来为传奇家所不重视,吴炳也毫不忽视。吴梅《西园记跋》评《西园记》传奇说:

> 《冥拒》一折,尤为千古奇文,自有净丑以来,无此妙人妙语。【混江龙】一支痛詈纨绔子弟,【寄生草】曲又调侃文人。此等词宜击唾壶歌之,岂料出诸净角口吻。余故谓五种内净

---

① 《李卓吾先生批评忠义水浒传》,明万历间容与堂刻本。
② 吴梅:《西园记跋》,王卫民编:《吴梅戏曲论文集》,第443页。
③ 吴梅:《绿牡丹跋》,王卫民编:《吴梅戏曲论文集》,第441页。
④ 黄宗羲:《外舅广西按察使叶公改葬墓志铭》,《黄宗羲全集》第十册(杭州:浙江古籍出版社,1993),《南雷诗文集》卷上。

丑角，以此记为最也。且明人传奇，凡净丑诸色，皆不从身后着笔。此作直是创格，当与《绿牡丹·帘试》出，同为破天荒之作。①

对于吴炳传奇的总体评价，李渔在《闲情偶寄》卷之三《科诨第五·忌俗恶》中说：

> 吾于近剧中取其俗而不俗者，《还魂》而外，则有《粲花五种》，皆文人最妙之笔也。《粲花五种》之长，不仅在此。才锋笔藻，可继《还魂》；其稍逊一筹者，则在气与力之间耳。《还魂》气长，《粲花》稍促；《还魂》力足，《粲花》略亏。②

此外，陈栋《北泾草堂曲论》评云："边幅稍狭，风韵洒如"③；梁廷楠《曲话》卷三评云："情致有余，而豪宕不足"④。吴炳之所以气促、力亏、边幅稍狭、豪宕不足，病根不在传奇艺术本身，仅就传奇艺术而言，他无疑要比汤显祖精致雅妙得多；他的病根在文化精神上，无论是对社会现实的洞察还是对人性的精微的审视，吴炳都要远比汤显祖短视得多。

二、孟称舜：始若不正，卒归于正

孟称舜（约1600—1684后），字子塞，或作子若、子适，别署小蓬莱卧云子、花屿仙史。会稽（今浙江绍兴）人。明崇祯间诸生，屡举不第，尝入复社、枫社。清顺治六年（1649）贡生，授松阳训导，修学建田，以教化为己任。顺治十二年（1655）辞归。所撰戏曲12种，杂剧5种：《桃花人面》（一名《桃源三访》）、《英雄成败》

---

① 依次见王卫民编：《吴梅戏曲论文集》，第447页，第443页，第443页。
② 《中国古典戏曲论著集成》第七册，第62—63页。
③ 任讷辑：《新曲苑》（上海：中华书局，1940）。
④ 《中国古典戏曲论著集成》第八册，第272页。

（一名《残唐再创》）、《眼儿媚》、《花前一笑》、《死里逃生》（一名《伽蓝救》），皆存；传奇7种：《娇红记》、《二胥记》、《贞文记》，今存，《二乔记》、《赤伏符记》、《风云记》、《绣被记》，已佚①。

《娇红记》传奇，一名《鸳鸯冢》，是孟称舜的代表作，现存明崇祯间刻本，凡二卷五十出，作于崇祯十一年（1638），叙写申纯和王娇娘情深百折、凄绝感人的爱情故事。申、王故事为北宋宣和间实事，元人宋梅洞曾作《娇红传》小说，成为后世戏剧的蓝本。元明杂剧、戏文、传奇，都有这一题材的作品，但大多"种种情态，未经描写"，未能"极其情之必至"②。而《娇红记》则超迈诸剧，极力铺写申、王的曲折离合与幽邃情怀，细腻入微，纤毫不爽，正如陈洪绶所称扬的："十分情十分说出，能令有情者皆为之死。"（第四十五出《泣舟》眉批）马权奇《鸳鸯冢题词》也说："深于情者，世有之矣，能道深情委折微奥——若身涉之，顾安得再一子塞乎？"（卷首）

在春光明媚的季节里，深闺女子王娇娘深深地感慨："婚姻儿怎自由？好事常差谬，多少佳人错配了鸳鸯偶！"（第十出《拥炉》【金络索】之二）她决心大胆地"自求良偶"，说道：

> 奴家每想，古来才子佳人，共谐姻眷，人生大幸，莫过于斯。若乃红颜失配，抱恨难言。所以聪俊女子，宁为卓文君之自求良偶，无学李易安之终托匪材。至或两情既惬，虽若吴紫玉、赵素馨，身葬荒丘，情种来世，亦所不恨。（第四出《晚

---

① 关于孟称舜的生平事迹，参见徐朔方：《孟称舜行实系年》，见其《晚明曲家年谱·浙江卷》，第539—572页；朱颖辉：《孟称舜新考》，载《戏曲研究》第6辑（1982），第193—217页；郑闰：《孟称舜补考三则》，载《戏曲研究》第17辑（1985），第272—278页；邓长风：《孟称舜的生年及〈蚬斗蓢乐府〉的作者》，见其《明清戏曲家考略三编》（上海：上海古籍出版社，1999）。

② 吕天成：《曲品》卷下评沈受先《娇红记》传奇语。

绣》)

如此大胆的看法,是过去的佳人们敢想而不敢说,敢说也不敢做的。可是王娇娘却敢想,敢说,也敢做。

王娇娘所谓的"良偶"是什么样的人呢?她深情地说:"但得个同心子,死共穴,生同舍,便做连枝共冢,共冢我也心欢悦!"(第四出《晚绣》【五更转】之三)"同心子",就是志同道合的人。这不仅止于男女双方的相怜相爱,而且是对双方的人品、道德、感情、旨趣的真正了解,是两人之间忘我的爱。

王娇娘很幸运,她的表哥,风采翩翩的秀才申纯,因为落第,来到她家。申纯和王娇娘朝暮相随,两相爱恋。这对热恋中的青年,经历了种种相互的试探和痛苦的相思,终于私自结合了。他们的结合是违背礼法的,因为他们的相爱就是不合时俗的。但是,真正的才子,真正的佳人,是不会顾忌、更不会屈从世俗的礼法的。

后来申纯高中进士,王娇娘的父亲王文瑞同意了他们的婚事。不料平地起风波,权势煊赫的帅节镇派人为他的儿子逼娶王娇娘。王文瑞无可奈何,只好答应婚事。王娇娘誓死拒婚,抱恨成疾,卧床不起。人们为劝说王娇娘嫁给帅家,骗她说申纯已经另娶他人了。王娇娘丝毫不怀疑申纯的爱情,她说:"相从数年,申生心事,我岂不知?他闻我病甚,将有他故,故以此开释我。"(第四十七出《芳殒》)这是一种多么深挚的了解和信任啊!

果然,当王娇娘自尽以后,人们以礼义劝说申纯:"岂得过尔伤心,有乖大义。"申纯悲愤地说:"我与娇娘情深义重,百劫难休。他既为我而死,我亦何容独生?"(第四十八出《双逝》)所以他也绝食身亡,相从娇娘于九泉之下。要不是为了这样的"同心子",王娇娘怎能以身殉情呢?全剧结尾,王、申两家,将申纯和王娇娘的尸体合葬。从此以后,他们的坟墓上常常有一对鸳鸯相向对鸣,人们把这个坟墓称作"鸳鸯冢"。

也许王娇娘心里早就明白,她要和"同心子"结为"良偶"的要求,实在是一种奢望,在现实社会中是可望而不可即的。所以她从一开始就抱定了以死殉情的决心:"情种来世,亦所不恨"!这种生死相许的爱情,与强大的封建强权压迫激烈冲突,凝聚成惊天地、动鬼神的悲剧,具有震撼人心的审美力量。明初刘兑的《金童玉女娇红记》杂剧改申、王的死离为生合,明中期沈受先的《娇红记》传奇也"以申、娇不终合也合之"①,变悲剧为喜剧,其精神旨趣与孟称舜的传奇真不可同日而语。

但是,孟称舜一面讴歌爱情理想:"则愿普天下有情人做夫妻呵,——的皆如心所求。"(第五十出《仙圆》【尾声】)一面又发展了《娇红传》小说原有的礼教思想,自觉地以理说情,以情归理。他在《题词》中说:

> 传中所载王娇、申生事,殆有类狂童淫女所为,而予题之"节义",以两人皆从一而终,至于没身而不悔者也。两人始若不正,卒归于正,亦犹孝已之孝,尾生之信,豫让之烈,揆诸理义之文,不必尽合,然而圣人均有取焉。(刻本卷首)

王业浩《鸳鸯冢序》称道:

> 且阿娇非死情也,死其节也;申生非死色也,死其义也。两人争遂其愿,而合于理之不可移,是《鸳鸯记》而节义之也,正为才子佳人天荒地老不朽之净缘,以视紫玉、韩童辈,胜气更凛凛烈烈。(刻本卷首)

陈洪绶《节义鸳鸯冢娇红记序》也评道:

> ……而申、娇两人能于儿女婉娈中,立义之标范,其过之不甚远也哉?则子塞此辞,所以言乎其性情之至也,而亦犹

---

① 吕天成:《曲品》卷下。

之乎体明天子广励教化之意而行之者也。(刻本卷首)

剧作全名《节义鸳鸯冢娇红记》,孟称舜之所以冠以"节义"二字,就是要着意表彰男女主角对爱情忠贞不渝的节烈义勇精神,并认为这与封建传统的"节义"道德观是貌离神合的,从而为有乖礼教的私情贴上封建道德的"金",这对汤显祖所极力标榜的至情理想和个性解放的追求,无疑做了釜底抽薪式的改造!

《娇红记》传奇曲辞华美而自然,幽清雅艳,深情绵邈,实为慧心独创。王业浩《鸳鸯冢序》:"至其摛词遣调,隽倩入神,据事而不幻,沁心而不淫,纤巧而不露,酸鼻而不佻,临川(按,指汤显祖)让粹,宛陵(按,指梅鼎祚)让才,松陵(按,指沈璟)让律,而吴苑玉峰(按,指王玉峰)输其浓至淡荡,进乎技矣。"陈洪绶《节义鸳鸯冢娇红记序》也评道:"若其铸辞冶句,超凡入圣,而韵叶宫商,语含金石,较汤若士欲拗折天下人嗓子者,又进一格。"

孟称舜作于清初的《贞文记》传奇①,进一步发展了《娇红记》传奇"邃于理而妙于情"的创作思想(王业浩《鸳鸯冢序》),叙元朝浙江松阳人张玉娘与表兄沈佺幼订姻盟,抗拒尚书公子王娟的倚势逼婚。后因张父悔婚,沈佺卧病不起,伤情殒命。玉娘不惜以身殉情,不食而亡,她的婢女紫娥、霜娥自缢同殉,所蓄鹦鹉也哀叫而绝。张家使玉娘与沈佺合葬,二婢及鹦鹉一起殉葬,人称"鹦鹉冢"。

张玉娘殉节,是元初实事,具见《松阳县志》。据孟称舜《贞文记题词》载,他在明崇祯十三年至十五年(1640—1642)间,赴松阳探亲,"乃与松邑好义诸子,募资立祠墓后,名之曰'贞文祠'。而其遗迹之奇,不被诸管弦,不能广传而征信,因撰传奇布之"(刻本

---

① 参见黄仕忠:《孟称舜〈贞文记〉传奇的创作时间及其他》,载《浙江大学学报》(人文社会科学版)2009年第1期,第76—84页。

卷首)。他为什么对这一事迹耿耿于怀呢？原来他从张、沈的儿女之情中又看到了难能可贵的节烈之义。《题词》说：

> 男女相感，俱出于情，情似非正也，而予谓天下之贞女必天下之情女者何？不以贫富移，不以妍丑夺，从一以终，之死不二，非天下之至种情者而能之乎？然则世有见才而悦、慕色而亡者，其安足言情哉？必如玉娘者而后可以言情。此此记所以为言情之书也。孟子曰："乃若其情，则可以为善。"则此书又即所为言性之书也。

这种理在情中，情即是理，言情即是言理，情之至则理之至的主张，鲜明地表现了情欲道德化的思想趋向，昭示出由汤显祖倡导的以情为主、情理对立的人性观念在明末清初发生了深层的倒退。

孟称舜的《二胥记》传奇，本事出《史记》卷六六《伍子胥列传》及卷四十《楚世家》，叙春秋时楚人伍子胥与申包胥亡楚、复楚的故事，多所缘饰。原其本心，颇致慨于明王朝的风雨飘摇，所以他说："怕则怕向秦庭空泪洒，万载孤臣相似也。且则是卧向山庄闲听暮蛙。"(第三十出《锦圆》【尾声】)剧中借题发挥，抨击明季腐败政治之处，在在皆是。

孟称舜还是明末著名的戏曲理论家。他在崇祯六年(1633)编纂了《古今名剧合选》，收录元明杂剧56种，按照婉丽和雄爽的不同风格，分为《柳枝集》和《酹江集》，并写下大量批语。这些批语和他的《古今名剧合选序》，表达了他精辟的艺术见解和戏剧观念。他提出"因事以造形，随物而赋象"，撰曲者"应该化其身为曲中之人"，习唱者应"置身场上"，豪放与婉丽是"各有攸当"的不同风格，不应抑此扬彼等等，都是深有见地的。

三、阮大铖：寓意自嘲，情文宛转

阮大铖(1587—1646)，字集之，号圆海、石巢，别署百子山樵。

怀宁(今安徽安庆)人,后迁居桐城。万历四十四年(1616)进士,累官至户科给事中。初为东林党人,以清流自命。但为人器量褊浅,首鼠两端,天启间阴结宦官魏忠贤。崇祯初任光禄寺卿,阉党败,以附逆罪削职为民。后移家金陵,治亭榭,蓄声伎自娱,依附督抚马士英。福王立,任兵部侍郎、尚书。后降清,从攻仙霞关,释马疾走,仆石上死。著有《咏怀堂诗》。所撰传奇11种:《春灯谜》、《燕子笺》、《双金榜》、《牟尼合》4种,合称《石巢传奇四种》,现存崇祯间吴门毛恒刻本等;《忠孝环》、《桃花笑》、《井中盟》、《狮子赚》、《赐恩环》、《老门生》、《翠鹏图》7种,已佚①。

《石巢传奇四种》都作于崇祯年间阮大铖罢官居南京以后,当时他遭到清流的非议,匿居无聊,杜门谢客,蓄养声伎,韬光晦迹,所以这些传奇大都凭空虚构,隐寓自嘲、自辩之意。张岱《陶庵梦忆》卷八"阮圆海戏"条评云:

> 阮圆海大有才华,恨居心勿静,其所编诸剧,骂世十七,解嘲十三,多诋毁东林,辩宥魏党,为士君子所唾弃,故其传奇不之著焉。②

的确,文学艺术创作从来就不是单纯地娱情遣意的游戏,它必然或多或少地要烙上作家的生平经历和思想意趣,传达作家的现实感受和审美趣味。

如《春灯谜》传奇叙湖南湘乡学使宇文行简之子宇文羲、宇文彦与枢密院使韦初中之女影娘、惜惜的颠倒姻缘。全剧以错认作为结构主眼:男入女舟、女入男舟,兄娶次女、弟娶长女,以媳为女,以父为岳,兄豁弟之罪案,师以仇人为门生等等,为数有十,所以又

---

① 关于阮大铖的生平事迹,参见《明史》卷三〇八本传等。并见胡金望:《人生喜剧与喜剧人生——阮大铖研究》(北京:中国社会科学出版社,2004)。
② 张岱:《陶庵梦忆》(上海:上海古籍出版社,1982),第74页。

名《十错认》。阮大铖自述作意云：

> 满盘错事如天样，今来兼古往，功名傀儡场，影弄婴儿像，饶他算清来，到底是个糊涂帐。（第三十九出《表错》【清江引】）

这无疑包含着对自己误陷党争之中的感慨。《曲海总目提要》卷十一"春灯谜"条评云：

> 按大铖当崇祯时作此记，其意欲东林持清议者，怜而怨之，言己是误上人船，非有大罪。通本事事皆错，凡有十件，以见当时错认之事甚多，而己罪实误入也。《沉误》一出，是大关目。搜出笺纸，遂捆缚批明罪犯，欲沉水中。宇文生哭诉……韦节度不听，竟沉于水。以见己与（崔）呈秀，不过书札往还，无别件事情也。宇、韦于元宵打灯谜，生出无限波澜，故标此三字曰《春灯谜》，亦寓意彼时朝局人情，有如猜谜云。

《燕子笺》传奇是阮大铖的代表作，叙唐代士子霍都梁和名妓华行云、尚书之女郦飞云之间因误会而造成的爱情故事。因剧中有飞云题诗于笺，被燕子衔去，落入霍都梁手中，使两位并不相识的青年双双陷入相思之中，故名《燕子笺》。《曲海总目提要》卷十一"燕子笺"条评云：

> 按剧中霍都梁，大铖自寓也。先识妓女华行云，行云是门户中人，以比（崔）呈秀。后娶郦飞云，是贵家之女，以比东林。是时东林及呈秀之党相攻，皆互诋为门户也，其云："朱门有女，与青楼一样"，暗诋东林也。其云："走两路功名的是单身词客"，大铖自比两路兼走，未尝偏着一党也。生因场期改夏，初欲回家去，店主人云："功名大事，没有打回头的道理"，生因问及昔年相与华行云，以见不得更掌科，不得已乃

投呈秀也。生云:"丹青是我画,诗笺是郦小姐真笔,供说燕子衔来,就浑身是口,谁人肯信? 定要受刑问罪。"以燕子比(杨)维垣,言其代奏已疏,以致获罪。生入节度使贾公幕,改名卞无忌,大铖自比入(马)士英之幕,便可无忌惮矣。

这一说法固然有穿凿附会之嫌,但此剧隐寓阮大铖自辩之意还是显而易见的。

《双金榜》传奇叙洛阳秀才皇甫敦受人诬陷,判罪流放,后得昭雪,父子夫妻团圆,同样隐寓阮大铖"无辜受屈"、欲求洗雪的苦衷。他在《小序》中说:

> 要其大意,于以见坎止屡楼,冤亲圆相,众生之照,心失而无明起也。盲攻瞆诋,大约茧茧焉,如皇甫氏之父子弟兄尔。

(刻本卷首)

吴梅《双金榜跋》说:

> 记中皇甫敦,又名黄辅登,攀附登龙,义取暗射,即指高攀龙。孝标为刘,皇甫孝标,即指蕺山(按,即刘宗周)。孝绪为阮,盖即自指。以东洛喻东林,以东粤喻东厂。入粤后屡言番鬼,鬼者,魏也。莫佽飞窃珠,亦窥窃神器之意。《廷讦》一折,意谓己与蕺山同属高攀龙门下,不宜相煎太急。通番一案,即言逆案。总不外自表无罪,乞怜清流之意。①

此说略本据《曲海总目提要》卷十一"双金榜"条,虽然也穿凿太过,但还是有助于我们了解此剧寓意的。

《牟尼合》传奇,一名《牟尼珠》、《摩尼珠》、《马郎侠》,叙梁武帝孙萧思远因恶人封其蔀的奸谋,以致一家离散,又因不从海盗,险遭不测,最后终得平反。这显然也是作者的自寓之作。

---

① 王卫民编:《吴梅戏曲论文集》,第436页。

阮大铖的传奇作品,内容空泛,情趣庸俗,格调不高。如《燕子笺》传奇的结局,叙郦飞云和华行云为争封诰,闹得不可开交,两人又不坦白地说清楚,反而假惺惺争着以出家相要挟。爱情的归宿,竟成为名利的争夺,这岂非隐逗出阮大铖本人对功名利禄的热中迷恋吗?在他的剧中,所有矛盾与冲突都被泛化为"傀儡灯前,排场喝彩",人生即是戏场,生活不过是逢场作戏,这正是阮大铖的人生哲学。复社文人陈贞慧《书事七则》评阮大铖的传奇说:"诸乐府音调旖旎,情文宛转,而凭虚凿空,半是无根之谎,殊鲜博大雄豪之致",实为"靡靡亡国之音"①。这虽然带有门户意气,但还是有的放矢的。清叶堂《纳书楹曲谱》续集卷三也贬抑《燕子笺》说:

    阮圆海以尖刻为能,自谓学玉茗堂(按,指汤显祖),其实全未窥见毫发。笠翁(按,即李渔)恶札,从此滥觞矣。②

的确,《石巢传奇四种》远远不如《临川四梦》,这主要不是因为艺术水平的逊色,而是由于艺术精神的沦丧。清初李渔走的也是这一路数。

  当然,阮大铖的文学修养很高,又精于词曲,通晓舞台演出伎艺,家中还蓄养戏班,所以在戏曲艺术上取得了较高的成就,张岱《陶庵梦忆》卷八称赞道:"故所搬演,本本出色,脚脚出色,出出出色,句句出色,字字出色。"

  首先,阮大铖的传奇富于创造精神,张岱《陶庵梦忆》卷八评云:"如就戏论,则镞镞能新,不落窠臼者也。"这首先表现在他精于传奇艺术结构,善于运用误会手法安排剧情,往往情节曲折而脉络清晰,头绪纷繁而一丝不乱,文心极为细密,王思任《春灯谜记

---

① 陈贞慧:《书事七则》,收入《昭代丛书》(道光间刻本)戊集续编。
② 叶堂:《纳书楹曲谱》,乾隆五十七年(1792)刻本。

叙》评云:"文笋斗缝,巧轴转关,石破天来,峰穷境出。"(《春灯谜》传奇卷首)如《燕子笺》传奇中以题画误换构成扑朔迷离的情节,又以孟婆的两处治病,既作为霍都梁和华行云分离的原因,又作为霍都梁和郦飞云两人结合的媒介。全剧结构紧凑严密,细针密缝,照应妥帖。韦佩居士《燕子笺序》评道:

> 构局引丝,有伏有应,有详有约,有案有断,即游戏三昧,实御以《左》、《国》、龙门家法。而慧心盘肠,蜿纤屈曲,全在筋转脉摇处,别有马迹蛛丝、草蛇灰线之妙。介处,白处,有字处,无字处,皆有情有文,有声有态,以至眉轮眼角,衣痕袖褶,茗碗香炉,无非神情,无非关锁,此亦未易与不细心人道也。(《燕子笺》传奇卷首)

当然有时也不免过于纤巧,流于浅薄。

第二,阮大铖的传奇相当注重舞台演出效果,不仅音律和谐,而且讲究排场热闹。他的传奇一般严守昆曲格律,便于场上演唱。文震亨《牟尼合题词》评《春灯谜》云:

> 识者推重,谓不特串插巧凑,离合分明,而谱调谐叶,实系词家嫡宗正派,非拾膏借馥于玉茗《四梦》者比也。(《牟尼合记》传奇卷首)

吴梅《牟尼合跋》评云:

> 《竞会》折〔梁州新郎〕内夹〔水底鱼〕二曲,《分珠》折〔赚〕曲后接〔忆多娇〕、〔斗黑麻〕,《索唉》折〔二郎神〕下紧接〔六么令〕四曲,再用〔山坡羊〕二曲,皆合排场搬演,紧慢相次,迟速合度。此等承接,虽梁伯龙(按,即梁辰鱼)、张凤翼,且未能知之也。①

---

① 王卫民编:《吴梅戏曲论文集》,第437页。

更具特色的是,阮大铖的传奇尤重排场热闹,着意造成强烈的舞台效果。吴梅《双金榜跋》评云:

> 明人传奇,多喁喁儿女语。独圆海诸作,皆合歌舞为一,如《春灯谜》之龙灯,《牟尼合》之走解,《燕子笺》之走象、波斯进宝,及此记之煎珠踏歌,皆耳目一新,使观场者迷离惝恍,此又明季词家所无有者矣。①

注重传奇戏曲排场的热闹,成为清初许多传奇作家的共同追求,阮大铖的首创之功,实不可没。

第三,曲辞工丽,精美典雅,韵味隽永。如吴梅《春灯谜跋》评云:"此记用笔最淡,四种中文字以此为最平正……余最爱《报溺》、《巧忆》、《泄笺》诸折,其词如春蘼秋棠,不尚词藻,别饶幽艳。此境惟圆海有之,他人不能也。"又《双金榜跋》评云:"通本情节诙诡,梵典图经,恣意渔猎。非胸罗书卷,笔具辘轳,不能道只字也。"②曹履山《牟尼合记序》评云:"语语由衷,半字不寄篱下。总若天风自来,悉成妙响。"文震亨《牟尼合题词》云:"触声则和,语态则艳,鼓颊则诙,摘藻则华,伸义则侠,结想则幻,入律则严。其中有灵,非其才莫能为之也。"(并见《牟尼合》传奇卷首)在《石巢传奇四种》中,尤以《燕子笺》、《春灯谜》二种,曲文隽妙,脍炙艺林,传播最广。

第四节　讽世剧与时事剧

中国古代早就有"优谏"的传统,优人或俳儒用诙谐机智的语言向国君讽谏,使国君在哑然失笑中乐于接受批评,改正过失。司

---

① 王卫民编:《吴梅戏曲论文集》,第436—437页。
② 依次见王卫民编:《吴梅戏曲论文集》,第439—440页,第436页。

马迁《史记·滑稽列传》中,对此多有记载。唐宋时期的参军戏继承了这一传统,进而以时事为题材,针砭时弊,鞭挞奸佞。如岳珂《桯史》所记"二圣环",伶人竟敢冒杀身之险,讥刺权贵秦桧。元人杨维桢重视这种"优谏"的传统,在《优戏录序》中说:"优戏之技虽在诛绝,而优谏之功岂可少乎?"在《朱明优戏序》中还说:"俳优侏儒之戏","或有关于讽谏,而非徒为一时耳目之玩也"①。明代戏剧家继承这一传统,创作出一批尖锐泼辣的时事讽刺剧。

由于晚明社会政治极端黑暗,当时的传奇作家在高度激扬主体情感、讴歌至情理想的同时,也表现出对黑暗社会的荒谬感受、对理想政治的迷惘追求和对封建末世的深沉喟叹,如汤显祖的后"二梦"、孙钟龄的《东郭记》等。随着明朝社会危机的日益加剧,心学思潮渐次消歇,而实学思潮方兴未艾,于是这种感受、追求和喟叹又合乎规律地沉淀为清醒的现实批判精神和忠诚的伦理救世思想,酿造出林林总总的时事剧,开启了清初苏州派传奇的创作精神。

一、孙钟龄的讽世剧

孙钟龄,字仁孺,号峨眉子,别署白雪楼主人、白雪道人。籍里、生平均未详。所撰传奇《东郭记》、《醉乡记》,合刻为《白雪楼二种曲》,现存明崇祯三年(1630)刻本等。

《东郭记》凡二卷四十四出,作于万历四十六年(1618)秋以前。作者以《孟子·离娄下》"齐人有一妻一妾而处室者"一章为经,以《孟子·滕文公下》的陈仲子事为纬,杂取《孟子》中若干人物事迹,演述成篇,刻意讽刺了在黑暗的齐国社会里,齐人、王子敖、淳于髡等衣冠士人如何不择手段地谋取富贵利达的丑恶行径。

---

① 杨维桢:《东维子文集》(《四部丛刊》影印鸣野山房钞本),卷十一。

作者一反常套,让品质卑劣的齐人在剧中由生角扮演,使生角的扮相和表演规程同净、丑的性格灵魂集于一身,形成强烈的反差和鲜明的对比。齐人在他的一伙无赖汉朋友中,似乎鹤立鸡群,他自诩为目空一世的英雄,人亦视为玩世不恭的豪杰。但他的所作所为却无一不是"花脸勾当":他扮乞儿,游街市,交一班狐群狗党;自媒婚,钻穴隙,骗取了娇妻美妾。他求乞于东郭墦间,厚颜无耻;谋进于旧友门下,贿赂公行。他一朝腾达,独占"垄断"以求富贵;骤然贵盛,翻盖宫室以享宴乐。

更有甚者,齐人虽然深谙世情三昧,依旧自觉地我行我素。他未出仕前就洞彻世态,说:"妾妇名流,兼金世界,说甚清廉道义?笑饿士西山无气色,大盗东陵有面皮,吾徒听不羁。""望天涯奋飞,相看短气,论先资,全在无廉耻。"(第二出《人之所以求富贵利达者》【破齐阵引】、【金落索】)这是一个道德沦丧、世风日下的社会,只有不顾廉耻,才能发迹变态。为什么齐人要行乞墦间呢?原来他深知:"执荆藜以前进,持筐筥而远行","这都是近来求富贵的机关也。"(第二出《人之所以求富贵利达者》)所以他明知官场污浊,偏向浑水摸鱼,着意以卑鄙的手段满足富贵利达的欲求。谋得高官厚禄以后,齐人更大言不惭地教诲他人:"虽有智慧,不如乘势;虽有镃基,不如待时。""吾侪不免还相哄,镇终朝俗状尘容。仕宦里穿逾旧迹,士夫每妾妇余风。"(第四十四出《由君子观之》)直到辞官归隐时,他还自我标榜:"想那道学先生正是我辈耳。"(第四十三出《殆不可复》)"这花面觉道冠裳颇为众。"(第四十四出《由君子观之》)

总而言之,"妩媚入时,机谋善世",是齐人的为人;"金玉其外,败絮其中",是齐人的特质;内奸外善,口是心非,更是齐人的心胸。作者的审美注意始终集中在以"春秋笔法"和冷静口吻揭开齐人那麒麟皮下的马脚。齐人"行乞墦间"、"独占垄断"和"冠裳觉道"的经历,不正是封建士大夫"熙攘名利中"的生活三部曲吗?不正是奔竞于仕途、辗转于官场、假容于山林的封建士大夫群体心态的象征吗?正如齐人所说的:"当今仕途中,那一个不做这花脸勾当乎?"(第四十一出《其妻妾不羞也》)这正是:"曲传东郭非嘲讽,则索把齐人尊捧,君不见尽处熙攘名利中。"(第四十四出《由君子观之》【尾】)

剧中的其他人物也多是齐人之流。如王子敖以行窃所得贿赂当道,居然步步高升;淳于髡靠滑稽戏谑,谋得高官;而陈贾、景丑之流,扮作妇人,谄媚权贵,也得到重用,如此等等。只有陈仲子一人高洁自爱,但却穷愁潦倒。凡此种种,深刻地揭露了晚明社会贿赂公行、毫无廉耻的现实状况。作者自云:

> 莫怪吾家孟老,也知遍国皆公,些儿不脱利名中,尽是乞墦登垅。　　长袖妻孥易与,高巾仲子难逢。而今不贵首阳风,索把齐人尊捧。(第一出《离娄章句下》【西江月】)

《曲海总目提要补编》"东郭记"条评云:

> 皆以点破世态炎凉。且以齐人无赖如此,而致位尊显,以讥嘉、隆、万历间公卿贵人也。又借淳于口中,言淳于髡固文士,非将材,以讥彼时文人也。[1]

《醉乡记》传奇凡二卷四十四出,叙才华横溢的乌有生偕毛颖、陈玄、罗文、褚先生四友,漫游醉乡,受到情魔与穷鬼的戏弄,在婚姻与科举中,乌有生频遭白眼冷落,而不学无术的白一丁、铜士臭等却得以洞房花烛、金榜题名。后来,乌有生先后设祭,拜表文昌,祈祷织女。于是吴刚逐去情魔,魁星、朱衣战败穷鬼,乌有生与四友终于得中进士。此剧也是游戏笔墨,嬉笑怒骂地

---

[1] 北婴编著:《曲海总目提要补编》,北京:人民文学出版社,1959。

讽刺了是非颠倒、贤愚不分的黑暗现实。王克家《刻醉乡记序》云：

> 苏子瞻遇不畅志，托《睡醉乡记》以寄牢骚。吾友孙仁孺，才未逢知，更谱《醉乡传》以写情事。其所载铜、白多金而先售，欧阳蒙目而误收，穷鬼、情魔从中磨折，自有天地，便有此等，何足为怪！顾一经描写，勘尽世情，真与《西游》、《水浒》尽其变，《道德》、《南华》并其幽，《法华》、《楞严》同其妙。（刻本卷首）

《白雪楼二种曲》都是讽刺喜剧，以夸张的手法，极写社会的丑态，造成强烈的讽刺效果，具有很高的艺术价值，成为明清传奇中讽世剧的白眉。祁彪佳《远山堂曲品》评《东郭记》云："掀翻一部《孟子》，转转入趣。能以快语叶险韵，于庸腐出神奇，词尽而意尚悠然。迩来作者如林，此君直凭虚而上矣。"评《醉乡记》云："孙君聊出戏笔，以广《齐谐》，设为乌有生、无是公一辈人，啼笑纸上，字字解颐。词极爽，而守韵亦严。"

二、蔚然大观的时事剧

在明代末年，由于社会矛盾日益尖锐激化，明王朝陷入危机之中；由于实学思潮激发了改良政治、批判现实的社会思想，"经世致用"、"实事求是"的学术思想和反映现实、干预政治的文学思想；由于社会上的人们，尤其是文人士大夫，普遍重视、密切关心国家的兴亡，积极投身或热烈关切当时激烈的政治斗争；也由于传奇的实用倾向不断加强，于是剧坛上涌现出一大批直接反映当代政治斗争的作品，展示了崭新的时代风貌。这些作品在当时人们即以"时事剧"称之，如卓人月评袁于令《玉符记》传奇"直陈崔、魏事",是"愤时事而立言者"①;祁彪佳《远山堂曲品》评陈开泰《冰山记》"传时事而不牵蔓",评阙名《孤忠记》"聊述魏珰时事"等。

明清时期时事剧,呈现出一个马蹄形的发展状态。天启年间以前的时事剧,只有寥寥数种,如记严嵩父子作恶的《鸣凤记》(阙名)、《鸾笔记》(阙名),记李应祥平播事的《平播记》(张凤翼),记葛成民变事的《蕉扇记》(阙名),记魏学曾、叶梦熊赐剑平"贼"事的《龙剑记》(吴大震)等②。这是时事剧的萌芽期,还不成气候。从明代天启年间到清代顺治年间,时事剧的创作如雨后春笋,破土而出,一发不可收拾,仅可考知本事的传奇作品就有约42种。这是时事剧的鼎盛时期。清代顺治末年以后,文网渐密,可称为时事剧的只有《遗爱集》(陆曜、程端合撰)、《三春梦》等屈指可数的几种③,时事剧几乎销声匿迹了。这是时事剧的衰落期。

由此可见,明清之际正是时事剧创作的高峰时期,几乎所有重大的政治斗争都有相应的时事剧作品加以反映。如写"万历民变"的,有阙名的《蕉扇记》和李玉的《万民安》;写明末农民起义的,有朱葵心的《回春记》、沈嵊的《息宰河》、李玉的《两须眉》、刘键邦的《合剑记》等;写明朝抵御清兵和甲申、乙酉间社会大变乱的,有许以忠的《三节记》、徐应乾的《箒虏记》、朱葵心的《回春记》、李玉的《万里圆》等。而为数最多的,是反对魏忠贤暴政、歌颂东林党人的时事剧,张岱《陶庵梦忆》卷八"冰山记"条云:"魏败,好事者作传奇十数本",现知剧目的即有18种,详见下表:

---

① 卓人月:《蟾台集》(明崇祯间刻本),卷二《孟子塞残唐再创杂剧小引》。
② 《鸣凤记》传奇,现存明万历间刻本;《鸾笔记》、《平播记》、《龙剑记》,均佚,吕天成《曲品》著录;《蕉扇记》,亦佚,清道光《苏州府志·杂记》著录。
③ 《遗爱集》杂剧,现存清康熙间刻本,叙康熙初常熟县令于宗尧清廉事;《三春梦》传奇,记清初蒙阳高君信州事,《昆弋雅调》仅存残出。

作家	作品	存佚	备考
范世彦	磨忠记	存	祁彪佳《远山堂曲品》著录
高汝拭	不丈夫	佚	同上
陈开泰	冰山记	佚	同上
王应遴	清凉扇	佚	同上
王元寿	中流柱	佚	同上
盛于斯	鸣冤记	佚	同上
王玄旷	鹹隼记	佚	同上
穆成章	请剑记	佚	同上
阳明子	冤符记	佚	同上
三吴居士	广爱书	佚	同上
白凤词人	秦宫镜	佚	同上

作家	作品	存佚	备考
鹏鹦居士	过眼浮云	佚	同上
阙名	孤忠记	佚	同上
张岱	冰山记	佚	《陶庵梦忆》卷八著录
袁于令	玉符记	佚	卓人月《蟾台集》卷三《孟子塞残唐再创小引》著录
袁于令	瑞玉记	佚	《渔矶漫钞》卷三著录
清啸生	喜逢春	存	《东华录》、《全毁书目》、《违碍书籍目录》、及《禁书总目》均著录
李玉等	清忠谱	存	高奕《新传奇品》著录

由于清代严酷的文字狱,明清之际的时事剧虽有约42种,但幸存的却只有8种传奇作品。其中沈嵊的《息宰河》上节已述,李

玉的《清忠谱》、《两须眉》和《万里圆》,我们将在第十三章论李玉和苏州派作家时评论。此外还有4种:

(一)《磨忠记》,现存明崇祯间刻本,作者范世彦,字君澄,号暗甫,秀水(今浙江嘉兴)人,生平未详。

(二)《喜逢春》,现存明崇祯间刻本,作者清啸生,或误作清笑生,姓、名、字未详,金陵(今江苏南京)人,生平未详。

(三)《回春记》,现存明崇祯十七年(1644)序刻本,作者朱葵心,吴县(今属江苏)人,生平未详。

(四)《合剑记》,现存清初刻本,作者刘键邦,真定(今河北正定)人,明末诸生,生平未详。

明清之际的时事剧大抵取材于邸报笔记,并兼采民间传闻,鲜明地表现了反对权奸、反对暴政、反对专制统治的批判精神,这正是明末东林党人一贯的政治主张。这种批判精神的深刻性、尖锐性和广泛性,在中国古代文学史和思想史上是极为醒目的。

时事剧作家以犀利的笔触,揭露了魏忠贤专政时期政治的恐怖和黑暗。天启年间(1621—1627),魏忠贤任司礼监秉笔太监,倚恃皇帝朱由校,勾结奉圣夫人客氏,自掌东厂,"自内阁六部,四方总督巡抚,遍置死党"[①],一时有"五虎"、"五彪"、"十狗"、"十孩儿"之称[②]。《喜逢春》传奇里《无赖》、《行乞》、《候疾》、《庭辩》、《乞哀》诸出,《磨忠记》传奇里《忠贤落魄》、《入宫擅权》、《客氏得宠》、《练兵怀异》、《魏客结连》、《二奸献媚》诸出,生动地展现了魏忠贤落魄、钻营、擅权、专政,形成阉党统治的全过程,披露了专制统治黑暗如漆、污浊如泥的内幕。时事剧中杨涟、左光斗、魏大中、周宗建、周顺昌等廷臣惨遭毒刑、死于非命的残酷事实,正是阉

---

① 张廷玉等:《明史》(北京:中华书局,1974),卷三〇五《魏忠贤传》,第7823页。

② 郑仲夔:《耳新》(《丛书集成初编》本),卷七。

党罪恶统治的形象写照。

　　时事剧作家还用大量笔墨描绘了晚明"人务奔竞,苞苴恣行"的官场时风①。《回春记》传奇就是一本绝妙的"官场现形记"。剧中,明季官场一派腐朽糜烂的景象:"赤紧的翰林院那伙老子每钱上紧",试官们"都是些要人钱谄佞臣";县令专会"借钱神移坤转乾";武官呢,"无钱时那顾你斩将搴旗,有钱时谁究你弃甲投荒";胥吏们"扭曲作直取状笔,更狠似图财致命杀人刀"——总之,官场中的芸芸众生无一不是"为私忘公,为家忘国,只顾自己,那顾朝廷"。作者有意让上至省部台臣、下至胥吏门子的大小官吏们粉墨登场,对他们进行了严厉的审判:"盗贼呵,你比他心更莽;虎狼呵,你比他威更张","断送着大明社稷与封疆"(以上引文见第十三出《叛官殒元》,及第十一出《趋炎缩颈》,第十二出《恶奴骄首》)。《回春记》传奇撰成于崇祯十七年(1644)秋天,所写的正是这一年春夏发生的政治大事,表现了作者对风雨飘摇的国势所作的沉痛反思。

　　时事剧作家对黑暗政治的批判,不能不触及昏聩的君王,尽管是在有限的范围内,采用含蓄的手法。如《喜逢春》传奇里杨涟斥责魏忠贤"自恃着皇恩重"(第三十二出),认识到权奸得以逞恶,是倚恃皇恩的结果;并深深地感叹:"忠荩不为明主知"(第十出)。但是,他们仍然对贤明的君王寄托着莫大的希望,对恢复符合道德理想的封建秩序充满着盲目的信心,对政治伦理和道德规范的功能充满着坚定的信念。在他们看来,社会政治之所以黑暗,是因为不施行仁政德治,而推行惨无人道的专制统治;权奸邪佞之所以可恶,是因为他们权欲膨胀,图谋不轨,叛逆了正统的封建宗法制度;官场上下之所以腐败,是因为官吏们贪得无厌,损公济私,而违背

---

① 　张廷玉等:《明史》卷二四三《赵南星传》,第6300页。

了清廉正直的道德品质。因此,只要致力于惩恶扬善,封建制度就可以凭借自身的道德重整、秩序重建,治愈锢疾而获得新生。可见,时事剧的思想实质正是呼吁和促成封建社会政治结构的一次自我调整:"直须把谗臣退远,方能保社稷万年"(《磨忠记》第十一出《群忠共议》)。范世彦《磨忠记序》说得很明白:

> 是编也,举忠贤之恶,一一暴白,岂能尽罄其概,不过欲令天下村夫氂妇、白叟黄童,睹其事,极口痛骂忠贤,愈以题扬圣德。如曰为善究竟得芳,为恶究竟得臭,一言一动,皆有鬼神纠察,借以防范人心,又其剩意。则是编未必无益于世云。
> (《磨忠记》传奇卷首)

因此,时事剧作家着力歌颂高风亮节的忠臣义士,如《磨忠记》传奇里的杨涟,《喜逢春》传奇里的毛士龙,《回春记》传奇里的汤去三,《合剑记》传奇里的彭士弘等。他们关心民瘼,主张救民于水火之中,"驱除乳虎把苍生救"(《喜逢春》第十出《伏阙》)。《磨忠记》传奇中杨涟表白:"我何忍见四海苍生在水火间……真堪叹,生民的涂炭间,为官的莫敢言。"(第二出)《回春记》传奇中汤去三怒斥贪官污吏:"则索细端详,你道这金钱儿堆叠,都则是卖儿贴妇、质田典庄。"(第十出)他们一心忠君为国,《喜逢春》传奇里毛士龙说:"矢报国忠心一寸","一意把社稷图安"(第一出)。而更重要的是,他们钢筋铁骨,大节凛然,为砥柱狂澜,都视死如归,"乃信忠肝义胆,乾坤正气生成"(《合剑记》第一出《表略》【西江月】)。如《喜逢春》传奇里的毛士龙"百折刚肠誓不回",多次当面顶撞魏忠贤;被遣戍平阳时,还"束草为人,以像魏贼,闻他悖逆之事,即把他痛责"。此外,这些忠臣义士也有着"死报君王"的愚忠和"一点丹心垂万古"的渴望(《喜逢春》第一出《提纲》【玉楼春】),从而构成他们思想性格的复杂性,表现了封建社会里忠臣义士的真实品格。

一般地说,明清之际时事剧的艺术成就并不高。大量时事剧的佚失,固然由于清朝统治者的禁毁,如《喜逢春》、《广爱书》皆见于清乾隆间《禁毁书目》;但更重要的原因还是由于时事剧本身艺术上的粗糙疏陋。然而,当代的现实斗争毕竟是一种崭新的题材,时事剧在表现这种新题材时也多少显示出它们独特的艺术特色。

首先,在生活真实与艺术真实的关系上,大多数时事剧采取了既坚持写实精神,又发挥艺术虚构的创作方法。以曲为史,是时事剧作家共同的审美追求。如阙名评沈嵊《息宰河》传奇说:"有心世道之人,作深知时务之文,自无寒酸头巾语。人谓其熟史学,我谓其熟邸报,道人胸中真欲以曲作史。"①张岱《陶庵梦忆》卷八,曾批评某些时事剧创作违背生活真实的不良倾向说:"魏珰败,好事者作传奇十数本,多失实。"时事剧大都以当代的真人真事为蓝本,详备细致地展示了历史的状貌,而且往往具有史的规模和气魄。如祁彪佳《远山堂曲品》评王应遴《清凉扇》云:"此记综核详明,事皆实录。妖姆逆珰之罪状,有十部梨园歌舞不能尽者,约之于寸毫片楮中。以此作一代爱书可也,岂止在音调内生活乎!"

同时,为了服从主题需要,为了有利于人物性格刻画,也为了加强戏剧效果,时事剧作家还充分发挥了艺术想象和艺术虚构。不过,由于作家思想旨趣和艺术水平的庸劣,有的艺术虚构极其荒谬,如祁彪佳《远山堂曲品》评《磨忠记》云:"作者于崔、魏时事,闻见原寡,止从朝野传闻,杂成一记,即说神说鬼,去本色愈远矣。"有的艺术虚构则不免弄巧成拙,如《远山堂曲品》评阙名《孤忠记》云:"聊述魏珰时事,虽不妨翻实为虚,然如此不伦,终涉恶道。"

其次,在艺术结构上,由传奇剧本以生旦贯串全剧的体例所决

---

① 沈嵊:《息宰河》传奇(明末且居刻本),第一出《教忠》出末评语。

定,大多数时事剧作品都采用了纪事本末体和列传体相结合的总体结构。祁彪佳《远山堂曲品》评王元寿《中流柱》传奇云:"传耿朴公强项立节,而点缀崔、魏诸事,俱归之耿公,方得传奇联贯之法。觉他人传时事者,不无散漫矣。"又评陈开泰《冰山记》传奇云:"传时事而不牵蔓,正是炼局之法。"如《喜逢春》传奇以毛士龙一生事迹为主,《鸣冤记》传奇以胡天岳为生,《三节记》传奇写高衷白杖节死难,《阴符记》传奇专传刘侗初,等等,都是如此。

另外,时事剧还往往采用虚实照应、明暗相间的布局手法。有的以"摭实"即正面展开激烈的政治斗争为主,如《清凉扇》、《磨忠记》等;有的以"用虚"即侧面表现政治斗争见长,如祁彪佳《远山堂曲品》评白凤词人《秦宫镜》传奇云:"传崔、魏者,详核易耳,独此与《广爱书》得避实击虚之法,偏于真人前说假话。"又评三吴居士《广爱书》传奇云:"不尽组织朝政,惟以空中点缀。谑浪处,胜于怒骂。传崔、魏者,善摭实,无过《清凉扇》;善用虚,无过《广爱书》。"二者相比,"用虚"之法具有更高的艺术价值,所以李玉的《清忠谱》、《万里圆》等传奇即采用此法。

明清之际时事剧的盛极一时,表明负载着晚明进步文艺思潮的文人传奇,在一度濒临与封建正统观念决裂的边缘之际,又重新回到传统的正轨上来了。明清之际的时事剧上承《鸣凤记》传奇的现实批判精神和伦理救世思想,下启苏州派传奇的文化意蕴,在明清传奇史上占有重要的地位。

第三编　传奇的繁盛

（清顺治九年至康熙五十七年，1652—1718）

从清顺治九年（1652）至康熙五十七年（1718），共六十六年，是明清传奇的发展期。

吴伟业以文坛名流的身份，于顺治九年（1652）创作了《秣陵春》传奇①；后五年（1657），尤侗的《钧天乐》传奇脱稿②。李玉创作传奇虽始于明末天启、崇祯年间，以"一、人、永、占"（即《一捧雪》、《人兽关》、《永团圆》、《占花魁》）负盛名，但入清后方"绝意仕进，以十郎之才调，效耆卿之填词"③，在顺治十年（1653）前后进入传奇创作的极盛期。李渔自顺治五年（1648）移家杭州后，也开始了他专业戏曲家的活动④。清初四大传奇作家相继登上剧坛，标志着传奇文学创作新时期的开端。而"南洪北孔"（即洪昇和孔尚任）的出现，则成为这一时期的殿军，因此本期下限即以孔尚任

---

① 参见顾师轼：《梅村先生年谱》卷三，吴伟业：《梅村家藏稿》（《四部丛刊》影印武进董氏新刊本），附录。
② 见尤侗：《钧天乐》传奇卷首《自记》，及《悔庵年谱》卷上，均见《西堂全集》（清康熙间聚秀堂原刻本）。
③ 吴伟业：《北词广正谱序》，李玉等：《一笠庵北词广正谱》（清康熙间青莲书屋刻本），卷首。
④ 参见单锦珩：《李渔年谱》，《李渔全集》（杭州：浙江古籍出版社，1992），第十九卷。

的卒年(1718年)为断。

据不完全统计①,这一时期姓名可考的传奇作家约有128人,他们的传奇作品约有452种(几位作家合作的剧本只算一种,存疑的作品不计在内)。与勃兴期相比,作家人数减少了223人,作品减少了328种。然而,这一时期作家人均创作传奇为3.5种,比勃兴期的人均数(2.2种)增加了59%,这说明在总体上这一时期传奇作家的创作力比勃兴期作家更为旺盛。由此可见,这一时期传奇创作仍然相当繁盛,呈现出一种持续发展的态势,因此我们将这一时期称为明清传奇的发展期。

---

① 这一统计,主要根据庄一拂:《古典戏曲存目汇考》(上海:上海古籍出版社,1982),卷十一,扣除其中属于传奇勃兴期的作家如袁于令等和属于传奇余势期的作家如夏纶等。

第十一章 文化思潮与传奇繁盛

大而言之,发展期传奇创作最鲜明的特点,一是具有深厚的历史文化含蕴,二是具有旺盛的舞台艺术生命。前者根源于这一时期的文化思潮,后者则更多地与这一时期的剧坛动向相关。

第一节 动荡社会与感伤情怀

清顺治间,邹式金在《杂剧三集小引》中说:

> 迩来世变沧桑,人多怀感。或抑郁幽忧,抒其禾黍铜驼之怨;或愤懑激烈,写其击壶弹铗之思;或月露风云,寄其饮醇近妇之情;或蛇神牛鬼,发其问天游仙之梦。[①]

他指出了由清初动荡的现实所形成的两种貌似相逆、实则相成的文化思潮,以及这两种文化思潮对文学创作的不同影响。一种文化思潮是积极的、入世的,表现为故国之思和兴亡之叹,它更多地源出于儒家的传统;一种文化思潮是消极的、出世的,表现为风流之趣和世外之情,它更多地汲取了道家的风范。这两种文化思潮在清前期戏曲创作中组成了不甚谐和的双重奏,但却同样激发了传奇作家深沉的感伤情怀,从而深化了传奇戏曲的文化内涵,促进了传奇戏曲的持续发展。

---

① 《杂剧三集》(武进董氏诵芬室刻本,1941),卷首。

清代初年,改朝换代的大规模血腥搏斗,大明帝国一旦灰飞烟灭引起的巨大震惊,激烈的民族战争和残酷的民族压迫,所有这一切,促使许多文学家长歌当哭,抒发亡国的哀痛,宣泄郁愤的情怀,追究兴亡的原因,寻找社会的出路。人们对近在咫尺的亡明历史的反思,往往带着十分浓重的感情色彩。国破家亡的哀思,腥风血雨的感愤,流离失所的悲凉,兴明复国的希冀,流荡在各种文学作品中,组成了一支凄怆哀伤的"亡国之音"。例如,钱谦益《施愚山诗集序》说:

> 兵兴以来,海内之诗弥盛,要皆角声多,宫声寡;阴律多,阳律寡;噍杀恚怒之音多,顺成啴缓之音寡。①

朱彝尊《紫云词序》也说:

> 曩时兵戈未息,士之栖于山泽者,见之吟卷,每多幽忧凄戾之音,海内言诗者称焉。②

诗歌创作是如此,散文、小说、戏曲创作,又何尝不是如此?

除了改朝换代这种翻天覆地的变化以外,清初统治者的政治措施,对文人士大夫的心灵打击最大的约有四端:其一是"剃发令",其二是"科场案",其三是"奏销案",其四是"文字狱"。

"剃发令"的公布在顺治初年③。顺治元年(1644)四月,清摄

---

① 钱谦益:《牧斋有学集》(《四部丛刊》影印康熙甲辰初刻本),卷十七。
② 朱彝尊:《曝书亭集》(《四部丛刊》影印原刻本),卷四十。
③ 有关史料,详见张怡:《搜闻续笔》(收入《笔记小说大观》第八辑,台北);谈迁:《北游录》(北京:中华书局,1960);计六奇:《明季南略》(《台湾文献丛刊》第148种,台北,1963)等。参阅陈生玺:《清初剃发令的实施与汉族地主阶级的派系斗争》、《剃发令在江南地区的暴行与人民的反抗斗争》,见其《明清易代史独见》(郑州:中州古籍出版社,1991),第141—191页;〔美〕魏斐德(Frederic E. Wakeman Jr.)著、陈苏镇等译:《洪业——清朝开国史》(*The Great Enterprise*)(南京:江苏人民出版社,1992),第382—384页、第600页以下。

政王多尔衮率军入关,便下令关内外兵民剃发,一律改从满族的发式。但是由于南方未定,出于策略考虑,清廷又暂时收回成命,答应"照旧束发,悉从其便"①。第二年六月间,在一些明朝降臣的建议下,清政府重新下令,厉行剃发,宣布:"遵依者为我国之民,迟疑者同逆命之寇,必置重罪。已定地方仍由明制,不遵本朝制度者,杀无赦。"②甚至对上章为此事进谏的官僚,也格杀勿论。一时间,"留头不留发,留发不留头",成为清政府的一项绝对命令。汉族人民自古以来就持有这样的传统观念:"身体发肤,受之父母,不敢毁伤,孝之始也。"③而"剃发令"却强烈地触犯了汉族人民的民族感情,因此激起了人民广泛而强烈的反抗,反剃发的斗争席卷江南。在清政府的血腥屠杀下,反剃发的风波很快就被平定了,汉人最终改换了发式,做了满族贵族的臣民。但是,剃发所造成的精神的侮辱和文明的亵渎,却长时间地在人们心灵上刻下了深重的创伤,影响及于整个有清一代。

"科场案"发生在顺治十四年丁酉(1657)④。科场舞弊,晚明已甚。清代统治者入主中原之初,始而连岁开科,以慰藉蹭蹬场屋的士子之心;继而整顿科场,严惩舞弊,兴科场大案。"丁酉科场案"蔓延几至全国,以顺天、江南两省为巨,次则河南、山东、山西,

---

① 《清世祖实录》卷五,顺治元年五月辛亥。
② 《清世祖实录》卷十七,顺治二年六月丙寅。参见蒋良骐:《东华录》(北京:中华书局,1980),卷五。
③ 《孝经注疏》卷一,《十三经注疏》(北京:中华书局影印本,1980),第2545页。
④ 有关史料,详见王先谦:《东华录》(清光绪间上海广白宋斋印本);信天翁:《丁酉北闱大狱纪略》,收入乐天居士辑:《痛史》(商务印书馆,1911);陈康祺:《郎潜纪闻》(北京:中华书局,1984);王应奎:《柳南随笔》,收入张海鹏辑:《借月山房汇钞》(嘉庆间虞山张氏刻本),第十五辑;王家桢:《研堂见闻杂记》,收入乐天居士辑:《痛史》;董含:《三冈识略》,收入蔡尔康辑:《申报馆丛书续集·掌故类》(光绪间申报馆排印本)。参阅孟森:《科场案》,见其《明清史论著集刊》(北京:中华书局,1959),下册,第391—433页。

共五闱。当时的主司、房考及中式的士子,诛戮斩决及遣戍边疆者,无以数计。清初名士如陆庆曾、吴兆骞、丁澎等,皆入案中。清政府不惜草营人命,甚至弟兄叔侄,连坐而同罚,议罪甚于大逆。清政府希图藉此羁络汉族士子,以达到其控制人心、巩固统治的政治目的。而科举败坏人心,贻害无穷,也从此发端。

"科场案"的余波未已,在康熙初年,又发生了"奏销案"①。江南的官僚地主(即所谓"绅衿",或称"士绅"),在明代都享有特权,累年拖欠钱粮,习以为常。顺治十六年(1659)清廷始定条例,凡江南绅衿拖欠钱粮者,依情节轻重,给予不同的惩罚。但江南大多数绅衿仍拒交如旧。康熙登极之初(辛丑,1661年),朝廷严催顺治十七年(1660)奏销钱粮,仅苏州、松江、常州、镇江四府,就有进士、举人、贡监生员一万三千多人,以"抗粮"的罪名,或革除功名出身,或降级调用,甚或锒铛提解,从重议罪。一时牵连甚广,如江南名士吴伟业、彭孙遹、叶方霭、韩菼、董含、翁叔元等人,皆入奏销案中。王忭《王巢松年谱》顺治十八年条说:"遂有奏销一案,绅衿一网打尽,从来所未见也。"②周寿昌《思益堂日札》甚至说:"于是两江士绅得全者无几。"③清政府有意与士大夫为难,这不仅使江南士大夫在经济上受到严重打击,而且"一时人皆胆落"④,在心灵上造成重大的创伤。文人士大夫切身地感受到,他们再也不像在明代那样受到重视和呵护,他们的社会地位将一落千丈。这不能不激起他们对故国的追思、怀念和对新朝的怨恨、恐惧。

---

① 有关史料,详见清董含:《三冈识略》;王家桢:《研堂见闻杂记》;曾羽王:《乙酉笔记》;叶梦珠:《阅世编》(上海:上海古籍出版社,1981),卷六,第135—143页;及《清圣祖实录》等。参阅孟森:《奏销案》,见其《明清史论著集刊》,下册,第434—452页。
② 收入江苏省立图书馆编:《吴中文献小丛书》,1939年版。
③ 收入蔡尔康辑:《申报馆丛书余集》(光绪间申报馆排印本)。
④ 清曾羽王:《乙酉笔记》,收入《上海史料丛编》(铅印本)。

清代的文字狱始于康熙朝,目的是为了遏止反清复明的政治思潮。如庄氏《明史》案、沈天甫之狱、戴名世《南山集》案等,都是当时震动天下的著名大狱。大兴文字狱,一方面有效地加强了统治者对思想文化的极端控制,另一方面也严重地窒息了文化、学术的健康发展。文字狱屡兴不已,愈演愈烈,在文人士大夫中造成了浓重的恐怖气氛,从而逐渐酝酿出"避席畏闻文字狱,著书但为稻粱谋"的文坛风气[1]。

在统治者政治措施的严酷打击下,清前期的传奇作家既无法掩藏内心中的怨愤,又深深慑于统治者的淫威,他们往往"借古人之歌呼笑骂,以陶写我之抑郁牢骚"[2],形成了前所未见的历史剧创作热潮。清前期的历史剧往往借古寓今,抒情言志,成为时代精神的曲折表征。例如,丘园的《党人碑》传奇写北宋蔡京专政,贬抑元祐党人,乃"借宋事以暗指明事";朱九经的《崖山烈》传奇写南宋末年文天祥、陆秀夫抗元事迹,也是"有感于明亡之作"[3];吴伟业的《秣陵春》传奇借宋初徐适故事写南明亡国之痛,其词幽愤慷慨,泪痕斑斑,冒襄评道:"字字皆鲛人之珠,先生寄托遥深"[4];如此等等。而李玉的《千忠戮》传奇写明初建文帝失位流离、无处安居的遭遇,洪昇的《长生殿》传奇写唐明皇"乐极哀来"、丧妃失国的痛苦,更引起当时人们的广泛共鸣,众口传唱,以至于社会上流传着"家家'收拾起',户户'不堤防'"的民谚[5]。

---

[1] 龚自珍:《咏史》,《龚自珍全集》(上海:上海人民出版社,1979),第九辑,第471页。
[2] 吴伟业:《北词广正谱序》,《一笠庵北词广正谱》卷首。
[3] 均见董康等辑:《曲海总目提要》(北京:人民文学出版社,1959),卷二八。
[4] 冒襄辑:《同人集》(清水绘庵木活字本),卷十。
[5] "收拾起"指《千忠戮》传奇《惨睹》出,建文帝流亡途中所唱的〔倾杯玉芙蓉〕曲首句"收拾起大地山河一担装";"不提防"指《长生殿》传奇第三十八出《弹词》,宫廷乐师李龟年流落江南时所唱〔一枝花〕曲首句"不堤防余年值乱离"。

无庸置辩,传奇戏曲之所以在清初呈现持续发展的局面,从作家创作主体的角度看,的确与作家借助戏曲来抒发故国之思、亡国之痛和生存之感的创作动机密切相关,正如金元易代之际诗人元好问所说的:"国家不幸诗家幸,赋到沧桑句始工。"[①]正是在这一意义上,我们说,清前期"世变沧桑,人多怀感"的文化思潮,是传奇戏曲持续发展的重要社会原因。

此外我们还应注意,作为一种大众文艺,传奇戏曲的盛行与诗文作品的繁荣不同,它往往更多地依赖于相对稳定的社会和相对宽裕的观众群(包括闲暇的时间和充裕的金钱)。因此,清前期传奇戏曲真正地达到繁盛的局面,不是在顺治年间,而是在康熙年间。这时,清朝满汉贵族的政治统治已渐趋稳定,社会经济也渐次得到恢复和发展,这就为传奇戏曲的持续发展提供了坚实的社会基础。

在清前期文化思潮的大背景下,形成了文人传奇创作的三大流派,其一是以李玉为代表的苏州派,其二是以李渔为代表的风流文人,其三是以吴伟业、尤侗为代表的正统文人。而洪昇和孔尚任虽然身为正统文人,却超轶所有正统文人而集文人传奇创作之大成,创作出划时代的传奇名著《长生殿》和《桃花扇》,使文人传奇的文化内涵继续向深层掘进。

第二节 大众艺术与昆剧流行

就戏曲声腔而言,发展期的传奇作品,绝大多数都是昆腔传奇,人们称为"昆曲"或"昆剧"。清代初年,当社会渐趋稳定以后,昆剧在明末的基础上继续向前发展,愈益成熟丰满,已经逐渐超出于江苏一地,演变成为一个全国性的剧种。吴江人潘耒的《南北

---

① 元好问:《论诗三十首》,《遗山先生文集》(《四部丛刊》影印元刊本),卷十一。

音论》说：

> 律吕之道，仅存于度曲。今吴歈盛行于天下，而为其谱者皆吴人，吴人之审音固甚精也。①

李渔在《闲情偶寄》卷五《演习部·脱套第五·声音恶习》中也说：

> 可怪近日之梨园，无论在南在北，在西在东，亦无论剧中之人，生于何地，长于何方，凡系花面脚色，即作吴音，岂吴人尽属花面乎？②

可见昆剧流传之广，声势之雄，足迹遍及全国各地，影响遍及士庶各界。昆剧已不再是文人呕心沥血的案头文章，也不再是文人浅斟低唱的厅堂文艺，而成为大众喜闻乐见的文艺样式了。

一般地说，大众文艺样式总是在不同程度上反照出平民大众内心潜藏的无意识欲望，从而间接地满足平民大众难以言说的普遍的审美需求。传奇戏曲作为一种大众文艺样式，它的流行与否不能不更多地取决于特定时代平民大众的文化需求与审美需要。因此，从审美接受的角度看，传奇戏曲在清初的持续发展，无疑也与戏曲艺术足以作为人们现实苦难的心理补偿的潜在功能不无关系。明清易代之际的中国遍布着血腥和苦难的社会现实状况，同戏曲艺术的观赏足以使人们得到脱离现实时空的短暂忘忧的审美心理功能之间，应该有着某种内在的深刻联系。

而且，传奇戏曲作为大众文艺样式，本身就是一种通俗文艺。而通俗文艺总是在与高雅文艺样式的对峙和对话中，获得革新和变异的灵感和动力的。在中国古代，传统文学艺术是以较高的文化水准和欣赏趣味为前提的，对于文化素质和审美鉴赏力较低的

---

① 潘耒：《遂初堂集》（清刻本），《文集》卷三。
② 《中国古典戏曲论著集成》（北京：中国戏剧出版社，1959），第七册，第110页。

平民大众来说,在大多数的情况下往往难以认同。而新兴的通俗化艺术形式则把文艺从只供少数人享用的狭窄领域中解放出来,使文艺成为大众欣赏的对象。文化消费和文艺欣赏不再是少数受过良好教育的人们的特权,而成为千百万人日常生活的一部分。这样,文艺便摆脱了过去那种只依附于极少数人的寄生性,而获得了广泛的社会性。可见,通俗文艺样式与高雅文艺样式的关系应该是"互补",而不是"矛盾"与"对抗"。一种社会文化,只有形成了由严肃文化和消遣文化、高雅文化和通俗文化、精英文化和大众文化组成的丰富的光谱,能够满足不同层次的审美需要,才是发育完善和健康的。而清前期的文坛便呈现为这样一种社会文化状况。

在这样一种社会文化状况中,从清代顺治九年至康熙五十七年(1652—1718),也就是在明清传奇的发展期,剧坛上出现了脉络清晰可辨的三个戏曲发展动向:

第一,在演出方式上,士大夫家庭戏班渐趋衰落,取而代之的,是民间职业戏班,尤其是民间昆剧戏班空前兴盛。

家庭戏班是由士大夫或富商等私人出资办的家乐,它承续春秋以降家庭女乐的传统,主要为私人家庭自身的娱乐需要而演出戏曲。家庭戏班的成员,或为女优,或为男优,或为职业优伶,由此可分为家班女乐、家班优童和家班梨园三种类型。明代的家庭戏班,大约在嘉靖、隆庆年间兴起,至万历末年以后达到极盛[①]。明末陈龙正立"家法",认为"俗所通用而必不可袭者四事",第一条就是"家中不用优人"。理由是:

> 每见士大夫居家无乐事,搜买儿童,教习讴歌,称为"家

[①] 关于明中后期家庭戏班的兴盛状况及其组织形式,可参见胡忌、刘致中:《昆剧发展史》(北京:中国戏剧出版社,1989),第188—224页。

乐"。酝酿淫乱,十室而九。①

可见在明末,士大夫购置家庭戏班,已是"俗所通用"之举了,至少在江南一带是如此。流风所及,甚至连"屠沽儿"也竞畜戏班②。

入清以后,由于改朝换代,战乱兵燹,特别是在"奏销案"发生之后,江南一带官僚地主受到沉重的打击,家庭戏班不免大大减少。如昔日的昆剧中心南京,在顺治年间,"风流云散,胜事烟消,舞榭歌台,鞠为茂草"③。又如无锡,"国朝惟侯比部杲梨园数部,声歌宴会推一时之盛。然较之前明,不及十之一。"④康熙初年以后,江南一带家庭戏班稍有增加,朱门富户往往自备家班,以至民谣讽刺说:"芝麻官,养戏班。"康熙十八年(1679)御史罗人琮《敬陈末议疏》也说:

　　今之督抚司道等官,盖造房屋,置买田园,私蓄优人、壮丁不下数百,所在皆有,不可胜责。⑤

但是从总体上看,清前期的家庭戏班已远不如明末繁盛⑥。

民间职业戏班的出现要早于家庭戏班,至少在宋元时期,就有不少民间职业戏班演出杂剧和戏文⑦。明初民间职业戏班的活动

---

① 陈龙正:《几亭全集》(清康熙初刻本),卷二十二《政书》。按,陈龙正,字惕龙,号几亭,嘉善(今属浙江)人,崇祯七年(1634)进士,《明史》卷二五八有传。
② 徐树丕:《识小录》卷二,收入孙毓修等辑:《涵芬楼秘笈》(上海:上海商务印书馆景印本,1916),第一集。
③ 余宾硕:《金陵览古》(上海:上海古籍出版社据清康熙间刻本影印,1983),卷三。
④ 黄印:《锡金识小录》(光绪二十二年[1896]刻本),卷十。
⑤ 转引自胡忌、刘致中:《昆剧发展史》,第329页。
⑥ 关于清初江南地区家庭昆班的衰落和康熙间家庭戏班的恢复,参阅胡忌、刘致中:《昆剧发展史》,第258—265页、第329—339页。又见徐扶明:《〈红楼梦〉与家庭戏班》,见其《红楼梦与戏曲比较研究》(上海:上海古籍出版社,1984),第6—8页。
⑦ 如山西明应王庙元代戏剧壁画所绘的忠都秀戏班,元明之际阙名《蓝采和》杂剧中的蓝采和戏班,《宦门子弟错立身》戏文中的王金榜家庭戏班等。

也相当活跃,当时流行的余姚腔、海盐腔、弋阳腔、昆山腔等"四大声腔",大抵都是民间职业戏班的创造,所谓"海盐子弟"、"弋阳子弟"之类即是民间职业戏班的代称。由于明中叶以后商品经济的发展,民间职业戏班已由宋元时以家庭为单位的组织,逐渐演变为由各种社会成员组成的演出团体,职业化程度更深了。

至于民间职业昆剧戏班的大量出现,则在隆庆、万历年间昆腔新声盛行以后。据张瀚《松窗梦语》卷七《风俗纪》记载,江浙一带,"至今游惰之人,乐为俳优","一郡城之内,衣食于此者,不知几千人矣。"[1]范濂《云间据目抄》卷二也说:"苏人鬻身学戏者甚众。"[2]上海人潘允端的《玉华堂日记》(稿本),起自万历十四年(1586)起,止于万历二十九年(1598),其中有关"吴门梨园"、"苏州弟子"到潘宅演出的记载就多达40余次[3]。到了天启、崇祯年间,由于昆剧演出盛行全国,职业昆剧戏班在苏州、南京、北京等地,如雨后春笋,层出不穷[4]。

明清易代之际,民间职业戏班虽然也受到战乱冲击,但很快就重整旗鼓,恢复旧观了。清初李清《梼杌闲评》小说第七回《侯一娘入京访旧》,写到苏浙腔(即昆腔和海盐腔)在北京就有五十班之多[5],这大抵是清初北京实际情况的反映。仅见于《孔尚任诗文集》的,如康熙年间"燕市诸伶,惟聚和、三也、可娱,三家老手,鼎

---

[1] 张瀚:《松窗梦语》(北京:中华书局,1985),第139页。按,张瀚,字子文,号元洲,仁和(今浙江杭州)人。此书卷首有万历癸巳(二十一年,1593)张瀚所作《松窗梦语引》。

[2] 范濂:《云间据目抄》,收入进步书局辑:《笔记小说大观》(民国间上海进步书局石印本),第三辑。

[3] 参见朱建明:《从〈玉华堂日记〉看明代上海的戏曲演出》,载赵景深主编:《戏曲论丛》第一辑(兰州:甘肃人民出版社,1986),第132—133页。

[4] 关于明中后期民间职业昆班的兴盛状况及其组织形式,参阅胡忌、刘致中:《昆剧发展史》,第224—244页。

[5] 李清:《梼杌闲评》,《中国小说史料丛书》(北京:人民文学出版社,1981)本。

足时名。"此外名气稍次的,还有景云班、金斗班、南雅小班、兰红小班等昆班①。北京如此,在全国各地的昆剧班社为数必然更为可观。清史承谦《菊庄新话》引王载扬《书陈优事》说:清初苏州民间职业戏班"以千计"②,这虽不无夸张,但清初民间职业戏班,尤其是职业昆班的日趋增多,却应是事实。

　　清初民间职业戏班的增多,首先与当时官僚士绅节日喜庆、亲友交往、礼节宴会的娱乐需要密切相关,所谓"无席不梨园鼓吹",说的就是这种情形③。其次,这也由于城乡平民百姓对戏曲的爱好日益增长,戏曲遍及于城乡各地,成为平民百姓的主要娱乐活动。正如清人《苏州竹枝词·艳苏州》第二首所说的:"家歌户唱寻常事,三岁孩子识戏文。"由于戏曲尤其是昆剧的广泛流行,适应百姓的娱乐需要,民间职业昆班便日渐增多起来④。

　　而且,在明崇祯年间,北京已出现演戏的酒馆。如祁彪佳《祁忠敏公日记·栖北冘言》称,崇祯五年(1632)五月二十日,在北京同羊羽源至酒馆,"观半班杂剧"⑤。这种提供演戏场所的酒馆,当即戏馆、戏园的早期形态。到清康熙年间,北京戏馆、戏园已为数不少。康熙十年(1671),曾颁布禁令:

　　　　京师内城,不许开设戏馆,永行禁止。城外戏馆,如有恶

---

　　① 见汪蔚林编:《孔尚任诗文集》(北京:中华书局,1962),卷五《燕台杂兴》诗注等。按,关于康熙年间北京著名的民间昆班,参见陆萼庭:《昆剧演出史稿》(上海:上海文艺出版社,1980),第136—140页。

　　② 见焦循:《剧说》卷六,《中国古典戏曲论著集成》,第八册,第199页。

　　③ 张宸:《平圃杂记》,收入赵诒琛等辑:《庚辰丛编》(排印本,1940)。据其所称:康熙元年(1662)冬,"相知聚会,止清席用单柬";而次年冬,则"无席不梨园鼓吹,无招不全柬矣"。

　　④ 关于清初民间职业昆班的发展状况,可参见胡忌、刘致中:《昆剧发展史》,第341—353页。

　　⑤ 祁彪佳:《祁忠敏公日记》,民国二十六年(1937)绍兴县修志委员会排印本。

    棍借端生事,该司坊官查拿。①

可知此时戏馆已多。北京最著名的戏馆,有上演孔尚任《桃花扇》传奇的太平园等。戴璐《藤阴杂记》卷五引《亚谷丛书》记载:

    京师戏馆,惟太平园、四宜园最久,其次则查家楼、月明楼,此康熙末年酒园也。②

紧跟着,苏州、扬州等地也相继出现了戏馆。戏馆不仅成为民间职业戏班演出的重要场所,也从一个方面促进了民间职业戏班的发展。

民间职业戏班的繁盛,既使戏曲演出更为职业化、专业化,同时也标志着戏曲艺术日益成为一种大众消费艺术,促进了戏曲创作与戏曲舞台演出、平民观众欣赏的密切关系。而且,由家庭戏班的经济实力和家班主人的欣赏需要所决定,家庭戏班一般多演出"折子戏",即在全本戏中精选出一二散出来演出,而不考虑剧情的连贯完整③。而民间职业戏班在富贵之家的厅堂或船舫演出时,固然多演折子戏,但也常常排演全本戏。如潘允端《玉华堂日记》记载了潘宅及其他士大夫宅中演出的戏文与传奇剧目有20

---

 ① 光绪间延煦等编:《台规》卷二五。转引自王利器辑录:《元明清三代禁毁小说戏曲史料》,增订本(上海:上海古籍出版社,1981),第24页。

 ② 戴璐:《藤阴杂记》(北京:北京古籍出版社,1982),第50页。按,《亚谷丛书》作者为鲍轸,字西冈,号辛浦,世籍山西大同,后为奉天正红旗人,雍正前后在世。参见谢国桢:《江浙访书记选录》一文中《亚谷丛书四卷》条,载《中国历史文献研究集刊》第一集。

 ③ 如清初据梧子《笔梦》中所记钱岱家女乐,"演习院本"有《跃鲤记》、《琵琶记》、《钗钏记》、《西厢记》、《双珠记》、《浣纱记》、《牡丹亭》、《荆钗记》、《玉簪记》、《红梨记》等十本,但从未演出过全本,而是"就中止摘一二出或三四出教演",演员也是"戏不能全本,每娴一二出而已。"收入丁祖荫辑:《虞阳说苑甲编》(虞山丁氏初园排印本,1917)。参阅胡忌、刘致中:《昆剧发展史》,第206—209页。

种,其中有 7 种明确注明是"串完全剧"的①。至于民间职业戏班在城市与乡村的戏馆、戏楼或戏台演出时,无疑更多的是演出全本戏。因此,民间职业戏班的繁盛,从客观需求方面,促进了传奇文学体制和艺术结构的变革。

第二,在演出内容上,剧坛上竞演新戏,蔚为时风。

明代万历中期的观剧时尚仍多嗜好旧戏。考潘允端《玉华堂日记》所记载的观演剧目 20 种,只有《钗钏记》与《分钱记》是万历年间新编的传奇,其余都是宋元和明初戏文的改编本或明中期的传奇。

从万历后期开始,情势发生了根本的变化。据明末山阴人祁彪佳《祁忠敏公日记》统计,在从崇祯五年至十二年(1632—1639)的短短七年里,祁彪佳在北京、杭州、绍兴等地观看了 86 种昆剧传奇,其中万历以后新编的传奇至少有 64 种,约占 74.4%;其中可确知系崇祯年间新编的传奇,有《花筵赚》、《鸳鸯棒》、《画中人》、《望湖亭记》、《翠屏山》、《荷花荡记》等数种②。这还仅仅是文人士大夫在厅堂或船舫中观看演出的情况,市井乡间的新戏演出当更为如火如荼。所以,民间职业戏班对新编剧本的需求极为迫切,明崇祯间冯梦龙《永团圆叙》说:

> (李玉)初编《人兽关》盛行,优人每获异稿,竞购新剧,甫属草,便攘以去。③

清康熙间李渔《闲情偶寄》也说:

---

① 这七种是:《宝剑记》、《玉环记》、《拜月庭(亭)》、《金丸记》、《荆钗记》、《西厢记》、《纲常记》(即《伍伦全备记》),都是旧戏,即保留剧目。参见朱建明:《从〈玉华堂日记〉看明代上海的戏曲演出》,《戏曲论丛》第一辑,第 145—147 页。

② 参见陆萼庭:《昆剧演出史稿》,第 90—91 页,并见第 118 页。

③ 李玉著,冯梦龙重订:《墨憨斋重订永团圆传奇》卷首,明崇祯间刻本《墨憨斋定本传奇》。

每成一剧,才落毫端,即为坊人攫去。下半犹未脱稿,上半业已灾梨。非止灾梨,彼伶工之捷足者,又复灾其肺肠,灾其唇舌。①

明崇祯年间至清顺治年间,江苏常熟人毛晋编刊《汲古阁六十种曲》,共收录古今 60 种戏曲,除杂剧《西厢记》以外,有 59 种戏文的传奇改编本和传奇作品(其中汤显祖《牡丹亭还魂记》兼收原作与硕园改订本)。这 60 种戏曲分为 6 套,每套 10 种,陆续刊刻,应该都是当时在舞台上比较盛演的剧本,所以原刻本每套扉页均标榜《绣刻演剧十本》,表示并非案头之书②。在这 60 种戏曲中,万历以后新编的传奇有 40 种,约占 67%,已占绝对优势。直到康熙年间,民间戏班仍然竞以新戏相号召,争取观众。如孔尚任说太平园:"今之梨园部也,每闻时事,即谱新声。"③李苍存康熙二十八年(1689)有《太平园》诗(原注:"京师演出之所"),说:

新曲争讴旧谱删,云璈仿佛在人间。诸郎怪底歌喉绝,生小都从内聚班。④

而观众也大多喜观民间戏班的新戏,如沈自晋《望湖亭》第二十三出《迎婚》,写婚宴上点戏,人们不约而同地对"新戏"情有独钟:

(金舅)因甥丈到来,特寻郡中第一班梨园,等待新客……(副末执戏目上,照常规点让介。外)请。(生)不敢。

---

① 李渔:《闲情偶寄》卷之三《宾白第四·文贵洁净》,《中国古典戏曲论著集成》,第七册,第 58 页。
② 清康熙间顾景星(黄公)《白茅堂集》(清刻本),卷三五《传奇丽则序》云:"虞山毛氏刻传奇,自元及近代数十种,雅俗不辨,鄙诞为多。"由此可以反观《六十种曲》是以舞台演出、观众欣赏的需要为编选原则的,而不是以文人案头雅赏为审美准则的。
③ 孔尚任:《孔尚任诗文集》卷四《太平园》诗注。
④ 转引自刘辉:《洪昇生平考略》,载《戏曲研究》第五辑(1981)。

(金舅)自然新官人点戏。(生又让介。末)待我看可有什么新戏在上边。(看介。副末)有新戏。这柳下惠的故事是新开的。(生)就是这本如何?(外、金舅)妙。①

由此可见,时至明末清初,竞演新戏已经成为一种时代风尚,这必然要刺激传奇作家竞编新戏。传奇创作和舞台演出的关系空前密切:创作为了演出,演出要求创作。这种情势不能不强有力地推动和制约着传奇面向舞台的创作倾向。

第三,在创作队伍上,涌现了大批职业戏剧作家。

元代杂剧的繁荣,与大批职业戏剧作家的出现有着密切关系。而在明代末年以前,文人创作戏剧,大多在入仕之前或致仕之后,要之皆属于笔耕偷闲之爱好,或生活充裕之余事,很少有例外的。只有下层艺人如"俗优"、"优师"者流,才专门从事戏剧创作活动。因此,明中后期戏剧活动的繁盛,集中表现为江南地区家庭戏班林立,主要为家庭戏班创作的戏曲作家辈出。

到了明末清初,由于民间职业戏班的繁盛,催生出一大批以创作戏曲剧本、从事戏剧活动为生的职业戏剧作家,如以李玉为代表的苏州派作家和李渔、薛旦等风流文人。这批传奇作家主要不是为家庭戏班主人红氍毹上的演出而创作的,而是更自觉、更直接地面向社会,面向群众,为民间职业戏班而创作。朱㿥在康熙年间写的《秦楼月》传奇第十八出《得信》中,有陶吃子说的一番话,可以看出苏州派作家和民间职业戏班的密切关系:

> 我老陶近日手中干瘪,亏了苏州有几位编新戏的相公,说道:"老陶,你近日无聊,我每各人有两本簇新好戏在此。闻得浙江一路,也学苏州,甚兴新戏,拿去卖些银子用。归来

---

① 沈自晋:《望湖亭》传奇,《古本戏曲丛刊二集》影印明崇祯间刻本。

每位送匹锦绸,送斤丝绵便罢,只算扶持你。"①

　　正因为江浙一带"甚兴新戏",民间职业戏班迫切需要新编剧本,这种社会需求便促使一批戏剧作家以创作剧本为谋生职业。这些职业戏剧作家既熟谙戏剧的舞台演出,又是无可选择地为舞台演出而创作剧本的。因此,他们的戏曲创作便明确地以适合舞台演出为第一要义。正是这批职业戏剧作家在创作实践中扭转了以诗歌为戏剧本体的"曲"的观念,构建了以"戏"和"曲"的综合为戏剧本体的"戏曲"观念。

　　总之,时至明末清初,民间职业戏班取代了家庭戏班成为主要的演出方式,竞演新戏取代了搬演旧戏成为剧坛的主导风尚,职业戏剧作家成为主要的戏曲创作队伍。这三大戏剧发展动向,促使清前期戏剧家们在创作实践和理论总结两方面,建立起了以"戏"和"曲"的综合为戏剧本体的崭新的戏剧观念,从而使昆剧成为一种人们喜闻乐见的大众文艺样式,强有力地促进了传奇创作的蓬勃发展。

---

① 朱雏:《秦楼月》传奇,《古本戏曲丛刊三集》影印清康熙间文喜堂刻本。

第十二章 传奇文体规范的再构

　　某种由一定的常规惯例组成的文艺样式一旦形成之后,便像一个运动着的物体一样,内涵着一种潜隐的向前运转的内驱力,只要未曾受到来自外部的某种力量的强制遏止,仍然会产生继续向前的惯性运动。因此,传奇戏曲在清前期之所以继续发展演进,各种社会文化因素还仅仅是外在的动因,传奇戏曲自身艺术形式内部变革的潜在动力更值得我们充分注意。

　　清前期传奇作家以其丰富多彩的戏曲创作实践和戏曲理论批评,突破了明后期逐步定型的传奇规范体系,重新建构起一个以剧本体制的严谨化、音乐体制的昆腔化、戏剧结构的精巧化、语言风格的通俗化,一句话,以传奇艺术的舞台化为基本特征的崭新的传奇文体规范体系。这一传奇文体规范体系的建构,是清前期许多优秀传奇作家进行坚持不懈的创作实践的结果,同时也反过来潜移默化地制约着并促进着传奇作家的艺术创造。正是这种艺术规范与艺术创造的双向逆反运动,推进着传奇戏曲的持续发展。

第一节　戏曲合一的戏剧观念

　　明后期以前的戏剧家,无论是在创作实践方面还是在理论批评方面,都主要留连于传统的以诗歌为戏剧本体的"曲"的观念,不太关注戏曲作为"戏"的舞台演出特性,更未尝具有将戏曲视为综合艺术的自觉的文体意识。因此,剧作家更多地将传奇看作是与诗文相类似的文学作品,而用作诗文的思维方式来创作传奇;批评家也往往将传奇当作与诗文相类似的文学来批评,或偏重于品藻文章,或偏重于推敲音律。

在明后期,只有少数有识之士,超迈流俗,独具慧眼,将戏曲确认为一种综合艺术样式。如吕天成的舅祖孙镶就曾总结出所谓"南戏十要",说:

> 凡南戏,第一要事佳;第二要关目好;第三要搬出来好;第四要按宫调,协音律;第五要使人易晓;第六要词采;第七要善敷衍,淡处作得浓,闲处作得热闹;第八要各角色分得匀妥;第九要脱套;第十要合世情,关风化。持此十要,以衡传奇,靡不当矣。①

他不仅罗列了戏曲文学的诸要素,如曲、白、事、关目等等,而且他所说的"搬出来好"、"善敷衍"、"各角色分得匀妥",更体现出对戏曲舞台演出性的明确认识。但他仅仅满足于评赏式地将戏曲艺术的诸种要素逐一列举,还未能自觉地构成一个完整的理论体系。

在明后期真正比较全面、比较深入地探讨戏剧艺术的特殊规律的,是王骥德。他的戏曲理论名著《曲律》,涉及到戏曲的曲辞、结构、宾白、表演、欣赏等问题,提出了戏曲的"可唱性"、"可演性"、"可晓性"等重要命题,并且探讨了戏曲作为综合艺术形式其各种艺术要素之间的复杂关系。但是,王骥德仍然主要着眼于"曲"之"律",而未能真正地将"戏"作为戏曲艺术的灵魂。

直至明末清初,在前章所述的三个戏曲发展动向的背景中,一批卓有建树的戏剧家们才第一次明确地倡导戏曲合一、以戏为本

---

① 吕天成:《曲品》卷下引,吕天成著、吴书荫校注:《曲品校注》(北京:中华书局,1990),第160页。

的戏剧观念。其中以李渔的论述最成系统。

在《闲情偶寄》中,李渔曾批评金圣叹评点的《西厢记》,"乃文人把玩之《西厢》,非优人搬弄之《西厢》",因此,"文字之三昧,圣叹已得之;优人搬弄之三昧,圣叹犹有待焉。"①这种对"文人把玩"与"优人搬弄"的严格区别,继承了明后期剧作家对"案头之书"和"场上之曲"辨析,而且更为鲜明地提出"搬弄"即舞台演出,取代了明人习言的"可唱"即舞台演唱。

正是出于对"优人搬弄之三昧"的深切体会,李渔明确地以"填词之设,专为登场",作为自己的戏剧理论的根本基点和戏曲创作的唯一准则。他说:

> 笠翁手则握笔,口却登场。全以身代梨园,复以神魂四绕,考其关目,试其声音,好则直书,否则搁笔,此其所以观听咸宜也。②

关目、音律、宾白等戏剧要素,均以"登场"为粘合剂融为一体。"登场"即舞台演出,成为李渔戏剧理论的逻辑起点和核心概念,这就毫不含糊地把戏曲定位于舞台演出艺术,从而与诗、文、小说等其他文学样式严格地划清了界线。

李渔等人倡导的戏曲合一、以戏为本的崭新的戏剧观念,表现为传奇创作上的三种倾向,即缩长为短的剧本体制、结构第一的艺术追求和以俗为雅的语言风格。所有这些,促成了发展期传奇文体规范体系的转型。

---

① 李渔:《闲情偶寄》卷之三《填词余论》,《中国古典戏曲论著集成》(北京:中国戏剧出版社,1959),第七册,第 70 页。
② 依次见李渔:《闲情偶寄》卷之四《演习部·选剧第一》,卷之三《宾白第四·词别繁简》,《中国古典戏曲论著集成》第七册,第 73 页,第 55 页。

第二节 缩长为短的剧本体制

如前章所述,清初剧坛上竞演新戏成为时尚。新戏与旧戏在演出方式上有一点截然不同之处,就是旧戏多演散出(即所谓"折子戏"),而新戏多演全本。因为旧戏流传久远,观众对旧戏的故事情节早已烂熟于心,观看演出时往往偏重于欣赏片段的唱腔与演员的表演,因而多演一部剧作中精彩的散出;而新戏问世不久,观众对新戏的故事情节或者一无所知,或者生疏不熟,必须观看全本,才能得知详情。

清前期人们之所以喜观新戏,爱看全本戏,归根结底是出自于人们对戏剧叙事的欣赏需求的。清初传奇作家已经更自觉地从传奇情节务求新奇这一点上来为传奇释名,如李渔《闲情偶寄》卷之一《词曲部·结构第一·脱窠臼》说:

> 古人呼剧本为"传奇"者,因其事甚奇特,未经人见而传之,是以得名。可见非奇不传。①

孔尚任《桃花扇小引》也说:

> 传奇者,传其事之奇焉者也,事不奇则不传。②

他们都明确不二地以"奇事"作为传奇的本质内涵。这种理论认识,恰恰反映了社会上人们对戏剧叙事的审美要求和审美趣味。

然而,在明中期定型的传奇剧本体制,通例每本的篇幅在三十一出至五十出之间。在演出时,摹拟神情,轻吟慢唱,要花相当长的时间才能串完全本。如周明泰原藏清乾隆间内廷精写本弋阳腔

---

① 《中国古典戏曲论著集成》第七册,第15页。
② 孔尚任:《桃花扇小引》,《桃花扇》(清康熙间刻本),卷首。

《江流记》传奇和昆腔《进瓜记》传奇(今归上海图书馆),各有十八出,注明演出时间为"二个时辰零四刻"(大约五个小时)①。以此类推,三十一出至五十出的传奇,便须演出九至十五个小时,往往要么通宵达旦,要么连演数天,才能串完全本。例如明万历间臧懋循就曾说过:

> 予观《琵琶记》四十四折,令善讴者一一奏之,须两昼夜始彻。②

据潘允端《玉华堂日记》记载,《荆钗记》串演时,第一天演二出,第二天"自午演至暮";《西厢记》全本,七月二十四日及二十八日演出,二十八日"串至日晡"才演完③。又如万历间《金瓶梅词话》小说中,描写西门庆家有一次演出《玉环记》传奇,头晚演到三更天气"左右关目还未了",西门庆"吩咐拣着热闹处唱",直到"约有五更时分"才煞锣;第二天晚上,又"将昨日《玉环记》做不完的折数,一一紧做慢唱,都搬演出来","到三更时分,搬戏已完"④。可见按传奇原本演出全本戏,演出时间必然拉得很长,如果没有充裕的闲暇时间,实在无法细细欣赏。于是,剧本创作与舞台演出之间便出现了尖锐的矛盾。

与其他文学样式不同,戏曲文学样式必须受到舞台演出实践的制约。因此,早在明代万历、天启年间,一些目光敏锐的戏曲家如臧懋循、王骥德等人,便有见于传奇剧本篇幅过长而不适合舞台

---

① 参见蒋星煜:《周明泰之著述与收藏》,见其《中国戏曲史钩沉》(郑州:中州书画社,1982),第295—296页。
② 《还魂记》传奇批语,臧懋循:《玉茗堂四种传奇》(明万历间吴兴臧氏原刻本)。
③ 按,《玉华堂日记》,现存稿本。参见朱建明:《从〈玉华堂日记〉看明代上海的戏曲演出》,载赵景深主编:《戏曲论丛》第一辑(兰州:甘肃人民出版社,1986),第146—147页。
④ 《金瓶梅词话》(明万历间刻本),第六十三、六十四回。

演出，批评作家"徒逞才情"，不了解舞台规律，不注意演出实际，致使冗长松散成为传奇结构的通病，"中间情节，非迫促而乏悠久之思，即牵率而多迂缓之事，殊可厌人"①。

  为了便于舞台演出，不少文人作家还对新出的传奇剧本进行了"缩长为短"的改编工作。以汤显祖的《牡丹亭》传奇为例，原作五十五出，太长，"常恐梨园诸人未能悉力搬演"②，所以不少文人作家对其出目作了大幅度的删并，如臧懋循的《玉茗堂四种传奇》本删改为三十五出，徐日曦的《六十种曲》本删改为四十三出，冯梦龙的《墨憨斋定本传奇》本删改为三十七出。他们删掉的一些出目，如《劝农》、《肃苑》、《虏谍》、《道觋》、《诇药》等，多为游离于杜丽娘生死情缘的主线之外的散金碎玉或枝节关目。经过删并后的剧本，较之原作，情节集中，结构紧凑，更便于场上演出。

  而戏曲艺人改编新出传奇的现象，在明后期更是时有所见。王骥德曾指出：

    传奇勿太蔓，蔓则局懈，而优人多删削。③

戏曲艺人改戏时特别讲究精简场子，除了重要的场子不动外，往往只保留少数必要的过场戏，而把一些闲、软、散的场子一律删除或合并。经过删除、合并以后，全剧故事情节照样有头有尾，结构排场却显得紧凑可观。

  例如明崇祯间沈自晋的《翠屏山》传奇，原本已佚，今存伶工传抄的清初总纲本，上卷十六出，下卷十一出，共计二十七出。上下卷如此不均衡，无疑是经过删改的本子。再细加考察，在这二十七出戏中，有十一出是有标目的，即：一《家门》，六《结义》，八《戏

---

① 臧懋循：《紫钗记》传奇批语，《玉茗堂四种传奇》。
② 臧懋循：《还魂记》传奇评语，《玉茗堂四种传奇》。
③ 王骥德：《曲律》卷三《论剧戏》，《中国古典戏曲论著集成》第四册，第137页。

叔》,九《送礼》,十二《看佛牙》,十三《起兵》(以上上卷),十九《知情》,二十《酒楼》,二十一《反诳》,二十三《杀头陀》,二十六《杀山》(以上下卷)。其余十六出都无名目。由此可以推想,有标目的这十一出戏是全剧关键所在的重点场次,最为精彩,不可再删,是必演的场面;而其余的十六出戏只有在时间充裕,要求演出全本的场合下才上演,因其本身就是衔接性的过场戏,所以连标目也可省去①。

入清以后,民间职业戏班的艺人修改剧作家的本子,更成为普遍现象。如康熙年间洪昇的《长生殿》传奇问世后,盛演一时。但是全剧篇幅长达五十出,在江宁织造曹寅家演出全本时,"凡三昼夜始阕"②。如此冗长的篇幅显然不适于舞台演出,所以《长生殿》传奇刚刚流行便受到艺人的节改。洪昇对此极为不满,说:

> 今《长生殿》行世,伶人苦于繁长难演,竟为伧辈妄加节改,关目都废。

这时,他的好友吴舒凫出来打圆场,将《长生殿》全本"更定二十八折,而以虢国、梅妃别为饶戏两剧",共三十折,作为简便本。洪昇认为吴改本"确当不易",并要求演出者"取简便,当觅吴本教习,勿为伧误可耳"。看来所谓"伧辈"改的,着眼于舞台效果,而吴节本则比较了解作者意图,两本恐怕是互有短长的。不管怎样,在民间班社演出风气影响下,洪昇也只能听从观众的意见,同意演出吴氏节本,并表示:"分两日唱演殊快。"③

由此可见,本时期民间职业戏班演出的全本戏,就剧作家的原

---

① 此段参见陆萼庭:《昆剧演出史稿》(上海:上海文艺出版社,1980),第102页。
② 金埴:《巾箱说》(北京:中华书局,1982),第136页。
③ 以上均见洪昇:《长生殿·例言》,《长生殿》传奇(清康熙间稗畦草堂原刻本),卷首。

383

本而言,实际上大多都是节本,是一种经过艺人精简场子、删改曲白的首尾连贯、情节完整的特殊的全本戏。这种全本戏讲究结构紧凑,场面集中,注重演出效果,所以易为普通观众所接受。

有鉴于艺人们大刀阔斧地改编传奇剧本的现实状况,康熙间李渔在《闲情偶寄》里,专门从理论上阐述了作家自身对所作传奇进行"缩长为短"的必要性。他说:戏曲观众"日间尽有当行之事",只能晚上看戏。"然戏之好者必长","非达旦而不能告阕。然求其可以达旦之人,十中不得一二,非迫于来朝之有事,即限于此际之欲眠,往往半部即行,使佳话截然而止"。所以,将长篇传奇"缩长为短",便是明智之举,"与其长而不终,无宁短而有尾"。他还提出了作家"缩长为短"的具体操作方法:一是在传奇剧本中"取其情节可省之数折,另作暗号记之",如遇不能全演时,即删去此数折,凝缩成一本八九出或十余出的"小本戏";二是另编十折一本或十二折一本的传奇简本,"以备应付忙人之用"①。

当然,无论是文人还是艺人对现成的传奇剧本进行"缩长为短"的删削改编,这毕竟只是权宜之计。在明清传奇发展史上,更为引人注目的还是文人作家自觉地创作篇幅渐趋短小的传奇剧本,以适应舞台演出的实际需要。

早在明代万历年间,有的作家就别出心裁地创作三十出左右的传奇。如臧懋循说:

> 自吴中张伯起《红拂记》等作,止用三十折,优人皆喜为之,遂日趋日短,有至二十余折者矣。②

张伯起即传奇生长期的著名剧作家张凤翼(1527—1613),他现存

---

① 此段均见李渔:《闲情偶寄》卷之四《演习部・变调第二・缩长为短》,《中国古典戏曲论著集成》第七册,第77—78页。
② 《紫钗记》传奇批语,《玉茗堂四种传奇》。

的5种传奇作品,《红拂记》三十四出,《祝发记》二十八出,《窃符记》四十出,《虎符记》四十出,《灌园记》三十出,剧本篇幅都较为短小;而且每出一般由四五支曲牌组成,便于舞台演出。这可谓开风气之先。

那么,明清时期传奇文学体制的"缩长为短",究竟经历了什么样的演变过程呢?对此,我们可以通过对现存传奇作品出数情况的统计,加以比较准确的定位。

我撰著的《明清传奇综录》收录现存的传奇作品[1],卷一著录传奇生长期的作品58种,出数皆可知;卷二、卷三著录传奇勃兴期的作品216种,其中出数可知者有203种;卷四、卷五著录传奇发展期的作品213种,其中出数可知者有186种。现将这些传奇作品的出数分为六个档次,可得以下三表。

表一:各期传奇作品出数比率表

出数 时期	生长期		勃兴期		发展期	
	剧本(种)	比率(%)	剧本(种)	比率(%)	剧本(种)	比率(%)
51出以上	4	7	3	1.5	2	1.1
40—50出	19	32.8	38	18.7	13	7
31—39出	18	31	107	52.7	58	31.2
20—30出	14	24.1	50	24.6	107	57.5
13—19出	2	3.4	4	2	0	0
12出以下	1	1.7	1	0.5	6	3.2
合计	58	100	203	100	186	100

---

[1] 郭英德:《明清传奇综录》,石家庄:河北教育出版社,1997。

表二：各期同一档次传奇作品比率表

出数 时期	51出以上 剧本(种)	比率(%)	40-50出 剧本(种)	比率(%)	31-39出 剧本(种)	比率(%)	20-30出 剧本(种)	比率(%)	13-19出 剧本(种)	比率(%)	12出以下 剧本(种)	比率(%)
生长期	4	44.5	19	27.1	18	9.8	14	8.2	2	33.3	1	12.5
勃兴期	3	33.3	38	54.3	107	58.5	50	29.2	4	66.7	1	12.5
发展期	2	22.2	13	18.6	58	31.7	107	62.6	0	0	6	75
合计	9	100	70	100	183	100	171	100	6	100	8	100

表三：三个时期全部传奇作品不同档次出数比率表

出数	51出以上	40—50出	31—39出	20—30出	13—19出	12出以下	合计
剧本(种)	9	70	183	171	6	8	447
比率(%)	2	15.7	40.9	38.3	1.3	1.8	100

根据以上三表，我们可以得出如下结论：

第一，在生长期、勃兴期和发展期中，以二十出至五十出为传奇剧本篇幅的常例，占全部传奇作品的94.9%，而五十一出以上的仅占2%，十九出以下的仅占3.1%，为数极少。由此我们可以论断，明清传奇的篇幅一般在二十出至五十出之间。

第二，在生长期传奇作品中，以三十一出至五十出为传奇篇幅的常例，占此期传奇作品总数的63.8%；其中三十一出至三十九出和四十出至五十出两个档次的传奇作品大致相等（分别为18种与19种），未分高低。而此期二十出至三十出的传奇作品（14种）虽占总数的24.1%，但有半数（7种）是清抄本，即清代的舞台演出本,显然经过艺人的删节改编,已不复是明代原貌了①。如现存阙名的《钗钏记》传奇抄本三十出,上卷十九出,下卷仅十一出,其中有六出极短,往往上场人物仅唱一二支曲子,说白数语,就此带过,这显然是艺人的删节演出本。因此,此期二十出至三十出的传奇作品的实际数量肯定要少于 14 种。

值得注意的是,此期作家张凤翼现存的 5 种传奇作品中,有《祝发记》、《灌园记》2 种属于二十出至三十出这一档次,占此期同档次传奇作品(14 种)的 14.3%。从表面上看,这种现象与他同时代的作家相比是相当显眼的,无疑表现出张凤翼改革传奇剧本长篇体制的超前意识。但是细加考察,《祝发记》创作于万历十四年(1586),《窃符》、《灌园》的创作年代尚在其后,已入传奇勃兴期②。因此,张凤翼的传奇作品与其说是生长期的末响,勿宁说是勃兴期的先声。

第三,在勃兴期传奇作品中,以三十一出至三十九出为传奇篇幅的常例,其数量占此期传奇作品总数的 52.7%,并且为本档次三个时期传奇作品总数(183 种)的 58.5%。相对生长期而言,此期传奇剧本篇幅已出现渐趋短小的趋向,在四十出至五十出这一档次中,勃兴期传奇作品的相对数量虽增加了 19 种,但在比率上却比生长期减少 14.1%;与此相反,在三十一至三十九出这一档次中,勃兴期传奇作品比生长期则增长了 21.7%。但是,在勃兴

---

① 抄本出数多于刻本的情况也有,如叶宪祖《鸾锟记》传奇,明崇祯间毛晋编刊《六十种曲》本为二十七出,清红格抄本为三十四折。但这毕竟不多见,而抄本出数少于刻本的却不乏其例。

② 参见徐朔方:《张凤翼年谱》,见其《晚明曲家年谱》(杭州:浙江古籍出版社,1993),第一卷。又按,吕天成:《曲品》卷下"新传奇",注云:"每一人以所传先后为次"。张凤翼名下七种传奇作品依次为:《红拂》、《祝发》、《窃符》、《虎符》、《灌园》、《戾廖》、《平播》。据此,《窃符》、《灌园》当作于《祝发》之后。见吕天成著、吴书荫校注:《曲品校注》,第 201 页,第 227—233 页。

期传奇作品中,二十出至三十出这一档次的传奇作品,在相对数量上虽比生长期增加了9种,在比率上却与生长期基本一致,都不足该期传奇作品总数的25%。由此可见,勃兴期仅仅是传奇篇幅由长而短的变迁的过渡时期,尚未真正超越生长期定型的传奇剧本长篇体制的规范。

第四,到了发展期,情势发生了根本性的变化。此期二十出至三十出的传奇作品数量占总数的57.5%,成为传奇剧本篇幅的常例,并且为本档次三个时期传奇作品总数(171种)的62.6%。与此相比照,此期三十一出至三十九出传奇作品的数量为总数的31.2%,比勃兴期减少了21.5%;四十出至五十出传奇作品的数量仅为总数的7%,比勃兴期减少11.7%。由此可见,文人传奇创作在剧本体制上"缩长为短"真正地蔚为风气,是在清代顺治、康熙年间,即明清传奇的发展期。范希哲《富贵仙自序》说:

> 其间铺叙繁文,悉行涂抹正定,实切关目三十出。与其待教梨园删削改抹,莫若自省笔墨,各从实用。①

这种"各从实用"的戏剧创作观,表达了发展期许多传奇作家的共同看法和共同追求。

再从微观来看,从明末开始,已有一些传奇作家着意压缩传奇剧本中的一些过场戏,以节省演出时间。如冯梦龙《万事足》传奇(明崇祯间墨憨斋刻本)第五折《主仆登程》,小生扮高谷携带老仆赴京赶考,小生唱〔仙吕望吾乡〕一支,即下场。高谷并不是主要人物,这出过场戏的作用只是衔接串连故事情节,因此不妨一笔带过。又如沈自晋《望湖亭记》传奇(清初玉夏斋刻本《十种传奇》本)第三十二出,净扮脚夫,有一段说白:"来了来了,相公请上生

---

① 范希哲:《万全记》传奇(清康熙间刻《八种传奇》本),卷首。按,此剧一名《富贵仙》。

(按,当为牲)口行路,如今那〔甘州歌〕也不耐烦唱了,随分诌个小曲儿,走几步,当了一出戏文吧。"行路要唱〔甘州歌〕,这是传奇体制的老规矩,但是为了节省演出时间,干脆连老规矩都不妨打破。

到了清前期,这种压缩、简省一些无关紧要的繁文赘曲的做法便已成为传奇惯例。例如范希哲《富贵仙自序》说到"自省笔墨,各从实用"时,就曾明确地声称:

> 如开场前之引子原不用者,竟去矣。下场诗之有无,随酌应否而取舍矣。内唯合古腔、阐全本之大套曲白,不得不然。其余一切无关涉之品题,极力省节。总望敷演之时,照此片言不缺,则厚幸矣。

孔尚任《桃花扇凡例》也说:

> 各本填词,每一长折,例用十曲,短折例用八曲。优人删繁就减,只歌五六曲,往往去留弗当,辜作者之苦心。今于长折,止填八曲,短折或六或四,不令再删故也。①

这鲜明地体现出发展期传奇作家面向舞台、服务舞台的戏剧观念。

传奇剧本篇幅"缩长为短"的直接结果,是使发展期的许多传奇作品成为真正的"场上之曲",葆有长久的舞台生命力。

第三节 结构第一的艺术追求

传奇剧本体制的"缩长为短",不仅符合实际演出需要和观众欣赏要求,也便于根治长篇传奇作品容易"太蔓,蔓则局懈"的弊病②,有利于促使传奇作家讲究剧作冲突的集中、情节的精炼和结

---

① 孔尚任:《桃花扇凡例》,《桃花扇》传奇卷首。
② 王骥德:《曲律》卷三《论剧戏》。

构的谨严,一句话,注重传奇戏曲的结构艺术。

传奇戏曲虽然采用史诗结构,与小说的叙述艺术颇有相通之处,但它毕竟是供演出而不是供阅读的,是场上之曲而不是案头之书,因此绝不能像小说那样细大不捐,平铺直叙,而必须选择富于戏剧性的情节片段,构成戏剧场面。现代日本学者青木正儿对清康熙间戏剧家万树的传奇作品的评价,就说明了传奇结构的这一特点:

> 统观三种,其结构针线极密……余以为其更妙处,在于关目省略法甚得其宜,演出各要点,而中间杂事仅于宾白中语之,不令演出。此法始自明末,沈自晋、范文若、吴炳等作品,渐臻工巧,但至万树,令人觉其最得其法也。①

这就是说,在舞台上演出的应该是故事情节中重要的并富于戏剧性的关目,而中间杂事则用说明的方法一笔带过,这是作家创作精简传奇场子的秘诀之一。

例如,万树的《风流棒》传奇②,演书生荆瑞草与才女倪菊人、谢林风的姻缘会合,穿插以劣生童同绰播乱其间和丑女赖能文以丑冒美,情节奇幻。其最擅长之处,就是所谓"关目省略法"。全剧二十六出,作者仅精选戏剧性最强的场面加以敷演,而中间情节发展的来龙去脉仅仅在说明中提及。如谢林风题诗于壁,荆瑞草追谢不遇,荆瑞草归杭州谒师,童生被俘房逃归等等,如据以往的传奇常套,都必须在场上演出,而万树则尽皆隐去不写。关目设置弃取得当,就有效地避免了传奇累赘、拖沓、迂缓的通病,这充分体现出发展期传奇作家日益成熟的传奇结构艺术。

---

① 〔日〕青木正儿:《中国近世戏曲史》,王古鲁译著本(北京:作家出版社,1958),第396页。

② 万树:《风流棒》传奇,清康熙间檠花别墅刻《拥双艳三种曲》本。

由新戏多演全本戏而旧戏多演折子戏这一不同的演出方式所决定,新戏与旧戏还有一点重要的区别,就是新戏更多地仰仗曲折的戏剧情节和激烈的戏剧冲突来吸引观众,而旧戏则更多地依靠演员唱、做、念、打的表演技巧来取悦观众。同时,压缩篇幅,精简场子,也必然要求传奇作家在结构艺术上多下工夫。于是,传奇作品结构的重要性就显得更为突出了。

中国古代戏剧家对戏曲文学要素的认识,在宋元时期,一直局限于曲是"词余",是诗之流别的成见,因此他们主要提出了音律与文辞两大要素。如周德清《中原音韵·作词十法》,要求曲家恪守"知韵"、"造语"、"用事"、"用字"、"入声作平声"、"阴阳"等等作词原则①;杨维桢《周乐湖今乐府序》批评当时的杂剧创作:"往往泥文采者失音节,谐音节者亏文采,兼之者实难也。"②

到了元末明初,贾仲明为钟嗣成《录鬼簿》所录元杂剧作家补作吊词时,才偶尔用到"关目"一词,其意相当于现在所说的情节结构③。如本书第九章第四节所述,直到明中叶以后,李贽、臧懋循、毛允遂、王骥德、祁彪佳、凌濛初等人,才比较全面地提出曲、白、关目三大戏曲文学要素,并强调情节结构在传奇创作中的重要性。这标志着古代戏剧家对戏曲文学叙事性特征的确认,也显示了他们对戏曲文学情节结构的重视。但在明代,戏剧理论家和创作家的热点始终集中在音律与文辞上,传奇作品的艺术结构并未引起人们充分的重视。

在中国古代戏曲研究史上,李渔第一次明确地提出了"结构第一"的理论命题。李渔所谓"结构",带有布局、构思的意思。在《闲情偶寄》卷之一《词曲部·结构第一》中,他认为,结构的工作

---

① 《中国古典戏曲论著集成》第一册,第231—237页。
② 杨维桢:《东维子文集》(《四部丛刊初编》影印鸣野山房抄本),卷十一。
③ 《录鬼簿(外四种)》(上海:上海古籍出版社,1980)。

必须在"引商刻羽之先,拈韵抽毫之始",就像"造物之赋形"与"工师之建宅"一样,"袖手于前,始能疾书于后"。结构关乎戏曲艺术的生命,故而在戏曲文学诸要素中应置于首位:"填词首重音律,而予独先结构。"①在李渔看来,戏曲文学要素的合理次序应是结构、词采、音律。

从此以后,"结构第一"成为戏曲创作实践和理论认识的主流。清乾隆间传奇作家金兆燕的一段论述,便很有代表性:

> 传奇之难,不难于填词,而难于结构。生旦必无双之选,波澜有自然之妙;串插要无痕迹,前后须有照应;脚色并令擅场,场面毋过冷淡;将圆更生文情,收煞毫无剩义——具兹数美,乃克雅俗共赏。若夫清词丽句,宛转关生,当世固不乏隽才;而别裁伪体,以亲风雅,亦未易数数觏也。②

"结构第一"的确认,不仅标志着清初戏剧家对戏曲文学特性的准确把握,更重要的是标志着中国古代艺术思维方式和艺术审美风范的转移。在中国古代,由于诗歌艺术的高度发达,"抒情趣味"作为一种潜在的艺术思维方式和艺术审美风范,始终在文学艺术中占据着统治地位,并渗透于各种文体之中,支配着各种文体的创作。而"结构第一"的确认,表明时至清初,中国文学中的"情节趣味"已经大大增长,具有与"抒情趣味"相抗衡乃至凌驾于其上之势了。李渔在《闲情偶寄》卷之一《词曲部·结构第一》中就毫不含糊地声称:"有奇事,方有奇文。"③这就强有力地改变了主宰文学创作的艺术思维方式和艺术审美风范,从而动摇了中国文学的传统格局。这一变化正如美国现代符号论美学家苏珊·朗格

---

① 此段引文均见《中国古典戏曲论著集成》第七册,第10页。
② 金兆燕:《旗亭记凡例》,见其《旗亭记》传奇(清乾隆间刻本),卷首。
③ 《中国古典戏曲论著集成》第七册,第15页。

(Susanne K. Langer)所说的:"而当叙述部分被作为作品的中心主题时,一个新的要素就被介绍进来,这个新的要素即**情节趣味**。它改变了主宰作品思想的完整形式。"[1]有清一代通俗小说的繁兴,叙事诗的崛起[2],传记文学的兴盛,都可以从这里得到深刻的解释。

李渔在《闲情偶寄》卷之一《词曲部·结构第一》中对传奇结构艺术的理论探讨,继承了明后期戏剧家对传奇情节结构的有机整体性的论述,总结了明后期以来传奇创作的经验,主要包括"立主脑"、"减头绪"、"密针线"等几个方面。

李渔在论及传奇艺术结构时,首先标举"立主脑"。他说:

> 古人作文一篇,定有一篇之主脑。主脑非他,即作者立言之本意也。传奇亦然。一本戏中,有无数人名,究竟俱属陪宾;原其初心,止为一人而设。即此一人之身,自始至终,离合悲欢,中具无限情由,无穷关目,究竟俱属衍文;原其初心,又止为一事而设。此一人一事,即作传奇之主脑也。[3]

这种"一人一事"的"主脑",是全剧结构的枢纽。这一结构枢纽,一方面联络和归拢着全剧的诸人诸事,是全剧结构布局中的一个"经穴"所在,一个扣住全剧间架的"结",一条贯穿全剧的主线;另一方面,它又是全剧意蕴的聚焦点,既凝聚着作家独特的审美感受,也是全剧诸人诸事的内在含意的总归趋。在这里,内容和形式是密不可分的,"一人一事"的结构功能和内在意蕴是相互表里

---

[1] 〔美〕苏珊·朗格:《情感与形式》第十五章《虚幻的记忆》,刘大基等译(北京:中国社会科学出版社,1986),第302页。

[2] 例如,有人认为:"以诗歌叙说时政、反映现实成为有清诗坛总的风气。""叙事性是清诗的一大特色,也是所谓'超元越明,上追唐宋'的关键所在。"参见钱仲联主编:《清诗纪事·前言》(南京:江苏古籍出版社,1987),第4—5页。

[3] 《中国古典戏曲论著集成》第七册,第14页。

的。因此,李渔的"主脑"一词虽从明后期戏剧家习用的"头脑"一词演变而来,但却具有特殊的理论内涵。

略早于李渔,金圣叹在《读第六才子书西厢记法》中就提出"一人"说。他根据人物在戏剧叙事中所处的关系及其功能,把王实甫《西厢记》杂剧中的人物划分为三类:一类是"主脑"人物,即崔莺莺,她是人物关系的主导方面亦即"操纵者",在实际上左右了事件的发生与发展,因而成为全部作品主题和结构的聚焦点;一类是辅助人物,即张生和红娘,他们是事件的具体参与者和实施者,推动着事件的发生与发展;一类是道具人物,如老夫人、惠明和尚等,都是"所忽然应用之家伙","只是文字间所用之乎者也等字"或药之"炮制时所用之姜醋酒蜜等物",他们受前二类人物的支配,使事件的演进多彩多姿①。

李渔的"一人一事"说以金圣叹的"一人"说为蓝本,并作了进一步的阐释和发挥。他认为:

> 后人作传奇,但知为一人而作,不知为一事而作。尽此一人所行之事,逐节铺陈,有如散金碎玉。以作零出则可,谓之全本,则为断线之珠,无梁之屋,作者茫然无绪,观者寂然无声,无怪乎有识梨园望之而却走也。②

这不仅准确地切中了明中后期传奇创作的弊病,而且与希腊哲人亚里斯多德的观点不谋而合,这充分显示出李渔的理论识见③。

---

① 《贯华堂第六才子书西厢记》(顺治间刻本),卷首。按,据阙名《辛丑纪闻》(《申报馆丛书续集》本)记载,金圣叹批刻《西厢记》在清顺治十三年(1656)。
② 《中国古典戏曲论著集成》第七册,第 14 页。
③ 参见亚里斯多德《诗学》第八章:"有人认为只要主人公是一个,情节就有整一性,其实不然;因为有许多事件——数不清的事件发生在一个人身上,其中一些是不能并成一桩事件的;同样,一个人有许多行动,这些行动是不能并成一个行动的。"见罗念生译:《诗学·诗艺》(北京:人民文学出版社,1962),第 27 页。

而且,从这里也可以看出,李渔对"一人一事"的要求是着眼于"全本"而不是"零出"的,这正是由明末清初全本戏演出的舞台需要所决定的。

为了"立主脑",就必须"减头绪"。所谓"头绪",指情节的因果线。李渔总结明代传奇创作的教训,说:"头绪繁多,传奇之大病也。"①例如,臧懋循《邯郸记总评》批评汤显祖,说:"临川作传奇,常怪其头绪太多。"②祁彪佳《远山堂曲品》批评陈德中《赐剑记》说:"头绪纷如,全不识构局之法,安得以畅达许之?"③冯梦龙《永团圆叙》说:"余改窜,独于此篇最多,诚乐与相成,不敢为佞。然余犹嫌兰芳投江后,凡三折而始归高公,头绪太繁。"④由此可见,头绪繁多是明代文人传奇的一大弊病,李渔"减头绪"的主张正是针对众多传奇作品的弊病,有的放矢的。"减头绪"的目的,是使传奇结构趋于单一。这种对于戏剧结构单一性的强调,与亚里斯多德《诗学》所论悲剧的"故事整一性"⑤,在艺术精神上也是相通的。

为了"立主脑",还必须"密针线",即情节发展环环相扣,紧密关联,构成一个有机整体。关于这一点,李渔之前已有不少人论及。如王骥德批评沈璟《坠钗记》:"中转折尽佳,特何兴娘鬼魂别后,更不一见,至末折忽以成仙会合,似缺针线。"⑥冯梦龙称赞梅孝已《洒雪堂》传奇:"情节关锁紧密无痕"⑦。在《第六才子书西

---

① 《中国古典戏曲论著集成》第七册,第 15 页。
② 《邯郸记》传奇卷首,《玉茗堂四种传奇》。
③ 《中国古典戏曲论著集成》第六册,第 105 页。
④ 《墨憨斋订本永团圆传奇》(崇祯间刻《墨憨斋定本传奇》本),卷首。
⑤ 亚里斯多德《诗学》第九章:"在简单的情节与行动中,以'穿插式'为最劣。所谓'穿插式情节',指各穿插的承接见不出可然的或必然的联系。"见罗念生译:《诗学·诗艺》,第 27 页。
⑥ 王骥德:《曲律》卷四《杂论》下。
⑦ 《洒雪堂总评》,《墨憨斋订本洒雪堂传奇》(《墨憨斋定本传奇》本),卷首。

厢记》的批语中,金圣叹提出"移堂就树法"①,要求创作前文时应注意设下伏笔,至后文则互相呼应,使全剧成为一个有机整体。丁耀亢《啸台偶著词例》也说:"要照应密:前后线索,冷语带挑,水影相涵,方为妙手。"②而李渔的论述更为细密。在《闲情偶寄》卷之一《词采第二·重机趣》中,他提出传奇作品的"一人一事"必须前后贯串,以免"一节偶疏,全篇之破绽出矣。每编一折,必须前顾数折,后顾数折。顾前者,欲其照应;顾后者,便于埋伏。照应、埋伏,不止照应一人,埋伏一事,凡是此剧中有名之人,关涉之事,与前此后此所说之话,节节俱要想到。"因此,全剧各部分不能有"断续痕":

> 所谓无断续痕者,非止一出接一出,一人顶一人,务使承上接下,血脉相连,即于情事截然绝不相关之处,亦有连环细笋,伏于其中,看到所来方知其妙。如藕于未切之时,先长暗丝之待;丝于络成之后,才知作茧之精。③

这就是文论中所谓"草蛇灰线法"。

对传奇艺术结构的单一性和有机整体性的详细阐述,使李渔的戏曲结构论构成一个相当严谨而完备的理论体系。以李渔为代表的戏剧结构有机整体论,是对中国古代文学结构理论的重大贡献。

李渔对传奇结构理论的总结和探讨,既是明末清初传奇创作实践的结果,也反过来促进了清前期传奇结构艺术的实践。清前期的传奇创作虽仍强调情节的传奇性,但却已从明后期的追逐出梦入幻、牛鬼蛇神之奇,演变为追求家常日用、人情物理之奇,因此

---

① 《贯华堂第六才子书西厢记》卷二《寺警》批语。
② 丁耀亢:《赤松游》传奇(清顺治间刻本),卷首。
③ 《中国古典戏曲论著集成》第七册,第24页。

对传奇结构艺术的要求更高,难度也更大。艺术就是克服困难。正是在克服困难的创作实践中,清前期的传奇作家对传奇的结构艺术进行了不懈的探索,并取得了可喜的成绩。例如,李玉、朱佐朝等人的剧作往往以真实的历史背景和历史人物为框架,大胆地进行艺术虚构,设计曲折动人的情节。李渔、万树等人的剧作则大量使用误会、巧合、瞒骗等喜剧手法来构置情节冲突,但却总是力图从家常日用故事中体会人情物理,生发出无穷的波澜。可以说,明清传奇的结构艺术至此方臻成熟。

第四节 以俗为雅的语言风格

时至清前期,在传奇的语言风格方面,天平从明后期"才情在浅深、浓淡、雅俗之间"的平衡状态①,更多地偏向了俗的一边。张彝宣毫无顾忌地标称:"本色填词不用文。"②李渔《闲情偶寄》卷之一《词曲部·词采第二·忌填塞》更直截了当地断定:"能于浅处见才,方是文章高手。"③

晚清时,杨恩寿曾批评李渔的《笠翁十种曲》:

> 鄙俚无文,直拙可笑。意在通俗,故命意遣辞力求浅显。流布梨园者在此,贻笑大雅者亦在此。④

这正可以从反面看出,像李渔这样的传奇作家,正是适应舞台演出和观众欣赏的需要,而倡导并实践通俗浅显的传奇语言风格的。易言之,传奇语言风格的通俗化,正是发展期传奇作家对传奇的舞

---

① 王骥德:《曲律》卷四《杂论》下。
② 张彝宣:《如是观》传奇(旧抄本),第三十出。
③ 《中国古典戏曲论著集成》第七册,第28页。
④ 杨恩寿:《词余丛话》卷二《原文》,《中国古典戏曲论著集成》第九册,第265页。

台演出性的高度重视和平民审美趣味对传奇艺术的强烈影响二者交互作用的结果。

发展期传奇作家明确地认识到,与文章的"不怪其深"相反,戏曲语言"贵浅不贵深"。这是因为,首先,戏曲作为时间艺术,不像其他文学作品那样仅仅形诸纸上,可以重复阅读,它还必须搬于场上,适应即时欣赏。因此,戏曲舞台演出的即时性、流动性,不允许戏曲语言"令人费解,或初阅不见其佳,深思而后得其意之所在";戏曲语言只有通俗浅显,才能像撮盐入水一样,入耳即化。其次,古代戏曲产生于民间,虽然侵入文坛、步上宫廷,但始终以广大平民百姓为主要观众,这就形成中国戏曲观众的广泛性和群众性。因此,戏剧家必须就低而不就高,以那些"不读书人"、"不读书之妇人小儿"的理解水平和接受能力作为一种艺术上必须服从的约束,这样才能适应广大平民百姓的对艺术的审美趣味和欣赏需要,从而使戏曲获取旺盛的生命力①。正是因为面向舞台,面向平民,发展期的许多传奇作家努力追求传奇语言的以俗为美,以浅见深。

其实,由于文人积习难返,即使立意浅俗,落笔也难免雅隽,因此只有刻意矫枉过正,明确标举浅俗,才能真正形成文而不晦、俗而不俚、浅而见深、淡而有味、直而含趣的戏曲语言风格,这恐怕正是元杂剧语言取得极高造诣的奥秘所在。康熙、雍正年间,黄图珌曾提出"词宜化俗"的观点,说:

> 元人白描,纯是口头言语,化俗为雅。亦不宜过于高远,恐失词旨;又不可过于鄙陋,恐类乎俚下之谈也。其所贵乎清真,有元人白描本色之妙也。②

---

① 此段引文见李渔:《闲情偶寄》卷之一《词曲部·词采第二·忌填塞》及《贵浅显》,《中国古典戏曲论著集成》第七册,第28页,第22—24页。
② 黄图珌:《看山阁集闲笔·文学部·词曲》,《中国古典戏曲论著集成》第七册,第142页。

"化俗为雅","贵于清真",这不正是文人特有的审美趣味吗?

例如,李渔《比目鱼》第二十六出《贻舟》中有这么一支曲子:

〔青玉案〕仙舟喜到回生处,罾共网皆恩具。不但渔翁称旧主,山曾相共,水曾相与,喜得重遭遇。

秦淮醉侯(杜浚)在这支曲子的眉批中道:

此等文字,竟是说话,并非填词。然说话无此文采,填词又少此自然。他人以说话为说话,笠翁以填词为说话,故有此等妙境也。①

"以填词为说话",这很能见出李渔"于浅处见才"的高超的语言造诣。而以"说话"为本,达到"自然"与"文采"的融合为一,正是发展期传奇作家自觉的审美追求。

以浅见深,化俗为雅,坚持戏曲语言本色的审美追求,并不始于传奇发展期,早在传奇生长期和勃兴期,就有许多戏剧家提出过类似的精辟见解②。但是,以浅见深、化俗为雅的审美追求真正蔚为时风,取得硕果,却是在传奇发展期。因此,发展期许多传奇作家对传奇语言通俗易晓的自觉审美追求,其结果是在明清传奇史上第一次也是最后一次创造出了堪称剧诗的传奇语言。像李玉、李渔、洪昇等传奇作家的作品,都是传奇语言艺术的典范。

更具有历史意义的是,发展期许多传奇作家自觉地汲取了明末通俗白话小说的语言艺术造诣,他们发展了,甚至可以说是重新创造了传奇的宾白艺术,使传奇的宾白终究摆脱了自文词派以降的书面语言风格,而成为真正的艺术化的口头语言。清康熙间鹿

---

① 《笠翁十种曲》(清康熙间刻本)所收本。
② 参见本书第九章第二节的有关论述。

溪居士在《载花舲》传奇第六出《贡异》暹罗国王上场白的眉批中就说:"宾白绝肖小说口吻,所以为佳。"①

戏曲中的曲词之外的人物语言之所以称为"宾白",明代人有两种解释:一是认为:"唱为主,白为宾,故曰宾;白,言其明白易晓也。"②二是认为:"两人对说曰宾,一人自说曰白。"③当以前说近是。

据说元人杂剧作家创作时仅作曲词,少有宾白,因此宾白无足轻重。有人认为,是先由剧作家写成曲词,然后由艺人补入宾白的,如臧懋循《元曲选序》说:有人认为元杂剧剧本,"其宾白,则演剧时伶人自为之,故多鄙俚蹈袭之语"④。李渔在《闲情偶寄》卷之三《词曲部·宾白第四》中也说:

> 元以填词擅长,名人所作,北曲多而南曲少。北曲之介白者,每折不过数言。即抹去宾白而止阅填词,亦皆一气呵成,无有断续,似并此数言亦可略而不备者。由是观之,则初时止有填词,其介白之文,未必不系后来添设。

有人则认为,是先由艺人写成宾白,然后由剧作家补充曲词的,如王骥德《曲律》卷三《杂论上》说:

> 元人诸剧,为曲皆佳,而白则猥鄙俚亵,不似文人口吻。盖由当时皆教坊乐工先撰成间架说白,却命供奉词臣作曲,谓之"填词"。凡乐工所撰,士流耻为更改,故事款多悖理,辞句

---

① 《载花舲》传奇,现存康熙间曲波园刻本。按,最早将戏曲宾白艺术与白话小说语言合而观之的,是明崇祯间的孟称舜。在《古今名剧合选·酹江集·天赐老生儿》(崇祯间刻本)眉批中,他说:"盖曲体似诗似词,而白则可与小说演义同观。"
② 徐渭:《南词叙录》,《中国古典戏曲论著集成》第三册,第 246 页。
③ 单宇:《菊坡丛语》;亦见姜南:《抱璞简记》,李诩:《戒庵漫笔》。三书均收入陶珽辑:《说郛续》(清顺治间宛委山堂刻本)卷十九。
④ 见《元曲选》(明万历间吴兴臧氏刻本),卷首。

多不通。不似今作南曲者尽出一手,要不得为诸君子疵也。

对上述看法,在明崇祯年间,戏剧家孟称舜便持怀疑态度,他说:

> 或云元曲填词,皆出词人之手,而宾白则演剧时伶人自为之,故多鄙俚蹈袭之语。予谓元曲固不可及,其宾白妙处更不可及。①

从现存的《元刊杂剧三十种》来看,的确曲多白少、曲全白缺②。人们之所以认为杂剧宾白为后人添设,大抵即根据类似的文本立论。然而,仅据类似的文本,我们还难以明确地断定,究竟是元剧作家创作的剧本原貌本来如此,还是剧本的刊刻者偷工减料,删去或者省略宾白?

但是无论如何,明后期人们对元杂剧宾白的非议,却表现出当时的戏剧家已逐步认识到宾白在戏曲艺术中的重要性。如王骥德《曲律》卷三专列《论宾白》一节,认为:

> 诸戏曲之工者,白未必佳,其难不下于曲。③

沈际飞《评点牡丹亭还魂记》中集诸家评语,引袁宏道的话说:

> 凡传奇,词是肉,介是筋骨,白、诨是颜色。《紫钗》止有曲耳,白殊可厌也。诨间有之,有能开人笑口。若所谓介,作者尚未梦见,此却不是肉尸而何!④

柳浪馆《紫钗记总评》也有相同的比喻:

> 传奇自有曲、白、介、诨……词是肉,介是筋骨,白、诨是颜

---

① 孟称舜:《古今名剧合选·酹江集·天赐老生儿》眉批。
② 见《古本戏曲丛刊四集》(上海:上海商务印书馆景印本,1958)。
③ 《中国古典戏曲论著集成》第四册,第141页。
④ 《沈际飞评点牡丹亭还魂记》(明崇祯间独深居刻本),卷首。

401

色。如《紫钗》者,第是肉耳,如何转动?却不是一块肉尸而何?此词家所大忌。①

祁彪佳《远山堂曲品》称赞阙名《完贞记》传奇时也说:

> 说白极肖口吻,亦是词场所难。②

明后期戏剧家的以上论述,极大地启发了李渔。他在《闲情偶寄·词曲部》中,与《结构》、《词采》、《音律》等并列,特辟《宾白》一节,说:

> 自来作传奇者,止重填词,视宾白为末着,常有白雪阳春其调而巴人下里其言者,予窃怪之……尝谓曲之有白,就文字论之,则犹经文之于传注;就物理论之,则如栋梁之于榱桷;就人身论之,则如肢体之于血脉;非但不可相无,且觉稍有不称,即因此贱彼,竟作无用观者。故知宾白一道,当与曲文等视。有最得意之曲文,即当有最得意之宾白。③

但是,与明后期戏剧家专从戏曲文学的角度提倡宾白艺术不同,李渔之所以重视宾白,是从舞台需要出发,为观众欣赏着想的。他认识到:

> 且作新与演旧有别。《琵琶》、《西厢》、《荆》、《刘》、《拜》、《杀》等曲,家弦户诵已久,童叟男妇,皆能备悉情由。即使一句宾白不道,止唱曲文,观者亦能默会。是其宾白繁简,可不问也。至于新演一剧,其间情事,观者茫然。词曲一道,止能传声,不能传情。欲观者悉其颠末,洞其幽微,单靠宾白一着。

---

① 《柳浪馆批评紫钗记》(明崇祯间刻本),卷首。
② 《中国古典戏曲论著集成》第六册,第29页。
③ 《中国古典戏曲论著集成》第七册,第51页。

与旧戏的反复演出、耳熟能详不同,层出不穷、日新月异的新戏,更有赖于宾白来传达故事情节。所以李渔要求剧作者在创作宾白时,应该做到:"手则握笔,口却登场。全以身代梨园,复以神魂四绕,考其关目,试其声音,好则直书,否则搁笔",这样才能达到"观听咸宜"的审美效果:"列之案头,不观则已,观则欲罢不能;奏之场上,不听则已,听则求归不得。"①

而且,全本戏的演出方式,促使剧本的唱词渐趋精练,而说白的分量则显著加重。在明末清初,不论创作新剧,修改旧本,都可以看到这个倾向。这也对传奇作家的宾白艺术提出了更高的要求。

经过李渔的大力提倡和发展期传奇作家的努力实践,在清代传奇创作中宾白艺术得到迅速的发展。那么,传奇戏曲的宾白应该有哪些具体规范呢?以王骥德《曲律》卷三《论宾白》、李渔《闲情偶寄》卷之三《宾白第四》和孔尚任《桃花扇凡例》为主②,综合其他戏剧家的看法,发展期建立的传奇戏曲宾白艺术的规范大致有如下几点:

第一,宾白应浅显易懂,语意明白。王骥德《曲律》卷三《论宾白》说:

> 定场白稍露才华,然不可深晦。《紫箫》诸白,皆绝好四六,惜人不能识。《琵琶》黄门白,只是寻常话头,略加贯串,人人晓得,所以至今不废。对口白须明白简质,用不得太文字;凡用之乎者也,俱非当家。

这种对明白晓畅的宾白语言风格的确认,同对传奇曲词以浅为深、

---

① 以上引文见《中国古典戏曲论著集成》第七册,第55页,第59页。
② 依次见《中国古典戏曲论著集成》第四册,第141页;《中国古典戏曲论著集成》第七册,第51—61页;《桃花扇》传奇,卷首。

以俗为雅的强调一样,是对明中期以后文词派宾白艺术的反拨。凌濛初《谭曲杂札》就曾一针见血地批评文词派传奇的宾白,说:

> 今之曲既斗靡,而白亦竞富。甚至寻常问答,亦不虚发闲语,必求排对工切。是必广记类书之山人,精熟策段之举子,然后可以观优戏,岂其然哉?又可笑者,花面丫头,长脚髯奴,无不命词博奥,子史淹通,何彼时比屋皆康成之婢、方回之奴也?总来不解"本色"二字之义,故流弊至此耳。①

当然,在传奇发展期,也有的文人如孔尚任《桃花扇凡例》那样仍然坚持"宁不通俗,不肯伤雅",习惯于在创作宾白时讲究辞藻,表露才华。但这一创作倾向,在传奇发展期仅露苗头,主要表现在典型的"文人之曲"中,而到了传奇余势期则形成一时风尚。

第二,宾白应音调铿锵,美听悦耳。王骥德《曲律》说:"句字长短平仄,须调停得好,令情意宛转,音调铿锵,虽不是曲,却要美听。"李渔《闲情偶寄》更明确地从观众的角度立论,说:"一句聱牙,使听者耳中生棘;数言清亮,使观者倦处生神。"孔尚任《桃花扇凡例》也说:"说白则抑扬铿锵,语句整练"。

第三,宾白应繁简适宜,达意适用。王骥德《曲律》说:"大要多则取厌,少则不达。"李渔《闲情偶寄》也说:"作宾白者,意则期多,字惟求少,爱虽难割,嗜亦宜专。"决定宾白繁简的标准,应看其是否足以传达情事。如清乾隆间黄振《石榴记凡例》说:

> 词曲譬画家之颜色,科白则勾染处也。勾染不清,不几将花之瓣、鸟之瓴混而为一乎?故折中如彼此应答,前后线索,转弯承接处,必挑剔得如须眉毕露,不敢稍有模棱,致多

---

① 《中国古典戏曲论著集成》第四册,第259页。

沉晦。①

从总体上来看,清前期的传奇作家的宾白更偏向于繁多,这一来是为了扭转元明以来戏曲创作忽视宾白的传统,二来更是为了充分表现文人独特的才华。如李渔《闲情偶寄》自称:"传奇中宾白之繁,实自予始。"他为自己辩解说:

> 予非不图省力,亦留余地以待优人。但优人之中,智愚不等,能保其增益成文者,悉如作者之意,毫无赘疣、蛇足于其间乎?与其留余地以待增,不若留余地以待减。减之不当,犹存作者深心之半,犹病不服药之得中医也。此予不得不若是之故也。

孔尚任《桃花扇凡例》也说:

> 旧本说白,只作三分,优人登场,自增七分;俗态恶谑,往往点金成铁,为文笔之累。今说白详备,不容再添一字。

从这里,我们可以看出清前期文人作家对宾白艺术的高度重视,他们将传奇作品中的曲词和宾白视为一个有机的艺术整体。正因为如此,在发展期文人传奇剧本中的宾白不乏隽美清丽的艺术精品,这是文人作家进行呕心沥血的艺术创造的结果。另一方面,从这里我们也可以看出文人作家像珍视诗文作品一样珍视自身的戏曲艺术创作,从而表现出抗拒舞台改编、轻视艺人趣味的心态。

当然,这只能是文人作家的一厢情愿。只要将乾隆间编刊的戏曲选集《缀白裘》所收的传奇剧本与文人作家的原本略作比较,就不难看出,《缀白裘》本的宾白几乎没有不大加改削的。因为综

---

① 黄振:《石榴记凡例》,见其《石榴记》传奇(清乾隆间柴湾村舍刻本),卷首。

合艺术终究只能在综合的艺术实践中存活,无论古今中外,任何戏剧剧本都不可能逃脱舞台演出的改编,恰恰相反,任何戏剧剧本都有赖于舞台演出的再创造得以生命永存,这就是戏剧作为综合艺术应有的命运。

第四,宾白应语求肖似,性格如见。李渔《闲情偶寄》说:"言者,心之声也","务使心曲隐微,随口唾出,说一人,肖一人,勿使雷同,弗使浮泛,若《水浒传》之叙事,吴道子之写生,斯称此道中之绝技"。在这一点上,宾白与曲词有着相同的审美要求。

第五,曲白相生,相得益彰。曲便于抒情,白长于叙事,二者各有侧重,这是从宋元说唱文学承袭而来的传统,构成了曲词和宾白各自的艺术特性。因此,在戏曲剧本中,曲词和宾白往往循环间用,彼此引带,相得益彰。李渔《闲情偶寄》说:

> 有最得意之曲文,即当有最得意之宾白。但使笔酣墨饱,其势自能相生。常有因得一句好白,而引起无限曲情;又有因填一首好词,而生出无穷话柄者。

此外,曲词和宾白的运用还有特殊的技术要求。如孔尚任《桃花扇凡例》说:

> 又一事再述,前已有说白者,此则以词曲代之。若应作说白者,但入词曲,听者不解,而前后间断矣。其已有说白者,又奚必重入词曲哉?

需要重复则重复,不必重复的就不可重复,以听者可解、前后变化为准则,其基本目的是创造强烈的戏剧性。对曲词和宾白各自特性和相互关系的深切体认,使发展期的传奇作品在曲白相兼、相生、相容方面,取得了很高的艺术造诣。

第六,昆曲传奇中丑角、付角说白吴语化,即所谓"苏白",虽始见于明万历年间沈璟等人的传奇作品,流行于明末,但也是到了

传奇发展期方形成定例的。李渔《闲情偶寄》说:

> 近日填词家见花面登场,悉作姑苏口吻,遂以此为成律,每作净、丑之白,即用方言。

《闲情偶寄》卷之五《演习部·脱套第五·声音恶习》也说:

> 可怪近日之梨园,无论在南在北,在西在东,亦无论剧中人生于何地,长于何方,凡系花面脚色,即作吴音。岂吴人尽属花面乎?

细考清初苏州派作家如李玉等人的传奇剧本,尤其是现存的传抄本(即舞台演出本),丑角、付角(包括一部分贴旦)的说白,几乎无一例外地都用吴语,可知李渔之说并非空论。

直至乾隆间编刊的戏曲选集《缀白裘》,其中大多数剧本中丑、付的说白,还都由原作旧本的官话改为吴语土话。如《六十种曲》中《水浒记》的说白全是官话,而《缀白裘》选录《水浒记》的《前诱》、《后诱》两出,其中张文远的说白全是吴语土话;《六十种曲》中《义侠记》的说白也全是官话,而《缀白裘》选录《义侠记》的《戏叔》、《别兄》、《挑帘》、《做衣》诸出,其中武大和西门庆说的都是吴语土话。由此可以看出当时戏台的风气[①]。

丑角、付角说白吴语化,至少有如下三个功用:

首先,丑角、付角的吴语土话,使剧本带上浓厚的苏州地方色彩。清前期传奇早已昆剧化,而昆剧演出当以苏州戏班最拿手,也最地道,因此演员采用吴语土话的说白,便带有浓郁的地方色彩。

其次,丑角、付角用吴语土话,可以使人物语言更为风趣、生

---

① 参见胡适:《〈缀白裘〉序》,汪协如点校:《缀白裘》(北京:中华书局,1955),卷首。

动,这就有利于人物刻画。在昆曲传奇中,丑角往往扮演戏里的滑稽人物,付角往往扮演戏里的反面人物①,他们说吴语土话,可以使滑稽人物显得更为可笑,使反面人物显得更为可恶。

再次,丑角用吴语土话,也便于寓机锋于笑料。昆剧中丑角所扮演的滑稽人物,大多属于下层平民,如朱𫖮《翡翠园》传奇里的王馒头,朱佐朝《渔家乐》传奇里的万家春,丘园《党人碑》传奇里的刘铁嘴,等等②。他们外貌是丑陋的,地位是卑微的,言行是滑稽的,灵魂却是高尚的,伟大与渺小、崇高与滑稽、聪明与愚昧、真诚与狡黠奇异地集于一身。因此,他们用吴语土话插科打诨时,往往"于嘻笑诙谐之处,包含绝大文章"③。这在后来的一些地方剧种中也是惯例。如鲁迅在《且介亭杂文·答〈戏〉周刊编者信》一文中就说:

> 绍兴戏文中,一向是官员秀才用官话,堂倌狱卒用土话的,也就是生,旦,净大抵用官话,丑用土话。我想,这也并非全为了用这来区别人的上下,雅俗,好坏,还有一个大原因,是警句或炼话,讥刺和滑稽,十之九是出于下等人之口的,所以他必用土话,使本地的看客们能够彻底的了解。那么,这关系之重大,也就可想而知了。④

绾结而言,发展期戏剧家自觉地面向舞台进行传奇创作,从而突破了生长期和勃兴期逐步定型的传奇文体规范体系,促使原有

---

① 当代昆剧名丑华传浩说:"简单说来,昆剧中丑角(小面)应行的,基本上是好人;副角(二面)应行的,基本上是坏人。"见其《我演昆丑》(上海:上海文艺出版社,1962),第3页。
② 按,《翡翠园》传奇,现存精写本;《渔家乐》传奇,现存清抄本;《党人碑》传奇,现存旧抄本。
③ 李渔:《闲情偶寄》卷之一《词曲部·科诨第五·重关系》。
④ 《鲁迅全集》(北京:人民文学出版社,1973),第六卷,第147页。

的传奇文体规范发生了重大变革,形成了篇幅在三十出以下、采用昆腔音乐、结构严谨紧凑、语言通俗易懂的崭新的传奇文体规范体系。传奇艺术焕发着勃勃生机,显示出前所未有的雄健、稳重和成熟的风度。

第十三章　李玉和苏州派

　　明末清初,江苏吴县及其附近地区的剧作家,如李玉、朱㿟、朱佐朝、叶时章、毕魏等人,同气相求,往来密切,形成一个声势浩大的戏曲流派,即苏州派。学术界关于这一戏曲流派有不同的称法[①]。我认为,上述诸曲家多为苏州府人,而且主要的戏剧活动在苏州,甚至居住于苏州。如李玉早在明末即迁居苏州西城,终其一生,一直在苏州活动。明崇祯间,冯梦龙为李玉《永团圆》传奇作叙,已称其所居为"一笠庵"[②];清顺治末年,吴伟业作《北词广正谱序》说:"予至郡城,尝过其庐"[③];李玉为清康熙间袁园客重刻本《南音三籁》作序,文后署:"康熙陆年伍月望日苏门啸侣元玉氏

[①] 关于明末清初以李玉为首的这一戏曲流派,现代戏曲研究家的称定不甚一致。有的称为"苏州派",见吴新雷:《李玉生平、交游、作品考》(载《江海学刊》1961年第12期),及《论苏州派戏曲家李玉》(载《北方论丛》1981年第5期),又见颜长珂、周传家《李玉评传》(北京:中国戏剧出版社,1985),齐森华等主编·《中国曲学大辞典》(杭州:浙江教育出版社,1997),第199页;有的称为"苏州剧派",见苏宁:《李玉和〈清忠谱〉》(北京:中华书局,1980),康保成:《苏州剧派研究》(广州:花城出版社,1993);有的称为"吴县派",见陆萼庭:《昆剧演出史稿》(上海:上海文艺出版社,1980),第96页;有的称为"苏州作家群",见张庚、郭汉城主编:《中国戏曲通史》(北京:中国戏剧出版社,1981),中册,第74页,又见廖奔、刘彦君《中国戏曲发展史》(太原:山西教育出版社,2000),第4卷,第229页,李玫:《明清之际苏州作家群研究》(北京:中国社会科学出版社,2000);有的称为"吴门戏剧家",见余秋雨:《中国戏剧文化史述》(长沙:湖南人民出版社,1985),第381页。

[②] 李玉著、冯梦龙重订:《墨憨斋重订永团圆传奇》(明崇祯间墨憨斋刻本),卷首。

[③] 李玉:《一笠庵北词广正谱》卷首,王秋桂汇编:《善本戏曲丛刊》第六辑(台北:台湾学生书局,1987)影印清康熙间青莲书屋刻文靖书院印本。

题于一笠庵之东篱小厂。"① 又如董康等校订《曲海总目提要》卷二一《海潮音》条记载,张彝宣"居阊门外寒山寺"②。凡此皆可为证。因此,本书选用"苏州派"的称法。苏州派以其成功的戏曲创作实践,在明清时期的剧坛上留下了活跃的身影,并且强有力地推动了传奇艺术向深度和广度发展。苏州派的传奇作品具有平民化的文化精神和舞台化的艺术特征,不仅在明清传奇史上,也在明清文化史上占有重要的一席之地。

第一节 绿窗共把宫商办
——苏州派概说

在历史上,苏州派与明中后期的前后七子派、唐宋派、公安派、竟陵派等文学艺术流派不同,是一个组织形式比较松散的文学艺术流派。由于史料的阙如,文献的无征,对苏州派的形成过程、活动情况和理论主张等等,我们都无法确考。我们仅能就现存的少量史料和苏州派作家的传奇作品本身,大致勾勒出苏州派的构成及其基本特征。

一、苏州派点将录

苏州派究竟包括哪些戏曲作家呢?

《中国戏曲通史》中册列出"苏州作家群"10人:李玉、朱佐朝、朱㿥、叶时章、张彝宣、毕魏、丘园、陈二白、马佶人、路惠期。吴新雷《论苏州派戏曲家李玉》所定苏州派,无丘园、马佶人、路惠

---

① 凌濛初编、袁园客增补:《南音三籁》卷首,王秋桂汇编:《善本戏曲丛刊》第四辑(台北:台湾学生书局,1987)影印清康熙间刻本。
② 董康等校订:《曲海总目提要》(北京:人民文学出版社,1959)。

期,增朱云从、薛旦、盛际时、陈子玉、过孟起、盛国琦,共13人。颜长珂、周传家《李玉评传》在此基础上,补充丘园、马佶人、朱英、王续古、郑小白、毛钟绅、王鸣九、刘方、邹玉卿、周昊等10人,凡23人。康保成《苏州剧派研究》认为,如果说"苏州作家群",可以包括上述20多人;如果说"苏州派",则只应包括李玉、朱㿥、朱佐朝、毕魏、叶时章、盛际时、朱云从、过孟起、盛国琦、陈二白、邹玉卿、丘园等12人。我基本上同意康保成的说法,另补充张彝宣、陈子玉、刘百章三人,得苏州派作家15人,简述其生平如下①。

李玉(1602?—1676?),字玄玉,后避康熙皇帝玄烨之讳,改作元玉,别署苏门啸侣、一笠庵主人。吴县人。其家原为明万历间大学士申时行(1535—1614)府中家人,初为申公子所抑,不得应科举。后出应试,连厄于有司,至崇祯间始中副榜举人。入清后绝意仕进,隐居林下,以度曲自娱,标帜词坛。所撰传奇33种:《一捧雪》、《人兽关》、《永团圆》、《占花魁》、《麒麟阁》、《太平钱》、《眉山秀》、《两须眉》、《千忠戮》、《万里圆》、《牛头山》、《昊天塔》、《风云会》、《五高风》、《连城璧》、《七国传》,及与人合撰之《清忠谱》、《一品爵》,凡18种,今存于世;《洛阳桥》仅存《神议》、《戏女》、《下海》三出,《埋轮亭》仅存第一至第八出;此外,《三生果》、《长生像》、《禅真会》、《风云翘》、《双龙佩》、《千里舟》、《虎丘山》、《武当山》、《挂玉带》、《意中缘》、《万民安》、《麒麟种》、《罗天醮》等13种,早已佚失。此外,《传奇汇考标目》还著录《上

---

① 按,颜长珂、周传家所列23人中,朱英、王续古、薛旦、刘方、周昊、马佶人、路惠期等7人,皆以写才子佳人传奇闻名于世,与苏州派其他作家的题材、风格不类,似不应入苏州派。郑小白为扬州人,所作《金瓶梅》传奇也与苏州派风格有异。毛钟绅、王鸣九二人,无戏曲作品传世,不得其详,只能存疑。而张彝宣作品风格与李玉等人多有相通之处,而且又与李玉等人多相过从;陈子玉传奇与丘园同一题材;刘百章传奇风格与李玉等人相近;所以,此3人均可列入苏州派。关于苏州派作家生平的考证,除下文出注者外,可参见康保成《苏州剧派研究》和李玫《明清之际苏州作家群研究》。

苑春》、《清平调》、《五侯封》、《洪都赋》、《燕双飞》、《铜雀台》、《洛神庙》、《珊瑚屏》等8种传奇,不详所据,录以存疑①。

朱㿥(1621?—1701后),字素臣,号荸庵,误作笙庵,以字行。吴县人。出生寒素,未曾出仕,喜度曲,善吹笙。与朱佐朝为兄弟,与李渔、吴绮、尤侗等戏曲家有交往。所撰传奇17种:《锦衣归》、《未央天》、《聚宝盆》、《十五贯》、《文星观》、《龙凤钱》、《朝阳凤》、《秦楼月》、《万年觞》、《翡翠园》等10种,今存;《振三纲》、《狻猊璧》、《忠孝间》、《四圣手》、《一著先》、《瑶池宴》、《全五福》等7种,已佚。此外,与叶时章、毕魏共同编定李玉《清忠谱》传奇,与朱佐朝等4人合著《四奇观》传奇,与丘园、叶时章、盛际时4人合作《四大庆》传奇,皆存;与过孟起、盛国琦合著《定蟾宫》传奇,已佚。《传奇汇考标目》于朱㿥名下尚列有《通天台》、《大吉庆》2种,前者与吴伟业杂剧同目,后者《曲海目》、《曲考》列为无名氏作,疑均系《标目》误入。另有杂剧《杜少陵献三大礼赋》、《琴操问禅》、《杨升庵妓女游春》3种,皆佚。协助李玉修订《北词广正谱》,与扬州李书云合编《音韵须知》,与李书云、汪蛟门、李书楼等共同校订《西厢记演剧》,均存于世②。

朱佐朝,字良卿。吴县人。生卒年及生平未详。与朱㿥为兄弟。所撰传奇25种:《莲花筏》、《锦云裘》、《御雪豹》、《石麟镜》、《九莲灯》、《璎珞会》、《乾坤啸》、《艳云亭》、《夺秋魁》、《万寿冠》、《双和合》、《五代荣》、《牡丹图》、《渔家乐》、《血影石》、《吉庆图》等16种,今存;《寿荣华》有北昆传统演出折子,《飞龙凤》有佚曲一支;《太极奏》、《玉素珠》、《瑞霓罗》、《赘神龙》、《万花楼》、

---

① 关于李玉的生平和作品,参见吴新雷:《李玉生平、交游、作品考》;颜长珂、周传家:《李玉评传》(北京:中国戏剧出版社,1985),第3—12页;李玫:《明清之际苏州作家群研究》,第234—236页,第240—243页。

② 关于朱㿥的生平和作品,参见王永宽校点:《翡翠园》(北京:中华书局,1988),卷首《点校说明》;李玫:《明清之际苏州作家群研究》,第237—238页,第243—244页,第260—265页。

413

《建皇图》、《宝昙月》等7种,已佚。此外,与李玉合作《一品爵》、《埋轮亭》传奇,与朱㿥等4人合著《四奇观》传奇,改订朱云从《龙灯赚》为《轩辕镜》传奇,皆存。《传奇汇考标目》于朱佐朝名下尚列有《清风寨》、《朝阳凤》2种,前者当为史集之作,后者当为朱㿥之作,见《新传奇品》。《曲考》于朱佐朝名下多出《一捧花》,《传奇汇考标目》列入无名氏下。《传奇汇考标目》增补本尚列有《一斛珠》、《元宵闹》、《瑞雪亭》、《落花灯》、《凤双栖》5种,未详所据①。

叶时章(1612?—1695?),字稚斐,亦作雉斐,号牧拙。吴县人。明末习举子业,入清后淡于功名,寄情诗文词曲,在《竹叶舟》传奇第一折〔浣溪沙〕中自称:"谢却簪缨回世俗,自将檀板协歌讴"(清初抄本)。尝因作传奇《渔家哭》,讥刺势豪,被诬系狱,幸得昭雪。究心名教,晚年奉佛。84岁,寿终于家。所撰传奇9种:《琥珀匙》、《英雄概》,今存;《女开科》、《开口笑》、《三击掌》、《逊国疑》、《八翼飞》、《人中人》、《渔家哭》等7种,已佚。同朱㿥等4人合作《四大庆》传奇,与李玉等同编《清忠谱》传奇,今皆存;与朱云从合撰《后西厢》,已佚。《传奇汇考标目》增补本尚列有《归去来》,未详所据。叶燮《牧拙公小像赞》称其:"笑傲寄之《琥珀匙》,悲忿寓之《渔家哭》。"②

毕魏(1623?—1706?),字万後,或误作万侯,一字晋卿,别署姑苏第二狂。所居曰梦香室,又曰滑稽馆。吴县人。有奇才异识,与冯梦龙、李玉、朱㿥兄弟等相过从,晚年隐居自适。所撰传奇6

---

① 关于朱佐朝的作品,参见李玫:《明清之际苏州作家群研究》,第244—246页。
② 关于叶时章的生平事迹,详见孙岳颁:《牧拙生传》,叶燮:《牧拙公小像赞》,均收入叶长馥编:《吴中叶氏族谱》(清康熙五十一年[1712]刻本)。参见周巩平:《叶稚斐传记史料的新发现》,载《戏曲研究》第15辑(北京:文化艺术出版社,1985),第112—119页;邓长风:《〈吴中叶氏族谱〉中的清代戏曲家史料及其他·叶时章(稚斐)》,见其《明清戏曲家考略》(上海:上海古籍出版社,1994),第277—283页。

种:《三报恩》、《竹叶舟》,今存;《红芍药》、《呼卢报》、《万人敌》、《杜鹃声》,已佚。曾助李玉编定《清忠谱》传奇,今存。

朱云从,字际飞,一字雯虹,或云名雯虹,字云从。吴县人。生卒年及生平未详。《新传奇品》著录其剧作 12 种:《灵犀镜》、《齐眉案》、《照胆镜》、《人中虎》、《石点头》、《别有天》、《龙灯赚》、《赤龙须》、《儿孙福》、《小蓬莱》、《两乘龙》、《万寿鼎》。其中《照胆镜》或为朱佐朝撰,《小蓬莱》或为刘百章撰,均待考。与叶时章合撰《后西厢》。《传奇汇考标目》增补本另著录《一笑缘》、《二龙山》2 种,不详所据。又高奕《双奇侠》传奇,或云朱云从撰。现仅存《龙灯赚》、《儿孙福》2 种。

张彝宣(1610 前—1661 后),一名大復,字心其,亦作星期、心期,号寒山子,室名寒山堂。吴郡人。家贫苦,居苏州阊门外寒山寺。粗知书,好填词,不治生产。性淳朴,亦颇知释典。与冯梦龙、朱㿥、朱佐朝、钮少雅等曲家相友善。所撰传奇 29 种:《醉菩提》、《如是观》、《金刚凤》、《快活三》、《海潮音》、《钓鱼船》、《双福寿》、《读书声》、《吉祥兆》、《紫琼瑶》10 种,今存;《天下乐》、《獭镜缘》、《芭蕉井》、《井中天》4 种,仅存佚出或佚曲;《天有眼》、《龙华会》、《双节孝》、《娘子军》、《小春秋》、《发琅钏》、《龙飞报》、《痴情谱》、《智串旗》、《三祝杯》、《大节能》(能疑为"烈"之误)、《罗江怨》、《新亭泪》、《金凤钗》、《喜重重》等 15 种,已佚。又曾撰《万寿大庆承应杂剧》6 种:《万国梯航》、《万家生佛》、《万笏朝天》、《万流同归》、《万善合一》、《万德祥源》,已佚。所撰《南词便览》、《元词备考》、《词格备考》和《寒山堂曲谱》,今皆存①。

盛际时,字昌期。吴郡人。生卒年及生平未详。所撰传奇 4

---

① 关于张彝宣的生平和作品,详见张彝宣《寒山堂曲谱》卷首《总目》,民国《吴县志》卷75本传、《曲海总目提要》卷二一《海潮音》条。参见周巩平:《张大復戏曲作品考辨》,载《戏曲研究》第 19 辑(1986),第 113—132 页。

种:《人中龙》、《胭脂雪》今存;《飞龙盖》、《双虬判》,已佚。同朱㿥等4人合作《四大庆》传奇,今存。

陈二白(1622?—?),字于令。长洲(今江苏苏州)人。生平未详。所撰传奇4种:《称人心》、《双冠诰》,今存;《彩衣欢》,仅存佚曲;《昼锦归》,已佚①。

邹玉卿,字昆圃。长洲(今江苏苏州)人。生卒年及生平未详。所撰传奇《青虹啸》、《双螭璧》2种,皆传于世。

丘园(1617—1690),雍正二年(1724)后出版诸书改作邱园,字屿雪,号坞邱山人。常熟(今属江苏)人。为人方正,跌荡不羁,耻事干谒。居坞邱山,纵情诗酒。善画,山水仿沈周,雪景尤佳。与吴伟业、尤侗等为文字交。《海虞诗苑》卷5小传称其:"于音律最精,分寸节度,累黍不差。梨园弟子畏服之,每至君里,心辄惴惴,恐一登场,不免为周郎所顾也。"所撰传奇9种:《党人碑》、《御袍恩》(一名《百福带》)、《幻缘箱》等3种,今存;《虎囊弹》,今存佚出;《岁寒松》、《闹勾栏》、《蜀鹃啼》、《一合相》、《双凫影》等5种,已佚。另与朱㿥等四人合作《四大庆》传奇,今存②。

陈子玉,字希甫。吴县人。生平未详。所撰传奇3种:《玉殿缘》今存;《三合笑》、《双喜缘》(一作《欢喜缘》),已佚。《玉殿缘》与丘园《幻箱缘》剧情相同,或同出一源,或相互改编。

刘百章,字景贤。原籍浙江乐昌,世居江苏吴县。生卒年及生平未详。所撰传奇13种:《摘星楼》、《瓦冈寨》、《翻天印》3种,今

---

① 参见邓长风:《康熙钞本〈双冠诰〉及其作者陈二白》,《明清戏曲家考略》,第428—429页。

② 关于丘园的生平事迹,详见王应奎:《海虞诗苑》(清古处堂刻本)卷5小传;赵景深、张增元:《方志著录元明清曲家传略》(北京:中华书局,1987),第165—166页所录方志。参见康保成:《李玉、朱素臣、丘园生平史料的新发现》,载《中山大学研究生学刊》1987年第2期;李玫:《明清之际苏州作家群研究》,第233—234页,第273—275页。

存;《七步吟》、《大阴报》、《牡丹图》、《佐飞龙》、《状元印》、《状元旗》、《祝家庄》、《集翠楼》、《传家诀》、《醉禅师》10种,已佚。

过孟起,吴县人。生卒年及生平未详。曾著《苏州府学志》。与朱㿥等合撰《定蟾宫》传奇,已佚。

盛国琦,字里、生平均未详。与朱㿥等合撰《定蟾宫》传奇,已佚。

二、驰骋剧坛,同气相求

苏州派作家大多是生活于下层社会的布衣文人。在略知生平的苏州派作家中,有的曾应科举却未入仕途,如李玉和叶时章;有的根本就不曾赴试,如朱㿥、张彝宣、丘园等。他们大多不像传统的"士、农、工、商"等"四民"那样,在社会中寻求安家立命的固定职业,而是以文人的身份混同于三教九流之属,以戏剧创作、戏剧活动作为一技之长,和戏班梨园结下了不解之缘。如吴伟业《北词广正谱序》称李玉:

> 甲申(1644)以后,绝意仕进,以十郎之才调,效耆卿之填词。①

按,"十郎"指唐代诗人李益,"耆卿"即宋代词人柳永。这里说的是李玉不求仕进,过着文人放纵才情的艺术生涯。李玉自己也说:

> 予于词曲,夙有痂癖。数奇不偶,寄兴声歌,作《花魁》、《捧雪》二十余种,演之氍毹,聊供喷饭。②

又如张彝宣"粗知书,好填词,不治生产"③,显然也是以"填词"为生涯的。

---

① 李玉:《一笠庵北词广正谱》卷首。
② 李玉:《南音三籁序》,凌濛初编、袁园客增补:《南音三籁》卷末。
③ 《曲海总目提要》卷二一《海潮音》条。

正因为他们不是享誉文坛的名人学士,也不是腰缠万贯的富商大贾,而是沉抑民间的普通士子,所以大多数苏州派作家的生卒年和生平经历难以详考。虽然他们与明清之际文坛上的名士耆宿,如冯梦龙、吴伟业、钱谦益、尤侗、陈维崧、余怀、吴绮等人,时有交往①,但是二者显然活动于不同的文化圈中:前者优游于平民文化圈,后者显耀于士大夫文化圈。这种情况,与大多数元杂剧作家"沉抑下僚,志不获展"②,混迹于勾栏之中,驰骋于曲坛之上,有着惊人的相似之处;而与从明代嘉靖、隆庆年间开始,大多数传奇作家,无论其入仕与否,都活动于士大夫文化圈中,则形成了鲜明的对比。正是从士大夫文化圈下降到平民文化圈的这一历史性转移,使苏州派作家的传奇创作充满了更为浓厚的平民色彩,并获得了更为深广的群众基础。

据现有的文献资料统计,苏州派作家的传奇作品共有 171 种(几位作家合作的剧本只算一种,存疑的作品不计在内),占此期传奇作品总数(452 种)的 37.8%,而苏州派的作家仅占本期传奇作家总数(128 人)的 11.7%;人均创作传奇为 11.4 种,约为发展期作家人均创作传奇数(3.5 种)的 326%③。在这 171 种传奇作

---

① 例如,冯梦龙曾改编李玉的《人兽关》传奇和《永团圆》传奇,今存明崇祯间刻《墨憨斋定本传奇》所收本;吴伟业为李玉的《清忠谱》传奇和《一笠庵北词广正谱》作序,现均存清康熙间刻本;钱谦益为李玉的《眉山秀》传奇作序,现存清康熙间刻本;吴绮为朱㿥《秦楼月》传奇作序,现存清康熙间刻本。丘园与尤侗一直过从甚密,尤侗《看云草堂集》里,有《同宋射陵、丘屿雪饮重其斋中次韵》、《小重阳日射陵、屿雪、重其重集寒斋话旧和射陵韵》诗二首,作于康熙八年至十五年(1669—1676)间,见其《西堂全集·西堂诗集》(清康熙间刻本)。丘园并曾以吴伟业的从兄成都令吴继善在明末全家罹难之事为题材,创作《蜀鹃啼》传奇,见吴伟业《观〈蜀鹃啼〉剧有感并序》,吴伟业著、李学颖集评标校:《吴梅村全集》(上海:上海古籍出版社,1990),卷十七,第 472—473 页。

② 胡侍:《珍珠船》(《宝颜堂秘笈》本),卷四。

③ 这一统计,主要依据庄一拂:《古典戏曲存目汇考》(上海:上海古籍出版社,1982),卷十一所录苏州派传奇作品,稍加辨析梳理。

品中,全本存世的有 77 种,仅存残本的有 10 种,其余 84 种已佚失。

　　苏州派作家的作品如此繁多,艺术创作力如此旺盛,可以推想,他们大多数应该是职业或半职业戏曲作家。他们全力从事编剧活动,主要为民间职业昆班而不仅是为家庭戏班的演出需要而创作,可能即以卖剧为生,至少也是以卖剧作为重要的经济来源。如明崇祯时,冯梦龙在《墨憨斋重订永团圆传奇·叙》中说:

> （李玉）初编《人兽关》盛行,优人每获异稿,竞购新剧,甫属草,便攘以去。上卷精采焕发,下卷颇有草草速成之意。①

清顺治十一年(1654),钱谦益《眉山秀·题词》也说:

> 元玉言词满天下,每一纸落,鸡林好事者争被管弦,如达夫、昌龄声高当代,酒楼诸妓咸歌其诗。②

朱确在康熙十年(1671)前后,曾撰《秦楼月》传奇,第十八出《得信》中,有陶一凤(诨名陶吃子)说的一番话,可以看出苏州派作家和民间职业戏班的密切关系:

> 但是说起来,却也奇怪。我老陶近日手中干瘪,亏了苏州有几位编新戏的相公,说道:"老陶,你近日无聊,我每各人有两本簇新好戏在此,闻得浙江一路,也学苏州,甚兴新戏,拿去卖些银子用用。归来每位送匹锦绸,送斤丝绵便罢,只算扶持你。"我快活透了,拿了几本新戏,连夜趁船,竟到湖州。③

　　正因为苏州派作家主要是为民间戏班而创作的,所以他们的剧作在舞台上虽然十分流行,但却很少得到刊刻,大多靠伶人的传

---

① 李玉著、冯梦龙重订:《墨憨斋重订永团圆传奇》卷首。
② 李玉:《眉山秀》(《古本戏曲丛刊三集》影印清康熙间刻本),卷首。
③ 朱确:《秦楼月》,《古本戏曲丛刊三集》影印清康熙间文喜堂刻本。

抄得以流传。在至今全本存世的 77 种苏州派传奇作品中,刻本只有 9 种,约占存本总数的 12%;抄本有 68 种,约占存本总数的 88%。而李渔、万树等风流文人和吴伟业、尤侗等正统文人的传奇作品,却大多以刻本传世,与苏州派传奇作品的命运形成了鲜明的反照。仅从这一现象,也可以看出苏州派传奇作家及其作品的民间性。

从苏州派作家的交往来看,他们应该是一个组织比较松散的编剧集团。他们经常"绿窗共把宫商办"①,一方面合作创作剧本,一方面互相切磋曲律,从而形成大致相近的创作倾向和艺术风格。

苏州派作家合作创作剧本,一般有两种形式:一种是一部剧本由几位作家分别撰写其中的一部分,然后合成一本。例如,《四大庆》传奇四本,依次为叶时章、丘园、朱㿥、盛际时所作②;朱㿥、朱佐朝等 4 人分别写了酒、色、财、气四剧,合编为《四奇观》传奇③;朱㿥与过孟起、盛国琦 3 人,合作撰写《定蟾宫》传奇④。另一种形式,是由一位作家执笔,其他作家参订、改编或续补。例如,李玉在明末创作了《清忠谱》传奇,在清顺治间付印之前,由朱㿥、毕魏和

---

① 李玉等:《清忠谱》(《古本戏曲丛刊三集》影印清康熙初苏州树镜堂刻本),第二十五折《表忠》【尾声】。
② 今存梅氏缀玉轩抄本《四大庆》(《古本戏曲丛刊五集》影印),第四本第十六场剧末【沽美子】云:"叹人生乐事赊,叹人生乐事赊,四大庆果佳绝,更与那四景风流巧衬贴。斗新声四折,说什么灵心幻舌。叶稚蜚泰山奇写,丘映雪匡庐妙结,朱素灵岳阳巧设,盛济如峨嵋弄拙。俺呵无非是情惬兴热,长端便捷,呀,总不计大家优劣。"【尾】云:"橘斋订聚萦新阕,分钧拈题慢较猎,从此普天下庆贺新词皆退舍。"按,"叶稚蜚"当为叶稚斐之误,"丘映雪"当为丘屿雪之误,"朱素灵"当为朱素臣之误,"盛济如"当为盛际时之误。
③ 《曲海总目提要》卷二五《四奇观》条云:"苏州朱㿥、朱良卿等四人合撰,演包拯断酒、色、财、气四案,因名《四奇观》。"
④ 梁廷楠:《曲话》卷一,《中国古典戏曲论著集成》(北京:中国戏剧出版社,1959),第八册,第 248 页。

叶时章一同参加了改编整理工作①;朱佐朝曾和李玉合作《一品爵》、《埋轮亭》两本传奇②;叶时章曾写过《后西厢》八折,因病中止,由朱云从补成③。这种合作创作,既是思想感情的激发,又是艺术趣味的交流;既有益于提高传奇作品的艺术质量,也有利于绾系传奇作家的朋友情谊。

苏州派作家在曲律方面也常常互相切磋。如李玉曾取徐于室和钮少雅合作的《北九宫谱》原稿,补充了元人杂剧散套及明初南戏中的北词,依宫按调,编定《一笠庵北词广正谱》18卷,考订详实,论列精审,为从来北剧曲谱中最称完备者,而朱确曾帮同校订④。李玉还与朱确合编《音韵须知》,作为指导传奇审音押韵的南曲韵书。张彝宣著有《寒山堂新定九宫十三摄南曲谱》,考订最精,与钮少雅(1563—1651后)《汇纂元谱南曲九宫正始》并称,世号"钮张"。据《曲谱》卷首《总目》记载,他在编谱时,曾从李玉一笠庵藏曲中借得《张资传》、《子母冤家》等剧本。吴江派戏曲家沈自晋修《南词新谱》时,李玉、叶时章均曾参与其事。

当然,艺术家之间大致相近的社会地位和相当密切的艺术交往,并不一定就能使他们构成一个艺术流派。苏州派作家之所以构成一个成熟的戏曲流派,在根本上是由他们的传奇创作在文化内涵和艺术特色上具有大致相近的特征,形成独具风貌的戏曲流派风格,从而使他们在明清剧坛上独树一帜,光耀百年。而李玉则是这一戏曲流派当之无愧的领袖人物。

---

① 《古本戏曲丛刊三集》影印清康熙初苏州树镒堂刻本《清忠谱》传奇,正文首页书名下分行题署:"苏门啸侣李玉元玉甫著,同里毕魏万後、叶时章稚斐、朱确素臣同编。"第二十五折《表忠》【尾声】云:"绿窗共把宫商办,古调新词字句研,岂草草涂鸦伧父言。"

② 《曲海总目提要》卷二五《一品爵》、《埋轮亭》二条。

③ 焦循:《剧说》卷三引《酒边赘语》,《中国古典戏曲论著集成》第八册,第126页。

④ 清康熙间刻本《一笠庵北词广正谱》,正文首页分行题署:"华亭徐于室原稿,茂苑钮少雅乐句,吴门李玄玉更定,长洲朱素臣同阅。"参见周维培:《论〈北词广正谱〉》,载《文学研究》第3辑(南京:南京大学出版社,1993),第83—100页。

第二节　讥切时弊,关注现实
——苏州派传奇的现实精神

苏州派的传奇创作在内容上具有三大特色,即讥切时弊、关注现实的现实精神,事关风化、劝善惩恶的教化指向,和"天下兴亡,匹夫有责"的平民色彩。这三大特色,使苏州派传奇在总体上显现出迥异于晚明吴江派和明末清初其他传奇作家的文化内涵,亦即刺世伤时,显微阐幽。

苏州派作家的171种传奇,就题材而言,主要包括社会剧、历史剧(包括时事剧)、风情剧和神佛剧。而最能体现苏州派作家创作成就的是社会剧和历史剧。

在能够大致考证故事情节的苏州派传奇作品中,以当代或古代的社会生活为题材的社会剧约有49种,约为其传奇作品总数的29%;历史剧约有46种,约为总数的27%;二者相加得95种,约为总数的56%。这种情况,与晚明时期传奇创作"传奇十部九相思"的局面①,形成了鲜明的反差。

首先看社会剧。

苏州派的社会剧,就其情节内容而言,大致可以分为四类:

第一,描写平民反对封建势力的迫害。例如:李玉的《一捧雪》传奇,叙写明嘉靖年间权相严嵩之子严世蕃为夺取玉杯"一捧雪",处心积虑地陷害莫怀古一家②。朱㿥的《翡翠园》传奇,叙写

---

① 李渔:《怜香伴》传奇卷末收场诗,《笠翁十种曲》(清康熙间刻本)。
② 这一故事,是杂取明代苏州某家的《清明上河图》、云间朱大韶家的宋徽宗玉杯、新安程季白的"白定彝"等名画古玩致祸的事件,进行艺术创作的。分别见王世贞:《清明上河图别本·跋》,《弇州山人续稿》(《景印文渊阁四库全书》本),卷一六八;赵郡西园老人:《南吴旧话录》(清嘉庆间刻本),卷二四;花村看行侍者:《花村谈往》卷二,收入张钧衡辑:《适园丛书》(民国乌程张氏刻本),第11集。

明正德年间豪宦麻逢之为建造花园，图谋霸占邻居书生舒德溥的宅基地，遂买通宁王府，以盗窃陵墓的罪名陷害舒德溥一家。叶时章的《琥珀匙》传奇，揭露了封建势力对杭州商人桃南洲一家的残酷迫害，描写了桃佛奴的卖身救父、不屈风尘和太湖侠盗金髯翁、小商贩贾瞎子等人对桃家的热情帮助。

第二，揭露黑暗吏治的草菅人命。与元杂剧中的"包公戏"遥相呼应，在苏州派作家的笔下，这种公案题材的传奇作品涂染了浓重的时代色彩。当朱㿥将宋人话本《错斩崔宁》改编为传奇《双熊梦》(即《十五贯》)时，索性径直写成明代的故事。在剧中，山阴县令过于执"决意要做清官"，动辄标榜"爱民如子"、"执法如山"。但是他在审理熊友兰兄弟的冤案时，却粗枝大叶，主观专断，甚至不惜大搞"逼供信"，草菅人命。幸亏苏州太守况钟体恤民情，爱惜民命，执意复审，方才使二熊的冤狱得以平反。朱㿥的《未央天》传奇，写书生米新图被奸人诬陷入狱，仆人马义之妻臧婆舍身相救，马义滚钉板告状，终由清官闻朗平此冤狱。朱佐朝的《吉庆图》传奇，写凤阳县令误判"通奸谋杀"案，将李珍妻朱氏和李珍友蓝玉判处死刑。后来兵部尚书王成审理此案，大义灭亲，将真正的罪犯、他的独生子王六纲送上断头台。

第三，针砭纲纪陵夷、道德沦丧的末世人情，颂扬节义。如李玉的《人兽关》传奇，取材于冯梦龙的小说集《警世通言》卷二五《桂员外途穷忏悔》，写桂薪见利忘义、负心背恩的故事，塑造了一个人面兽心的形象。毕魏的《三报恩》传奇，取材于《警世通言》卷十八《老门生三世报恩》，写老秀才鲜于同考取功名以后，对试官本人和他儿子、孙子三世报恩的故事。作者有意增加了小说中没有的人物陈名易，极写他的忘恩负义，和鲜于同形成鲜明的对照。朱㿥的《聚宝盆》传奇，写沈万三因得一聚宝盆而骤成巨富，却受其妻弟张尤儿诬陷，蒙冤受害，历尽坎坷，深感金钱真是"冤家"。陈二白的《双冠诰》传奇，取材于李渔小说集《连城璧》中的《妻妾败纲常,梅香完节操》,写诸生冯琳如避仇远遁,其妻妾误以为死,失节改嫁,婢女何碧莲日夜纺织,养育孤儿,后来冯琳如父子显达,官诰皆归碧莲。

第四,描写平民人物的发迹变泰。如张彝宣的《快活三》传奇,糅合凌濛初《拍案惊奇》卷十二《陶家翁大雨留宾,蒋震卿片言得妇》和卷一《转运汉遇巧洞庭红,波斯胡指破鼍龙壳》两篇小说,写蒋珍始则因痴狂言,意外得妻;继则海外贸易,赢得巨资;终则献宝皇帝,获取高官,故名《快活三》。盛际时的《胭脂雪》传奇,写洛阳皂隶白怀之子白简在京城作寓,适逢皇帝微服私行,白简以貂裘"胭脂雪"赠之御寒,得赐进士及第,授廉访使。朱云从的《儿孙福》传奇,写徐小楼贫穷潦倒,以偷窃为生,几乎丧命,其五子各有奇遇,均极人间富贵,最终徐小楼夫妇团圆。

苏州派作家对世俗社会生活的强烈喜好,还渗透进其他各种题材的作品中。如朱佐朝的历史剧《渔家乐》就融入了明清之际苏州的市井风貌,清乾隆间吴长元《燕兰小谱》卷四,记载当时昆剧艺人周二官演《渔家乐·卖鱼》一出,就说:"摹写网船嫩妇,形容曲肖,吴音调谑,如在金阊(按,指苏州)牙市中,令人叫绝。"[①]

明代中叶以后,大多数传奇作家,或者呕心沥血地玩弄辞藻、徒逞才情如文词派剧作家,或者苦心孤诣地杜撰乌有子虚的才子佳人故事,或者津津乐道地称赏文人学士的风流韵事。而苏州派作家却另辟蹊径,继承了宋元话本和元杂剧的文化传统,直接拥抱广阔而丰富的世俗社会生活,尤其对下层社会的平民生活青目独加,这显然走的是截然不同的创作道路。

在明清传奇史上,最早着力描摹传写世俗社会生活的作家是沈

---

① 见张次溪辑:《清代燕都梨园史料》(北京:中国戏剧出版社,1988),上册,第38页。

璟,苏州派作家无疑受益于这位乡贤的艺术滋养。有趣的是,沈璟传奇的市井风习和平民口味,并没有为晚明的吴江派作家所继承,却被明清之际的苏州派作家发扬光大,这是为什么呢? 我认为,这和明中叶以后整个时代审美风会的转变是大致同步的。中国古代文学作品所关注的艺术世界更多地由古典世界、神话世界和文人世界转向世俗世界、平民世界,这是从明代万历年间滥觞的,以《金瓶梅》小说和沈璟传奇为表征。直到明末清初,冯梦龙编辑"三言",凌濛初创作"二拍",以及《醒世姻缘传》等大批通俗小说作品问世,这一审美风会方才形成掀天波澜。流风所及,甚至宫廷中也喜欢上演描写世俗生活的剧目,明末宦官刘若愚《酌中志》卷十六谈到宫廷中的戏曲演出时就说:

> 又过锦之戏,约有百回,每回十余人不拘。浓淡相间,雅俗并陈;全在结局有趣,如说笑话之类,又如杂剧故事之类。各有引旗一对,锣鼓送上。所扮者,备极世间骗局丑态,并闺阁拙妇呆男,及市井商匠,刁赖词讼,杂耍把戏等项,皆可承应。①

苏州派作家以重笔浓墨尽情摹写世俗生活图景,既是这股时代潮流裹挟的结果,也对这股时代潮流起了推波助澜的作用。根据不完全统计,苏州派作家的传奇作品直接取材于"三言"、"二拍"等通俗小说的,有 20 种之多②,由此也可见二者之间的密切关系。

---

① 刘若愚:《酌中志》(北京:北京古籍出版社,1994),第 107 页。又蒋之翘《天启宫词》注云:"又有过锦戏,约有百回,备极世间昏庸受欺、奸谗巧诈情事,虽市井商匠,杂耍把戏,皆可承应。"见《明宫词》(北京:北京古籍出版社,1987),第 56 页。按,清人震钧:《天咫偶闻》(北京:北京古籍出版社,1982),卷七《外城西》云:"明代宫中有过锦之戏,其制以木人浮于水上,旁人代为歌词。此疑即今宫戏之滥觞,但今不用水,以人举而歌词,俗称'托吼',实即'托偶'之讹。《宸垣识略》谓过锦即影戏,失之。"(第 175 页)

② 这些传奇作品是:李玉的《人兽关》、《占花魁》、《太平钱》、《长生像》、《风云会》、《眉山秀》;朱㿥的《十五贯》、《文星现》、《聚宝盆》、《万年觞》;朱佐朝的《九莲灯》;毕魏的《三报恩》;丘园的《闹勾栏》;张彝宣的《天有眼》、《快活三》、《金刚凤》、《金凤钗》、《醉菩提》、《井中天》、《钓鱼船》等。

其次看历史剧。

苏州派作家为明清之际社会矛盾和政治斗争的激烈与残酷所震动,为政治领域里的是非正邪之争和善恶曲直之辨所吸引,因此他们以极大的热情创作了大量以当代或前代的政治斗争为题材的历史剧。孙岳颁《牧拙生传》评叶时章曾说:

> 适遭鼎革,淡于功名,诗文之暇,寄情于声歌词曲,演传奇数种行于世。世称翁之词义激昂,才情富有,不知只缘目击丧乱,聊以舒胸中块垒,讥切明季时弊。而翁之文章所为脍炙人口者,又不在此区区也。①

叶时章是这样,其他苏州派作家又何尝不是如此呢?

苏州派以当代政治时事为题材的时事剧为数不多,却反映了明末清初这一特定历史时期的一些重大政治事件。如以晚明"民变"为题材的,有李玉的《万民安》传奇,写万历二十九年(1601)以织工葛成为首的苏州"民变",铺叙了士民的抗税斗争②;李玉的《清忠谱》传奇,写天启六年(1626)的苏州"民变",即颜佩韦等"五人义"事件。以明清之际国破家亡、世难乱离为题材的,有李玉的《两须眉》传奇,以明末六安人黄鼎夫妇为原型,写明将黄禹金夫妇抗击李自成、张献忠义军的故事③;李玉的《万里圆》传奇,以苏州孝子黄向坚万里寻父的实事为线索,描述了南明朝廷中的奸臣误国和清兵屠杀江南人民的惨状④;丘园的《蜀鹃啼》传奇,写明末张献忠攻克成都,成都令吴继善全家罹难。这些时事剧都以

---

① 转引自周巩平:《叶稚斐传记史料的新发现》,载《戏曲研究》第 15 辑,第 112—119 页。
② 此剧剧本已佚,剧情见于《曲海总目提要》卷十六。
③ 参见徐铭延:《李玉〈两须眉〉本事考》,《南京师范大学学报》1963 年第 1 期。
④ 参见归庄:《黄孝子传》,见《归庄集》(上海:上海古籍出版社,1984),卷七,第 409—414 页。

忠奸斗争为主题,不仅与本书第十章第四节所述的明末时事剧一样,体现出与明代东林学派和复社人士相一致的政治倾向,而且还由于面临改朝换代的社会变动,染上了反思亡明历史的时代色彩。吴伟业在《清忠谱序》中指出:

> 假令忠介公(按,指周顺昌)当日得久立于熹庙之朝(按,指天启皇帝),拾遗补过,退倾险而进正直,国家之祸,宁复至此!①

这一语道破了《清忠谱》等时事剧总结明朝亡国历史教训的创作意图。

苏州派以前代或前朝政治斗争为题材的历史剧为数甚夥,大致可分为两类:一类着重表现历史上的忠奸斗争,与时事剧相辅相成。如朱佐朝的《渔家乐》传奇,写汉末权臣梁冀专权,追杀清河王刘蒜;叶时章的《英雄概》传奇,写唐末李克用的义子李存孝,受奸人逸毁,最终立功伸冤;丘园的《党人碑》传奇,写北宋末年蔡京专政,立党人碑,追贬前朝司马光、苏轼、文彦博等人,尚书刘逵上疏论其非,一家遭难,颠沛流离,最后终得平反;朱㿥的《朝阳凤》传奇,以明嘉靖、隆庆间忠臣海瑞为主角,歌颂其清廉正直的品格和忠君爱民的精神。

另一类历史剧,则在展示忠奸斗争的同时,流露出苏州派作家对明清易代的社会巨变的深切感受。清顺治二年(1645),清兵灭南明,对江南人民大肆屠杀,七月初四屠嘉定,初六屠昆山,十二日屠常熟、苏州,八月初三屠太仓,二十一日屠江阴②。国难当头,不

---

① 吴伟业:《清忠谱序》,李玉等:《清忠谱》,卷首。
② 参见谢国桢:《南明史略》(上海:上海人民出版社,1957),第 76—87 页;[美]魏斐德(Frederic E. Wakeman Jr.):《洪业——清朝开国史》(*The Great Enterprise*),陈苏镇等译(南京:江苏人民出版社,1992),第 605—629 页。

能不使苏州派作家备受刺激,多所感奋,所以他们着意选择明初"靖难之役"为戏曲题材,创作了《千忠戮》(李玉)、《血影石》(朱佐朝)、《一合相》(丘园)、《逊国疑》(叶时章)等传奇作品,在对明初殉难忠臣的讴歌怀念中,寄托着家国兴亡之痛。正如《千忠戮》传奇剧末【尾声】所说的:

    词填往事神悲壮,描写忠臣生气莽,休错认野史无稽稗史荒。①

《千忠戮·惨睹》一出,写明成祖朱棣攻陷南京后,残杀建文帝朱允炆的旧朝忠臣,实际上影射清兵下江南后大肆屠城的罪恶,所以这出戏中"收拾起大地山河一担装"的曲词,一时流播四方。

  此外,如李玉的《牛头山》传奇写岳飞抗金,克敌制胜,宣扬"祖业宜恢,国耻宜雪"。张彝宣的《如是观》传奇(亦名《倒精忠》、《翻精忠》),从"靖康之难"落笔,总结亡国惨史,结尾却一反历史事实,写"岳飞直捣黄龙府,取二圣还朝,奸桧(按,即秦桧)典刑,山河恢复,观之者田夫竖贩亦为之快意。一名《如是观》,谓水月空花,当作如是观耳,文人学士,又不觉为之堕泪也。"②凡此,都是借古喻今,表达苏州派作家身处易代之际的兴亡感慨。

钱谦益《眉山秀·题词》称赞李玉:

    元玉管花肠篆,标帜词坛。而蕴奇不偶,每借韵人韵事谱之宫商,聊以抒其垒块。③

苏州派作家虽然并不敌视清朝,如李玉在钱谦益降清后仍请他为《眉山秀》传奇作序,在《两须眉》传奇中肯定降清的黄禹金,等等;

---

① 李玉:《千忠戮》,《古本戏曲丛刊三集》影印旧抄本。
② 袁栋:《书隐丛说》(清锄经堂刻本),卷八《如是观》。
③ 李玉:《眉山秀》传奇卷首。

但是,他们在内心中却难以忘情明室,于是不免借传奇创作来抒发胸中垒块,流露出强烈的时代情绪。明遗民冒襄看过《清忠谱》传奇后慨叹:"诸君见此,视为前朝古人,惟余历历在心目间。"①这正表现出作者的创作意图与读者(观众)的审美感受二者之间的内在契合。

总起来看,苏州派传奇具有贴近世俗人生、关注时事政治的总体创作倾向。所以,即使是风情剧和神佛剧,在苏州派作家那里,也往往泼染了世俗的色彩,含蕴着政治的风云。李玉在《占花魁》传奇里就明确地说:"何须说鬼更谈仙? 寻常儿女事,莫作口头言。"②在《永团圆》传奇里又说:"新编翻出歌声噪,又不是谈天说鬼话风骚"③。例如,《永团圆》传奇写金陵书生蔡文英与少女江兰芳的姻缘离合,着力鞭笞了嫌贫爱富、势利贪财的富商江纳,颂扬了主持正义、清廉正直的清官高谊。《占花魁》传奇则将花魁莘瑶琴和卖油郎秦种的风情际遇,置于北宋末年金兵入侵、国家兴亡的背景中加以描写。这种将离合之情与政治兴亡紧密联系的艺术构思,直接启发了后来洪昇《长生殿》传奇和孔尚任《桃花扇》传奇的创作。

张彝宣的传奇作品多写佛、道、神、怪,在苏州派作家中颇为显眼。他的《海潮音》传奇写观世音修道因缘,《醉菩提》传奇为济颠和尚作传,诸如此类,更是典型的神佛剧。但即使如此,在张彝宣的神佛剧中,仍不乏厚实的世俗人生内容。如《海潮音》传奇批斥了妙庄王的残暴本性,他为求长生,竟欲蒸煮360名男婴,戕害

---

① 余仪曾:《往昔行序》,见汪之珩:《东皋诗存》(清刻本),卷四三。
② 李玉:《占花魁》(《古本戏曲丛刊三集》影印明崇祯间刻本),卷首《花引》【临江仙】。
③ 李玉:《永团圆》(《古本戏曲丛刊三集》影印明崇祯间刻本),第二十八出《双合》【尾声】。

360名少女;女儿妙善(即观世音)苦苦谏止,他执意不听,竟不惜杀死妙善。《钓鱼船》传奇取材于《西游记》小说,以龙宫、地府等穿插其间,却极力歌颂渔夫吕全的夫妻情义。吕全为见亡妻,宁死不辞,愿赴地狱;为了能在阴间长伴妻子,下油锅也无所畏惧;最终感动天妃娘娘,放他妻子转还人世。这样的传奇作品,说穿了,岂非用神佛外衣包装的社会剧?

第三节 事关风化,劝善惩恶
——苏州派传奇的教化指向

吴伟业在《北词广正谱序》中评价李玉:

> 所著传奇数十种,即当场之歌呼笑骂,以寓显微阐幽之旨。忠孝节烈,有美斯彰,无微不著。[1]

李玉传奇作品这种"每从节义显彝伦"的鲜明的伦理教化指向[2],在苏州派作家那里是带有普遍性的。《海虞诗苑》卷五说:丘园"晚年辑《名教表微》一书,书未竟而殁。"孙岳颁《牧拙生传》记叶时章晚年:"其课诸孙于学也,尝曰:'圣贤之言非徒知之,必且行之。尔诸孙穷年好学,或专以功名为重而伦纪弗修,不得厕身名教者,吾不取也。'"凡此皆可见苏州派作家对传统伦理道德一以贯之的笃信至诚。

苏州派传奇作品中的中心冲突,往往是高尚的道德情操和卑劣的个人欲望的冲突,是纲纪陵夷的社会和洁身守义的个人的冲突。苏州派作家总是不遗余力地抨击浇薄的世风、混乱的社会、冷酷的人情和卑劣的欲求,热情洋溢地向往清明的政治与安定的社

---

[1] 李玉:《一笠庵北词广正谱》,卷首。
[2] 李玉:《永团圆》传奇卷末收场诗。

会,讴歌高尚的道德和洁净的节操,从而表现出高度自觉的社会责任感和十分强烈的伦理教化倾向。当然,与明中后期赤裸裸地鼓吹封建伦理道德的教化派传奇不同,苏州派作家既宣泄了对伦理教化的满腔热情,更表现了对非道德的社会现象的满腔愤怒,从而在整体上具有一种文化反思的特点。

在苏州派的社会剧中,作家总是以严峻的笔触,披露节、义等道德情操与背信弃义、趋炎附势的不道德行径的激烈冲突,既要"事关风化人钦羡"、"节孝忠贞万古传"①,更要"笔底锋芒严斧钺,当场愧杀负心人"②。

例如,李玉在《一捧雪》传奇中,热情歌颂了义仆莫成的代主而亡、婢妾雪艳的杀贼自尽和友人戚继光的为友仗义,严厉鞭挞了奸诈小人汤勤的忘恩负义、损人利己,从而形成全剧"义"与"不义"两种伦理观念的激烈冲突,强化了作者劝善惩恶、拯救世风的创作意图。作者着力刻画了汤勤贪图私利、趋炎附势、奸诈残忍、阴险狠毒的性格特征。汤勤原来流落江湖,几乎饿死,幸亏遇到宽厚的莫怀古给予救助,尊为座上客。但他"阴险千般,存心刻毒",为了攀结严世蕃,谋取荣华富贵,竟不惜出卖恩友,以怨报德,并处心积虑地为严世蕃献计"搜邸"、"遣尉"、"审头",必欲将莫怀古置之死地而后快。这个中山狼似的人物,正是当时浇薄世风的形象写照。

《一捧雪》传奇所构建的这种道德行为与非道德行为的冲突,具有典范的意义,几乎成为苏州派社会剧戏剧情节的基本模式。如陈二白的《双冠诰》传奇里,有婢女何碧莲的守节育孤和冯琳如妻妾的失节改嫁;毕魏的《三报恩》传奇里,有鲜于同的知恩必报

---

① 朱㿥:《未央天》传奇(《古本戏曲丛刊三集》影印清抄本),末出【尾声】。
② 李玉:《人兽关》传奇(《古本戏曲丛刊三集》影印明崇祯间刻本),卷末收场诗。

和陈名易的忘恩负义;朱㿥的《聚宝盆》传奇里,有沈万三之妾张氏的仗义救夫和其兄张尤儿的负恩谋害。叶时章的《琥珀匙》传奇,甚至以豪侠仗义的江湖大盗金髯翁和贪赃枉法的朝廷命官相比较;朱㿥的《锦衣归》传奇,也以"秉性忠良,心怀仁义,诛强伐暴"的绿林女子十八姨和嫌贫爱富、冷酷无情、阴险欺诈的南海县令白木宾做对比。而李玉的《人兽关》传奇里,桂薪破落,其友苏友泉等忘恩负义,桂薪发家后负恩人施济,尤滑稽又负桂薪,则展现了一个背信弃义、尔虞我诈的罪恶世界和众多物欲熏心、利令智昏的卑劣灵魂,表现出作家对世风日下的现实痛心疾首。

在明清之际,传统的忠奸斗争文学主题出现了新的发展,高尚的道德理想和黑暗的现实政治的抗衡表现得更加自觉,也更加激烈了。李玉等人创作的《清忠谱》传奇就是突出的代表。传奇作于明末,刊于清初,生动地描写了东林人士周顺昌反对魏忠贤阉党的斗争。

天启六年(1626年),当押解东林党人魏大中入京的官船经过苏州时,周顺昌毅然登船看望,还和魏大中结成儿女亲家。随后不久,苏州巡抚毛一鹭和苏州织造李实,恬不知耻地为魏忠贤建造生祠。生祠落成这天,周顺昌特地前往,指着魏忠贤的塑像,慷慨激昂地数落阉党的滔天罪行。为了这两件事,魏忠贤恼羞成怒,派东厂校尉前来逮捕周顺昌。

周顺昌意气昂然,从容就逮。消息传出,激起苏州人民的强烈义愤。市民颜佩韦等五义士带头,动员数万百姓,成群结队地到官府示威抗议。他们忍无可忍,冲进官府,殴打校尉,闹得满城风雨。后来,周顺昌被秘密押解到京师,受尽严刑拷打,不屈致死。五义士为了保全苏州全城,挺身赴难,英勇就义。

事隔一年多,天启皇帝去世,崇祯皇帝登基,魏忠贤被正法。苏州士民欣喜若狂,拆毁了魏忠贤的生祠,严惩阉党爪牙,将五义士重新安葬。周顺昌也得到荣封褒赏。

《清忠谱》传奇的作家李玉等人认为,社会之所以黑暗,是因为统治者不施行仁政德治,而推行惨无人道的特务政治和专制统治;权奸邪佞之所以可恶,是因为他们权欲膨胀,图谋不轨,叛逆了正统的封建宗法制度;官场上下之所以腐败,是因为官吏们贪得无厌,损公益私,违背了清廉正直的道德品质;如此等等。因此,他们创作传奇,就是要"更锄奸律吕作阳秋,锋如铁。"(首出《谱概》【满江红】)作者自己深感忻慰,也要引导观众感到忻慰的理想结局就是:

> 目今新主登极,大振乾纲;魏贼正法戮尸,群奸七等定罪。世界重新,朝野欢庆。向日冤陷诸忠臣,谪戍者悉已召回复职,惨死者尽皆宠锡表扬……九天雨露洪恩重,万里山河气象新。(第二十五折《表忠》)

逆贼受到惩罚,忠臣扬眉吐气,朝廷政治又获得了新生。

苏州派作家的认识大都是这样的。他们对恢复符合道德理想的社会秩序充满了信心,坚信政治伦理和道德规范的治国功能。他们极力想向人们表明:封建制度并非腐朽透顶,无可救药,它的病态,充其量只是因为一部分悖逆伦理道德的邪恶势力散发着毒素,侵袭了健康的肌体;只要"明王在世",只要既清且忠的正派官僚重掌朝纲、教权和文柄,那么封建制度就可以凭借自身的道德重整和秩序重建,治愈锢疾,获得新生。

因此,忠臣义士和权奸邪佞的斗争,伦理道德和黑暗政治的抗衡,关系到国运民生,岂可等闲视之! 正如吴伟业《清忠谱序》所说的:忠臣义士"于阉党之事,决然以死生去就争之,其有关宗社非细也。"[①]为

[①] 李玉等:《清忠谱》,卷首。

了道德重整和秩序重建的崇高社会职责,正直的文人士大夫不惜杀身成仁,舍生取义。

《清忠谱》传奇的主人公周顺昌,就是一位"既清且忠"的理想人格,禀赋着一副"白雪肝肠,坚冰骨格"。周顺昌居官多年,仍是一贫如洗,"只留得清风如剪"。他的门生陈知县见老师如此清苦,想要帮助他。周顺昌正色道:

> 我贫穷命,贫穷命,囊无半钱,断不肯轻污一线。迂痴性,迂痴性,闭门寡言,那世缘怎代向公庭剖辨?(第一折《傲雪》【归朝欢】)

这正是:"高风盖世真堪羡,清名亘古称独擅。"(同上)这种清廉无私的品质,同权奸邪佞的贪得无厌、骄奢淫逸、寡廉少耻,恰恰形成鲜明的对照。正因为身正不怕影斜,周顺昌才能够毫不畏惧,嫉恶如仇,同魏忠贤及其爪牙进行坚决的斗争。他自信,能够用自己的一腔浩然正气,去压倒魏忠贤阉党的熏天邪气。

周顺昌一直志守孤忠,心存廊庙,连睡梦里也想着要"感悟君心"(第八折《忠梦》)。所以,当魏忠贤派人来逮捕他时,他极力劝阻苏州士民勿生变乱,免得陷自己于"不忠"。他从容不迫,大义凛然地说:"大丈夫视死如归……我若是回头一步品便低!"(第九折《就逮》)真是"血淋淋一点赤心,只是忠君为国"。(第六折《骂像》)

被捕入狱后,周顺昌受尽酷刑,胫骨几折,手指尽断,伤口腐烂。但他仍然坚守气节,毫不屈服,坚定地说:"痛我完身几粉,幸我完心无碍。劲骨千磨不坏。填胸正气,直将厉气冲开!"他决不给魏忠贤下跪,还当面数落魏忠贤的罪恶。门牙被敲掉了,他就用鲜血唾奸臣,大骂道:"有口不能咀贼肉,好将碎齿咀奸肠!"(均见第十五折《叱勘》)直到被秘密处死时,周顺昌还发誓,死后化作厉鬼,击杀奸贼。

周顺昌就是这样一位有着清风亮节,而又不畏强暴,拼死捐躯的仁人志士。他置个人安危生死于度外,义无反顾地采取种种激烈的行动,同权奸邪佞直接交锋,殊死斗争,决不苟且偷生,决不阿谀奉承,决不心慈手软。因此,明末复社成员夏允彝称赞他:"伟哉,其清中之清,忠中之忠乎!"①

与周顺昌相似的忠臣义士形象,李玉《万里圆》传奇中有空怀"一片孤忠蹇蹇",壮烈殉国的史可法;李玉《一品爵》传奇中有困守孤城,誓死不降的安庆守备汤木天;盛际时《人中龙》传奇中有"身在边庭,心思魏阙"的李德裕;丘园《党人碑》传奇中有冒死上疏、坚贞不移的刘逵;朱㿥《朝阳凤》传奇中有"以清贞自矢,独抗元戎"的海瑞……

不要低估了仁人志士的这种道德品质。不要因为他们的根本立场无非是巩固封建统治,而一笔抹杀了他们的浩然正气。这班仁人志士的政治观念我们可以不接受,但他们凛然自持的高风亮节,他们为了自己所信赖的观念赴汤蹈火、百死不辞的意志和豪情,不仅在明清时期曾经积贮了和鼓荡起一脉摧枯拉朽的浩然正气,而且直到今天仍然具有动人心魄的震慑力和感奋力。可以说,苏州派传奇中仁人志士形象的这种浩然正气,在其抽象意义上正是我们中华民族传统文化的精华。

苏州派传奇这种鲜明的伦理教化指向,无疑继承了儒家"经夫妇,成孝敬,厚人伦,美教化,移风俗"、"上以风化下,下以风刺上"的文艺教化传统②,但归根结底还是根基于苏州派作家出自于强烈的社会责任感对明清之际乱世的思考。

---

① 夏允彝:《幸存录》(《明季野史汇编》本),卷上。
② 《毛诗序》,《毛诗正义》卷一,《十三经注疏》(北京:中华书局,1980),第270、271页。

明中期以后,中国封建社会结构发生了剧烈动荡,商品经济的迅速发展,造成"末富居多,本富益少,富者愈富,贫者愈贫"的局面①,金钱关系强烈地腐蚀着人与人之间的关系,有识之士痛心地看到:"民俗自淳而趋于薄也,犹江河之走下而不可返也"②。李玉在《一捧雪》传奇中曾说:"针藏绵里笑中刀,末世人情难料。"(第十一出《搜邸》【风入松】之二)促进历史发展与维系伦理传统的二律背反,在当时成为严重的现实课题。政治腐败,经济繁荣,心学流行,风俗淫靡,促成封建社会的衰落下沉趋势,这是历史的必然;而维系伦理传统,拯救堕落世风,又是恢复正常社会秩序的必然。在对历史的评判中,我们既要看到纲纪陵夷、世风浇薄是历史发展的必然现象、必经途径,也要肯定富于社会责任感的文学艺术家们扶植纲常、复兴道德、拯救世风的热切企望和满腔苦衷。

面对严重的现实课题,苏州派作家既不可能进行彻底的社会改革以医治专制制度的锢疾,也不可能建构崭新的道德体系去拯救社会危机,于是就只能以复兴古代传统的伦理道德为旨归。他们以对挽救现实世风颓靡的忧虑和对复兴古代伦理传统的热忱,取代了晚明时期进步思想家、文艺家力图超脱或叛逆伦理传统的渴望,这实际呈现出一种社会观念上的向后倒退的革新。这种向后倒退的革新,是明清之际文化观念、文学观念的基本特征③。而古代伦理传统和现实黑暗政治的严重错位,更赋予大多数苏州派传奇作品以沉重的悲剧情调。

总之,在苏州派传奇作品中,对污浊社会的批判,对国家命运

---

① 顾炎武:《天下郡国利病书》(《四部丛刊三编》影印本),卷三二。
② 范濂:《云间据目抄》卷二,收入进步书局辑:《笔记小说大观》(民国上海进步书局石印本),第3辑。
③ 参见郭英德:《向后倒退的革新——论明末清初的文学观念》,载《湖北大学学报》1996年第6期,第49—54页。

的关注,对个人前途的忧患,和对伦理传统的热望,对道德理想的热诚,水乳般地交融在一起。由于根深蒂固的封建伦理观念的侵蚀,苏州派作家所认识的是非善恶,有时并不是某一现实事件或历史事件的真正症结所在,他们所憧憬的道德理想也时或带着偏见,甚至荒唐可笑;但是,他们表现政治事件、维系伦理传统的巨大热情,却有效地将中国古代戏曲达到了更高的社会文化层次,具有了更强的审美感应能力。其后洪昇的《长生殿》传奇和孔尚任的《桃花扇》传奇之所以能够秉有那种宏大的政治气度和深刻的文化含蕴,是与苏州派作家传奇创作经验的积聚分不开的。

第四节 天下兴亡,匹夫有责
——苏州派传奇的平民色彩

苏州派传奇作品中的人物形象,虽然也少不了帝王将相、忠臣义士、才子佳人、神仙幽怪之类,但是,最为引人注目的却是形形色色的平民人物形象。织工、行商、坐贾、负贩、轿夫、渔女、穿珠女、妓女、衙役、相士、卜者、菜民、屠户、木匠、说书的、卖唱本的,以至于江洋大盗、市井游民,这些富有明末清初江南下层社会特征的人物形象,在苏州派作家的笔下往往给人留下十分深刻而新鲜的印象。

这些平民人物形象,有的成为传奇作品的主角,如葛成(李玉《万民安》)、颜佩韦(李玉《清忠谱》)、秦种(李玉《占花魁》)、邬飞霞(朱佐朝《渔家乐》)、赵翠儿(朱㿥《翡翠园》)、梅氏(朱佐朝《血影石》)等;有的是重要的配角,如莫成、雪艳娘(并见李玉《一捧雪》)、王馒头(《翡翠园》)、万家春(《渔家乐》)、傅人龙、刘铁嘴(并见丘园《党人碑》)、贾瞎子、金髯翁(并见叶时章《琥珀匙》)、赛虬髯(盛际时《胭脂雪》)、卫腾蛟(丘园《御袍恩》)等。在苏州派传奇作品中,这些平民人物大多是不可或缺的角色,再也不像以往的传奇作品那样,仅仅是一种必要的点缀,或是可有可无的角色了。

与前此以往传奇作品中的平民人物还有一点显著的区别,苏州派传奇作品中有很多平民人物是以正面人物的姿态活跃在舞台上的。虽然他们生活贫困,"一般多是受磨折",但他们宁可"闲坐街坊吃冷茶",甚至"肚皮尽饿瘪",也决不贪图富贵,"降志随邪"。虽然他们地位低微,无势无恃,但有的忍辱负重,坚决反抗迫害;有的"见弱兴怀","义胆天高",勇于打抱不平;有的落草绿林,豪侠仗义,光明磊落。他们不为势屈,不为利诱,站在正义的一边,在与恶势力作斗争中,甚至不惜牺牲自己的生命。

值得特别注意的是,苏州派传奇作品中的这些平民人物往往富于道德力量,"人品高绝",展示了高尚的道德人格。在传奇作品中,他们最有光彩的活动,不是日常的饮食起居、劳作娱乐,而是自觉地或不自觉地卷入政治漩涡中,表现出过人的智慧、勇气、正直和节操。

例如,《清忠谱》传奇中的颜佩韦、周文元等五义士,"平生任侠,意气粗豪"(第二折《书闹》),不怕权珰肆虐,不顾自身安危,"锄奸击贼,五人儿也不愧东林党"(第十八折《戮义》【泣颜回】之二)。《清忠谱》传奇现存五种戏班传抄本,又有康熙初年树镃堂刻本。传抄本的情节与刻本有些不同的地方,如"五人在赌场共商,为救全城百姓,一同前往自首","五人绑缚刑场就义时,所经街道,居民均设案焚香,号哭跪拜"等①,刻本中都删去了。大致传抄本比较接近原本,而刻本则刊刻于清初文网森严的时候,因怕触

---

① 见长沙周氏所藏梨园抄本,转引自周贻白:《中国戏剧史长编》(北京:人民文学出版社,1960),第396页。另外中国国家图书馆、中国艺术研究院图书馆、南京图书馆等,也各藏有梨园传抄本《清忠谱》传奇。

犯忌讳而削去了一些表现平民强烈的斗争性的场面。

此外,如万家春、贾瞎子等身为相士卜者,他们自称:"又不是神仙能变法,又不是豪侠有枝节",却出于义愤,凭着走江湖的本领,能说会道,随机应变,尽情嘲弄权臣贪官,竭力搭救善良人士。又如金髯翁、十八姨等绿林豪杰,侠肝义胆,杀富济贫,为受害平民平反伸冤。至如邬飞霞、赵翠儿,身为渔家女、穿珠女,为了生活,只得"抛头露面街坊串",但艰险的生活增强了她们见义勇为的志气和力量,使她们成为"泼天大胆女多娇"。李玉《昊天塔》传奇中的烧火丫头拍风(后世京剧衍化为杨排风),更具有高度的爱国热情,用烧火棍作武器,打败了强敌顽寇。总之,"忠肝义胆","仗义名扬",是这些平民人物的共同特征。

在苏州派传奇作品中,对平民人物的道德人格的歌颂,常常伴随着对富贵人物的寡廉少耻的批判。据清焦循《剧说》卷三引《茧瓮闲话》说:

> 《琥珀匙》,吴门叶稚斐作,变名陶佛奴,即传奇中翠翘故事。中有句云:"庙堂中有衣冠禽兽,绿林内有救世菩提。"为有司所恚,下狱几死。①

这段记载恐怕有误,因为今存抄本《琥珀匙》传奇中,并无上引两句话,而孙岳颁《牧拙生传》却有如下记载:

> 翁(按,指叶时章)尝避兵安溪,见乡民捕鱼为业者,俱受制于势豪,愁苦万状,因感作《渔家哭》一帙。此亦不忍人之心随处触发,而不知祸从此起矣。城中势豪,以其不利于己也,而迁怒于翁,摘传奇中数语诬为诽谤,讼于官,系狱。当是时,翁之长君桐藩共难,仲嗣东纬、舜齐诉父之冤,赖当事廉

---

① 《中国古典戏曲论著集成》第八册,第126页。

明,始得昭雪。

据此,叶时章下狱是因为写《渔家哭》而非《琥珀匙》,"庙堂中"两句当即在《渔家哭》传奇中,可惜此剧已佚。虽然如此,在现存康熙间抄本《琥珀匙》传奇里,我们也可找到类似的语句,如第十八出《传歌》金髯翁唱道:"怪盗跖衣冠,沐猴廊庙,幸官评海岛存公道。"(【锦庭乐】)可见,私欲蒙蔽朝廷,公道自在民间,富贵者偏卑劣,低贱者最高尚,这是叶时章一贯的创作思想,也是苏州派作家的普遍思想。

苏州派作家的这种创作思想,是明中期以后文化权力的下移趋势的余响和结晶。受明中期以降文化权力从皇家贵族下移到文人士夫的历史趋向的影响,平民百姓愈益强烈地激发起对文化权力的需求,力图以实际行动表达自身的政治愿望和政治态度,以确认自身在政治生活中的存在及其价值。明中期以后的社会危机和社会动乱,牵动了成千上万的平民百姓的心灵,他们以特有的胆气和勇略,积极地投身于挽救衰世的斗争,表现出高度的政治觉悟和旺盛的政治热情,从而锻铸出一种前所未有的独特的道德人格。仅以苏州而言,嘉靖二年(1523)、万历二十九年(1601)、万历三十年(1602)和天启六年(1626),就接连爆发了四次大规模的"民变",反对当时变本加厉的政治专制和经济掠夺[①]。清顺治二年(1645)七月,清廷下命剃发,吴中群众也纷纷起兵抗命,遭到屠城之祸。

明清之际的一些文人士大夫敏锐地感受到平民百姓积极参与政治斗争的这一时代变化,并予以充分的肯定和热烈的赞扬。如明末张溥在《五人墓碑记》中说,他之所以与复社诸君子为在天启六年"民变"中殉难的颜佩韦等五位市民立碑为记,"亦以明死生

---

① 参见刘志琴:《试论万历民变》,载《明清史国际学术讨论会论文集》(天津:天津人民出版社,1982),第678—697页。

之大,匹夫之有重于社稷也。"①清初顾炎武更明确地提出:"保天下者,匹夫之贱,与有责焉耳矣。"②清康熙间顾彩为孔尚任的《桃花扇》传奇作序时,总结明清之际的社会动乱,也说:

  伟人欲扶世祚,而权不在己;宵人能覆鼎铼,而溺于宴安。扼腕时艰者,徒属之席帽青鞋之士;时露热血者,或反在优伶口技之中。③

高居上位者大都无视国家的命运,屈居下位者反而关心时世的安危,这正是明末清初一种畸形的社会现象。

  这种平民百姓的思想觉醒和政治自觉,必然会促使文学艺术更多地反映他们的生活,表达他们的心声,赋予他们高尚的道德人格。在明末清初拯衰救弊的社会实践中,平民百姓在士大夫那里找到了精神寄托,而士大夫更在平民百姓那里得到了力量支持,两相融合,汇成一股汹涌澎湃的精神洪流。

  然而与此同时,在苏州派传奇作品的这些平民人物身上,我们也看到了封建伦理道德对人性的强烈扭曲。《一捧雪》传奇里,莫成认定主人莫怀古是"擎天柱",万万死不得,自己是"小人",死了只当是报答主人的"豢养之恩",于是挺身替莫怀古而死,毫无怨言。《翡翠园》传奇里,市民王馒头放走舒德溥时说:"相公们万里前程,身躯甚重,像子我王馒头值得奢个(什么)?"(第七出)《党人碑》传奇里,贫家女刘琴被当作大臣刘逵之女误捉入狱,却坦然地说:"小姐金闺弱质,正堪指鹿为马;奴是村户蒲姿,何妨以李代桃。"(第十六出)《人中龙》传奇里,木匠王少山的女儿与李德裕的儿子成婚后,卑顺地说:"念妾村姿陋质,奚配阀阅名流?"——凡此种种,表现出多么

---

① 张溥:《七录斋诗文合集》(明崇祯间刻本),卷三。
② 顾炎武:《日知录》卷十三《正始》,黄汝成:《日知录集释》(《四部备要》本)。
③ 顾彩:《桃花扇序》,孔尚任:《桃花扇》传奇(清康熙间刻本),卷首。

可悲的奴性心理！试问：高尚的道德意识难道可以扼杀鲜明的人性意识？人的价值难道可以用社会等级为衡量标准？这些具有高义贞节的芸芸众生，岂非如马克思所说的，是一些"不感到自己是人的人，就像繁殖出来的奴隶或马匹一样，完全成了他们主人的附属品"①？他们是可钦、可敬、可慕的，然而又是可叹、可怜、可悲的。作家对他们的世俗生活欲望和人格本体价值的认定，是以封建伦理道德作为参照系的，这又怎能不造成人性的扭曲呢？

由此可见，苏州派作家并非完全站在平民的角度来塑造平民的形象，表达平民的心声，而是更多地以文人士大夫自居，居高临下地俯视平民形象，借平民形象表达文人士大夫的心声。他们自身是一群为传统道德所支配而又为平民意识所吸引的布衣之士，这种"脚踩两只船"的尴尬处境，使他们在道德人格和自然人性的选择中，无可奈何地陷入难以解脱的文化困境。这种文化困境，也为苏州派传奇作品注入了特有的悲剧精神。

第五节　既富才情，又娴音律
——苏州派传奇的艺术特色

苏州派传奇作品在艺术上取得了卓越的成就。钱谦益的《眉山秀·题词》评价李玉的传奇创作说：

> 元玉上穷典雅，下渔稗乘，既富才情，又娴音律，殆所谓青莲（按，指李白）苗裔，金粟（按，指顾阿瑛）后身耶？于今求通才于宇内，谁复雁行者！

的确，以李玉为代表的苏州派作家，既绍祖汤显祖的才情，又尊奉

---

① 马克思：《摘自〈德法年鉴〉的书信》，《马克思恩格斯全集》（北京：人民出版社，1956），第一卷，第409页。

沈璟的格律,词藻新丽,音律严正,"案头场上,交称利便"①,以大量精美绝伦的作品,将传奇戏曲推到艺术的巅峰。

苏州派传奇作品一般讲究戏剧结构,主脑突出,体制精悍,情节曲折,布局严谨,结构周密。如高奕《新传奇品》称李玉作剧如"康衢走马,操纵自如"②。冯梦龙《永团圆传奇·叙》也称李玉:

  一笠庵颖资巧思,善于布景。如太守乔主婚事,情节本妙,添作二女志鹿得獐,遂生出多少离合悲欢段数。文人机杼,何让天孙?……中间投江遇救近《荆钗》,都府拒婚近《琵琶》,而能脱落皮毛,掀翻窠臼,令观者耳目一新,舞蹈不已。③

关于苏州派传奇的结构艺术,本书第十二章第二节、第三节已举例说明,此处不赘。

和同时期的正统文人传奇作品不同,苏州派传奇作品的曲词,大抵不是以诗的意境为旨归,而是以剧的意趣为本源的,突出地表现出由案头文学向舞台艺术的迈进。苏州派作家往往将浓郁的诗情画意和生动的舞台表演融为一体,赋予曲词以强烈的动作性,使之成为真正的"戏中之曲",从而创作出一大批颇饶元杂剧风味的佳曲妙词。

请看著名的《千忠戮·惨睹》中【倾杯玉芙蓉】一曲:

  (生唱)收拾起大地山河一担装,(小生合唱)四大皆空相。历尽了渺渺程途,漠漠平林,叠叠高山,滚滚长江。(生白)我自吴江别了史徒出门,师弟两人,一路登山涉水,夜宿晓行。一天心事,都付浮云;七尺形骸,甘为行脚。身作闲云

---

① 吴梅:《顾曲麈谈》,王卫民编:《吴梅戏曲论文集》(北京:中国戏剧出版社,1983),第111页。
② 《中国古典戏曲论著集成》第六册,第272页。
③ 李玉著、冯梦龙重订:《墨憨斋重订永团圆传奇》,卷首。

野鹤,心同槁木死灰。(唱)但见那寒云惨雾和愁织,受不尽苦雨凄风带怨长。(生白)徒弟,前面是那里了?(小生)是襄阳城了。(生)是襄阳城了,咳!(唱)雄城壮,看江山无恙,谁识我一瓢一笠到襄阳!

这是建文帝朱允炆失去帝位后,化装成行脚和尚,与化装成道人的大臣程济一起逃难时的一段唱词,生扮建文帝,小生扮程济。全曲曲词悲壮苍凉,把建文帝此时此地绝望、哀怨、凄凉的心境酣畅淋漓地传达出来,可谓诗意盎然。而李玉又精心地在曲词中插入独白和对白,使全曲富于强烈的动作性,既披示了建文帝的心境,也推动了剧情的发展。在这里,抒情、叙事与表演融为一体,字清、板正、神完、气足,从而构成精美的戏中之曲,家弦户诵,响彻歌场,遂有"家家'收拾起',户户'不提防'"的盛况①。

苏州派传奇作品还特别讲究宾白艺术,创造优秀的场上之白。如李玉《占花魁》传奇中《劝妆》一出,就是有名的说白戏。这出戏演莘瑶琴身陷青楼,不肯卖笑,鸨母请来结义姊妹刘四娘百般劝说,陈述利害,最终说服了莘瑶琴。从戏一开场直到刘四娘说出几种不同的"从良",洋洋洒洒,1000余字,全用说白。尔后转入曲白相间、一问一答的形式,把刘四娘的老谋深算、伶牙俐齿和莘瑶琴的不谙世事、天真无邪,刻画得栩栩如生。

当然,苏州派剧作中成功的说白,往往出自净、丑之口,相对来说,生、旦的说白还过于拘谨和苍白。而净、丑的说白往往用"苏白"(即苏州方言),这不仅适合人物的性格、职业、身份等特点,更重要的,是表达了或滑稽或讽刺的语调。对昆剧观众来说,苏白既亲切悦耳,通俗易懂,又精警动人,风趣横生。至于朱佐朝《万寿

---

① "收拾起"指【倾杯玉芙蓉】曲首句;"不提防"指洪昇《长生殿》传奇第三十八出《弹词》【南吕一枝花】曲首句。

冠》传奇中的蒲漆匠三句话不离"漆"字,朱㿗《翡翠园》传奇中的王馒头张口闭口是"馒头",以职业化的语言来刻画人物,那更是苏州派作家的首创,成为乾隆间戏曲家沈起凤传奇宾白艺术的先导。

无论是曲词还是宾白,苏州派作家的传奇语言虽然各出机杼,风格不一,但一般都清丽自然,文采与本色兼备,既没有"丽语藻句,刺眼夺魄"的恶习①,也没有"直以浅言俚语,挪拽牵凑"的毛病②。他们并不乏文人学士追求典雅秀美的癖好,如万山渔叟《两须眉叙》评李玉传奇说:"一笠庵主人锦心绣肠,摇笔随风,片片霏玉。"③但却不至沦于堆砌典故、卖弄辞藻的地步,总以既可读又可解为准绳。相对而言,以俗为美、以浅见深,更是他们明确的审美追求。如张彝宣《寒山堂曲谱》卷首《凡例》说:

　　盖词曲本与诗词异趣,但以本色当行为主,用不得章句学问。④

他的《如是观》传奇第三十出【尾声】也说:

　　本色填词不用文,嘻笑成歌,削旧为新。⑤

这在根本上,正是由苏州派传奇面向舞台、服务舞台的特性所决定的。

同样从舞台艺术实践出发,苏州派的传奇创作在宫调配置、曲牌联套、四声韵脚等方面,也都极尽工巧之能事。他们广泛运用犯调(包括集曲和借宫),增强音乐的表现能力,进一步丰富完善了

---

① 徐復祚:《曲论》,《中国古典戏曲论著集成》第四册,第236页。
② 凌濛初:《谭曲杂札》,《中国古典戏曲论著集成》第四册,第254页。
③ 李玉:《两须眉》(《古本戏曲丛刊三集》影印清康熙间刻本),卷首。
④ 张彝宣:《寒山堂曲谱》(清抄本),卷首。
⑤ 张彝宣:《如是观》(《古本戏曲丛刊三集》影印清抄本)。

曲牌联套。张彝宣在《寒山堂曲谱》卷首《凡例》中就认为:某些"音韵美听,沿用已久"的犯调,"可作正调看,不必问其所犯何调也。"他们运用的集曲,有些是继承前人的,有些则是自己创造的。如《清忠谱》传奇第二十折《魂遇》,除第一支曲牌【红衲袄】外,全用集曲,它们为【倾杯玉芙蓉】、【刷子带芙蓉】、【锦芙蓉】、【普天插芙蓉】、【朱奴戴芙蓉】。这不仅充分抒发了周顺昌和五义士抱恨黄泉,"身为厉鬼杀(魏)忠贤"的英雄气概,而且以【玉芙蓉】曲调为主旋律,将全出戏融为一体,浑然无间。

苏州派作家不仅精通南曲,而且熟谙北曲,南管北弦,均擅其长。他们现存的传奇作品,几乎没有一部不插用北曲的,或者用整套北词,如李玉《占花魁》传奇第九出《劝妆》;或者采南北合套,如李玉《清忠谱》传奇第十折《义愤》。苏州派传奇作品熔南曲之"委婉芳妍"与北曲的"雄劲悲激"为一炉,使声调曲折多变,富于节奏旋律之美,构成昆剧创作的优良传统。

正因为苏州派作家以紧密结合舞台演出为职志,所以他们的传奇作品经得起长期的舞台检验,具有旺盛的生命力。明末清初新编传奇犹如烂漫山花,万紫千红,但能葆其色香而常开不败者却寥寥无几,唯有苏州派的传奇却得以在后代广泛流传。例如,在明末菰芦钓叟编辑的戏曲选集《新刻出像点板时尚昆腔杂曲醉怡情》8卷中,共选元明杂剧、传奇的散出166出,其中李玉的《占花魁》、《永团圆》、《一捧雪》三剧有12出,占7.2%,是入选最多的作家。乾隆中叶钱德苍选编《缀白裘》,入选剧目215剧次、494出,李玉占20剧次、39出,又是入选最多的作家。直到近人王季烈与刘富栋合编《集成曲谱》32卷,共选剧100种,400余出,其中李玉的传奇有35出,约占10%,还是入选最多的作家[①]。即此可

[①] 以上数字,参考颜长珂、周传家:《李玉评传》,第158—160页。

见一斑。而且,苏州派传奇还对清中叶以后京剧等地方戏产生了不可估量的影响。

由此可见,能将平民文化与文人士大夫文化熔铸一体,并扎根于平民文化土壤的艺术,才是最富于生命力的艺术。

第十四章　李渔和风流文人

在顺治、康熙间的剧坛上,有一批风流文人与苏州派作家堪为匹敌,包括李渔、徐石麒、王续古、薛旦、周杲、朱英、徐沁、范希哲、万树、张匀、周稚廉等 10 余位传奇作家。

这批风流文人,虽未形成一个在时间、地域和交往上相聚一堂的艺术流派,但却以其大致相近的传奇创作风格,即以日益完善的传奇艺术形式主要敷演既风流自赏又不悖礼教的才子佳人故事,构成与苏州派迥然而别的艺术风貌。李渔堪称这批风流文人的翘楚,他以独特的审美趣味和高超的艺术造诣,成为一位有世界影响的戏剧家。

第一节　风流道学,自娱娱人
——李渔传奇的审美趣味

在中国文艺史乃至中国文化史上,李渔一直都是一位有争议的人物。有清一代的文人士夫们,一方面对他的文艺才华激赏备至,一方面对他的行为道德深感不齿。20 世纪以来的中国批评家也大多把李渔看作一朵带刺的玫瑰,爱也不是,恨也不是。他们基本上否定李渔的思想情趣,只肯定其"进步"的方面;同时基本上肯定李渔的艺术成就,却否定其"庸俗"的方面。相比较之下,海外的汉学家却大多异口同声地称赏李渔,对他的价值观、人生观、艺术观赞不绝口。

那么,拨开前人施放的重重迷雾,李渔究竟是个什么样的人物呢?

一、自行其是的生活态度

李渔(1611—1680)①,原名仙侣,字谪凡,改名渔,字笠鸿,后字笠翁,别署笠道人、随庵主人、新亭樵客、湖上笠翁、觉世稗官等。兰溪(今属浙江)人。出生于雉皋(今江苏如皋),后回原籍。家素饶,其园亭罗绮甲邑内。崇祯十年(1637)入金华府庠,后屡应乡试,皆不第。入清,即不复应考。明清之交,清兵入浙,兵燹甚烈,家道中落。顺治五年(1648),自兰溪移家杭州,十年中,挟策走吴越间,卖文为生。顺治十四年(1657)始,流寓金陵,居芥子园。尝负笈四方,奔走达官权贵之门,集贽以养家。蓄众家姬,教习歌舞,侑酒佐客,逢迎公卿士大夫。康熙十六年(1677),再迁杭州,居西湖云居山东麓的层园,历四年卒②。

李渔生平著作甚富,诗文有《笠翁一家言全集》③。他的杂著《闲情偶寄》中《词曲部》与《演习部》,后人合编为"笠翁曲话",是自成体系的古典戏曲理论专著。此外,尚著有长篇小说《回文锦》

---

① 李渔生年,根据李渔自作《庚子举第一男,时余五十初度》诗(《笠翁一家言全集》卷六《笠翁诗集》)。或据清末修《龙门李氏宗谱》,定为生于1610年,见赵闻庆:《李渔生平事迹的新发现》引录,载《戏文》1981年第4期,似不可据。

② 关于李渔生平事迹的详细考证,可参看孙楷第:《李笠翁与十二楼》,载《图书馆学季刊》第九卷第三、四合期(1935年);许翰章:《李笠翁年谱》,载《南风》第十卷第十期(1934年6月);邓绥宁:《李笠翁生平及其著述》,载《中山学术文化集刊》第二卷(1968年11月);黄丽贞:《李渔研究》,台北:纯文学出版社,1974;肖荣:《李渔评传》,杭州:浙江古籍出版社,1987;单锦珩:《李渔传》,成都:四川文艺出版社,1986;单锦珩:《李渔年谱》,收入《李渔全集》(杭州:浙江古籍出版社,1992),第二十卷。

③ 《笠翁一家言全集》,现存雍正八年(1730)芥子园刻本,包括《笠翁文集》、《笠翁诗集》、《笠翁别集》、《笠翁馀集》、《笠翁偶集》(即《闲情偶寄》)等。浙江古籍出版社1992年版《李渔全集》收入此书,重加校点。按,本章凡引此书者,仅随文标注卷数、篇名。

(又名《合锦回文传》),短篇小说集《十二楼》、《无声戏》(又名《连城璧》);编辑《名词选胜》、《古今尺牍大全》、《诗韵》、《资治新书》、《芥子园画谱》等。所撰传奇十种:《怜香伴》、《风筝误》、《意中缘》、《蜃中楼》、《奈何天》、《玉搔头》、《比目鱼》、《凰求凤》、《慎鸾交》、《巧团圆》,总名《笠翁十种曲》,现存清康熙间刻本①。

  按之李渔的生平性格,有两点最为引人注目:一是游荡江湖,逢迎公卿;二是生性自由,勇于创新。

  李渔在顺治五年(1648)从兰溪迁居杭州以后,便一直过着"挟策走吴越间,卖赋以糊其口"的生活②。移家金陵后,为了支付奢华挥霍的日常生活开支,李渔除了继续卖文刻书,开张芥子园书肆,更多的是带着他的以姬妾为骨干的家庭戏班到各地达官贵人府上"打抽丰"(或称"打秋风")。他自己说:

> 予数年以来,游燕,适楚,之秦,之晋,之闽,泛江之左右、浙之东西,诸姬悉为从者,未尝一日去身。(卷二《笠翁文集·乔王二姬合传》)

> 渔二十年间,游秦,游楚,游闽,游豫,游江之东西,游山之

---

① 李渔的传奇作品,据郭传芳《慎鸾交序》云,有"前后八种"与"内外八种",计十六种(《慎鸾交》传奇卷首)。但是,《慎鸾交》传奇第十出《待旦》眉批引李渔语曰:"以前九折,犹与前后四种无异。"又有康熙戊申(七年,1668)樗道人序的《巧团圆》传奇第一出《词源》,李渔自云:"浪播传奇八种,赚来一派虚名。"《闲情偶寄》卷之三《宾白之四·词别繁简》也说:"如其天假以年,得于所传十种之外,别有新词,则能保为犬夜鸡晨。"见《中国古典戏曲论著集成》(北京:中国戏剧出版社,1959),第七册,第56页。据此可知,所谓"前后八种",当为"前后四种"之误;而"内外八种"实为欲"再为"而未实现之宏愿而已。高奕《新传奇品》著录其剧九种,缺《意中缘》;阙名《传奇汇考标目》则著录十种;黄文旸《曲海目》于十种目后注云:"以上为《笠翁十种曲》,先刊行。"续又著录《偷甲记》等五种。以上依次见《中国古典戏曲论著集成》第六册,第274页;第七册,第242页,第352页。按,《偷甲记》等五种当为范希哲所作,参见本章第三节范希哲条注释。

② 黄鹤山农:《玉搔头序》,《玉搔头》传奇卷首。

左右,游西秦而抵绝塞,游岭南而至天表。(卷三《笠翁文集·复柯岸初掌科》)

无论到何地,他都带着他的家庭戏班,"日食五侯之鲭,夜宴三公之府"(卷三《笠翁文集·复柯岸初掌科》),过着"终年托钵"的打抽丰生活(卷三《笠翁文集·与龚芝麓大宗伯书》),所以"人以俳优目之"①。时人董含对他的行径深恶痛绝,严厉地指斥道:

> 李生渔者,自号笠翁,居西子湖。性龌龊,善逢迎,遨游缙绅间。喜作词曲小说,备极淫亵。常挟小妓三四人,遇贵游子弟,便令隔帘度曲,或使之捧觞行酒,并纵谈房中术,诱赚重价。其行甚秽,真士林不齿者。予曾一遇,后遂避之。②

毫无疑问,董含的话是代表当时"士林"的普遍看法的。

其实,李渔的这种生活方式,沿袭的不过是明中后期山人的风气。《四库全书总目》卷一八〇赵宧光《牒草》条云:

> 有明中叶以后,山人墨客,标榜成风。稍能书画诗文者,下则厕食客之班,上则饰隐君之号,借士大夫以为利,士大夫亦借以为名。③

而李渔便是清初甚享重名的山人。这些山人"非工非商,不宦不农,家无恒产而须要和士大夫一样的享受。一身而外,所有费用皆取之于人。所以游荡江湖,便是他们的职业。明白这个道理,便知李渔之负笈四方则为生计问题所驱使,不得不如此。"④李渔的《复柯岸初掌科》,对此说得十分明白:

---

① 董康等辑:《曲海总目提要》(北京:人民文学出版社,1959),卷二一《一种情》条。
② 董含:《三冈识略》卷四,收入《申报馆丛书续集·掌故类》。
③ 纪昀等:《四库全书总目》(北京:中华书局,1965),第1626页。
④ 孙楷第:《李笠翁与十二楼》。

451

> 渔无半亩之田,而有数十口之家,砚田笔耒,止靠一人。一人徂东,则东向以待;一人徂西,则西向以待。今来自北(按,李渔时在京师),则皆北面待哺矣。矧又贱性硁硁,耻为干谒,浪游天下几二十年,未尝敢尽一人之欢。每至一方,必先量其地之所入,足供游人之所出,又可分馀惠以及妻孥,斯无内顾而可久。不则入少出多,势必沿门告贷……(卷三《笠翁文集》)

可见李渔的生活方式是"砚田笔耒","终年托钵",而一家生计系于一人之游,"为饥驱而来者,复为饥驱而去"(卷三《笠翁文集·与纪伯紫》)。为了生存,为了做一个文人而生存,为了做一个文人而很好地生存,李渔不惜置读书人的气节于不顾。当然,他所考虑的主要是经济收入问题,并非绝对地唯主人之命是从,因此他的行动仍有一定的自主性。

北宋人刘挚训诫子孙,常常说:"士当以器识为先,一号为文人,无足观矣!"①在封建社会里,敢于甚至甘于以"文人"为立身之本,这本身就是悖逆传统的,需要有一定的胆量和气魄。何况同样都是自觉自愿地"堕落"为文人,李渔和李玉等苏州派作家还有着显著区别:李玉等苏州派作家竭力要以其传奇创作显示其伦理教化的"器识",干预政治生活,肩负社会责任;而李渔却几乎完全放弃了士应有的"器识",彻头彻尾地沦落为文人,纯粹地操其"时以术笼取人资"的优伶"贱业"②,在政治化的人生之外追求一种商业化、艺术化的人生。而且他对此不以为耻,反以为荣,这怎能

---

① 脱脱等:《宋史》(北京:中华书局,1976),卷三四〇《刘挚传》,第10858页。顾炎武:《日知录》卷十九引此语,并云:"然则以文人名于世,焉足重哉?"顾炎武著、黄汝成集释:《日知录集释》(《四库备要》本)。

② 蒋瑞藻:《小说考证》(上海:上海古籍出版社,1984),卷六《奈何天》条,引《花朝生笔记》,第167页。

不使众多缙绅士大夫视为"士林不齿者"呢？

有资料证明，李渔的伯父和父亲都是药商①。因此，他既可以从父辈那里继承不同于传统文人的生活方式，为所欲为地按照个人的意愿过着卖文刻书、"终年托钵"的生活，不太把风节廉耻放在心上；而且还可以无拘无束地按照个人的兴趣去阅读和欣赏那些不符合儒家规范的"异书"，去驰骋那种天马行空的浪漫情思和离奇幻想，保持自己坦坦荡荡的襟怀。这就使他得以自由自在地发展个人的多方面的才能。

李渔天性中有一种自由创新的精神，"性不喜雷同，好为矫异"。即使是"构造园亭之胜事"，他也要求"能自出手眼，如标新创异之文人"，"因地制宜，不拘成见，一榱一桷，必令出自己裁"（《笠翁偶集》卷四《居室部·房舍第一》）。这种创新精神集中地表现在他的文学创作中。他说：

  渔自解觅梨枣以来，谬以作者自许。鸿文大篇，非吾敢道；若诗歌词曲以及稗官野史，则实有微长，不效美妇一颦，不拾名流一唾，当世耳目，为我一新。（卷三《笠翁文集·与陈学山少宰书》）

  不佞半世操觚，不攘他人二字。空疏自愧者有之，诞妄贻讥者有之，至于剿窠袭白，嚼前人唾余而谬谓舌花新发者，则不特自信其无，而海内名贤，亦尽知其不屑有也。（《笠翁偶集》卷首《凡例七则》）

李渔作诗词文赋，"率意构思，不必尽准于古"②。丁澎于康熙

---

① 见《龙门李氏宗谱》。其书又载："本族外出商贾者多，故流寓于外者几三分之二。"

② 光绪《兰溪县志》卷五本传。

十七年戊午(1678)为李渔诗集作序,称其文学创作皆"匠心独造,无常师,善持论,不屑屑依附古人成说,以此名动公卿间"。"创造之奇,自开户牖,不欲假前人之斧斤",就像他所建造的层园一样(卷五《笠翁诗集·序》)。李渔的《闲情偶寄》一书,"不特工巧犹人,且能自我作古"(卷三《笠翁文集·与陈学山少宰书》)。其中论词曲、声容、建筑、种植、颐养,"所言八事,无一事不新;所著万言,无一言稍故者"(《笠翁偶集》卷首《凡例七则》)。精细独到,精彩迭见,令人耳目一新。余怀《闲情偶寄序》说:"前人所欲发而未竟发者,李子尽发之;今人所欲言而不能言者,李子尽言之。"(《笠翁偶集》卷首)而他的戏曲小说,也无一不是以新奇见长,人称之:"造意创词,皆极尖新"①,"如桃源笑傲,别有天地"②。

当然,李渔的传奇创作主要是供自己的家庭戏班演出和刊刻出卖牟利的,这就决定了他的传奇作品的审美趣味无论如何求新求奇,归根结底总是要迎合达官贵人、文人学士和市井平民的口味的。尤其是达官贵人和文人学士,作为李渔传奇的主要观众和读者,更是以他们特有的文化心态制约着李渔传奇作品的审美趣味。这种审美趣味突出地表现为风流道学的思想追求和嬉笑诙谐的喜剧精神。

二、风流道学的思想追求

明代末年,李流芳(1575—1629)作《沈巨仲诗草序》,叙述了自己从年轻时狂热放纵到中年时虔诚向道的思想转变过程,说:

> 余往时情痴,好为情语,有无题诗数十篇。尝自命曰:"仆本恨人,终为情死。"至取二语,刻为印记佩之。无何而自

---

① 刘廷玑:《在园杂志》(清康熙五十四年[1715]刻本),卷一。
② 高奕:《新传奇品》,《中国古典戏曲论著集成》第六册,第274页。

笑其痴,今遂如昨梦不复醒矣。岂余之道力进耶?亦世故耗之也。①

从溺于情痴到自笑其痴,这是多么巨大的思想转变!然而,这种思想转变过程在明清之际文学家那里却带有普遍性。明清之际的许多文学家早年受王守仁"心学"和晚明进步文艺思潮的影响,极力从程朱理学的桎梏中挣脱出来,一度沉溺于真情至性;但时过境迁,他们回首往事,不禁哑然失笑。痴情的幻灭,犹如一场梦,梦醒之后,何去何从?唯有皈依情理合一的传统意识,以求得内在的心理平衡。于是情理合一的追求,就成为明清之际才子佳人戏曲小说普遍的审美趣味。

李渔作为才子佳人戏曲小说的大手笔,便是这种审美趣味的典型代表。他曾经不厌其烦地表达了他借传奇作品宣扬封建道德、实现伦理教化的创作意图:

> 不过借三寸枯管,为圣天子粉饰太平;揭一片婆心,效老道人木铎里巷。(卷二《笠翁文集·曲部誓词》)

> 窃怪传奇一书,昔人以代木铎。因愚夫愚妇识字知书者少,劝使为善,诫使勿恶,其道无由,故设此种文词,借优人说法,与大众齐听,谓善者如此收场,不善者如此结果,使人知所趋避,是药人寿世之方,救苦弭灾之具也。②

这恐怕不是冠冕堂皇的套话,而是身体力行的宗旨。

李渔早期的传奇作品,继承明末才子佳人戏曲的遗风余韵,沉溺于文人学士的风流韵事和生活理想。如《怜香伴》传奇,以李渔

---

① 李流芳:《檀园集》(清康熙间嘉定陆氏刻《嘉定四先生集》本),卷七。
② 李渔:《闲情偶寄》卷之一《词曲部·结构第一·戒讽刺》,《中国古典戏曲论著集成》第七册,第11页。

的生活为蓝本,写一男二女的姻缘,妻子热心地为丈夫娶妾,妻妾相怜相爱,共事一夫,以表明"真色何曾忌色,真才始解怜才"的主旨(第一出《破题》〔西江月〕)。《风筝误》传奇写美男丑女、美女丑男互相错位,最后到底丑丑相归,美美相合,各安其位,"大概寓意在斌瑜混淆,妍媸难辨"①,从而揭明:"媸冒妍者,徒工刻画;妍混媸者,必表清扬"(卷首虞镂《风筝误叙》)。《意中缘》传奇写莫须有、想当然的才子佳人配合,让历史上毫不相干的才子和佳人终成眷属。《蜃中楼》传奇则一面调侃婚姻门第观念,声称:"就是千金小姐,绝世佳人,无媒而合,不约而逢,也都是读书人常事。"一面将才子佳人的忠贞不渝上升到"贞义"的高度加以赞扬。

在顺治十二年(1655)以后,李渔的作品却一反故态,板起正经面孔,借爱情婚姻故事极力宣扬封建伦理道德,刻意在风流故事中作反面文章。

李渔认识到"红颜薄命"的事实,却生怕人们因此而生邪僻之心,于是"以愤世之心,转为风世之事"(卷末紫珍道人《奈何天·总评》),别出心裁,创作了叙写貌丑身残的阙里侯和三位绝色女子联姻的《奈何天》传奇,竭力褒扬"妇道":

多少词人能改革,夺旦还生,演作风流剧。美妇因而仇所适,纷纷邪行从斯出。　此番破尽传奇格,丑旦联姻真叵测。须知此理极平常,不是奇冤休叫屈。(第一出《崖略》【蝶恋玉楼春】)

填词本意待如何?只为风流剧太多。欲往名山逃口业,先抛顽石砥清波。闺中不作违心梦,世上谁操反目戈?从此红颜知薄命,莺莺合嫁郑恒哥。(卷末收场诗)

---

① 《曲海总目提要》卷二一《风筝误》条。

此剧根据李渔《连城璧》小说第五回《美妇同遭花烛冤,村郎偏享温柔福》改编,命意与小说相同,情节亦大致相似,只是结尾增加了阙里侯在义仆阙忠的帮助下,焚券免债,输粮助边,最后既受爵得封,又变形易貌,于是三位妻子相争封诰等关目,救世婆心更为深切。作者乐滋滋地说:"从来花面无佳戏,都只为收场不济,似这等会洗面的梨园怎教他不燥脾?"(第三十出《闹封》【南尾】)

《凰求凤》传奇中虽然非议"父母之命,媒妁之言",主张婚姻大事任凭青年男女"自家做主,省得后来埋怨"。但全剧却以吕哉生的慕色不淫,卒中高魁,而劝人止淫;以三位女子的化妒为怜,互让封诰,而劝人已妒;以殷媪的敲诈勒索,终为揭发,而劝人息诈(卷首杜浚《凰求凤序》)。李渔得意地表白:"莫道词人无小补,也将弱管助皇猷。"(卷末收场诗)

此外,如《比目鱼》传奇本来写的是书生谭楚玉和戏子刘藐姑坚持自主婚姻、反抗买卖婚姻的壮举,却被李渔树起"维风教,救纲常"的牌坊,自称:

迩来节义颇荒唐,尽把宣淫罪戏场。思借戏场维节义,系铃人授解铃方。(卷末收场诗)

卷首王端淑《比目鱼传奇叙》也说:

似笠翁以忠臣信友之志,寄之男女夫妇之间,而更以贞夫烈妇之思,寄之优伶杂伎之流,称名也小,事肆而隐。

如《玉搔头》传奇为了让正德皇帝高枕无忧地热恋妓女,李渔"特传妙诀护金汤",设置群臣"竞义争忠"的背景,以作为"风流保障"(第一出《拈要》)。杜浚认为,此剧将武宗冶游与许进守国、王守仁平乱二事合写,以明二臣有匡君之实,武宗有知人之明,"以此示劝于臣,则臣责愈重;以此示诫于君,则君体不愈严乎?作是剧者,原具此一片深心,非漫然以风流文采长也"(卷末总评)。

到了康熙五年(1666)前后,李渔认为自己的创作达到了思想追求的最高境界,完成了把风流和道学融为一体的目的。才子的风流艳情既不违背道德,他们的道德观念也不否定风流;道学中充溢情感,风流里暗藏性理。这样一来,李渔自认为就可以弥合道学和风流之间的缝隙了。《慎鸾交》传奇卷末收场诗写道:

> 读尽人间两样书,风流道学久殊途。
> 风流未必称端士,道学谁能不腐儒?
> 兼二有,戒双无,合当串作演连珠。
> 细观此曲无它善,一字批评妙在都。

在《慎鸾交》传奇中,李渔塑造了一位风流道学的典型——华秀。华秀在剧中一出场,就言简意赅地表达了清代初年风流才子们的一种普遍观念。他说:

> 小生外似风流,心偏持重。也知好色,但不好桑间之色;亦解钟情,却不钟偷外之情。我看世上有才有德之人,判然分作两种:崇尚风流者,力排道学;宗依道学者,酷诋风流。据我看来,名教之中不无乐地,闲情之内也尽有天机,毕竟要使道学、风流合而为一,方才算得个学士文人。(第二出《送远》)

"道学、风流合而为一",这是一种高不可攀的人格典型,是一面耀眼夺目的人生旗帜。

那么,道学和风流这两种水火不相容的东西,怎样才能合而为一呢?剧中描写华秀虽然力持伦理道德,却不拒绝游逛妓院,他觉得不这样做,就无法排遣才子的一腔情思。不过,华秀逛妓院可与众不同,他主张择交一定要慎始全终。他与名妓王又嫱相识以后,起初一直忸怩作态,故示冷淡。直到了解了王又嫱的人品心地以后,方才和她定交。一旦定交,他就决不变心。中状元之后,他拒绝了朝廷权贵的提亲,信守婚约,娶了王又嫱。像华秀这样的才子,生性风流,免不得和妓女逢场作戏,这同道学先生的规行矩步无疑是大不一样的。而他嫖妓时讲择交,订交又不负心,彬彬循礼,旦旦守信,这岂不就是风流人物中的端士吗?怎么能和那种放荡不羁的淫生狂士们相提并论呢?

从李渔的传奇作品中我们看到了这样的历史必然性:到李渔的时代,封建道学已经越来越多地显示出自己的滑稽性。僵硬的道学在淫靡的世风中不得不渐渐风化,淫靡的世风则在僵硬的道学中找到自己的理论依据。封建道学和风流艳情公开地握手言欢,以自我败损的滑稽方式,重新构造一种摇摇欲坠的体系。

这种风流道学的观念和李贽、汤显祖等人的主情观念在实质上是背道而驰的。虽然从表面上看二者似乎都主张情理合一,但是,主情观念提倡情即是理,理在情中;而风流道学则讲求情归附理,以理制情。经过这一番改造,人的真情至性就被罩上一层伦理道德的厚厚面纱,而失去了真实的面目。《慎鸾交》传奇中,华秀在结识王又嫱之初,一见钟情,两目相许,却因怕引起烦恼,硬压下心猿意马;忍不住招宿王又嫱后,又故意不与她同床,害怕"万一区区见了美色,不能自主,忽然改变心肠,他不想嫁我,我倒要娶起他来,却怎么处?"(第二出《私行》)这不是十足的假道学、伪君子,又是什么?这种做法,显然是釜底抽薪地消解了情的理想性质,而情愿与庸俗的现实同流合污。

一方面反对以理代情,以理扼情,肯定情的合理性,明白宣称:"从来只有杜丽娘,才说得个情字。"(《怜香伴》第二十一出《缄愁》)"男女相交,全在一个情字。"(《玉搔头》第十三出《情试》)"好色之心人所同,不分男妇与雌雄"(《凰求凤》第二出《逊色》);另一方面又主张情归附理,以理制情,诚心诚意地以风流艳情为主料,以伦理道德为佐料,做出美味可口的传奇佳肴——这是以李渔为代表的风流文人共同的审美趣味,其中深藏着救世卫道的拳拳之心。

　　但是这种卫道之心与苏州派作家截然不同,隐含着对艺术功利价值的深切体认。李渔非常明白:传奇"必传与否,则在三事:曰情,曰文,曰有裨风教。情事不奇不传,文词不警拔不传;情事俱备,而不归乎正道,无益于劝惩,使观者听者哑然一笑而遂已者,亦终不传。"(卷一《笠翁文集·香草亭序》)对"情"、"文"二事,李渔是相当自负的,所以他唯一需要极力张扬和大肆吹嘘的,恰是自己传奇作品的"风教"价值,唯恐他人"哑然一笑而遂已",更唯恐其"终不传"。同样鼓吹伦理教化,李渔的"利己"之心,与苏州派作家的"利他"之心,相去何止道里!这就在更深的层次上造成了李渔传奇旨趣的悖谬和分裂。

三、嬉笑诙谐的喜剧精神

　　与苏州派作家还有一点不同,在李渔的传奇创作中,伦理教化的思想内容不是形之于慷慨激昂的正剧或悲剧,而是出之于嬉笑诙谐的喜剧,这就是所谓"寓道德于诙谑,藏经术于滑稽"[①]。在这里,道德、经术与诙谐、滑稽,各自既是体,也是用,是体用不二的。

　　李渔的喜剧创作观就是娱乐动机和教化目的混合体。《风筝误》传奇卷末收场诗说:

> 传奇原为消愁设,费尽杖头歌一阕。
> 何事将钱买哭声,反令变喜成悲咽?
>
> 惟我填词不卖愁,一夫不笑是吾忧。
> 举世尽成弥勒佛,度人秃笔始堪投。

[①] 包璿:《李先生一家言全集序》,《笠翁一家言全集》卷首。

一方面是"不卖愁",专"消愁",绞尽脑汁使观众开怀大笑;另一方面,却又隐含以秃笔"度人"的菩萨心肠。中国古代一般寺庙中供奉弥勒佛形象,两边往往附以一副对联:"大肚能容,容天下难容之事;开口常笑,笑世间可笑之人。"以嬉笑诙谐、不萦于怀的态度,对待"天下难容之事"和"世间可笑之人",这不正是李渔独有的喜剧精神吗?从更根本的意义上说,李渔的传奇作品虽然有着明确的伦理教化指向,但其喜剧性却丝毫不取决于这种伦理教化的意图,而根源于嬉笑诙谐的态度。对李渔传奇来说,喜剧的目的就是笑,而不是别的什么。

李渔的喜剧精神是根基于特定的时代心理的,他曾说:"然近日人情,喜读闲书,畏听庄论。"(《笠翁偶集》卷首《凡例七则》)明清之际"天崩地陷"的动乱局面,既能催发英雄豪杰的壮行义举,在剧坛上奏响悲怆的交响曲,激扬沸腾的热血;也能消蚀芸芸众生的胆略气魄,在戏场上流连轻松的小夜曲,熨平内心的皱褶,二者组成了特定历史时期的双重奏。

李渔认为,戏剧创作具有一种特殊的宣泄功能,能够使人们心中的烦闷愁郁得以消散,成为世间最快乐的人。在《闲情偶寄》卷之三《词曲部·宾白第四·语求肖似》中,他说:

> 文字之最豪宕,最风雅,作之最健人脾胃者,莫过填词一种。若无此种,几于闷杀才人,困死豪杰。予生忧患之中,处落魄之境,自幼至长,自长至老,总无一刻舒眉。惟于制曲填词之顷,非但郁借以舒,愠为之解,且尝僭作两间最乐之人,觉富贵荣华,其受用不过如此。①

戏剧创作的这种宣泄功能,主要是一种心理转移形式,与"本之于

---

① 《中国古典戏曲论著集成》第七册,第54页。

圣贤之学"的"发愤著书"迥然不同。正因为如此,李渔格外看重喜剧创作,因为喜剧最集中、最突出地表现了这种宣泄功能。所以他竭力以喜剧作品驱人睡魔,使人欢喜:"尝以欢喜心,幻为游戏笔。著书三十年,于世无损益。但愿世间人,齐登极乐国。"(卷六《笠翁诗集·偶兴》)《闲情偶寄》卷之三《词曲部·科诨第五》说:

> 插科打诨,填词之末技也。然欲雅俗同欢,智愚共赏,则当全在此处留神。文字佳,情节佳,而科诨不佳,非特俗人怕看,即雅人韵士,亦有瞌睡之时。作传奇者,全要善驱睡魔……若是,则科诨非科诨,乃看戏之人参汤也。养精益神,使之不倦,全在于此,可作小道观乎?

不要小看了喜剧作品的这种宣泄功能,更不要歪曲了喜剧作家的这种娱乐动机。喜剧作品之所以能使人宣泄烦恼,喜剧作家之所以能使心情娱快,其奥秘就在于喜剧作家善于以嬉笑诙谐的喜剧精神,将"天下难容之事"和"世间可笑之人"轻松愉快地抖露在观众面前,使观众尽情地享受发自内心的欢乐,以消释来自现实的压抑和苦闷。笑本身包含着解脱之感,是自然人(与文明人相对称)力图摆脱社会束缚和传统习俗的一种解放[1]。现实世界、现实生活和传统习俗都是对自然人性的外在约束,当人们在嬉笑戏谑或观赏喜剧时,就可以暂时把面具揭开,来享受一霎时的自然人性的欢乐。可见,在人类喜剧创造和喜剧欣赏意识的深处,埋藏着一种反理性规范、反社会约束的潜在需求,而这种需求则基于人们对人的生命自由越来越多地受到规范和约束、人的感性生活越来越严肃和呆板的现实存在状态的逆反心理。李渔张扬的嬉笑诙谐的喜剧精神,从根本上说,正是为了解放人的生命自由,活跃人的

---

[1] 参见〔英〕阿·尼柯尔:《西欧戏剧理论》,徐士瑚译本(北京:中国戏剧出版社,1985),第三章第二节,第251页。

感性生活。

　　基于这种喜剧观念,李渔在从事喜剧创造时的基本心态,便自觉地采取一种非严肃、甚或反严肃的玩笑心态;而他所创造出来的喜剧作品,也便自然而然地多为热闹轻松的幽默喜剧。这种幽默喜剧,既不同于否定反价值的讽刺喜剧,也不同于讴歌正价值的歌颂喜剧,而是充溢着幽默情调和浪漫气氛,以达到开心解颐的快乐目的。像著名的喜剧《风筝误》,就渗透着这种玩笑心态。剧中一切都颠倒错乱,匪夷所思:"放风筝,却放出姻缘;相佳人,却相着花面;赘快婿,却赘着冤家;照丑妻,却照出娇娃。"(第一出《颠末》)全剧没有剑拔弩张的戏剧冲突,而流泻着一种轻松愉快的笑,一种宣泄感性自由的笑。它将我们从烦琐平庸的生活事务中解脱出来,从麻木沉寂的状态中唤醒过来,内心激情得以激活,生命快乐得以实现。

　　而李渔喜剧创作的真谛,则是"于嘻笑诙谐之处,包含绝大文章"①,使人们在欣赏喜剧之时或之后,得以像弥勒佛那样,对现实生活中的"天下难容之事"和"世间可笑之人"报以宽容的微笑。这种微笑,不仅仅是对现实烦恼暂时的心理解脱,而且更是对现实烦恼永恒的精神超越。

　　例如,在《风筝误》传奇第一出《颠末》【蝶恋花】中,李渔深有感慨地说:

　　　　好事从来由错误,刘阮非差,怎入天台路?若要认真才下步,反因稳极成颠仆。

朴斋主人在此词上眉批道:

　　　　造物颠倒英雄,全在一个"误"字。认误为真,认真作误,

---

① 李渔:《闲情偶寄》卷之三《词曲部·科诨第五·重关系》。

则造物之计穷矣。数语透彻异常。

这和曹雪芹在《红楼梦》小说第一回里所说的"假作真来真亦假，无为有处有还无"，不是如出一辙吗？

为什么非得错误才能成好事，倘若认真反而遭颠仆？为什么不能认误为误，认真为真？不是别的原因，就是因为整个社会颠倒黑白，混淆是非，认假为真。在《风筝误》传奇中，李渔让媒人互相揭短，这个说："你前日替王翰林的夫人兑金，七成当了十成；替朱锦衣的奶奶兑珍珠，十换算了五换。"那个说："你把贱奴充作尊，破罐冒为整。"（第十七出《媒争》）甚至行军打仗，也是靠假冒蒙骗的策略取胜，如詹烈侯假扮鬼神，打退掀天大王；韩世勋以纸扎的狮子，击败蛮兵的真象，侥幸成功。在李渔看来，以假乱真是社会的普遍风习，必须以嬉笑诙谐的喜剧，将这种无价值的现象撕毁。他曾坦白地说：

> 弟之见怒于恶少，以前所撰拙剧，其间刻划花面情形，酷肖此辈，后来尽遭惨怒，故生狐兔之悲是已。（卷三《笠翁文集·束沧园主人》）

晚清浴血生评李渔云："笠翁殆亦愤世者也，观其书中借题发挥处，层见叠出。""使持以示今之披翎挂珠、蹬靴带顶者，定如当头棒击，脑眩欲崩。"①可谓一语破的。

即使现实社会如此颠倒错舛，李渔却仍然汲汲追求喜剧冲突的合理解决。《风筝误》传奇里，詹淑娟虽蒙不白之冤，最终不是真相大白了吗？韩世勋几经周折，最后不是和詹淑娟琴瑟和鸣了吗？而詹爱娟煞费苦心，到底也只能和不学无术的戚友先为俦。卷首虞镂《风筝误序》抉发此剧的"写照寓言"说：

---

① 任讷辑：《曲海扬波》卷一引，收入《新曲苑》（上海：中华书局，1940）。

> 屈子曰:"众人嫉余之娥眉,谣诼谓余以善淫。"忧逸畏讥,《离骚》所由作也。然三闾九畹,并馨千载。贞者不得误为淫,亦犹好者不得误为丑,所从来久矣……读是编,而知媸冒妍者,徒工刻画;妍混媸者,必表清扬。

喜剧冲突的最后解决,遭到毁灭的只是不切实际的风流希冀和冒名顶替的荒谬行径,而韩世勋追求佳偶的愿望终究得以实现,詹淑娟贞洁清白的美好品质反而因"奇冤"的昭雪而熠熠发光。

李渔的喜剧就是这样,既没有严肃深沉的哲学思考,也没有治国平天下的政治期望,更没有悲剧和正剧那种执着认真的艺术精神,而是洋溢着一种轻松愉快的幽默风格,一种对现实超然自得的审美态度。

正是带着这样的幽默风格和审美态度,李渔在他的剧作中常常借题发挥,信口开合,拿现实中严肃、正经甚至神圣的事情来开玩笑。例如,《风筝误》传奇挖苦官僚士大夫,嘲笑他们:

> 不会齐家会做官,只因情法有严宽。劝君莫笑乌纱弱,十个公卿九这般。(第三出《闺哄》)

《意中缘》传奇痛骂那班"用铜钱买来的官":

> 这君恩易叨,这荣名易标,孔方一送便上青霄。(第二十一出《卷帘》)

《蜃中楼》传奇借鳖将军的议论,指斥现实中武官的胆小怕事:

> 列位不要见笑,出征的时节缩进头去,报功的时节伸出头来,是我们做将军的常事,不足为奇。(第五出《结蜃》)

《奈何天》传奇通过变形使者之口,讽刺儒生的势利和虚伪:

> 如今世上尽有那一介贫儒,看他的形容举止,寒酸不过,

竟与乞丐一般。一旦飞黄腾达,做起仕宦来,不但居移气,养移体,那种气概与当初不同,就是骨骼肌肤,也决不是本来面目。(第二十八出《形变》)

如此等等,不一而足。李渔往往真话假说,反话正言,既不是全然认真,又不是地道作假。真真假假,全凭会心人的体悟。而无论是真是假,却都能博得观众畅快的欢笑。

由于李渔的剧作只是为了一味地娱乐观众——达官贵人和市井平民,所以他并不刻意追求什么高品位、高格调,而仅仅希望"点缀剧场,使不岑寂"(卷二《笠翁文集·曲部誓词》)。对此,李渔有着自知之明,他评价自己的传奇作品说:

弟则下里巴人,是其本色,非止调不能高,即使能高,亦忧和寡。所谓"多买胭脂绘牡丹"也。(卷三《笠翁文集·复尤展成》之五)

毋庸置疑,这一枝牡丹的确与清初腥风血雨的社会现实极不相衬,形成强烈的反差;然而,这么一枝牡丹,不是也足以使饱受战燹的人们得到一片憩息的绿洲,足以使万紫千红的剧坛不至过于寂寞吗?这恐怕就是李渔的喜剧和苏州派的悲剧在清初剧坛并驾齐驱的原因所在。

第二节　新奇·机趣·通俗
——李渔传奇的艺术造诣

李渔的传奇作品总是为演出而创作,自觉地遵循戏剧艺术的特殊规律。因此,他的传奇作品无一不是地地道道的场上之剧,新奇、机趣而通俗,有着强盛的艺术生命力。

一、求新求奇

李渔对传奇作品,首重新奇。出于娱乐动机,出于对观众"物恒求新"的审美心理的理解和重视,李渔自觉地把扫除旧套、创造新奇作为"高人造福之一事"。他说:"且戏场关目,全在出奇变相,令人不能悬拟。若人人如是,事事皆然,则彼未演出而我先知之,忧者不觉其可忧,苦者不觉其为苦,即能令人发笑,亦笑其雷同他剧,不出范围,非有新奇莫测之可喜也。"①

新奇有三层意思,一是对象的新奇,二是立意的新奇,三是表现的新奇。

李渔认为,传奇创作首先应该脱俗套,去陈思,在对象的选择上注意奇特性和新鲜感。他说:

> 古人呼剧本为"传奇"者,因其事甚奇特,未经人见而传之,是以得名。可见非奇不传。新即奇之别名也。若此等情节,业已见之戏场,则千人共见,万人共见,绝无奇矣,焉用传之?

而如果剽窃蹈袭,"但有耳所未闻之姓名,从无目不经见之事实",这样的剧本只会"枉费辛勤,徒作效颦之妇",绝不可能吸引观众,产生强烈的艺术效果。②

那么,传奇题材如何创新呢?李渔说:

> 近日传奇,一味趋新,无论可变者变,即断断当仍者,亦加改窜,以示新奇。予谓文字之新奇,在中藏不在外貌,在精液不在渣滓。③

---

① 均见李渔:《闲情偶寄》卷之五《演习部·脱套第五》。
② 均见李渔:《闲情偶寄》卷之一《词曲部·结构第一·脱窠臼》。
③ 李渔:《闲情偶寄》卷之三《词曲部·格局第六》。

这就是说,传奇题材的创新,应当遵循现实生活的内在规律,"可变者"变,"当仍者"仍,不可一味趋新,丧失戏剧艺术的真实性。而更重要的是,传奇作品对象的新奇是第二位的,立意的新奇才是第一位的;作家的着眼点不应只在事之奇,更应在意之奇,情之奇。在《窥词管见》第五则中,李渔特别强调诗词创作的"贵新",说:"文字莫不贵新,而词为尤甚。不新可以不作。"而所谓"新",应以"意新为上,语新次之,字句之新又次之"。而"意新"又并非在"寻常闻见之外"的"《齐谐》志怪、《南华》志诞之所谓新也",而是"即在饮食居处之内,布帛菽粟之间,尽有事之极奇,情之极艳,询诸耳目,则为习见习闻,考诸诗词,实为罕听罕睹"(卷八《笠翁馀集》)。因此,不仅"前人未见之事,后人见之,可备填词制曲之用",而且前人已见的"家常日用之事",只要剧作家善于以敏锐的艺术眼光"伐隐攻微",发掘出蕴含其中而为人所未知的"人情物理",加以生动的表现,也能给人以新奇感:

> 即前人已见之事,尽有摹写未尽之情,描画不全之态。若能设身处地,伐隐攻微,彼泉下之人,自能效灵于我,授以生花之笔,假以蕴绣之肠,制为杂剧,使人但赏极新极艳之词,而竟忘其为极腐极陈之事者,此为最上一乘。①

这就涉及到艺术表现的新奇。李渔曾说:"戏法无真假,戏文无工拙,只是使人想不到,猜不着,便是好戏法,好戏文。"②因此他往往刻意迂回曲折、变幻多端的戏剧情节。他的传奇作品,"结构离奇,熔铸工炼,扫除一切窠臼,向从来作者搜寻不到处,另辟一境,可谓奇之极,新之至矣。然其所谓奇者,皆理之极平;新者,皆

---

① 李渔:《闲情偶寄》卷之一《词曲部·结构第一·戒荒唐》。
② 李渔:《闲情偶寄》卷之三《词曲部·格局第六·小收煞》。

事之常有"①。善于从极平之理、常有之事中创造新奇的传奇作品,这正是李渔过人之处,也是他的传奇艺术魅力所在。

如李渔的《意中缘》传奇,将明末享誉文坛的书画家董其昌、陈继儒和当时的才女林天素、杨云友分别配成佳偶②。据黄媛介《意中缘序》云:

> 然而三十年前,有林天素、杨云友其人者,亦担簦女士也。先后寓湖上,藉丹青博钱刀,好事者时踵其门。即董玄宰宗伯,陈仲醇徵君,亦回车过之,赞服不去口,求为捉刀人而不得。(《意中缘》卷首)

可知林、杨二人虽与董、陈相识,但却未曾为其妾媵。李渔以为二女子善画,乃绝代佳人,自应配天下才子善书画者,如董、如陈。故而"鼓怜才之热肠,信钟情之冷眼,招四人芳魂灵气,而各使之唱随焉。奋笔饰章,平增院本中一段风流新话,使才子佳人,良配遂于身后。"(黄媛介《意中缘序》)

又如《奈何天》传奇"一却陈言,尽翻场面"(胡介《奈何天序》),以丑角阙里侯为主人公,造成绝妙的喜剧效果。作者之所以"破尽传奇格,丑旦联姻真叵测",乃有鉴于"风流剧"导致"纷纷邪行"(第一出《崖略》〔蝶恋玉楼春〕),欲使"红颜知薄命,莺莺合嫁郑恒哥"(卷末收场诗)。这种教化的意图虽然迂腐,但全剧的立意却不乏新奇。化腐朽为神奇,这正是李渔的艺术造诣所在。全剧关目布置,情节展开,针线照应,皆能于极度夸张反常之处见其自然合理,水到渠成。而阙里侯的三次娶妻与三次逃避,意趣各异,决不雷同,更可见作者的巧思。

---

① 朴斋主人:《风筝误·总评》,李渔:《风筝误》传奇卷末。
② 按,董其昌(1555—1636),字玄宰,号思白,《明史》卷二八八有传;陈继儒(1558—1639),字仲醇,号眉公,《明史》卷二九八有传。

再如《蜃中楼》传奇将元人杂剧中《柳毅传书》和《张生煮海》两个有关龙女的神话故事捏合在一起,从"千人共见,万人共见,绝无奇矣"的题材中,发现那些"摹写未尽之情,刻画不全之态",重新创作,便成佳构。

正由于李渔刻意求新求奇,所以他的《十种曲》都戛戛独造,各具风貌,崭新奇巧,出人意表。这是他的传奇作品之所以为人们津津乐道的重要原因。

二、机趣通俗

李渔的《笠翁十种曲》清一色全是喜剧,在喜剧艺术形式上,他进行了有益的探索,并取得了突出的成就。他自诩道:"使数十年来无一湖上笠翁,不知为世人减几许谈锋,增多少瞌睡?"因此堪称"谈笑功臣,编摩与士"(卷三《笠翁文集·与陈学山少宰书》)。

李渔善于塑造生动、丰满的喜剧形象,尤其是正面喜剧形象的刻画更为突出。如果说,元杂剧里正面喜剧形象的喜剧性格的实质,是人物对客观环境(包括他的冲突对手)的无知或无视所造成的主客观矛盾,如《看钱奴》杂剧里陈德甫不理解贾仁的吝啬,《陈州粜米》杂剧里包拯不理睬刘衙内的势力等等[①];那么,李渔传奇作品中正面喜剧形象的喜剧性格的实质,则主要是人物动机与行为的矛盾以及人物性格自身的矛盾。

例如,《风筝误》传奇里的韩世勋就具有表里不一和二重组合的性格特征:表面上端庄持重,骨子里风流倜傥;既秉持道学礼法,又倾慕风流艳遇;既津津乐道"非才美不娶",又不敢"欺君逆父";一心要谨慎从事,却反而盲目轻信。他的婚姻纠葛,不是命运的有

---

① 参见楚平:《试论元杂剧正面喜剧形象》,载《文艺论丛》第12辑(1980年)。

意捉弄,实在是由他的性格造成的。在第十三出《惊丑》中,他既满心欢喜地去赴约,却又寻思着"邪人多畏";香闺私会明明是不轨行径,却还要故作持重,保持"雅道";本意想"面订百年之约",及至见詹爱娟其貌不扬,偏又搬出"父母之命,媒妁之言"的古训来搪塞拒绝。詹爱娟的斥责一针见血地揭穿了韩世勋的表里不一:"你既是个道学先生,就不该到这个所在来了。"在剧中,韩世勋性格的内在矛盾充满着不相一致、乖张荒唐的喜剧性,怎能不产生强烈的喜剧效果?

喜剧是引人发笑的艺术。喜剧冲突是引人发笑的契机,喜剧形象是引人发笑的本体,而喜剧语言则是引人发笑的主要媒介。在李渔的传奇作品中,幽默、机巧、妙趣横生的喜剧语言,可谓俯拾皆是。

喜剧语言是喜剧性格的自然流露,是喜剧冲突撞击出的火花。李渔曾经说过:喜剧语言"非有意为之","妙在水到渠成,天机自露。我本无心说笑话,谁知笑话逼人来,斯为科诨之妙境耳"①。这就是说,只要设置特写的喜剧情境,把握特写的喜剧性格,喜剧语言就会油然而生,如泉四涌。

请看《风筝误》传奇第十三出《惊丑》里韩世勋与詹爱娟黉夜相会的情景:

(生)小姐,小生后来一首拙作,可曾赐和么?

(丑)你那首拙作,我已赐和过了。

(生惊介)这等,小姐的佳篇,请念一念。

(丑)我的佳篇,一时忘了。

(生又惊介)自己作的诗,只隔得半日,怎么就忘了?还求记一记。

---

① 李渔:《闲情偶寄》卷之三《词曲部·科诨第五·贵自然》。

（丑）一心想着你，把诗都忘了。等我想来。（想介）记着了!
　　（生）请教。
　　（丑）云淡风轻近午天,傍花随柳过前川……

詹爱娟之所以妙语连珠，是因为她虽然粗俗无文，却乔装才女，不得不故作风雅，学着韩世勋咬文嚼字，"赐和"、"佳篇"起来。以至在韩世勋的一再求教下，以尽人皆知的《千家诗》来搪塞，到底露出了马脚。这一连串的精彩对话，根基于冒名顶替的喜剧情境——力图掩盖真相，示人以假相；也产生于詹爱娟不自知为丑，反而自炫为美的滑稽性格。因此，无论是人物还是作者，都是"我本无心说笑话，谁知笑话逼人来"。

　　无论是人物语言还是描写语言，李渔都特别讲究机趣。他认为：

　　　　机趣二字，填词家必不可少。机者，传奇之精神；趣者，传奇之风致。少此二物，则如泥人土马，有生形而无生气。①

这就是说，戏曲语言应该意深而味浓，活泼而有趣，富于表现力、吸引力和感染力。作为喜剧语言，还要涂上谐谑色彩。如《风筝误》传奇第二十八出《逼婚》，韩世勋唱道："我教你做个卧看牵牛的织女星。"这句曲词本唐杜牧《秋夕》诗："天阶夜色凉如水，卧看牵牛织女星。"李渔加了几个衬字，生动地显现了韩世勋指着詹淑娟嘲骂的神情，而且以牵牛星与织女星遥隔天河，可望而不可即作比喻，既形象贴切，又趣味盎然。清人杨恩寿《续词余丛话》卷二评道："本是成句，略改句读，用意各别，尤为巧不可阶。"②像这样富

---

① 李渔：《闲情偶寄》卷之一《词曲部·词采第二·重机趣》。
② 《中国古典戏曲论著集成》第九册，第305页。

于机趣的语言,在李渔的传奇作品中,真是触处皆是,美不胜收。

李渔作古文辞赋,提倡"意浅而词近"(卷三《笠翁文集·与梁冶湄明府书》),而其传奇语言则更讲究通俗易懂,追求"雅中带俗,又于俗中见雅"①。李调元《雨村曲话》指责李渔的传奇"一味优伶俳语"②。杨恩寿《词余丛话》卷二也批评说:

> 《笠翁十种曲》,鄙俚无文,直拙可笑。意在通俗,故命意遣辞力求浅显,流布梨园者在此,贻笑大雅者亦在此。③

这正可以从反面看出,像李渔这样的传奇作家,恰恰是为了适应舞台演出的需要和迎合普通观众的趣味而自觉倡导通俗自然的语言风格的。

例如,李渔《比目鱼》传奇第二十六出《贻册》中有这么一支曲子:

> 〔青玉案〕仙舟喜到回生处,罾共网皆恩具。不但渔翁称旧主,山曾共相,水曾相与,喜得重遭遇。

秦淮醉侯(按,即杜濬)在此曲上批道:

> 此等文字,竟是说话,并非填词。然说话无此文采,填词又少此自然。他人以说话为说话,笠翁以填词为说话,故有此等妙境也。

"以填词为说话",这很能见出李渔"能于浅处见才"的高超的语言造诣④。

当然,李渔的传奇语言每有市井谑浪之习,露骨秽亵之语,堕入恶趣,沦于下流,这又是与他"传奇原为消愁设"的创作观和"工

---

① 李渔:《闲情偶寄》卷之三《词曲部·科诨第五·重关系》。
② 《中国古典戏曲论著集成》第八册,第 27 页。
③ 《中国古典戏曲论著集成》第九册,第 265 页。
④ 李渔:《闲情偶寄》卷之一《词曲部·词采第二·忌填塞》。

揣摩"、打抽丰的帮闲本色分不开的。

杨恩寿《词余丛话》卷二指出,李渔的传奇作品,"位置脚色之工,开合排场之妙,科白打诨之宛转入神,不独时贤罕与颉颃,即元明人亦所不及"①。正因为如此,李渔的传奇作品在发展期剧坛上独竖赤帜。强烈的喜剧效果和高超的艺术造诣,使他的传奇作品"有盛名于清初,《十曲》初出,纸贵一时"②。有人甚至推崇说:"尤西堂、吴梅村、李笠翁、蒋辛畲所制词曲,为本朝第一"③,将李渔与尤侗、吴伟业、蒋士铨等戏曲作家相提并论。他的传奇在后世一直演出,乾隆间李调元《雨村曲话》说:

> 李渔音律独擅,近世盛行其《笠翁十种曲》……世多演《风筝误》。其《奈何天》,曾见苏人演之。④

《风筝误》、《意中缘》、《比目鱼》、《玉搔头》等传奇,清末民国初秦腔、晋剧、京剧、川剧、越剧等剧种都有改编演出。

李渔的传奇作品很早就流传到日本,青木正儿说:

> 《十种曲》之书,遍行坊间,即流入日本者亦多,德川时代(按,指1603—1876年德川幕府时期)之人,苟言及中国戏曲,无不立举湖上笠翁者。明和八年(乾隆三十六年,1771)八文舍自笑所编《新刻役者》("役者",日语"优伶"也。古鲁注)《纲目》中,载其《蜃中楼》第五《结蜃》第六《双订》二出,施以训点,而以工巧之翻译出之。⑤

---

① 《中国古典戏曲论著集成》第九册,第265页。
② 《毗梨耶室杂记》,蒋瑞藻《小说考证续编》(上海:上海古籍出版社,1984),卷二引,第461页。
③ 周绮:《曲目新编·题词》,丰支宜《曲目新编》卷首,《集成》第九册,第133页。
④ 《中国古典戏曲论著集成》第八册,第27页。
⑤ 〔日〕青木正儿:《中国近世戏曲史》,王古鲁译注本(北京:作家出版社,1958),第十章第三节,第334页。

宫原民平译《风筝误》传奇,收入1926年版《支那文学大观》。

在十九世纪末,李渔的传奇作品也流传到欧洲。A.佐托利(汉名晁德莅)《中国文化教程》(Cursus Litteraturae Sinicae neomissionariis accomodatus)一书,收《慎鸾交》第二十出、《风筝误》第六出和《奈何天》第二出,以拉丁文注释,1879—1909年在上海出版。此后李渔的传奇作品又分别摘译为法文、德文、英文等。

20世纪以来,海内外有关李渔文学理论和创作的研究著作甚夥。国内较著名的研究著作有:肖荣《李渔评传》(杭州:浙江人民出版社,1985),单锦珩《李渔传》(成都:四川文艺出版社,1986),胡天成《李渔戏曲艺术论》(重庆:西南师范大学出版社,1993),黄强《李渔研究》(杭州:浙江古籍出版社,1996),张晓军《李渔创作论稿——艺术的商业化与商业化的艺术》(北京:文化艺术出版,1997),沈新林《李渔新论》(苏州:苏州大学出版社,1997)、《李渔评传》(南京:南京师范大学出版社,1998),俞为民《李渔评传》(南京:南京大学出版社,1998,2000),胡元翎《李渔小说戏曲研究》(北京:中华书局,2004),黄果泉《雅俗之间:李渔的文化人格与文学思想研究》(北京:中国社会科学出版社,2004)等。海外较著名的研究著作有:Helmut Martin(汉名马汉茂)《李笠翁论戏曲》(Li Li-weng Uber das Theater, Heidelberg: Heidelberg University, 1966), Nathan K Mao、Liu Ts'un-yan《李渔》(Li yu, Boston, 1977), Eric P. Henry《中国娱乐:李渔的喜剧》(Chinese Amusement: The Lively Plays of Li Yü, Hamden, Connecticut: Archon Books, 1980), Patrick Hanan(汉名韩南)《李渔的创造》(The Invention of Li Yu, Cambridge, Mass.: Harvard U.P., 1988), Chun-shu Chang(汉名张春树)、Shelley Hsueh-lun Chang(汉名骆雪伦)《十七世纪中国的危机与变革:李渔世界中的社会、文化与现代化》(Crisis and Transformation in Seventeenth-Century China: Society, Culture, and Modernity in Li Yu's World, Ann Arbor, Mich:Center for Chinese Studies, the University of Michigan, 1992, 2000)等。

第三节 风流蕴藉,谈言微中
——风流文人概述

在明清传奇发展期,有一批作家与李渔的审美趣味极其相近,大都热中于演绎才子佳人的风流遇合,标榜文人学士的风韵,我们称他们为风流文人。

一、浙江籍风流文人

在传奇发展期的作家中,与李渔关系较为密切的浙江籍风流文人,有徐石麒、徐沁、范希哲。

徐石麒,字又陵,号坦庵。原籍鄞县(今属浙江),后居江都(今属江苏)。承其父徐心绎家学,精研名理,沉谧寡言。入清后不应科举,约卒于康熙初年。擅画花卉,有天趣。工诗词,尤精度曲,与袁于令、李渔等戏曲家交往。著述甚富,凡40余种,明亡时毁于兵燹,幸存无几。自谓所撰得之疾病、愁苦、呻吟、涕泪者为多。现存《坦庵诗余瓮吟》、《坦庵乐府黍香集》、《蜗亭杂订》等。

徐石麒的戏曲作品,有杂剧4种:《买花钱》、《大转轮》、《拈花笑》、《浮西施》,与散曲集《瓮吟》、《黍香集》合刻,题为《坦庵词曲六种》,现存顺治间南湖享书堂原刊本。传奇4种:《珊瑚鞭》,今存康熙间刻本;《辟寒钗》、《胭脂虎》、《九奇逢》,已佚。《珊瑚鞭》传奇本事出明末荑狄散人《玉娇梨》小说,叙写明朝才子苏友白与才女白红玉、卢梦梨的爱情故事。作者自称,因为"难遇风流偶",所以"聊借他缘,塑我擎花手"(第一出《作者意》【蝶恋花】)。大旨不外谈情,并借苏友白的姻缘遇合,发抒一腔情怀,无限幽思。全剧仅取小说中富于戏剧性的场面,而删去铺叙文字,甚得简洁之法。形象鲜明,结构稳称,曲词清丽。

徐沁(1626—1683),字野公,一云名炼,字冶公,号水浇,别署若耶野老、委羽山人。会稽(今浙江绍兴)人。博通经史,长于考证。"平生游幕四方,以笔耕糊口者。"[1]晚归故乡秋水堂,著述终老。著有《秋水堂稿》、《越书小纂》、《三晋纪行》、《墨苑志》、《楚游录》、《谢皋羽年谱》等,编辑《明画录》。尤工制曲,与李渔交好。《载花舲》传奇第三十二出《班师》【尾声】云:"《曲波园七种》新编定,还有《香草吟》未曾求政,待我回到稽山续请评。"可知徐沁共著传奇8种。唯《载花舲》、《香草吟》,合称《曲波园传奇二种》,今存康熙间刻本[2]。

徐沁传奇的创作旨趣,与李渔大致相同。如《载花舲》传奇写户部尚书之子荀咏与名姬王朝霞的爱情故事,其构思、布局、立意完全蓝本于李渔的《慎鸾交》传奇。鹿溪古士评云:

> 公子不以名妓遇朝霞,朝霞不以豪贵事公子,可以号于天下,曰知己矣……作者胸中无烟火气,笔下无半点尘,故能轻描淡写,活现纸上,非刻意求新奇以动观听,只是写得才子佳人本色耳。(第十二出《对床》眉批)

全剧关目生动,曲白流丽,堪称作手。

---

[1] 吴梅:《瞿安读曲记·曲波园传奇二种》,王卫民编:《吴梅戏曲论文集》(北京:中国戏剧出版社,1983),第455页。

[2] 关于徐沁的生平事迹,参见严敦易:《徐沁的〈曲波园传奇二种〉》及《〈熙朝名剧三种〉及其作者》,见其《元明清戏曲论集》(郑州:中州书画社,1982),第350—355页、第206—212页;邓长风:《〈香草吟〉和〈载花舲〉的作者之再探索》,见其《明清戏曲家考略》(上海:上海古籍出版社,1994),第442—453页。严敦易认为,《芙蓉楼》、《广寒香》、《易水歌》三种传奇(合称《熙朝名剧三种》,今存康熙间刻本),亦为徐沁所作,然证据不足,尚待考证。

《香草吟》传奇全剧始终以药名贯串,除登场人物大多药名外,曲白诗词无不随处嵌入,即出目亦非医即药。虽属牵强,而颇费经营,其组织与技巧很可玩赏。李调元《雨村曲话》说:

> 而《香草吟》全以药名演成传奇,虽其家数略小,亦具灵思,曲中之另一体也。

这种游戏文章,实本于明万历间邓志谟的《玛瑙簪记》传奇①。而这种刻意求奇的追求,则与李渔如出一辙。所以李渔《香草吟传奇序》对此剧评价甚高,说:

> 是词幻无情为有情,既出寻常视听之外,又在人情物理之中,奇莫奇于此矣。而词华之美,音节之谐,与予昔著《闲情偶寄》一书所论填词意义,鲜不合辙,有非警拔二字足以概其长者。(卷一《笠翁文集》)

此评未免过誉。细考作品,关目不脱寄寓府第,诗笺酬和,议婚不允,洞房疑阵一类传奇窠臼。竹坡评云:"探幽索微,固见才思。恐登场演剧,未必利观也。"(刻本卷末)此评稍近之。

范希哲,杭州(今属浙江)人。活动于明末清初,生平未详。今存康熙间刻《八种传奇》,《万全记》(一名《富贵仙》)题"四愿居士"撰,《十醋记》(一名《满床笏》)题"西湖素岷主人"撰,《补天记》(一名《小江东》)题"小斋主人"撰,《双瑞记》(一名《中庸解》)题"不可解人"撰,《偷甲记》(一名《雁翎甲》)题"秋堂和尚"撰,《四元记》(一名《小莱子》)题"燕客退拙子"撰,《双锤记》(一名《合欢锤》)题"看松主人"撰,《鱼篮记》(一名《双错卺》)题"鱼篮道人"撰。观此8种传奇文笔,殆出一手,与李渔的《笠翁十种

---

① 按,邓志谟,字景南,号百拙生。所撰《玛瑙簪记》传奇,现存玉芷斋抄本。

曲》不甚相同,应皆为范希哲所作①。焦循《曲考》谓《十醋记》为"龚司寇门客所作",则范氏或为清初兵部尚书龚鼎孳的门客。另撰有杂剧《万古情》、《万家春》、《豆棚闲话》3种,总名《三幻集》,今存。

范希哲传奇创作的主旨与李渔毫无二致。其一是演出传奇,推行教化。如《双瑞记》传奇本事出《世说新语·自新》及《晋书》卷五八《周处传》,叙写周处改过从善的故事,作者《序》云:

> 秉木铎者,未必即是圣贤;工优孟者,何尝迹履忠孝?不过借此醒人,为愚夫愚妇说法耳……(《双瑞记》传奇卷首)

又如《偷甲记》传奇本于《水浒传》小说,叙写时迁盗甲,徐宁入梁山的故事,作者《序》云:

> 嗟乎!呼延忠孝,竟入网罗;气节武师,亦迷本性。要知胸无把握者,皆缘平昔涵养未深,薰陶鲜术之故耳。由是观之,礼乐诗书之气,操持坚忍之功,乌容一日已哉!当傀儡棚中,寓棒喝微旨,俾场内观者作场外想,则余此剧庶乎无罪。(《偷甲记》传奇卷首)

其二是游戏文章,自娱娱人。如《万全记》传奇虚构宋人卜丰

---

① 按,《笠阁批评旧戏目》著录《十醋记》、《万全记》、《补天记》三种,均题"范希哲作"。见《中国古典戏曲论著集成》第七册,第306页。姚燮《今乐考证》著录《偷甲记》、《鱼篮记》、《双锤记》、《万全记》、《十醋记》、《四元记》6种,俱题"四愿居士"撰,并谓:"或云系范希哲作。或又以《万全》一种为范氏作。近得五种合刻本,署曰四愿居士;笠翁无此号,殆为希哲无疑耶?然读其词,则断非笠翁手笔也。"又按:"四愿居士五种,有《十醋记》,无《万全记》,聊类录之。"同书又著录《补天记》,则题为范希哲撰。见《中国古典戏曲论著集成》第十册,第272—273页。又姚燮《大梅山馆藏书目》(抄本)载其所藏《五种合刻本》,即《万全记》、《十醋记》、《双锤记》、《偷甲记》、《鱼篮记》,亦题为"四愿居士"撰。据此可知,四愿居士、西湖素岷主人、小斋主人等号,实为范希哲别署无疑。当时书贾以李渔极负盛名,故假托其名阅定,藉以射利,黄文旸《曲海目》、焦循《曲考》、王国维《曲录》等不察,遂误为李渔所作。

479

妻贤子孝,富、贵、仙俱全的故事,作者《自序》说:

> 纪事著书,原欲垂诸不朽;征歌度曲,止期畅快一时。奚徒炼句敲词,以相夸云?况氍毹之上,杯酒之间,寄声色人情者,如夏之云、冬之日,山岚水溅,朝槿晨霜,倏忽变幻,过耳触目,曾不少留,何必确然于《廿一史》、《十三经》中追往迹耳?此《富贵仙》之剧之所由生也。(《万全记》传奇卷首)

又如《补天记》传奇本事出《三国演义》小说,叙写刘备、关羽等为伏后报仇之事,作者《小说》云:

> 补天之荒诞,巾帼之乔奇,亦无非破涕为笑,作戏逢场,如是观也。(《补天记》传奇卷首)

《十醋记》传奇叙写唐朝郭子仪七子八婿,极富贵之盛的故事,插入虚构的节度使龚敬惧内情形,则纯为欢乐喜庆之作。

二、万树:言情言理,精巧清雅

传奇发展期在才子佳人传奇创作上成就较为突出,堪与李渔比肩的风流文人,是万树。

万树(?—1689),字红友,一字花农,号山翁,又号山农。宜兴(今属江苏)人。年轻时以国子生游京师,颇负盛名。康熙初中举人,未出仕。生活贫困,游历于燕、晋、楚等地。后归乡,购得吴氏鹦鹉园旧址,更名"堆絮园",安居读书。康熙二十年(1681),入两广总督吴兴祚幕中,一切奏议,皆出其手。闲暇则制曲为新声,甫脱稿,即由吴兴祚家庭戏班演出。二十六年(1687),编成《词律》,号称精审。二十八年(1689),吴兴祚降调离任,万树扶病离粤返乡,殁于西江舟次。著有《堆絮园集》、《花农集》、《璇玑碎锦》等①。

宁楷《增修宜兴县志》卷八谓万树"所填乐府凡二十余种",今可知剧目者仅17种。其中传奇9种:《风流棒》、《空青石》、《念八翻》3种,合刻为《拥双艳三种曲》,现存康熙间粲花别墅刻本;《锦尘帆》、《十串珠》、《黄金瓮》、《金神凤》、《资齐鉴》、《玉双飞》6种,已佚。杂剧8种:《珊瑚球》、《舞霓裳》、《藐姑仙》、《青钱赚》、《焚书闹》、《骂东风》、《三茅宴》、《玉山庵》,均佚。

万树是明末戏曲家吴炳的外甥,曲风直承吴炳,颇肖乃舅。他的《拥双艳三种曲》,都是一才子配二佳人的风情剧,中间穿插朝廷风波、忠奸斗争,事无所本,纯属虚构,"要其注意,大抵言情"。(《空青石》卷首吴棠祯《序》)《念八翻》传奇第一出《翻案》云:

> 人世原同傀儡棚,衣冠优孟善言情。兴观解得风人旨,何必空争道学名?

这种风流道学的旨趣,与李渔可谓衣钵相承。

《风流棒》传奇二卷二十六出,作于康熙二十五年(1686)春,叙写荆瑞草与谢林风、倪菊人的爱情故事。剧中因题壁之诗而为姻缘发端,本于吴炳《情邮记》传奇;追舟一段,当系用明代盛传的唐伯虎三笑姻缘故事;结尾之打喜,乃范文若《鸳鸯棒》传奇之翻案;而关目中多用错误法,实为阮大铖《春灯谜》传奇之流衍。全剧情节奇幻,洵为佳构。吴秉钧《序》评云:

> 游思运腕,出奇无穷,径愈折而愈幽,蕊愈吐而愈艳。茶郎之颠,林风之韵,菊人之挚,以及连、霍之周圆,童、赖之丑报,刻画毕肖。本言情之书,而不落冷淡生活,引人入胜,雅俗

---

① 关于万树的生平事迹,参见赵景深、张增元辑:《方志著录元明清曲家传略》(北京:中华书局,1987),第187页所录诸方志。

共赏,可称观止矣。

又云:

> 言理则随端合节,言情则曲折入微,可云骚坛独步也。(卷末跋语)

《空青石》传奇二卷二十九出,作于康熙二十三年(1684)以前,叙写钟青与鞠书仙、步珊然的爱情故事。剧中主要人物,如钟青即"钟情",鞠书仙之父鞠躬即"鞠躬尽瘁",全媪即周全之媪,曲得侯即曲媚以得侯,皆以寓意为姓名。作者自述作意云:

> 算古今情人,多被情伤。离恨天高未补,五色石空炼娲皇。争如向芙蓉粉底,炼笔补天荒。(第一出《情谱》【满庭芳】)

全剧以风情为主,而以忠奸斗争为背景。

《念八翻》传奇二卷二十八出,作于康熙二十一年(1682)以前,叙写虞柯与祝凤车、阮霞边的爱情故事。剧中以功罪、邪正、师弟、奴主、贞淫、老少、贫富、贵贱、僧俗、痴慧、生死、男女、慈忍、文武等相互翻案,凡二十八样变幻,故名《念八翻》。作者自云:

> 老子悲歌不厌烦,小儿造化最难言。沧桑变幻谁能料?请看场中念八翻。(卷末收场诗)

吕洪烈评云:

> 红友从团蒲悟出,借宝帚写来,天道人事,无所不翻,灵心慧舌,亦无所不翻。传奇之奇,于此观止。(第一出《翻案》眉批)

如此构思,正与李渔《风筝误》传奇相伯仲。剧中虞柯乃万树自我写照,其他人物亦多有寓意①。

万树的《三种曲》,虽然都是一个情节模式印出来的,但却惨澹经营,结构精巧,转换灵活,境界开阔,在才子佳人戏曲中别开生面。梁廷楠《曲话》卷三评云:

> 红友关目,于极细极碎处,皆能穿插照应,一字不肯虚下,有匣剑帷灯之妙也……红友为吴石渠之甥,论者谓其渊源有自。其实平心论之,粲花三种(按,当为五种之讹),情致有余而豪宕不足。红友如天马行空,别出机杼,宗旨固自不同也。②

万树尤讲究关目省略法,在剧中仅演出情节重要并富于戏剧性的关目,而中间杂事则用说明文字一笔带过。《风流棒》传奇全剧二十六出,精选戏剧性最强的场面加以敷演,而情节发展的来龙去脉则在说明中提及。如谢林风题诗于壁,荆瑞草追谢不遇,归杭谒蹇为修,劣生童同绰被俘得逃归,等等,按传奇常套,都是重要的过脉戏,必须在场上演出,而万树则尽皆隐去不写。关目设置弃取得当,就有效地避免了传奇累赘、拖沓、迂缓的通病③。

万树传奇的语言以清雅秀丽见长,音律得吴炳家传,严守格

---

① 《曲海总目提要》卷二四《念八翻》云:"虞柯字上枝,按《百家姓》云:'虞万枝柯',其中藏'万'字。又柯与枝即树也,盖虞柯即影'万树'二字。"又云:"郭有心,寓言有心人也。鲍不平,寓言抱不平也。方畸人,寓言奇人也。苏复生,寓言云卿几死,苏而复生也。盖必其父子被祸,有为之左右周旋者,其姓名则系假托也。都御史无寇源姓名,言用此人,则致寇之源。盖其父仇,故深诋之也……盖必树少年时,常有姻事及所欢之妓,为友所间,故忿而诋之。所谓程道脉者,则诋其假道学,自附大儒之后,自许道脉,而其行则谋夺人婚姻。故云为祝氏杀死,以泄其忿也。云卿破贼,柯登第,祝、阮二女皆归柯,亦极叙乐事,以快心意。其实万树未登第,所慕之色,亦未必能致也。"按,万树少年行迹,现已难考,此剧或多或少影指其身世遭遇。
② 《中国古典戏曲论著集成》第八册,第272页。
③ 参见青木正儿:《中国近世戏曲史》,王古鲁译注本,第十一章第一节,第396页。

483

律,极便场上。《念八翻》传奇第十五出《防露》吕洪烈眉批评云:

> 红友曲白,纵横三界,颠倒千秋,无不中人情者。

《风流棒》传奇卷首吴秉钧《序》评云:

> ……得观所谱诸剧,无不推陈标新,另辟生面,不袭元人之貌,而实彻元人之髓。字义精粲,宫律谐婉,极贞朴而不腐,极瑰幻不诡,极裔艳而不饾饤,极旖旎而不淫靡,极淘写冷笑而不伤刻虐,所谓风流蕴藉,谈言微中者欤?

梁廷楠《曲话》卷三也评云:

> 曲调于极闲极冷处,皆能细斟密酌,一句不轻放过,有大含细入之妙也。非龙梭凤杼,能令天衣无缝乎?①

而北曲最为其拿手,吴棠桢评《空青石》传奇第十二出《农酬》的北词说:

> 红友之曲,原从沉酣于元词而出,故其所著北调,或正本杂剧,或散套小令,皆能得古人神韵。而精考字句,分别正衬,毫忽不苟。

但是,万树的传奇作品在当时虽曾演出,如吴棠桢在《空青石》传奇第十一出《阉婚》的眉批中说:"此曲演于端州制幕,观者无不绝倒";但在后世却皆不见流传剧场。其中一个重要原因,恐怕就是因为他的作品有着过于浓厚的文人气息,过于纤巧的雅谑情调,和过于典丽的语言风格。

三、其他江苏籍风流文人

明清之际还有一批活动于苏州一带的风流文人,如王续古、薛

---

① 《中国古典戏曲论著集成》第八册,第272页。

旦、周昊、朱英等。他们的传奇风格与苏州派不甚相同,而与李渔等人却很相近,大致承续的是明末吴炳、阮大铖、孟称舜等作家的遗风余韵,敷演才子佳人的风流际遇。

王续古,字香裔。苏州人。生平未详。所撰传奇三种:《非非想》,今存;《黄金台》、《燕子矶》,未见。

薛旦,字既扬,一字季央,号听然子,一作忻然子,别署采芝客。原籍长洲(今江苏苏州)人,清初迁居无锡(今属江苏)。天资聪慧,幼年名列胶庠。顺治十一年(1654)以邹忠倚之招,曾赴北京昌平应童子试,刊《燕游草》。早年丧妻,续娶继室名停云,能歌舞。怀才不遇,以词曲自娱,发抒愤懑。康熙中期尚在世,卒年87岁。《梁溪诗抄》、《江苏诗征》收其诗若干首,并有小传。所撰戏曲19种:传奇《续情灯》、《鸳鸯梦》、《醉月缘》、《齐天乐》4种,杂剧《昭君梦》,今存;其余《书生愿》、《战荆轲》、《芦中人》、《状元旗》、《九龙池》、《后西厢》、《飞熊兆》、《赐绣旗》、《玉麟符》、《粉红栏》、《喜联登》、《长生桃》、《一宵泰》、《龙女书》14种,已佚。《传奇汇考标目》增补本别出《取金陵》、《土山会》2种,注见《访书记》,待考①。

周昊,字坦纶,号果庵,别署西畴老圃。昆山人。生平未详。所撰传奇14种:《玉鸳鸯》,今存;《太白山》、《竹滪篱》、《八仙图》、《火车阵》、《竟西厢》、《福星临》、《镜中人》、《金橙树》、《阳明洞》、《后西国》等13种,已佚。

朱英,字寄林,一云名寄林,字树声,别署简社主人。松江(今属上海市)人。生平未详。所撰传奇4种:《倒鸳鸯》、《闹乌江》,今存;《醉扬州》、《野狐禅》,已佚。

---

① 参见邓长风:《十四位明清戏曲家生平著作拾补·薛旦》,见其《明清戏曲家考略》,第595—597页。

在江苏籍作家中年辈较晚而成就较高,堪称李渔后劲的风流文人,是周稚廉。

周稚廉(1666—1694),字冰持,号可笑人。华亭(今上海松江)人。其父周纶为王士禛门人,与祖父茂源皆善诗。天分绝伦,才名藉甚。尝游浙中,参加西湖文会,以《钱塘观潮赋》知名。为人傲诞不羁,人目为狂士。与同郡范缵齐名,时称"周范"。为国子生,屡试不中。尝自署门联云:"论家世如阁帖官窑,可称旧矣;问文章似谈笺顾绣,换得钱无。"①与汪琬、吴绮、吴兴祚、吕履恒、孔尚任等有交往。后牢骚以死,年29岁。所著诗古文词,藻丽精妙,人谓夏完淳后身,现存《容居堂诗钞》、《容居堂词钞》。所撰传奇,据范缵《元宝媒·序》及张而是《珊瑚玦传奇序》,皆称有数十种,但大多并剧目亦不存。现存仅《珊瑚玦》、《元宝媒》、《双忠庙》三种,合刻为《容居堂三种曲》,有康熙间刻本②。

周稚廉《双忠庙》传奇第一出《大概》【蝶恋花】说:

自小填词多绮语,刻羽流商,颇受伶工许。累牍连篇情作主,墨花浮处香生楮。　郑、卫虽然《诗》所取,忒煞淫哇,世道终无补。搁管更填忠义谱,一缣一字无难估。

这种由"多绮语"转向"忠义谱"的创作道路,与李渔颇为相似。他作有数十种传奇,那些"情作主"、"多绮语"的传奇早已佚失,现存的三种都是以表彰忠贞孝义为主旨的。

《珊瑚玦》传奇叙写书生卜青与妻子祁氏的悲欢离合,作者自称:"莫道戏文非讲道,妻贞夫义儿纯孝。"(第一出《发端》【蝶恋

---

① 王士禛:《居易录》卷二六,收入《王渔洋遗书》(清康熙间刻本)。
② 关于周稚廉生平事迹的详细考证,参见袁世硕:《孔尚任交游考·周稚廉》,见其《孔尚任年谱》(济南:齐鲁书社,1987),第278—280页;邓长风:《周稚廉的生平及其家世钩沉》,见其《明清戏曲家考略》,第203—215页。

花})又说:"五伦之外别无奇,亦似风谣亦似诗。暂借梨园明道学,动人至处见良知。"(卷末收场诗)作者虽称"命意绝非骂世"(第一出《发端》),但写官军抢劫奸淫,甚过贼寇(第十出《寻妻》),愤世之情,溢于言表。

《元宝媒》传奇叙写明代一乞丐行侠仗义,本事出李渔小说集《无声戏》第三回《乞儿行好事,皇帝做媒人》。卷首张宪汉《序》评其:"似乎愤世,实切救世。一贫乞儿,决英雄胆,建圣贤业。即贞姬侠妓,矢志靡他,已胜似齐人妻妾。"褒扬固穷仗义的乞儿,斥责贪财寡恩的世人,抒发穷通有时的郁愤,是此剧主旨。

《双忠庙》传奇叙写仆人王保和太监骆善义竭力救助忠臣舒真、廉国宝的子女,其事与春秋时晋国公孙杵臼、程婴救护赵氏孤儿之事,可相颉颃。作者说:"阐忠补得双忠传,略得些风人惩劝,不比犁舌涪翁把艳语填。"(第二十八出《团圆》【尾声】)卷首瞿天潢《序》评云:"周子冰持是书之作,所以激人忠义之气,而去其惧祸畏死之心,其忧深思远,盖有出于不得已焉尔。"

周稚廉的传奇作品在艺术上情节曲折而单纯,结构严谨而奇幻,曲词音律,皆称当行,所以"颇受伶工许",适于舞台演出。《元宝媒》传奇卷首张宪汉《序》评云:

> 文心幻出俗情,艳词巧填俚语,真是当行老手。至析律阳吕阴、南柔北劲处,足夺关、马、贯、高之席。

《珊瑚玦》传奇卷首张而是《珊瑚玦传奇序》评云:

> 间出为词余,异采纷披,机颖触发,匪可思议。且人情物态,纤微凌杂之事,咸能曲折缕析,无所不能。

如《珊瑚玦》传奇以一对珊瑚玦为贯串线索,卜青夫妇离别时各佩其一,终以认玦为团圆,关纽严密,情节曲折。《双忠庙》传奇的结构更为严谨。全剧始终以舒家为主,廉家为辅。上卷着重写舒家,穿插《托媪》、《依住》二出写廉家。下卷前半着重写廉家,穿插《剖明》、《学画》、《祭主》三出写舒家;后半两条线索纽合为一,水到渠成。

绾结而言,本章所叙李渔等风流文人,虽然大多也像苏州派作家那样是布衣之士,但他们却往往不甘寂寞,极力想在文坛上崭露头角。除了戏曲创作以外,他们往往兼作诗词古文,并往往有较高的造诣。所以,对于这班风流文人来说,戏曲创作和诗文创作一样,无非是为了充分显示自身的才华学识,或者作为谋取进身之阶的一种手段,或者作为涉足文坛之上的一条捷径。在他们身上,更多地禀赋了唐代幕僚、宋代清客和明末山人的余风遗韵,有的本身就是清客山人,如李渔、徐沁、万树、范希哲、周稚廉等。因此,他们主要活动于士大夫文化圈中,他们的传奇作品便成为文人士大夫风流情趣的象征。

与苏州派传奇多为民间职业戏班而创作不同,这班风流文人更多地承袭了勃兴期传奇作家的传统,大多是为家庭戏班而创作传奇的。他们有的自己就有家庭戏班,如李渔;有的是为某达官贵人家庭戏班的演出需要而创作的,如万树。因此,他们要满足的主要不是平民百姓的审美需要,而是达官贵人、文人学士的审美需要,这一点在根本上制约着他们传奇创作的审美趣味。所以,他们的传奇作品往往能够得到社会上缙绅士大夫的赏识,得以刊刻流传,甚至借此赢利。他们现存传奇作品,大多是刊刻本,有的传奇剧本甚至一刻再刻。

从传奇题材的选择来看,这班风流文人大多数无疑与苏州派作家走的是截然不同的路数,他们对政治风云无动于衷,对世俗人情冷落淡漠,对现实社会超然不泥,而津津乐道的却是才子佳人的风流韵事。在上述风流文人现存的35种传奇中,才子佳人故事竟有24种,约占69%,真可谓洋洋大观!

总之,李渔等风流文人的传奇,既是对晚明淫靡世风的反拨,更是典型的封建风流文人审美情趣的时代变奏。他们表面上似乎承绪晚明进步文艺思潮的浪漫精神,实质上却阉割了这一思潮的叛逆灵魂,把对情欲的充分肯定同对封建伦理道德的维系标榜焊接起来,这就使他们的传奇作品成为个性解放的思想基因注入封建意识母体中所产生的怪胎。猎艳逐色的风流情思冠以名教道学的堂皇冠冕,则使他们的传奇透出本质的可笑性,染上浓厚的喜剧色彩。情理合一的追求和嬉笑戏谑的精神,构成风流文人的主要审美趣味。在传奇艺术上,他们大多追求情节的曲折离奇,结构的精巧细密,语言的秀雅流畅和意境的诗味盎然,把文人审美趣味和平民审美趣味巧妙地融为一体,创造出一种文人化的大众艺术。

第十五章　文人之曲

在以李玉为代表的苏州派作家和以李渔为代表的风流文人之外，传奇发展期剧坛上还活跃着一批以吴伟业、尤侗为代表的正统派传奇作家，包括丁耀亢、黄周星、嵇永仁、王㤿、孙郁、龙燮、裘琏、查慎行、吕履恒、岳端、许廷录、程镳、张雍敬等人。

这些正统派传奇作家以创作诗词古文的传统思维模式创作传奇，借传奇抒发故国之思、兴亡之叹、身世之感，或世外之情、报应之思、风化之意，借传奇显示渊博的学识功底和深厚的文学造诣。这就给他们的传奇作品带来主观化和案头化的创作倾向。因此，他们是元明以来文人之曲的薪火接传者，突出地表现了上层社会的时代精神、源远流长的文化内涵、发愤著书的艺术传统，和以文字为剧、以才学为剧、以议论为剧的审美追求，成为余势期传奇作家的先驱。

第一节　惆怅兴亡系绮罗
——正统文人的故国忧思

中国古代早已有所谓"发愤著书"之说，如西汉司马迁说："《诗》三百篇，大抵贤圣发愤之所为作也。此人皆意有所郁结，不得通其道，故述往事，思来者"[①]；唐韩愈说："大凡物不得其平则鸣

---

① 司马迁：《太史公自序》，《史记》(北京：中华书局，1959)，卷一三〇，第3300页。

……人之于言也亦然。有不得已者而后言,其歌也有思,其哭也有怀"①。

发展期的正统派传奇作家生逢明清易代之世,感受着故国的忧思和兴亡的慨叹,于是继承了传统的"发愤著书"说,自觉地选择传奇作为自身抒愤言志的艺术形式,借以抚慰骚动不宁的心灵,满足自我实现的需求。他们这种骚动不宁的心灵和自我实现的需求,根基于他们的社会实践活动,包孕着社会生活的深厚内容,负载着社会生活的壮阔场景,沟通着时代精神和时代情绪,因而不能不具有深广的社会意蕴。

吴伟业《秣陵春》传奇卷首《自序》,曾这样说明了自己的创作缘起:

> 余端居无聊,中心烦懑,有所彷徨感慕,仿佛庶几而目将遇之,而足将从之,若真有其事者,一唱三叹,于是乎作焉。是编也,果有托而然耶?果无托而然耶?即余亦不得而知也。②

是的,倘若不是经历明清易代的沧桑变迁而激起满腔兴亡的感慨情怀,倘若不是面临何去何从的人生抉择而充满举步维艰的苦闷心绪,吴伟业学富五车,博通今古,怎么会任意妄造历史,裁割古人,而自以为"若真有其事"呢?他明明道破《秣陵春》传奇是"中心烦懑"的寄托,但却难以明言何以"烦懑",所以只好聊且以"不得而知",权为塞责。据蒋瑞藻《花朝生笔记》记载:

> 夏存古完淳先生《大哀赋》,庾信《哀江南》之亚也。其叙南都之亡云:(略)。吴梅村见之,大哭三日,《秣陵春》传奇之

---

① 韩愈:《送孟东野序》,《昌黎先生集》(《四部丛刊初编》影印本),卷十九。
② 吴伟业:《秣陵春》传奇,《古本戏曲丛刊三集》影印清顺治间振古斋原刻本。

所由作也。①

也许这正是事实。

吴伟业(1609—1672),字骏公,号梅村,别署灌隐主人,太仓(今属江苏)人。明崇祯四年(1631)进士,授翰林院编修。福王时拜少詹事,与马士英、阮大铖论事不合,乞假归田。入清家居,杜门不出。顺治十年(1653),应诏赴京,官至国子祭酒。十四年(1657),以母病辞官,家居终老②。吴伟业撰有杂剧《临春阁》、《通天台》,传奇《秣陵春》,皆存。诸剧皆作于明亡之后、仕清之前,"故幽愤慷慨,寄寓极深"③。

《秣陵春》传奇凡二卷四十一出,叙写五代南唐学士徐铉之子徐适在入宋以后的姻缘功名遇合故事。作者以残山剩水的秣陵(即今江苏南京)初春天气,徒令人频增故国之思,故名《秣陵春》。南唐学士徐铉,史有其人。但据清毛先舒《南唐拾遗记》记载,徐铉无子,其弟锴有后,居金陵摄山寺前,号"徐十郎",这也许就是

---

① 蒋瑞藻:《小说考证》(上海:上海古籍出版社,1984),卷五引,第153—154页。按,夏完淳(1631—1647),号存古,松江(今属上海)人。其《大哀赋》作于顺治三年(1646)秋,见白坚:《夏完淳集笺校》(上海:上海古籍出版社,1991),卷一,第2页。按,《秣陵春》传奇,一名《双影记》,现存顺治间振古斋原刻本,卷首寓园居士《秣陵春序》署"癸巳孟秋七日",癸巳为顺治十年(1653),则此剧当作于顺治十年七月前。顾师轼:《梅村先生年谱》卷三,定此剧作于顺治九年(1652),见李学颖集评标校:《吴梅村全集》(上海:上海古籍出版社,1990)附录二,或有所据,待考。冯其庸、叶君远:《吴梅村年谱》(南京:江苏古籍出版社,1990),定此剧作于顺治八年(1651),可备一说(第215页)。又按,寓园居士即李宜之,字缩仲,传见光绪《嘉定县志》卷十九。

② 关于吴伟业的生平事迹,参见顾师轼:《梅村先生年谱》;顾湄:《吴先生传业行状》,见钱仪吉:《碑传集》(北京:中华书局,1993),卷四三,第1201—1204页;《清史稿》卷四八九本传;《清史列传》卷七九本传等。参见〔日〕铃木虎雄:《吴梅村先生年谱》,收入《高瀬博士还历纪念支那学论丛》(日本昭和六年〔1931〕排印本);冯其庸、叶君远:《吴梅村年谱》。

③ 郑振铎:《梅村乐府二种跋》,见其《清人杂剧初集》(长乐郑氏景印本,1931)。

剧中徐适形象的原型①。另据《宋史》卷四四七《徐徽言传》,徽言从孙徐适,北宋末防御金兵入侵,与徽言及其子冈等同时战死。吴伟业将徐适的时代移到宋初,假托为南唐徐铉之子,这就既可以借南唐亡国的沧海变幻,抒发作为孤臣孽子的失国惆怅和兴亡感慨,又可以借剧中徐适的两朝际遇,表达自己身处新朝的矛盾情感和中心焦虑。

因此,吴伟业刻意构思了两相对照、两相承接的叙事结构:上卷叙写五代南唐亡国、宋朝新立后,故学士徐铉之子徐适飘游金陵,与李后主宠妃黄保仪的侄女黄展娘,在已登仙界的李后主、黄保仪的撮合下,始而在于阗玉杯和宜官宝镜中相见相恋,继而在天界结成伉俪,描写了已故的旧朝君主对孤臣孽子的关怀与恩眷;下卷叙写徐适返回人间后,遭受阴险小人的迫害,幸而为同窗旧友举荐,在朝廷中当场作赋,宋朝皇帝特赐状元及第,最终与黄展娘再结良缘,铺叙了故国遗民在改朝换代中的窘境与新朝天子对他们的抬举笼络。而徐适既不忘旧君又感激新朝的复杂心理,则构成这一叙事结构深潜的文化意蕴。

联系到此剧作于吴伟业即将赴京就职的前夕,我们便不难明白,作家借传奇抒发的"中心烦懑",显然是"有托而然"的。正如吴伟业《金人捧露盘·观演〈秣陵春〉》词所说的:"喜新词,初填就,无限恨,断人肠。为知音仔细思量。"②《秣陵春》传奇不仅是吴伟业主观情感的自我表现,而且面向于现实,感触于时代,以隐喻的形式传达出深广幽邃的现实内容和时代情绪。

《秣陵春》传奇卷末作者收场诗云:

> 门前不改旧山河,惆怅兴亡系绮罗。百岁婚姻天上合,宫

---

① 毛先舒:《南唐拾遗记》,收入曹溶辑:《学海类编》(清道光间活字本)。
② 《吴梅村全集》卷二一,第560页。

槐摇落夕阳多。

据郑方坤《本朝名家诗抄小传》卷一记载:崇祯四年(1631)吴伟业二十三岁时,会试第一,殿试第二,"时犹未娶,特撤金莲宝炬,花币冠带,赐归里第完婚,于明伦堂上行合卺礼。盖自洪武开科,花状元给假,此为再见,士论荣之。嗣后回翔馆阁,不十年荐升至宫詹"①。可知吴伟业所谓"惆怅兴亡系绮罗",实际上是假儿女之情,感明朝兴亡,表达未能忘情于崇祯皇帝知遇之恩的感慨。清尤侗《梅村词序》说得好:

> 及所谱《通天台》、《临春阁》、《秣陵春》诸曲,亦于兴亡盛衰之感三致意焉,盖先生之遇为之也。②

剧中徐适出场时,已是"家国飘零,市朝改迁",而故国旧君李后主并没有忘记他,不仅撮合了他与黄展娘之间的爱情,还一再排解他们所遭遇的厄难。这些情节的设置,不正隐然透露出吴伟业不忘旧主、感激恩眷的深切情衷吗?

剧末,徐适夫妇参谒秣陵新建摄山寺李皇祠,这时,原南唐宫中乐师曹善才愿为寺中道士,徐适将所得的黄保仪遗物烧槽琵琶赠送曹善才,李后主、保仪等亦相偕显圣。吴伟业于顺治三年(1646),尝闻通州白在湄、或如弹琵琶曲,"乃先帝(按,指崇祯皇帝)十七年以来事,叙述乱离,豪嘈凄切",因作《琵琶行》诗③。《秣陵春》传奇曲终托琵琶叙往事,盖本诸此。难怪时人冒襄观演此剧后,评论说:"字字皆鲛人之珠,先生寄托遥深。"④钱谦益《读

---

① 郑方坤:《本朝名家诗抄小传》,收入马俊良辑:《龙威秘书三集》(清乾隆间石门马氏大酉山房刻本)。
② 尤侗:《西堂杂俎三集》卷三,见其《西堂全集》(清康熙间聚秀堂原刻本)。
③ 见《吴梅村全集》卷三,第55—57页。
④ 冒襄:《同人集》(清水绘庵木活字本),卷十。

豫章仙音谱漫题八绝句》诗亦云:"谁解梅村愁绝处?《秣陵春》是隔江歌。"①请读一读全剧末出【集贤宾】曲:

走来到寺门前记得起初敕造,只见赭黄罗帕御床高。这壁厢摆列着官员舆造,那壁厢布设些法鼓钟饶。半空中一片祥云,簇拥着香烟缥缈。如今呵,新朝改换了旧朝,把御牌额尽除年号。只落得江声围古寺,塔影挂寒潮。

沉郁感叹,流溢着一派感伤情调,真可与庾信《哀江南赋》相媲美。

然而,失国怀旧的遗民情结,仅仅是《秣陵春》传奇"中心烦懑"、"有托而然"的一个侧面。剧中后半写徐适回到阳间,就被检举偷盗前朝故物烧槽琵琶,但赵氏宋朝并没有因此治罪,反而将这个象征旧朝恩典的乐器赐给徐适,又特擢他为状元郎,以示信赖和倚重。于是曾发誓不与新朝合作的徐适顿感"非常知遇",从心里赞叹:"谢当今圣上宽洪量,把一个不伏气的书生款款降。"(第三十一出《辞元》【北尾】)最终心甘情愿地为新朝效劳了。一方面是新朝君主既以威严慑之,又以利禄诱之,恩威并重的时代氛围;一方面是前朝遗民既不忘旧朝恩眷,又感戴新朝恩宠,出处两难的矛盾心境——吴伟业精心设置的这种戏剧情境,不正是清初明遗民所面临的尴尬处境的象征吗?吴伟业借徐适之口说:"似你赵官家催得慌,谁替我李皇前圆个谎?"(第三十一出《辞元》【北雁儿落带得胜令】)这生动地披示了在明清易代之际,一批身为遗民却向往功名、心慕入仕而敬佩忠节的文人士大夫的中心焦虑和万般无奈。

大约同一年,吴伟业还撰写了《通天台》杂剧,同样"借沈初明流落穷边,伤今吊古,以自写其身世"②。剧中沈炯(字初明)原为

---

① 钱谦益:《红豆三集》,《有学集》(《四部丛刊初编》影印本),卷十一。
② 杨恩寿:《词余丛话》卷二,《中国古典戏曲论著集成》(北京:中国戏剧出版社,1959),第九册,第266页。

梁尚书左丞,梁亡后旅居长安,郁闷愁苦。一日沈炯醉卧汉武帝通天台遗址,梦中得武帝以"兴亡陈迹"相劝慰,终于大彻大悟,把亡国毁家视为梦幻一场,把惆怅感慨比作"一场扯淡"。在这里,吴伟业虚构故实,假托梦幻,表达了自己思考历史、反省人生的思想轨迹,描述了自己极力解脱怀旧自悔的感情负担的心灵抗争。

总之,通过吴伟业的戏曲作品,我们足以透视明清之际改朝换代给文人士大夫造成的尴尬处境,仿佛窥见一批明遗民作家举步维艰、屈辱无奈的窘迫情状。正因为如此,《秣陵春》传奇在当时盛演不衰,在身历两代的文人士大夫中引起强烈的反响①。而且,吴伟业这种"惆怅兴亡寄绮罗"的艺术方法,也直接启发了孔尚任《桃花扇》传奇"借离合之情,写兴亡之感"的创作(试一出《先声》)。

在发展期传奇作家中,吴伟业浸透着个人恩怨的惆怅和苦恼并非空谷足音。这种失国怀旧和向往功名的人格分裂症,在清初的文人士大夫中是一种时代的流行性传染病。丁耀亢(1599—1669)堪称清前期明遗民人格的又一种类型②。他虽比吴伟业年长数岁,却未尝沐浴明朝君主的恩宠,因此他的传奇作品便清晰地显示出逐渐解脱遗民情结而诚心效忠新朝统治的思想演变轨迹。

作于顺治四年(1647)的《化人游》传奇,是丁耀亢"遭逢丧乱,半生不偶,奇情郁气,无所寄托"的"自为写照"③。剧中以书生何

---

① 如冒襄于康熙二十七年(1688)令家伶演《秣陵春》传奇,作诗自注云:"梅村初作此剧,曾寄书于当时官扬州之王渔洋云:'闻巢民(按,冒襄之号)家乐紫云、杨枝声色并绝,函寄副本,为我翻出之。'"见《同人集》卷十一。

② 丁耀亢,字西生,号野鹤,别署紫阳道人、野航居士、漆园游晏、华表人,六旬后病目,自署木鸡道人,诸城(今属山东)人。所撰传奇六种:《化人游》、《赤松游》、《西湖扇》、《表忠记》,今存,收入《古本戏曲丛刊五集》;《非非梦》、《星汉槎》,已佚。参见郝诗仙、郭英德:《丁耀亢生平及其剧作》,载《齐鲁学刊》1989年第6期,第55—61页。

③ 郑骞:《善本传奇十种提要》,载《燕京学报》第24期(1938年12月)。

野航自况,通过他遨游四海、误入鱼腹和升归仙境的虚构情节,表达了丁耀亢国破家衰的失落感、人世险恶的荒诞感和身世飘零的孤寂感,流露着前途无着的迷茫情绪和渴望宁静的理想追求。

顺治六年(1649),丁耀亢完成了《赤松游》传奇。全剧写秦汉之交时张良的椎秦、辅汉和归山,大旨正如卷首查伊璜《赤松游序》所说的:

紫阳曰:"张良始终为韩。"野鹤子所为寓言而心伤者哉?

丁耀亢在明代虽未入仕,但毕竟生活了45年,内心中自不乏依恋旧朝的感情;但他在顺治五年(1648)入京师为旗学教习,内心中又不免改仕新朝的愧疚。因此他借张良的"始终为韩",暗寓自己的出仕是为明而非为清,力图在道德上得到自我解脱。

顺治十年(1653),丁耀亢撰《西湖扇》传奇,以宋金之际影射明清之交,写改朝换代的背景下,一边是宋朝书生顾史于国难之日,沉迷美色,流落北方,高中金朝探花,授翰林院检讨;一边是宋臣陈道东忧国伤时,痛诉奸臣,使金被陷,坚守气节,不仕二朝。丁耀亢对陈道东的铮铮铁骨既击节赞叹,对顾史的风流韵事也津津乐道,同时接受了两种截然不同的人格,表现出他留恋故国而节操难守,屈身仕清又心怀憾恨的矛盾心态。到顺治十四年(1657),丁耀亢终于消解了心灵的郁结,积极地承奉顺治皇帝的御旨,撰写了《表忠记》传奇,叙写明嘉靖间杨继盛与严嵩的忠奸斗争故事,迫不及待地向清廷表白自己的耿耿忠心。

丁耀亢的思想演变轨迹堪称清前期相当一部分文人士大夫思想的缩影。它深刻地揭示出,封建时代的文人士大夫普遍地存在着依附于现实政治、依附于朝廷统治的鲜明的政治人格。在他们心目中,人的政治价值,即便不是唯一的价值,也是最高的价值。因此,"学而优则仕"便是文人士大夫无可选择的选择,无论所

"仕"者为谁何,更无论所"仕"者的是非。"仕"是"士"的人生第一选择,道德规范在现实功利面前只能叨陪末座。

当然,道德规范并不可能被现实功利完全吞没。当清朝统治者也开始祭奠明初诸帝和赞美明朝忠臣的时候,在故国忧思和忠君观念在汉族文人士大夫中逐渐由一种时代情绪转变为一种时髦感情的时候,道德规范便改头换面,乔装打扮,再度出山,为新朝统治保驾护航了。裘琏(1644—1729)的剧作便是这种时代风气转移的鲜明表征。

裘琏的祖父和父亲都是抗清身亡的忠烈之士,但他却把家国之仇置之脑后,屡赴科举考试,最终入第出仕①。他的《明翠湖亭四韵事》杂剧(包括《昆明池》、《集翠裘》、《鉴湖隐》、《旗亭馆》4种),作于康熙十年(1671)。剧中借唐代的文人韵事,抒发自己多年怀才不遇的牢骚,寄托追求知音见赏的企望。尤其是《集翠裘》一剧,写唐臣狄仁杰在武周时期的政治活动,歌颂狄仁杰既做武周高官,又不失效忠唐朝的良苦用心,传达出清前期汉族文人的独特心态。

康熙十五年(1676),裘琏创作了《女昆仑》传奇,以历史上的叶李(1242—1292)为原型,歌颂他忠贞不贰地反对奸臣贾似道的事迹②。但剧作的结尾却改变了叶李晚节仕元的史实,虚构作泛海他国,借兵勤王,隐寓"道不行,乘桴浮于海"的意思③,多少透露出裘琏秉承于父祖的遗民情结。卷末收场诗写道:

---

① 裘琏,字殷玉,号蔗村,别署废莪子,学者称为横山先生,慈溪(今属浙江)人。生平详见裘姚崇:《横山先生年谱》,裘琏:《横山诗文集》(甬上旅遯轩版),附录;《清史列传》卷七一本传。参见蒋星煜:《裘琏及其〈四韵事〉杂剧》,见其《中国戏曲史钩沉》(郑州:中州书画社,1982),第182—189页。
② 见《元史》(北京:中华书局,1965),卷一七三《叶李传》。
③ 《论语·公冶长》,《论语注疏》卷五,《十三经注疏》(北京:中华书局,1980),第2473页。

>   斥奸直节在诸生,诛得奸谀国已倾。应慕伯夷居海上,肯
>   同孟頫仕燕京。笔好补完奇节士,书难尽信古人评。文、张、
>   陆、谢垂天日,寓意卮言岂妄听。

在这里,"笔好补完奇士节"的苦衷和"文、张、陆、谢垂天日"的景仰相表里,实际上迎合了当时统治者褒扬历代忠臣(包括明末殉难之臣)的政治需要。在这里,感慨故国的哀伤已被讴歌忠臣的敬穆冲淡得几乎无存了。

在中国封建社会里,由于人们的政治道德感情根深蒂固,因此,只有摆脱个人恩怨梦魇般的纠缠,超逸传统的道德规范和伦理准则,发扬终极的人类关怀和社会良心,才能对家国兴亡的历史进行真正的哲学思考。正是在这一点上,洪昇的《长生殿》传奇和孔尚任的《桃花扇》传奇超越了遗民剧的矩范,宏阔而深入地思考明清易代所昭示的社会哲理,使文人传奇的文化内涵得以向深层掘进。

第二节　偌大乾坤无处住
——正统文人的失意情怀

与吴伟业等人不同,以尤侗为代表的一些正统派传奇作家,其生也晚,其遇也艰,因而家国之痛较淡,身世之感尤深。他们更多地借传奇发泄功名失意、不合时宜的牢骚感慨,从文人自身仕途遭际的角度,观照现实社会的污浊和人情世态的炎凉。

最使当时文人爱之恨之、百感交集的,无疑是科举制度。自从隋唐建立、健全了科举考试制度以后,封建文人信守不渝的"学而优则仕"的古训,便具体化为学而优则科举了。科举是个龙门,跳过它,就前途无量,富贵荣华;跳不过,就终生潦倒,穷愁落魄。这

就造成了封建文人对科举制度既憧憬、热望、艳羡,又怨恨、谴责、诅咒的矛盾心态。切身的利害关系,使他们之中只有极少数人能够冷静地反思这一制度自身的利弊,而绝大多数人却"只缘身在此山中",而"不识庐山真面目",沉溺于这种矛盾心态之中而难以自解。

顺治年间尤侗创作的《钧天乐》传奇,就是封建文人,尤其是明清时期文人对待科举的矛盾心态的形象写照。

尤侗(1618—1704),字同人,后改字展成,号悔庵,别署艮斋、西堂、梅花道人、万峰山长等,长洲(今江苏苏州)人。顺治九年(1652)以贡生谒选,除永平府推官。十三年(1656),坐挞旗丁镌级,不赴补而归。此后一直蹭蹬仕途。至康熙十八年(1679)应博学鸿词科,授翰林院检讨,纂修《明史》。二十二年(1683)告归,家居二十余年而卒[①]。

与吴伟业一样,尤侗的诗文在当时享有重名,著述甚富。但是与吴伟业不同,尤侗在明朝未尝入仕,所以没有吴伟业那种出处两难的遗民情绪,而是对清朝皇帝抱着一片感戴之心。顺治皇帝曾称他是"真才子",康熙皇帝也赞他为"老名士",对此,他感激涕零,晚年在自己堂前柱上写下一副对联:"真才子章皇天语,老名士今上玉音。"

尤侗所撰的杂剧《读离骚》、《吊琵琶》、《桃花源》、《黑白卫》、《清平调》和传奇《钧天乐》,合刻为《西堂乐府》,收入《西堂全集》(康熙间聚秀堂原刻本)。这些戏曲作品都作于顺治十四年至十六年间(1657—1659),正是他仕途遭受挫折,个人功名失意之时,

---

[①] 关于尤侗的生平事迹,详见其自著:《悔庵年谱》,《西堂全集·西堂余集》(清康熙间聚秀堂原刻本);潘耒:《尤侍讲艮斋传》,《遂初堂集》(清刻本),《文集》卷十八;朱彝尊:《翰林院侍讲尤先生墓志铭》,《曝书亭集》(《四部丛刊》影印本),卷二六;《清史稿》卷四八九本传;《清史列传》卷七一本传等。

因而充满牢骚、愤激的感情。

《钧天乐》传奇凡二卷三十二出,上卷叙写吴兴书生沈白字子虚、杨云字墨卿,才高学富,上京应试,却因未能贿赂试官而名落孙山。杨云夫妇在兵乱中身亡,沈白的未婚妻也因病辞世。沈白上疏揭发考试弊端,遭到发遣,悲愤而亡。下卷叙写沈白和杨云在天界高中天榜,荣任高官,巡按地府、四海及九州,功名姻缘皆得圆满。

乍一看来,《钧天乐》传奇中的人物无非子虚乌有,故事更为荒诞无稽。但是考之史实,我们可以肯定,沈白是尤侗自况,杨云则以他的挚友汤传楹为原型。阆峰氏在剧作卷末题诗的小注里就道破了个中奥秘:

> 《钧天乐》一书,展成不得志而作,又伤卿谋之早亡。书中沈子虚即展成自谓,因以杨墨卿为卿谋写照耳。

按,汤传楹(1620—1644),字卿谋,吴县(今属江苏)人。与尤侗为总角交,诗文酬答,甚相投契。崇祯十二年(1639)、十五年(1642),尤、汤两度会试皆落第,汤郁郁不乐。崇祯十七年(1644)三月,汤传楹听说北京失陷,悲愤痛哭,三日遂卒,年方二十五岁。其妻丁氏痛不欲生,越一宿而亡①。在《钧天乐》传奇卷首《自记》中,尤侗说明此剧创作缘起时说:"追寻往事,忽忽不乐,漫填词为传奇",殆非虚言。

《钧天乐》传奇全剧的"剧胆"是第十五出《哭庙》,写沈白四处碰壁后,哭诉于项羽之庙。而《哭庙》一出的点睛之笔则是沈白的这段痛彻肺腑的控诉:

---

① 见尤侗:《汤卿谋小传》,《西堂全集·西堂杂俎二集》卷六。参见郭英德:《"偌大乾坤无处住"——谈尤侗的〈钧天乐〉传奇》,《名作欣赏》1987年第4期,第58—62页。

> 咳！以大王之英雄,不能取天下;以沈白之文章,不能成进士。古今不平,孰甚于此!

其实,这段话,乃至这出戏,并非尤侗独创,他只不过是借他人之酒杯,浇心中之块垒。明末沈自征曾作《杜秀才痛哭霸亭秋》杂剧①,写宋人杜默屡举不成名,路经乌江,入谒项王庙,拊项王神像之首而痛哭,道:"大王有相亏者。英雄如大王,不能得天下;文章如杜默,而进取不得官。"神像闻言,泪下如泉。杜默事迹见宋洪迈《夷坚志》,与尤侗大致同时的嵇永仁作《泥神庙》杂剧,张韬作《霸亭庙》杂剧,皆以此事为题材②。而《钧天乐》传奇模拟此事,却有意更易姓名,以虚无的沈白取代实有的杜默而已。这么一改,便使剧中的人物与事件超越历史的个别性,而带有超历史的普遍性了。剧中沈白虽为作者自况,杨云虽是汤传楹写照,但他们既名为"子虚"、"墨卿",就已经抽象成为一种艺术符号,象征着自古以来备受坎坷遭际的才高八斗的文人。在这里,具体与抽象,部分与整体,不是个性和共性的关系,而是符号暗示关系,即将具体的现实人物转化为一种抽象本质的艺术符号,直接代表整体的抽象本质。

尤侗借沈白、杨云在人间与天上的不同遭遇,感叹古往今来失意文人的不幸命运,以发泄对不正常的科举制度埋没人才的不满情绪。正如刻本卷末闾峰氏跋语所说的:"悔庵先生抱□石才,抑郁不得志,因著是编,是以泄不平之气,嬉笑怒骂,无所不至。"卷首邹祗谟(号程村)《钧天乐序》也说:尤侗"极万古伤心之事,罄三生得意之欢,鲜不写以缠绵,抒其愤郁。"简言之,《钧天乐》是尤侗科场失意的发愤之作。第一出《立意》〔蝶恋花〕言之凿凿:

---

① 《杜秀才痛哭霸亭秋》杂剧,现存《盛明杂剧》(北京:中国戏剧出版社,1958)本。

② 《泥神庙》为嵇永仁《续离骚》杂剧之一种,《霸亭庙》为张韬《续四声猿》杂剧之一种,均收入郑振铎辑:《清人杂剧初集》。

  偌大乾坤无处住,笑矣悲哉,不合时宜肚。漫欲寄愁天上去,游仙一曲谁人顾? 黄阁功名白玉赋,煞鼓收场,总是无凭据。妄听妄言君莫怒,长安旧例原如故。

  明清两朝科举舞弊之事史不绝书,或仰仗权势,或贿托公所,或交通关节,无所不有。尤侗前半生仕途蹭蹬,使他洞悉科场黑幕。剧中描写沈白、杨云才高学富,上京应试,被试官何图黜落;而不学无术的纨绔市侩贾斯文、程不识、魏无知,却因贿赂托情,名列前茅,正是有意针砭时弊。因此"登场一唱,座上贵人未有不色变者。盖知我者希,而罪我者已多矣"(《钧天乐》传奇卷首《自记》)。人们甚至将它同"丁酉科场案"直接联系起来,尤侗还因此剧揭露科场弊端,差点身受缧绁①。

  然而,尤侗揭露科举黑幕的本意,并不是为了否定这一制度。对科举制度的迷恋,在尤侗是病入膏肓的,否则他就不会在清王朝刚刚建立时就一而再、再而三地参加科举考试。在他看来,毛病并不出在制度本身,而出在执行制度的人身上,剧中的考试官何图(谐音"糊涂")就是科场蠹虫的写照。在他看来,只要清除这些蠹虫,起用公平正直的试官,就可以恢复科举制度的健康机能。尤侗特地写了一本《清平调》杂剧(一名《李白登科记》),让杨贵妃做主考官,取李白为状元,杜甫为榜眼,孟浩然为探花,发古人之沉冤,扬不世之奇遇,突出地表达了这种思想。

  《钧天乐》传奇的总体结构也体现出这样的主题:沈白和杨云在人世间得不到科名,是因为何图之流的作梗;他们在天界高中榜首,是因为公正无私的文昌帝君主试。沈白和杨云在人间和天堂

---

① 见戴璐:《石鼓斋杂录》,蒋瑞藻:《小说考证续编》(上海:上海古籍出版社,1984),卷二引,第460页。又见尤侗:《钧天乐·自记》。关于《钧天乐》传奇与丁酉科场案关系的考证,参见郭英德:《"偌大乾坤无处住"——谈尤侗的〈钧天乐〉传奇》。

穷通悬殊的这种对比图式,并不是现实生活的真实反映,而是经过作家自我的幻想力改造、变形过了的艺术图景,从而成为一种整体性的抽象本质的外在符号。这个整体性的抽象本质就是:病态的、不完善的科举制度必将扼杀人才,而健康的、完善的科举制度则会重用人才。

就这样,《钧天乐》传奇把尤侗的生平经历和理想追求幻化为荒唐无稽的情节构思,以象征性的手法披示了封建文人在科举制度的笼罩下,既怨恨"偌大乾坤无处住",又希冀"有梦能游白玉京"的不可自解的矛盾心态(《钧天乐》传奇卷末收场诗)。与尤侗同时的顾炎武曾大声疾呼废除以时文取士的科举制度①,相形之下,尤侗的思想是何等浅薄!然而这种浅薄的思想,却恰恰是封建时代文人的普遍思想,思之,岂非更令人悲哀?

而且,满族统治者早就看透了汉族士人陷溺于科举至深且固的故习,所以刚刚入主中原,就连岁开科,以安慰蹭蹬场屋的士子之心;继而又连兴科场之狱,严刑峻法,使忮求功名的士子称快;总之,是使"天下英雄入我彀中",以巩固清朝的统治②。在这样的政治形势下,尤侗一面醉心于科举入第,一面作《钧天乐》传奇发泄失意被摈的愤慨,这不是恰恰适应了清朝统治者的政治需要吗?

与尤侗相比,嵇永仁(1637—1676)的一生从未蒙受君主的恩宠,命运更为不幸③。他也是明末诸生,入清后也屡试不第,饱尝

---

① 见顾炎武:《生员论》,《顾亭林诗文集》(北京:中华书局,1959),《亭林文集》卷一。
② 参见孟森:《科场案》,见其《明清史论著集刊》(北京:中华书局,1959),第391页。
③ 嵇永仁,字留山,一字匡侯,别署抱犊山农,祖籍常熟,迁居无锡(今皆属江苏)。著有《抱犊山房集》、《东田医补》、《集政备考》等。生平详见清张伯行:《嵇留山先生传》,《正谊堂文集》(《丛书集成初编》本),卷二二;王龙光:《次和泪谱·嵇永仁》,顾栋高:《嵇公神道碑》,贾兆凤:《义士赠国子助教嵇先生传》,吴陈炎:《殉难三义士合传》,秦松龄:《嵇留山先生墓表》,并见钱仪吉:《碑传集》卷一一九,第3465—3476页;《清史稿》卷四九三本传;《清史列传》卷六五本传等。

人生坎坷和世态炎凉,所以借戏曲创作抒发愤闷,讥刺世俗,作有《游戏三昧》、《珊瑚鞭》、《布袋禅》等杂剧,皆已佚失。他后来回忆说:

> 仆少不自重,好诙谐杂剧,讥刺平生不当意者,自知获罪名教。①

准此,这些剧作的思想意趣,当与尤侗诸剧相去不远。约在康熙十年(1671),嵇永仁取材于唐人于邺的传奇小说《扬州梦记》,创作了《扬州梦》传奇,写唐代诗人杜牧在扬州诗酒风流的韵事。剧中既以杜牧的才华和艳遇聊以慰藉失意的情怀,也期望能有像牛僧孺那样礼贤下士的贤相,对自己破格超拔,真可谓用心良苦。

康熙十二年(1673),范文程之子范承谟总督福建,致书邀请嵇永仁作记室,协助办理军务。第二年春,靖南王耿精忠在福建起兵,逮捕了范承谟、嵇永仁等人。在狱中,嵇永仁撰写了杂剧《续离骚》(包括《刘国师教习扯淡歌》、《杜秀才痛哭泥神庙》、《痴和尚街头笑布袋》、《愤司马梦里骂阎罗》4种)和传奇《双报应》等。《续离骚》四剧皆用讽刺笔法,歌哭笑骂,嘲谑世俗,或倾吐胸中的激愤,或表达看破红尘的超脱。《刘国师》以明初刘基教子弟演唱他自编的《扯淡歌》,将有史以来的帝王将相及重大事件都归结为"扯淡"二字;《杜秀才》写唐人杜默落第后途经项羽庙,向项羽塑像哭诉怀才不遇的悲愤;《痴和尚》写布袋和尚尽情嘲笑历史上的著名人物;《愤司马》则借司马貌之口痛骂阳间阴府的混浊黑暗。而传奇《双报应》写建宁城隍揭重熙和郡守孙昌裔审理两起冤案的故事,同样批判了官贪吏酷的黑暗政治和世态炎凉的社会风俗。这些剧作,嬉笑怒骂,愤世嫉俗,无不倾吐入世不遇、出世不得的一

---

① 嵇永仁:《与周敷文书》,《抱犊山房集》(《景印文渊阁四库全书》本),卷五。

肚皮肮脏之气。

　　此外，如岳端（1670—1704）的《扬州梦》传奇取材于《太平广记》卷十六《杜子春》①，叙写唐朝长安人杜子春在扬州挥霍破家，后遇老君，得道成仙，顿觉人世恍如梦幻，故名《扬州梦》。此剧作于清康熙三十七年（1698），这年岳端缘事革爵，所以借杜子春故事，感慨世情冷暖，勘破利欲迷途，向往得道飞升。岳端自述作意云：

　　　　转瞬时光频换，回头富贵成空。追思往事便朦胧，谁说至人无梦？　　昔是关门令尹，今逢老子犹龙。笑挥利剑断尘蒙，重逢丹台碧洞。（第一出《标引》【西江月】）

卷末朱襄跋语也说："《扬州梦》者，红兰主人谈道之作也。"清代满人作曲的不多，岳端堪称其中翘楚，但也同样染上汉人习气，借传奇抒发失意牢骚的情绪。

　　又如程镳的《蟾宫操》传奇作于康熙四十五年（1706）②，叙写元朝成都秀才荀鹤与乌台御史宓鳌之女瑶华的姻缘会合，中间穿插丞相桑哥擅政作恶，劣生乔材挑拨离间等事。卷首作者《蟾宫操传奇纪梦》说：

　　　　余庚辰春病卧京郊，客馆孤灯，意少欢也。偶借宫商，用写块磊，吁不律，舒侧理，演荀鹤、宓瑶华事。

沈颢《题蟾宫操传奇》也说：

---

①　岳端，一作蕴端，又作袁端，字兼山，一字正子，号玉池生，别署十八郎、红兰主人。清宗室，多罗安郡王岳乐子。康熙二十三年（1684）封多罗郡王，二十九年（1690）降为固山贝子，三十七年（1698）四月缘事革爵。著有《玉池生稿》、《红兰集》、《蓼汀集》等。所撰传奇《扬州梦》，现存康熙四十年（1701）刻本。生平见《清史稿》卷四八四本传。参见〔美〕恒慕义主编：《清代名人传略》，中国人民大学清史研究史译（北京：中国人民大学出版社，1991）。

②　程镳，字芥溟，号瀛鹤。钱塘（今浙江杭州）人。清康熙间进士。康熙四十五年（1706），尝官粤西白州。所撰传奇《蟾宫操》，现存清康熙间刻本，凡二卷三十二出。

同里程瀛鹤先生,才名卓绝宇内,凡耳目所遭,胸襟所结,慷慨不平之事,悲愉适怫之情,选声而出之腕下,命彼筝人付之筚板,为千古有情人别开生面,名曰《蟾宫操传奇》。

然则此剧之作,盖寓作者身世经历之感慨,荀鹤或其自寓,桑哥、乔材等或有所本。

上述这些正统派传奇作家每每在仕途不遇、命运多舛之时,失意情怀郁结于胸,难以自已,而诗文不足以宣泄愤郁,于是选择了"最畅人情"的戏曲艺术样式,抒发感慨,讥讽世事。但是,由于他们感慨的仅仅是个人不幸的身世遭际,讥讽的无非是社会现实对自己的不公正,因而在总体上既颇符合"感士不遇"的文学传统,也不逾越封建传统的思想规范。他们的戏曲作品,以一种稍带浮躁、略显刺耳的音调,汇入了封建传统文化的乐章中。

第三节 以实录作填词

—— 正统文人的叙事观念

发展期还有一些正统派传奇作家秉承传统的"史贵于文"的文学价值观①,以征实尚史明本,以载道教化致用,用以指导传奇创作。他们自觉地以史作剧,以剧为史,同时却有意无意地溶入了个人的道德判断和价值观念,从而创作出一种独特的"曲史"。

例如写宫廷历史,孙郁的《天宝曲史》传奇作于康熙十年(1671)②,凡二卷二十八出,传演唐玄宗与杨贵妃的故事。剧中直

---

① 参见董乃斌:《论中国叙事文学的演变轨迹》第四节《"史贵于文"价值观的确立》,《文学遗产》1987年第5期,第33页。

② 孙郁,字天雄,号雪崖,别署苏门啸侣、雪崖主人、雪崖啸侣,魏博(今河北大名)人。清康熙三年(1664)进士,十二年(1673)任浙江桐乡知县。所撰传奇《绣帏灯》、《双鱼佩》、《天宝曲史》,合集为《漱玉堂三种传奇》,现存清康熙十四年(1675)漱玉堂稿本。

截述写了唐玄宗的秽事、安禄山的奸情、杨梅二妃的争风吃醋等史实,其董狐之笔,较之"尽删太真秽事"的《长生殿》传奇①,的确有过之而无不及,所以时人誉为"以实录作填词"的"曲史"(卷首赵沨《天宝曲史序》)。卷首松涛《天宝曲史序》评云:

> 天宝至今千年矣,其帝妃秘戏,宫寺微言,雪崖皆以三寸不律,一一拈出,然则有曲史可以补正史之未备矣。

可谓揄扬备至。沈珩《题词》评云:

> 雪崖《天宝曲史》一书,在少陵当日,犹有所讳而不敢尽者,雪崖直谱其事,以为人主色荒昵恶者戒。前此未有《曲史》,则读诗史者,亦未尽错综而得其解也。有诗史,《曲史》其可少乎?

可谓赞叹不已。而作者《天宝曲史·凡例》自称:

> 是集俱遵正史,稍参外传,编次成帙,并不敢窃附臆见,期存曲史本意云尔。

也可谓至公至正。

但是,如果细加考察,这种"曲史"的历史客观性程度却实在令人怀疑。刻本卷首赵沨《天宝曲史序》抉发其"风人之遗意"时,就无意中捅穿了西洋镜。他说:

> 唐诗曰:"薛王沉醉寿王醒",《移宫》之后,不将寿王情绪细写数阕,非为渎伦者讳乎?《暗缔》之后,不入洗儿狂荡之态,非为宫闱存大体乎?……雪崖殆所谓善善长、恶恶短者乎?

可见,既以实录信史相标榜,又自觉地"为尊者讳"而有所取舍,这

---

① 洪昇:《长生殿凡例》,《长生殿》传奇(清康熙间稗畦草堂原刻本),卷首。

是《天宝曲史》传奇有意采用的叙事策略。这种叙事策略,难道不是"窃附臆见"?孙郁岂非自相矛盾?其后洪昇作《长生殿》传奇,声称:"凡史家秽语,概削不书,非曰匿瑕,亦要诸诗人忠厚之旨云。"(卷首《长生殿·自序》)在这一点上,其审美趣味与孙郁恰相伯仲。

又如写民间故事,查慎行(1650—1727)的《阴阳判》传奇约作于康熙四十年(1701)①,凡二卷二十八出,叙写明初毗陵东里人朱挺受富商庞易毒打,蒙冤而死,其子朱翊在人间各级官府诉讼无门,后得雷部神伍子胥为行阴判,尽诛仇人。剧以朱挺之冤,阳判不公,复行阴判,故名为《阴阳判》。这是根据清初著名冤案创作的,剧中朱挺实为朱琦(字廷奇),曒城人,朱翊实为朱羽吉,仇家庞易即庞衡。朱氏一案延续数十年,轰动一时,全案有关情况详见此剧刻本卷末附录《戴天恨述略》。作者据实创作,模写如生,自诩道:

　　董狐直笔书纯孝,比不得歌谣捏造,直抵做信史流传千秋寿梨枣。(第二十八出《旌圆》【尾声】)

但是,作者为了避嫌起见,作剧时不得不将故事背景由清初改为明初洪武年间,已然给真实的故事罩上的虚拟的面具。而且,原案只有阳判,并无阴判,后者显然是作者虚构的,第一出《弁言》【踏莎行】说得很明白:

---

①　查慎行,初名嗣琏,字夏重,号查田,后更名慎行,字悔馀,别署初白老人、他山老人、烟波钓徒、白庵,海宁(今属浙江)人。康熙三十二年(1693)始举顺天乡试,四十一年(1702)因荐入直内廷南书房。次年特赐进士出身,授翰林院编修。五十一年(1712)告归,杜门著书。著有《周易玩辞集解》、《苏诗补注》、《敬业堂集》等。所撰《阴阳判》传奇,现存清康熙间刻本。生平详见方苞:《翰林院编修查君墓志铭》、《望溪先生文集》(《四部丛刊》影印本),卷十;全祖望:《翰林院编修初白查先生墓表》、《鲒埼亭集外编》(《四部丛刊》影印本),卷七;《清史稿》卷四八四本传、《清史列传》卷七一本传等。参见陈敬璋:《查他山先生年谱》(南林刘氏刻,1913),收入刘承幹辑:《嘉业堂丛书·史部》。

>屈陷难平,悲哀罔极,补天孰炼娲皇石?愤呼斗酒谱宫商,助君楚冢鞭三百。

刻本卷首长松下散人《阴阳判传奇序》更详言道:

>天地间多缺陷事,天地不能自补,而俟人补之……即当局者自甘泯泯,而公道在人,必从而长言之,嗟叹之,流连而歌咏之。甚之感时愤事者撼其事迹,谱以宫商,直欲以野董狐代鬼谷篡,王章音律,手为平反。由是枉者伸,覆者发,潜德阐,奸谀诛,向之大痛于心者,究竟大快于事,而天地一缺陷于是坦坦平平。此《阴阳判》传奇所以不得不作也……且夫天下颠扑不破者,理焉已耳,阳判不公,而至决之以阴判,孰不以为诞妄无凭?然而苞苴难用于夜台,请托不行于雷部,积恶余殃,到头结案,断断如此。奈何不认作照胆镜,而以为莫须有、想当然乎?

这种借文学作品弥补天地间缺陷之事的创作倾向,岂非背离了"董狐直笔"的撰史原则,而更多地体现出作者褒扬"纯孝"、惩戒人心的主观意图?

此外,如王忭(1628—1692)的《筹边楼》传奇①,翻唐朝史书旧案,称誉李德裕,贬抑牛僧孺,藉以为其父王时敏称觞祝寿,王士禛认为"足以证史家论断之谬诬也"②;许廷录(1678—1744)的《五鹿块》传奇③,叙写春秋时重耳出亡事迹,悉本于《左传》、《国

---

① 王忭,字怿民,一字鹤尹,号巢松,太仓(今属江苏)人。所撰《筹边楼》传奇,现存清康熙间刻本。生平详见自著:《王巢松年谱》,收入《吴中文献小丛书》(苏州图书馆排印,1939)。
② 王士禛:《香祖笔记》(上海:上海古籍出版社,1982),卷十二,第229页。
③ 许廷录,一名逸,字升闻,号适斋,常熟(今属江苏)人。著有《东野轩文集》。所撰戏曲,杂剧《蓬壶院》及传奇《五鹿块》、《两钟情》,现存同治间抄本。生平见《民国重修常昭合志》卷十八本传。

语·晋语》、《史记·晋世家》等书,稍作增删,希望"为世之鉴而立世之则"(卷首《自叙》);凡此,都同样是既"以实录作填词",又借传奇行教化。这说明,时至发展期,正统派传奇作家已经开始自觉地以儒家传统的历史叙事观念作为艺术创作的准则,从而逐渐将传奇引入正统文学的轨道。

"实录"一词,始见于汉班固《汉书》卷六二《司马迁传·赞》称《史记》:"其文直,其事核,不虚美,不隐恶,故谓之实录。"唐人颜师古注云:"实录,言其录事实。"细加考察,中国古代所说的"实录"或"录事实",原有两层含义:一是博采精选,翔实可靠;二是善恶必书,纪实征信。尤其是后者,本应是儒家叙事本体论的要义,如刘知几《史通·惑经》就说:"苟爱而知其丑,憎而知其善,善恶必书,斯为实录。"①但在实际的叙事实践中,从孔子开始,就明确地主张在历史叙事中寄寓作者之"义",并且躬行实践,以此指导《春秋》一书的撰述②。这种"寓义于事"或"借事明义"的叙事价值论,奠定了中国古代历史叙事的重要传统。它有着双重意义:其内指意义是历史叙事必须表达作家的思想、感情、愿望;其外指意义是历史叙事必须发挥特定的政治或道德的社会功能。这种"寓义于事"或"借事明义"的叙事价值论,愈到后来,就愈益凌驾于叙事本体论之上,甚至取代了叙事本体论,成为中国古代历史叙事的根本准则和基本方法。

因此,当发展期的正统派文人逐渐以"信史"为标准要求传奇创作,评价传奇作品的时候,儒家传统的叙事观念便潜移默化地影响或支配着传奇作家的整个艺术创作过程,促使他们在"以实录

---

① 刘知几著,赵吕甫校注:《史通新校注》(重庆:重庆出版社,1990),第815页。
② 如《孟子·离娄下》说:"王者之迹熄而《诗》亡,《诗》亡然后《春秋》作。晋之《乘》,楚之《梼杌》,鲁之《春秋》,一也。其事则齐桓、晋文,其文则史。孔子曰:'其义则丘取之矣。'"

作填词"的创作实践中,发扬光大儒家传统的叙事观念。正统派传奇作家的这种"以实录作填词"的艺术倾向,在传奇发展期方始发端,在传奇余势期则形成创作的主潮①。

第四节 游戏成文聊寓言
——正统派传奇的艺术特征

综上所述,发展期的正统派传奇作家更多地关注着社会政治的变迁、个人命运的坎坷和伦理道德的教化,因此与李玉等苏州派作家和李渔等风流文人相比较,选择了迥然而异的艺术创作道路。在清前期思想政治的高压统治下,正统派传奇作家为了直接抒发内心的抑郁苦闷,便自觉地借传奇为寓言,进行凭空虚构、掀翻造化的艺术创造。如尤侗就自称他的《钧天乐》传奇是:"莫须有,想当然,子虚、子墨同列传,游戏成文聊寓言。"(第三十二出《连珠》【尾声】)他们往往在虚虚实实的艺术境界里,寄托对社会政治的热切关怀、对个人际遇的真实感受和对伦理道德的虔诚信仰。尤侗为岳端的《扬州梦》传奇作序,说:

> 盖聚人世酒色财气之业,造成生死轮回;亦举吾身喜怒哀乐之缘,变出悲欢离合。②

既遨游人世,又剔抉心灵,这不正是艺术创造的极境吗?

因此,从艺术上加以总体考察,发展期正统派的传奇作品具有主观化和案头化的创作倾向,成为典型的文人之曲,在当时荣耀地跃身为上层精英文化的有机组成部分。

寄托性是发展期正统派传奇的主要叙事特征。与李玉等苏州

---

① 参见本书第十九章第一节。
② 《扬州梦》传奇卷首,《古本戏曲丛刊三集》影印清康熙间刻本。

派作家和李渔等风流文人截然不同,正统派传奇作家创作戏曲,主要是为了寄托自己的情感、意志、愿望和观念,消解胸中的块垒,而不是以场上搬演、教化赢利为目的的。易言之,是因"自娱"而旁及"娱人",而不是因"娱人"而得以"自娱"。因此,他们的戏曲创作,考虑的不是观众的审美需要和接受能力,而是如何更好地阐述自己的内心思想,抒发自己的主观感情。

吴伟业在为李玉编辑的《北词广正谱》作序时说:

> 今之传奇,即古者歌舞之变也。然其感动人心,较昔之歌舞更显而畅矣。盖士之不遇者,郁积其无聊不平之慨于胸中,无所发抒,因借古人之歌呼笑骂,以陶写我之抑郁牢骚;而我之性情,爱借古人之性情,而盘旋于纸上,宛转于当场……而元人传奇,又其最善者也。盖当时固尝以此取士,士皆傅粉墨而践排场,一代之人文,皆从此描眉画颊、诙谐调笑而出之,固宜其绝擅千古。而士之困穷不得志,无以发奋于事业功名者,往往遁于山巅水湄,亦恒借他人之酒杯,浇自己之块垒。(康熙间刻《一笠庵北词广正谱》卷首)

元代是否以戏曲取士,可暂且不论;元人是否因失意于事业功名而作戏曲,以抒发其无聊不平之慨,也不必确证。因为,吴伟业的"发愤作曲"说并非对元杂剧作家的整体研究所得,而是个人的戏曲创作观的表述。这种戏曲创作观,的确传达了发展期正统派传奇作家的普遍心声。如嵇永仁《续离骚引》也说:

> 歌哭笑骂,皆是文章。仆辈遭此陆沉,天昏日惨,性命既轻,真情于是乎发,真文于是乎生,虽填词不可抗《骚》而续其牢骚之遗意。(《续离骚》杂剧卷首)

例如,吴伟业的《秣陵春》传奇借虚构的历史故事,着意抒写一个孤臣孽子在故国与新朝之间选择时的痛苦矛盾的心情,把自己的兴亡感慨和出处苦闷寄托于人物的悲欢离合之中,倾诉于歌台舞榭之上,慷慨激昂,可使风云变色。剧中特意安排了南唐乐工曹善才这个角色,他在剧中并无重要的活动,常常游离于剧情之外发表评论和感慨,作为作者的代言人,有时甚至就是作者个人感情的化身。如第六出《赏音》中曹善才唱【北骂玉郎带上小楼】组曲,隐括化用了李后主几首著名的词作,格调沉郁苍凉,道尽了一个亡国之君的凄伤心境。第四十一出曹善才唱【后庭花】曲,咏叹南唐旧宫的萧条,说是:"三山卷怒涛,乌鸦打树梢,城空怨鬼号。"一派不堪入目的亡国景象。洪昇《长生殿》传奇中的李龟年,孔尚任《桃花扇》传奇中的老赞礼,无疑是曹善才形象的摹仿和演化。

又如,《钧天乐》传奇首先是尤侗的发愤之作,发泄淹蹇仕途、怀才不遇的一肚皮肮脏之气,如上半部《歌哭》、《叹榜》、《浇愁》、《哭友》、《伏阙》、《哭庙》、《送穷》诸出,都饱含着作家穷愁潦倒、命运多舛的抑郁和对世事浑浊、贤愚颠倒的愤慨。其次,《钧天乐》传奇也寄寓着作家的理想和愿望,下半部《天试》、《天榜》、《天宴》、《连珠》等出,写沈白和杨云在天界大展经纶,享尽荣华富贵,正是尤侗心灵臆造的幻象。而这种对科举制度既愤慨又憧憬的二重心态及其"张力",则隐含在《钧天乐》传奇全剧的总体构思中,构成剧作的象征性主题和潜隐性冲突。

发展期的正统派传奇作家往往在创作传奇的同时兼作杂剧,这与李玉、李渔等剧作家也形成鲜明的对照。如吴伟业、尤侗、裴瑆、嵇永仁等人,他们作为杂剧作家甚至比作为传奇作家的名气还大。这其中一个最重要的原因,恐怕是因为与传奇相比较,杂剧体制短小,更便于作家寄托个人的思想感情。

发展期正统派传奇作家以传奇为寄托的叙事方法,使得他们的传奇作品往往具有双重本文:表层的、确定的意识本文和深层的、不确定的无意识本文。一般地说,一部文学作品表层的、确定的意识本文可能是唯一的"单数",而深层的、不确定的无意识本文则总是历史地以"复数"形式存在着,它们不断生成又不断消失,从而导致本文的多重意义。一部文学作品的双重本文之间,往往彼此不一致,既互相对峙、互相冲突,又互相期待、互相依存,形成一种"紧张情势",持续不断地激活不同读者阅读与阐释的浓厚趣味。因此,我们阅读正统派传奇作家的传奇作品,不应该驻足于其表层的、确定的意识本文,仅仅描述它写了什么,而应当深入地窥视其深层的、不确定的无意识文本,发掘它表达了特定历史时期的特定作家什么样的情感、意绪和怀抱等主体内容。只有将作品置于特定的文化语境之中,并尽可能地切入作家的心灵,才能真正地把握作品的精神实质,深刻地阐发作品的内在意蕴。

与寄托性特征相关的是,正统派传奇作品的情节大多富于奇幻性,甚而至于荒诞诡谲。

例如,在吴伟业的《秣陵春》传奇中,徐适与黄展娘相识于玉杯和宝镜的幻影之中,展娘的魂魄离开真身半载有余,追随徐适冥间游荡,最后又回到阳世,与真身复合,这与《牡丹亭》传奇里杜丽娘的"惊梦"、"寻梦"、"魂游"、"幽媾"等岂非如出一辙?此外,丁耀亢的《化人游》传奇,尤侗的《钧天乐》传奇,查慎行的《阴阳判》传奇等等,也都构置了阴阳两界的对比图式,打破现实时空的界限,让人物自由地往来于两界之间,借以象征性地或隐寓性地表达作家的思想感情。

又如,吕履恒(1650—1719)于康熙三十八年(1699)撰《洛神庙》传奇[①],凡二卷四十四出,叙写明朝河南洛阳秀才何寅与妻巫

[①] 吕履恒,字元素,号坦庵,别署青要山樵,新安(今属河南)人。康熙三十三年(1694)进士,历官至户部郎。五十七年(1718),因故罢官归里,次年卒。著有《梦月岩诗集》、《冶古堂文集》等。所撰《洛神庙》传奇,现存清康熙间刻本。生平详见张维屏:《国朝诗人征略初编》卷十五本传;李桓:《国朝耆献类征初编》卷六十五。参见王永宽:《清代河南戏曲作家吕履恒年表》,载《中华戏曲》第8辑(太原:山西人民出版社,1988)。

友娘、妾贾绿华的生死离合,以二枚返魂香坠周旋其间。作者明明声称:"望美人兮日暮,思公子也天涯,忍教情种绝根芽,我欲掀翻造化"(第一出《发端》【蝶恋花】),已然弄假成真,却还要明言是戏:"返魂设想空填曲,那里有已化的香魂能再续,少不得把万劫情缘只当一戏局。"(第四十四出《香合》【余音】)请看,作家的审美思维是多么自如地出入于真假、实虚之间啊!

正统派传奇作品的这种奇幻性的情节构思方式,就其文学传统而言,无疑得益于汤显祖"因情成梦,因梦成戏"的艺术梦幻观的启迪①。汤显祖的"临川四梦"开创了戏曲情节的非现实构思方式,为人们提供了以阴阳世界的两相对比来表达思想家、艺术家"上下求索"的精神游历的艺术创作范型,影响极为深巨。如赵士麟评龙燮(1640—1697)《琼花梦》传奇时就说:

> 梦之为言幻也,剧之为言戏也,即幻也,梦与戏有二乎哉?……列公不以戏为戏,而以为天下事唯戏为最真;不以梦为梦,而以为天下事唯梦为至实。故能识梦也,戏也,幻也,能形诸咏歌也。②

另一方面,正统派传奇作家处身于清前期文化高压政策的时代氛围中,也不能不更多地汲取了中国古代诗歌意在言外、含蓄蕴

---

① 汤显祖:《答孙俟居》,《汤显祖诗文集》(上海:上海古籍出版社,1982),卷四六。

② 赵士麟:《江花乐府序》,龙燮:《琼花梦》传奇卷首,《古本戏曲丛刊三集》影印清康熙间刻本。按,龙燮,字理侯,又字二为、中允,号石楼、改庵,别署雷岸居士。望江(今属安徽)人。屡试不第,康熙十八年(1679)举博学鸿词科,授翰林院检讨,参修《明史》。官至工部屯田员外郎。著有《石楼藏稿》、《和苏三集》、《晴膈随笔》等。所撰杂剧《芙蓉城》和传奇《琼花梦》,合刻为《龙改庵二种曲》,今存清康熙刻本等。生平见龙光《龙燮公传》、龙垓《龙燮公年谱》,赵景深《龙燮的江花梦》引录,见其《明清曲谈》(上海:古典文学出版社,1957),第 217—225 页;陆林:《清初戏曲家龙燮生平、剧作文献新考》,《文献》2010 年第 2 期。

藉的艺术传统,倾向于采用隐晦曲折的方式,表达个人难以明言的衷曲。因而他们的传奇创作往往有意地逃避现实,遁入梦幻或虚空,借非现实的情节隐寓现实感受、历史思考或道德选择。

案头化也是发展期正统派传奇的共同特征。正统派传奇作家大多或是诗文名家,或兼作诗文作品,在诗词文赋方面往往有较高的造诣。他们创作戏曲,只是"出其余技,闲谱宫商,振藻扬葩"①,借以显示渊博的学识功底和深厚的文学造诣,因而表现出以文字为剧、以才学为剧、以议论为剧的审美追求。尽管他们也向往着雅俗共赏的境界,希望"极才致而赏激名流,通俗情则娱快妇竖"②,但他们的传奇作品往往过于追求诗歌的意境和散文的笔致,而忽略了戏曲文学的通俗化和舞台化,因此大多不免沦为案头之作。

正因为如此,时人与后人评价正统派传奇作家的作品,自然更多地着眼于其文学功力与案头价值。例如,陈栋《北泾草堂曲论》评尤侗的戏曲作品,说:

> 词至西堂,又别具一变相,其运笔之奥而劲也,使事之典而巧也,下语之艳媚而油油动人也,置之案头,竟可作一部异书读。③

沈珩为孙郁的《天宝曲史》传奇作《题词》,说:

> 雪崖古近诗,横厉苍凉,挥绰合今古,虎视河朔间,一时操觚家共相推毂。其为传奇,则温严凄婉,感入顽艳,而夭矫之骨自存。昔人论乐府贵皎洁径厉,诗余贵含蓄秾纤,此集兼工

---

① 徐发:《蟾宫操传奇序》,程镳:《蟾宫操》传奇卷首,《古本戏曲丛刊三集》影印清康熙间刻本。
② 松涛:《天宝曲史序》,孙郁:《天宝曲史》传奇卷首,《古本戏曲丛刊三集》影印清康熙间刻本。
③ 陈栋:《北泾草堂曲论》,收入任讷辑:《新曲苑》(上海:中华书局,1940)。

并优。(《天宝曲史》传奇卷首)

近人郑骞《善本传奇十种提要》称赞丁耀亢的《赤松游》传奇,也说:

> 曲文佳处甚多,或沉雄悲壮,或清丽缠绵,不愧诗人之作。

张雍敬的《醉高歌》传奇特别值得我们"奇文共欣赏"①,它鲜明地体现出正统派传奇作家以文为剧的自觉追求。此剧约作于康熙七年(1668),取材于元夏庭芝的《青楼集·金莺儿传》,叙写元人贾伯坚与妓女金莺儿的恋情故事。刻本卷首《总论》说:

> 《金莺儿》原传止有百五十余字,而《醉高歌》填词乃有万二千余言。此非于本题之外别有生发也,不过就题前题后,反面侧面,段落处,罅缝处,一一勘得分明,则唯恐描写不尽,无待乎别有生发也。

显然,张雍敬深受金圣叹评点《西厢记》的影响,是以作八股文的思维方式来创作传奇的。正因为如此,当有人请教他八股文的作法时,他说:"予谓作文之法,其妙悉寓于传奇。"潘耒也称道此剧:"其章法变化,宛然与八股吻合。"②

因此,正统派的传奇作品即使曾经搬上舞台,也主要限于士大夫家庭戏班的演出,以供文人士大夫宴乐的欣赏,而大多数作品都难以适合民间职业戏班的演出需要,自然也不甚为普通平民百姓所喜闻乐见。正统派传奇作家的这种"士大夫气"的创作倾向,与

---

① 张雍敬,字珩佩,一字简庵,别署风雅主人、简暗道人,秀水(今浙江嘉兴)人。多学博艺,尤长历学,著有《定律玉衡》。诗豪俊,有《环愁》、《闲留》等集。所撰戏曲十一种,仅《醉高歌》传奇现存清乾隆三年(1738)灵雀轩刻本。生平详见张翊清:《醉高歌·叙》,《醉高歌》传奇卷首。

② 依次见张雍敬:《醉高歌·序》,潘耒:《醉高歌·序》,均见《醉高歌》传奇,卷首。

明中期文词派传奇作家遥相呼应,在总体上与传奇发展期戏曲世俗化、舞台化的演变动向恰相背逆,从而开启了传奇余势期的文人创作风气。

第十六章　南洪北孔

康熙五十六年(1717)金秋,浙江会稽文人金埴前往山东曲阜,访问孔尚任。他索读《桃花扇》传奇后,击节称赏,在卷后挥毫题下两首绝句,其中一首道:

> 两家乐府盛康熙,进御均叨天子知。纵使元人多院本,勾栏争唱孔、洪词。①

金埴盛赞亡友洪昇所作《长生殿》,新交孔尚任所作《桃花扇》,两部传奇名满京华,擅场宇内,为康熙一朝的盛事。这诚非虚言。陈栋《北泾草堂曲话》盛称:

> 国初人才蔚生,即词曲名家,亦林林焉指不胜屈,必欲于中求出类拔萃,则高莫若东塘,大莫若稗畦,靡旌靡垒,殊难为鼎足之人。②

杨恩寿《词余丛话》卷二《原文》也说:

> 康熙时,《桃花扇》、《长生殿》先后脱稿,时有"南洪北孔"之称。其词气味深厚,浑含包孕处蕴藉风流,绝无纤亵轻佻之病。③

"南洪北孔",这是当时曲苑文坛的双子星座,至今仍闪耀着

---

① 金埴:《巾箱说》(北京:中华书局,1982),第135页。
② 收入任讷辑:《新曲苑》(上海:中华书局,1940)。
③ 《中国古典戏曲论著集成》(北京:中国戏剧出版社,1959),第九册,第251页。

熠熠光辉。然而,这一光辉决非封建盛世的繁华点缀,恰恰相反,它却昭示了封建末世的苍茫黄昏,带来一股沁人心骨的迟暮寒意。

即使仅从明清传奇史的演进历程来看,在康熙中期昆剧演出急管繁弦,盛极一时,而传奇创作却千篇一律,生气索然之际,"南洪北孔"的崛起而立,超迈群伦,固然集传奇创作之大成,树立了两尊不朽的艺术典范,但却同时敲响了中国戏剧文化史上传奇时代的沉钟暮鼓。

第一节　洪昇的坎坷生平

清人王蓍在《挽洪昉思》诗中写道:

……家从破后常为客,名到成时转累身。归老湖山思闭户,何期七尺付沉沦!①

这是对洪昇的坎坷生涯的简明概括。

洪昇(1645—1704),字昉思,号稗畦,又号稗村、南屏樵者,钱塘(今浙江杭州)人。在明崇祯皇帝自缢、清兵南下的第二年,顺治二年(1645)七月初一,东南沿海正值兵荒马乱,洪昇的母亲黄氏在逃难途中,在杭州城外山中的一个费姓农妇家里生下了洪昇。事隔24年,康熙八年(1669),洪昇对母亲多次向他讲述的当时的情景犹然耿耿于怀,吟咏了《燕京客舍生日怀母作》诗,对此感叹不已②。明清易代的动乱场景,成为潜藏在他内心中的一个挣不

---

① 阮元:《两浙輶轩录》(清嘉庆六年[1801]仁和朱氏碧溪草堂钱塘陈氏种榆仙馆刻本),卷四。

② 刘辉校笺:《洪昇集》(杭州:浙江古籍出版社,1992),卷一《啸月楼集》。按,此书六卷,卷一为《啸月楼集》,卷二为《稗畦集》,卷三为《稗畦续集》,卷四为《集外集》,卷五为传奇《长生殿》,卷六为杂剧《四婵娟》。本章下文凡引此书者,仅随文标注卷数与诗文篇名。

断的"情结"。

生不逢时,似乎注定了洪昇一生的不幸。书香门第、"累叶清华"的家境,赐予了他优裕的生活条件和良好的文学修养,也熏陶了他入仕济世的儒家思想。然而仕途坎坷,奔竞无门,使他在青年时代总是郁郁寡欢。再加上迭遭"家难",更使他的心里充满了悲凄怨怆。

王士禛《香祖笔记》卷九说:"(洪昇)遭家难,流寓困穷,备极坎壈。"①金埴《不下带编》卷一也说:"渔洋山人云:昉思遭天伦之变,怫郁坎壈缠其身"②。这里所说的"天伦之变",大约是指洪昇失欢于父母,为家所弃,不得不远走他乡③。洪昇《客中秋望》诗说:"非关游子憺忘归,南望乡园意总违。三载无家抛骨肉,一身多难远庭帏"(卷一),正表达出与父母关系不谐,有家难回,满腔思亲而又不见谅的悲怆情怀。所以,他青年时代一直过着漂泊无依的生活:"一身千里外,匹马万山中……思家还有泪,不独为途穷。"(卷一《蒙山道中》)"坎壈何时尽,漂零转自伤。一身还故

---

① 收入《王渔洋遗书》(清康熙间刻本)。
② 金埴:《不下带编》(北京:中华书局,1982),第10页。
③ 关于洪昇"家难"的详情,至今还是疑案。王箐《挽洪昉思》诗序说:"予与昉思交差晚。读其旧稿《幽忧草》,乃知昉思不得于后母,罹家难,客游京师,哀思宛转,发而为诗。"(《两浙輶轩录》卷四)但洪昇生母黄氏在康熙十五年(1676)仍健在,这有洪昇此年所作《送父》诗之二可证(卷二《稗畦集》)。生母既在,何来后母?章培恒《洪昇年谱》(上海:上海古籍出版社1979)以为:"则昉思实为不得于生母而非不得于后母。"(第119—120页)但洪昇与生母感情一直十分深厚,似不可能为生母所见弃。孟繁树《洪升及〈长生殿〉研究》(北京:中国戏剧出版社,1985),引洪昇的同乡王嗣槐《桂山堂文选》卷八《洪氏寿宴序》:"时维八月,旬有五日,为吾友洪武卫及其原配钱夫人四秩初度,称双寿焉……",认为所谓"不得于后母",应为"不得于大母"之误。(第20—21页)此说亦难以置信。因为洪起鲛得洪昇时年方19岁,与黄氏结婚不过18岁,在此之前不可能已先娶正室钱氏。但钱氏确有其人,她与洪昇是什么关系?是不是洪昇"家难"的制造者?凡此都尚待考证。亦参见曾永义:《洪昇生平资料考——附洪昇年谱》,载台湾《幼狮学志》第5卷第2期(1966年12月);及陈万鼐:《洪昇"家难"质疑》,载台湾《图书馆学报》第9期(1968年5月)。

国,八口寄他乡。"(卷二《感怀》)

康熙七年(1668),洪昇24岁,赴北京国子监肄业。在北京期间,他的生活一直十分困顿,他自己说是:"依人空老大,乞食愧英雄。"(卷二《后江行杂诗四首》其一)"八口总为衣食累,半生空溷利名场。"(卷二《省觐南归留简长安故人》)友人描述他:"卖文供费酒,旅食转依人。"①甚至"有时烟火寒朝昏"②,穷到揭不开锅的地步。他的爱女,就是在贫病交迫中夭折的。

虽然处境如此困窘,洪昇却始终不改文人癖性,为人疏狂孤傲,不顺时趋。他很少与权贵交游,自称:"平生畏向朱门谒,麋鹿深山访旧交。"(卷一《北归杂感四首》其三)平常和人交游宴集,洪昇"每白眼踞坐,指古摘今"③,意气风发,目中无人。王士禛《送洪昉思由大梁之武康》诗说他:"亦知贫贱世看丑,耻以劲柏随蓬科。"④王泽弘《送洪昉思归武林》诗说他:"性直与时忤,才高招众忌。"⑤连他自己也深知:"儒生不可为,伤哉吾道否……只缘脱略性,苦被时俗妒。"(卷二《旅次述怀呈学士李容斋先生》)

就在这种困顿潦倒的日子里,洪昇历经10余年,三易其稿,创作了著名的传奇《长生殿》。《长生殿·例言》说:

忆与严十定隅(曾榘)坐皋园,谈及开元、天宝间事,偶感李白之遇,作《沉香亭》传奇。寻客燕台,亡友毛玉斯谓排场近熟,因去李白,入李泌辅肃宗中兴,更名《舞霓裳》,优伶皆久习之。后又念情之所钟,在帝王家罕有,马嵬之变,已违夙

---

① 陈熷:《寄洪昉思都门四首》之四,《时用集》(清康熙间刻本)。
② 吴雯:《贻洪昉思》,《莲洋诗钞》(《景印文渊阁四库全书》本),卷二。
③ 徐麟:《长生殿序》,《长生殿》传奇(清光绪十六年[1890]上海文瑞楼刻本),卷首。
④ 王士禛:《渔洋山人诗集续集》(《王渔洋遗书》本),卷十。
⑤ 王泽弘:《鹤岭山人诗集》(清王材振刻本),卷十二。

誓，而唐人有玉妃归蓬莱仙院、明皇游月宫之说，因合用之，专写钗合情缘，以《长生殿》题名，诸同人颇赏之。乐人请是本演习，遂传于时。盖经十余年，三易稿而始成，予可谓乐此不疲矣。(《长生殿》传奇卷首)

按，皋园在杭州清泰门稍北，是严沆（1617—1678）家产。严定隅名曾槩，即严沆之子。洪昇始作《沉香亭》传奇，借李白自寓，感慨个人的身世沦落和怀才不遇，时间约在康熙十四年（1675）洪昇从北京回杭州小住时。康熙十八年（1679）洪昇客居北京时，以《沉香亭》传奇的手稿向友人毛玉斯请教，接受他的意见，删去了前人百写不厌的李白故事，增入了"李泌辅肃宗中兴"的情节，改写为以"垂戒来世"为主旨的《舞霓裳》传奇，多少寄寓了兴亡的感慨。这两部传奇当时都曾演出，可惜现已亡佚。后来，洪昇又想到："情之所钟，在帝王家罕有"，于是"专写钗盒情缘，以《长生殿》题名"。这次重写历时数年，到康熙二十七年（1688）春，《长生殿》传奇最后修订脱稿。而作者《自序》署"康熙己未（十八年）中秋"，盖此序乃沿用《舞霓裳》传奇原序①。而《长生殿》传奇的刻成，则在康熙四十三年（1704）洪昇逝世之后②。

《长生殿》传奇一问世，立即引起强烈的反响。徐麟《长生殿序》说：

---

① 见〔日〕青木正儿：《中国近世戏曲史》，王古鲁译著（北京：作家出版社，1958），第十一章第一节，第381页；及章培恒：《洪昇年谱》，第199页。孟繁树《洪升及〈长生殿〉研究》认为：《舞霓裳》传奇作于康熙十五年（1676），而《自序》非《舞霓裳》之序，原本即为《长生殿》的序。从康熙十八年起，洪昇就开始《长生殿》传奇的写作，至二十七年方始定稿（第126—130页）。此亦可备一说。

② 按，《长生殿》传奇的刊刻，实得力于洪昇的好友吴人（舒凫）。上卷约刻成于康熙三十九年（1700）。下卷付刻于康熙四十二年（1703），见此年王晫（字丹麓）致张潮的信："《长生殿》下卷，虽已动刻，还未知何日成书？"见《尺牍友声集》（清康熙间刻本），卷四。直到洪昇去世后才全部刻成，王士禛《挽洪昉思》诗注云："昉思工词曲，所制《长生殿》传奇刻初成。"《蚕尾集》（《王渔洋遗书》本），卷七。

>一时朱门绮席,酒社歌楼,非此曲不奏,缠头为之增价。

吴人(舒凫)《长生殿序》也说:

>爱文者喜其词,知音者赏其律,以是传闻益远。畜家乐者攒笔竞写,转相教习。优伶能是,升价什佰。他友游西川,数见演此,北边、南越可知已。①

可是,正当洪昇因此声名大噪的时候,一场出乎意料的灾祸向他袭来。

康熙二十八年(1689),京中著名戏班内聚班演出《长生殿》传奇,康熙皇帝观看后,十分欣赏,赐优人银二十两,并向诸亲王称道。于是诸亲王及阁部大臣,凡有宴集,必演《长生殿》,缠头之赏,其数悉如御赐。这年七月,孝懿佟皇后逝世。八月上旬,内聚班为答谢洪昇,特请为他专场演出。于是洪昇邀请众多的朝彦名流,大会于生公园(又名太平园)中,设乐张宴,演出《长生殿》传奇。

据说,有一位给事中黄鸿六,素性奸猾,因未在邀请之列,怀恨在心,决计报复。于是上疏朝廷,弹劾洪昇等人当"国丧"期间招客宴饮观剧,实为"大不敬"之举。康熙皇帝勃然大怒,传旨将洪昇逮捕,下刑部狱,并将内聚班优人尽皆拘系,听候发落。结果,洪昇被国子监除名,应邀观剧的侍读学士朱典、翰林院检讨赵执信、台湾太守翁世庸等人被革职。此案中,士大夫和诸生被革职及除名的共50余人。

关于演《长生殿》致祸的内幕,众说不一,但大抵与当时南北党争有关。正如洪昇至交王泽弘所说的:"何期朋党怒,乃在伶人

---

① 《长生殿》传奇(光绪十六年[1890]上海文瑞楼刻本),卷首。

戏?"①按,《清史稿》卷二七七《徐乾学传》载:"时有南北党之目,互相抨击。"②南党以徐乾学为首,北党以大学士纳兰明珠为首,而洪昇与南党高士奇等人关系较为密切。此案盖北党借题发难,以动摇南党地位,康熙皇帝亦借此均衡两党权势。洪昇成了这场政治斗争的牺牲品。③

时人孙勷作诗,为被革职的著名诗人赵执信惋惜说:"可怜一曲《长生殿》,断送功名到白头。"④这也是对洪昇命运的写照。洪昇呕心沥血地创作了一部历史的悲剧,谁知也给自己的后半生谱写了悲剧的历史。他百般无奈地结束了旅京生活,回到故乡杭州,寄情山水,抒愤诗章,悲苦地打发他的晚年时光。他的政治生涯不幸凄凉地结束了,而他的艺术声誉反而与日俱增。康熙《钱塘县志》卷二一本传载:

> (洪昇)尤工院本,官商五音,不差唇吻。旗亭画壁间,时闻双鬟讴诵之,以故儿童妇女莫不知有洪先生者。

杨嗣震《长生殿题辞》也说:

> 窈窕吴娘歌此曲,风流老辈数斯人。旗亭市上红楼里,群指先生折角巾。(《长生殿》卷首)

---

① 王泽弘:《送洪昉思归武林》,《鹤岭山人诗集》卷十二。
② 《清史稿》(北京:中华书局,1976),卷二七一《徐乾学传》,第10008页。
③ 《长生殿》之祸的记载,见王应奎:《柳南随笔》卷六,收入张海鹏辑:《借月山房汇钞》(嘉庆间虞山张氏刻本),第十五辑;金埴《巾箱说》,第136页;戴璐:《藤阴杂记》(北京:北京古籍出版社,1982),卷二,第18页;董潮:《东皋杂抄》(《丛书集成初编·文学类》),卷三;梁绍壬:《两般秋雨庵随笔》(清道光间钱塘汪氏振绮堂刻本)。各书记载,互有出入。以上叙述,即参照诸书,稍加董理。参见叶德钧:《演〈长生殿〉之祸》,见其《戏曲论丛》(上海:日新出版社,1947);章培恒《演〈长生殿〉之祸考》,见其《洪昇年谱》,附录一。
④ 阮葵生:《茶余客话》(上海:中华书局上海编辑所,1959),卷九。又见金埴:《不下带编》卷一,第二句作:"断送宫坊到白头",第3页。

15年后,康熙四十三年(1704)春末,洪昇应江南提督张云翼之聘,往游松江(今属上海)。张云翼专门为他举办筵席,盛集宾客,演出《长生殿》传奇。江宁织造曹寅听说后,特地致简,邀请洪昇到江宁(今江苏南京)去,在织造府中演唱《长生殿》全本。金埴《巾箱说》记载:

> (曹寅)乃集江南北名士为高会,独让昉思居上座,置《长生殿》本于其席,又自置一本于席。每优人演出一折,公与昉思雠对其本,以合节奏。凡三昼夜始阕。两公(按,指张云翼与曹寅)并极尽其兴赏之豪华,以互相引重,且出上币兼金赆行。长安传为盛事,士林荣之。①

然而,这竟成为洪昇一生中最后的荣耀。洪昇从南京归乡途中,六月初一,泊舟乌镇,因友人招饮,酒醉失足,落水身亡。此时突然刮起大风,吹灭了船上的灯烛,众人竟抢救不及。六月初一,正是贵妃杨玉环的生日,也是唐明皇在长生殿上命梨园小部演奏《荔枝香》新曲的日子,而洪昇恰在这一天去世,真是一种很有意味的巧合②。也许,洪昇和唐明皇、杨贵妃真有一段割不断的因缘?

洪昇一生写了不少诗词,现存《啸月楼集》(日本嘉静堂文库藏抄本)、《稗畦集》(上海图书馆、南京图书馆等藏抄本)和《稗畦续集》(南京图书馆藏康熙五十四年汪熷序刻本)等诗集。其诗受施闰章(1618—1683)、王士禛影响,以神韵见长,"其发者泉流,突者峰峦,而幽者春兰也"③,足以成家。

洪昇所作戏曲,现有名目可考者计12种,只有《长生殿》传奇

---

① 金埴:《巾箱说》,第136页。
② 参见王蓍:《挽洪昉思》诗注,《两浙輶轩录》卷四。
③ 朱溶:《稗畦集·叙》,洪昇:《稗畦集》(抄本),卷首。

和《四婵娟》杂剧尚存,其余《沉香亭》、《舞霓裳》、《回龙记》、《回文锦》、《天涯泪》、《闹高唐》、《节孝坊》、《锦绣图》、《青衫泪》、《长虹桥》等10种传奇,都已失传。

《四婵娟》杂剧作于洪昇逝世前一年,即康熙四十二年(1703)。现存抄本,收入郑振铎辑《清人杂剧二集》中,包括四部一折短剧,以古代才女韵事为题材,每剧各写一人一事,依次为:《谢道韫咏絮擅诗才》、《卫茂漪簪花传笔阵》、《李易安斗茗话幽情》、《管仲姬画竹留清韵》。这是案头之作,未见演出。

第二节　情缘总归虚幻
——《长生殿》的至情理想

真正赐予洪昇以不朽荣名的,是《长生殿》传奇。《长生殿》现存清康熙间稗畦草堂原刻本等,共二卷五十出。1958年,人民文学出版社出版了徐朔方的校注本。

洪昇酷爱明代戏剧家汤显祖的《牡丹亭》传奇,曾经称赞《牡丹亭》"搜抉灵根,掀翻情窟"、"肯綮在生死之间"的创作旨趣①。《长生殿》传奇刚问世时,有人称道:"是剧乃一部闹热《牡丹亭》",洪昇便颇"以为知言"(《长生殿·例言》)。

那么,《长生殿》和《牡丹亭》究竟在哪一点上息息相通呢?《长生殿》传奇第一出《传概》【满江红】开宗明义,阐发了洪昇的创作主旨:

> 今古情场,问谁个真心到底?但果有精诚不散,终成连理。万里何愁南共北,两心那论生和死。笑人间儿女怅缘悭,

---

① 洪之则:《三妇评牡丹亭杂记·跋》引述,收入张潮等辑:《昭代丛书》别集(道光二十九年[1849]刻本)。

无情耳。　　感金石,回天地。昭白日,垂青史。看臣忠子孝,总由情至。先圣不曾删《郑》、《卫》,吾侪取义翻宫徵。借太真外传谱新词,情而已。

显而易见,对理想化的至情的讴歌是洪昇的创作主旨,至于"太真外传"则只是洪昇凭借以讴歌至情的形象载体。洪昇看中了李隆基和杨贵妃的故事这一题材,是因为他认为这一题材最足以表达他心目中的理想化的至情及其演进途径。

在抽象的意义上,洪昇所歌颂的至情不受空间的束缚,超越生死的界限,可以感动金石,挽回天地,如白日不朽,如青史长存,它所具有的奇异功能,同汤显祖在《牡丹亭题词》里所宣扬的出生入死之情,何其相似乃尔!尽管洪昇将至情理想附着于帝妃身上,而汤显祖则把至情理想寄托在才子佳人身上,二者的表现方式不尽相同,但这并不足以构成对他们二人的至情观念的轩轾。恰恰相反,洪昇如此明确地标举至情旗帜,无疑含有为汤显祖的至情观招魂的主观意图,这在清初程朱理学一统天下、禁锢人心的时代里,无疑具有不可低估的文化思想意义。

然而,功能的相似,并不能抹煞或掩盖内质的相异。同汤显祖《牡丹亭》传奇所体现的至情观迥然不同,洪昇的至情观秉承孔子不删《郑》、《卫》之"义",含蕴着深沉的道德理性精神。洪昇对晚明清初盛极一时的才子佳人戏曲,即便不是深恶痛绝,至少也是不屑为伍的。在《长生殿·自序》里他说:

　　从来传奇家,非言情之文,不能擅场;而近乃子虚乌有,动写情词赠答,数见不鲜,兼乖典则。(《长生殿》卷首)

可见,洪昇虽然肯定言情,却同时否定有"乖典则"之私情。这与"发乎情,止乎礼义"的儒家传统人性观不是一脉相承吗?因此,洪昇所讴歌的至情,不是浸透感性欲望的少男少女之情,而是"但

529

果有精诚不散,终成连理"的夫妻伦理之情。这不正是他的至情可以和"臣忠子孝"互相沟通的内在契机吗?

在《长生殿》传奇里,洪昇以艺术之笔把李隆基和杨玉环的"钗合情缘"理想化了,使之净化、升华而成为不朽的至情。

对杨玉环的"净化",实发端于《舞霓裳》传奇。徐麟《长生殿序》说:

> 尝作《舞霓裳》传奇,尽删太真秽事,予爱其深得风人之旨。(《长生殿》传奇卷首)

对历史上杨玉环曾辗转于寿王李瑁与李隆基父子之间的事,洪昇一概不提,并毫不犹豫地删除了杨玉环和安禄山污乱后宫的秽事。《长生殿·例言》说:

> 史载杨妃多污乱事。予撰此剧,止按白居易《长恨歌》、陈鸿《长恨歌传》为之。而中间点染处,多采《天宝遗事》、《杨妃全传》。若一涉秽迹,恐妨风教,绝不阑入,览者有以知予之志也。(《长生殿》传奇卷首)

《自序》也说:

> 凡史家秽语,概削不书,非曰匿瑕,亦要诸诗人忠厚之旨云尔。(《长生殿》传奇卷首)

据此,剧中杨妃事迹虽然多本《长恨歌》、《长恨歌传》及野史小说,但却将杨妃的"秽迹"删削殆尽,以便存"诗人忠厚之旨",并且不"妨风教"。在这里,作为创作指导思想的,不正是儒家传统思想吗?

更为突出的是,在《长生殿》传奇里,洪昇又进一步对杨玉环的嫉妒之情作了肯定性的描写。

杨玉环一步入宫廷之中,就处身于一个极其复杂的环境。她第一次出场时，欣喜地唱道："恩波自喜从天降，浴罢妆成趋彩杖。"众宫女同声和道："六宫未见一时愁，齐立金阶偷眼望。"（第二出《定情》【玉楼春】）在这里，杨玉环的喜出望外和六宫粉黛的悲怨丛生，形成相互辉映的两种情绪。这不仅曲折地透示了宫廷内部嫔妃争宠的客观必然性，而且决定了杨玉环"得宠忧移失宠愁"的连贯动作的心理动机（第八出《献发》）。

定情之夕，杨玉环一则以喜，一则以忧：喜的是"昭阳内，一人独占三千宠，问阿谁能与竞雌雄？"（第七出《幸恩》【满园春】之二）惧的是李隆基二三其德，情感外逸。她深知，她无论如何尊贵，何等恩宠，毕竟只是李隆基"高擎在掌"的玩物，任凭其予取予夺而不由自主。第十八出《夜怨》中，杨玉环自言自语道："江采萍！江采萍！非是我容你不得，只怕我容了你，你就容不得我也！"这不就是她争宠好妒的客观原因所在吗？李隆基和虢国夫人鬼混，杨玉环"恐怕夺了恩宠，因此上嫌猜"（第六出《傍讶》）；李隆基同梅妃私下叙旧，她气势汹汹，打上门去（第十九出《絮阁》）。即使是在七月七日长生殿里，当她与李隆基信誓旦旦、温情脉脉之际，杨玉环也是因为"只怕日久恩疏，不免白头之叹"，才希望在"双星之下，乞赐盟约，以坚终始"（第二十二出《密誓》）。

在六宫粉黛的环境中，杨玉环为了专一地爱李隆基，不能不采取排他的行为，否则就无法维护爱情的长久，终究避免不了被遗弃的命运。所以，她不能不嫉妒。杨玉环的一往情深和固宠希恩是相辅相成的，前者是体，后者是用。剧中所描写的杨玉环的妒忌、侦情、吵闹，这些情感的畸形表现方式，反而成了宫廷中情感表现的正常形态。

对杨玉环的嫉妒之情，洪昇不但未加贬斥，反而在第九出《复召》中借李隆基之口，称赞这是"情深妒亦真"。这使人想起《红楼梦》小说中对贾宝玉和林黛玉因情生怨的描写的评语："未形猜妒情犹浅,肯露娇嗔爱始真。"①对同一种行为,是以人生体验还是以理性观念作为评判的标准,往往会得出判然而别的结论。洪昇正是抛弃了传统观念对妇女之"妒"的指斥②,而以对个性的关注和人情的体味为基点,去审视和描绘杨玉环之妒。吴人在此出中评道:李隆基"能解妒情,能耐妒语,真是个中人"。洪昇不也是这样的"个中人"吗?

正因为如此,在剧作中,洪昇只是刻画了杨玉环的娇惯乃至放肆,却决不涉于恶毒,而且他还特别赋予杨玉环的娇惯与放肆以合情合理的规定情境。洪昇并没有把妒火中烧的杨玉环写成心狠手辣的恶妇,他还特别嘱咐饰演杨玉环的演员,表演争宠时决不能"作三家村妇丑态"(《长生殿·例言》)。的确,杨玉环嫉妒的心理动机是要求夫妇之间的爱情专一,这种"真心到底"、"精诚不散"的感情,难道不值得充分肯定吗?

然而,在《长生殿》传奇里,杨玉环这种爱情专一的理想被置于双重现实情境之中,使之发生了不可避免的扭曲、变异以至毁灭。而理想的真正实现,则只能以超越这双重现实情境为前提。

第一重现实情境发生在宫廷内部,即杨玉环的专宠和以梅妃为代表的六宫粉黛的失宠的矛盾,以及杨玉环的一往情深和李隆基的二三其德的矛盾。《长生殿》传奇描写了杨玉环大闹翠华西阁后,梅妃饮恨而亡(第二十一出《窥浴》),披示了宫廷中莺争燕妒背后的斑斑血痕。它使人们看到,杨玉环自身的幸福,只能建筑在"六宫粉黛无颜色"的悲剧命运之上。"一人独占"的欢欣,不能不以三千粉黛的辛酸血泪为代价,这是多么严酷的现实!而且,皇家婚姻制度注定了皇帝可以自由自在地处置两性关系,朝三暮四,

---

① 庚辰本《脂砚斋批评石头记》第二十九回绮园眉批。
② 《大戴礼·本命》即以"妒"为"七出"之一。

二三其德,本就是皇帝与生俱有的权利和性格。而像杨玉环这样的妃子,却只能全身心地寄托于一个男人,别无选择,否则即为大逆不道。这就迫使杨玉环只能采取希恩固宠的畸形方式,去改变自己的卑微地位,维护爱情专一的夫妻关系。这样,李隆基和杨玉环之间的正常感情不免发酸变味。

第二重现实情境发生在宫廷外部,即杨玉环的固宠希恩所伴随的严重的政治后果。李、杨情缘一旦缔结,杨国忠随之"官居右相,秩晋司空",飞扬跋扈,与安禄山狼狈为奸,埋下了安史之乱的祸根(第三出《贿权》)。在李杨情缘经过一番挫折而"恩情更添十倍"的同时,杨氏一门也愈益骄奢淫逸,他们竞造新第,"朱甍碧瓦总是血膏涂"(第十出《疑谶》【醉葫芦】)。而且,李隆基愈益沉醉在胡天胡地的爱情之中,"弛了朝纲,占了情场"(第三十八出《弹词》【四转】),放纵杨国忠的专横跋扈,无视安禄山的狼子野心,甚至不惜践踏百姓,千里飞送荔枝。如此"逞侈心而穷人欲",怎能不导致"乐极哀来","祸败随之"(《长生殿·自序》)?这种赘生着政治恶果的爱情之花,怎能不被动地鼙鼓、连天硝烟摧毁粉碎?

为了使至情理想摆脱令人窘困的现实处境,"要使情留万古无穷"(第五十出《重圆》【尾声】),洪昇在《长生殿》的下半部,刻意设置了一个超越现实的天堂境界。而使至情理想得以超生天堂、圆满实现的转变契机,是李、杨二人的"情悔":杨玉环后悔自己过分希恩固宠,导致江采萍惨死于内,杨国忠专权于外;李隆基懊悔自己移情别恋,用情不专——"这一悔能教万蘖清,管感动天庭"(第三十出《情悔》【忆多娇】)。《长生殿·自序》对这一点说得很明白:

> 且古来逞侈心而穷人欲,祸败随之,未有不悔者也。玉环倾国,卒至陨身,死而有知,情悔何极?苟非怨艾之深,尚何证仙之与有?孔子删《书》而录《秦誓》,嘉其败而能悔,殆若是

欤?(《长生殿》传奇卷首)

剧中李隆基说:"惟只愿速离尘埃,早赴泉台,和伊地中将连理栽。"(第四十一出《见月》【摊破金字令】)杨玉环说:"位纵在神仙列,梦不离唐宫阙,千回万转情难灭。"(第四十七出《补恨》【小桃红】)由于李隆基和杨玉环"精诚不散",他们终究在理想的境界里"终成连理"了:"只为他情儿久,意儿坚,合天人重见。"(第五十出《重圆》【沉醉东风】)"死生仙鬼都经遍,直作天宫并蒂莲,才证却长生殿里盟言。"(【尾声】)众天女欢欣地唱道:

神仙本是多情种,蓬山远,有情通。情恨历劫无生死,看到底终相共。尘缘倥偬,忉利有天情更永。(【永团圆】)

和《牡丹亭》传奇相比较,《长生殿》传奇似乎有一个相似的情节模式:爱情理想在现实中破灭,在超现实中复生。然而二者的文化内涵和审美色调却是迥然不同的。《牡丹亭》里杜丽娘的爱情是一种无所外求的人的自然情感的外泄,《长生殿》里杨玉环的爱情则是一种有所外求的人的社会情感的表露;杜丽娘的爱情追求充满着主动自觉地为情而死的行动意志,杨玉环的爱情追求则表现为不由自主地激烈竞争的功利目的;杜丽娘与柳梦梅的爱情关系经由起死回生在现实中实现,杨玉环和李隆基的爱情关系则经由出生入死在虚空中团圆。

洪昇深深地知道,他所讴歌的至情理想在性质上已缺乏内在的完满性,在形态上又呈现为畸形变态,因此他只能为李、杨情缘谱写一曲深沉的挽歌。洪昇几乎被理想与现实的巨大反差压得喘不过气来,他不得不把厚重的历史理性精神输入飘逸的浪漫至情理想之中,在朦胧缥缈的理想底色上涂上极为浓厚的感伤色彩,在貌似执着的追求中包含着无可奈何的悲哀情绪:

双星作合,生忉利天,情缘总归虚幻。清夜闻钟,夫亦可

以蘧然梦觉矣。(《长生殿·自序》)

更值得注意的是,在洪昇看来,夫妻之间的爱情专一和臣忠子孝的坚贞不移,二者是相互联系、相互生发的,它们共同构成至情理想的文化内涵,正所谓:"看臣忠子孝,总由情至。"(第一出《传概》【满江红】)因此他着意刻画了忠君爱国的郭子仪、陈玄礼、雷海青、郭从谨、李龟年等忠臣义士的形象,批判了祸国殃民的杨国忠、安禄山和变节投敌的叛臣贼子,表达了褒忠诛奸的鲜明立场。按照他的观点,前者是情至,后者是情孽。尽管洪昇对此未尝作理论上的阐述和引申,但他却不自觉地预示了在当时的时代背景下至情伦理化的必然发展趋向。这种与伦理道德融合为一的泛情主义观念,到了乾隆年间的传奇作家蒋士铨,不仅做了详尽的阐述,而且据此构成其传奇作品的思想内核和结构模式[①]。

然而,洪昇的审美目光并没有静止地驻留在至情理想的文化内涵上,毋宁说他对至情理想的现实进程具有更为浓烈的兴趣。当他深有所思地把李、杨爱情悲剧与社会历史变迁合观共视,并且全身心投入地玩味二者之间的哲理象征意蕴的时候,他就情难自已地抒发出隐藏在内心深处的历史兴亡的深沉感慨了:

唱不尽兴亡梦幻,弹不尽悲伤感叹,大古里凄凉满眼对江山。我只待拨繁弦传幽怨,翻别调写愁烦,慢慢的把天宝当年遗事弹。(第三十八出《弹词》【转调货郎儿】)

李龟年的一曲《弹词》,咏叹的虽是李、杨情缘的悲剧命运,流溢的却是一种充沛天地、贯通古今的兴亡之感。李、杨情缘终归梦幻,社会历史变迁不也当作如是观吗?洪昇对李、杨题材戏曲的构思,从《沉香亭》到《舞霓裳》再到《长生殿》,不就是越来越深切地贴

[①] 参见本书第十八章第二节。

近"悲伤感叹"的时代情绪,越来越显明地表达"兴亡梦幻"的时代精神的过程吗?正因为如此,这一出中李龟年"不堤防余年值乱离"的悲歌,才会盛传一时,引起时人的强烈共鸣。洪昇在《定峰乐府·题辞》中说:

> 《二十一史》中理乱兴亡、纲常名教之大,往往借帏房儿女、里巷讴谣出之,令读者欲歌欲舞,或叹或泣,不能自已。
> (卷四《集外集》)

《长生殿》传奇的创作,走的也是这一路数。

当然,《长生殿》所表达的理乱兴亡之感,决非强烈的反对清廷的民族意识,也不仅仅是传染病似的思念故国的遗民思想,或是时髦的对亡明历史的反思。尽管当时的人们可能依据各自的亲身感受引发这样或那样的联想,如吴人《长生殿序》说:"是剧虽传情艳,而其间本之温厚,不忘劝惩。"(《长生殿》传奇卷首)汪熷《长生殿序》也说:"是以归荑赠芍,每托谕于美人;扈茝滋兰,原寄情于君父。"(稗畦草堂本《长生殿》传奇卷首)据梁绍壬《两般秋雨庵随笔》说,康熙皇帝也曾"以为有心讥刺"。但说到底,所谓反清意识、遗民思想或反思亡明历史,即使有的话,也只是洪昇主体情感的表象,是他的历史兴亡之感的触媒。在这种兴亡之感中,含蕴着洪昇对几千年中华帝国的前途命运的幽怨愁烦,对封建末世的沉重氛围的悲伤感叹。这种兴亡之感的真正动源,也许正是道德理想和历史现实的剧烈冲突所引发的危机感、困惑感、沮丧感和破灭感。

在《长生殿》中,《贿权》、《疑谶》、《权哄》、《进果》、《合围》、《侦报》、《陷关》、《献饭》、《骂贼》、《剿寇》、《刺逆》、《收京》、《弹词》等出,构成一幅波澜壮阔、风云谲诡的社会历史画卷。尽管历来的评论家对此一直青睐独加,赞不绝口,甚至认为这正是《长生殿》的真正价值所在;但是在《长生殿》的形象体系中,这部分的内容无疑只是作为李、杨情缘的背景而存在的。余秋雨在《中国戏剧文化史述》中,对此有一段精辟的论述:

> 实际上,这部分内容与李、杨爱情的描写是互为表里的,不宜强行分割。没有这些内容,就没有李、杨爱情展开的实际形态;没有李、杨爱情,这些内容就缺少在审美情感上的感应效能,因为历史兴亡的事实并不一定能让人产生浩叹连连的历史兴亡感。
>
> 不妨说,这两方面构成了一种社会历史的大情境:境限定了情的性质和形态,而情则使境散发出一种感染力。①

而洪昇的审美感受的聚焦点,却显然不是社会历史之境,而是李、杨情缘之情,所谓:"借太真外传谱新词,情而已。""情缘总归虚幻。"因此,洪昇为了保持李、杨情缘的圆满性和理想性,就不能不牺牲了历史兴亡感受的深刻性和现实性。过分沉溺于对至情理想的品味与依恋,就不能不被至情的五彩泡沫蒙蔽了清醒的历史理性眼光。

绾结而言,把对自然情感的激扬转变为对人伦情感的讴歌,使《长生殿》传奇较之其前的《牡丹亭》传奇,无论是叛逆的色彩还是理想的色调,都要远为贫弱,远为暗淡。着眼于把对李、杨情缘的悲剧感受引申为历史兴亡之感,而不是沉浸于对历史兴亡的深刻反思和痛切感受,使《长生殿》传奇较之后出的《桃花扇》传奇在文化意蕴上也不免稍逊一筹。《长生殿》传奇文化内涵的这一局限,同洪昇别具一格的至情观是息息相关的,同时也与洪昇生活的文化环境有关。洪昇曾追随诗人王士禛,"久于新城之门"②,受到王

---

① 余秋雨:《中国戏剧文化史述》(长沙:湖南人民出版社,1985),第424页。
② 赵执信:《谈龙录》,收入丁福保辑:《清诗话》(上海:上海古籍出版社,1978),第310页。

士禛倡导的"神韵"诗的深刻影响,这就使他更倾向于像王士禛那样用含蓄温婉的艺术风格来表达若隐若现的家国兴亡之感。

第三节　排场之胜,无过于此
——《长生殿》的艺术成就

自明中叶以降,传奇剧本一般分为上下二卷。这一体例致使许多传奇作家为了在结构上使剧本的下卷与上卷均衡,往往在下卷或强行设置无用的关目,"或突添枝叶,或无理武断"。所以大多数传奇作品"下半本大率缓急失宜,先后倒置","求其工稳熨贴,前后自成章法者,什不得一。"①

《长生殿》传奇也不免此弊。全剧五十出,以杨玉环之死的《埋玉》为界分为上、下两卷,各二十五出。为使下卷与上卷对称,洪昇首先不得不致力于人生空幻的渲染,极写唐明皇与杨贵妃之间的怀念,安排了《冥追》、《闻铃》、《情悔》、《哭像》、《尸解》、《仙忆》、《见月》、《雨梦》、《补恨》、《得信》等主要出目,又在其间插入《神诉》、《觅魂》、《寄情》等过脉戏以贯串情节。其次,洪昇又着意于借事抒情,抒发麦秀黍离之悲,敷衍了《献饭》、《骂贼》、《看袜》、《私祭》、《弹词》等出。不过,这样还是不能和上半本的二十五出对称,于是洪昇又迫不得已地加入《剿寇》、《刺逆》、《收京》、《驿备》、《改葬》等记叙性的场子。这样一来,整个下半本难免冗杂散漫。清乾隆间戏曲家叶堂曾批评道:

《长生殿》……于开、宝逸事,搜采略遍,故前半篇每多佳

---

① 夏纶《杏花村》第十七出《简镇》徐梦元眉批,夏纶:《惺斋新曲六种》(清乾隆间刻本)。

制。后半篇则多出稗畦自运,遂难出色。①

确为的评。吴梅《中国戏曲概论》卷下认为:"实则下卷托神仙以便绾合,略觉幻诞而已。"②其实症结并不在幻诞不实,因为早在白居易的《长恨歌》里已有道士觅魂等描写,《天宝遗事》《杨妃全传》等对此更加以铺张渲染,洪昇所叙,可谓凿凿有据。问题在于,他为什么采用了这些素材?看来,除了要极力保持李、杨情缘这一题材自身的完整性以外,恐怕没有更好的解释。

但是,《长生殿》传奇全剧的关目衔接,针线绵密,伏笔照应,却极见功力。如剧中对李、杨的定情物钗盒的运用,即颇富匠心。吴人评语云:

> 钗盒自定情后,凡六见:翠阁交收,固宠也;马嵬殉葬,志恨也;墓门夜玩,写怨也;仙山携带,守情也;璇宫呈示,求缘也;道士寄将,征信也。至此重圆结案。大抵此剧以钗盒为经,盟言为纬,而借织女之机梭以织成之。呜呼,巧矣!(第五十出《重圆》眉批)

当然,这种精心的布局,多仅限于李、杨情缘这一主线。《长生殿》传奇精美谨严的排场,在明清传奇史上更是罕有其匹,堪称典范,人称"无懈可击"。近人王季烈(1873—1952)《螾庐曲谈》卷二《论作曲》评云:

> ……其选择宫调,分配角色,布置剧情,务令离合悲欢,错综参伍,搬演者无劳逸不均之虑,观听者觉层出不穷之妙,自来传奇排场之胜,无过于此。③

---

① 叶堂:《纳书楹曲谱·正集》(清乾隆五十七年[1792]刻本),卷四。
② 王卫民编:《吴梅戏曲论文集》,第181页。
③ 王季烈:《螾庐曲谈》,上海:商务印书馆石印本,1928。

《长生殿》传奇五十出中,若以故事情节分场,包括开场一出(《传概》),大场九出(即《定情》、《偷曲》、《舞盘》、《絮阁》、《惊变》、《冥追》、《哭像》、《弹词》、《重圆》),正场二十五出(如《贿权》、《春睡》、《复召》等),过场十二出(如《献发》、《闻乐》等),短场三出(即《傍讶》、《献关》、《私祭》)。正场为骨子排场,故占全剧之半。大场场面宏大,依次分配于第二、十四、十六、十九、二十四、二十七、三十二、三十八、五十等出,使全剧有波澜起伏之妙。而其他的过场、短场则上下承递,搭架牵索,细密衔接,井然有序。若以表现形式分场,则全剧五十出中,文场计有三十四出,武场、闹场计有十五出,调配其间,恰足以调剂冷热。例如,第二出《定情》是群戏大场,第三出《贿权》是粗口正场,第四出《春睡》文细正场,第五出《禊游》是热闹大过场,第六出《傍讶》是文静短场……动静、繁简、冷热、唱做等等相映成趣。①

《长生殿》传奇的曲辞音律,亦独步一时。徐麟《长生殿序》评云:"若夫措词协律,精严变化,有未易窥测者。"(《长生殿》传奇卷首)吴人《长生殿序》亦评云:"昉思句精字妍,罔不谐叶。爱文者喜其词,知音者赏其律。"(《长生殿》传奇卷首)

就曲辞而言,洪昇首先继承了元曲的传统,化俗为雅,创造出典型的曲辞。如第三十八出《弹词》〔六转〕:

> 恰正好呕呕哑哑《霓裳》歌舞,不堤防扑扑突突渔阳战鼓。刬地里出出律律纷纷攘攘奏边书,急得个上上下下都无措。早则是喧喧嗾嗾、惊惊遽遽、仓仓卒卒、挨挨拶拶出延秋西路,銮舆后携着个娇娇滴滴贵妃同去。又只见密密匝匝的

---

① 参见曾永义:《洪昇及其〈长生殿〉》,见其《中国古典戏剧论集》(台北:联经出版事业公司,1975),第263—264页;又见张敬:《明清传奇导论》(台北:华正书局,1986),第四编第一章,第127—128页。

兵,恶恶狠狠的语,闹闹吵吵、轰轰割割四下喧呼,生逼散恩恩爱爱疼疼热热帝王夫妇。霎时间画就了这一幅惨惨凄凄绝代佳人绝命图。

全曲运用十七个叠字,或单用,或连用,富于变化。又用了五个俗语,即"恰正好"、"不堤防"、"划地里"、"早则是"、"生逼散"等。这些叠字与俗语,并不是明清时期的通行语或口语,而是元代杂剧和散曲中特有的语言,即成为定型的"曲语",只要随便翻读《元曲选》和《全元散曲》,这种"曲语"就触目皆是,扑面而来。而洪昇得心应手地将这种"曲语"组织得巧妙灵活,点缀得出神入化,运用得饶有情趣,从而创造出别具一格的典型的曲辞。这种曲辞,由于积淀了元曲的传统,显得既古香古色,又亲切动人,与李玉、李渔等人融化明清俗语的曲辞具有迥然不同的审美韵味。

其次,洪昇还善于化雅为俗,化用前代诗、词、曲的名篇佳句,为我所用,形成清雅秀丽的语言风格。例如,《禊游》出中化用杜甫《丽人行》诗句;《密誓》出用秦观《鹊桥仙》词;《密誓》、《惊变》、《埋玉》、《雨梦》等出,以白朴《梧桐雨》杂剧为蓝本;等等。可以说,《长生殿》不仅在内容意蕴上是历代李、杨故事的集大成之作,在语言风格上也是历代李、杨题材作品的集大成之作。《长生殿》传奇这种清雅秀丽的语言风格,成为乾隆、嘉庆年间传奇作品的主要风格[1]。

洪昇的音韵知识受到清初著名韵学家毛先舒的启迪[2],年青时便写过《诗骚韵注》六卷,现存卷六残稿。在创作《长生殿》传奇

---

[1] 参见本书第十九章第四节。
[2] 按,毛先舒(1620—1688),字稚黄,钱塘(今浙江杭州)人。"西泠十子"之一,与毛奇龄、毛际可齐名,时人称:"浙中三毛,文中三豪"。博学多识,尤长于音韵。著有《毛稚黄十四种书》。《清史稿》卷四八九有传。洪昇曾从其门下游,详见丁丙:《武林坊巷志》,第五册《大螺蛳山巷》条。

时,他又特请《九宫新谱》的编者徐麟帮助"审音协律"①,所以《长生殿》在音律上格外精工。《长生殿·例言》自云:

> 予自惟文采不逮临川(按,指汤显祖),而恪守韵调,罔敢稍有逾越。盖姑苏徐灵昭氏为今之周郎,尝论撰《九宫新谱》,予与之审音协律,无一字不慎也。

全剧不仅曲牌、联套,精选细审,匠心独运,而且用字落韵,心细如发,纤毫不差。吴梅《长生殿跋》说:"至于音律,更无遗憾,平仄务头,无一不合律,集曲犯调,无一不合格,此又非寻常科诨家所能企及者。"他举例说明《长生殿》传奇的"字法之严",说:

> 如《贿权》折【解三酲】第五句,首支云"单枪匹马身幸免",第二支云"言听计从微有幸","幸"字、"有"字,皆用仄声。《春睡》折【祝英台】第六句,首支云"著意再描双蛾",第二支云"低蹴半弯凌波",第三支云"一片美人香和",第四支云"掠削鬓儿欹剉",皆作平仄仄平平平。《疑谶》折【集贤宾】首句云"论男儿壮怀须自吐",第七句云"听鸡鸣起身独夜舞",皆作仄平平仄平平去上。《絮阁》折【醉花阴】首句云"一夜无眠乱愁搅",作仄仄平平去平上;又【尾煞】云"重把定情心事表",作平上去平平去上。《合围》折【紫花拨】一套,《侦报》折【夜行船】一套,一仿《邯郸》(按,指汤显祖《邯郸梦》),一仿东篱(按,指马致远的散曲【夜行船】套《秋思》),而阴阳诸字,处处和协。

又举例说明其"律度之精",说:

> 如《舞盘》中集曲,如【八仙会蓬海】、【杯底庆长生】、【羽

---

① 按,徐麟,字灵昭,长洲(今江苏苏州)人。精音律,尝撰《九宫新谱》。生平未详。

衣第二叠】、【千秋舞霓裳】诸牌,《窥浴》折【凤钗花落索】,《仙忆》折【清商七犯】,皆出昉思自运,铢黍剙刊,穷尽工妙。①

然而,艺术的精工毕竟无法掩饰性灵的贫弱。清人叶堂《纳书楹曲谱》正集卷四目录后批语,曾对《长生殿》传奇作出总体评价,所言极为精辟:

> 按《长生殿》词极绮丽,宫谱亦谐,但性灵远逊临川(按,指汤显祖),转不如"四梦"之不谐宫谱者,使人能别出新意也。

的确,《长生殿》传奇作为昆剧艺术的集大成之作,其精严整饬的艺术造诣可谓登峰造极,但它的致命弱点,却是整体的文化精神的衰竭。

《长生殿》问世后,"伶人苦于繁长难演",自行"妄加节改,关目都废"。洪昇的友人吴人(字舒凫)有感于此,效法明末冯梦龙所编《墨憨十四种》,将五十出的《长生殿》传奇更定为二十八折,"而以虢国、梅妃别为饶戏两剧","分两日唱演殊快。"(均见《长生殿·例言》)吴本及其他节改本,现在均不可见。叶堂的《纳书楹曲谱》正集卷四选录此剧三十一出,《集成曲谱》选录二十五出,或可见节改本之一斑。

《长生殿》传奇问世以后,一直流行剧坛,盛演不衰。清道光间梁廷楠《曲话》卷三说:

> 钱塘洪昇昉思,撰《长生殿》,为千百年来曲中巨擘。以绝好题目,作绝大文章,学人才人,一齐俯首……《长生殿》至今百余年来,歌场舞榭,流播如新。每当酒阑灯炧之时,观者

---

① 《吴梅戏曲论文集》,第456—457页。

如至帝王所,听奏《钧天》法曲,在玉树金蝉之外……①

乾隆间戏曲选本《缀白裘》,选录此剧《定情》、《絮阁》、《酒楼》、《醉妃》、《惊变》、《埋玉》、《闻铃》、《弹词》等出。清后期至民国初的各种剧种,如京剧、高腔、川剧、汉剧、湘剧、滇剧,都有《长生殿》传奇的改编本。

20世纪20年代,日本学者盐谷温将《长生殿》传奇译为日文,收入《国译汉文大成·文学部》第17卷(东京:国民文库刊行会,1920—1924)。50年代,中国学者杨宪益与戴乃迭合作,将《长生殿》传奇译为英文(The Palace of Eternal Youth,北京:外文出版社,1955)。

数十年来,海内外学者对洪昇及其《长生殿》进行了深入的研究,成就突出。例如,曾永义《长生殿研究》(台北:学海出版社,1969),陈万鼐《洪稗畦先生年谱》(台北:文史哲出版社,1976),章培恒《洪昇年谱》(上海:上海古籍出版社,1980),王永健《洪昇和〈长生殿〉》(上海:上海古籍出版社,1982),孟繁树《洪升及〈长生殿〉研究》(北京:中国戏剧出版社,1985),王丽梅《曲中巨擘——洪昇传》(杭州:浙江人民出版社,2007)等,都是很有价值的学术论著。

第四节 孔尚任仕途沉浮

金埴《不下带编》卷二说:"今勾栏部以《桃花扇》与《长生殿》并行,罕有不习洪、孔两家之传奇者,三十余年矣。"②的确,从康熙中期开始,洪昇和孔尚任在剧坛上的影响,一直持续了数十年之久。

如果说,洪昇的一生大抵是不遇之士,那么,孔尚任的一生却

---

① 《中国古典戏曲论著集成》第八册,第269—270页。
② 金埴:《不下带编》,第39页。

有过一段升沉荣辱的际遇。他始以"异数"出山,终以"疑案"谪官,一升一沉,本身就具有很强的戏剧性。

孔尚任(1648—1718),字聘之,一字季重,号东塘、岸堂,自称云亭山人。顺治五年(1648)出生于山东曲阜城东南的湖上村。作为孔子的六十四代孙,他诞生伊始,就是与众不同的"圣裔"。

孔尚任的得名,根据的是《论语·泰伯》记载的曾子的话:"士不可以不弘毅,任重而道远。仁以为己任,不亦重乎?"这包含着他的父亲孔贞铉希望他宏扬士之道的苦心。年青的时候,孔尚任在曲阜县城东北的石门山中刻苦读书,用心举业,并"留意礼、乐、兵、农诸学,亦稍稍见之施行"①。不幸的是,他一直困于场屋,多次乡试,都铩羽而归。所以30多岁时,他就萌生了归隐的念头,想在石门山"结三间草堂",与兄弟偕隐(卷六《告山灵文》)。可是不久,孔尚任又不惜"尽典负郭田,纳一国子生",自嘲为"倒行逆施,不足为外人道,然亦无可告语者"(卷七《与颜修来》)。是仕是隐,他的内心始终交战不已。而致身仕途,大展经纶,显然对孔尚任具有更为强烈的吸引力。

一次偶然的机遇,使孔尚任的生涯发生了戏剧性的变化。康熙二十三年(1684)九月,康熙皇帝玄烨首次南巡,返程途经山东,专门到曲阜致祭孔子,"特阐扬圣教,鼓舞儒学"②。这一来福星高临,37岁的孔尚任荣获荐举,到孔庙诗礼堂,在御前讲经,陈说《大学》首节。孔尚任的陈书讲说,甚得玄烨褒奖,玄烨下诏,从优额外授为国子监博士。孔尚任不禁感激涕零,说:"书生遭际,自觉非分,犬马图报,期诸没齿。"(卷六《出山异数记》)

康熙二十四年(1685)正月,孔尚任入京就任国子监博士,不

---

① 汪蔚林编:《孔尚任诗文集》(北京:中华书局,1962),卷六《大学辩业题辞》。按,本章下文凡引此书者,仅随文标注卷数与诗文篇名。

② 孔毓圻等:《幸鲁盛典》(《景印文渊阁四库全书》本),引玄烨语。

久便为诸生开讲经义。第二年七月,孔尚任奉命随工部侍郎孙在丰,前往淮扬,疏浚黄河海口。由于河道总督靳辅和漕运总督慕天颜发生纠纷,治河工程一直迁延,孔尚任曾把官场中这种尔虞我诈的情景,比作"宦海中之幻海也"(卷七《答秦孟岷》)。

孔尚任在扬州一带滞留三年之久,经济之才无可施展,只能成天与朋友诗词吟咏,常作"呻吟疾痛之声"(卷七《与田纶霞抚军》),因此诗名甚著,"南方人士相与订缟纻之欢"①。康熙二十八年(1689)离开扬州返回北京之前,孔尚任寄书友人说:"仆不日北上矣。大海风波,回头皆如旧梦,愿襄之厌之,生生世世再勿复作。"(卷七《与王歙州》)他对宦海风波的感慨,恐怕不仅因为治河无功而发,更由于仕途险恶而生。

回京之后,孔尚任仍做国子监博士。目睹官场中"半月风云变万千"(卷四《九九诗》之九)的景况,他"渐觉名心如佛淡"(卷四《长至日集观音庵……》),自甘淡泊,过起"官隐"的生活来了:"坐破旧青毡,鲜利亦寡害。"(卷四《甲戌正月答仙裳先生寄怀原韵》)穷愁困苦的生活,使他常常忧愤牢骚。在《国子监博士厅》诗中,他感慨万千地说:"雀噪新槐吏散衙,十年毡破二毛加。不知城外春深浅,博士厅前老荠花。"(卷四)他甚至对自己弃隐入仕的人生选择,也感到迷惘,《寄青沟和尚书》说:

> 弟潦倒金门,已逾十载,闭斋高卧,寂若空山。昔人所称大隐者,弟无乃似乎?然不得趺坐青松白石间,出不成出,处不成处,究竟自欺欺人。②

郁闷愁苦,忧怨自嘲,真是百感交集,难以自解!

---

① 黄云:《湖海集序》,孔尚任《湖海集》(清康熙间介安堂刻本),卷首。
② 转引自张羽新:《关于新发现的孔尚任〈寄青沟和尚书〉及佚诗》,载《文献》第十六辑(1983年6月),第46页。按,此《书》当作于康熙三十三年(1694)。

在忧愤寂寥的生活中,只有亲朋好友和旧书古董,足以给他带来欢乐。他的友人王源后来回忆孔尚任的这段生活,说:

> 先生以文章博雅重于朝,羽仪当世,而孜孜好士不倦。士无贵贱,挟片长,莫不折节交之。凡负奇无聊不得志之士,莫不以先生为归。先生竭俸钱典衣,时时煮脱粟沽酒,与唱和谈宴,酬嬉慰藉。①

康熙三十三年(1694),孔尚任创作了一套《商调集贤宾·博古闲情》的散曲(卷五),描写了寓居京城时种花、吟诗、搜集旧书古董的闲适的生活情调,说:

> 【梧叶儿】喜的是残书卷,爱的是古鼎彝,月俸钱支来不勾一朝挥。大海潮,南宋器;甘黄玉,汉羌笛;唐羯鼓,断漆奇;又收得小忽雷,焦桐旧尾。

所谓"大海潮",是南宋内府琵琶;而"小忽雷",则是唐制胡琴。二者都是稀世珍宝,孔尚任曾在《享金簿》中详加记载(卷八)。在这首散曲中,他还说明了这一年与好友顾彩(1650—1718)一起,合作撰写《小忽雷传奇》的缘由②。

康熙三十四年(1695),孔尚任晋升户部主事,担任宝泉局监铸,但仍然两袖清风,贫困如故。他给友人张潮的信中说:

> 旅邸郁胸,间作词曲,比于古人饮醇酒,近妇人,亦无聊之极思耳。③

---

① 王源:《送孔东塘户部归石门山序》,《居业堂文集》(清光绪间王氏谦德堂刻《畿辅丛书》本),卷十六。
② 按,顾彩,字天石,号梦鹤居士,无锡(今属江苏)人。撰有戏曲《如意册》等。参见袁世硕:《孔尚任交游考·顾彩》,见其《孔尚任年谱》(济南:齐鲁书社,1987),附录,第310—319页。
③ 张潮:《友声新集》(清康熙间刻本),卷一。按,此信写于康熙三十七年(1698)秋冬之际。

正是在这种寂寞无聊、悲怨感慨的心境中,孔尚任终于完成了著名的《桃花扇》传奇。

《桃花扇》传奇的创作,从构思到成稿,先后经历了近20年。孔尚任的《桃花扇本末》,详细地记载了这一过程:

> 族兄方训公,崇祯末为南部曹。予舅翁秦光仪先生,其姻娅也。避乱依之,羁栖三载,得弘光遗事甚悉,旋里后数数为予言之。证以诸家稗记,无弗同者,盖实录也。独香姬面血溅扇,杨龙友以画笔点之,此则龙友小史言于方训公者。虽不见诸别籍,其事则新奇可传。《桃花扇》一剧感此而作也,南朝兴亡,遂系之桃花扇底……予未仕时,每拟作此传奇,恐闻见未广,有乖信史,寤歌之余,仅画其轮廓,实未饰其藻采也。然独好夸于密友曰:"吾有《桃花扇》传奇,尚秘之枕中。"及索米长安,与僚辈饮宴,亦往往及之。又十余年,兴亦阑矣。少司农田纶霞先生来京,每见必握手索览。予不得已,乃挑灯填词,以塞其求。凡三易稿而书成,盖己卯之六月也。(《桃花扇》卷首)

《桃花扇小引》也说:

> 盖予未仕时,山居多暇,博采遗闻,入之声律, 字 句,抉心呕成。今携游长安,借读者虽多,竟无一句一字着眼看毕之人。每抚胸浩叹,几欲付之一火。转思天下大矣,后世远矣,特识焦桐者,岂无中郎乎? 予姑俟之。(《桃花扇》卷首)

所谓"族兄方训公",即孔尚则,明崇祯年间曾任洛阳知县,南明弘光时官至刑部江西司郎中[①]。明清动乱之际,孔尚任的舅翁秦光仪曾在尚则府中羁留3年,从那里听说了许多南明弘光朝的

[①] 参见袁世硕:《孔尚任交游考·孔尚则》,《孔尚任年谱》,第217—221页。

遗事。回乡后,秦光仪屡屡对孔尚任谈论南明掌故。所以孔尚任30来岁在石门山隐居时,便已开始勾勒《桃花扇》传奇的轮廓,成一草稿。

出任河工、闲居扬州期间,孔尚任怀着对"胜国遗事"的浓厚兴趣,与一些明朝的遗老耆旧如黄云、许承钦、杜浚、冒襄、邓汉仪、宗元鼎等结成世外之交。他还曾实地考察、凭吊了扬州的梅花岭和南京的秦淮河、燕子矶、明故宫、明孝陵等名胜古迹。这些交往和考察活动,一方面使孔尚任搜罗了较为详备的南明野史佚闻,另一方面更使他对明朝遗老们深沉的兴亡之感产生了强烈的共鸣。他曾专门拜访了出家入道的明末大锦衣张怡①,写下《白云庵访张瑶星道士》诗,道:

著书充屋梁,欲读何从展。数语发精微,所得已不浅。先生忧世肠,意不在经典。埋名深山巅,穷饿极淹蹇。每夜哭风雷,鬼出神为显。说向有心人,涕泪胡能免?(卷二)

孔尚任作为一位"有心人",不仅能真切地体会遗民的"忧世肠",而且深深地沉迷于明清之际的兴亡之感中,难以自拔。

有这样的资料准备和情感酝酿,孔尚任在扬州时就有意识地进入《桃花扇》传奇的草创阶段②。康熙二十六年(1687)暮春,孔

---

① 按,张怡,字瑶星,号薇庵,即《桃花扇》传奇中张薇的原型。参见袁世硕:《孔尚任交游考·张怡》,《孔尚任年谱》,第291—294页。

② 据说,孔尚任曾寓居扬州城南明朝遗民李清(号映碧)的故居枣园,创作《桃花扇》传奇,并且随改随演、随演随改:"时谱《桃花扇》未毕,更阑按拍,歌声呜呜,每一出成,辄邀映碧赏。"见蒋瑞藻:《小说枝谈》(上海:商务印书馆,1931)"桃花扇"条引《脞语》。按之史实,这显然是附会之词,不足征信。因为李清生于明万历三十年(1602),卒于清康熙二十二年(1683),孔尚任来淮扬时,李清去世已三年多了,不可能邀李清共赏《桃花扇》。但这期间孔尚任确曾到过枣园,也算事出有因了。参见袁世硕:《孔尚任交游考·李沂》,《孔尚任年谱》,第242—246页。有关李清的生平事迹,见魏建功藏朝鲜人著《皇明遗民传》(抄本),卷一《李清传》。

尚任督促河工至江苏兴化,77岁高龄的冒襄特地前来拜访,为孔尚任祝贺生日。他们同住30日,常常"高宴清谈,连夕达曙"(卷七《与冒辟疆先生》)。冒襄熟知南明史事,对侯方域和李香君的交往经历更是了如指掌,他们的深交长谈,对孔尚任《桃花扇》传奇的创作无疑大有裨益①。

康熙三十四年至三十八年(1693—1699),孔尚任在京中户部任职,冷官闲曹之时,便创作《桃花扇》传奇,聊以抒发郁闷。他的上司左侍郎田雯(1635—1704,字纶霞)常向他索取剧本,以先睹为快。于是孔尚任挑灯润笔,依谱填词,呕心沥血,三易其稿,终于完成了《桃花扇》传奇。大约康熙三十八年三月,填成初稿,作《桃花扇小引》。至六月,改为定稿。而《桃花扇》传奇的初刻,则在康熙戊子(四十七年,1708)三月,得力于天津佟蔗村(名铖),孔尚任又为刻本撰写了《小识》、《本末》诸文。

孔尚任步入仕途出于偶然的机遇,而他的仕途失意也同样那么突如其来。康熙三十九年(1700)三月中旬,孔尚任晋升户部广东清吏司员外郎不到一个月,竟意外地以"疑案"被贬官。宦海风波,的确有如翻云覆雨。从官样文章上看,孔尚任是以耽于诗酒,荒废政务,宝泉局监铸不善的罪名而被罢官的。但实际上,这事恐怕和《桃花扇》的创作与演出不无关系。孔尚任有诗道:"命薄忽遭文章憎,缄口金人受谤诽。"(卷四《放歌赠刘雨峰寅丈》)也许正因为以"文章"遭"憎",才为人借他事"谤诽"②。

京中友人为他深致惋惜,说:"身当无奈何将隐,事在莫须有

---

① 参见袁世硕:《孔尚任交游考·冒襄》,《孔尚任年谱》,第271—277页。
② 参见汪蔚林:《孔尚任诗文集·后记》,第636—639页;袁世硕:《孔尚任年谱》,第157—158页;洪柏昭:《孔尚任与〈桃花扇〉》(广州:广东人民出版社,1988),第216—225页。

更悲。"①既然事属"莫须有",孔尚任不免滞留北京,期待"世事纷纷久自明"(卷四《答李鼎公》)。但是,希望的泡影终究破灭了,孔尚任怀着痛苦的心情,于康熙四十一年(1702)冬黯然归乡。他感叹道:"诗人不是无情客,恋阙怀乡一样心。"(卷四《出彰仪门》)又说:"挥泪酬知己,歌骚问上天。真嫌芳草秽,未信美人妍。"(卷四《留别王阮亭先生》)言辞之中,充满着愤慨之情。

归乡以后,孔尚任的生活清苦冷寂,穷愁潦倒。他多次出游,以慰寂寥。康熙五十七年(1718),孔尚任卒于曲阜故居,终年71岁。

孔尚任一生著作等身。他编辑的文稿有:《孔子世家谱》二十四卷,《阙里新志》二十四卷,《人瑞录》一卷,以及《平阳府志》、《莱州府志》等。孔尚任的诗文集,按写作年代先后,依次有:《石门山集》一卷(隐居石门山时作),《湖海集》十三卷(淮扬治河时作),《岸堂稿》一卷(回北京后作),《长留集》十二卷(在北京及回家乡后作),此外还有《享金簿》(所藏金石、书画、器玩等的题记)和《出山异数记》等。近人汪蔚林辑为《孔尚任诗文集》。孔尚任论诗,主张"各抒性情"(卷六《平山堂雅集诗序》),所以他的诗文佳作大都感情充沛,真挚感人。

第五节 桃花扇底系兴亡
——《桃花扇》的历史意识

孔尚任尤以戏剧家著称于世。他与顾彩合撰的《小忽雷》传奇,根据唐末段安节的《乐府杂录》,写唐朝文宗(827—840)时宫女郑中丞与书吏梁厚本,由名为"小忽雷"的琵琶所引起的一段悲

---

① 刘中柱:《送岸堂》,《真定集》(清刻本)卷三。

欢离合故事,现存清末暖红室《汇刻传剧》所收本。这部传奇在艺术上并不成功,可以视为孔尚任的练笔之作。

孔尚任一生最享盛名的著作无疑是《桃花扇》传奇,现存清康熙四十七年(1708)初刻本,暖红室《汇刻传剧》校刻本(1919年)等。1959年人民文学出版社出版了王季思等的校注本。可以说,没有《桃花扇》,便没有孔尚任在中国历史上现有地位。刘中柱(1681年前后在世)《桃花扇跋》曾评道:

> 一部传奇,描写五十年前遗事,君臣将相,儿女友朋,无不人人活现,遂成天地间最有关系文章。往昔之汤临川,近今之李笠翁,皆非敌手。①

"汤临川"即汤显祖,"李笠翁"即李渔。就其鲜明的历史意识而言,《桃花扇》传奇的确超逸汤显祖的"临川四梦"和李渔的《笠翁十种曲》。

问题在于,作为一位深受康熙皇帝"优容之恩"的"圣裔",孔尚任为什么看中了"弘光遗事",竟历20年而不变,时辍时续,最终撰成感慨前朝兴亡的《桃花扇》传奇呢?究竟是什么成为他如此持之以恒的创作动力呢?

我认为,这首先与孔尚任深受顾炎武等人"经世致用"思想的影响不无关系。孔尚任曾明确主张,治学"必求有益于身心,有益于经济,而不但为辞章训诂之儒"(卷七《答卓子任》)。所以他一直留意经世之学,关心天下大事,关注国家的命运,倾听时代的脉搏。当他无法在仕途中发挥经世之才时,他只能转而在文学创作中显露经世之学。而对明清易代历史的思考,不正是"有益于身心,有益于经济"的文化大课题吗?

---

① 吴穆:《桃花扇传奇后序详注》(清嘉庆间刻本),卷首引。

其次,这也与孔尚任如痴如醉地咀嚼品味明清改朝换代兴亡历史的特殊心态,不无关系。他在湖海飘流时期,所倾心交往的人,大多是内心中充满家国之痛的明朝的遗老遗少;所撰写的诗歌,便大多流泄着悲叹历史兴亡的浓重的感伤情调。如《泊石城水西门作》其三云:"满市青山色,乌衣少故家。清谈时已误,门户计全差。乐部春开院,将军夜宴衙。伤心千古事,依旧后庭花。"(卷二)这里显然包含着对南明君臣荒淫误国的指斥。《过明太祖故宫》云:"最是居民无感慨,蜗庐僭用瓦琉璃。"(卷二)对人们那么轻易地淡忘亡国的悲哀,甚至对此无动于衷,孔尚任不免痛心疾首。《拜明孝陵》其一云:"厚道群瞻今主拜,酸心稍有旧臣来。"以康熙皇帝拜祭明陵与明朝旧臣的哭奠故主相对比,颇具象征意味。其二云:"萧条异代微臣泪,无故秋风洒玉河。"(卷二)则泄露出自身的难以名状的感伤情调。至于《集冶城道院试太乙泉》所说的"道人丹药寻常事,只有兴亡触后贤"(卷二),则更直接表露出兴亡对于他具有特殊的意义。

当然,更重要的是,明清易代的社会大动乱和老大帝国一旦灰飞烟灭所引起的巨大震惊,促使有识之士迫切地希望从历史的反思中获得解决现实问题的答案。历史意识在社会动乱和变革时期总是比较活跃的。动乱和变革是某一社会稳态的终结,这时人们失去了传统文化的惯性的支配力量,变得无所适从了,必须对今后的出路作出抉择,因而认真的、实事求是的历史反思就显得相当重要。人们之所以会对历史产生兴趣,是因为现实生活提出了某些问题,这些问题与历史有关,激发起人们的历史联想,所以人们迫切地希望从历史中去寻求答案。诚如现代意大利著名历史学家克罗齐(Benedetto Croce,1866—1952)所说的:"历史的判断标志着在行动中站一站或看一看,其作用是要打破(像我们说过的)任何妨碍人们看清环境的障碍"①。孔尚任正是怀着对现实社会的深切感受,沉迷于南明王朝兴亡历史的。

带着这种关心天下的经世精神、难以解脱的兴亡感慨和反思历史的现实态度,孔尚任历时20年,创作了《桃花扇》传奇,以凄清痛楚的笔调,描写了明代末年和南明时期复社名士侯方域(1618—1654)与秦淮歌妓李香君(1624—1653?)悲欢离合的爱情故事,表达了他对明末清初动荡历史的深刻反思,对封建社会江河日下的忧虑哀伤。

《桃花扇》传奇所叙述的明末和南明史事,基本上都以历史事实为依据。孔尚任特地撰写了《桃花扇考据》一文,附于刻本卷首,一一详列了创作传奇作品所依据的各种文献的细目。在刻本卷首《桃花扇凡例》中,他还郑重声明:

> 朝政得失,文人聚散,皆确考时地,全无假借。至于儿女钟情,宾客解嘲,虽稍有点染,亦非乌有子虚之比。

这种竭力忠于客观史实的创作精神,在明清传奇史上实属前所罕见。近人吴梅对此赞不绝口,说:

> 观其自述《本末》,及历记《考据》各条,语语可作信史。自有传奇以来,能细按年月确考时地者,实自东塘为始。传奇之尊,遂得与诗文同其声价矣。②

然而,《桃花扇》传奇固然大体上忠于史实,但要说"语语可作信史",那就言过其实了。考之事实,孔尚任不仅在"儿女钟情,宾客解嘲"等细节上"稍有点染",即使是全剧的一些大关节,也颇有

---

① 克罗齐:《作为自由的故事的历史》,转引自〔美〕M.怀特编著:《分析的时代——二十世纪的哲学家》,杜任之译(北京:商务印书馆,1981),第42页。

② 吴梅:《中国戏曲概论》卷下,王卫民编:《吴梅戏曲论文集》(北京:中国戏剧出版社,1983),第180—181页。

更动史实、凭空虚构的地方。正如戴不凡所说的：

> 孔尚任虽说是字字有考据，但是为了使人物更完整突出，使情节更集中精炼，他并不完全依照历史来写人物。这不仅是对史可法如此，在整个戏文中，这样的情形，几乎所在皆有。①

众多的研究成果说明，剧中的史可法、杨文骢、阮大铖、左良玉、黄得功、柳敬亭、苏昆生等人，都与历史人物有所出入。甚至主人公之一侯方域，也难以和历史人物混为一谈。易言之，《桃花扇》中的艺术形象，大多是作者以历史人物为原型而进行的艺术再创造。孔尚任借老赞礼之口，说得很明白："司马迁作史笔，东方朔上场人。只怕世事含糊八九件，人情遮盖两三分。"（加二十一出《孤吟》）

再进一步看，如孔尚任刻意将"南朝兴亡，遂系之桃花扇底"（卷首《桃花扇本末》），"穿云入雾，或正或侧，而龙睛龙爪，总不离乎珠"（《桃花扇凡例》），使戏剧情节可奇可传；如作者着力设置老赞礼和道士张薇两个人物，作为全剧的一纬一经，"总结兴亡之案"，"细参离合之场"（卷首《桃花扇纲领》），并以艺人柳敬亭和苏昆生两个人物，穿插于情节之中，余韵于收场之际，隐寓深沉的哲学思考和文化反思——所有这些，是得自于历史事实，还是出自于艺术想象，岂非不言自明？作者借老赞礼之口，明确地表白："借离合之情，写兴亡之感"，这不正告诉我们，那些"实人实事，有凭有据"的历史事实，只不过是作为作者"哭一回，笑一回，怒一回，骂一回"的"兴亡之感"的艺术载体（试一出《先声》）。

孔尚任的至友顾彩最能体会作者的苦衷和剧作之三昧，在刻本卷首《桃花扇序》中，他写道：

---

① 戴不凡：《〈桃花扇〉笔法杂书》，见其《戴不凡戏曲研究论文集》（杭州：浙江人民出版社，1982），第24—25页。

……虽然,作者上下千古,非不鉴于当日之局,而欲铺东林之余糟也;亦非有甚慨于青盖黄旗之事,而为《狡童》、《黍离》之悲也。徒以署冷官闲,窗明几净,胸有勃勃欲发之文章,而偶然借奇立传云尔。斯时也,适然而有却奁之义姬,适然而有掉舌之二客,适然而事在兴亡之际,皆所谓奇可以传者也。彼既奔赴于腕下,吾亦发抒其胸中,可以当长歌,可以代痛哭,可以吊零香断粉,可以悲华屋山邱。虽人其人而事其事,若一无所避忌者,然不必目为词史也……若夫夷门复出应试,似未足当高蹈之目;而桃叶却聘一事,仅见之《与中丞》一书;事有不必尽实录者。作者虽有轩轾之文,余则仍视为太虚浮云,空中楼阁云尔。

惮于清初朝廷大兴文字狱的淫威,对《桃花扇》传奇中可能触犯时忌的政治倾向和兴亡感慨,顾彩固然不能不有所掩饰,有所开脱,甚至故意含糊其词,闪烁其语。如他既说《桃花扇》传奇不是有感于明朝亡国而作的,又说作者"悲华屋山邱"即凭吊兴亡,这不是自相矛盾吗?但是,他明确强调不必将《桃花扇》传奇"目为词史",而宁愿视为"太虚浮云,空中楼阁",是作者艺术虚构的产物,是作者艺术情感的寄托,这真不愧是孔尚任的知音。

当然,《桃花扇》传奇既然取材于明末清初的真实历史,就不能不包含着作者总结明亡教训的用心。在刻本卷首《桃花扇小识》中,孔尚任说:

传奇者,传其事之奇焉者也,事不奇则不传。桃花扇何奇乎?妓女之扇也,荡子之题也,游客之画也,皆事之鄙焉者也。为悦己容,甘䕷面以誓志,亦事之细焉者也。伊其相谑,借血点而染花,亦事之轻焉者也。私物表情,密缄寄信,又事之猥亵而不足道者也。桃花扇何奇乎?其不奇而奇者,扇面之桃花也。桃花者,美人之血痕也;血痕者,守贞待字,碎首淋漓,

> 不肯辱于权奸者也；权奸者，魏阉之余孽也；余孽者，进声色，罗货利，结党复仇，隳三百年之帝基者也。帝基不存，权奸安在？惟美人之血痕，扇面之桃花，啧啧在口，历历在目，此则事之不奇而奇，不必传而可传者也。

徐旭旦《桃花扇题辞》对《桃花扇》传奇的创作意图有一段评论，孔尚任是深以为然的。徐旭旦说：

> 场上歌舞，局外指点，知三百年之基业，隳于何人？败于何事？消于何年？歇于何地？不独令观者感慨涕零，亦可惩创人心，为末世之一救矣。①

孔尚任将南明王朝的倾覆归罪于明末宦官魏忠贤的余孽马士英、阮大铖等人，这种权奸祸国、党争误国的观点，是明末清初许多有识之士总结明亡教训时的共同认识。如《明史·吕大器等传赞》说："明自神宗而后，寝微不可复振，揆厥所由，国是盼哦，朝端水火，宁坐视社稷之沦胥，而不能破除门户之角立。"②

有鉴于此，《桃花扇》传奇以形象的画面和诛心的笔锋，展示了权奸祸国的全过程。剧中描写马士英、阮大铖出于一己的私心，迎立福王朱由崧，建立了南明弘光小朝廷。他们"只劝楼台追后主，不愁弓矢下南唐"，唆使朱由崧征歌选舞，声色犬马，荒淫佚乐，做个"无愁天子"，过着纸醉金迷的生活："万事无如杯在手，百

---

① 徐旭旦:《世经堂初集》(清康熙间名山藏刻本)，卷十七。按，孔尚任《桃花扇传奇小引》即据此文改作。
② 论及明末门户党争与亡国败家的因缘关系的言论，还可以参见夏允彝:《幸存录》(《明季稗史汇编》本)，卷上《门户大略》；文秉:《定陵注略》(旧钞本)，《自序》；王世德:《崇祯遗录》(《豫恕堂丛书》本)，卷首《自序》；戴笠:《怀陵流寇始终录》(《玄览堂丛书续集》本)，卷首《自叙》；计六奇:《明季北略》(北京：中华书局，1982)，卷二"魏忠贤浊乱朝政"条；周亮工:《书影》(上海：上海古籍出版社，1981)，卷三；《明史》卷三〇六《阉党列传序》等。

年几见月当头"(第二十五出《选优》)。而马、阮等奸党则攫取军政大权,公开卖官鬻爵,任用亲信,排斥异己,致使"正士寒心,连袂高蹈",群小当政,朝局日非。剧中特别渲染了马、阮当权后重兴党狱的恐怖气氛,他们罗列黑名单,缇骑四出,大肆缉捕东林党人和复社文人,绝不"剪草留芽","但搜来尽杀"(第三十二出《拜坛》)。一时间黑云压城,人心惶惶。正是这伙祸国殃民的奸臣,当清兵南下、国势倾危之际,却只有"跑"和"降"二法(第三十二出《拜坛》)。第三十四出《截矶》中,左良玉痛骂南明昏君佞臣道:

  替奸臣复私仇的桀纣,媚昏君上排场的花丑,投北朝学叩马的夷齐,吠唐尧听使唤的三家狗。

真可谓鞭辟入里,一针见血!

  南明小朝廷不仅"文争于内",而且"武争于外"。泗州高杰、庐州黄得功、淮安刘泽清、临淮刘良佐等江北四镇,投靠马、阮,同室操戈,争权内哄,并与武昌总兵左良玉火并。他们信奉的是:"国仇犹可恕,私怨最难消。"督师史可法对此一筹莫展,只能痛恨道:"没见阵上逞威风,早已窝里相争闹,笑中兴封了一伙小儿曹!"(第十八出《争位》)结果河、淮一带,兵势空虚,清兵得以长驱直入,攻陷扬州,史可法力尽沉江,壮烈殉国。弘光朝闹闹哄哄地持续了一年就夭折了,犹如昙花一现。

  然而,对亡明历史教训的总结,并不是孔尚任最终的创作目的,而仅仅是他表达兴亡之感的一条艺术途径,一种艺术媒介。说到底,对南明人物的道德评判并不是他的创作主旨,毋宁说他只是借用传统的说法,来表达自己了然于心却未能了然于口的时代感受。剧中老赞礼说得好:"当年真是戏,今日戏如真。两度旁观者,天留冷眼人。"(加二十一出《孤吟》)当年兴亡,宛如戏剧;而今戏剧,犹似当年。这怎能不使"两度旁观"的"冷眼人"倍觉感伤?

  《桃花扇》全剧展现了正、邪两种力量的剧烈搏斗:正面力量有侯方域及其他复社人士,有妓女李香君、李贞丽和说书艺人柳敬亭、唱曲艺人苏昆生等下层平民,还有主张抗清的史可法等官僚;反面力量则以阮大铖为代表,包括弘光皇帝、马士英、田仰等人,世称"弘光群丑"。正、邪两种力量搏斗的最后结局,真正殒命的是阮大铖、马士英,而侯方域和李香君却历经坎坷,最后团圆了。

但是,侯方域和李香君的结合从一开始就带有鲜明的政治色彩,他们的命运是和国家的命运(所谓"南朝气数")密切相关的,埋葬侯、李爱情的恶势力就是倾覆南明王朝的恶势力。在历经悲离,最终团圆的时候,侯方域和李香君所面对的是一个破碎的国家和呻吟的民族。第四十出《入道》,写侯、李二人劫后重逢,喜出望外,道士张薇和侯方域有一段对话:

(张)你们絮絮叨叨,说的俱是那里话?当此地覆天翻,还恋情根欲种,岂不可笑?

(侯)此言差矣!从来男女室家,人之大伦,离合悲欢,情有所钟,先生如何管得?

(张)呵呸!两个痴虫,你看国在那里?家在那里?君在那里?父在那里?偏是这点花月情根,割他不断么?

张道士的一番话,说得侯、李"冷汗淋漓,如梦忽醒"。处身如此江山,他们无法找到一块干净安逸的土地生活下去,更不可能以宁静的心境享受幸福的爱情,因此只有出家入道,远离凡尘,去求取心之所安。这一出的批语说得很明白:"非悟道也,亡国之恨也。"

侯方域和李香君的出家,史无凭据,纯属孔尚任的艺术虚构。孔尚任似乎觉得,无论是根据史实描写侯方域在清初屈节应试,中副榜[①],李香君"依卞玉京以终",与侯未尝再晤,还是屈从传统编

[①] 据侯洵:《侯朝宗年谱》(清乾隆间重刻本《壮悔堂文集》附),顺治八年癸卯(1652),侯方域出应乡试,中副榜举人。张问陶《题桃花扇》诗,有"两朝应举侯公子,忍对桃花说李香"之句(《桃花扇》传奇卷首)。

造侯方域和李香君洞房花烛,团圆喜庆,都无法表达他内心中翻滚不息的深沉的破灭感。这种深沉的破灭感,不仅仅指明朝的溃亡。因为孔尚任对明季政治的腐败并无好感,对清朝统治者也不乏赞扬,他并没有像明朝的遗老遗少们那么浓烈的亡国哀痛。孔尚任以艺术之笔,强有力地刻画了历史的必然性破败,似乎包含着一种对封建末世的刻骨铭心的感受,对封建社会急剧下沉趋势的无可奈何的叹息。

事物本身并不能说明和解释自己,它必须以其他事物作为自己的参照,因此对现实和未来的说明的最有效的途径是借助于历史。时间跨度的扩展可以增加主体与对象之间的距离,主体由此获得认识上的超越——超越对对象的依附感而进行跨时空的观照。以历史事件为题材的作品所展示的艺术世界,同艺术家立足于现实的主观认识,二者构成一个历史过程,在这一过程中,可以从动态的角度观察人们的心态性格和历史进程的变化演进,于是局部与全局、历史与现实就无需说明地存在着相互阐释与发微的关系。《桃花扇》传奇所展示的南明兴亡历史与孔尚任的现实感受二者之间,就构成了这样一重意蕴丰富的解释的空间。

在《桃花扇》续四十出《余韵》中,已经做了渔翁的柳敬亭和已经做了樵夫的苏昆生,相会于山间水涯,有一段沉痛的"渔樵对话",极富象征意味。苏昆生告诉柳敬亭,他前些天到南京卖柴,凭吊故都遗迹,只见孝陵已成刍牧之场,皇城满地蒿莱,秦淮阒无人迹。他在回来的路上伤心不已,编成一套北曲,名为《哀江南》。他首先描述了自己的所见所闻:

【北新水令】……残军留废垒,瘦马卧空壕。村郭萧条,城对着夕阳道。

【驻马听】野火频烧,护墓长楸多半焦。山羊群跑,守陵阿监几时逃。鸽翎蝠粪满堂抛,枯枝败叶当阶罩。谁祭扫,牧儿打碎龙碑帽。

【沉醉东风】横白玉八根柱倒,堕红泥半堵墙高。碎琉璃瓦片多,烂翡翠窗棂少。舞丹墀燕雀常朝,直入宫门一路蒿,住几个乞儿饿莩。

【折桂令】问秦淮旧日窗寮,破纸迎风,坏槛当潮,目断魂消。当年粉黛,何处笙箫……

面对这一派衰落破败的景象,苏昆生吐露出一种苍老悲凉的历史感受:

【离亭宴带歇指煞】俺曾见金陵玉殿莺啼晓,秦淮水榭花开早,谁知道容易冰消!眼看他起朱楼,眼看他宴宾客,眼看他楼塌了。这青苔碧瓦堆,俺曾睡风流觉,将五十年兴亡看饱。那乌衣巷不姓王,莫愁湖鬼夜哭,凤凰台栖枭鸟。残山梦最真,旧境丢难掉,不信这舆图换稿。诌一套《哀江南》,放悲声唱到老。

苏昆生的悲歌,不仅是对回光返照的南明王朝的凭吊,不仅是对三百年大明江山一旦覆亡的伤感,也不仅是对瞬息万变的历史兴亡的慨叹,在这些凭吊、伤感和慨叹的深层,含蕴着对封建社会"忽喇喇似大厦倾,昏惨惨似灯将尽"的历史趋势的预感,唱出了封建末世的时代哀音!

这套《哀江南》北曲,据说是孔尚任借用友人徐旭旦《世经堂诗词钞》卷三十的《旧院有感》套曲,稍加修改而成的[①]。孔尚任

[①] 《世经堂诗词钞》,现存清康熙间名山藏刻本。参见袁世硕:《孔尚任交游考·徐旭旦》,《孔尚任年谱》,第263—270;谢伯阳:《孔尚任〈桃花扇〉中徐旭旦的作品》,载《南京大学学报》1983年第3期。但谢伯阳后来发现《世经堂诗词钞》中的散曲作品,竟有22套是抄袭明代施绍莘《秋水庵花影集》的,几乎占了全部套数的十分之六,所以对徐旭旦作品的创作权问题,认为需要重新考虑。见其《散曲杂考二题》,载《南京大学学报》1984年第3期。

还曾将这套北曲,加在他的父执贾应宠的《木皮散人鼓词》后边①。对这套北曲如此青目独加,不正说明它所表达的封建末世的时代哀音,引起了孔尚任强烈的共鸣吗?

在这种时代的哀音中,流溢着封建末世文人心中破败感、失落感、忧患感交织躁动的感伤情怀。也许,正是这种感伤情怀,销蚀了封建帝国原有的生命力?也许,正是这种感伤情怀,激励着人们憧憬和追求新的时代、新的生活?

早在先秦时期,孔子在《论语·宪问》中评论管仲时就说:"微管仲,吾其被发左衽矣。"对"被发左衽"的精神抗拒,这种源远流长的民族意识,至少在汉族人的内心里是根深蒂固的。而清王朝正是一个少数民族取代汉族统治而建立的王朝,因此明清易代的现实不能不引起人们深刻的反思和深沉的感伤。顾炎武在《日知录》卷十三《正始》中指出:

> 有亡国,有亡天下。亡国与亡天下奚辨?曰:改姓易号,谓之亡国;仁义充塞,而至于率兽食人,人将相食,谓之亡天下……是故知保天下,然后知保其国。保国者,其君其臣,肉食者谋之;保天下者,匹夫之贱,与有责焉耳矣。

顾炎武所谓"亡国",指的是改朝换代;所谓"亡天下",指的是民族的沦亡,百姓的灾难,更是道德的沦丧,文明的危机。而明清易代,无疑不是单纯"亡国"的朝代更替,而是有着"亡天下"性质的天下易主。正因为如此,有清一代的汉族士夫百姓,对待清王朝,始终抱着一种既不能接受、又不能不接受的痛苦而矛盾的政治态度。正是这种刻骨铭心的痛苦情感和难以解脱的矛盾心理,酿造出孔

---

① 贾应宠(1594—约1676),字退思,号凫西,别署木皮散人。所撰《木皮散人鼓词》,现存《双楮景闇丛书》本。参见袁世硕:《孔尚任交游考·贾应宠》,《孔尚任年谱》,第222—227页。

尚任对封建末世的感伤情怀和悲剧意识。

然而,对《桃花扇》传奇这种强烈的悲剧意识,当时的人们并非都能深切体会,连孔尚任的好友顾彩也不例外。他曾将《桃花扇》改编为《南桃花扇》,原本已佚。孔尚任《桃花扇本末》说:

> 顾子天石,读予《桃花扇》,引而申之,改为《南桃花扇》,令生旦当场团圆,以快观者之目。其词华精警,追步临川。虽补予之不逮,未免形予伧父,予敢不避席乎?

言外之意,对顾彩的改编颇有些不以为然。清梁廷楠《曲话》卷三也批评道:

> 《桃花扇》以《余韵》折作结,曲终人杳,江上峰青,留有余不尽之意于烟波缥缈间,脱尽团圆俗套。乃顾天石改作《南桃花扇》,使生旦当场团圆。虽其排场可快一时之耳目,然较之原作,孰劣孰优,识者自能辨之。①

顾彩《南桃花扇》传奇改原剧的侯、李出家为大团圆结局,不仅落入了戏曲俗套,更重要的是淡化了原剧的感伤情调,削弱了原剧的悲剧意识。这种审美趣味,同汤显祖感慨时人观看"四梦",但"知其乐,不知其悲"的审美趣味②,岂非一脉相承?

第六节　颇得风人之旨
——《桃花扇》的艺术特色

由于孔尚任深深地沉浸于历史兴亡的感伤情怀,《桃花扇》传

---

① 《中国古典戏曲论著集成》,第八册,第271页。
② 徐朔方校笺:《汤显祖诗文集》(上海:上海古籍出版社,1982),卷四八《答李乃始》。

奇的艺术构思便不同凡响。沈默为《桃花扇》写的跋语说：

> 《桃花扇》一书，全由国家兴亡大处感慨结想而成，非止为儿女细事作也。大凡传奇皆注意于风月，而起波于军兵离乱。唯《桃花扇》乃先痛恨于山河变迁，而借波折于侯、李。读者不可错会，以致目迷于宾中之宾，主中之主。①

的确，孔尚任刻意"借离合之情，写兴亡之感"（试一出《先声》），以侯方域、李香君的离合之情为中心线索，旨在展开南明一代的兴亡历史。前者是表，后者是里；前者是艺术媒介，后者才是艺术意蕴。这一构思与前此以往的传奇戏曲迥然不同。

《桃花扇》传奇的艺术结构极为精到。全剧四十出，分上、下两本。上本从第一出《听稗》到第六出《眠香》，主要写侯、李的结合，同时描写了复社文人对阮大铖的斗争，给爱情涂上浓重的政治色彩。从第七出《却奁》到第十二出《辞院》，主要写侯、李的由合而离，牵入左良玉东下就粮（《抚兵》），侯方域修书劝止（《修札》），柳敬亭携书投辕（《投辕》），使侯方域与阮大铖、马士英的矛盾渐趋激化，侯不得不离开香君，往投史可法。从第十三出《哭主》到第十六出《设朝》，写南明王朝的骤兴，并预示了其必亡的结局。从上本的第十七出《拒媒》到下本的第三十出《归山》，剧情分为两条线索：一条通过马、阮对李香君的迫害，揭露了南明王朝的腐朽，同时刻画了香君坚定的政治立场和坚贞的爱情；一条以侯方域的活动为中心，写朝廷外"江北四镇"内哄，朝廷内马、阮大兴党狱，揭示了南明王朝内部矛盾的激化。从第三十一出《草檄》到第四十出《入道》，写南明王朝的覆灭，侯、李在家国沦陷之际又由离而合。② 第二十一

---

① 吴穆：《桃花扇传奇后序详注》卷首引。
② 参见王季思：《桃花扇·前言》，王季思等注：《桃花扇》（北京：人民文学出版社，1959），卷首，第15—16页。

出《媚座》总批云：

> 上半之末，皆写草创争斗之状；下半之首，皆写偷安宴乐之情。争斗则朝宗分其忧，宴游则香君罹其苦。一生一旦，为全本纲领，而南朝之治乱系焉。①

这可以看出孔尚任卓绝的艺术匠心。

作者在人物设置上也别出心裁。他以"离合之情"和"兴亡之感"为尺度，将全剧人物分为三类五部：左部、右部各四"色"，为一类，共十六人，与"离合之情"有关；奇部、偶部各四"气"，为一类，共十二人，与"兴亡之感"有关；总部经星张道士、纬星老赞礼各一人，为一类，是总括全书的人物。并加以说明：

> 色者，离合之象也。男有其俦，女有其伍，以左右别之，而两部之锱铢不爽。气者，兴亡之数也。君子为朋，小人为党，以奇偶计之，而两部之毫发无差。张道士，方外人也，总结兴亡之案。老赞礼，无名氏也，细参离合之情。明如鉴，平如衡，名曰传奇，实一阴一阳之道矣。（卷首《桃花扇纲领》）

联系到孔尚任在御前讲经时，曾撰写论《易》讲义，不难看出，这种一阴一阳、相对相成的人物设置，包含着作者借助于传统的《易》学对世界人生的抽象认识。

全剧情节纷繁复杂，却以侯方域和李香君的定情物桃花扇贯串始终，一线到底。孔尚任《桃花扇凡例》说：

> 剧名《桃花扇》，则桃花扇譬则珠也，作《桃花扇》之笔譬则龙也。穿云入雾，或正或侧，而龙睛龙爪，总不离乎珠。观者当用巨眼。

---

① 按，李慈铭《荀学斋日记》（北京浙江公会影印稿本，1920）说《桃花扇》评语是孔尚任自己的手笔，可备一说。

这柄桃花扇，原本只是爱情的象征，但它一旦成为侯、李离合和南明兴亡的历史见证，便赋予了特殊的理想的象征意蕴。"桃花薄命，扇底飘零"，这本身就给理想带上悲伤情调；而香君的桃花扇却是"美人之血痕"点染成的，这就染上了悲壮的色彩；最后张道士裂扇掷地，隐寓地透露出理想的破灭。于是，"南朝兴亡，遂系之桃花扇底"（《桃花扇本末》）。

《桃花扇》对于传奇的传统体制也有所创新，《桃花扇凡例》说：

> 全本四十出，其上本首试一出，末闰一出，下本首加一出，末续一出，又全本四十出之始终条理也。有始有卒，气足神完，脱去离合悲欢之熟径，谓之戏文，不亦可乎？

在全剧正文四十出以外，孔尚任特意添加了四出戏：上本开头试一出《先声》，下本开头加一出《孤吟》，代替"副末开场"，这是上、下本的序幕；上本末尾闰一出《闲话》，是上本的"小收煞"，下本末尾续一出《余韵》，是全本的"大收煞"。这四出各有起讫，又统一联贯，揭示出"那热闹局就是冷淡的根芽，爽快事就是牵缠的枝叶"（第十出《修札》）的哲理，表达了孔尚任对历史上盛衰兴亡的逆转的深刻认识①。近人任讷《曲海扬波》卷一称道："《桃花扇》卷首之《先声》一出，卷末之《余韵》一出，皆云亭所创格，前此所未有，亦后人所不能学也。一部极凄惨极哀艳极忙乱之书，而以极太平起，以极闲静极空旷结，真有华严镜影之观。"②

此外，《桃花扇》传奇全剧细针密线，环环相扣，一丝不苟。"每出脉络联贯，不可更移，不可减少。"（《桃花扇凡例》）如第八

---

① 第一出《听稗》【解三酲】曲："暗红尘霎时雪亮，热春光一阵冰凉。"原书眉批云："此《桃花扇》大旨也，细心领略，莫负渔郎指引之意"，也是此意。
② 任讷辑：《新曲苑》（上海：中华书局，1940）。

出《闹榭》总批说:

> 左部八人,未出蔡益所,而其名先标于第一折;右部八人,未出蓝田叔,而其名先标于第二折;总部二人,未出张瑶星,而其名先标于开场,直至闰折始令出场,为后本关钮。后本二十八、二十九、三十折,三人乃挨次冲场,自述脚色。

蔡益所是当时南京著名书商,蓝田叔(名瑛)是浙派著名画家,张瑶星是崇祯朝时北京锦衣卫仪正,虽然都不是故事情节的关键人物,但却是重要的穿插人物。所以作者预设伏脉于千里之外,可见其文心的细密。而且,作者还用力于情节的曲折变幻,"排场有起伏转折,俱独辟境界,突如而来,倏然而去,令观者不能预拟其局面"(《桃花扇凡例》)。

梁廷楠《曲话》卷三说:"《桃花扇》笔意疏爽,写南朝人物,字字绘影绘声。"[1]尤可称道的是,孔尚任在侯方域《李姬传》等素材的基础上[2],根据李香君"侠而慧"、"风调皎爽不群"的性格特征,不仅增饰了《却奁》、《守楼》的情节,更无中生有地虚构了《寄扇》、《骂筵》、《选优》、《归山》、《入道》等情节,生动地刻画了李香君的鲜明的政治立场,高昂的政治热情,清醒的政治头脑,刚烈的斗争意志,和深沉的忧国情怀,塑造出一位具有独立人格和高尚气节的女性形象,在中国古代女性文学形象画廊中别具一格,光彩夺目。此外,如侯方域的才智、气节、深情与悲愤,柳敬亭的忠肝义胆、幽默机智,苏昆生的忠厚善良、古道热肠,杨龙友的八面玲珑、左右逢源,阮大铖的谄媚逢迎、狡诈凶残,等等,都给人们留下深刻的印象。

---

[1] 《中国古典戏曲论著集成》第八册,第270页。
[2] 侯方域:《壮悔堂文集》卷五,侯方域著、王树林校笺:《侯方域集校笺》(郑州:中州古籍出版社,1992),上册,第262—264页。

《桃花扇》传奇的曲词说白,亦颇有特色。《桃花扇凡例》说:"而词必新警,不袭人牙后一字","全以词意明亮为主"。"说白则抑扬铿锵,语必整练。设科打诨,俱有别趣。"曲词风格,以淋漓酣畅,悲凉沉郁见长。如第二十四出《骂筵》,李香君唱道:

【五供养】堂堂列公,半边南朝,望你峥嵘。出身希贵宠,创业选声容,后庭花又添几种。把俺胡撮弄,对寒风雪海冰山,苦陪觞咏……

【玉交枝】东林伯仲,俺青楼皆知敬重。干儿义子重新用,绝不了魏家种……冰肌雪肠原自同,铁心石腹何愁冻……吐不尽鹃血满胸,吐不尽鹃血满胸。

又如第三十八出《沉江》中史可法的一段唱词:

【普天乐】撇下俺断篷船,丢下俺无家犬。叫天呼地千百遍,归无路,进又难前。那滚滚雪浪拍天,流不尽湘累怨……胜黄土,一丈江鱼腹宽展……摘脱下袍靴冠冕……累死英雄,到此日看江山换主,无可留恋。

但是作者以作词之法作曲,少用衬字,少用俗语,力主"宁不通俗,不肯伤雅,颇得风人之旨"(《桃花扇凡例》),所以"典雅有馀,当行不足;谨严有馀,生动不足。剧中许多曲词,我们在书房里低徊吟咏,真觉情文并茂;而搬到舞台上演唱,不见得入耳就能消化,这实际上表现了明清之间文人剧作的共同特征"[1]。

而且,孔尚任于音律毕竟还未精通,所以也招来"有佳词而无佳调"[2]的讥议。也许正因为如此,康熙以后《桃花扇》传奇在舞台上很快就销声匿迹,流传到近世的,只有乾隆末年叶堂《纳书楹

---

[1] 王季思:《桃花扇·前言》,《桃花扇》卷首,第22页。
[2] 吴梅:《曲学通论》,王卫民编:《吴梅戏曲论文集》,第303页。

曲谱》正集中所收的《访翠》、《寄扇》、《题画》三出①。《桃花扇》传奇在乾隆年间以后,主要是以案头文学的形式流传艺坛的,这与《长生殿》传奇在剧坛上盛唱不衰的情形,截然不同。

据《桃花扇本末》记载,康熙三十八年(1699)六月,《桃花扇》传奇脱稿后,"王公荐绅,莫不借钞,时有纸贵之誉"。秋天,内侍索本甚急,孔尚任觅得一本,"午夜进之直邸,遂入内府"。都御史李楠于康熙三十九年(1700)元宵,即买优扮演此剧。此后,《桃花扇》成为北京城里最热门的上演剧目,引起轰动。《桃花扇本末》记载:

> 长安之演《桃花扇》者,岁无虚日。独寄园一席,最为繁盛。名公巨卿、墨客骚人骈集者,座不容膝。张施则锦天绣地,胪列则珠海珍山。选优两部,秀者以充正色,蠢者以供杂脚。凡砌末诸物,莫不应手裕如……然笙歌靡丽之中,或有掩袂独坐者,则故臣遗老也,灯炧酒阑,唏嘘而散。

同时剧本也流传南北各地,"四方之购是书者众,刷染无虚日"②。

作为历史剧的典范,《桃花扇》传奇成为雍正以后众多文人传奇极力模仿的对象。如乾隆间董榕的《芝龛记》传奇,谱明末秦良玉、沈云英二女将故事;道光间黄燮清的《帝女花》传奇,谱明末崇祯皇帝之女坤舆公主故事;都是模仿《桃花扇》的,但仅模仿皮毛,情趣大多等而下之。

清后期至民国初的京剧、桂剧、越剧、扬剧、评剧等剧种,皆有

---

① 据许善长:《碧声吟馆谈麈》(附刻于清光绪中仁和许氏刻本《碧声吟馆丛书》),卷四"演桃花扇"条记载,在北京,《访翠》、《寄扇》两出偶有演出,如玉蕊仙于道光十五六年(1835—1836)间,朱莲芬于咸丰二年(1852),陈兰仙于同治五年(1866),都先后演出过《寄扇》。

② 金埴:《不下带编》卷二,第39页。

《桃花扇》的改编本。20世纪30年代,欧阳予倩改编有京剧《桃花扇》。1946—1947年间,谷斯范撰历史小说《新桃花扇》,借以针砭现实。50年代后,《桃花扇》又被改编为话剧、电影。

20世纪20年代,日本学者盐谷温、山口刚、今东光先后将《桃花扇》传奇译为日文,分别收入《国译汉文大成·文学部》第11卷(1920—1924)、《近代剧大系》第16卷(1923—1924)和《支那文学大观》(1926)。同时,《桃花扇》传奇也节译为英文,70年代英国、美国还分别出版了《桃花扇》的英文全译本(Edinburgh: Edinburgh University Press, 1973; Berkeley: University of California Press, 1976)。

数十年来,海内外学者对孔尚任及其《桃花扇》还进行了深入的研究,撰著了一批很有价值的学术论著,取得了显著的成果。例如陈万鼐《孔东塘先生年谱》(台北:文史哲出版社,1973),《孔尚任研究》(台北:商务印书馆,1971);Richard E. Strassberg, *The World of K'ung Shang-jen——A Man of Letters in Early Ch'ing China.* (New York: Columbia University Press, 1983);袁世硕《孔尚任年谱》(济南:齐鲁书社,1987);洪柏昭《孔尚任与〈桃花扇〉》(广州:广东人民出版社,1988);胡雪冈《孔尚任和〈桃花扇〉》(台北:万卷楼图书公司,1993),徐振贵《孔尚任评传》(南京:南京大学出版社,2000),《孔尚任与〈桃花扇〉》(济南:山东文艺出版社,2004);张玉芹《孔尚任志》(济南:山东人民出版社,2006,2009)等专著,以及数以百计的学术论文。

第四编　强弩之末的传奇

（清康熙五十八年至嘉庆二十五年，1719—1820）

从清康熙五十八年（1719）至嘉庆二十五年（1820），共102年，是传奇的余势期①。

康熙四十三年（1704），洪昇途经浙江乌镇，不慎酒醉失足，落水仙逝；14年后（1718年），孔尚任在故乡山东曲阜，穷愁潦倒，抱恨而终。康熙年间著名的戏曲家"南洪北孔"的去世，揭开了明清传奇史的新的篇章，这是传奇余势期的开端。

到了嘉庆、道光之交（1820年），乾隆、嘉庆之际在剧坛上最为活跃的传奇作家，如周昂（1732—1801）、沈起凤（1741—1802）、钱维乔（1739—1806）、李斗（？—1818）、瞿颉（1743—1817后）等，都已先后辞世。而嘉庆年间著名的戏曲家，如石韫玉（1756—1837）的《红楼梦》传奇作于嘉庆二十四年（1819）或稍前②，朱凤森（1776—1832）的《韫山六种曲》则刊刻于嘉庆二十五年（1820）。这些都可以作为确定传奇余势期下限的外在标准。

由于社会审美需要嬗递的外在原因，也由于文人传奇作品在

---

① 〔日〕青木正儿：《中国近世戏曲史》第十一章，称康熙中叶至乾隆末叶为"昆曲余势时代"，见王古鲁译著本（北京：作家出版社，1958），第376页。此处借用他的说法，但把上限断自康熙末年，下限延至嘉庆末年。

② 按，石韫玉的九种杂剧合集《花间九奏》，现亦存清乾隆间花韵庵原刻本。

内容上与时代精神脱节而日益理学化,在形式上与舞台实践脱节而日益诗文化的内在原因,这一时期的传奇创作在总体上不可抑止地走向了衰落。据不完全统计①,这一时期有姓名可考的作家约有187人,他们的传奇作品约有311种(几位作家合作的剧本只算一种,存疑的作品不计在内),人均创作剧本1.66种。再加上阙名的传奇作品约55种②,这一时期传奇作品总数约为366种。同传奇发展期相比较,这一时期的作家数量虽然增加了59人,但作品总数却减少了近100种,作家人均创作剧本数更减少了1.87种,整个传奇创作显然已呈现出一种明显的衰落态势。传奇的生命之火已经面临油尽蜡残的历史绝境了。因此,我们将这一时期称为明清传奇的余势期。

---

① 这一统计,主要根据庄一拂《古典戏曲存目汇考》(上海:上海古籍出版社,1982),卷十二,扣除其中属于清道光年间以后的作家作品,并补充同书卷十一中属于此期的作家作品。

② 仅指现存于世并略可考知作期者,据拙著《明清传奇综录》(石家庄:河北教育出版社,1996),卷六、卷七统计。

第十七章　社会审美需要的嬗递

明清传奇的衰落,就其外在原因而言,主要是由于社会审美需要的嬗递。从康熙末年到嘉庆末年,剧坛最重要的演进动向,是戏剧文化活动由以舞台表演为中心逐渐取代了以剧本创作为中心。这一演进动向具体表现为三个方面,即家庭戏班的没落和职业戏班的昌盛,新戏演出的萎缩和折子戏演出的流行,以及"花部"与"雅部"的消长争胜。这三个方面,分别从不同的侧面体现出传奇余势期社会审美需要的嬗递。

第一节　职业戏班的昌盛

正如本书第十一章第二节所描述的,在明末清初,民间职业戏班正日益取代家庭戏班成为主要的演出队伍。这种情形,在雍正年间以后有了进一步的发展。

雍正皇帝即位(1723年)后,为了整顿纲纪,曾在雍正二年(1724)十二月下诏,饬禁外官畜养优伶,甚至明确地说:"家有优伶,即非好官。"①所以当时现任官僚一般不敢公然触犯法律,置备家庭戏班。于是,贵族家庭戏班在康熙年间稍见复兴以后,又迅速地跌入了低谷。

---

① 见《雍正上谕·内阁》雍正二年十二月条,转引自王利器辑录:《元明清三代禁毁小说戏曲史料》(上海:上海古籍出版社,1981),第31页。

但是,由于官场上习惯于阳奉阴违,尤其是"外省恶习锢蔽已深,凡禁令所布,则具文塞责,久且并具文而忘之",到乾隆年间,各地现任官僚置备家庭戏班的仍大有人在。因此,乾隆三十四年(1769),朝廷重申"禁外官畜养优伶"的禁令,要求各地"于曾奉禁革之事,实力遵行,毋稍懈息"①。

实际上,令行而仍然禁不止。如苏州的织造府倚仗权势,在雍、乾年间一直设立一个规模很大、演剧水平很高的昆班,时称"织造部堂海府内班"②。清宗室昭梿《啸亭杂录》卷六也说:"诸藩邸皆畜声伎",他自己便"素狎优伶",畜有戏班③。嘉庆四年(1799),因有些地方官仍然在"署内教演优人",朝廷不得不再申前令,说:"各省督抚司道署内,俱不许自养戏班,以肃官箴而维风化。"④

在雍、乾、嘉时期,不仅官僚家庭的戏班并未绝迹,各地富商大贾也每每蓄有家班。如李斗《扬州画舫录》卷五记载,为了迎接乾隆皇帝游江南,扬州一带的富商大贾们争先恐后地置办家庭戏班:

> 昆腔之胜,始于商人徐志尚征苏州名优为老徐班。而黄元德、张大安、汪启源、程谦德各有班。洪充实为大洪班。江广达为德音班,复征花部为春台班,自是德音班为内江班,春台班为外江班。⑤

---

① 《高宗纯皇帝实录》卷八四五,王利器:《元明清三代禁毁小说戏曲史料》,第47页。
② 参见胡忌、刘致中:《昆剧发展史》(北京:中国戏剧出版社,1989),第430页。
③ 昭梿:《啸亭杂录》(北京:中华书局,1980),第179页。
④ 明亮等纂集:《中枢政考》卷十三《禁令》,王利器:《元明清三代禁毁小说戏曲史料》,第53—54页。
⑤ 李斗:《扬州画舫录》(北京:中华书局,1960),第107页。按,此书现存清乾隆六十年(1795)自然盦刻本。江广达,即扬州著名商人江春(1721—1789),号鹤亭。参见陆萼庭:《江春与扬州剧坛》,见其《清代戏曲家丛考》(上海:学林出版社,1995),第231—244页。

各班的竞争还异常激烈。这是乾隆年间的情况。而光绪年间俞洵庆《荷廊笔记》卷二记载：

> 嘉庆季年，粤东鹾商李氏，家蓄雏伶一部，延吴中曲师教之，舞态歌喉，皆极一时之选。工昆曲杂剧，关目节奏，咸依古本。①

可见直到嘉庆年间，富商大贾置办家庭戏班，仍然时有所见。

虽然屡禁不止，但是从总体上看，在雍、乾、嘉三朝，京城和各地现任官僚置备家班的，相对于康熙年间来说毕竟是大大减少了。影响所及，现任官僚以外的缙绅士大夫置备家班的人也有所锐减。后人称："雍、乾间，士夫相戒演剧，且禁蓄声伎。"②而富商大贾置办家班，也主要局限在江南一带，而且并非普遍现象。因此，在传奇余势期，家庭戏班的确是日趋没落了。

在禁止家庭戏班的同时，清朝统治者并不禁止民间职业戏班演戏，反而加以提倡。如《世宗宪皇帝实录》卷六七，载雍正六年（1728）上谕，说：

> 至于有力之家，祀神酬愿，欢庆之会，歌咏太平，在民间有必不容已之情，在国法无一概禁止之理。今但称违例演戏，而未分晰其缘由，则是凡属演戏者，皆为犯法，国家无此科条也。③

朝廷也不禁止现任官僚逢年过节时，出资聘请民间职业戏班，在官府中演戏。如嘉庆四年（1799）五月上谕道：

---

① 俞洵庆：《荷廊笔记》（清光绪十一年[1884]刻本）。
② 徐珂：《清稗类钞选·戏剧》（北京：书目文献出版社，1984），"串客"条，第389页。
③ 王利器：《元明清三代禁毁小说戏曲史料》，第37页。

民间扮演戏剧,原以借谋生计。地方官偶遇年节,雇觅外间戏班演唱,原所不禁。①

而且,历朝皇帝本人也往往癖好戏曲。康熙皇帝南巡时,便常常以观戏为乐,有时甚至到了每日非戏不宴的地步②。乾隆皇帝更是当时的头号戏迷。他一方面因海内升平,命张照等宫廷词臣,编写了一系列宫廷大戏,包括演目连救母故事的《劝善金科》,演《西游记》故事的《升平宝筏》,演梁山泊故事的《忠义璇图》,演三国故事的《鼎峙春秋》,演杨家将故事的《昭代箫韶》等。这些宫廷大戏,体制恢弘,词藻奇丽,专供宫廷祭典、宴乐演出③。并在内廷设立南府,建成一个有1500人之多的专司演剧的机构④。除此之外,每逢节令庆典,宫中还必调民间戏班承应演出,一年至有上百次之多。

另一方面,乾隆皇帝效仿乃祖康熙,多次南巡,在江南各地掀起了一阵阵演戏、编戏的热潮。如江苏扬州,乾隆二十四年(1759)卢见曾序金兆燕《旗亭记》传奇,说:

扬州繁华甲天下,竹西歌吹之盛,自唐以至于今,梨园之多名部,宜矣。顾人情厌故,得坊间一新剧本,则争相购演,以致时下操觚,多出射利之徒。⑤

---

① 明亮等纂辑:《中枢政考》卷十三《禁令》,王利器:《元明清三代禁毁小说戏曲史料》,第53页。

② 参见胡忌、刘致中:《昆剧发展史》,第369—370页,引《清代日记汇抄》姚廷遴《历年纪》及《圣祖五幸江南恭录》。

③ 按,昭梿:《啸亭续录》(北京:中华书局,1980),卷一"大戏节戏"条,详细地介绍了乾隆内廷乐部编演的各种戏曲,第377—378页。至于宫廷大戏的演出情况,可参见赵翼:《檐曝杂记》(北京:中华书局,1982),卷一"大戏"条,第11页。并见朱家溍:《清代内廷演戏情况杂谈》,载《故宫博物院刊》1979年第2期,第19—25页。

④ 参见王芷章:《清升平署志略》(北京:国立北平研究院史学研究会,1937),第二章《沿革》,记南府之成立。

⑤ 金兆燕:《旗亭记》传奇,现存清乾隆二十四年(1759)雅雨堂刻本。

钱泳(1759—1844)《履园丛话》卷十二也说：

> 梨园演戏，高宗南巡时为最盛。而两淮盐务中尤为绝出，例蓄花、雅两部，以备演唱。①

乾隆间扬州演戏、编戏的盛况，在李斗的《扬州画舫录》卷五中得到了详尽的描述。

由于家庭戏班的进一步衰落，富贵人家每逢节日喜庆，便主要召集民间戏班到家中演出，或在戏园里聘定戏班表演。而且，家庭戏班中陆续被遣散的职业演员，也纷纷加入民间戏班的行列。乾隆间吴长元撰《燕兰小谱》，卷四记录雅部艺人20人，有许多就是从官僚家庭私班出来的，如四喜官(时瑶卿)"本贵邸小竖，幼习梨园"；双喜官(姓徐)"亦隶贵邸，与四喜并宠"；得发儿(周定珠)"幼曾为小史，后随主人出吏山右"；金桂官"素习昆曲，曾为外吏衙前，今春阑入部内"；等等②。于是，民间职业戏班在康熙年间原有的基础上，又有了进一步的发展。

如北京，右安门内陶然亭侧所立雍正十年(1732)的《梨园馆碑》，便记载了大成班、和成班、惠成班、瑞祥班等19戏班③。吴长元《燕南小谱》卷四记载，仅作者乾隆间在北京所见的昆剧旦角演员，就分属于宜庆部、保和部、集庆部、太和部、永庆部、吉祥部、端瑞部、庆春部、永祥部、萃庆部等10个戏班。崇文门外精忠庙所立乾隆五十年(1785)的《重修喜神祖师庙碑》，也记载了双和班、保和班、裕庆班、萃庆班等44个戏班④。这些民间戏班，既有昆班，也有乱弹班。北京职

---

① 钱泳：《履园丛话》(北京：中华书局，1979)，第332页。
② 依次见张次溪纂辑：《清代燕都梨园史料》(北京：中国戏剧出版社，1988)，上册，第34页，36页，37页，40页。按，《燕兰小谱》，现存清乾隆五十年(1785)序刻本。
③ 张次溪：《北京梨园金石文字录》，见其《清代燕都梨园史料》，下册，第911—912页。
④ 张次溪：《北京梨园金石文字录》，见其《清代燕都梨园史料》，下册，第912—914页。

业戏班的发达,与北京戏园的兴盛也是密切相关的。

如南京,乾隆间吴敬梓撰《儒林外史》小说,第三十回《逞风流高会莫愁湖》写到,杜慎卿问戏行老板鲍廷玺:南京水西门和淮清桥共有多少戏班子?鲍回答:"一百三十多班。"①这恐怕不完全是小说家的夸大不实之辞。

又如苏州,乾隆四十八年(1783)重修老郎庙,"合郡梨园"捐助银钱,立有牌记,登录本郡戏班达39班,各班主要演员列于牌记的有200多名②。更值得注意的是,乾隆以后苏州戏馆大兴,有力地刺激了民间职业戏班的演出活动。据顾公燮《消夏闲记摘抄》卷下记载:"至雍正年间,郭园始创开戏馆。既而增至一二馆,人皆称便。"到数十年后,居然发展到"戏馆不下二十余处"③。乾隆三十一年(1766)修《长洲县志》卷十也记载:

> 苏城戏园,向所未有。间或有之,不过商家会馆藉以宴宾客耳。今不论城内城外,遍开戏园,集游惰之民,昼夜不绝,男女混杂。

吴县顾禄《清嘉录》卷七也说:

> 盖金阊戏园不下十余处,居人有宴会,皆入戏园,为待客之便。击牲烹鲜,宾朋满座。阑外观者,亦累足骈肩,俗目之为"看闲戏"。④

---

① 吴敬梓:《儒林外史》小说,现存嘉庆八年(1803)卧闲草堂刻本等。此书约完稿于乾隆十三年至十五年(1748—1750)间,参见陈美林:《吴敬梓评传》(南京:南京大学出版社,1990),第438—443页。

② 《翼宿神祠碑记》(乾隆四十八年十一月),见江苏省博物馆编:《江苏省明清以来碑刻资料选集》(北京:三联书店,1959),第280—294页。

③ 顾公燮:《消夏闲记摘抄》,《涵芬楼秘笈》第二集本。按,此书有顾公燮乾隆五十年(1785)自序。

④ 顾禄:《清嘉录》(上海:上海古籍出版社,1986),第122页。按,此书初刻成于道光十年(1830),所记多为嘉、道间事。

民间职业戏班的戏曲演出,包括剧目选择和舞台表演等,与贵族豪商的家庭戏班相比较,更突出商品性、技术性、娱乐性等大众审美文化的基本特征。所谓商品性,指的是大众审美文化本身要受到文化消费市场的检验和制约,尽可能地满足各种层次平民消费者的文化需求。所谓技术性,指的是大众审美文化更注重审美产品的可复制性和程式化,并以之作为重要的生产方式、结构方式、接受方式和评价方式。所谓娱乐性,指的是大众审美文化总是追求强有力地激发并大幅度地满足平民百姓的审美需求,使平民百姓在文化消费的同时获得审美娱悦。正因为如此,当民间职业戏班成为戏曲演出的主要队伍时,他们对戏曲剧目的选择和舞台表演的讲求,便更多地以人数最多的平民百姓的审美需求和文化需求为准绳,而往往背离文人士大夫的审美需求和文化需求。乾、嘉剧坛上折子戏的流行和"花部"戏的崛起,便都根因于此。

第二节 折子戏的流行

从剧坛演出的风气看,在传奇余势期,全本戏的演出已如昔日黄花,渐渐衰谢,而折子戏则像初升太阳,朝气蓬勃。

折子戏逐渐成为舞台上的主要演出节目,这在很大程度上是由文人传奇新戏创作的内在疲软所促成的。日益僵固板结的中国封建社会,本来就不足以为人们提供足够的逐奇猎艳的情事;浸染儒家思想的中国古代文人,也大多缺乏"精骛八极,心游万仞"的艺术创造能力。因此,在《长生殿》、《桃花扇》之后,余势期大量的文人传奇作品无非是以往传奇故事的翻版或模拟,再也见不到醒人耳目的皇皇大作了。即便是刻意求新者,也不过或像胡寯年的《幻姻缘》传奇那样叙写阉男与石女的无欲之情①,或像程聪的《月殿缘》传奇那样叙写清华仙与嫦娥种缘于天上、成婚于人间的幻诞姻缘②,离奇怪诞,情趣低下。可见,文人传奇创作已经无可奈何地步入穷途末路了。于是,人们的审美热点便渐渐地从新戏的鉴赏更多地转向旧戏的品味,折子戏的流行便应运而兴了。

折子戏,指的是从一本传奇作品中摘取出来的一出或若干出散出,在明清时期,人们一般称为"杂剧"、"摘锦"或"零出",而折子戏则是近人的称呼。

把折子戏称为"杂剧",据我所知的文献资料,始见于明末崇祯年间。如祁彪佳《祁忠敏公日记·栖北冗言》,记崇祯五年(1632)五月二十日在北京同羊羽源至酒馆,"观半班杂剧"③。孟称舜《贞文记》传奇第十六出《谋夺》里,则有这样的对白:

> (丑)我到他家说亲,唱戏吃酒……(小生)……唱的甚么戏?(丑)唱的是《伯喈》、《西厢》、《金印》、《荆钗》、《白兔》、《拜月》、《牡丹》、《娇红》,色色完全。(小生)怎么做得许多,敢是唱些杂剧?④

显而易见,这里所说的"杂剧",意为杂取著名剧目中的若干散出,与作为一种戏曲文体的"杂剧",涵义不同。

以"摘锦"之名指称折子戏,在文献资料中似乎出现更早。如

---

① 胡寓年,字瑀章,一字春山,长洲(今江苏苏州)人,生平未详。《幻姻缘》传奇,一名《灯下草》,现存清乾隆二十九年(1764)序刻本,凡二卷十八出。第一出《词源》〔西江月〕云:"幻出须眉女子,娶来巾帼男儿。匪夷别有异人思,转属风流韵事。"

② 程聪,字圣一,号悟阳子,新安(今属安徽)人,生平未详。《月殿缘》传奇,现存清乾隆间稿本,凡二卷三十三出。

③ 祁彪佳:《祁忠敏公日记》,绍兴县修志委员会印本,1937。

④ 孟称舜:《贞文记》传奇,《古本戏曲丛刊二集》影印清顺治间刻本。

现存万历二十八年庚子(1600)刻本《新锲梨园摘锦乐府菁华》,万历三十九年(1611)刻本《新刊徽板合像滚调乐府官腔摘锦奇音》,就是选有诸种传奇剧本折子戏的戏曲选集。大抵"摘锦"一词,原本指摘选一本传奇剧本之"锦",后来则凡收录或演出各种杂出戏曲,都可以称为"摘锦"了。例如,清乾隆间戏曲选集《缀白裘》本身就是"摘锦"性质的戏曲选集,书中也保留这一名称①。约嘉庆元年(1796)逍遥子撰《后红楼梦》,第三十回《林黛玉初演〈碧落缘〉,曹雪芹再结〈红楼梦〉》里,林黛玉说:

> 昨日戏班里,送上许多新戏的曲本来,好的也有。内有一本《碧落缘》,是南边一位名公新制的,填词儿直到元人最妙处。这些班儿里,通没有唱出来,倒是咱们这些女孩儿学会了。今日且摘锦做几折,好不好?②

这里的"摘锦",便是指摘选一本传奇里精粹的若干出。而乾隆间黄振(1724—1772以后)撰《石榴记》传奇,卷首《凡例》说:

> 牌名虽多,今人解唱者,不过俗所谓"江湖十八本"与摘锦诸杂剧耳。③

则以"摘锦"、"杂剧"合称,并指折子戏。

清初李渔则常称折子戏为"零出"或"零出戏"。如《比目鱼》

---

① 见《缀白裘》初编顺集的《借茶》、《刘唐》,二编宴集的《党尉》(也称《赏雪》),河集的《杀惜》、《活捉》,三编祥集的《思春》(也称《小妹子》),麟集的《前诱》、《后诱》,都标为"摘锦"。陆萼庭:《昆剧演出史稿》(上海:上海文艺出版社,1980)认为,当时习惯将《水浒记》传奇中有关阎婆惜的情节部分摘出来演,统称"摘锦"(第182—183页),可备一说。

② 逍遥子:《后红楼梦》小说,清嘉庆间刻本。按,《碧落缘》传奇,钱维乔(1739—1806)撰,取材于乐府诗《孔雀东南飞》故事,已佚。

③ 黄振:《石榴记》传奇,清乾隆三十七年壬辰(1772)柴湾村含刻本。按,"江湖十八本"之名,始见于此,具体名目不详。川剧与粤剧也都有"江湖十八本"之称,当是沿袭昆剧而来。参见白海英《"江湖十八本"考论》,载《中华戏曲》2005年第33期。

传奇第十五出《偕亡》,旦角刘蓖姑说:

> 第一件不演全本,要做零出。①

《笠翁文集》卷三《家报》之二:

> 一事有一事之始终,一行有一行之进退。此番出门之日,至他日返棹进门之日,即是一本传奇之首尾。开场淹塞者,收场自然利达。尔等怨天尤人,直是作零出戏看,未尝计及全本耳。②

又《闲情偶寄》卷之三《词曲部·科诨第五》:

> 戏文好处,全在下半本。只消三两个瞌睡,便隔断一部神情。瞌睡醒时,上文下文已不接续,即使抖起精神再看,只好断章取义作零出观。

同书卷之四《演习部·变调第二·缩长为短》也说:

> 全本太长,零出太短。③

李渔多次将"零出"与"全本"相对称,其义自明。

那么,折子戏的演出形式是什么时候出现的呢?

元代北曲杂剧与南曲戏文是否已有折子戏的演出,因文献无征,难以确考。也许可以假设,北曲杂剧大多一本四折一楔子,篇幅短小,一般一个单元时间(指一上午、一下午或一晚上),完全足以搬演一本完整的杂剧作品;而元明之际的南曲戏文大多流行于民间,年节祭事时在广场或寺庙演出,无论篇幅长短,尽有足够的时间演完全剧——因此,它们都无需选折演出。折子戏演出形式

---

① 见《笠翁十种曲》(清康熙间刻本)。
② 见《笠翁一家言全集》(清康熙间刻本)。
③ 依次见《中国古典戏曲论著集成》(北京:中国戏剧出版社,1959),第七册,第61页,78页。

的出现,应该是长篇的南曲戏文为文人士大夫所欣赏,步入贵族府第红氍毹时的产物。而在士大夫家庭戏班演出渐成风气之后,折子戏的演出形式便逐渐流行起来。从本书第一章第二节的论述可以知道,这是明嘉靖年间(1522—1566)以后,尤其是万历年间(1573—1619)的事了。关于这一点,我们可以从明代戏曲选本和戏曲演出的文献材料中,窥豹一斑。

现存最早的明代戏曲选本,是题署"嘉靖癸丑岁秋月詹氏进贤堂重刊"的《风月锦囊》①,"癸丑"为嘉靖三十二年(1553)。此书包括《全家锦囊》二十卷、《全家锦囊续编》二十卷和《正杂两科全集》一卷三个部分。其中《全家锦囊》及其《续编》四十卷,共收录元杂剧、宋元明初戏文和明中叶传奇共四十部,有的几乎是全本照录,如《伯皆》(即《琵琶记》)、《北西厢》;有的则是所谓"摘汇奇妙戏式",即将一部戏曲作品中最为精华的场次摘出,连缀成完整的"小本戏",这是一种变相的全本戏演出方式,也是后世折子戏演出的一种重要方式。《正杂两科全集》收录的是若干戏曲的剧本提要和散出套曲,其中散出套曲尤为值得注意,它虽然是仅供清唱用的,但却的的确确是后世零折散出折子戏的原始形态。《风月锦囊》一书既是当时剧场演出状况的实录,也为家庭戏班演出提供了底本,还为士大夫欣赏戏曲提供了文字材料。由此可以断定,至迟在嘉靖年间,剧坛上已经出现了折子戏演出形式。

其后,在万历年间,折子戏演出已渐成风气。当时陆续问世的戏曲选本有《词林一枝》、《八能奏锦》、《群音类选》、《乐府菁华》、《乐府红珊》、《玉谷新簧》、《摘锦奇音》、《万曲长春》、《徽池雅调》、《乐府南音》、《尧天乐》、《吴歈萃雅》、《乐府珊珊集》、《月露

---

① 《风月锦囊》,原书藏西班牙 Real Biblioteca de San Lorenzo del Escorial,现影印收入王秋桂主编:《善本戏曲丛刊》(台北:学生书局,1984),第四辑。

音》、《赛征歌集》、《南北词广韵选》等十数种,盛极一时①。这些戏曲选本,或称"类选",或称"摘锦",或称"选粹",或称"天下时尚",应是当时戏曲舞台上流行剧目的汇编。其选录的方式,主要有"小本戏"和散出两种,而以后者为主。以万历二十一年至二十四年(1593—1596)胡文焕的《群音类选》为例②,全书选录一本传奇二十出以上的,仅有《红拂记》、《玉簪记》、《绣襦记》、《四喜记》、《投笔记》、《南西厢》6 种,这是稍加删削的全本戏;选录八出至十五出的,有《四德记》、《还带记》等 27 种,这是多所压缩的"小本戏";而选录七出以下的,竟有 105 种!其中仅选一出的居然就有 27 种,这应是地地道道的折子戏了。至于其他的戏曲选本,除了《琵琶》、《荆钗》、《西厢》等极个别的剧目以外,选录的几乎全是折子戏。这一状况显然与《风月锦囊》截然不同,它体现出,时至万历年间,剧坛上折子戏演出已经相当盛行。

当然,当时折子戏的演出方式,恐怕大多还只是清唱,而不都是表演。所以,有的戏曲选本特别标明所选散出的曲牌联套,如《乐府南音》等;有的戏曲选本则兼收戏曲与散曲,如《乐府南音》、《万曲长春》等;有的戏曲选本所选剧目,仅录曲文,不附宾白,如《月露音》等。此外,在一些戏曲选本里,往往一本戏散见于不同的卷帙,如《乐府菁华》、《玉谷新簧》等。这种不同的卷帙有时还加上类目,以便选剧演出时一目了然,就像后世常见的"戏目"或"戏单"一样。如万历三十年(1602)刻本《乐府红珊》十六卷,分为十六类,如庆寿、伉俪、诞育、训诲、激励、分别、思忆、捷报、访询、游赏、宴会等;万历四十四年(1616)刻本《月露音》四卷,分为庄集、

---

① 上述戏曲选本的版本,参见本书附录一《明清戏曲研究书目举要》二《戏曲选集》。
② 胡文焕:《群音类选》(北京:中华书局影印本,1980)。

骚集、乐集、愤集。这显然是为了适应不同演出场合选取剧目的需要。

从有关戏曲演出的文献材料，也可以看出，到万历年间，在娱宾的厅堂演剧中，不仅常常不演全本，仅仅选出演唱，而且在正本戏之后插演散出戏已成一时习俗。前者如《金瓶梅词话》第六十三回演唱《玉环记》，至三更天气"左右关目还未了"，"西门庆令书童催促子弟快吊关目上来，吩咐拣着热闹处唱罢"。六十四回写第二天，又"将昨日《玉环记》做不完的折数，一一紧做慢唱，都搬演出来"①。后者如袁中道《游居柿录》卷十二万历四十五年（1617）条载：

>　　阮集之行人来，言及作宦事。予谓兄正少年，如演全戏文者，从开场作至团圆乃已。如予近五旬矣，譬如大席将散时，插一出便下台耳。②

所谓"插一出"，意为随意插演一出。据此，万历末年在宴席演剧即将结束时，已有插演散出戏的习俗。

到了明末清初，虽然全本戏演出的风尚仍然强有力地支配着整个剧坛，但是从全本戏中摘出折子戏，作为独立的艺术品，在舞台上广为演出，受到社会的普遍重视和普遍欣赏，这已经是"司空

---

① 此外，如《金瓶梅》小说，第三十二回演四折《韩湘子升仙记》；四十八回云："堂前戏文扮了四大折"；六十五回云："当筵扮演的《裴晋公还带记》，一折下去"；第四十八回云："戏文扮的是《小天香半夜朝元记》，唱了两折下来。"参见涩斋：《〈金瓶梅词话〉里的戏剧史料》，载《剧学月刊》第三卷第九期（1934年9月）；赵景深：《〈金瓶梅词话〉与曲子》，见其《中国小说丛考》（济南：齐鲁书社，1980），第312页。按，《金瓶梅词话》，现存明万历年间刻本，书约成于嘉靖四十年（1561）至万历十一年（1583）间。

② 袁中道著、钱伯城点校：《珂雪斋集》（上海：上海古籍出版社，1989），第1386页。按，阮集之，即阮大铖（1587—1646）。

见惯浑常事"了①。当时,剧坛上经过长时期的选择、淘汰、补充,已经积累起相当数量常演不衰的优秀的传统剧目,这些剧目的情节逐渐成为社会上妇孺皆知的"老生常谈",所以选出搬演这种务精不务多的演剧方式便越发引起人们的浓厚兴趣。折子戏的演出方式首先盛行于士大夫的厅堂书斋演剧或酒馆戏园观剧,明末祁彪佳的《祁忠敏公日记》、清初张岱的《陶庵梦忆》等书,多有此类记载②。明末清初的戏曲选本,现存的也为数甚夥,明末有《词林逸响》、《万壑清音》、《时调青昆》、《玄雪谱》、《缠头百练》、《缠头百练二集》、《万锦娇丽》、《乐府歌舞台》等,清初有《醉怡情》、《歌林拾翠》、《万曲合选》、《万锦清音》、《昆弋雅调》等,它们无一例外都是折子戏选集③。

大约在康熙年间,剧坛上演出折子戏已经蔚然成风。李渔说得很明白:"尝见贵介命题,止索杂单,不用全本"。所以他痛心地说:"予尝谓:好戏若逢贵客,必受腰斩之刑。虽属谑言,然实事也。"④康熙二十三年(1684)十月二十六日,玄烨南巡到苏州,民间职业戏班呈戏目,玄烨竟习以为常地"亲点杂出",包括《前访》、《后访》(二出见梁辰鱼《浣纱记》)、《借茶》(见许自昌《水浒记》)等二十出⑤。据

----

① 陆萼庭《昆剧演出史稿》说:"在全本戏的演出方式占绝对优势的时候,舞台上看不见折子戏。"(第174页)恐不确,且与其后文所举史例,自相矛盾。
② 参见陆萼庭《昆剧演出史稿》第176—177页引录的片段。按,张岱《陶庵梦忆》(上海:上海古籍出版社,1982),卷四"严助庙"条记载:"串《磨房》、《撇池》、《送子》、《出猎》四出,科诨曲白,妙入筋髓"(第34页)。这种一次演一剧(如这里的《白兔记》)中四出折子戏的演出方式,使人联想起明末清初流行的戏曲选本《醉怡情》。这一选本编选古今名剧四十本,每本皆选四出,恐非偶然,也许正是当时舞台演出的习惯。
③ 上述戏曲选本的版本,参见本书附录一《明清戏曲研究书目举要》二《戏曲选集》。
④ 李渔:《闲情偶寄》卷四《演习部·变调第二·缩长为短》,《中国古典戏曲论著集成》第七册,第77—78页。
⑤ 见姚廷遴:《历年纪》下,《清代日记汇抄》(上海:上海人民出版社,1982),第119页。

此,此时折子戏还称作"杂出",与明末所谓"杂剧"意同。

康熙末年以迄乾、嘉之际,整个剧坛便基本上为折子戏演出风气所笼罩了。这时虽然时有新剧上演,但大多如昙花一现,随开随谢,难以持久。而大量的传统剧目折子戏却强有力地支配着昆剧舞台,包括宫廷、厅堂、戏馆、广场等。甚至连新撰传奇,也常常以摘锦选出的方式演出。

在乾隆年间清宫内廷搬演的剧目中,折子戏的数量就占相当大的比率。现存乾隆二十五年(1760)清宫演戏机构南府的档案《穿戴题纲》,在第二本档册中,载有312出昆腔杂戏的穿戴,据称:

> 三百十二出昆腔剧目的穿戴,没有按照某若干出戏属于某一本"传奇"的系统记载,而是分散的按当时演出习惯记载的。这些传统剧目不仅是宫中常演的剧目,在当时应该说首先是民间常演而为观众所熟悉、已经是不存在演整本传奇要求的戏了。另外从南府花名册中可以看到乾隆年间南府的民籍教习、民籍学生的人名全是江南取名的习惯字样,并且有时遣送民籍外学回籍省亲养病一类的记载,总是交苏州织造办理。说明当时在宫中演上述三百余出戏的,主要是南方的一些优秀演员,也可以说这些戏就是他们带来的。①

在这312出昆腔杂戏中,有演《西游记》故事的如《胖姑》、《狐思》、《十宰》,有演《水浒传》故事的如《山门》、《借茶》、《杀惜》、《刘唐》、《夜奔》、《盗甲》、《挑帘》、《打虎》,有演三国故事的如《赐环》、《拜月》、《梳妆》、《掷戟》、《议剑》、《南剑》、《问探》、《单刀》、《起布》,也有著名传奇如《琵琶记》、《荆钗记》、《拜月亭》、《南西

---

① 朱家溍:《清代的戏曲服饰史料》,载《故宫博物院院刊》1979年第4期。按,清南府中,太监习戏者称"内学",召选民间演员入宫者称"外学"。

厢》、《浣纱记》、《鸣凤记》、《八义记》、《玉簪记》、《牡丹亭》、《西楼记》、《十五贯》、《长生殿》等的许多折子。

文人士大夫观剧,也大多喜欢折子戏。如《儒林外史》小说第三十回,写杜慎卿高会莫愁湖,出梨园榜,要南京水西门淮清桥130多班做旦脚的,"一个做一出戏";第四十九回,秦中书宴客,点了四出折子戏:《请宴》(见《南西厢记》)、《饯别》(见《西游记》)、《五台》(见《昊天塔》)、《追信》(见《千金记》),凑成一台戏。

乾隆年间折子戏演出的习尚,还可以从戏曲选本《缀白裘》的编刊见出一斑。《缀白裘》初集由玩花主人编选,后经钱德苍增辑为十二集,从乾隆二十九年甲申至三十五年庚寅(1764—1770)陆续刊刻,现存金阊宝仁堂原刻初印本。这是一部折子戏选集,全书共四十八卷,收剧88本,所选昆剧折子戏429出,花部戏58出,形象地展示了乾隆年间折子戏演出的盛况。

折子戏的演出经过数百年的试验、摸索和总结,在清乾隆、嘉庆间已趋成熟,戏曲舞台上形成了三种常见的演出方式:

其一是取一本流传舞台的传奇作品,去芜存菁,浓缩成最精彩的若干出,组成所谓"小本戏",这就是李渔所说的"将古本旧戏,用长房妙手,缩而成之"[①]。如沈璟的《义侠记》传奇共三十六出,而舞台流行的"小本戏"仅有九出,即:《打虎》(即原本《除凶》)、《戏叔》(即《叱邪》)、《别兄》(即《委嘱》)、《挑帘》(即《萌奸》)、《裁衣》(即《巧媾》)、《捉奸》(即《中伤》)、《服毒》(原本无,新增)、《显魂》(即《悼亡》)、《杀嫂》(即《雪恨》)。加上开场,通称《武十回》。"小本戏"的情节仍有始有终,结构又紧凑严谨,较之原剧,可谓独树一帜,不仅是原剧的改编本,便说是另一部新剧也

---

① 李渔:《闲情偶寄》卷之四《演习部·变调第二·缩长为短》,《中国古典戏曲论著集成》第七册,第78页。

未尝不可。因此,在严格的意义上说,"小本戏"演出不算是折子戏,当时的戏曲行话也多混称为"正本戏"或"正戏"。

其二是就数本传奇中各选一两出精彩节目,组成花团锦簇的一台戏。有时这台戏由观众随意"点戏"组成,如《红楼梦》小说第二十二回演戏,宝钗点两出,凤姐、黛玉各点一出,宝玉、湘云、迎春、探春、惜春、李纨等俱各点了,"按出扮演"①。有时,这台戏由戏班精心构成,生旦净丑,文武冷热,往往搭配均匀,相当讲究,就像一桌搭配巧妙的丰盛的宴席。

其三是在演出"正本戏"或"小本戏"的前后,加演几出其他戏曲作品中的折子戏。其在"正本戏"或"小本戏"之前的,戏曲行话称为"开场";之后的,戏曲行话称为"找戏"。明末清初的小说如李清《梼杌闲评》第四十二回,阙名《醒世姻缘传》第六十九回、八十六回,便记载在"正戏"演完后,"又点找戏"②。这种演出方式,在清乾隆间的小说《红楼梦》、《儒林外史》、《歧路灯》等中也极为常见③。

折子戏与全本戏的关系,是整体与部分的关系。当部分脱离整体,被当作独立自主的事物时,部分就有了不依附于整体的独特意义和独特价值。因此,舞台上经常演出的折子戏,一般内容上自有一个中心,艺术上能够独立欣赏,成为相对完整的艺术品。这正是折子戏之所以在戏曲舞台上长演不衰的奥秘。

---

① 又见同书第十一、十八回、七十一回等。关于《红楼梦》里的点戏,参见徐扶明:《〈红楼梦〉中戏曲演出》,见其《红楼梦与戏曲比较研究》(上海:上海古籍出版社,1984),第 100—103 页。

② 参见徐扶明:《〈红楼梦〉中戏曲演出》,见其《红楼梦与戏曲比较研究》,第 114 页注⑧。

③ 如《红楼梦》小说第十一回演戏,"唱了八九出了",凤姐又点了两出;第五十四回,唱过《八义》八出,贾母又点两出。《儒林外史》小说里有两次堂会戏,一次见第四十九回,是正夜戏,开场唱了四出,又演正本戏;一次见第十回,是全夜场,先演三个散出,接演正本戏,再加演"找戏"。《歧路灯》小说第二十一回,先演三出散出开场,"然后开了正本","唱的乃是《十美图》全部"。

近人《五好楼杂评甲编》说:

> 昆曲一道,源头远久……降至前清乾、嘉之时,海内作手虽不若前朝之盛,而粉墨登场之优孟,即起李龟年、黄幡绰于地下,恐亦曰天宝当年之所谓梨园弟子,亦无此嬗盛矣。①

可见正是在"粉墨登场"这一点上,传奇余势期剧坛的繁盛局面超过了以往任何时期。这不能不首先归功于折子戏的流行。折子戏的流行,标志着社会审美需要的嬗递,即人们从传奇发展期对新戏之情事的狂迷,转变为传奇余势期对旧戏之表演的欣赏。这不能不从一个侧面促成了传奇创作的衰落。但是,由于折子戏的蔚然兴起,昆剧的表演艺术反而得到了长足的发展,出现了新的高峰,从而开启了"近代昆剧"的新篇②。

第三节　花部雅部的消长

从诸种声腔剧种的消长情况看,在传奇余势期,昆剧已越来越不适合广大观众的审美需要,而各种地方声腔剧种则如雨后春笋,长势迅猛。这对于昆曲传奇创作来说,简直无异于釜底抽薪。

"花部"和"雅部"的竞争消长,是乾隆年间及以后中国剧坛上的一大文化现象。所谓"雅部",仅指昆剧;而"花部",则指昆剧以外的各种声腔剧种。"花部"和"雅部"的对称,始见于李斗《扬州画舫录》卷五:

> 两淮盐务例蓄花、雅两部,以备大戏。雅部即昆山腔;花

---

① 《游戏世界》第三期(上海:大东书局,1921)。转引自陆萼庭:《昆剧演出史稿》,第170—171页。

② 参见陆萼庭:《昆剧演出史稿》,第172—173页。关于折子戏对传统剧目剧本内容的改编和表演艺术的改进等情况,参见同书,第186—202页。

部为京腔、秦腔、弋阳腔、梆子腔、罗罗腔、二簧调,统谓之乱弹。①

之所以称为"花部",正是对应着"雅部"而设的。吴长元《燕兰小谱·例言》说:

> 元时院本,凡旦色之涂抹科诨取妍者为"花",不傅粉而工歌唱者为"正",即唐"雅乐部"之意也。今以弋阳、梆子等曰"花部",昆腔曰"雅部",使彼此相长,各不相掩。

可备一说。

既然"花部"包括元末明初所谓"四大声腔"之一的弋阳腔,那么,乾隆年间的所谓"花、雅之争",实际上不过是从明中叶以后各种地方声腔与昆腔争胜消长、对立融合的历史的延续而已。

早在明代万历末年,海盐腔和余姚腔就先后衰落了,只有弋阳腔系统的地方声腔同昆山腔形成对峙局面②。弋阳腔虽然受到士大夫的普遍鄙视,贬为"郑声之最","淫哇妖靡,不分调名,亦无板眼",但却因为有着广泛的民间基础,发展迅猛,"梨园几遍天下",以至到了"苏州不能与角什之二三"的地步③。入清以后,不少文人士大夫仍然对弋阳腔贬黜备至,如杜浚有诗云:

> 青红五色旧衣裳,唱价声高老弋阳。客子忍寒无不可,十

---

① 李斗:《扬州画舫录》,第107页。按,此说又见钱泳《履园丛话》卷十二。吴长元《燕兰小谱·例言》也说:"今以弋阳、梆子等曰花部,昆腔曰雅部。"张次溪:《清代燕都梨园史料》,第6页。可知这是当时的普遍称呼。至于"乱弹"一词,本为胡乱弹唱之义,康熙年间仅是流行于陕西一带的一种声腔——乱弹腔,乾隆年间始成为花部诸腔的统称,乱弹与花部实际上成了同义名词。参见徐扶明:《乱谈乱弹》,见其《元明清戏曲探索》(杭州:浙江古籍出版社,1986),第328—339页。
② 参见本书第二章第一节《四大声腔及其变迁》。
③ 王骥德:《曲律》卷二,《中国古典戏曲论著集成》第四册,第117页。

分难忍这般腔!①

严寒好过,弋腔难忍,说得极为尖刻。但是,弋阳腔却不以文人的意志为转移地长盛不衰,影响越发广泛。以至于康熙三十二年(1693),苏州织造李煦还曾向康熙皇帝进献一个弋阳腔戏班,"以博皇上一笑"②。

而且,早在康熙年间,剧坛上已呈诸腔杂作的趋势。据刘廷玑《在园杂志》卷三记载,当时流行各地的,有四平腔、京腔、卫腔、梆子腔、乱弹腔、巫娘腔、琐哪腔、啰啰腔等,"新奇叠出"③。

那么,乾隆年间所谓"花部",究竟包括多少种声腔剧种呢?据《中国戏曲通史》统计④,乾隆中叶以前,从全国范围看,除昆山腔与弋阳诸腔外,见于记载的,尚有多种声腔剧种在民间流行,包括梆子腔、乱弹腔、秦腔、西秦腔、襄阳调、楚腔、吹腔、安庆梆子、二簧调、罗罗腔、弦索腔、巫娘腔、琐哪腔、柳子腔、勾腔等等。胡忌、刘致中《昆剧发展史》曾列表说明明清时期"雅部"和"花部"的演变及其区分情况,并认为:

> "花雅之争"实际是明代以来昆山腔与弋阳腔、秦腔这三大声腔之间的不断斗争溶合的过程。过程中产生的"昆弋腔"(吹腔)、"乱弹腔"(昆梆)和稍后出现的"二簧调"则是乾隆以后最有势力和影响的六大腔调。这是清代中叶流行的声腔主干,它们或多或少被吸取在大江南北各大剧种里。⑤

---

① 杜浚:《竹枝辞》之十四,见其《变雅堂诗集》(光绪间沈氏刻本),卷五。
② 见故宫博物院明清档案部编:《李煦奏摺》(北京:中华书局,1976),《弋腔教习叶国桢已到苏州摺》(清康熙三十二年十二月),第 4 页。
③ 刘廷玑:《在园杂志》,《辽海丛书》第四集本。
④ 见张庚、郭汉城主编:《中国戏曲通史》(北京:中国戏剧出版社,1981),第 4 页。
⑤ 胡忌、刘致中:《昆剧发展史》,第 522—523 页。

兹将其表转录于下：

明代	清初	乾隆时期	
昆山腔	昆腔(曲)	昆腔(曲)	雅部
弋阳腔	昆弋腔("草昆")	※梆子秧腔 ※梆子　※(吹腔) 四昆腔	花部 (乱弹)
	※弋阳腔(弋腔) 四平腔	弋阳腔(※高腔) 四平调	
	※京腔 卫腔	京腔(高腔) 二簧调	
秦腔	※乱弹腔("昆梆") 秦腔(梆子腔)	※梆子乱弹腔(拨子) 秦腔(梆子)	
	罗罗腔	罗罗腔	
其他声腔、小曲、〔银绞丝〕〔寄生草〕〔西调〕〔玉娥郎〕等。			
附注：①声腔名前加有※号者均见于《缀白裘》。 ②声腔名下加有横线者均见于《扬州画舫录》卷五。			

且不论其他方面，仅就戏曲文学而言，雅部昆剧与花部乱弹的最大区别，在于雅部昆剧文词典雅，而花部乱弹文词猥鄙。这是当时人们的共识。贬抑花部乱弹者，如檀萃乾隆四十九年(1784)在北京所作《杂吟》诗注，称"西曲""无学士润色其词"，"其间杂凑鄙谚，不堪入耳"①；昭梿《啸亭杂录》卷八称魏长生的秦腔文辞"猥鄙"，又说：

> 近日有秦腔、宜黄腔、乱弹诸曲名，其词淫亵猥鄙，皆街谈巷议之语，易入市人之耳；又其音靡靡可听，有时可以节忧，故

---

① 转引自顾峰：《皮簧源流与滇剧声腔》，载《春城戏剧》1984年第1期。

趋附日众。虽屡经明旨禁之,而其调终不能止,亦一时习尚然也。①

褒扬花部乱弹者,如焦循《花部农谭》说:

> 梨园共尚吴音。花部者,其曲文俚质,共称为"乱弹"者也,乃余独好之。盖吴音繁缛,其曲虽极谐于律,而听者使未睹本文,无不茫然不知所谓……花部原本于元剧,其事多忠孝节义,足以动人;其词直质,虽妇孺亦能解;其音慷慨,血气为之荡。②

正因为花部乱弹文词朴质,"虽妇孺亦能解","易入市人之耳",所以赢得了众多的戏曲观众,造成了深广的影响。

乾、嘉时期花部和雅部的竞争,产生了两种相因相成的趋向:其一,在广大平民观众欣赏趣味的制约下,花部乱弹渐渐取代雅部昆剧,在剧坛上占尽上风;其二,花部乱弹与雅部昆剧在互争雄长的过程中,互相交流,互相吸收,造成剧坛上的"昆乱同台"或"昆乱不挡"。本节仅论第一种趋向。至于第二种趋向,将在第二十章第二节中详论。

大抵花部乱弹,先流行兴盛于乡间,呈现出遍地开花的局面。焦循《花部农谭》便说:"郭外各村,于二八月间,递相演唱,农叟渔父,聚以为欢,由来久矣。""天既炎暑,田事余闲,群坐柳荫豆棚之下,佉谭故事,多不出花部所演"③。后来花部乱弹声势渐大,就转而向大中城市发展,并渐渐压倒雅部昆剧,称雄剧坛。

如北京位居都城,乾隆年间,"除江苏、山东、江西籍伶人外,即远而四川、云、贵、陕、甘之习艺者,亦麋集都下","而徽调、鄂

---

① 依次见《啸亭杂录》,第237页,236页。
② 《中国古典戏曲论著集成》第八册,第225页。
③ 《中国古典戏曲论著集成》第八册,第225页。

调、西秦腔诸民间俗讴,所谓乱弹者,亦接踵而至,京师演戏之盛,遂甲天下"①。乾隆间李声振在北京作《百戏竹枝词》,便有吴音(即昆腔)、弋阳腔、秦腔、乱弹腔、月琴曲(即丝弦腔)、唱姑娘(即姑娘腔)、四平腔等条目②。

由于花部诸腔大量涌入北京,从乾隆初年开始,人们的审美趣味便逐渐发生了根本的变化。喜观花部,厌听昆曲,形成一时风尚,而且愈演愈烈。乾隆九年(1744),东田徐孝常为张坚《梦中缘》传奇作《序》,说:

> 长安(按,指北京)梨园称盛,管弦相应,远近不绝。子弟装饰,备极靡丽。台榭辉煌,观者叠股倚肩,饮食若吸鲸填壑。而所好惟秦声、啰、弋,厌听吴骚。闻歌昆曲,辄哄然散去。③

乾隆二十一年(1756),李声振《百戏竹枝词·吴音》小序称:"(吴音),俗名昆腔,又名低腔,以其低于弋阳也;又名水磨腔,以其腔皆精细也。谱分南北,今之阳春矣,伧父殊不欲观。"诗云:

> 阳春院本记昆腔,南北相承宫谱双。清客几人公瑾顾,空劳逐字水磨腔。

乾隆四十九年(1784),檀萃在北京写下的《杂吟》诗亦云:

> 丝弦竞发杂敲梆,西曲二簧纷乱哤(音忙,语音杂乱也)。

---

① 王芷章:《清升平署志略》(北京:商务印书馆,1937),第一章。
② 见路工编:《清代北京竹枝词十三种》(北京:北京出版社,1982),第157—158页。《百戏竹枝词》卷末,有李声振"丙戌八月"自纪,谓:"丙子长至草创,皮高阁者十霜。"按,李声振号鹤皋,河北清苑人,乾隆三十一年(1766)进士,传见《保定府志》和《清苑县志》。然则,此处丙戌当为乾隆三十一年(1766),上推十年,则《百戏竹枝词》成稿于乾隆二十一年丙子(1756)。
③ 张坚:《梦中缘》传奇卷首,见《玉燕堂四种曲》(清乾隆间刻本)。按,《序》中云:"甲子秋暮,余……乃就席取其书笔之,以弁其端。"此甲子当为乾隆九年(1744)。

酒馆旗亭都走遍,更无人肯听昆腔。①

此诗首二句是指当时流行的声腔——丝弦梆子与西曲二簧,前者当为西秦腔。乾隆五十年(1785),吴长元《燕兰小谱·例言》说:

> 雅旦非北人所喜。吴、时二伶兼习梆子等腔,列于部首,从时好也。②

所谓"雅旦",即雅部昆腔的旦角演员。"吴、时二伶",即吴大保、时瑶卿(即四喜官),本为京城雅部昆旦之首,见该书卷四,而二人也皆"兼唱乱弹"。可见在花部受人欢迎后,雅部昆班不得不因势而变,主动地适应观众。以至于到嘉庆年间,北京著名的昆班,见于小铁笛道人《日下看花记》的,仅得三数人,与花部诸班约为六比一③。在嘉庆末、道光初,昆班演员则大都只能改隶徽班演出了,自叙于道光八年(1828)的华胥大夫《金台残泪记》卷二说:"今都下徽班,皆习乱弹。偶演昆曲,亦不佳。"④

乾隆间曲坛之盛,除北京以外,首推扬州,而扬州的花部演出也由来已久。有郑燮乾隆五年(1740)题序的董伟业《扬州竹枝词》,有一首写道:

> 丰乐、朝元又永和,乱弹班戏看人多。就中花面孙呆子,一出传神《借老婆》。⑤

丰乐、朝元、永和是三个乱弹班,他们的演出,观众众多。自乾隆十一年(1746)以后,弘历皇帝多次南巡,更促进了扬州的戏剧活动。

---

① 转引自顾峰:《皮簧源流与滇剧声腔》,《春城戏剧》1984年第1期。
② 张次溪:《清代燕都梨园史料》,第6页。
③ 小铁笛道人:《日下看花记》,现存清嘉庆间刻本,有作者嘉庆八年癸亥(1803)自序。收入张次溪:《清代燕都梨园史料》,第55—116页。
④ 张次溪:《清代燕都梨园史料》,第240页。
⑤ 董伟业:《扬州竹枝词》,收入《扬州丛刻》(民国间扬州陈恒和书林刻本)。

据李斗《扬州画舫录》卷五记载,扬州两淮盐务,为着御前承应,"例蓄花、雅两部,以备大戏"。但是仍以雅部昆腔为主,所备八个班社中,雅部居七,花部只有春台班。但是同时扬州的民间演出,却盛行花部戏:

> 若郡城演唱,皆重昆腔,谓之"堂戏"。本地乱弹,只行之祷祀,谓之"台戏"。迨五月昆腔散班,乱弹不散,谓之"火班"。后句容有以梆子腔来者,安庆有以二簧调来者,弋阳有以高腔来者,湖广有以罗罗腔来者,始行之城外四乡,继或于暑月入城,谓之"赶火班"。①

从这一记载可以想见当时乱弹戏班四乡串演和入城竞演的情形。自序于乾隆五十六年(1791)的沈起凤《谐铎》,卷十二"南部"条说:

> 自西蜀韦三儿来吴,淫声妖态,阑入歌台,乱弹部靡然效之。而昆班子弟,亦有倍师而学者,以至渐染骨髓。②

到嘉庆年间,花部渐渐压倒了雅部,以至朝廷不得不借助法令,禁止花部演出。嘉庆三年(1798)三月苏州老郎庙立翼宿神祠碑,其《碑记》说:

> ……即苏州、扬州向习昆腔,近有厌故喜新,皆以乱弹等腔为新奇可喜,转将素习昆腔抛弃,流风日下,不可不严行禁止。嗣后除昆、弋两腔仍照旧准其演唱外,其乱弹、梆子、弦索、秦腔等戏班,概不准再行唱演。所有京城地方,着交和珅严查饬禁,并着传谕江苏、安徽巡抚,苏州织造,两淮盐政,一

---

① 依次见李斗:《扬州画舫录》,第107页,第130—131页。
② 沈起凤:《谐铎》(北京:人民文学出版社,1985),第176页。按,"韦三儿",盖即魏三儿(即魏长生)之讹,因韦、魏音相近。

597

体严行查禁。①

苏州、扬州是昆剧演出的大本营,情况尚且如此,其他地方就可想而知了。如在江西,据蒋士铨乾隆十六年(1751)所撰《升平瑞》杂剧记载,当时和昆剧一同流行在江西的声腔剧种就有七八种之多:"昆腔、汉腔、弋阳、乱弹、广东摸鱼歌、山东姑娘腔、山西啫戏、河南锣戏,连福建的乌腔都会唱。"而当地观众的反映则是:"昆腔唧唧哝哝,可厌。高腔又过于吵闹。就是梆子腔唱唱,倒也文雅明白","妙极,这样的戏端的赛过昆班"②。又据乾隆四十六年(1781)江西巡抚郝硕遵旨覆奏:"查江西昆腔甚少,民间演唱,有高腔、梆子腔、乱弹等项名目。"③

综上所述,花部乱弹渐渐取代雅部昆剧,在南北各地剧坛上占尽上风,大约始于乾隆初年,盛于嘉庆年间。从明末清初开始,传奇作品绝大多都是用昆曲谱写的,因此乾隆、嘉庆间花部的盛行与雅部的衰落,对昆曲传奇的创作,尤其是文人传奇的创作,无疑造成了致命的打击。从此以后,昆曲传奇的创作便一蹶不振了。

---

① 见江苏省博物馆编:《江苏省明清以来碑刻资料选集》(北京:三联书店,1959),第295—296页。
② 蒋士铨:《升平瑞》杂剧,见其《西江祝嘏》(清乾隆间刻本)。
③ 《史料旬刊》第二十二期。转引自王利器:《元明清三代禁毁小说戏曲史料》,第116页。

第十八章 传奇内容的道德化

在清代,程朱理学格外亨通,成了朝廷信仰的中心。康熙皇帝玄烨和雍正皇帝胤禛就曾经被人们称为"理学天子"。乾隆皇帝弘历更是对程朱理学推崇备至,他说:理学"由之则治,失之则乱,实有裨于化民成俗,修己正人之要"①。在他的授意下,清廷采取了一系列表彰程朱、强化理学的方针政策,如刊行《十三经注疏》,颁布学宫等等,箍紧了纲常名教的枷锁。嘉庆皇帝颙琰较之乃父更有过之而无不及,他"夙好程、朱,深谈性理,所著《几暇余编》,其穷理尽性处,虽夙儒耆学,莫能窥测"。而且还"刊定《性理大全》、《朱子全书》等书,特命朱子配祠十哲之列。故当时宋学昌明,世多醇儒耆学,风俗醇厚,非后所能及也"②。

帝王的好尚,凭借专制政权的势力,自然风行全国。一时间,程朱理学笼罩天下,弥漫寰宇,以其极大的包容性和消融性,将一切异己的思想,如社会批判和情欲肯定等等,纳入自身的体系,予以酸化和同化。程朱理学从晚明的一度蒙尘中复苏,以官方哲学的殊遇荣膺封建统治的精神支柱,支配和制约着各种样式的文学创作。

在戏剧领域里,自从明清之际李玉等苏州派作家极力以伦理道德挽救颓靡世风之后,文人传奇创作内容出现了一种明显的复

---

① 王先谦:《东华录》(清光绪间上海广白宋斋印本)。
② 昭梿:《啸亭杂录》(北京:中华书局,1980),卷一"崇理学"条,第6页。

归倾向:元末明初由高明、丘濬等人宣扬的戏曲风化观,在文人传奇的生长期和勃兴期一度受到猛烈冲击,但始终不绝如缕,入清以后又凭借统治者的积极提倡而死灰复燃了。如果说,顺、康年间思想文化领域的道德复古思潮还包含着救世拯民、保存文明的积极内涵,那么,雍、乾以降理学化的道德文化则已经完全沦为政治专制和意识权威的辅弼附庸了。

在明清传奇的余势期,戏曲风化观更是甚嚣尘上,在传奇创作中占居着主导地位。近人吴梅说:"盖自藏园(按,指蒋士铨)标下笔关风化之旨,而作者皆矜慎属稿,无青衿挑达之事"①,正道出了当时的实况。这种戏曲风化观主要表现为道德内容审美化和传奇艺术道德化两种倾向。前者以夏纶为典型,后者以蒋士铨为翘楚,他们同样地专以阐扬忠孝节烈之事为职志,只不过在审美趣味上略有差异而已。此外,还有的传奇作家致力于改编民间戏曲,使之反俗归雅,有裨世道,如唐英、黄图珌、方成培等。本章将分别讨论这些不同倾向的传奇作家及其作品的思想旨趣。

第一节 道德内容审美化

所谓道德内容审美化,是指传奇作家赤裸裸地以伦理道德作为传奇创作的主旨,指导传奇创作中的选择题材、结构情节、塑造人物等等,藉传奇阐释理学思想,进行道德教化。这种自觉的戏曲创作倾向,可溯源于元末高明的《琵琶记》戏文,更是明中期以丘濬等人为代表的教化传奇的余绪。

---

① 吴梅:《中国戏曲概论》卷下三"清人传奇",王卫民编:《吴梅戏曲论文集》(北京:中国戏剧出版社,1983),第185页。

一、夏纶:五伦为剧,意主惩劝

吴梅在《中国戏曲概论》卷下论及清人传奇时说:

> 乾、嘉以还,铅山蒋士铨,钱塘夏纶,皆称词宗,而惺斋头巾气重,不及藏园。①

在传奇余势期,夏纶以其"头巾气重"的作品为世人称道,从而成为道德内容审美化的典范作家。

夏纶(1680—1753后),字言丝,号惺斋,晚年别署癯叟,钱塘(今浙江杭州)人。十四岁应乡试,其后八试棘闱,终未及第。四十岁后,捐赀得授县令,受到铨选官吏的阻挠,仕途颇不得意。乾隆元年(1736),拟应博学鸿词科,有人劝他退隐,于是归山,以著述自娱。晚年从事戏曲创作,从乾隆九年至十四年(1744—1749),先后撰成《无瑕璧》、《杏花村》、《瑞筠图》、《广寒梯》、《南阳乐》五种传奇,乾隆十五年(1750)世光堂合刻为《惺斋五种》。乾隆十七年(1752),又撰《花萼吟》传奇,次年世光堂与前五种合刻为《新曲六种》,现存原刻本。②

《广寒梯》第三十二出《卺圆》【尾声】说:

> 填词细数谁佳构?恨涉笔便伤忠厚,单只把男女风流话不休。

的确,夏纶的传奇创作是严格地排斥男女风情的。刻本卷首夏纶《五种自序》自称,他的传奇创作之所以"其速且易",是因为"胸无城府,独从扶掖正气起见。认题既真,觉拈毫构思之际,似有鬼神

---

① 王卫民编:《吴梅戏曲论文集》,第177—178页。
② 参见徐梦元:《五种总序》,龚淇:《捻髭图记》,东湖樵:《捻髭图·赞》,并见夏纶:《新曲六种》(清乾隆间刻本),卷首。

效灵于其间"。所谓"扶掖正气",即是宣扬伦理道德教化。梁廷楠《曲话》卷三曾根据夏纶在每部剧作卷首的表白,概括其传奇的创作意图说:

> 惺斋作曲,皆意主惩劝,常举忠、孝、节、义,各撰一种。以《无瑕璧》言君臣,教忠也;以《杏花村》言父子,教孝也;以《瑞筠图》言夫妇,教节也;以《广寒梯》言师友,教义也;以《花萼吟》言兄弟,教弟也。事切情真,可歌可泣,妇人孺子,触目惊心,洵有功世道之文哉!①

可见,明确不二地以纲常伦理为主旨,以道德教化为功能,正是夏纶传奇的主要特征。除了《南阳乐》以外的五部传奇,创作次序依次为忠、孝、节、义、悌,不正是作者创作理性的鲜明体现吗?

《无瑕璧》传奇"褒忠",据《明史》等书,叙写明初燕王朱棣起兵"靖难",兵临济南时,守臣铁铉忠节不渝,高捧明太祖朱元璋的牌位,屹立城头,燕兵不战而退。后来金陵城破,铁铉义不屈事朱棣,被油烹于朝。其子女惨遭迫害,颠沛流离,仍誓守贞节。第三十二出《合璧》【尾声】作者自云:

> 寻宫数调多劳攘,笑老去心情偏壮,也只是要万世千秋同将忠义讲。

剧中尊为帝王的朱棣,因其为篡逆之君,故以丑角扮演,表现了作者鲜明的善恶褒贬态度。

《杏花村》传奇"阐孝",本事出明王同轨《耳谈类增》卷二"王世名俞氏"条,又见《明史》卷二九七《王世名传》,叙写明万历间金华书生王世名坚守纯孝,为父报仇,被判死罪,收监待斩。其子象贤赴省上诉,终得为父平反,朝廷在杏花村建孝义牌坊,旌表王家。

---

① 《中国古典戏曲论著集成》(北京:中国戏剧出版社,1959),第八册,第267页。

《瑞筠图》传奇"表节",叙写明英宗时章纶的母亲金氏未嫁夫死,抚育丈夫之妾所生子,守节不渝,督促章纶刻苦攻读,及章纶入仕,又激励他上本谏阻景泰帝幽居英宗,事迹见明冯梦龙《情史》卷一《章纶母》及蒋士铨《忠雅堂文集》卷四《章节母传》。全剧主要篇幅用于表彰章纶在土木之变和英宗复辟前后,恪守祖训、维持正统、护持道德的耿耿忠心,而指斥徐有贞、陈循等人陷害忠良、玩弄权术、不顾廉耻的丑恶行径,大致根据《明史》诸传。刻本卷首壶天隐叟《瑞筠图题辞》评云:

盖专写太夫人,不足以显章侍郎,而反于"三从"之义有亏;细写章侍郎,即所以表太夫人,而并使义方之训亦见。此惺斋老人善于构局,立言得体之所在也。

《广寒梯》传奇"劝义",内容纯系虚构,叙写钱塘诸生王兰芳奉行明人袁黄(字了凡)的《功过格》(又名《广寒梯》),广行善事,敦重朋友之义,最终科举得意,高授翰林;而他的表兄弟解敏中则因有文无行,恃强欺弱,被削去功名,沦为道士。第三十二出《叠圆》【川拨棹】作者自云:

科第从知洵可求,陋相从知不用忧,只须把阴骘勤修,只须把阴骘勤修,管苍苍垂慈降麻。任文才压众流,坏良心名姓勾。

夏纶以迷信为教化,以良知感天意,纠集儒、道二教合伙警世,这不恰足以表现文人意识的堕落吗?

写完以上四种传奇以后,夏纶情犹未已,欲罢不能,于是又创作了《花萼吟》传奇。据刻本卷首壶天隐叟《花萼吟题辞》记载,乾隆十七年(1752)春,夏纶《花萼吟》传奇脱稿时,解释道:

忠则君臣,孝则父子,节、义则夫妇、朋友,五伦已备其四,若之何独阙昆弟耶?用为之补。

此剧叙写南宋台州姚居仁、利仁兄弟友爱,宋帝赐其"花萼联辉"之匾,予以旌表。作者自云:"戒阋墙,写一个式好的姚家,做雁行雅范。"(首出《大略》)

在中国古代戏曲史上,像夏纶这样不遗余力地"褒忠"、"阐孝"、"表节"、"劝义"、"式好",以使"五伦全备"的戏曲家,的确不可多得,夏纶自己就称诩道:"问世上有几个肯伦纪谆谆不放松?"(《杏花村》第三十二出《旌圆》【余文】)以传奇阐发理学思想,"传奇五种,分配五伦"(《花萼吟》首出《大略》徐梦元眉批),夏纶堪称明代传奇作家丘濬的衣钵传人。

在夏纶的传奇创作中,无论是选材、构思,还是安排情节、塑造人物,一切都成为伦理思想和教化观念的图解,迂腐的"头巾气"流布于字里行间。为了宣扬伦理教化,他甚至不惜在剧中出神出鬼,大谈因果报应。如史书记载并无王象贤救父之事,为极言王家父子皆纯孝,夏纶在《杏花村》传奇中虚构了这一情节,并在故事进展掉转不开的时候,杜撰了"八仙"之一钟离权为王氏父子孝心所感,下凡援救王象贤的荒诞情节。至于《广寒梯》传奇中,文昌梓潼帝君在冥冥之中鉴察凡人善恶,以定功名去取,赤裸裸地以迷信为教化,意趣更为拙劣。类似的关目在明清传奇中虽然屡见不鲜,但像夏纶这样作为整部传奇情节关纽的也并不多见。

除了《南阳乐》传奇虚构三国时蜀汉覆灭曹魏的故事以外,夏纶的传奇作品大多本诸史传,尤其喜从《明史》中撷取素材。但是他的每部传奇作品都有缘饰虚构的情节和人物,从这里最能见出他的思想倾向和艺术趣味。特别值得注意的是,在《新曲六种》中,几乎每一部都有一个险诈小人播乱其间,构成情节发展的曲折跌宕。这一险诈小人,或与史无征,纯系子虚乌有,如《无瑕璧》里的李南荣("情理难容"的谐音省略),《杏花村》里的单兴邦,《广寒梯》里的解敏中等;或史有其人,但较之历史原型大为丑化了,如《瑞筠图》里的徐有贞,《南阳乐》里的黄皓,《花萼吟》里的刘良贵等。这显然体现出作者对社会、对历史的一种观点,即认为小人作乱是君子落难、社会动乱、历史悲剧的重要根源。其思想平庸,格调俗劣,与其伦理观是互为表里的。

二、有补伦常,无颇风化

在传奇余势期,同夏纶一样坚持道德内容审美化的作家,还有董榕、吴恒宣、永恩、瞿颉等人。他们都着意选取体现纲常伦理的故事作为传奇题材,并热诚地揄扬表彰道德典范。

董榕是位著名的孝子,因母死丁艰,哀毁过度,扶榇回乡,竟投江身殉①。其《芝龛记》传奇,作于乾隆十六年(1751),现存清乾隆十七年(1752)原刻本,凡六卷六十出,首另有《开宗》一出。本事出《明史》卷二七〇《秦良玉传》及野史逸闻,叙写明季忠州宣抚、巾帼英雄秦良玉,伐播州杨应龙、征辽东、平蔺州奢崇明、败闯王李自成等事迹。中间穿插沈云贞、云英姐妹故事,出自于清毛奇龄《沈云英墓志铭》。剧末秦良玉与沈云英于道州旌忠祠内芝龛,祭祀死国忠魂,故剧名《芝龛记》。作者本意在"修前史,昭特笔,表纯忠奇孝,照耀羲娥","惟期与伦常有补,风化无颇"(首出《开宗》【庆清朝】)。所以通本言忠、言孝、言贞、言节,不遗余力。近世京剧有《秦良玉》、《沈云英》(一名《道州城》,又名《女将军》),即本此剧改编。

吴恒宣(1727—1780后)的《义贞记》传奇②,现存清乾隆四十

---

① 董榕,字念青,号恒岩、定岩、谦山、渔山,别署繁露楼居士,丰润(今属河北)人。清雍正十三年(1735)拔贡,廷试第一,历官至吉南赣宁道。著有《庚洋集》、《庚溪集》、《诗意》等。传见徐世昌:《大清畿辅先哲传》(天津徐氏刻本),卷十九。

② 吴恒宣,一作恒宪,字来旬,别署郁州山人。山阳(今属江苏)人。一生未尝入仕,曾为漕督崔应阶延幕客。撰有传奇《义贞记》、《火牛阵》、《玉燕钗》,后二种已佚。传见嘉庆《海州直隶州志》卷二五。参见邓长风:《九位明清江苏、上海戏曲家生平考略·吴恒宣》,见其《明清戏曲家考略》(上海:上海古籍出版社,1994),第494—497页。

三年(1778)锄月山房刻本,凡二卷二十五出,叙写淮阳人程允元幼时与平谷刘登镛之女玉环订婚,后五十年间不通音问,各坚守前盟,最后伛偻成礼,白头花烛。这是清康熙间的实事,王椷《秋灯丛话》、李次青《天岳山馆文抄》、黄钧宰《金壶浪墨》等均有记载。同谱此事的,还有徐鄂(1844—1903)《白头新》杂剧①。此剧情节大致据实,而略加敷衍。独《显化》、《降魔》、《阻风》、《旋圆》诸出,说神说鬼,至言程、刘二人到老团圆,乃因数世前误杀命鸟所致,更为荒诞无稽。作者之意盖为明天之报施,自述作意云:

  自古婚姻参错,枯杨生稊生花。白头两两赋秾华,却是罕闻佳话。 五十余年心事,三千里外天涯。一双贞义总堪夸,好藉维持风化。(第一出《开宗》【西江月】)

刻本卷首傅岩《序》也说:"观是剧者,毋徒目为优孟衣冠,而当作伦常之鉴也。"

  永恩(1727—1805)虽然身为清宗室②,却同样濡染了深厚的儒家传统道德和士大夫情趣。他的四种传奇,《五虎记》、《四友记》、《三世记》、《双兔记》,合称《漪园四种》,今存清乾隆间刻本。《五虎记》本事出清阙名《说唐演义全传》小说,叙写隋末秦王李世民手下秦琼、程咬金、尉迟恭、王君廓、段志玄等五虎将,忠唐兴邦的故事。《四友记》合并元代阙名《张天师断风花雪月》杂剧与吴昌龄《花间四友东坡梦》杂剧为一本③,交错成文,叙写宋朝西洛书

---

  ① 徐鄂,字午阁,嘉定(今属上海市)人,所撰《白头新》杂剧,凡六出,现存光绪间石印《诵荻斋二种》本。
  ② 永恩,清宗室,姓爱新觉罗,字惠周,号兰亭主人。康修亲王崇安之子,袭封康亲王。乾隆四十三年(1778),复其祖礼烈亲王爵号,改称礼亲王。著有《诚正堂稿》、《律吕元音》、《金错脍鲜》等。参见姚鼐:《礼恭亲王永恩家传》,钱仪吉纂:《碑传集》(北京:中华书局,1993),卷二引,第36—37页。
  ③ 二剧并见明臧懋循辑:《元曲选》(明万历间刻本)。

生陈世英雪月风花的梦幻际遇,抒发少年骚客的情怀。《三世记》本事出清王士禛《池北偶谈》卷二四,叙写明末济宁进士邵士梅的三世姻缘,表扬夫妇之间的节义。而《双兔记》所写的花木兰替父从军故事,虽然脱胎于明徐渭《四声猿》中的《雌木兰替父从军》杂剧①,却一改原作意趣,极力叙写花木兰在军营中守身如玉,抗拒强暴。第一出《标目》【西江月】作者自述作意云:

> 大易无限文章,变爻返覆阴阳。是男是女有何妨,只要名节纲常。 对兹一番奇事,方知孝义难忘。作成《双兔》警优场,特表木兰名望。

《漪园四种》以宣扬伦理、娱情悦志为主旨,大多结构紊杂,词曲平板。

瞿颉(1743—1817后)的传奇都作于晚年②,作第一部传奇《元圭记》时已57岁,现存抄本《雁门秋》卷首邵葆祺《题词》云:"瞿县老去善悲歌,敕勒声中感慨多。"瞿颉借戏曲所抒发的感慨,既有仕途不遇的愤懑,更多维持风化的苦心。

例如,瞿颉有感于《史记》记少康中兴事过于疏略,乃于嘉庆三年(1798),杂取《禹贡》、《论语》、《左传》、《路史》、《离骚》、《天问》诸书的有关记载,增饰点缀而成《元圭记》传奇。现存抄本卷首言朝楫《题辞》评云:"补填夏后前人阙,不是风云月露词。"瞿颉《自序》也表白道:

---

① 徐渭:《四声猿》,《古本戏曲丛刊初集》影印明万历间刻本。
② 瞿颉,字孚若,号菊亭,别署琴川居士、琴川苍山子、秋水阁主人。常熟(今属江苏)人。乾隆三十三年(1768)举人,嘉庆十一年(1806)任鄞都知县。著有《四书质疑》、《秋水阁古文》、《秋水吟》、《仓山诗钞》等。所撰传奇,《元圭记》、《鹤归来》、《桐泾月》、《雁门秋》,今存;《紫云回》、《锦衣树》,已佚。传见赵景深、张增元辑录:《方志著录元明清曲家传略》(北京:中华书局,1987),第328页所录诸方志。参见邓长风:《瞿颉和他的〈鹤归来〉传奇》,见其《明清戏曲家考略》,第468—481页。

盖尝论之，夷羿篡夏，寒浞杀羿，实为人伦第一大变。而少康以一旅中兴，祀夏配天，不失旧物，亦属三代第一英主。且其事散见于《左传》、《离骚》，非尽无征，而《史记》仅以两言毕之，宜乎孟坚（按，指班固）有疏略之讥也。余为此记，实欲为龙门（按，代指司马迁）补其阙略。

嘉庆四年（1799），瞿颉又作《鹤归来》传奇，以清康熙间王忭（1628—1702）《浩气吟》传奇为蓝本，加以改窜增并，叙写清初常熟人瞿式耜，拥立南明桂王，义不降清，被俘殉国；其孙瞿昌文远赴桂林寻祖，最后肩负骸骨归乡。瞿颉是瞿式耜的六世从孙，此剧盖为称述祖德、表忠孝而作。现存秋水阁原刻本卷首瞿颉《题词》云：

世德衰微孰象贤？惭无椽笔述忠宣。贯穿史乘题歌扇，点缀家门播管弦。胜国老臣能抗节，圣皇大度直如天。独怜孝行犹湮没，未沐恩波到九泉。

要之，表忠称孝，是此剧主旨。刻本卷末周昂总评云：

首出发端，末出收场，从来院本所无，菊亭特创为之。其意匠似仿《桃花扇》，而义较正大。其发端叙友朋，收场叙子姓，又一番结构苦心。不知视邱琼山《五伦全备》传奇，优劣何如也？

以丘濬《伍伦全备记》为传奇典范，这不正是秉持道德内容艺术化的传奇作家的共同追求吗？

《雁门秋》传奇叙写江南姑熟孝廉蘧咏，往雁门访友，见孙传庭家祠堂已颓废，于是倡言修祠，表彰忠义。按，孙传庭（1593—1643），字伯雅，一字白谷，振武卫人。明万历四十七年（1619）进士，崇祯间官至兵部尚书，总督陕西，进剿闯王李自成，战死于潼关。传见《明史》卷二六二。剧中蘧咏即瞿颉化身,因"蘧"与"瞿"同音,"咏"即吟咏。可知此剧是瞿颉所为实录,承袭蒋士铨《一片石》《第二碑》杂剧表彰忠义的意图(按,见下文)。现存抄本卷首张燮《题词》称道:

> 《鹤归来》已谱忠宣,盛事还将白谷传。惯写国殇真面目,不曾艳曲学临川。

有意识地与汤显祖的"艳曲""划清界限",这不正是秉持道德内容艺术化的传奇作家的明确准则吗?

第二节 传奇艺术道德化

当然,像夏纶那样赤裸裸地以传奇阐释理学,"传奇五种,分配五伦",未免也太露骨、太扎眼了,露骨、扎眼得让人难以接受。所以,传奇余势期更多的作家,趋向于传奇艺术道德化的倾向,精心地以戏剧艺术的蜜糖包裹理学观念和教化思想,在当时取得了引人注目的社会效果。

所谓传奇艺术道德化,指的是传奇作家虽然认识到:"从来传奇家非言情之文,不能擅场"[1],从而明确地坚持传奇艺术的抒情性、审美性、虚构性等特征,肯定:"传奇,言情者之所寓也。"[2]但是,他们却自觉地将所言之情注入纲常伦理的血液,使传奇通过抒发符合纲常伦理的个人情欲,达到社会道德教化的审美目的。在明清传奇史上,这种创作倾向,最早可以追溯到传奇生长期的陆采、郑若庸、高濂等作家以艳情故事宣扬伦理观念,其后如明末的周履靖、吴炳、孟称舜和清初的李渔等风流文人,都表现出类似的

---

[1] 洪昇:《长生殿自序》,《长生殿》传奇(清康熙间原刻本),卷首。
[2] 周昂:《玉环缘小引》,《玉环缘》传奇(清乾隆间据梧轩刻本),卷首。

情欲道德化的特征。而洪昇"看臣忠子孝,总由情至"的至情观念(《长生殿》第一出《传概》【满江红】),更成为余势期作家传奇艺术道德化的直接先导。

一、蒋士铨:笔墨化工,维持名教

在传奇余势期,蒋士铨的戏曲作品当之无愧地成为传奇艺术道德化的楷模。有感于"腐儒谈理俗难医,下士言情格苦卑"(《临川梦》传奇卷末收场诗),刻意以"笔墨化工"来"维持名教"(《香祖楼》传奇卷首陈守诒《后序》),这是蒋士铨汲汲以求的审美目的,并在余势期传奇作家中起到了巨大的思想导向作用。

蒋士铨(1725—1785),字心馀,一字苕生,号清容,晚号定甫,别署藏园居士、离垢居士。乾隆十二年(1747)举于乡,二十二年(1757)始中进士,任翰林院编修。乾隆三十年(1765),乞假归田养母。复历任绍兴蕺山、杭州崇文、扬州安定三书院山长。晚年受乾隆皇帝赏识,四十三年(1778)入京为国史馆纂修官,四十六年(1781)病归。著有《忠雅堂诗集》、《铜弦词》、《忠雅堂文集》等,诗词散文,负海内盛名,以诗为最,与袁枚、赵翼齐名,称三大家[①]。

蒋士铨现存的戏曲作品有16种,包括杂剧8种:《一片石》、《四弦秋》、《第二碑》、《康衢乐》、《忉利天》、《长生箓》、《升平瑞》(后4种合称《西江祝嘏》)、《庐山会》;传奇8种:《空谷香》、《桂林霜》、《雪中人》、《临川梦》、《香祖楼》、《采樵图》、《冬青树》、《采石矶》。各剧于蒋士铨在世时即由红雪楼陆续刊印,后合刊

[①] 关于蒋士铨的生平,见蒋士铨:《清容居士行年录》,《忠雅堂诗集》(清乾隆间刻本),附录;袁枚:《翰林院编修候补御史蒋公墓志铭》,《小仓山房文集》(嘉庆间刻本),卷二五;《清史稿》(北京:中华书局,1979),卷四〇九《蒋士铨传》;陈述:《蒋心余先生年谱》,载《师大月刊》第六期(1933年);詹松涛《蒋心余先生年谱》,载《京沪周刊》第24、25期(1948年)等。参见熊澄宇:《蒋士铨剧作研究》(北京:中国戏剧出版社,1988)。

《一片石》、《第二碑》、《四弦秋》、《空谷香》、《桂林霜》、《雪中人》、《临川梦》、《香祖楼》、《冬青树》9种,名《清容外集》(又名《藏园九种曲》等);又加《采樵图》、《采石矶》、《庐山会》三剧,仍名《清容外集》;现皆存清乾隆间原刻本。

蒋士铨在生活中是一位以志节自持,重视立身道德的正统文人。史称其:"赋性悱恻,以古贤者自励,急人之难如不及"①;"生平无遗行,志节凛凛,以古丈夫自励"②;"遇不可于意,虽权贵,几微不能容其胸中"③。与此相应,蒋士铨的文学创作大都以表彰节烈、扶植人伦为主旨,涂染着浓厚的道德色彩。论其诗,如王昶《蒲褐山房诗话》说:

> 遇忠孝节烈事,辄长歌以纪之,凄锵激楚,使人雪涕。④

朱庭珍《筱园诗话》卷二也说:

> 每遇节妇烈女,忠臣孝子,则行以古文传记之法,不惟叙述其事,并将姓氏、年月、地名之类,或顺或逆,或前或后,一一点出。⑤

赵翼《心馀诗已刻于京师……为题三首》诗之二更概括道:

> 谈忠说孝气嶙峋,卅卷诗词了此身。⑥

论其文,如廖炳奎《忠雅堂古文跋》云:

> 碑传序记,每遇忠孝节烈事,表微阐幽,不遗余力,真不愧

---

① 《清史稿》(北京:中华书局,1976),卷四〇九《蒋士铨传》,第13389页。
② 金德瑛:《忠雅堂诗集序》,《忠雅堂诗集》(清嘉庆间刻《蒋氏四种》本),卷首。
③ 袁枚:《翰林院编修候补御史蒋公墓志铭》,《小仓山房文集》卷二五,《续修四库全书·集部》第1431—1432册影印清乾隆刻增修本。
④ 王昶:《湖海诗传》(清同治四年[1865]绿荫堂刻本),卷二一引。
⑤ 赵藩等辑:《云南丛书初编》(民国间云南丛书处刻本),《集部》。
⑥ 赵翼:《瓯北集》(清乾隆、嘉庆间刻《瓯北全集》本),卷三三。

>史笔……先生之文,实有关于世道人心而非苟作也。①

近人张舜徽《清人文集别录》卷七评《忠雅堂文集》说:

>是集文字,以传志、碑表、书事之作为最多而较精,叙述懿行,哀悱动人,盖寓有阐幽之意云。②

因此,蒋士铨论诗,虽然主张"空诸依傍,独抒性情"③,但他所说的"性情",却主要是指儒家的"道德"、"礼义"之类,即"所谓忠孝义烈之心,温柔敦厚之旨"④。同样的,蒋士铨虽然对既为前辈、又是同乡的汤显祖极为崇拜,也明确地以"情"作为戏曲创作的旗帜。但他却完全消解了汤显祖所标榜的"情"的自然人性内涵和传统异端色彩,公然标榜"这情字包罗天地,把三才穿贯总无遗"(《香祖楼》第十出《录功》【混江龙】),"情将万物羁,情把三涂系"的"泛情论"(《临川梦》第三出《谱梦》【金络索】之三),并自觉地以情的外壳包裹伦理道德的内核,以求"得乎性情之正"(《香祖楼·自序》)。在《香祖楼》传奇第十出《录功》中,他说:

>万物性含于中,情见于外。男女之事,乃情天中一件勾当。大凡五伦百行,皆起于情,有情者为忠臣、孝子、仁人、义士。无情者为乱臣、贼子、鄙夫、忍人。

在他看来,情就是伦理道德的理性内容的感性显现。"有情者"即"情之正",是为善;"无情者"即"情之变",是为恶。这一点与洪昇"看臣忠子孝,总由情至"的至情观是一脉相通的。因此,在戏曲作品中,蒋士铨所写的情,不是个性之情,而是人伦之情;所写的

---

① 蒋士铨:《忠雅堂文集》(清乾隆间刻本),卷末。
② 张舜徽:《清人文集别录》(北京:中华书局,1963),第189页。
③ 张道源:《忠雅堂文集序》,《忠雅堂文集》卷首。
④ 蒋士铨:《钟叔梧秀才诗序》,《忠雅堂文集》卷一。

人物,不是注意内在的性格复杂性和心理活动性,而是追求性格外现的伦理典型性。经过这么一番精心处理,道德情感化了,情感也道德化了。

吴梅《霜厓曲跋》卷二称:

> 余尝谓传奇中情词赠答,数见不鲜,其能扫尽逾墙窥穴之陋习,而出以正大者,惟藏园而已。①

此论不虚。蒋士铨就曾经直截了当地声称:"安肯轻提南、董笔,替人儿女写相思。"②他要以正直历史家如南史、董狐等古人为典范,以作史的严肃态度来创作传奇,因此他的戏曲作品便不入才子佳人俗套,大多以褒扬忠烈节义为主旨。

例如,乾隆十六年(1751),蒋士铨正在南昌总纂县志,有感于明宁王朱宸濠的妃子娄氏生前忠义,多次劝谏宁王不可作乱,最后宁王兵变时,投江自尽,以保一身清白。历经数百年,娄妃在南昌的坟墓已经湮灭,蒋士铨为表彰忠节,恳请布政使彭青原为娄妃立碑,并作《一片石》杂剧以记此事。事隔26年后,蒋士铨再临南昌,仍然念念不忘娄妃事迹,又劝江西藩台吴山凤修建娄妃墓,并作《第二碑》杂剧以记其事始末。虽然已是一而再了,蒋士铨仍然兴犹未已。在乾隆四十六年(1781),他又再而三,创作了《采樵图》传奇,以娄妃生平为蓝本,淋漓尽致、载歌载舞地描写了娄妃的节烈事迹。对历史上的一件小小的节烈行为,蒋士铨竟然如此耿耿于怀,历30年而不变,真是十分罕见!其实,他看重的不仅仅是娄妃的节烈事迹,更是他自身对节烈事迹的张扬和对节烈人物的景慕,亦即他内心汹涌澎湃的道德情感。

的确,无论是取材于历史,是取材于现实,或者是纯属虚构,蒋

---

① 吴梅:《霜厓曲跋》,收入任讷辑:《新曲苑》(上海:中华书局,1940)。
② 蒋士铨:《中州愍烈记题词四首》之四,见其《忠雅堂诗集》卷四。

士铨的传奇作品总是这样不遗余力地颂扬纲常伦理,抒发道德情感的。

取材于历史的,如《临川梦》传奇作于乾隆三十九年(1774),据《明史》本传及汤显祖的《玉茗堂集》,并杂采诸说部,刻意为明代戏剧家汤显祖立传。蒋士铨特别着眼于汤显祖义不折腰、"气节如山摇不动"的高风亮节(第一出《提纲》【西江月】),详细铺叙了他"一生大节,不迕权贵,递为执政所抑,一官潦倒,里居二十年,白首事亲,哀毁而卒"的事迹,从而把汤显祖塑造成一位"忠孝完人"(《临川梦自序》)。又如《冬青树》作于乾隆四十六年(1781)①,据《宋史》本传,叙写南宋末年文天祥奔波救国,义不降元,作《正气歌》,最后慷慨就戮,浩气长存,极力表彰文天祥"岁寒然后知松柏之后凋"的"耿耿丹衷"和凛凛高节(《冬青树自序》),同时也抨击了陈宜中、蹇材望、留梦炎等贪生怕死的降臣。同一年,蒋士铨又撰《采石矶》传奇,略本《唐书》本传,叙写唐朝诗人李白的一生遭际,着意张扬李白"才倾人主,气凌宦官,荐郭汾阳再造唐室,知人之功,虽姚、宋何让焉"的"志节"(《采石矶自序》)。

取材于现实的,如《桂林霜》传奇作于乾隆三十六年(1771),据所得马氏家谱,叙写清康熙间吴三桂叛乱时,广西巡抚马雄镇一家以身殉国的事迹,彰扬为人臣子的忠义之行,批判"两朝官,一味无廉耻"的乱臣贼子吴三桂。《雪中人》传奇作于乾隆三十八年(1773),据康熙间钮锈《觚剩》卷七《粤觚·雪遘》及王士禛《香祖笔记》卷三《铁丐传》,叙写清初查继佐(1601—1676)和吴六奇(1607—1665)肝胆相照、义气相交、知恩报恩的事迹,以赞颂朋友

---

① 朱湘《蒋士铨》说:"此曲的本身久已酝酿于蒋氏的胸中,如他四十三岁时有《书宋史宰相传后》第四首,四十四岁时有《题文信国遗像》诗;五十五岁时有《文信国琴》诗,四十九岁时有《真州怀古》诗(为曲中《疑逐》一出的蓝本)……文集中有《重修仪徵文信国祠诸贤配享议》一文可见。"载《小说月报》第十七卷号外(1927年6月)。

相交的侠义之举。《空谷香》传奇作于乾隆十九年(1754),则以蒋士铨知交顾瓒园的妾姚梦兰生前薄命事迹为蓝本①,极写姚氏的"贞魂烈性",以揄扬孝义忠贞(《空谷香传奇自序》)。刻本卷首张三礼《序》称道:"此有关风教之文也。"其后瞿颉的《桐泾月》传奇即模仿此剧,叙写秀才詹湘(按,即瞿颉友人詹应甲)与其妾姚磐儿的情缘,第二十四出《感梦》〔尾声〕云:"生生死死两心同,世间只有情偏重,笑普天下痴女獃儿几曾懂。"

纯属虚构的,则有作于乾隆三十九年(1774)的《香祖楼》传奇。这部作品和《空谷香》同样描写薄命之妾,立意完全相同,都是揄扬女子的贞节,只是在情节上有意地"同处见异":《空谷香》着力于得妾前的千磨百炼,《香祖楼》则落笔于得妾后的千回百折。这种"同处见异",也表现了蒋士铨对道德题材的特殊嗜好。刻本卷首作者《自序》便着意褒扬"性情之正",要"以情关正其疆界,使言情者弗敢私越焉"。所以刻本卷首罗聘《论文一则》称道:

> 而立言之旨,动关风化,较彼导欲宣淫之作,又何其婉而多风,严而有体也。

不过,蒋士铨的可贵之处,在于他并不是一味盲目地歌功颂德,粉饰太平,他敢于直视尖锐的社会矛盾和丑恶的社会现象,并运用伦理道德的武器进行激烈的社会批判。

出于深切的现实感受,蒋士铨在传奇作品中,主要把批判矛头指向尸位素餐、贪赃枉法、鱼肉百姓的贪官污吏和横行乡里、巧取豪夺、霸道欺市的地痞恶霸。《空谷香传奇自序》说:

> 他若刻画小人,摹写世态,又二十载飘零所助。知我者何

---

① 按,顾瓒园,名锡畅(剧中用假名孝威),字孝为,又字瓒园,仁和(今属浙江)人。乾隆元年(1736)进士,历官至九江知府,以疾致仕。传见乾隆五十四年(1789)谢启昆纂修《南昌府志》。

罪焉?

在蒋士铨的传奇作品中,如《临川梦》中"箝群口,占朝堂"、"威权堪炙手"的权相张居正(第一出《拒弋》【二郎神】),"记私仇,常时倾陷正人;借清议,暗里把持朝局"的隐士陈继儒(第二出《隐奸》);《空谷香》中"把百姓膏脂尽量敲,将赤子皮肤剥,裁成段罗"的济南知府吴良(第七出《饮刃》【下山虎】),和欺软怕硬、卖女求荣的跟班孙虎;《香祖楼》中昏庸无能、见死不救的县令,和爱财如命、贪婪狡诈的银匠李蚓;等等,一个个刻画得活灵活现,令人切齿。

此外,蒋士铨在传奇作品中,还把批判的矛头指向"奸权当国忠贤避"、"吏治亏,纲纪颓"的丑恶的政治制度(《香祖楼》第二十七出《访叶》【北四门子】),"耳靡靡诗传郑卫,眼梦梦世降陈隋"的腐朽的社会风俗(《空谷香》第二十出《散疫》【混江龙】),"设下这千钟粟、九品官,牢笼定十万八千才智愚蒙"的腐败的科举制度(《临川梦》第十九出《说梦》【混江龙】),并描绘了"庆丰登,田畴半焦;颂仓箱,男妇偕逃"的所谓"盛世"情景(《香祖楼》第六出《释蚓》【锦缠道】)。在《雪中人》和《香祖楼》中,他甚至认识到官逼民反的道理,指出:所谓盗贼,"皆朝廷赤子,总因有司失职,民不聊生,不得已窃土弄兵"(《雪中人》第七出《请缨》)。

这种激烈的社会批判,是蒋士铨剧作中最有光彩的地方。虽然他的批判总是包含着道德救世的苦衷,但是他能在史称"太平盛世"的乾隆时期,正视并指出封建社会衰败的迹象,以提醒世人,这是他比同时代人略高一筹之处。

尤其值得注意的是,在《桂林霜》传奇中,蒋士铨以曲笔描写了清代顺、康之间著名的文字狱——"庄氏《明史》案",言其"爪牙威,森罗殿下难回避,业镜台前没转移"(第十一出《脱网》),作者盖深有慨焉,其胆略实非时人所及。这是很有趣味的现象:坚持伦理道德,既使蒋士铨当仁不让地以表彰忠贞孝义为己任,又使他不留情面地以揭露现实黑暗为职志。这种伦理人格,不正是中国古代士人精神的典范吗?

二、千秋节义情而已

蒋士铨专以阐扬忠孝节烈之事为职志,大力提倡"维持名教"、"笔关风化",追求传奇艺术的道德化,这实际上代表了并且引导着当时昆剧创作的主要倾向。在他稍前、同时或稍后,如张坚、石琰、钱维乔、沈起凤等人,都与蒋士铨一样表现出传奇艺术道德化的努力。

张坚(1681—1763)所撰传奇四种:《梦中缘》、《梅花簪》、《怀沙记》、《玉狮坠》,时人称为"梦梅怀玉",合刻为《玉燕堂四种曲》,现存清乾隆间刻本①。他的成名作《梦中缘》传奇,作于康熙三十八年(1699)19岁时,叙写苏州文士钟心与昆山才女文媚兰、丽娟姐妹梦中结缘,历经坎坷,终成眷属。所谓"钟心字青士",即"钟情士",实际上是作者自寓。据刻本卷首《梦中缘自叙》,张坚曾梦入华山洞府,遇二仙女,备极殷勤缱绻,唯不及乱。因思:

> ……梦之所结,情之所钟也。欲赋其事,则恐张皇幽渺,亵渎仙灵。乃另托人世悲欣离合之故,游戏于碧箫红牙队间,以想造情,以情造境。自春徂秋,计填词四十六出。一梦始,亦一梦终,惟情之所在,一往而深耳。虽然,情真也,梦幻也。情真则无梦非真,梦幻则无情不幻。夫固乌知情与梦之孰为

---

① 张坚,字齐元,号漱石,别署洞庭山人、三槱先生。江宁(今江苏南京)人。举于乡,屡试不第,穷困出游,转徙齐、鲁、燕、豫间,为人捉刀。曾作《江南一秀才》歌自嘲,因号"江南一秀才"。乾隆十四年(1749),应九江关监督唐英之邀,入幕。最后客死陕西汉中。参见王永健、徐雪芬:《清代戏曲家张坚生平考略》,载《文学遗产》1985年第3期,第123—129页。

真,而孰为幻耶?

这一《自叙》,显然以汤显祖《牡丹亭传奇题词》为蓝本:张坚所说的"情之所在,一往而深",脱胎于汤显祖所谓"情不知所起,一往而深";张坚所说的"情真则无梦非真,梦幻则无情不幻",也类似于汤显祖所谓"梦中之情,何必非真"。刻本卷首杨楫《序》即将张坚传奇与"临川四梦"相提并论,说:

> 夫"临川四梦",评者谓《牡丹》情也,《紫钗》侠也,《邯郸》仙也,《南柯》佛也。今漱石四种,则合女烈臣忠,配以义侠,参之仙佛,而总基于一情。

然而,也许正因为张坚将忠烈、义侠和仙佛统统"总于一情",细察张坚之"情"的内涵,无疑已然化解了汤显祖与"理"相对的厚实,而平添了与"幻"相形的空虚,因而只剩下文人的绮丽之思和教化之旨。

随着年龄的增长,张坚晚年创作的几部传奇,便表现出导情归正的明确意向。例如,作于乾隆十六年(1751)的《玉狮坠》传奇,本事出冯梦龙《情史》卷九《黄损》,叙写黄损与裴玉娥因玉狮坠而成的姻缘。剧中有意抹去原传黄、裴的私约情迹,使其情一归于正,第七出《闻筝》张龙辅尾批评云:

> 若本传船内私挑,未免闺门之玷,此则身在娼门,犹能持正,岂非分外出奇?

经过一番洗刷,全剧集中歌颂的是黄、裴这对患难夫妻的贞义道德,张坚自诩道:"洪蒙另辟开生面,似恁人物般般尽可传"(第三十出《坠仙》【尾声】)。

约作于乾隆十七年(1752)的《梅花簪》传奇,叙写明朝惠州人徐苞(字如山)与杜冰梅、巫素媛的恋情遇合,突出杜冰梅身处逆境而贞烈自守的高尚节操。刻本卷首张坚《自序》说明创作意图道：

> 余《梦中缘》一编，固已撇却形骸，发情真谛，犹恐世人不会立言之旨，徒羡其才香色艳、赠答相思之迹，故复成此种。梅取其香而不淫，艳而不妖，处冰霜凛冽之地，而不与众卉逞芳妍，此贞女之所以自况耳。若徐如山本有情而似无情，巫素媛于无情中而自有情，郭宗解为贞情所感触而忽动其侠情，是皆能不失其正，而可以风矣。

第一出《节概》【西江月】声称：

> 纲常宇宙谁维系，千秋节义情而已……新词非市价，稗语关风化。

第四十出《重圆》【尾声】也说：

> 新词脱尽淫邪派，似这名教风流堪喝采！

此剧情节有套用元末《荆钗记》戏文的痕迹，所以当时南京的民间戏班将此剧"易名《赛荆钗》，一时风动，以其苦节，不让钱、王也"①。

张坚剧作中的男主角大多才高运蹇，多少带着其自身的影子，如钟心虽学饱千箱而廿年虚度，黄损虽胸藏八斗而时乖不遇，徐苞虽满腹经纶而抱璞自悲。而张坚作于乾隆十九年（1754）的《怀沙记》传奇，本史传及《楚辞》，叙写战国时楚大夫屈原的事迹，更借此发抒自己一生仕途不遇的悲愤感情，第一出《述原》【玉宇琼楼】云：

---

① 吴禹洛《梅花簪·序》柴次山眉批，《梅花簪》传奇卷首。芮宾王《梦中缘·跋》亦云："《梅花簪》久为优伶购去，易名《赛金钗》，登场搬演，一时风动，啧啧称奇。"

> 半世浮沉,饶他白发儒冠逐。刘蕡下第叹年年,枉说三冬足……最怕宵长酒醒,起挑灯楚词细读。愿与不遇,千古才人,同声痛哭。

因此,在《怀沙记》传奇中,屈原简直成了张坚的自我写照。

石琰一生雅好填词①,所撰戏曲不下 20 种,"悲壮激烈,纵横跌宕,绘声肖貌,无不应弦而合节。偶成一剧,授诸梨园,按红牙以歌之,观者如堵墙,不胫而走,风行四国"(张鹏《石恂斋传奇·序》)。今仅存五种:《天灯记》、《忠烈传》、《锦香亭》、《酒家佣》、《两度梅》。前四种合刻,称《石恂斋传奇四种》,有清乾隆三十五年至三十六年(1770—1771)刻本;后一种仅存抄本。

石琰的传奇大多取材于盛行于世的弹词、小说或戏曲,如《天灯记》叙写明代杨均的姻缘功名,本事出弹词《万花楼》(又名《双连笔》)之后半节;《锦香亭》叙写唐代钟景期的姻缘遇合,本事出清初古吴素庵主人《锦香亭》小说;《酒家佣》叙东汉末李固子李燮逃难事,明冯梦龙有同名传奇;《两度梅》叙写唐代梅魁落难事,本事出清初惜阴堂主人编《二度梅全传》小说。只有《忠烈传》叙写宋朝韩琦子韩耿的"风流巧合缘"(第三十六出《乔醋》【尾声】),似出杜撰。

石琰对旧有的题材往往人加增删缘饰,特别是津津乐道于一男二美或一男三美的姻缘际遇,如《忠烈传》里的韩耿与裴静娟、张淑娟,《锦香亭》里的钟景期与葛明霞、韦素秋、雷天然,《酒家佣》里的李燮与赵静娟、魏姣莺,《两度梅》里的梅魁与陈玉珍、陆兰英。所以,《忠烈传》、《锦香亭》、《酒家佣》三剧的末出,都写二美或三美的"乔醋"闹婚,结构雷同,味同嚼蜡。

然而,石琰却并非以风流情意为主旨,他不仅刻意设置朝廷中

---

① 石琰,字紫佩,号恂斋。吴县(今属江苏)人。生平未详。

的忠奸政治斗争作为才子佳人遇合的背景,还念念不忘在风流佳话中溶入伦理教化,张鹏《石恂斋传奇·序》评道:

> 虽游戏之笔墨,寓有维风化、植纲常之义存焉,岂漫为靡曼之音以娱耳快目也哉?(《石恂斋传奇四种》卷首)

在这一点上,石琰的传奇与康熙间万树的传奇审美趣味极为相近。如《天灯记》传奇写杨钧在同乡胡文若家设馆课徒,文若买妾金月娥,因无子,拟一乞种之计,使月娥黉夜挑逗杨钧,书一柬曰:"欲度人间种。"杨钧正色力拒,续书一句曰:"恐惊天下神。"因此阴德,文昌帝拟赐杨钧以新科状元,并暗予天灯二盏。后来杨钧为周有辉写卖妻文契,文昌帝怒,削去录籍,撤去天灯。杨钧妻雷凤箫强迫他设法毁契,以修金三十两代周有辉偿债,于是天灯复见,功名依旧。作者自述作意云:

> 从来万恶淫为甚,试看天灯彻底明,抵一篇遏恶行仁的阴骘文。(第三十八出《询灯》【尾声】)

相比较之下,钱维乔(1739—1806)的传奇创作则更接近于张坚①。他的《鹦鹉媒》传奇作于乾隆三十三年(1768),现存乾隆间刻本。本事出蒲松龄《聊斋志异》卷二《阿宝》,叙写杭州诸生孙荆(字子楚)与王宝娘的姻缘。现存刻本卷首作者自序云:

> ……是故情之至也,可以生而死之,可以死而生之,可以人而物之,可以物而人之。此《鹦鹉媒》一剧所以捉管而续吟

---

① 钱维乔,字季木,号竹初,别署林栖居士。武进(今江苏常州)人。乾隆二十七年(1762)举人,历官浙江鄞县等。乾隆五十一年(1786)归里,隐居三十年。著有《竹初诗钞》、《竹初文钞》。所撰传奇三种:《碧落缘》,已佚;《鹦鹉媒》、《乞食图》,今存;合称《竹初乐府三种》。传见赵景深、张增元:《方志著录元明清曲家传略》,第299—300页所录诸方志。参见陆萼庭:《钱维乔年谱》,见其《清戏戏曲家丛考》(上海:学林出版社,1995),第85—116页。

也……或有疑其幻者,则夫蜀魄楚魂,至今不绝,又况千年化鹤,七日为虎,漆园蝶栩,槐安蚁封,天下境之属于幻者多矣,何不可作如是观耶?临川曰:"第云理之所必无,安知情之所必有?"信已。

乍一看,钱维乔与张坚一样,似乎承续的也是汤显祖《牡丹亭》传奇言情的路数。但全部作品极力描写的是孙、王二人坚贞不渝的诚心和之死靡它的痴情,完全符合"发乎情,止乎礼义"的古训,与《牡丹亭》可谓差之毫厘,失之千里。

同样,钱维乔的《乞食图》传奇本事出明清之际黄周星《夏为堂集·补张灵崔莹合传》,叙写明朝正德间吴江才子张灵与崔莹的生死恋情,剧末增饰张、崔回生,以为团圆结局。此事在清代脍炙人口,为许多传奇作家所取材,如陈元林有《乞食图》,汾上谁庵有《画图缘》,刘清韵有《鸳鸯梦》,阙名有《十美图》①。但钱维乔的寓意不在极写男女恋情,而在借才子佳人的遇合,抒发怀才不遇的情感,正如现存刻本卷首杨梦符《序》所说的:"与其遭白眼于穷途,曷若托红颜以终老","此《乞食图》所由作也"。这一语道破了明末以来才子佳人戏曲小说层出不穷的内在原因,正是文人才士借以慰藉功名失意的心灵的审美需求。

从《乞食图》中的张灵形象,我们不难看出,清代中叶文学中的才子形象已不同于明代文学中的才子形象,他们往往从个性对社会的顽强的抗争,沦入个性对社会的颓废的屈从。才子形象人格特征的这种转型,深刻地揭示了封建末世文人的普遍心态:他们总是以放纵个性的方式去对抗社会,却终究心甘情愿地为社会所

---

① 陈元林,字西园,号墨溪,镇海(今属浙江)人,所撰《乞食图》传奇,已佚。汾上谁庵,姓名未详,所撰《画图缘》传奇,现存乾隆间宁拙斋刻本,凡二十六出。刘清韵《鸳鸯梦》传奇,详见本书第二十一章第一节。阙名《十美图》传奇,《曲海总目提要补编》著录,已佚。

同化。具有这种人格特征的才子形象,在沈起凤的传奇中最为鲜活。

沈起凤(1741—1802)生平所著传奇不下三四十种,但多遗佚①。现知存目者10种,仅存《报恩猿》、《才人福》、《文星榜》、《伏虎韬》4种,合刻为《红心词客四种》(又名《沈赘渔四种曲》),现存清道光间古香林刻本。

《才人福》传奇是沈起凤的代表作,以明中叶吴县文人张幼于和祝允明为主角,凭空虚构了他们"才人福分从来少,喜洞房金榜都邀"(第三十二出《福圆》【煞尾】)的故事。在剧中,张幼于为了追求意中人秦晓霞,不惜改装成书童,混入秦府,希望能有机会接近秦晓霞。祝允明的爱情追求更加狂放,他为了得到意中人沈梦兰,居然扮成道士,手持木鱼,口念"化婆经",在光天化日之下,到沈府门前募艳,想把梦兰小姐骗到手。结果因扰乱治安罪,他被官府拘禁起来。吴梅《才人福跋》评云:

> 其事虽臆造,而文心如剥蕉抽茧,愈转愈奇,总不出一平笔。传奇至此,极才人之能事矣。②

以出奇制胜的才人之笔,写离奇古怪的才人之举,正是沈起凤传奇的独到之处。

张幼于和祝允明一心陶醉在爱情之中,他们似乎是以爱情作为至高无上的人生理想的。但是他们爱情的最终实现,却不能不靠功名的辅助。要不是祝允明奉旨钦召进京,去识别北京太学古

---

① 沈起凤,字桐威,号赘渔、蓉洲,别署红心词客。吴县(今属江苏)人。乾隆三十三年(1768)举于乡,后五应会试,皆不第。乾隆五十三年(1788)起,历任祁县、全椒教谕。终以选人客死都门。著有笔记小说《谐铎》及《续谐铎》,散曲集《樱桃花下银箫谱》,文集《赘渔杂著》,词集《红心词》等。参见陆萼庭:《沈起凤年表》,见其《清代戏曲家丛考》,第153—161页。

② 吴梅:《瞿庵读曲记》,王卫民编:《吴梅戏曲论文集》,第459页。

碑文,他怎能顺利地解脱牢狱之苦,如愿以偿地和沈梦兰成婚呢?张幼于也在秦晓霞等人的激励下,赴京殿试中式,得授翰林学士,才使功名婚姻两全其美。不然的话,他们的爱情岂不都成了泡影了吗?第一出《双奔》【尾声】一语道破了作者的意旨:

> 笑当场游戏谁人懂?须不是说鬼坡仙万事空,也只愿天下才人将福分拥。

从张幼于和祝允明的形象身上,我们可以看到,才子的人生理想呈现出分裂的状态:爱情和功名,或者两得,或者两失。这就造成才子整体人格的自我分裂:一方面,为了自由,希望摆脱现实生活的束缚;另一方面,为了生存,必须屈就现实生活的规范。一方面,他们企图用游戏人生的态度,来实现自我肯定;另一方面,他们又只能在和正统文化意识的认同中,切实地肯定自我。才子形象的这种自我分裂的整体人格,无疑是变态的时代的产物。在古代文化和近代文化交替错综的时代里,文人阶层既肩负着沉重的传统因袭,又感受着新生的思想骚动,这怎能不造成他们人格的严重分裂呢?

沈起凤的《红心词客四种》传奇约作于乾隆后期。这些作品与《诗经》和白居易"新乐府"诗一样,都有明确的创作目的。道光间刻本卷首石韫玉《乐府解题四则》曾依次指明道:

> 《报恩猿》,戒负心也。白猿受谢生无心之庇,即一心报德,成就其科名,联合其婚姻,以视夫世间受恩不报者,真禽兽之不若哉。此剧可与《中山狼传》对勘。

> 《才人福》,慰穷士也。识字如祝希哲,工诗如张幼于,一沉于卑位,一困于诸生。特著此剧,以为才人吐气。若唐时方干等十五人,死后始成进士,奚不可者?

> 《文星榜》,惩隐慝也。杨生命本大魁,以淫行被黜。王生士行无玷,又因其父居官严酷,几以冤狱丧身。士大夫观

此,皆当自省。

  《伏虎韬》,警恶俗也。妇人以顺为正,乃有凌虐其夫者,此阴盛阳衰之象,有关世道人心。此剧寓扶阳抑阴之意,亦以明妇人妒者必淫,淫者必悍,丈夫溺爱,甚无谓也。真唤醒痴人不少。

石韫玉的概括无疑是以正统伦理观念为标准的,这虽然并不能完全符合沈起凤的原意,但是细绎传奇原文,我们不难看出,石韫玉的解读还是大体上切中文本语义的。

  例如,构成《报恩猿》传奇主干的是白丁悔约与白猿报恩的对立结构。剧写苏州贫士谢兰与镇江富豪白丁之女丽娟早订婚约,因白丁嫌其贫寒,屡加迫害,必欲置之死地而后快。而谢生偶然救解了白猿公之难,却受到白猿公的多次报恩,成就他的功名姻缘。第三十七出《鼎圆》【尾】云:

  酬恩报德从来板,有多少学反噬的中山,怕俺把这报恩猿的传奇补调间。

《文星现》传奇据清蒲松龄《聊斋志异》卷十《胭脂》而发想,写的是一起冤案,但是同样有一个鲜明的对立结构作为全剧的"剧胆":王又恭坚守操节,不易婚约,虽屡受坎坷,但最终功名婚姻,两全其美;而杨仲春与人通奸,又谋人之妻,最后落得害人害己。这一结构,与夏纶的《广寒梯》传奇何其相似乃尔!《伏虎韬》传奇本事与清袁枚《子不语》卷十一《医妒》条相同,因世称妒妇为"胭脂虎",而马侠君颇饶伏"虎"韬略,使武进人轩辕生的悍妻张氏俯首称臣,所以剧名《伏虎韬》。同样以治妒为主旨的传奇,明代有汪廷讷的《狮吼记》、吴炳的《疗妒羹》,清代有孙郁的《绣帏灯》①,于此也

---

① 按,《狮吼记》,现存明万历间刻本;《疗妒羹》,现存明崇祯间刻本;《绣帏灯》,现存清初稿本。

可以看出这是明后期以降文人士大夫的热门话题,其中寓含着"夫为妻纲"的伦理教化,岂非不言自明?

第三节 改俗曲以归雅正

为了更有成效地进行伦理道德教化,余势期还有一些传奇作家致力于改编民间戏曲,在普通百姓喜闻乐见的故事中注入伦理道德的内容,以求既合于"天道"即正统的纲常伦理,又合于"人心"即百姓的审美趣味。唐英、黄图珌和方成培,就是这样的传奇作家。

一、改昆调合丝竹天道人心

对乾隆、嘉庆间"花部"逐渐取代"雅部",在剧坛上占据上风的情形,有的士大夫视而不见,坚决抵制。如张坚,不仅照旧撰写长达几十出的才子佳人传奇,而且不准"花部"艺人演唱他的剧作:"或有人购去将以弋腔演出之,漱石则大恐,急索其原本归,曰:'吾宁糊瓿。'"(《梦中缘》传奇卷首徐孝常《序》)

与此相反,有的士大夫承认"花部"戏剧受欢迎这一现实,对昆剧艺术有所改进。如蒋士铨便在他的昆剧创作中,引用了不少直接标明为"梆子腔"、"高腔"、"弋阳腔"等地方戏曲声腔的曲词。如《长生箓》第一出月中玉兔和金蟾演唱《刘海戏金蟾》时所标明的高腔、梆子腔;《忉利天》第三出魔王波旬叙述战斗场面时唱的一大段弋阳腔。他还把两个原始形态的地方戏剧目——梆子戏《女八仙》和僮谣戏《刘三妹》,相当完整地插入他自己的剧作中。又如,面具和假形舞蹈是江西傩戏、弋阳腔以及花部戏的常用手法,昆剧剧目一般较少采用。为了适应观众的欣赏心理和审美需要,蒋士铨在他的剧作中也大胆地采用了不少这类表现手段。

如《临川梦》第六出《星变》:"扮四星官各戴本象盔,引大旗分写室火猪、壁水犹、娄金狗、胃土雉字面拥上。"《雪中人》第五出《联狮》:"杂扮二狮子上,与净斗。"《桂林霜》第十一出《投辕》:"伥鬼引虎过","二猩猩并肩醉行。"

还有的士大夫,则以封建正统观念和昆腔曲调改造当时流行的花部剧目,偷梁换柱。唐英(1682—1756)就是这方面的典型①。

唐英的戏曲创作活动,大约在乾隆初年至十九年间(1736—1754),所撰戏曲共十九种。其中杂剧十四种:《笳骚》、《三元报》、《芦花絮》、《佣中人》、《清忠谱正案》、《女弹词》、《虞兮梦》、《长生殿补阙》、《英雄报》、《十字坡》、《梅龙镇》、《面缸笑》等十二种,今存;《旗亭饮》、《野庆》,已佚。传奇《转天心》、《巧换缘》、《天缘债》、《双钉案》、《梁上眼》五种,均存。总题《灯月闲情》,后人称《古柏堂传奇》、《古柏堂曲》、《古柏堂杂剧传奇》或《古柏堂乐府》等,现存清乾隆嘉庆间唐氏古柏堂刻本,周育德校点《古柏堂戏曲集》(上海古籍出版社1987年版),收录了现存十七种传奇杂剧。

唐英对地方戏曲的态度并不那么褊狭,在《观土梨园演杂剧》诗中他说:"高天爽籁通人籁,巴唱吴歈尽可听。"所以,他的戏曲作品,有的取材于历史故事,如《虞兮梦》、《佣中人》、《转天心》等;而更多的则直接根据民间戏曲改编,如《十字坡》、《三元报》、《梅龙镇》、《面缸笑》、《英雄报》、《芦花絮》、《巧换缘》、《天缘债》、《双钉案》、《梁上眼》等;要之,都具有浓郁的民间色彩。他还在昆腔戏曲中保留部分地方戏声腔,如《梁上眼》第八出《义圆》,

---

① 唐英,字俊公,一字隽公,号叔子、陶人,别署蜗寄居士、蜗寄老人。奉天(今辽宁沈阳)人,隶汉军正白旗。官至江西九江关监督。著有《陶人心语》、《陶人心语续选》、《陶冶图说》等,编辑《问奇典注增释》。传见《清史稿》卷五一〇本传;李桓:《国朝耆献类征初编》(湘阴李氏版),卷一四五。参见李修生:《唐英及其剧作》,载《文学遗产增刊》第12辑;邓长风:《十三位清戏曲家生平考略·唐英》,见其《明清戏曲家考略》,第575—577页。

丑扮魏打算唱〔姑娘腔〕,副扮茄花儿唱〔梆子腔〕,这是当时一般文人士大夫剧作家所不屑为的,表现出过人的胆识。

但是,唐英却以士大夫的审美趣味,对这些民间故事和民间戏曲进行了脱胎换骨的重新改写,赋予其正统的思想观念,以宣扬忠孝节义为主旨,并常伴随着因果报应的思想。《天缘债》第一出《标目》说得十分明白:

> 打梆子唱秦腔笑多理少,改昆调合丝竹天道人心。

这里仅以传奇作品为例。如《转天心》传奇本事出清初艾衲居士《豆棚闲话》第五则《小乞儿真心孝义》,写黄冈乞丐吴定儿因多行善事,使天心回转,终至显贵,一门都受封诰。其事与明末徐复祚《花当阁丛谈》卷四《孝丐》,及清乾隆间史震林《西青散记》卷三《扬州丐》相近,显然是民间流行的故事。唐英在创作这部作品时,特意设置乞丐吴定的孝义与二品大员何时贤的欺君弃母两相对照的结构,惩恶劝善,褒贬分明。第一出《开场》【西江月】自述作意云:

> 暴逆贪痴遗臭,忠诚孝义芳传。请看功过再生缘,神目昭昭似电。 畬瓮边旁玉帝,莲花落里英贤。天堂地狱寸心间,心格天心即转。

卷首《转天心自序》也说:

> 天之外无所信,心之外无所守。守其心以信天,信其转以验守。圣贤之训,何肯自外?释老之教,亦难妄评。惟即其事以揆理,即其理以揆心。心与理洽,而人心转矣;理与事宜,而天道合矣。

又如《巧换缘》传奇据梆子秦腔旧戏改编而成,第十二出《寿圆》【尾声】云:

>灯窗雪夜闲情寄,《巧换缘》新词旧戏,问周郎比那梆子秦腔那燥脾?

剧作写的是常州书生洪遇往金陵一带购买妻子的奇遇,本来是颇饶悲剧意味的故事,但作者却有意构置成一个喜剧结构:洪遇所购得的老妻和老木匠马冲霄所买到的少妻,由于丹徒知县"乱点鸳鸯谱",得以调换,各适其所。

《天缘债》传奇一名《张古董》,是梆子秦腔剧本的改编本。按,清乾隆间董伟业《扬州竹枝词》云:

>丰乐、朝元又永和,乱弹戏班看人多。就中花面孙呆子,一出传神《借老婆》。①

《竹枝词》有清乾隆五年(1740)郑燮题序,然则乱弹《借老婆》其时已流行剧场。《缀白裘》"乱弹腔"中,收有《借妻》、《回门》、《月城》、《堂断》四折,实为一完整的剧本。唐英以此为底本,改写了张骨董的形象,突出他"割恩全义"的友道,并增饰他与李环嶂之女喇吧花的姻事,使他终于有了一个好结果,这就是所谓"好人终得好报"。第二十出《偿圆》,张骨董对借他妻子的结义兄弟李成龙说:

>我好好的一个张骨董,被他们这些梆子腔的朋友们到处都是《借老婆》,弄得个有头无尾,把我妆扮的一点人味儿都没有了,糟蹋了我一个可怜!……若得个文人名士改作昆腔,填成雅调,把你今日待我的这一番好处也做出来,有团圆,有结果,连你我的肝胆义气也替咱们表白一番,才是好戏。

第一出《标目》【西江月】也强调了"欠债当还"的主旨,道:

---

① 董伟业:《扬州竹枝词》,收入陈恒和辑:《扬州丛刻》(民国扬州陈恒和书林刻本)。

> 从来借债须还债,人要赖时天不赖。笑话枕边缘,还时重利钱。　　张李冤家借,风雨相交夜。场上演来看,天公铁算盘。

尽管如此,老百姓却不买唐英的账,后来京剧、川剧、滇剧、湘剧、汉剧、楚剧、桂剧、徽剧、河北梆子、同州梆子、闽南花甲戏等,均本乱弹剧本,而与传奇迥然相异。

在乾隆年间昆剧走向衰落之时,唐英致力于从民间输入养料,试图使昆剧恢复往日在民间的荣耀,"要唱得那梆子秦腔尽点头"(《双钉案》第二十六出《双婚》【尾声】),其精神和胆识是可嘉的,而且在昆剧改革的历史趋向中,的确不乏"先锋"意义。但是,他仅仅在题材与形式方面借鉴民间戏曲,迎合民间审美趣味,而在内容旨趣上却始终放不下文人士大夫颐指气使的高台教化架子,这只能注定他的改革的失败。

二、《雷峰塔》的演变

黄图珌(1700—1771后)的戏曲活动年代与唐英大致相近①。他撰有传奇7种:《雷峰塔》、《栖云石》、《梦钗缘》、《解金貂》、《温柔乡》、《双痣记》6种,今存;《梅花笺》,已佚。合称《排闷斋传奇》,或《看山阁乐府》。在黄图珌的传奇作品中,最值得注意、影响也最大的,是以白蛇故事为题材的《雷峰塔》,现存清乾隆间刻《看山阁全集》所收本。

白蛇故事产生于民间,至少在宋代已经流行。清《南宋杂事诗》录陈芝光咏杭州西湖雷峰塔诗有句云:"闻道雷坛覆蛇怪。"注

---

① 黄图珌,字容之,别署蕉窗居士、守真子。松江(今属上海市)人。雍正、乾隆间,历官杭州同知、衢州同知、河南卫辉府知府。著有《看山阁全集》。参见杜颖陶:《雷峰塔传奇的作者》,载《剧学月刊》四卷第八期(1935年8月),第36—39页;周妙中:《江南访曲录要·栖云石》,载《文史》第二辑(1963年4月)。

引明人吴从先《小窗自纪》语:"宋时法师钵贮白蛇,覆于雷峰塔下。"①明田汝成《西湖游览志》卷三《南山胜迹》记雷峰塔,亦云:"俗传湖中有白蛇、青鱼两怪,镇压塔下。"②明人洪楩《清平山堂话本》选辑宋元话本《西湖三塔记》,即写南宋淳熙年间,临安人奚宣赞游西湖,几被白蛇精变化的白衣妇人所害,白蛇精终被法师奚真人镇于湖心石塔之下③。这大概是白蛇故事的原型,所谓"奚宣赞"后来即演变为许宣。这一故事以神妖冲突为中心,极写妖能害人而神能克妖,尚未脱出宗教故事的范式。

田汝成《西湖游览志余》卷二十《熙朝乐事》又云:

> 杭州男女瞽者,多学琵琶,唱古今小说、平话,以觅衣食,谓之陶真。大抵说宋时事,盖汴京遗俗也……若红莲、柳翠、济颠、雷峰塔、双鱼扇坠等记,皆杭州异事,或近世所拟作者也。④

然则明代以《雷峰塔》为名的白蛇故事已甚为流行。明天启间冯梦龙《警世通言》卷二八收《白娘子永镇雷峰塔》话本⑤,殆即据民间说唱故事修改、增饰而成,叙写白娘子和许宣在西湖相遇、订盟,许宣因银祸第一次被发配到苏州;白、许在苏州成亲,道人赠符,白娘子逐道,许宣因盗案第二次被发配到镇江;白、许在镇江重逢,许宣往金山寺拈香,白娘子和青儿寻许,慑于法海禅师法力,翻船遁走;许宣遇赦回杭州,在姐夫李募事家再遇白、青,请道士戴先生捉妖不成;法海钵贮白蛇、青鱼二妖,镇于雷峰塔下。话本的故事情

---

① 清沈嘉辙等撰:《南宋杂事诗》(《景印文渊阁四库全书》本)。
② 清丁丙辑:《武林掌故丛编》(清光绪间钱塘丁氏嘉惠堂刻本),第二十集。
③ 谭正璧校注:《清平山堂话本》(上海:上海古籍出版社,1957)。
④ 田汝成:《西湖游览志余》,收入丁丙辑:《武林掌故丛编》第二十集。
⑤ 《警世通言》,现存明金陵兼善堂刻本等。

节和人物形象已经相当完整,构成后世白蛇故事的基本框架。而神妖冲突虽仍为故事主旨,但已多少为世俗情爱所消解,这体现出宗教故事神话化、现实化的趋向。

明末陈六龙的《雷峰记》传奇,第一次将白蛇故事搬上舞台,惜原剧失传。据祁彪佳《远山堂曲品·具品·雷峰》条载:

> 相传雷峰塔之建,镇白娘子妖也。以为小剧则可,若全本,则呼应全无,何以使观者着意?且其词亦欲效鞶华赡,而疏处尚多。①

大概此剧文人习气过重,所以不便于舞台演出。

据黄图珌《雷峰塔》传奇卷首《自序》,该剧脱稿于清乾隆三年(1738),是现存最早的有关白蛇故事的戏曲剧本。全剧凡二卷三十二出,盖据《白娘子永镇雷峰塔》话本改编,《看山阁全集·南曲》卷四《伶人请新制〈栖云石〉传奇行世·小引》云:

> 《雷峰》一编,不无妄诞,余借前人之齿吻,发而成声,于看山之暇,饮酒之余,紫箫红笛,以娱目赏心而已。

全剧基本保持了话本的情节和人物,而且一如既往地以除妖为主旨,甚至强化了话本原有的色空观念,将剧作定性为传统的宗教剧。全剧以《慈音》开端,以《塔圆》结尾,这一结构象征着白、许姻缘的悲剧结局早由天定,即使一再反抗,也无法挽回,这不是传统宗教剧命定模式的演化吗?黄图珌还虚构了许宣在法海的感召下,看破红尘,皈依佛祖,功成升天的结局,自称:"另立个冷淡的家门儿不宜乎众。"②这不是传统宗教剧度脱模式的变异吗?

---

① 《中国古典戏曲论著集成》第六册,第104页。
② 黄图珌:《看山阁全集·南曲》卷四《观演〈雷峰塔〉传奇》。

但是,《雷峰塔》传奇毕竟比话本更多地渲染了白娘子对情爱的执着追求和温柔多情的性格,从而多少淡化了她的妖气。因此,一脱稿,戏曲艺人便将它搬上舞台,"一时脍炙人口,轰传吴越间。"①由于剧本的宗教观念不符合民间审美趣味,很快就为戏曲艺人所改窜。虽然在苏州"仍有照原本演习,无一字点窜者,惜乎与世稍有未合,谓无状元团圆故耳"。而"续白娘生子得第一节"的剧本,虽然"落戏场之窠臼",却因为"悦观听之耳目,盛行吴越,直达燕赵"②。于是在乾隆中叶,遂有梨园旧抄本《雷峰塔》及方成培水竹居刻本《雷峰塔》,先后出现,取代黄本,流行于世。

据清徐珂《清稗类钞》记载:乾隆三十年(1765),乾隆皇帝第五次南巡。

> 颁衍新剧,两淮盐商,乃延名流数十辈,使撰《雷峰塔》传奇。然又恐伶人之不习也,即用旧曲腔拍,以取唱衍之便利。若歌者偶忘曲文,亦可因依旧曲,含混歌之,不致与笛板相迕。当御舟开行时,二舟前导,戏台即架于二舟之上,向御舟演唱,高宗辄顾而乐之。

现存的梨园旧抄本凡三十八出,也许与这个袭用"旧曲腔拍"的本子相近,是艺人的改编加工本之一,相传为清乾隆时昆腔老徐班名丑陈嘉言父女的演出本,惜无确证③。

抄本在黄图珌《雷峰塔》传奇的基础上,博采民间传说,增饰

---

① 黄图珌:《看山阁全集·南曲》卷四《伶人请新制〈栖云石〉传奇行世·小引》。
② 黄图珌:《看山阁全集·南曲》卷四《观演〈雷峰塔〉传奇·引》。
③ 杜颖陶《雷峰塔传奇的作者》一文,引录陈金雀校订《断桥》一折曲谱跋语云:"陈嘉言父女二人所编《雷峰塔》、《三笑姻缘》二本传奇,与扬州江班演唱"。按,李斗《扬州画舫录》(北京:中华书局,1960),卷五记徐班诸伶时云:"三面以陈嘉言为最,一出鬼门,令人大笑。后与配林(按,即徐班演二面者,姓钱)同入洪班。"(第123页)陈金雀为嘉、道时伶工,其言必有所据。

633

了白娘子端午节饮雄黄酒现形,许宣惊绝,白娘子登嵩山盗仙草,救活许宣;白娘子与法海斗法,水漫金山寺;白、许相遇西湖断桥,偕归许宣姐夫李仁家,生子许士麟,并与许宣姐姐之女订婚;许士麟得中状元,祭塔完姻;白娘子镇塔下二十余载,终为天帝赦免,青儿亦得赦,因接引至忉利天宫等情节。剧中《端阳》、《求草》、《救仙》、《化香》、《水斗》、《断桥》、《指腹》、《画真》、《精会》、《奏朝》、《祭塔》、《做亲》、《佛圆》诸出,皆系增饰,而多流传于后世剧坛。

抄本《雷峰塔》虽然仍以法海与白娘子的神妖冲突为主脑,但是却一反黄本的旨趣,赋予白娘子形象以鲜明的人的感情、性格、意志和行为动机,特别是突出了她不屈服于命运的顽强斗志、执着于理想的追求精神和感情深挚的自我牺牲精神。因此,抄本《雷峰塔》便赋予神妖冲突的外部结构以人们为了追求幸福和理想同一系列统治力量(政权的和神权的)作殊死斗争的思想内蕴,神妖冲突深化为人情与世法、人情与佛理的冲突。为什么白娘子被视为"妖邪"、"异端",而为钱塘县令以法律约束,为茅山道士以灵符被除,为嵩山诸仙以法力制服,乃至为法海禅师以金钵镇压呢?原因不是别的,恰恰就是白娘子盗库、赠符、盗草,尤其是与凡人的情爱,这些所作所为,都是违反和破坏了正统的统治秩序和神权权威的,是大逆不道的,因此她只能落得"格杀勿论"的悲剧下场。

然而,正如鲁迅在《坟·论雷峰塔的倒掉》一文中所说:

> 试到吴越的山间海滨,探听民意去。凡有田夫野老,蚕妇村氓,除了几个脑髓里有点贵恙的之外,可有谁不为白娘娘抱不平,不怪法海太多事的?[①]

普通百姓的同情总是毫无保留地倾注在白娘子身上,因为白娘子

---

① 鲁迅:《鲁迅全集》(北京:人民文学出版社,1973),第一卷,第158页。

通体浸透着深挚的情感。这种情感,既是个人的真心真情,又闪烁着理想的道德光芒,是人们极为珍惜或极为向往的情感,是人们极愿保持或极愿获取的情感。《求草》一出,写白娘子为了救活自己挚爱的人,可以冒着生命危险去仙山盗草;《水斗》一出,写白娘子为了夺回爱情与幸福,奋不顾身地投入殊死的战斗;《断桥》一出,写白娘子在危难之际,仍然对心爱的人一片痴情;凡此数端,皆为原来的传说故事所没有或十分简略,而抄本《雷峰塔》却极力铺张淋漓,描摹白娘子的深情与厚意,讴歌白娘子的刚强与柔情,这怎能不赢得历代观众的同情呢?所以,此剧最终给白娘子以得子、受封、升天的厚报,这样的结局虽然仍罩着皈依正果的宗教面纱,但却已无法遮掩全剧丰满的现实意义了。

  在抄本《雷峰塔》中,许宣的处境相当尴尬,性格也相当复杂。他既爱恋、怜惜白娘子,因为她毕竟是一位美貌、多情而贤慧的妻子;但他又怀疑、惧怕白娘子,因为她毕竟是蛇仙。许宣爱上了一位蛇仙,这并不是他的错,但却由此激发了他性格内部那种强烈的自我保护意识。传统观念认为,与妖异的结合,就会受到妖异的作祟而戕害生命。许宣是相信这一点的,他怎么能不相信传统观念?怎么敢去贸然以身试"法"呢?但他对白娘子毕竟产生过情爱,而这情爱又是发自内心的,是真挚的,所以是刻骨铭心的。处在这样尴尬的境地里,许宣怎能不矛盾?怎能不犹疑?又怎能不一直自怨自艾呢?当然,这也同他的软弱根性有关。要是他哪怕再坚强一些,勇敢一些,果决一些,或者与白娘子一刀两断,或者不顾一切地维护情爱幸福,那么,就不会有这么多的矛盾、犹疑和自怨自艾了。所以,许宣就是这么一个普普通通的凡人,普通到没有什么出类拔萃的个性,平凡到没有什么异乎常人的行为。在这里,抄本《雷峰塔》写出了一个普通人的悲剧。

  如果说白娘子是一位神话式的理想人物,那么,许宣就是一位人世间的凡夫俗子。白娘子与许宣的结合及其悲剧性的结局,正象征着理想与现实的结合及其悲剧命运。《雷峰塔》故事数百年来流传不衰,这恐怕是一个深层的原因吧?人们生活在现实中而向往着理想,假若企望把理想与现实糅合在一起,这本身就是一种悲剧性的选择。但是,又有谁不是不由自主地注定要作出这种悲剧性的选择呢?这是人生的悲剧,也是人生的意义所在,难道不是这样吗?

在抄本之后,方成培的《雷峰塔》传奇于乾隆三十六年(1771)脱稿①,现存清乾隆三十七年(1772)序水竹居刻本,凡二卷三十四出。方剧系据梨园演出本而改编,刻本卷首《自叙》称,曾多次观演《雷峰塔》传奇:

> 惜其按节氍毹之上,非不洋洋盈耳,而在知音翻阅,不免攒眉,辞鄙调讹,未暇更仆数也。因重为更定,遣词命意,颇极经营,务使有裨世道,以归于雅正。较原本,曲改其十之九,宾白改十之七。《求草》、《炼塔》、《祭塔》等折,皆点窜终篇,仅存其目。中间芟去八出。《夜话》及首尾两折,与集唐下场诗,悉余所增入者。

刻本每出后多有评语,所言"旧本"、"原本",即梨园旧抄本。方本所删者,为《盗库》、《捕银》、《发配》、《窃巾》、《告游》、《画真》、《奏朝》,实系七出。另原本《审问》,方本大加删略,改为《审配》,合此即所谓"芟去八出"。方本所增者,仅《夜话》一出,系于《开行》后,叙许宣开药铺,晚间归家,与白娘子赏月言情。眉批云:

---

① 方成培,字仰松,别署岫云词逸。横山(今属安徽歙县)人。幼多病,闭门习医,不能以举业自奋,乃博览群书,尤精于声乐。尝汇诸家词曲,考订格律,著《词榘》。著有《听奕轩小稿》、《叠嶂楼诗钞》、《岫云诗草》、《香研居词麈》、《香研居谈咫》、《飞鸿堂随笔》等。传见赵景深、张增元:《方志著录元明清曲家传略》,第292—293页所录诸方志。

> 增此一出，通身灵动，起伏照应，前后包罗，有瀚行潆洄之致。又足见人方寸间蔽锢虽深，而本体之明，未尝尽丧，清夜中自有此一番情景。

又将原本《水斗》出，改窜为《谒禅》、《水斗》二出。情节改动者，最主要的是原本《露赃》，叙李仁出首，状告许宣，方本《避吴》改为李仁令许宣避往苏州，而后出首。尾批云：

> 中间放走一着，理所难行，情所应有，脱卸颇轻便。若旧本公然呈首，后来又腼颜受封，殊不可为训。非独两番刺配，文法合掌堪嫌矣。

至于旧本排场未变，而曲词、宾白悉改的场次，几占全部之半。

方本对梨园抄本总的改编原则，就是："务使有裨世道，以归于雅正。"细考《缀白裘》和姚燮《复道人度曲》所收《雷峰塔》的折子戏，不难看出，方本虽然遣词命意归于雅正，但在舞台演出实际中，真正流行的还是各种艺人的剧本，而不是方本。以《断桥》中的〔玉交枝〕一曲为例，方本作：

> 轻分鸾镜，那知他似狼心性。思量到此真堪恨，全不念伉俪情深！恶狠狠，裴航翻欲绝云英，喘吁吁，叹苏卿倒赶不上双渐的影。望长堤疾急前征，顾不得绣鞋帮退。

旧抄本作：

> 轻分鸾镜，那知他似豺狼心性。思量到此教人恨，全不念凤枕鸾衾。谁知今番绝恩情，教人不觉添悲哽。那、那怕伊插翅飞腾，我这里急忙追奔。（《复道人度曲》本同此）

《缀白裘》第七集本作：

> 轻分鸾镜，一霎时双鸳分影。恨他行负了恩深，致奴身受

苦伶仃。忙忙赶上休迟延,急急追来莫待停。教我悲痛处雨泪溢溢,纵生翅何处飞腾。

显然,《缀白裘》本的语言风格更接近于旧抄本,都是用日常俗语为曲辞,通俗易懂。而方本则大量采用"伉俪情深"、"裴航翻欲绝云英"、"叹苏卿倒赶不上双渐的影"等成语典故,雅则雅矣,但却一来不切合白娘子的性格,二来也不宜于舞台演出和观众接受。不仅此曲,《断桥》通折皆然①;不仅《断桥》,《雷峰塔》全本也是如此。因此,与其说是旧抄本和《缀白裘》本同出方本,而将曲词俗化,不如说是方成培的改本并不为艺人所采用,艺人自有其流传之本②。

而且,乾隆、嘉庆以后出现的白蛇故事弹词、宝卷和地方戏,也大多以旧抄本为蓝本,进一步加以改编,更强化了剧作的神话色彩和现实精神。如秦腔、梆子等剧种就有《探塔》的戏,叙写青儿来雷峰塔探视白娘子,夜入金山寺行刺法海,真是大快人心。

从白蛇故事的演变可以看出,戏曲中宗教故事的神话化、现实化,就是逐渐在宗教故事的躯壳中注入人们的情感、意志、理想、愿望的血液,从而冲淡宗教意识和宗教精神,张扬现实意识和现实精神。这大概是中国古代宗教故事演化的通则。

---

① 参见阿英:《雷峰塔传奇叙录》(上海:上杂出版社,1953),七《"断桥"曲文异同表》,第103—107页。

② 有学者认为:"直到今天,昆曲中还经常上演的《盗草》、《水斗》、《断桥》等折子戏,和方本几乎完全相同。"见王季思主编:《中国古典十大悲剧集》(上海:上海文艺出版社,1982),《雷峰塔·后记》。这显然不符合事实。参见胡忌:《昆剧发展史》(北京:中国戏剧出版社,1989),第401页。

第十九章　传奇艺术的诗文化

正如余势期的许多传奇作家以儒家传统的伦理教化观念指导传奇创作一样,他们也大都以创作传统诗文的思维方式和表现手法创作传奇,而不是以创作剧本的思维方式和表现手法创作传奇,我把这一倾向称为传奇艺术的诗文化。

清乾隆间张三礼为蒋士铨的《空谷香》传奇作《序》,声称:"填词为文字之一体。"[1]这种将传奇戏曲的创作混同于一般文字写作的审美认识,显然是以忽视传奇戏曲的戏剧性为前提的,与发展期传奇作家"填词之设,专为登场"的审美认识大相径庭[2]。"填词为文字之一体"的审美认识,标志了余势期传奇作家戏剧观念的一种复归倾向,即从传奇发展期综合艺术本体论的戏剧观念,复归为传奇崛起期和勃兴期的诗歌本体论的戏剧观念。

但是,余势期的传奇作家,毕竟比崛起期和勃兴期的传奇作家更多地瞩目于或关注着传奇的舞台演出特性,因此他们对纯粹的诗歌本体论又有所变异,建构起一种"剧诗"和"曲文"的戏剧观念。在余势期的传奇创作中,抒情性和叙事性作为传奇戏曲样式的主要审美要素,缔结为亲密无间的伙伴,携手构筑起传奇文学大厦;而戏剧性却仅仅戴着剧场性和歌唱性的面具出现,充当剧诗和曲文的外在点缀。

---

[1] 蒋士铨:《空谷香》传奇卷首,《藏园九种曲》(清乾隆间刻本)。
[2] 李渔:《闲情偶寄》卷之四《演习部·选剧第一》,《中国古典戏曲论著集成》(北京:中国戏剧出版社,1959),第七册,第 73 页。

在余势期的作家作品中,传奇艺术的诗文化,具体表现为四个方面,即叙事上以曲为史,修辞上以文为曲,体制上篇幅简化,和语言上风格雅正。以下分别论述之。

第一节 曲史:传奇与历史沟通

就传奇戏曲的叙事而言,明清传奇作家在处理传奇题材与历史事实的关系,即现代西方叙事学所说的"情节"与"故事"的关系时①,一般表现出三种不尽相同的倾向:

其一,受到经由元杂剧作家和元末明初南戏作家发扬光大的民间戏曲创作传统的影响,采撷史实而大胆虚构,甚至不惜"歪曲"历史,"有意驾虚,不必与实事合"②,我称之为"务虚"倾向。

其二,受到晚明主情思潮,尤其是受到汤显祖传奇创作的艺术梦幻观的影响,随意展开虚构性叙事,而仅仅为虚构的故事设置一个大略可考的历史框架作为背景,易言之,即赋予传奇的虚构性叙事以逼真的历史感,我称之为"寓言"倾向。

其三,受到中国古代传统的历史编纂家和传记文章作家的影响,要么以刻板印模的写作态度根据正史杂记编撰传奇故事,要么以秉笔写史的思维方式取材现实人物编写传奇故事,我称之为"尚实"倾向。

以上三种倾向,在明清传奇发展史上虽然一直呈现出犬牙交错的状况,具有一种同时并见的"共时性",但是仍然有一条历时性的历史演变轨迹大致可以究寻,即:崛起期的传奇创作大致呈现

---

① "情节",或作"话语"、"叙事"。参见〔美〕华莱士·马丁:《当代叙事学》,伍晓明译本(北京:北京大学出版社,1990),第124—127页。

② 吕天成:《曲品》卷上《旧传奇序》,吕天成著、吴书荫校注:《曲品校注》(北京:中华书局,1990),第1页。

出由"务虚"朝"尚实"的蝉蜕,形成一时风尚;勃兴期的传奇创作则明显地从"尚实"转变为"寓言",促成传奇创作的空前繁荣;发展期的传奇创作中"寓言"与"尚实"相持不下,后者渐占上风;而在余势期,"尚实"倾向则蔚然大兴,成为主流。

例如,明万历间胡应麟说:古剧"其事欲谬悠而亡根也,其名欲颠倒而亡实也",而"近为传奇者若良史焉,古意微矣"①;谢肇淛批评道:"而新出杂剧,若《浣纱》、《青衫》、《义乳》、《孤儿》等作,必事事考之正史,年月不合,姓字不同,不敢作也。如此,则看史传足矣,何名为戏?"②——这是崛起期传奇创作的情况。从"务虚"到"尚实"的蝉蜕,表明戏曲创作中文人传统的艺术思维方式对民间传统的艺术思维方式的扬弃,这正是从戏文到传奇的演变的关捩之一。

明万历中期汤显祖说:"如今世事总难认真,而况戏乎?"③万历末年徐復祚《曲论》指出:"要之,传奇皆是寓言,未有无所为者,正不必求其人与事以实之也。"④天启间王骥德《曲律》卷三《杂论》上说:"迩始有捏造无影响之事以欺妇人小儿者"⑤。崇祯间凌濛初《谭曲杂札》批评说:"今世愈造愈幻,假托寓言,明明看破无论,即真实一事,翻弄作乌有子虚。"⑥——这是勃兴期传奇创作的情况。从"尚实"到"寓言"的转变,表明文人主体精神在戏曲艺术中的高度张扬,这成为文人传奇走向成熟的重要标志之一。

---

① 胡应麟:《少室山房笔丛》(明万历间刻本),卷四一,《庄岳委谈》下。按,此书约成于明万历十七年到二十年(1589—1592)间。
② 谢肇淛:《五杂俎》(明万历间如苇轩刻本),卷十五。按,《浣纱记》,梁辰鱼撰;《青衫记》、《义乳记》,顾大典撰;《孤儿》即《八义记》,徐元撰。
③ 徐朔方笺校:《汤显祖诗文集》(上海:上海古籍出版社,1982),卷四十九《与宜伶罗章二》,第1426页。
④ 《中国古典戏曲论著集成》第四册,第234页。
⑤ 《中国古典戏曲论著集成》第四册,第147页。
⑥ 《中国古典戏曲论著集成》第四册,第258页。

在传奇发展期的前半期,"寓言"倾向仍然独领风骚。如张彝宣《如是观》传奇写岳飞未死,秦桧受戮,宋兵直捣黄龙,说是:"论传奇可拘假真?借此聊将冤恨伸。"①李渔断言:"传奇无实,大半皆寓言也。"②吕洪烈称赞万树的传奇:"劈空造出,而若确然有此事,俨然见此人。"③尤侗自称他的《钧天乐》传奇是:"莫须有,想当然,子虚子墨同列传,游戏成文聊寓言。"④——无论是苏州派传奇作家,是风流文人,还是正统派传奇作家,都异口同声地将传奇视为"寓言",并以"寓言"式的创作方法创作传奇。

可以看出,从明万历中期到清康熙中期,既是文人传奇创作"凭空捏造"、"随意构成"的极盛时期,也是文人传奇作家辈出、作品林立的极盛时期,还是传奇文学发展的巅峰时期。这一文学现象雄辩地说明,"寓言"倾向是最为符合传奇文学特征和艺术规律的,因为高度的审美创造自由正是文学艺术发展的强烈激素⑤。戏剧是虚构,是寓言,这一认识在中国戏剧史上源远流长。这种"寓言说"的最大贡献,是将戏剧当作虚构性文学与传统的诗文等非虚构性文学从本质上区别开来,这可以说是中国古代文学观念、审美观念的一大进步。

但是,在传奇发展期的后半期,情况却发生了根本的变化。吴梅《中国戏曲概论》卷下在谈到清代剧坛风尚转变时曾说:

---

① 张彝宣:《如是观》传奇第三十出【尾声】,《古本戏曲丛刊三集》影印清抄本。
② 李渔:《闲情偶寄》卷之一《词曲部·结构第一·审虚实》,《中国古典戏曲论著集成》第七册,第20页。
③ 万树:《念八翻》传奇,第三出《救侠》吕洪烈眉批,《拥双艳三种曲》(清康熙间刻本)。
④ 尤侗:《钧天乐》传奇,第三十二出《连珠》【尾】,《西堂全集·西堂乐府》(清康熙间聚秀堂原刻本)。
⑤ 对"寓言"倾向及其所体现的以假为美、以幻为真的文学观念的详细评论,可参见郭英德:《明清文人传奇研究》(北京:北京师范大学出版社,1992),第161—170页。

(洪昇、孔尚任)二家既出,于是词人各以征实为尚,不复为凿空之谈。所谓陋巷言怀,人人青紫,闲闺寄怨,字字桑濮者,此风几乎革尽。

尤其是孔尚任撰著《桃花扇》传奇,"观其自述本末,及历记考据各条,语语可作信史。自有传奇以来,能细按年月、确考时地者,实自东塘为始,传奇之尊,遂得与诗文同声价矣。"①的确,《桃花扇》传奇尽管谈不上"语语可作信史",但是它以史为本的创作主张和创作实践,却使它堪称"曲史"的典范之作,开启了一代"尚实"风气。

在《长生殿》、《桃花扇》的影响下,强调事有所本,言必有据,力图以传奇为史传,以抬高传奇的"身价",成为余势期传奇创作的普遍倾向。作剧多附考据本末,剧论耽于考证本事,都是这种倾向的鲜明表征。以史作剧,以剧为史,成为传奇作家的自觉追求。乾隆年间,朱奕曾评张坚《梦中缘》传奇说:"雄文特起,悉铸史而熔经。"②许道承也说:"且夫戏也者,戏也,固言乎其非真也。而世之好为昆腔者,率以搬演故实为事。"③正因为如此,余势期传奇作家对"乌有子虚"的虚构性叙事深恶痛绝,在创作中坚决与之划清界线。如查昌牲等为夏纶传奇作跋,便特意声言:"而且人其人,事其事,莫不名载国史,显有依据,绝非乌有子虚之比。"④

具体而言,余势期传奇作家以史为剧,有的偏重于以史传为传奇的创作蓝本,有的偏重于以传奇为史传的通俗鼓吹。前者主张

---

① 依次见王卫民编:《吴梅戏曲论文集》(北京:中国戏剧出版社,1983),第177页,第180—181页。
② 张坚:《梦中缘》传奇(清乾隆间刻本),卷首《序》。
③ 许道承:《缀白裘十一集序》,《缀白裘》(清乾隆间金阊宝仁堂刻本),十一集,卷首。按,此序作于乾隆三十九年甲午(1774)。
④ 夏纶:《新曲六种》(清乾隆间刻本),卷首《五种总跋》。

事必核实而文可虚拟,后者提倡事有所本而文亦实录。比较地看,后者在艺术思维方式上比前者更为求实,因为它已从单纯强调事实的真实,进一步追求叙事的真实;而所谓"真实",则完全以史传为准的。

吴震生(1695—1769)堪为前者的代表①。雍正、乾隆年间,吴震生选取古今可喜可愕之事,已载正史而世多未闻者,谱之于戏曲,撰《太平乐府》,包括《换身荣》、《天降福》、《世外欢》、《秦州乐》、《成双谱》、《乐安春》、《生平足》、《万年希》、《闹华州》、《临濠喜》、《人难赛》、《三多全》等12种传奇。其《自序》说:

> 萧闲多暇,亦尝与朋侪持论,谓史册甘腴,世曾不览,传奇家尚忍其虽有而若无,复何暇索诸乌有之乡,为子虚无味之剧,冀以无而为有也?(《太平乐府十三种》卷首)

这不是明确主张传奇创作必须以史传故事为蓝本,而坚决反对作家的虚构性叙事吗?所以,他的《秦州乐》传奇叙写魏国弘农人李洪之发迹变泰的故事,取材于《魏书》卷八九《李洪之传》(又见《北史》卷八七),自诩:"实事传奇胜捻空。"(第一出《叙乐》【木兰花】)《乐安春》传奇叙写后魏时乐安人徐纥,一生趋奉谄事权贵,官运亨通,本事出《魏书》卷九三《徐纥传》(又见《北史》卷九二),

---

① 吴震生,字长公,号可堂,别署南村、玉勾词客、东城旅客等。歙县(今属安徽)人,迁居仁和(今浙江杭州)。贡生,累试不第,入赀为刑部主事。未几乞归,以诗词、歌曲、书画自娱。著有《南村遗集》、《性学私谈》、《太上吟》、《金箱壁言》等。所撰传奇,除《太平乐府》十二种外,另有《地行仙》,合刻为《太平乐府十三种》(又称《玉勾十三种》),现存乾隆间重刻本。生平详见杭世骏:《朝议大夫刑部贵州司主事吴君墓表》(《道古堂文集》卷四五及《国朝耆献类征初编》卷一四六),史震林:《西清散记》(乾隆二年刻本)和《华阳散稿》(光绪九年刻本);并见赵景深、张增元:《方志著录元明清曲家传略》(北京:中华书局,1987),第257页所载诸方志。参见邓长风:《〈笠翁批评旧戏目〉的文献价值及其作者吴震生》,见其《明清戏曲家考略》(上海:上海古籍出版社,1994),第430—441页。

声称:"青史当中实事,岂可比谎说荒唐?"(第一出《概怀》【满庭芳】)

但是,吴震生的传奇仍不乏"增饰想当然"之处(《世外欢》第九出《平荆》【尾】),而且对此他也毫不隐讳。在他看来,传奇创作,其事必实,其文可虚,两者不仅不相矛盾,而且可以相映成趣。例如,《成双谱》传奇叙写北朝邓州人李冲入京献策,飞黄腾达,奉旨与姚素娥成婚,本事出《魏书》卷五三《李冲传》(又见《北史》卷一百)。但全剧多加缘饰,作者自云:

> 若据史书本传,未言谁氏姻连。随时度世使成缘,死后别留生面。 以及钻媒兼室,不妨任意相牵。文章无谎不成篇,只要古人情愿。(第一出《谱由》【西江月】)

所谓"古人情愿",说穿了无非是作者情愿的托词。只要作者情愿,就可大胆说谎,"随时度世使成缘",这不是变相地肯定了艺术虚构吗?又如,《三多全》传奇本事出《明史》卷二九一《赵辉传》,叙写元朝末年广陵人赵辉,乃宋朝宗室濮王的后裔,入明朝后,既富且贵,情节也多有缘饰。作者自云:

> 帝胄还为帝婿,长年始得长嬉。耄龄监国五朝遗,尚有余生在世。 遇寇谁知得趣,观优未见称奇。伪民寡母孔壬妻,给赐才成新戏。(第一出《全本》【西江月】)

为了构成"新戏",增添情趣,不妨在总体核实的历史故事中点缀生花妙笔,这就是吴震生的戏曲创作观。

而蒋士铨实为后者的典型。《空谷香》传奇卷首张三礼《序》称:

> 史家传志之文,学士大夫或艰涉猎,及播诸管弦,托于优孟,转令天下后世观场者若古来忠孝贤奸凛然在目,则填词足

资劝惩感发者亦重。

这不是直截无隐地把传奇视为史传的通俗鼓吹吗？蒋士铨入第后，以翰林院编修职，先后担任过武英殿纂修、国史馆纂修，做的都是史官。他一直以此为荣，在他创作的几乎所有剧本的封面上，他都标上"史院填词"四字，剧中自序的题款也多是"史笔"、"史官"、"扶植人伦"、"长歌当哭"等等。"聊将史笔写家门"（《空谷香》传奇卷末收场诗），正是蒋士铨明确的创作主张和鲜明的创作特点。

　　蒋士铨编写传奇，特别注意考订史实。如《临川梦》传奇写汤显祖事迹，"乃杂采各书及《玉茗堂集》中所载种种情事"，编述而成（《临川梦自序》）。《冬青树》传奇中，文天祥的事迹完全根据《宋史》本传及赵弼《文信公传》，其他写谢、全二后，及谢枋得、唐珏、王炎午、汪元量、王清惠、陈宜中、留梦炎等人的情节，也都出自于《宋史》本传、《元史》本传、《宋遗民录》、《南村辍耕录》等史书实录。在一些剧作动笔作剧之前，蒋士铨甚至先根据史实，撰写人物传记，然后再依据传记，结构情节，铺叙故事，撰为传奇。例如《桂林霜》传奇前附《马文毅公传》，《临川梦》传奇前附《玉茗先生传》，《雪中人》传奇前附《铁丐传》等，都是如此。

　　因此，蒋士铨的传奇作品往往以历史的或事实的依据作为剧本骨架，人物的生平事迹，主要的人物关系，事件的发生发展顺序，冲突的起因、变化和结局等，基本上都按照史实编排，有根有据，少有虚构。但是全剧却往往缺乏重新组织和加工，头绪繁多，平铺直叙，仿佛一个剧本就在写一个人的事状或生平经历。例如《桂林霜》传奇，前后上场人物55人，除了丫环、奴仆、管家、兵将及朝廷官员等"跑龙套"的人物以外，其余33人，俱是真名实姓。而且主要事件发生的时间也一一顺序点明，如此笔法，在传奇创作中除

《桃花扇》以外,实属罕见①。全剧为马雄镇立传,附载傅弘烈为合传,甚得史家之法。而雄镇殉国后的结局竟用六出的篇幅铺叙,在戏剧无疑是蛇足,结构不免冗杂,在史传却颇为得法。而且,此剧的资料得之于马氏家谱,在细节上亦有补正史之阙者,如吴三桂之子吴世倧以三边总制印诱降马雄镇,雄镇妾顾氏批注雄镇所作《汇草辨疑》,及雄镇合家尸骸之存葬等,皆正史所未详。因此,此剧实可作史传读。

当然,蒋士铨的传奇作品中也不乏虚构的成分。但是与一般传奇作家不同,他决不把虚构的情节与真实的事迹互相掺杂,使得真伪难辨。在他的剧作中,凡在大的关目需要虚构的情况下,他一般都用天堂、地狱、鬼神或梦幻的形式加以表现,以便和真实的事迹相区别。写天堂地狱的,如《冬青树》传奇中有《神迓》一出,写文天祥就义之前,龙王、城隍及雷公、电母、风伯、云师等,因奉玉帝敕旨,排列仪仗,前来护卫文天祥升天归位;《戡狱》一出,写文天祥死后,奉玉帝敕旨,戡问南宋以来的奸相,将他们一一贬入地狱,以示惩罚。写梦幻的,如《雪中人》传奇第五出《联狮》,写吴六奇在庙里梦见双狮相压,预示将来官居一品,身着绣狮锦服;《临川梦》传奇第四出《想梦》,写俞二姑读《牡丹亭》入梦,恍然见剧中人物,第二十出《了梦》,写汤显祖在梦中与俞二姑和他的传奇"临川四梦"中的主要人物相会;《冬青树》传奇第十八出《梦报》,写唐珏梦见上天报应,赠妻赐子;等等。

与蒋士铨大致同时,董榕的《芝龛记》传奇也详举明季万历、天启、崇祯和南明弘光四朝史事,联贯补缀成文。其刻本卷首《芝龛记凡例》说:

> 所有事迹,皆本《明史》及诸名家文集志传,旁采说部,一

---

① 参见熊澄宇:《蒋士铨剧作研究》(北京:中国戏剧出版社,1988),第109页。

一根据,并无杜撰。

显然,董榕是严格地以撰著史传的方式撰写传奇的。刻本卷首黄叔琳《芝龛记序》,称此剧:

> 以一寸余纸,括明季万历、天启、崇祯三朝史事,杂采群书、野乘、墓志、文词,联贯补缀为之,翕辟张弛,褒贬予夺,词严义正,惨澹经营,洵乎以曲为史矣。

《光绪遵化通志》卷五四也称道此剧:

> 组织明室一代史事,思精藻密,足为龟鉴,当与谷应泰《明史纪事本末》并传不朽,不得第以传奇目之。

这都无一不是把《芝龛记》传奇等同于史传。李调元《雨村曲话》虽然从戏剧艺术的角度批评此剧:"意在一人不遗,未免失之琐碎,演者或病之焉。"但也仍然赞不绝口地说:"明季史事,一一根据,可为杰作。"①

其实,《芝龛记》传奇人物纷杂,事件繁复,情节赘滞,结构庞杂,令人难以卒读。作者自谓:"叙事之文,尤必穷源竟委"(《芝龛记凡例》),所以纯以史传之笔作传奇,务使出场人物生平事迹纤毫不遗,而所涉及的明季数十年史事亦细大不捐,遂使全本各出皆呈臃肿之状,全失传奇轻巧灵转之趣。而且为了使主角皆可贯串始终,甚至不惜笔墨,绘神绘鬼,遂成阴霾满卷。杨恩寿《词余丛话》卷二《原文》批评说:"考据家不可言诗,更不可度曲。"②可谓鞭辟入里。

到嘉庆年间,传奇作家以考据为剧更是蔚然成风,瞿颉便是其中代表。他的《元圭记》传奇写夏朝少康中兴故事,竭力要补司马

---

① 《中国古典戏曲论著集成》第八册,第27页。
② 《中国古典戏曲论著集成》第九册,第247页。

迁《史记》的"纰谬",自云:

> 旧事偏将新曲谱,补却龙门纰谬。考证非疏,梨园试演,莫笑荒唐否。(第一出《挈纲》【百字令】)

他的《鹤归来》传奇,根据清初王忭的《浩气吟》传奇改编,记叙其六世从祖瞿式耜在明清鼎革之际坚守节操的事迹,以表扬祖德。《鹤归来自序》云:

> 其中情事,悉按《明史》及《粤行纪事》所载,以归核实……初非稗官小说,子虚乌有之比。

全剧共三十五出,有十九出的末尾,均附有《自记》,记述对史实的征引及稍涉假借之处,以明"核实"之旨。近人吴梅对此剧颇为不满,自立新意,另作《风洞山》传奇,在卷首《风洞山传奇例言》中批评瞿颉说:

> 然此君宗旨,以填词当立传,昭示子孙,故通本家事咸备,反不足以衬忠宣之忠荩。余所尤不喜者,其开场结尾处,以自己登场,以赐谥结穴,不知何所用心而为此狡狯伎俩也!适成为俗籁而已。①

"以填词当立传",这正是瞿颉自觉的创作意图。

在乾嘉期,还出现了一大批以当时实事为题材的传奇作品。有的写作家个人的亲身经历,如徐爔(1732—1807)的《镜光缘》写他与女道士李秋蓉的情爱悲剧,左潢(1751—1811后)的《桂花塔》写自己经营园亭、游宴著书等琐事;有的写友人的事迹,如徐昆(1716—?)的《雨花台》为悼念友人卢清宜而作,彭剑南的《香畹楼》为友人陈裴之悼念其妾王紫湘而作。而更多的,是写当时发

---

① 阿英:《晚清文学丛钞·传奇杂剧卷》(北京:中华书局,1962),第46页。

生的社会事件,如花村居士等人的《也春秋》,写乾隆间休宁县余姓恶霸横行不法、终遭惩治的故事;左潢的《兰桂仙》,写嘉庆间贵州南笼知府宫绮岫的两位女儿殉父尽孝;刘永安的《一亭霜》和《鸳鸯扇》,叙写嘉庆间平定苗疆动乱事等等①。这种做法,在晚明的戏曲家中即已有之,如汪廷讷的《同升记》传奇"自写其林居之乐",朱期的《玉丸记》传奇"即君自况也"②,张凤翼的《平播记》传奇则是受平定播州杨应龙事变的李应祥将军之托,为之歌功颂德的③。但是这种做法形成风气,则是在传奇余势期。而且,余势期的这些传奇剧本,与明清之际的时事剧迥然不同,大多不是取材于时事政治,而是取材于伦理故事,显然受到蒋士铨《空谷香》传奇的巨大影响。

明清传奇中这种"聊将史笔写家门"的征实尚史文学观念,是唐宋以来"诗史"观的必然延伸,更是中国古代源远流长的"史贵于文"的价值观念的产物,归根结底又是中国古代儒家传统的征实观念的产物④。清代是古学复兴和集大成的时代,这种传统的

---

① 按,徐爔,字鼎和,吴江(今属江苏)人,所撰《镜光缘》传奇,现存清乾隆间梦生堂刻本。左潢,字巽毂,桐城(今属安徽)人,所撰《桂花塔》、《兰桂仙》二种传奇,现存清嘉庆间刻本。徐昆,字俊山,平阳(今山西临汾)人,所撰《雨花台》传奇,现存清乾隆间贮书楼刻本。彭剑南,字梅垞,溧阳(今属江苏)人,所撰《香畹楼》传奇,现存清道光间茗雪山房刻本。《也春秋》传奇,花村居士、紫楼逸老、云岳山人、步柳渔甫合撰,现存清乾隆间刻本。刘永安,字古山,东海(今属江苏)人,所撰《一亭霜》、《鸳鸯扇》两种传奇,现存清嘉庆间抄本。

② 均见吕天成:《曲品》卷下,吕天成著、吴书荫校注:《曲品校注》,第273页,345页。

③ 沈德符《顾曲杂言·张伯起传奇》记载:"暮年值播事奏功,大将楚人李应祥者,求作传奇以侈其勋,润笔稍益,不免过于张大。"《中国古典戏曲论著集成》第四册,第208页。

④ 参见董乃斌:《论中国叙事文学的演变轨迹》第四节《"史贵于文"价值观的确立》,载《文学遗产》1987年第5期,第33页;并见郭英德:《明清文人传奇研究》(北京:北京师范大学出版社,1992),第137—138页。

文学观念渗透和支配着传奇创作,实在不足为奇。而乾隆、嘉庆时期考据之学的甚嚣尘上,对此更起了推波助澜的作用。传奇与历史的沟通,固然大大提高了传奇的史学价值,但同时却在很大程度上削弱了传奇的价值和审美价值,从而也就在根本上削弱了传奇戏曲独立存在的价值。孰得孰失,明眼人自不难分辨。

第二节 曲文:传奇与诗文联盟

吴梅在《中国戏曲概论》卷下中说:

> 乾隆以上,有戏有曲;嘉道之际,有曲无戏;咸同以后,实无戏无曲矣。①

其实,如果就传奇作品而言,有曲无戏,在乾隆年间即已如此。其重要原因,是大多数传奇作家自觉地走上了以文为曲的创作道路。

所谓以文为曲,即以作文,尤其是作史传文章的手法创作传奇,使传奇变为辞赋和史传的混合文体。徐梦元批评夏纶的《新曲六种》,从头到尾,"文家"、"文境"、"文心"、"文理"、"文笔"、"文义"、"文气"、"章法"、"文字"等语汇俯拾皆是,要之,是将传奇直接视为"音律之文"(《杏花村》第八出《报仇》徐梦元眉批)。张衢《芙蓉楼传奇偶言》甚至认为:传奇"数十出中,回环照应,打成一片,是真一大八股也"(乾隆间刻《芙蓉楼》传奇卷首)。

在余势期的传奇作家中,蒋士铨以讲究传奇作品的文法著称于世。罗聘在《香祖楼》传奇卷首《论文一则》中,评价蒋士铨的传奇作品,曾说:

> 昔人以填词为俳优之文,不复经意,作者独以古文法律行

---

① 王卫民编:《吴梅戏曲论文集》,第 185 页。

之。搏虎用全力,君子于其言无所苟而已矣,不信然乎?

所谓"古文法律",不正是指传统的文章作法吗?《铅山县志》卷十五本传评论蒋士铨的传奇,也说:

> 其写忠节事,运龙门纪传体于古乐府音节中,详明赅洽,仍自伸缩变化,则尤为独开生面,前无古人。

所谓"运龙门纪传体",即采用司马迁《史记》式的历史编纂方式,从而形成传记体的传奇戏曲文本。

蒋士铨的以文为曲,不仅表现在他"以文运事",即用作文的手法演绎历史事实,如上一节所论;而且还表现在他"因文生事",即为了展示作文的手法而虚构事件,独创结构①。例如,乾隆三十九年(1774),蒋士铨创作了《香祖楼》传奇。此剧与二十年前所写的《空谷香》传奇立意相似,同为描写薄命之妾,揄扬女子节操,但关目排场却迥然而异:前者着力于得妾前之千磨百炼,后者落笔于得妾后之千回百折。刻本卷首罗聘《论文一则》评云:

> 甚矣!《香祖楼》之难于下笔也。前有《空谷香》之梦兰,而若兰何以异焉?梦兰、若兰,同一淑女也;孙虎、李蚖,同一继父也;吴公子、扈将军,同一樊笼也;红丝、高驾,同一介绍也;成君美、裴畹,同一故人也;小妇同一短命也,大妇同一贤媛也。使各为小传,且难免雷同瓜李之嫌,况又别撰三十二篇洋洋洒洒之文……试合两剧而参观之,微特不相侵犯,且各极其变化推移之妙。呜呼,神矣哉!

---

① 此处借用清初金圣叹评《水浒传》小说的说法。金圣叹《读第五才子书法》说:"其实《史记》是以文运事,《水浒》是因文生事。以文运事,是先有事生成如此如此,却要算计出一篇文字来,虽是史公高才,也毕竟是吃苦事。因文生事即不然,只是顺着笔性去,削高补低都由我。"见其《第五才子书施耐庵水浒传》(清顺治间贯华堂刻本),卷三。

杨恩寿《词余丛话》卷二《论文》亦评云：

> 作者偏从同处见异，梦兰启口便烈，若兰启口便恨；孙虎之愚，李蚓之狡；吴公子之憨，扈将军之侠；红丝之忠，高驾之智；王夫人则以贤御下，曾夫人则因爱生怜。此外如成、裴诸君，各有性情，各分口吻。无他，由于审题真，措辞确也。①

的确，蒋士铨有意选择类似的题材，无疑是要显示自己"犯而能避"的高超的作文能力。

再就细部来看，蒋士铨传奇作品的开场与结尾，也颇有一些新的手法。《空谷香》传奇写当时实事，第一出《香生》开场，却从仙界着手，假托姚梦兰为幽兰仙史，因赴西天华严佛会，迟到了二十九刻，于是被如来谪生人世二十九年。第三十出《香圆》，又以姚梦兰重回仙界作结，写兰仙归位，与众仙叙说二十九年为人之苦恼。全剧以仙界为起讫，首尾照应，浑然一体。《香祖楼》传奇亦用此法，第一出《转情》，写欲界天中帝释天尊坐镇情关，以处理兰院公案为名，将剧情概要略作交代，并使主要人物一一登场亮相。全剧末出《情转》，再回到情关，帝释天尊了结兰院公案，并以剧中人、剧中事为例，代作者宣讲剧作主旨，劝戒世人。这种结构手法，从主旨看，是以隐喻的形式宣扬轮回转世的宗教人生观；从剧艺看，则是以完美的形式体现出首尾照应的八股文法。

蒋士铨创造的这种结构手法，为当时与稍后的传奇作者所欣赏，一时仿效者甚多，以致形成传奇定例。如近人吴梅评乾隆间沈起凤所作《红心词客四种曲》说：

> 又四记首折，皆从生旦前生着想，亦拾藏园《香祖楼》、《空谷香》之牙慧。偶一用之，原无大碍。今四记皆如是，未

---

① 《中国古典戏曲论著集成》第九册，第251页。

免陈言。此则蠹渔短处也。此记(按,指《伏虎韬》)收处,以假托城隍神结案,实亦本诸藏园,惟能令人不觉,所以为妙耳。①

吴梅在评价道光间黄燮清《帝女花》传奇时也指出:

> 惟《佛贬》、《散花》两折,全拾藏园唾余。于是陈娘、徐鄂辈,无不效之,遂成剧场恶套矣。②

余势期传奇作家对文法的极度关注,使编剧法成为文法的一个分支,丧失了自身作为一种艺术写作方法的独立特征。因此,在余势期传奇作家的创作中,文章的结构布局取代了戏曲的排场关目,事件的来龙去脉冲淡了戏剧的动作、冲突和情境,人物关系的注意淹没了人物性格的刻画。照本填词,闭门造车,逞才贪多,自我欣赏者,比比皆是,而置"填词之设,专为登场"于不顾③。乾隆间芮宾王为张坚的《梦中缘》传奇作《跋》,就直言不讳地称许道:

> 是编词曲之妙,乃案头文章,非场中剧本。然其排场生动,变幻新奇,锦簇花团,雅俗共赏,优伶善是,何患不身价倍增?而先生珍之筒底,未尝轻令红儿一试者,盖以阳春白雪,原难语下里巴人也。

这岂不是以居高临下的态度,要求戏曲演员屈从于文人创作吗?文人士大夫以"案头文章"自傲而贬低"场中剧本",以"阳春白雪"自诩而蔑视"下里巴人",竟一至于此!

夏纶的传奇创作便是鲜明的例证。

---

① 吴梅:《瞿安读曲记·伏虎韬》,王卫民编:《吴梅戏曲论文集》,第462页。
② 吴梅:《中国戏曲概论》卷下,王卫民编:《吴梅戏曲论文集》,第184页。
③ 李渔:《闲情偶寄》卷之四《演习部·选剧第一》,《中国古典戏曲论著集成》第七册,第73页。

夏纶的传奇作品在艺术上的突出特点，便是以作文之法作传奇，特别讲究章法结构，注意前后照应、针线紧密、穿插伏脉等等。因此，他的剧本作为叙事文字，结构艺术和叙事技巧是比较高超的；但是，作为剧本，却暴露出戏剧性的极度匮乏。例如，《杏花村》传奇上卷以正面人物王世名和反面人物王俊为主，下卷以正面人物王象贤和反面人物王彪为主，两两相对，颇为稳称；又以小人单兴邦始终作祟，清官汪大受始终庇护，联络上下卷，结构十分严谨。但全剧头绪繁多，旁枝杂出，情节冗沓，而不讲究戏剧结构应有的主脑单一和情节集中。又如《花萼吟》传奇以贾玉陷害姚利仁为情节主脑，已经与全剧表扬姚家兄弟友爱的主旨略显游离，再加上铺叙刘良贵贪缘、贾似道专权、元阿术兴兵等情节，纷至沓来，繁冗不堪。这几乎是夏纶传奇的通病，如日本学者青木正儿批评《南阳乐》传奇时就说："其作意在于使诸葛孔明成功，而以之为中心人物，然剧中所表现之主人公，反为北地王，此其结构之最拙处也。"又说："且此剧布局支离，排扬散漫，用笔略笔之缓急，不得其宜，关目佳者亦少，未足称杰构也。"[①]

为了调谐叙事性和戏剧性的矛盾，夏纶在传奇中采用了一种独特的改良手段，即在一出中安排几个不同头绪的场面，成为一出多场（不同于一般传奇一出中设置同一事件的转换场面的"一出多场"）。如《杏花村》传奇第八出《报仇》，设置了王世名告别妻、子，王俊与单兴邦到杏花庄观花饮酒，及王世名截杀王俊等几个场子；《花萼吟》传奇第七出《设陷》，安排了贾玉与家人王坤谋议，王坤买通狱中大盗攀称姚利仁为寓主，王坤暗将赃物预放姚家等场子。这无疑采用的是史传、小说细大不捐的叙事手法，显见得夏纶

---

① 〔日〕青木正儿：《中国近世戏曲史》第十一章，王古鲁译著（北京：作家出版社，1958），第408页。

娴熟于作文之法,而对戏曲场面的明暗场处置法却未能精通。

当然,这并不是说夏纶立意要写文人案头剧,恰恰相反,他是着眼于场上搬演进行传奇创作的。《无瑕璧》传奇第一出《撮要》【钗头凤】道:"忠贞样,描来像,红幺才点,旗亭争唱,畅畅畅。"时人吴兆鼎也记载:"闻《南阳乐》一种,江西之九江,吾浙之海宁,江南之吴下,诸名部已纷然开演。"(《花萼吟》传奇卷末《跋》)但是,夏纶《新曲六种》的总体戏剧性的匮乏,使之不以作者意志为转移地沦为文人案头剧,很快就在剧坛上销声匿迹了。历史总是这样无情的。

早在康熙年间,李渔在《闲情偶寄》卷之三《填词余论》中,就对金圣叹评《西厢记》杂剧发表过一段议论,它颇能切中"以文为曲"的要害:

> 然以予论之,圣叹所评,乃文人把玩之《西厢》,非优人搬弄之《西厢》也。文字之三昧,圣叹已得之;优人搬弄之三昧,圣叹犹有待焉。①

的确,余势期的传奇作家,除了唐英、沈起凤、方成培等个别人以外②,大多都沉迷于"文字之三昧",而置"优人搬弄之三昧"于不顾,这就导致传奇剧作大踏步地脱离舞台,走向案头。因此,余势期的传奇作品虽然层出不穷,但真正能在舞台上搬演,并且长演不衰的剧作,却寥若晨星。

---

① 《中国古典戏曲论著集成》第七册,第 70 页。
② 如石韫玉《红心词客四种序》称沈起凤:"所著词曲不下三四十种。当其时,风行于大江南北,梨园子弟登其门而求者踵相接。"(《红心词客四种》卷首)沈起凤的传奇作品之所以盛行剧场,一个重要原因便是讲究戏剧结构、戏剧排场,如吴梅《文星榜跋》评云:"观其结构,煞费经营,生、旦、净、丑、外、末诸色,皆分配劳逸,不使偏颇。而用意之深,如入武夷九曲。"见王卫民编:《吴梅戏曲论文集》,第 461 页。

第三节 曲体:传奇与杂剧趋同

拙著《明清传奇综录》卷六、卷七,著录现存的余势期传奇作品共248种,其中出数可知者有202种。兹仍准本书第九章第二节之例,将这些传奇作品的出数分为六个档次,可得下表。

表一:余势期传奇作品出数比率表

出数	51出以上	40—50出	31—39出	20—30出	13—19出	12出以下	合计
剧本(种)	8	23	70	55	26	20	202
比率(%)	4	11.4	34.6	27.2	12.9	9.9	100

如果将明清传奇生长期、勃兴期、发展期和余势期四个时期中,十三出至十九出和十二出以下两个档次的传奇作品数及其在该期全部传奇作品中的比率加以比较,那么我们又可以得出下表。

表二:各期同一档次传奇比率表

时期 出数	生长期 剧本(种)	生长期 比率(%)	勃兴期 剧本(种)	勃兴期 比率(%)	发展期 剧本(种)	发展期 比率(%)	余势期 剧本(种)	余势期 比率(%)
13—19出	2	3.4	4	2	0	0	26	12.9
12出以下	1	1.7	1	0.5	6	3.2	20	9.9

根据以上两表,我们可以看出:

第一,根据表一,在余势期,三十一出至三十九出与二十出至三十出这两个档次的传奇作品数量大致相当,两者相加,占此期传奇作品总数的61.8%。因此可以说,余势期传奇作品篇幅的常例是二十出至三十九出。如果与发展期相比较,此期四十至五十出传奇作品占总数的比率增加了4.4%,三十一出至三十九出传奇作品占总数的比率增加了3.4%,而二十出至三十出的传奇作品占总数的比率则减少了30.3%,这多少呈现出向勃兴期复归的倾向。

由此可见,尽管人们已经愈来愈明确地意识到,繁复冗长的传奇文学体制不适合舞台演出的实际需要了,要适合舞台演出的需要,不得不删繁就简。但是,文人士大夫以曲为史、以文为曲的积习,却促使他们往往悍然不顾舞台演出的需要,而只顾满足自身抒情写意或卖弄文采的需要。乾隆间芮宾王为张坚的《梦中缘》传奇作《跋》,对此说得很明白:

> 填词太长,本难全演。作者非故费笔墨,乃文章行乎不得不行耳。但恐舞榭歌楼,曲未终而夕阳已下;琼筵绮席,剧方半而鸡唱忽闻。则此滔滔汨汨之文,终非到处常行之技,未免为优伶所难。兹先生另有删就演出本,以待同好,免致优伶任意剪裁,情文或多不贯,若美锦不能成章,殊为憾事。然而真正赏音,必不惜多赠缠头,务令展其全技,或分演于连台,或卜夜以继昼,则洋洋洒洒,尽态极妍,岂非氍毹场上一大观也哉!(《梦中缘》卷首)

因此,正是出自于撰作"文章"的需要和对"真正赏音"的期盼,许多文人作家便固执地沉迷于传奇剧本长篇体制的传统,将传奇剧本作为一种僵化凝固的文学样式来创作。

第二,时至传奇余势期,在社会审美需要的冲击下,传奇体制要固守旧规,不因时而变,这几乎是不可能的事了。因此,根据表二,此期十三至十九出与十二出以下两个档次的传奇作品,在相对数量及其与各期总数的比率上,较之其他时期都大幅度地增加了。从生长期到余势期,十三出至十九出的传奇作品共有32种,仅余势期就有26种,占81.3%;十二出以下的传奇作品共有28种,仅余势期就有20种,占71.4%。在余势期里,十九出以下的传奇作品共有 46 种,占此期传奇作品总数的 22.8%。因此可以说,自觉而又大量地创作十九出以下的传奇作品,是余势期传奇创作的新现象。在这一意义上,余势期文人传奇创作在文学体制上,仍然承续着传奇发展期"缩长为短"的传统。

而且,康熙年间李渔提出的另编十至十二折传奇简本的主张①,在乾隆末年至嘉庆年间,为许多传奇作家更加自觉地付诸实践了,并基本规范为每本八至十二出的传奇体制。梁廷楠《曲话》卷三评仲振履所撰《双鸳祠》传奇说:

> 起伏顿挫,步武井然……通体八出,杂剧则太多,传奇又太少,古今曲家无此例也。②

按,仲振履(1759—1822),字临侯,号云江,别署柘庵、群玉山农、木石老人,江苏泰县人,嘉庆十三年戊辰(1808)进士,历任广东恩平、兴宁、东莞、南海等县知县③。其所撰《双鸳祠》传奇,现存清嘉庆间咬得菜根堂刻本。据刻本卷首汪云任《双鸳祠·序》记载,作此剧时,仲振履尚在广东恩平县令任上。考道光《恩平县志》卷十二与陈韬《汤贞愍(汤贻汾)年谱》嘉庆十六年条,时为嘉庆十四年至十六年(1809—1811)。在其前后,同为每本八出的传奇有:

> 钝夫《离骚影》,现存乾隆五十八年(1793)正气楼刻本;
> 仲振奎的《怜春阁》,现存原稿本,作于嘉庆三年(1798);
> 瞿颉的《雁门秋》,现存乌丝栏钞本,约作于嘉庆四年(1799);
> 朱凤森的《辋川图》、《金石录》,现存嘉庆二十五年

---

① 李渔:《闲情偶寄》卷之四《演习部·变调第二·缩长为短》,《中国古典戏曲论著集成》第七册,第 77 页。
② 《中国古典戏曲论著集成》第八册,第 266 页。
③ 参见道光《泰州志》卷二三本传。

(1820)刻《韫山六种曲》本。

每本九出的传奇有：

  方轮子《柴桑乐》，现存稿本，作于嘉庆三年(1798)。

每本十出的传奇有：

  卧云山人《谱定红香传》，现存清抄本，约作于乾隆五十八年(1793)；

  左潢的《桂花塔》，现存清嘉庆十七年(1812)天香馆刻本；

  石韫玉的《红楼梦》，现存嘉庆间刻本，作于嘉庆二十四年(1819)；

  赵对澂的《酬红记》，现存嘉庆间刻本，作于嘉庆二十五年(1820)。①

每本十二出的传奇有：

  刘熙堂的《游仙梦》，现存嘉庆三年(1798)敦美堂刻本；

  陈宝的《东海记》，现存清嘉庆间刻本，作于嘉庆十五年(1810)。

可见时至嘉庆年间，每本传奇八至十二出的体制已渐成惯例。

  从现存的传奇作品考察，八至十二出的传奇作品，在传奇生长期和传奇勃兴期仅有二种，即生长期的《藏珠记》和勃兴期的《锦囊记》。二剧现存清抄本，虽然都仅为八出，但却实非全本，殆为清代艺人精选改编的舞台演出本，即所谓"小本戏"。在传奇发展期，八至十二出的传奇作品有六种，即：顺治年间丁耀亢的《化人

---

  ① 另有阙名的《睢阳节》、《定风珠》二种，皆为十出，但都是艺人精选改编的舞台演出本，即所谓"小本戏"。

游》(十出);康熙年间沈玉亮的《鸳鸯冢》(八折),王墅的《拜针楼》(八折),黄钺的《四友堂里言》(十二折),张雍敬的《醉高歌》(十二折),和阙名的《后西游》(十二出)①。但是,这些作品大多仅是文人戏笔,偶一为之,尚未形成创作惯例。到了乾隆年间,八至十二出的传奇作品渐次显示出增加的趋势。著名作家如唐英的《梁上眼》仅八出,《巧换缘》仅十二出;蒋士铨的《采石矶》仅八出,《采樵图》仅十二出。值得注意的是,这两位作家都受到民间戏曲的熏陶或影响。此外,如吴震生的《太平乐府》十三种,其中十一种都是十三出(包括"副末开场"一出在内),自称:

> 仅十二折者,四序一年之数,时尚杂单,为留余地。(卷首《自序》)

可见,他正是考虑到"时尚杂单"(即多演折子戏)的舞台风尚,为适应演出需要,才创作十二出短剧的。据此,梁廷楠所谓"古今曲家无此例",所言不确。但是这种体例,在康、乾年间毕竟尚为罕见,不像嘉庆年间已然蔚为时风。

八至十二出传奇作品的大量出现,标志着文人传奇文学体制的杂剧化倾向。上述那些八至十二出的传奇作品,傅惜华的《清代杂剧全目》一书,收录了王墅的《拜针楼》,唐英的《梁上眼》,蒋士铨的《采石矶》、《采樵图》,和吴震生的《太平乐府》十二种,皆定为杂剧②;而庄一拂的《古典戏曲存目汇考》一书,则将《四友堂

---

① 按,丁耀亢,见本书第十五章第一节。沈玉亮,字瑶岑,武康(今属浙江)人,所撰《鸳鸯冢》传奇,现存清康熙间刻本。王墅,字北畴,芜湖(今属安徽)人,所撰《拜针楼》传奇,现存清康熙间贵德堂原刻本。黄钺(1656—1705后),字招愔,山阴(今浙江绍兴)人,所撰《四友堂里言》,现存传抄本。张雍敬,字珩佩,秀水(今浙江嘉兴)人,所撰《醉高歌》传奇,现存乾隆间灵雀轩刻本。《后西游》,一名《阴阳二气山》,现存雍正二年(1724)咏风堂沈氏精钞本。

② 依次见《清代杂剧全目》(北京:人民文学出版社,1981),第89页,114页,154页,157页,109—112页。

里言》、《鸳鸯冢》和《采石矶》列为杂剧,将其他那些剧本都列为传奇①。而对明代的戏曲作品,则基本上不存在这种著录紊乱的现象。后代目录学家混淆了传奇与杂剧在体制上的区别,足以反观时至乾隆、嘉庆年间,传奇与杂剧在篇幅长短上的原有界线已经渐渐趋于模糊,这成为明清传奇由余势期步入蜕变期的内在标志。

乾隆、嘉庆之际传奇剧本长篇体制的简化,首先是由舞台演出的实际需要所决定的。从乾隆中后期起,各地戏园演剧已经极为盛兴。在戏园中,大多演出小本戏或折子戏,以适应流动性的观众和每次有限的演出时间。一般夜戏照例演八出。如乾隆间潘荣升《帝京岁时纪胜》说:

> 帝京(北京)园馆居楼,演戏最盛。酬人宴客,冠盖如云,车马盈门,欢呼竟日。霜降节后,则设夜座,昼间城内游人散后,掌灯则皆城南贸易归人,入园饮酌,俗谓听"夜八出"。酒阑更尽乃归。②

嘉庆、道光间李光庭《乡言解颐》卷二"寺观"条也说:

> (北京戏园演戏,)一日之内,大约巳初开,未初歇,申初开,酉正歇。点灯时开,二鼓歇,谓之"夜八出"。③

而日戏则大多演十余出④。流风所至,家庭戏班演出,夜戏所演的

---

① 庄一拂:《古典戏曲存目汇考》(上海:上海古籍出版社,1982),《化人游》见第1243页,《鸳鸯冢》见第724页,《拜针楼》见第1319页,《四友堂里言》见第715页,《醉高歌》见第1283页,《后西游》见第1612页,《梁上眼》见第1294页,《巧换缘》未录,《采石矶》见第740页,《采樵图》见第1331页,《太平乐府》十二种见第1322—1326页。

② 潘荣升:《帝京岁时纪胜》(北京:北京古籍出版社,1981),第33页。

③ 李光庭:《乡言解颐》(北京:中华书局,1982),第25—26页。

④ 据《京尘杂录》、《金台残泪记》等书记载,清代北京戏园演日戏,照例是三轴子:早轴子早早开场,先散演三四出;接着中轴子,演三四出,又散演一二出;再接着大轴子,复演三四出,或者演全本新戏,分日接演。而一般"豪客",每"交中轴子始来","未交大轴子已去",只听中轴子名角唱的三四出散戏。参见徐扶明《〈红楼梦〉中戏曲演出》,见其《红楼梦与戏曲比较研究》(上海:上海古籍出版社,1984),第97—98页。

正本戏也多为八出，如曹雪芹《红楼梦》第五十四回荣府元宵夜宴，先演《西楼记·楼会》等，二更天时演"《八义》《观灯》八出"。所谓"《八义》八出"，是当时戏班行业语，并非专指固定的八出戏，而是泛指《八义记》中的八出散折戏①。一次演出活动演八出至十余出的惯例，无疑潜移默化地制约着传奇作家创作八出至十余出的传奇剧本。

其次，传奇剧本长篇体制的简化，也是文人传奇创作以曲为史、以文为曲的副产品，是适应文人叙事抒情的需要而产生的。在乾隆、嘉庆年间，许多文人借传奇作为自叙传，自述生平行迹或雅事豪举。如左潢的《桂花塔》，托名为主角工洪，自述其经营园亭，建桂花塔，友朋游宴，消闲著书，房屋坍塌，酬神贺塔，至庆贺六十寿辰作结，琐屑之事，极尽渲染。仲振奎的《怜春阁》，叙李塘在扬州纳妾叶丽华，分娩后卒，复纳叶氏妹艳华，所谓李塘就是作者的化身，全剧实为自述其家庭间事。与鼓吹风化的创作风气相表里，受到蒋士铨《空谷香》、《一片石》等戏曲作品的影响，还有许多文人借传奇为"行状"，极力宣扬道德故事。有的宣扬古人事迹，如钝夫的《离骚影》，叙武陵古烈妇遭时多难，作《绝命诗》一章，投江以死的事迹；陈宝的《东海记》，因为剡城县令为汉代的东海孝妇建祠，特作传奇，授诸声歌。有的则谱写时人事迹，如仲振履的《双鸳祠》，有感于当时广州别驾李亦珊病卒，夫人蔡氏自缢以殉的节烈事迹，作为传奇，加以表彰；赵对澂《酬红记》，记叙嘉庆间四川女子杜鹃红遇难而死的事迹，纯为纪实。文人以写作自叙传或行状的思维方式和艺术手法来创作传奇，正如陈宝《东海记·

---

① 按，《八义记》传奇，明徐元改编，写春秋时晋国赵氏孤儿故事，现存明毛晋《六十种曲》所收本。清初戏曲选集《醉怡情》选有《赊欠》、《赏灯》（即《观灯》）、《评话》、《闹朝》四出。清乾隆间戏曲选集《缀白裘》选有《翳桑》、《闹朝》、《遣祖》、《上朝》、《扑犬》、《吓痴》、《盗孤》、《观画》八出。

凡例》所说的："但余作如是记,不过为表扬节孝起见,并不敢以戏为谑,故据事直书,全无点染,而粗率之诮,余亦不辞。"(《东海记》传奇卷首)于是便压缩了传奇剧本的篇幅,将传奇引上了杂剧化的道路。

在道光年间以后,传奇剧本长篇体制的简化或曰杂剧化,便渐渐成为通例。传奇剧本长篇体制的突破,引起了传奇作品情节结构、排场角色乃至艺术风格和审美趣味等一系列变化,其影响是既深且巨的。文体特征的淡化甚至丧失,表明一种文体的结构消解和本质蜕变。从此以后,传奇作为文学剧本的创作,便无可挽回地走向衰颓,以至一蹶不振了。

第四节　曲语:传奇与雅风共尚

以曲为史和以文为曲,表现出余势期的传奇作家在文学观念和文学形式上自觉地与传统艺术思维认同,这就必然导致传奇创作在文学风格上复归雅正。郑振铎《清人杂剧初集序》说:

> 纯正文人之剧,其完成当在清代。尝观清代三百年间之剧本,无不力求超脱凡蹊,屏绝俚鄙。故失之雅,失之弱,容或有之;若失之俗,则可免讥矣。①

虽然从戏曲发展史的实际情况来看,所谓"纯正文人之剧",早在明中期就已基本完成,清代不过承其余绪而蔚为大观而已。但是,戏曲作者自觉创作雅而弱的作品,却的确是清代中叶以后戏曲发展的一大动向。定名为"雅部"的昆剧,不正是在传奇余势期渐趋完成的吗?

仅就清代而言,传奇创作的归趋雅正,在康熙中后期就已初现

---

① 郑振铎辑印:《清人杂剧初集》(长乐郑氏景印本,1931),卷首。

苗头了。如吴秉钧《风流棒序》评万树传奇的语言,说:

> 字义精粲,宫律谐婉,极真朴而不腐,极瑰幻而不诡,极秾艳而不恒饤,极旖旎而不淫靡,极淘写冷笑而不伤刻虐,所谓风流蕴藉,谈言微中者欤?①

吴应莲评程瀛鹤的《蟾宫操》传奇,说:

> 传曰:"言之不文,行而不远。"词曲为古歌风体,尤贵雅驯。今登场演剧,非不灿然可观,及索其墨本,则捐之反走。盖照谱填写,与歌工之上尺乙四何异?徒费笔墨耳。是谱千锤百炼,出之自然,人皆钦其淹该,余尤服其灵秀。②

孔尚任在《桃花扇凡例》中也明确地提出:传奇语言,"宁不通俗,不肯伤雅"(《桃花扇》卷首)。

到了余势期,传奇作家更是无不标举"风人之致"而鄙弃"市人之谈",自诩"阳春白雪"而蔑视"下里巴人",标榜文人之雅正而轻视"流俗之掉弄"和"伧父之敷陈"③。张坚在《怀沙记·凡例》中旗帜鲜明地提倡"虽浓艳典丽,而显豁明畅"的语言风格(《怀沙记》传奇卷首),这显然是否定了传奇勃兴期和发展期对"浅深、浓淡、雅俗之间"和"贵浅不贵深"的语言风格的追求④,呈现出向传奇崛起期的文词派语言风格复归的趋向。

---

① 万树:《风流棒》传奇卷首,《拥双艳三种》(清康熙间刻本)。按,此序作于康熙二十五年丙寅(1686)。

② 吴应莲:《蟾宫操·评林》,程瀛鹤:《蟾宫操》(清康熙间刻本),卷首。按,此剧作于康熙四十二年(1703)。

③ 依次见芮宾王《梦中缘·跋》,张坚《梦中缘》传奇卷首,《玉燕堂四种曲》;陈守诒《香祖楼·后序》,蒋士铨《香祖楼》传奇卷首,《藏园九种曲》。

④ 依次见王骥德:《曲律》卷四《杂论》下,《中国古典戏曲论著集成》第四册,第170页;李渔《闲情偶寄》卷之一《词曲部·词采第二·忌填塞》,《中国古典戏曲论著集成》第七册,第28页。

但是,余势期的传奇作家已不像文词派作家那样一味镂金雕缋,藻丽浓艳,骈四俪六了。他们以自己渊博的学识和深秀的才华,扬弃了典雅绮丽的语言风格,更多地追求淡雅、清雅、秀雅的语言美,创造出一种语言基质而不是语言形式的雅化。文人传奇的语言风格从涂金缋碧式的浓丽艳雅到出水芙蓉式的文雅清丽的演化,表现出中国文人对才华学识的自重和对自然化工的欣赏二重心态的消长交融。由于传奇艺术具有案头与场上的双重功能,文章与戏剧的双重性质,因此对这种文人的二重心态消长交融表现得更为鲜明,也更加耐人寻味。

最能代表传奇语言风格从发展期到余势期的风会转移的作家,无疑是蒋士铨。李调元《雨村曲话》卷下说:

> 铅山编修蒋心馀士铨曲,为近时第一。以腹有诗书,故随手拈来,无不蕴藉,不似笠翁辈一味优伶俳语也。①

李调元拿蒋士铨与李渔相比较,精当地指出了传奇语言风格从发展期向余势期的变迁。梁廷枏《曲话》卷三说:

> 蒋心馀太史(士铨)《九种曲》,吐属清婉,自是诗人本色,不以矜才使气为能。故近数十年作者,亦无以尚之。②

所谓"诗人本色",正道出了蒋士铨传奇语言的内在质素。杨恩寿《词余丛话》卷二也称赞道:

> 《藏园九种》,为乾隆时一大著作,专以性灵为宗。具史官才学识之长,兼画家皱瘦透之妙。洋洋洒洒,笔无停机,乍读之,几疑发泄无余,似少余味,究竟无语不炼,无意不新,无调不谐,无韵不响。虎步龙骧,仍复周规折矩,非臬西、笠翁辈

---

① 《中国古典戏曲论著集成》第八册,第27页。
② 《中国古典戏曲论著集成》第八册,第272页。

所敢望其肩背。其诗之盛唐乎？①

这一大段文字，既可用来作为蒋士铨传奇语言的定评，不也可以用来作为他的诗文语言的赞誉吗？

蒋士铨的戏曲创作和他的诗歌创作一样，在29岁左右经历过一次重要的变化，即从典雅绮丽转变为清雅自然。在《空谷香》传奇刻本卷首，他有一首题词【满江红】道：

> 十载填词，悔俱被粉粘脂涴。才悟出文之至者，不烦堆垛。谲谏旁嘲惟自哂，真情本色凭谁和……

作为清乾隆时期诗坛著名的"江右三大家"之一②，蒋士铨的诗人才气在戏曲作品中得到了充分的展现。他的剧本曲词往往文采斑斓，雅俗共赏，融合诗词成语，如盐入水，不着痕迹。他尤其善于描摹情景，构造意境，抒情写景，无不传神入妙，感人深切。

例如，《临川梦》传奇第三出《谱梦》中，汤显祖与夫人评论《牡丹亭》传奇，唱了两支【金络索】曲，就极为脍炙人口：

> （生）【金络索】春从想处归，爱向缘边起。生自何来，死又因何及？这情丝一线微，受风吹，逗入花丛幽梦里。寻来觅去浑无迹，病重愁深只自知。难回避，仗花神老判相扶持。可怜咱一个魂儿，可怜他一个人儿，不再向亭中会。

> （旦）【前腔】心从好梦依，像自荒园拾。一朵花魂，紧紧跟随你。这珊珊影渐移，下来迟，叫得他金蚕绕墓飞。搵得他红生腮斗春回体，漾得他喜透眉涡暖到脐。绸缪细，约来朝活转做夫妻。闪尸尸一个魂儿，软丢丢一个身儿，向泉下偎

---

① 《中国古典戏曲论著集成》第九册，第251页。
② 另两家是袁枚（1716—1798）和赵翼（1727—1814）。同治间尚镕撰《三家诗话》，见其《持雅堂全集》（清同治间高安萧浚兰成都刻本）。

扶起。

全曲情文并至,既明白如话,又韵味十足,用典入于化境,诗才自发奇葩,深得元人杂剧流走之神,这便是清雅、秀雅的艺术境界。类似的曲辞,在蒋士铨的传奇作品中不胜枚举。

但是,正如朱湘所说的,蒋士铨无非是"集'写的'戏曲大成……好处终究是'诗'的,不是'戏剧'的;或者更精确一点说,大半是'诗'的,只有一小部分是'戏剧'的"①。他的诗人才气,在传奇作品的曲词、说白上随处横溢旁出,但正因如此,便常常免不得使才矜气,甚至卖弄才学。如《冬青树》传奇第二出《勤王》中,四六文的圣旨长达百余言,捧着剧本看都难以索解,在舞台上演出又怎能让人入耳即懂?同剧第二十三出《生祭》中,【入破第一】以下一连七支曲子,完全化用王炎午《生祭文丞相文》的原文,仅个别字句稍有变动。《临川梦》传奇第七出《抗疏》与此相类,整整一出,从曲到白,几乎照搬汤显祖的《论辅臣科臣疏》,台上生角一人,且念且写且唱,根本无法搬演,只能供案头把玩。《空谷香》传奇第十二出《店缢》,姚梦兰自缢被救,回答店主人问话时,用了一连串的典故隐喻,如"我不是红颜慕色离魂女","也不是青衫对泣琵琶妇","堕楼人前身是奴","悔前盟几破连环,守初心遂采蘪芜","他黄金别自恋秋胡,不道罗敷自有夫"等等,怪不得女店主说:"我不懂得",听众、观众恐怕也大多不懂得。同剧第二十出《散疫》,瘟神唱的【混江龙】曲,四十多句唱词,也几乎句句用典。蒋士铨有时受才情驱使,洋洋洒洒,竟致一发难收,如《香祖楼》第十出【混江龙】、第十八出【雁鱼锦】两首百字长令,脱离剧情,一味卖弄才华,不顾舞台效果。

正因为如此,无论蒋士铨多么才气横溢,运思良苦,他的 16 种

---

① 朱湘:《蒋士铨》,《小说月报》第十七卷号外(1927 年 6 月),第 20 页。

戏曲作品,虽然受到文人的高度评价,但除了《四弦秋》杂剧以外,其他的剧本在当时歌场并不流行①。他的《空谷香》、《香祖楼》、《雪中人》、《冬青树》等传奇,后来之所以还活跃在舞台上,却是被改编成花部戏以后的事了。

　　蒋士铨的传奇语言风格,在余势期的剧坛上具有典范意义。此外,如张坚和沈起凤,也分别在曲辞和宾白方面,对传奇语言的雅化起了推波助澜的作用。

　　朱奕曾《梦中缘题词》称张坚传奇:"吐辞若霏玉喷珠","琢句则惊天泣鬼";韩缙绅《梦中缘序》也称其曲辞:"清新隽逸,跌宕风流,恍听猴岭瑶笙,湘灵仙瑟,绝非凡响"(均见《梦中缘》传奇卷首)。的确,讲求语言修辞,正是张坚传奇作品的重要特点。在《怀沙记·凡例》中,张坚明确提倡:

　　　　词贵清真,雅俗共赏。余数种填词,虽秾艳典丽,而显豁明畅。(《怀沙记》传奇卷首)

所谓"秾艳典丽",自然是从文词派和汤显祖传奇的语言传统而来;而"显豁明畅",则可以看出张坚对清真雅正风格的自觉追求。如他的《怀沙记》传奇,"以屈子文词,重写屈子生面"(《凡例》)。清梁廷楠《曲话》卷三评云:

　　　　文词光怪。全部《楚词》,隐括言下。《著骚》、《大招》、《天问》、《山鬼》、《沉渊》、《魂游》等折,皆穿贯本书而成,洵曲海中巨观也。②

吴梅《顾曲麈谈》第四章《谈曲》评云:

---

　　① 同治《续纂扬州府志》卷十五称:"所填院本,朝辍笔翰,夕登氍毹。"这恐怕主要指的是蒋士铨《西江祝嘏》之类的承应戏。

　　② 《中国古典戏曲论著集成》第八册,第266页。

669

>   曲中将《离骚》全部隐括套数之中,实为难作之至。先生能细意熨贴,灭尽针线之迹,自西神郑瑜而后,无此奇作也,宜其享盛名也。①

但此剧将屈原《离骚》等原文,大段填入曲词中,所谓"点缀骚词,以入曲调"(《凡例》),并且详加注释,这无非是案头之作,是文人游戏笔墨,实在不便于场上搬演。剧作后半部几乎每出戏都由屈原作为场上主角,自说自唱,试问:这样结构的戏如何能在舞台上演出?

而沈起凤的文人才气则更多地表现在传奇的宾白艺术上。如吴梅《才人福跋》评云:

>   余尝谓,蘋渔之才,既不可及,而用笔之妙,尤非藏园(按,指蒋士铨)、倚晴(按,指黄燮清)所能。笠翁(按,指李渔)自负科白为一代能手,平心论之,应让蘋渔。

《伏虎韬跋》评云:

>   大抵蘋渔诸作,意境务求其曲,愈曲而愈能见才;词藻务求其雅,愈雅而愈不失真。小小科白,亦不使一懈笔。

《报恩猿跋》也评云:

>   记中白文多作吴谚,容不入北人之耳。而结构生动,如蚁穿九曲,通本熔成一片,最妙。如王寿儿、李狗儿一段插科打诨,观者无不哄堂。而县丞胡图,以成衣出身,语语不脱裁缝口吻,尤见匠心周匝,与《才人福》中之联元,一样手笔。此等

---

① 王卫民编:《吴梅戏曲论文集》,第112页。按,郑瑜,一名若羲,字玉粟,无锡(今属江苏)人。所撰《汨罗江》杂剧一折,演屈原与渔父对饮,现存《杂剧新编》本。

科白,决非腐儒能从事矣。①

写作雅致清丽的传奇宾白,在李渔之后,沈起凤无疑堪称一代作手。

余势期作家对传奇语言雅正风格的审美追求,并不是空谷足音,而是其来有自的。张坚所说的"词贵清真",便不禁使我们想起了清廷对八股文的要求:"清真古雅",这也是桐城派古文家的基本艺术原则。不妨说,就其本质而言,余势期作家对传奇语言雅正风格的审美追求,正是适应了乾隆、嘉庆时期的文化政策和文学趋向的。

乾隆元年(1736)六月,方苞"钦奉圣谕",精选明清八股文783篇,于乾隆四年(1739)编成《四书文选》一书,"以为主司之绳尺,群士之矩矱"。在《进四书文选表》里,他标称编选的宗旨说:

> 凡所录取,皆以发明义理,清真古雅,言必有物为宗。庶可以宣圣主之教思,正学者之趋向。

并解释道:

> 唐臣韩愈有言:"文无难易,惟其是耳。"李翱又云:"创意造言,各不相师。"而其归则一,即愈所谓"是"也。文之清真者,惟其理之是而已,即翱所谓"创意"也。文之古雅者,惟其辞之是而已,即翱所谓"造言"也。②

无庸赘言,这种"清真古雅"的艺术风格显然出自于朝廷的皇家旨意,是"钦定"的艺术风格,并且借助科举衡文,成为文人学士的创

---

① 均见吴梅:《瞿安读曲记》,依次见王卫民编:《吴梅戏曲论文集》第 460 页,462 页,458 页。
② 刘季高校点:《方苞集·集外文》(上海:上海古籍出版社,1983),卷二,第 581 页。

作准则。

同时,这种"清真古雅"的艺术风格,也是桐城派古文的创作准则。沈莲芳《书方望溪先生传后》,曾转引方苞的话说:

> 古文中不可入语录中语,魏晋六朝人藻丽俳语,汉赋中板重字法,诗歌中隽语,《南北史》中俳巧语。

经过这一番精心洗涤,桐城派的古文便大多使用平易晓畅、雅俗皆懂的文章语言,风格也就趋向于流利清新、雅洁生动了[①]。

由于"雅"风大炽,清代康熙、乾隆年间还出现了许多著名的骈文家,如胡天游、杭世骏、洪亮吉、汪中等,骈文呈现"中兴"气象。所有这些,都与余势期传奇作品语言复归雅正风格互为表里,煽起了一个时代炽烈的雅风。

---

① 参见吴孟复:《桐城文派述论》(合肥:安徽教育出版社,1992),第43—50页。

第五编　漂泊无依的传奇

（清道光元年至宣统三年，1821—1911）

从清道光元年至宣统三年（1821—1911），共91年，是明清传奇的蜕变期。

从道光年间开始，昔日曾经高居诸腔魁首的雅部昆剧，在以花部乱弹为代表的民间审美趣味的猛烈冲击下，愈来愈趋向于民间化和通俗化。而文人的传奇创作为了固守一隅之地，干脆沦为纯粹的案头文章，几乎成为抒情、言怀、讽世、宣教的文学样式，与传统诗文毫无二致了。

到光绪二十四年（1898）"戊戌变法"前后，风起云涌的资产阶级改良思潮和资产阶级革命思潮，把整个传统文坛冲刷得面目全非。传奇戏曲也冲决了封建的文化堤坝，汇入了时代的革新浪潮，成为资产阶级改良思潮和资产阶级革命思潮的文化工具，在激烈的政治斗争中发挥着重要的作用。

就这样，在道光年间以后一连串巨大的社会、文化变动中，传奇文体逐渐烟消瓦解了。传奇戏曲的文学体制、音乐体制和表演艺术都发生了根本的变化。因此，我们将这一时期称为明清传奇的蜕变期。

据不完全统计①,这一时期有姓名可考的传奇戏曲作家约有167人,他们的传奇作品约有278种(几位作家合作的剧本只算一种,存疑的作品不计在内),人均创作剧本1.66种,这几个数字都与传奇余势期相去不远。但是,如果考虑到这一时期将近半数的传奇作品,篇幅都在十二出以下,更明显地趋向于杂剧化②,那么可以肯定地说,在蜕变期,传奇的创作量较之余势期又进一步地滑坡了。进入民国以后,继续创作传奇作品的作家已经寥寥无几,传奇的艺术生命业已不绝如缕了。

---

① 这一统计,主要根据庄一拂:《古典戏曲存目汇考》(上海:上海古籍出版社,1982),卷十二(剔除其中属于道光年间以前的作家作品),以及附录一《近代作品》;并参照郭英德:《明清传奇综录》(石家庄:河北教育出版社,1997),附录一《传奇蜕变期现存作品简目》。

② 参见本书第二十二章第一节一《传奇杂剧的混融》。

第二十章　风云变幻的剧坛

从道光年间开始,中国南北各地剧坛上风云变幻,瞬息万端,令人眼花缭乱,目不暇接。昆腔、弋阳腔、梆子腔、皮黄腔……各种声腔剧种粉墨登场,此消彼长,真个是"乱烘烘你方唱罢我登场"。

这种诸腔竞奏的局面,越来越严重地削弱了雅部昆剧在戏曲舞台上的地盘,雅部昆剧迫不得已地从剧坛的中心移位到边缘,沦落到"门庭冷落车马稀"的境地。诸腔竞奏的结果,一方面使昆剧艺术"化身千百",溶入各种声腔剧种之中,加速了各种声腔剧种的成熟和发展;另一方面,也使昆剧艺术"脱胎换骨",在自身的戏曲艺术体制诸方面发生了或多或少的变化,以便寻求和开拓新的生存空间。所有这些,构成了蜕变期文人传奇创作的戏剧文化背景。

第一节　诸腔竞奏

从道光年间到清末,是中国戏曲史上声腔剧种层出不穷、百花齐放的重要时期。据 1982 年统计,全国各地共有戏曲剧种 317 种,其中明确注明其形成时期是"清代末叶"、"清末"或"清道光年间"、"清道光咸丰年间"、"清同治光绪年间"、"清光绪年间"等,即形成于清道光年间到清末的剧种,就有 121 种,约占总数的

38.2%,真可谓洋洋大观①!

——细说这 121 种戏曲剧种的来龙去脉,显然不属于本书的范围。所以,本节只能选择传奇蜕变期除昆腔以外影响最大的四大声腔系统,即高腔腔系、弦索腔系、梆子腔系和皮黄腔系,稍加说明,以一斑窥全豹,大致描述出这一时期诸腔竞奏的热闹局面②。

一、高腔腔系

高腔即弋阳腔的别名。弋阳腔在明代的兴起、繁盛与变迁,本书第三章第一节已经加以描述,此处不赘。至迟在明代后期,弋阳诸腔已经形成一个庞大的声腔系统,而且"南昆北弋"也早已分庭抗礼,不相上下。入清以后,昆腔继续在全国流行,仍然稳执剧坛的牛耳,但是弋阳腔在南北各地仍与昆腔颉颃争胜,并在北方呈现出渐占上风的势头。

在清初,弋阳腔由于音节高亢,尤其得到北方人的喜好。庞树柏《龙禅室摭谈》载:

> 昔圆海(按,指阮大铖)降后,从北军为前驱。帐中诸将,闻其有《燕子笺》、《春灯谜》剧本,问能自度曲不?阮即起,鼓

---

① 见《中国大百科全书·戏曲曲艺卷》(北京:中国大百科全书出版社,1983),马彦祥、余从编制的《中国戏曲剧种表》,第 588—605 页。
② 以下对四大声腔系统的描述,主要参考〔日〕青木正儿:《中国近世戏曲史》,王古鲁译著本(北京:作家出版社,1958),第十二章,第 437—467 页;周贻白:《中国戏曲发展史纲要》(上海:上海古籍出版社,1979),二四、二五、二六,第 409—502 页;张庚、郭汉城主编:《中国戏曲通史》(北京,中国戏剧出版社,1981),下册,第 19—42 页;廖奔:《中国戏曲声腔源流史》(台北:贯雅文化事业有限公司,1992),第三、四章,第 109—224 页;以及《中国大百科全书·戏曲曲艺卷》中的相关条目,如"弋阳腔"(第 542—543 页)、"高腔腔系"(第 86—87 页)、"丝弦戏"(第 360—361 页)、"梆子腔系"(第 14—15 页)、"皮黄腔系"(第 273—276 页)、"京剧"(第 158—163 页)、"戏曲声腔剧种"(第 465—471 页)等。

板顿足而唱。诸将北人,不省南曲,乃改唱弋阳腔,始点头称善。①

昆腔剧本既可以随意改为弋阳腔演唱,则弋阳腔得天独厚,可以借助昆腔的发展而发展,与昆腔并行不悖,并渐渐在清代为人们所喜闻乐见。在明代末年,宴客用弋阳腔,往往还被认为不敬,而到了清康熙年间,弋阳腔却公然用于士大夫的饯筵了。如焦循《剧说》卷四记载:"王阮亭(按,即王士禛)奉命祭江渎,方伯熊公设宴饯之,弋阳腔演《摆花张四姐》。"②

弋阳诸腔在全国各地流传,以其唱法高亢激昂,在清初就被称为"高腔"。震钧《天咫偶闻》卷七说:

> 国初最尚昆腔戏,至嘉庆中犹然。后乃盛行弋腔,俗呼"高腔",仍昆曲之辞,变其音节耳。内城尤尚之,谓之"得胜歌"。相传国初出征,得胜归来,军士于马上歌之,以代凯歌。故于《请清兵》等剧,尤喜演之。③

按,"内城",指北京内城。乾隆二十一年(1756)李声振《百戏竹枝词》第二首序,也说:

> 弋阳腔,俗名"高腔",视昆调甚高也。金鼓喧阗,一唱数和,都门查楼为尤盛。④

弋阳腔即高腔,不仅北京如此,各地也都这么称呼。甚至在弋阳腔

---

① 转引自周贻白:《中国戏剧史长编》(北京:人民文学出版社,1960),第390页。
② 《中国古典戏曲论著集成》(北京:中国戏剧出版社,1959),第八册,第154页。按,《摆花张四姐》即《天缘记》。董康等校订《曲海总目提要》(北京:人民文学出版社,1959),卷四十云:"《天缘记》,其名曰《摆花张四姐思凡》。出于鼓词,荒唐幻妄。然铺设人物兵马,旗帜戈甲,战斗击刺之状,洞心骇目,可喜可愕,亦有足观者。"
③ 震钧:《天咫偶闻》(北京:北京古籍出版社,1982),第174页。按,此书卷末有震钧光绪二十九年(1903)《叙》。
④ 收入路工编选:《清代北京竹枝词》(北京:北京古籍出版社,1982),第157页。

的发源地江西弋阳,人们也只知有高腔,而不知弋阳腔为何物。乾隆四十六年(1781),江西巡抚郝硕覆奏遵旨查办戏剧违碍字句的奏折就说:

> 臣查江西昆腔甚少,民间演唱,有高腔、梆子腔、乱弹等项名目。其高腔又名弋阳腔……弋阳腔之名,不知始于何时,无凭稽考,现今所唱,即系高腔,并无别有弋阳词曲。①

从明末到清中叶,弋阳腔在江西、湖北、湖南、四川、云南、浙江、广东、福建等地流传,与当地的民间方言和民间音乐相结合,便演变派生为各地高腔及高腔剧种,不下数十种,戏曲史家将它们统称为"高腔腔系"。

弋阳腔传入京师以后,逐渐把江西的土调改作北京的字音,并在声腔的高低尺寸上及后场帮和上另加工,于是在康熙年间形成所谓"京腔"。王端生(字正祥)曾编辑《新定十二律京腔谱》,现存康熙间刻本,卷首有康熙二十三年(1684)自序。其《凡例》说:

> 但弋阳腔旧时宗派,浅陋猥琐,有识者已经改变久矣。即如江浙间所唱弋腔,何尝有弋阳旧习?况盛行京都者,更为润色,其腔又与弋阳迥异……尚安得谓之弋腔哉?今应颜之曰《京腔谱》,以寓端本行化之意,亦以见大异于世俗之弋腔者。

到乾隆中叶,京腔在北京曾出现过"六大名班,九门轮转"的盛况②,并被宫廷演戏采用,编写出好几部"昆弋大戏"。

根据明末王骥德《曲律》卷二《论腔调》、沈宠绥《度曲须知》卷上《曲运隆衰》等书的记载,弋阳腔在安徽的变调有青阳、徽州、

---

① 载《史料旬刊》第二十二期,转引自王利器辑录:《元明清三代禁毁小说戏曲史料》,增订本(上海:上海古籍出版社,1981),第116页。
② 杨静亭:《都门纪略》(清道光二十五年[1845]刻本),《词场序》。

石台(疑为石牌之误)、太平、四平诸腔调①。而所谓"徽调"正是二黄之祖,所以欧阳予倩《谈二黄戏》一文,曾下结论说:"与其说二黄是本于高拨子,不如说是本于弋腔。"②可知弋阳腔竟是皮黄腔的不祧之祖。

二、弦索腔系

弦索腔兴起于中原的河南、山东一带,是在民间俗曲、说唱、小戏的基础上发展起来的。明代中叶,河南开封已流行【山坡羊】、【琐南枝】、【傍妆台】、【挂枝儿】、【驻云飞】、【银铰丝】、【罗江怨】等小调俗曲③。清初,山东也流行【耍孩儿】、【冈调】、【黄莺儿】、【跌落金钱】之类的俗曲④。这些小调俗曲,大多用琵琶、筝、三弦、浑不似(或称火不思、琥珀匙)等弦索类乐器伴奏,所以称为"弦索调"。明清之际,在这种弦索调的基础上,出现了弦索腔⑤。清初北京"南昆、北弋、东柳、西梆"的口谚⑥,所谓"东柳",即指流行于山东的柳子腔,是较为成熟的弦索腔剧种,在河南、河北、山东三省交界地区流行。到乾隆年间,弦索腔已在河南、山东、河北、山西、陕西、江苏、湖北等地形成各种戏曲剧种,构成弦索腔系,流布相当

---

① 依次见《中国古典戏曲论著集成》,第四册,第117页;第五册,第198页。
② 载《小说月报》号外《中国文学研究》(1927)。
③ 参见明嘉靖间李开先《词谑》中的《时调》与《市井艳词》,及万历间沈德符《顾曲杂言·时尚小令》。依次见《中国古典戏曲论著集成》,第三册,第286—288页;第四册,第213页。
④ 见刘廷玑:《在园杂志》(《辽海丛书》第四集本),卷三;又见蒲松龄所著《禳妒咒》、《磨难曲》、《钟妹庆寿》、《闹馆》等各种俗曲,收入路大荒:《蒲松龄集》的《戏三出》和《聊斋俚曲集》(上海:上海古籍出版社,1986),第811—1680页。
⑤ 参见徐扶明:《弦索调与弦索腔》,见其《元明清戏曲探索》(杭州:浙江古籍出版社,1986),第340—355页。
⑥ 齐如山《京剧之变迁》曾援引清末民初老伶工自述:"同治初年,余在科班时,曾听见那些老教习们说过:清初北京尚无二簧,只有四种大戏,名曰:南昆、北弋、东柳、西梆。"收入《齐如山全集》(台北:联经出版社,1979),第二册。

广泛。

弦索腔大多采用联曲体形式,所联缀的曲子都是各种俗曲小调。李调元《剧话》卷上说:

> 女儿腔,亦名"弦索腔",俗名"河南调"。音似弋腔,而尾声不用人和,以弦索和之,其声悠然以长。①

女儿腔亦属弦索腔系,因为它从妓女用来演唱故事的弦索调演变而来,所以得名②。可见弦索腔与说唱艺术渊源甚深。

三、梆子腔系

梆子腔是秦腔的俗名,因其以拍板(俗称梆子)为节,所以得名,其名最早见于康熙间刘廷玑的《在园杂志》卷三③。乾隆二十一年(1756)李声振的《百戏竹枝词》第三首序说:

> 秦腔,俗名梆子腔,以其击木若析形者节歌也。④

李调元《剧话》卷上也说:

> 俗传钱氏《缀白裘外集》,有秦腔,始于陕西。以梆为板,月琴应之,亦有紧慢,俗呼"梆子腔",蜀谓之"乱弹"。⑤

早在明末清初,梆子腔就已经在山西、陕西一带形成了。明万历四

---

① 《中国古典戏曲论著集成》第八册,第 47 页。
② 如沈德符:《顾曲杂言·时尚小令》说:"今京师妓女,惯以此充弦索北调。"《中国古典戏曲论著集成》第四册,第 213 页。清道光二年(1822)范锴:《汉口丛谈》(武昌:益善书局,1933),卷六第 11 页,引黄心庵《漫志·汉口青楼乐府》注云:"昔时妓馆,竞尚小曲,如【满江红】、【剪剪花】、【寄生草】之类。近日多习燕齐马头调,兼工弦索。"
③ 按,刘廷玑《在园杂志》卷首有康熙五十四年(1715)自序。秦腔之称,也始见于康熙间,如顾彩《容美纪游》、张潮《与张鼎望》(收入《尺牍偶存》)等。
④ 路工编选:《清代北京竹枝词》,第 157 页。
⑤ 《中国古典戏曲论著集成》第八册,第 47 页。

十八年(1620)抄本《钵中莲》传奇中,已采用【西秦腔二犯】的曲调,可知其渊源久远①。康熙年间陕西泾阳人张鼎望(字荆观,又字渭滨)就写有《秦腔论》,说明这时秦腔已发展到较为成熟的阶段,引起文士的注目②。

秦腔在康熙年间已流传北京。乾隆四十四年(1779),著名秦腔艺人魏长生(1744—1802)入京,秦腔在北京一度称盛,使梆子腔的影响愈为广泛。乾隆、嘉庆年间,梆子腔已经在北方流行于北京、河北、山西、山东、河南等地,在南方流行于湖北、江西、广东、福建、浙江、四川、云南、贵州等地,它的足迹甚至侵入了昆腔在南方的重镇苏州和扬州。

梆子腔传到山、陕以外的地区,往往结合当地的语言和流行曲调,进行一番改头换面,逐渐衍变派生为各地的梆子腔剧种。如山陕一带总称为山陕梆子,其中东路称同州梆子,中路(以西安为中心)称中路梆子,山西另有北路梆子(大同附近)、蒲州梆子。山陕梆子传到河北张家口一带,形成河北梆子,又称直隶梆子或京梆子。山陕梆子向南传入四川,形成川梆子,又名盖梆子;向东与河南流行的女儿腔相结合,形成河南梆子,即豫剧。河南梆子传入安徽,又形成安徽梆子。山东的梆子腔有鲁西菏泽一带的曹州梆子,章丘、聊城一带的章丘梆子,莱芜、泰安一带的莱芜梆子,分别从河南河北、安徽传入。云南也有梆子戏,大概来自四川。江西的梆子戏据说来自河北。③ 所有这些梆子腔剧种,构成星罗棋布的梆子腔系。

---

① 按,《钵中莲》传奇,抄本,不分卷,计十六出,无署名,末页有"万历庚申"字样。玉霜簃旧藏,曾刊于《剧学月刊》第一卷第四期(1933),后收入孟繁树、周传家编:《明清戏曲珍本辑选》(北京:中国戏剧出版社,1985),上册。

② 参见顾国瑞、刘辉:《〈尺牍偶存〉〈友声〉及其中的戏曲资料》,载《文史》第十五辑(北京:中华书局,1982)。

③ 此段参见周贻白:《中国戏曲发展史纲要》,第461—480页。

681

梆子腔系的主要基地在农村而不在城市,这是它与昆腔腔系、皮黄腔系的显著区别。梆子腔系的表演风格,一般都粗犷、豪放,带有北方地区慷慨悲歌的特色,同时更少文学性和音乐性的束缚。梆子腔系的兴起,促使戏曲艺术形式发生了一次重大的变化,这就是突破了以长短句式的唱词和曲牌联套的结构为主要特征的传奇戏曲体制,创造出以七字或十字的上下句对称唱词和板式变化的结构为主要特征的"乱弹"戏曲体制。将乾隆年间《缀白裘》所收的"乱弹"剧目的形式、句格,与现存嘉、道年间艺人传抄的同州梆子剧本的形式句格对照来看,这种戏曲艺术形式的变革,大概发生在嘉庆、道光年间[①]。

四、皮黄腔系

皮黄腔,也称"皮簧腔",原是西皮、二黄(也称"二簧")两种声腔的合称。清初时西皮腔是湖北"汉调"的主要腔调,二黄腔是安徽"徽调"的主要腔调。道光初年,二者合流成皮黄腔,揭开了中国戏剧史上辉煌的新篇。咸丰、同治年间,皮黄腔的重要基地在北京,所以后人又称皮黄戏为"京戏"或"京剧"。民国初年北京改名为北平,所以又称京剧为"平剧"。同治、光绪年间,皮黄戏蔓延到全国,再加上20世纪二三十年代梅兰芳(1894—1961)到日本、美国、苏联演出,赢得世界声誉,京剧被人们看作是中国戏剧的代表,故又称"国剧"。

西皮腔是山、陕梆子腔在湖北演变而形成的。一般认为,梆子腔由山、陕地区传到湖北襄阳一带,形成襄阳腔,后来再经湖北艺人的丰富加工,成为西皮腔。乾隆间严长明撰《小惠传》,说:秦

---

① 参见张庚、郭汉城:《中国戏曲通史》,下册,第27页。

腔,"湖广人歌之为襄阳腔(今谓之湖广腔)"①。可知至迟在乾隆年间,西秦腔已是一种具有地方特色的声腔剧种了。现在云南滇剧中所唱的西皮仍称"襄阳",也可作为佐证。道光初张亨甫(名际亮)《金台残泪记》卷三,记载西皮腔源出于西秦腔,由甘肃发展至陕西,也可备一说②。

二黄腔起源于南方,具体说法不一。有人认为源于湖北的黄陂、黄冈,见杨静亭《都门纪略·词场序》及王梦生《梨园佳话》第一章《总论·徽调之兴》③;有人认为源于江西的宜黄腔,见李调元《剧话》卷上,及杜颖陶《二黄来源考》④;有人认为源于陕南,所以又名为"汉调",见齐如山《谈平剧》⑤;有人认为源于徽调的高拨子,其间过渡是安徽的平板二黄(即四平调),见欧阳予倩《谈二黄戏》⑥。大抵以最后一说较近事实⑦。

大约在乾隆、嘉庆之际,流传到湖北的二黄腔与西皮腔相结合,形成一种新的声腔,即皮黄腔,当时在湖北称为"楚调"。道光二年(1822)范锴所撰《汉口丛谈》卷六,引录金粟影庵主人诗,有"清扬楚调吴侬让"之句,可知楚调在嘉庆年间已在湖北汉口一带大为盛行了,所以又称"汉调"。乾隆末叶,楚调流布到安徽,受到徽调影响。同时,以唱二黄著名的徽班艺人高朗亭,"入京师,以

---

① 见王昶:《秦云撷英小谱》(《昭代丛书》本)。
② 见张次溪编纂:《清代燕都梨园史料》(北京:中国戏剧出版社,1988),第250页。参见吴长元:《燕兰小谱》卷五:"蜀伶新出琴腔,即甘肃调,名西秦腔。其器不用笙笛,以胡琴为主,月琴副之,工尺咿唔如话。"张次溪:《清代燕都梨园史料》,第46页。
③ 王梦生:《梨园佳话》(上海:商务印书馆,1915),第8页。
④ 依次见《中国古典戏曲论著集成》第八册,第47页;《剧学月刊》第三卷第八期(1934年8月)。
⑤ 收入《齐如山全集》第三册。
⑥ 载《小说月报》号外《中国文学研究》(1927)。
⑦ 有关上述诸说的辨证,详见周贻白:《中国戏曲史长编》,第465—472页。

安庆花部,合京、秦两腔"①,在北京舞台上开创了徽班称盛的局面。道光十年(1830)左右,粟海庵居士《燕台鸿爪集·三小史诗引》说:"京师尚楚调,乐工中如王洪贵、李六,以善为新声称于时。"②这就促成以皮黄腔为主的北京皮黄戏的形成③。在此前后,皮黄腔在江西、湖南、广东、广西、四川、陕西、山西、云南、贵州、江苏、浙江等地广泛流传,遍地开花,形成徽剧、汉剧、湘剧、川剧、粤剧、桂剧、赣剧、滇剧等二十多个地方剧种,构成庞大的皮黄腔系。

在咸丰、同治年间,北京最著名的皮黄戏演员,有扮演老生的余三胜(1802—1866)、张二奎(1814—1864)和程长庚(1811—1880)。陈彦衡《旧剧丛谈》说:

> 程长庚,皖人,是为徽派;余三胜、王九龄,鄂人,是为汉派;张二奎,北人,采取二派而挽以北字,故名奎派。④

这大体上道出了三家的渊源所自。三人之中,余三胜、张二奎早于程长庚出名,但程长庚的成就和威望却在余、张之上,一向被尊为由皮黄戏向京剧过渡的开山祖师。他的功绩在于吸收了昆、弋二腔的长处,自创皮黄新腔。比程、余、张稍年轻的皮黄名伶,还有徐小香、杨鸣玉、卢胜奎等人。尤其是卢胜奎,还能自己编剧。道光中叶,他将宫廷大戏《鼎峙春秋》翻改为皮黄戏《三国志》三十六

---

① 李斗:《扬州画舫录》(北京:中华书局,1960),卷五,第131页。作于嘉庆八年癸亥(1803)的小铁笛道人《日下看花记》卷四也说:"月官,姓高,字朗亭,年三十岁,安徽人,本宝应籍,现在三庆部掌班,二簧之耆宿也。"张次溪:《清代燕都梨园史料》,第103页。
② 张次溪:《清代燕都梨园史料》,第272页。
③ 有人认为,皮黄戏正式形成的时间,是在道光后期(1840年以后),参见苏移:《京剧二百年概观》(北京:燕山出版社,1989),第27页。可备一说。
④ 张次溪:《清代燕都梨园史料》,第850页。

本,最为著名。

光绪年间是皮黄戏发展的第二个时期,谭鑫培、汪桂芬、孙菊仙、杨月楼、王瑶卿、汪笑侬等,均活跃在戏曲舞台上。据陈彦衡《旧剧丛谈》记载,谭鑫培(1847—1917)曾"亲炙程、余诸名宿,兼采众美,粹于一身。"①人们誉为"伶界大王"。王瑶卿(1881—1954)后来以授徒为生,桃李满天下,著名的京剧"四大名旦"梅兰芳、程砚秋、尚小云、荀慧生,都出自他的门庭,同行戏称为"通天教主"。而汪笑侬(1858—1918)则长期坚持演时装戏,是"海派"京剧的祖师,也是近代戏剧改良运动的猛将。

皮黄戏剧本中的正剧,大部分从昆曲剧本改编而来。有人统计,仅同治、光绪宣统年间舞台上经常上演的京剧剧目就有七八百出之多。到辛亥革命前后,流行的皮黄剧目已达1100多出,其中三国戏、杨家将戏、水浒戏、包公戏为四大支柱。陶君起《京剧剧目初探》收入京剧剧目1383种②,周明泰《五十年来北平戏剧史料》收入剧目2000多种③,数量可谓夥矣!

第二节 昆乱同台

道光年间以后,受到花部乱弹的猛烈冲击,昆剧演出愈益衰微。齐如山在《京剧之变迁》中说:

> 乾隆、嘉庆年间,北京昆腔极盛;咸丰、同治时代,昆腔与皮黄可以算是平等;到光绪初年,昆腔就微了,但各皮黄班中每日仍有三两出昆腔,以后越来越少。④

---

① 张次溪:《清代燕都梨园史料》,第854页。
② 陶君起:《京剧剧目初探》,增订本(北京:中国戏剧出版社,1963)。
③ 周明泰:《五十年来北平戏剧史料》(上海:商务印书馆,1936)。
④ 齐如山:《京剧之变迁》(北京:北平国剧学会,1935)。

然而,与昆剧演出每况愈下的情况恰相反衬,由于昆乱同台,交相影响,道光年间以后的戏曲演出却极为红火。在这一时期,剧坛上有两个现象尤其值得注意:其一是,不少演员和戏班同时习演昆剧和乱弹,时称"昆乱不挡";其二是,昆剧仍在各地流布,不断地方化、通俗化、剧场化,努力开拓着自身的生存空间。这都从不同方面,在不同程度上,对蜕变期文人传奇的创作产生了巨大的影响。

一、昆乱不挡

就总的趋势来看,从乾隆年间开始趋于白热化的剧坛上的"花、雅之争",在嘉庆年间已是花部乱弹占了上风,而到了道光以后,雅部昆剧便渐渐沦为花部乱弹的附庸了。这是"花、雅之争"的第一种趋向,本书第十七章第三节已经详加讨论。

"花、雅之争"的另一种趋向是,花部乱弹与雅部昆剧在互争雄长的过程中,互相交流,互相吸收,造成剧坛上的"昆乱同台",即戏班的"昆乱不挡"和演员的"昆乱兼擅"。卢前(冀野)《明清戏曲史》第七章说:

> 昆戏者,曲中之戏。花部者,戏中之曲。曲中戏者,以曲为主。戏中曲者,以戏为主。以曲为主者,其文词合于士夫之口。以戏为主者,本无与于文学之事,惟在能刻画描摹,技尽于场上,然其感动妇孺,不与案头文章相侔也。①

昆剧要想作为一种戏剧样式,在舞台上继续存在和发展,就必须改变"曲中之戏"的旧习,追随"戏中之曲"的新风。戏班的"昆乱不挡"和演员的"昆乱兼擅",便为昆剧的这种转变提供了现实的可能性。

一般说来,昆乱同台的情况约有三种:其一,同一个戏班,可能

---

① 卢前:《明清戏曲史》(上海:商务印书馆,1935),第103页。

今天演皮黄或其他乱弹戏,而明天演昆剧;二,在同一台戏里,间插上演皮黄(或其他乱弹戏)和昆剧的折子戏;三,在同一出本戏里,既有皮黄(或其他乱弹戏)的唱腔,又有昆曲的唱腔。在道光以后的剧坛上,戏班和演员都以文武兼擅、昆乱不挡为艺术追求的最高造诣,其结果必然使昆剧与乱弹戏你中有我,我中有你,无论是舞台表演还是剧本创作,都是如此。

在南方,道光七年(1827),在昆曲的发源地和重要的演出中心苏州,著名昆班集秀部解散①。这堪称中国戏曲发展史上的一个重要转折点,从此以后,南方的乱弹诸腔便绝对地压倒昆剧,占尽上风了。咸丰十年(1860),太平军攻克苏州,昆曲的轻歌曼舞被喧天动地的鼙鼓声摧垮,昆曲戏班几乎全都涌到上海的租界,在那里公设文乐园、丰乐园,上演昆剧。

晚清上海的昆剧活动可分为三期:第一期为同治年间,京班尚未南下,上海昆剧颇为兴盛,最早的戏园三雅园专演昆剧,来自苏州的大章班、大雅班名气很大。第二期为同治末、光绪初,有晚清"第一花旦"之称的周凤林大出风头。周凤林(1854?—1917),字桐生,苏州人,乳名"小老虎",扮相漂亮,嗓子又好,极有表演才能,昆旦的五旦、六旦以及刺杀旦,无所不精。他曾参加过大雅班的演出,后来京班陆续南下,他也脱离大雅昆班,改隶集京、徽、梆子为一台的天仙茶园了②。第三期是光绪十六年

---

① 张亨甫:《金台残泪记》卷二,"破楚门前顾曲迟"诗小注云:"去年五月、九月,两过苏州,客招顾曲,问集秀部,于春夏之交散矣。"张次溪:《清代燕都梨园史料》,第243页。此书自叙于道光八年戊子(1828),故集秀部解散在道光七年春夏之交。按,乾、嘉之际,集秀部是昆剧的堡垒,吴长元:《燕兰小谱》卷五说:"其人皆梨园父老,不事艳冶,而声律之细,体状之工,令人神移目往,如与古会。非第一流人不能入此。"张次溪:《清代燕都梨园史料》,第43页。龚自珍:《书名伶》,曾言此班的成立缘由,《龚自珍全集》(上海:上海人民出版社,1975),第二辑,第180—182页。

② 关于周凤林的生平事迹,可参见陆萼庭:《记周凤林》,见其《清代戏曲家丛考》(上海:学林出版社,1995),第288—305页。

(1890)以后,苏州昆班结束了三雅园的演出,纯粹的昆班基本上退出上海舞台,昆乱合班越来越向重京轻昆发展,连大名鼎鼎的周凤林也从"昆乱兼擅"转向以演京剧为主了①。

在扬州,也有许多戏班和演员是"昆乱兼擅"的。如李斗《扬州画舫录》卷五记载,江春创办的春台班,是乾隆以来江南规模最大的乱弹班,不仅乱弹腔、京腔、秦腔并重,而且还保留一些昆腔演唱。如班中演员"樊大,盎其目而善飞眼,演《思凡》一出,始则昆腔,继则梆子、罗罗、弋阳、二簧,无腔不备,议者谓之戏妖"。

在浙江,许多戏班同时擅长几种声腔的戏曲,金华地区称为"二合班"、"三合班"或"二合半"等;宁波地区、台州一带,则称为"草昆"②。这种由比较纯粹的昆班递变为"二合"、"三合"、"草昆"的过程,大约发生在嘉庆、道光之间。如梁章钜《浪迹续谈》卷六《文班武班》条,便记载道光二十年(1840)左右,他"侨居邗水,就养瓯江,时有演剧之局。大约专讲昆腔者,不过十之三;与余同嗜(秦腔之类)者,竟十之七矣。"其他如安徽、江西、湖南、四川等地,情况也大致类似③。

在北方,道光间李光庭《乡言解颐》卷三"优伶"条,记录北京剧坛风气,说:

> 时则有若宜庆、翠庆,昆、弋间以乱弹;言"府"言"官"(原注:京班半隶王府,谓之官腔,又曰高腔),节奏异乎淫曼。无奈曲高和寡,六十年渐少知音;人往风微,寻常辈推

---

① 见《中国大百科全书·戏曲曲艺卷》赵景深撰"昆山腔"条目,第187页,及胡忌、刘致中:《昆剧发展史》(北京,中国戏剧出版社,1989),第610—618页。
② 所谓"合",有昆(腔)、高(腔)合班,有昆、高、徽(调)合班,还有乱弹、滩簧等。所谓"草昆",即意为不纯粹的昆腔。参见胡忌、刘致中:《昆剧发展史》,第443页,536页。
③ 参见胡忌、刘致中:《昆剧发展史》,第533—555页。

为嗣响。①

按,此书卷首有道光二十九年(1849)作者自识,云乃晚年"追忆七十年间故乡之谣谚歌诵,耳熟能详者"之作。由此上推60年,正是乾隆后期,北京一般戏班大都"昆、弋兼以乱弹",已成为普遍现象,要听纯粹的昆曲,反而不可易得了。

北京乱弹诸腔的兴盛,从乾隆至道光、咸丰年间,大致分为三个时期②。第一期是乾隆中叶京腔(即高腔)鼎盛时期。杨静亭《都门纪略·词场序》说:

> 我朝开国伊始,都人尽尚高腔。延及乾隆年,六大名班,九门轮转,称极盛焉。

所谓"六大名班",除李斗《扬州画舫录》卷五所载宜庆、萃庆、集庆外,还有戴璐《藤阴杂记》卷五所记的王府新班,其余两个则无考③。乾隆年间昆曲戏班有保和部、太和部、端瑞部、吉祥部、庆春部等,但是由于京腔时兴,各班中的昆曲名伶为投合时好,多有兼学京腔的,如吴太保、四喜官、金桂官等。这些"昆乱兼擅"的旦色演员,被人们称为"两头蛮"④。对纯粹昆班演化成"昆乱不挡"的戏班,吴长元《燕兰小谱》卷四深致感慨,说:

> 昔保和部本昆曲,去年杂演乱弹跌扑等剧,因购苏伶之佳者,分文、武二部。于是梁溪音节,得聆于呕哑谑浪之间,令人

---

① 李光庭:《乡言解颐》(北京:中华书局,1982),第54页。
② 关于这三个时期的详细论述,可参看周贻白:《中国戏曲史长编》,第483—521页。
③ 戴璐:《藤阴杂记》(北京:北京古籍出版社,1982),第50页。
④ 吴长元:《燕兰小谱》卷四,记雅部伶工吴大保云:"旦中之两头蛮也……本习昆曲,与蜀伶彭万官同寓,因兼学乱弹,然非所专长。"张次溪:《清代燕都梨园史料》,第34页。

689

有正始复闻之叹。①

然而,慨叹归慨叹,昆乱同台的局面已是无可挽回了。

第二期是乾隆后期秦腔(梆子腔)鼎盛时期。这与魏长生入京密切相关。昭梿《啸亭杂录》卷八记载:

> 魏长生,四川金堂人,行三,秦腔之花旦也。甲午夏入都,年已逾三旬外。时京中盛行弋腔,诸士大夫厌其嚣杂,殊乏声色之娱。长生因之变为秦腔,辞虽鄙猥,然其繁音促节,呜呜动人。兼之演诸淫亵之状,皆人所罕见者,故名动京师。②

按,甲午为乾隆三十九年(1774),魏长生入京时间当为乾隆四十四年己亥(1779),昭梿所记有误③。所谓"弋腔"即京腔,这时在北京已渐呈衰态。魏长生入双庆部,以其高超的演技耸动一时。于是秦腔在北京兴盛起来,"庚、辛之际,征歌舞者,无不以双庆部为第一也"。"一时歌楼,观者如堵,而六大班几无人过问,或至散去",以至于"争附入秦班觅食"。在"附入秦班"的同时,秦班无疑也吸取了原六大班的昆弋诸腔,形成"京秦不分"的状况④。乾隆

---

① 张次溪:《清代燕都梨园史料》,第40页。
② 昭梿:《啸亭杂录》(北京:中华书局,1980),卷八,第237—238页。
③ 按,魏长生入京时间,小铁笛道人《日下看花记》卷四,亦说是"乾隆甲午后",见张次溪:《清代燕都梨园史料》,第104页。而吴长元《燕兰小谱》卷五《杂咏诸伶》引阙名《魏长生小传》,则说是"己亥岁",即乾隆四十四年(1779),见张次溪:《清代燕都梨园史料》,第44—45页。戴璐《藤阴杂记》卷五亦云己亥时"秦腔适至",第50页。当以后说为是。周传家撰《魏长生论》(载《戏曲研究》第二十一辑),认为魏于乾隆三十九年初次进京,返乡后锐意革新,创出琴腔,于四十四年又二次进京,一举唱红,可备一说。
④ 依次见吴长元《燕兰小谱》卷五引《魏长生小传》、卷三《赠魏长生诗序》,戴璐《藤阴杂记》卷五,及李斗《扬州画舫录》卷五。按,"庚、辛之际",即乾隆四十五、四十六年(1780—1781)。

五十年(1785),朝廷以正风俗,禁淫诲之戏为名,明令禁止秦腔戏班在京城演出,魏长生一度被迫入昆弋班,后离京到扬州。而他的徒弟陈银官仍风靡一时,至乾隆五十二三年(1787—1788)也被驱逐出京。秦腔风行北京,大致在乾隆四十四年至五十三年(1779—1788)十年之间。

第三期是乾隆末年以后"徽班"鼎盛时期。乾隆五十五年(1790)弘历八旬万寿,由官商盐务推举,安徽人高朗亭带三庆徽班(安庆花部,以唱二黄为主),进京庆寿,从此徽班盛极一时①。道光二十二年(1842)杨懋建撰《梦华琐簿》,记载嘉庆年间以来北京剧坛佚事,说:

> 今乐部皖人最多,吴人亚之,维扬又亚之,蜀人绝无知名者矣。
> 戏庄演剧必徽班。戏园之大者,如广德楼、广和楼、三庆园、庆乐园,亦必以徽班为主。下此,则徽班、小班、西班相杂适均矣。②

从乾隆时期到清末,徽商在全国的经济实力强大,安徽地区又是诸种声腔的汇集地,于是造成了徽班风行全国的局面。徽班所唱的戏曲,实际上包括所谓"六大腔调",即昆腔、弋阳腔、秦腔、昆弋腔、乱弹腔和二簧调。嘉庆、道光间有所谓京师"四大徽班",即四喜班、三庆班、春台班、和春班③。各班演出都兼备昆乱剧目④,可见是"昆乱不挡",而以演出乱弹为主的。如三庆班著名的老生,

---

① 参见《批本随园诗话》,转引自周贻白:《中国戏曲史长编》,第499页。
② 张次溪:《清代燕都梨园史料》,第369、349页。
③ 关于"四大徽班"的情况,详见周贻白:《中国戏曲史长编》,第499—513页;胡忌、刘致中:《昆剧发展史》,第545—546页。
④ 如乾隆三十九年(1774)春台班戏目,共收昆乱剧目736种(包括重见目)。参见朱建明辑录:《乾隆三十九年春台班戏目》,载《黄梅戏艺术》1983年第1期。〔日〕青木正儿:《中国近世戏曲史》第十二章第三节《徽班之勃兴》,据嘉庆十四五年(1809—1810)留春阁小史《听春新咏》所录徽班艺人擅长剧目统计,既"有昆曲,亦有花部诸戏,包容甚广"。王古鲁译著本,第456页。

号为"圣伶"的程长庚,便兼擅昆曲、皮黄,"文武昆乱,无所不能,无所不精"①。号称"同光名伶十三绝"的演员,也几乎都是"文武昆乱不挡","文武昆乱,无一不精"②。

至光绪中叶,情况更有了变化。当时在剧坛上皮黄戏已占绝对的压倒优势,各戏班上演的昆剧整本戏已经微乎其微,通常只是在皮黄戏演出中夹演一两出昆剧的折子戏。这种演出状况,就催生出一批昆曲与乱弹夹演的剧目。有些戏班中之所以保留有昆曲生、旦,也主要是因为堂会中有人专点昆曲,班中不能不准备几位角色,以备不时之需。到了光绪二十年(1894)以后,直至民国初年,大部分皮黄戏班都将夹演的昆曲小戏停止,每年只不过是偶然演出一两次昆曲剧目。原来昆、黄合作的戏班,大都变成了皮黄腔与梆子腔合作的戏班。昆曲在舞台上,已经几无立足之地了。

二、昆曲翻新

在乱弹诸腔蓬勃发展的情势下,昆剧面临的严峻问题,无疑是如何适应一般民众的审美需要和欣赏品味。昆剧的翻新,就是指昆剧面向广大民众,努力地地方化、通俗化、剧场化,以开拓新的生存空间。

早在康熙后期,昆剧在各地民间的传播时,已出现了民间化和地方化的趋向。如孔尚任《平阳竹枝词》写道:

> 太行西北尽边声,亦有昆山乐部名。扮作吴儿歌水调,申衙白相不分明。(原注:西昆词。)③

---

① 曹心泉、王瑶青等:《程长庚传记》,载《剧学月刊》创刊号(1932年1月)。
② 叶龙章:《清朝同光名伶"十三绝"画象简介》,载《文史资料选编》第七辑(北京:北京出版社,1980)。
③ 汪蔚林编:《孔尚任诗文集》(北京,中华书局,1962),卷四,第401页。

这是指晋南平阳(今山西临汾)地区的昆曲班在演唱昆剧,其音调已染上"边声"了。与此同时,刘献廷在《广阳杂记》卷三里,也记述了在湖南衡阳听昆曲的情况,说:

> 剧演《玉连环》,楚人强作吴歈,丑拙至不可忍。如唱"红"为"横","公"为"庚","东"为"登","通"为"疼"之类。又皆作北音,收口开口鼻音中。使非余久滞衡阳,几乎不辨一字。①

刘献廷听到的显然不是原汁原味的昆曲,而是带着湖南乡音的昆曲。这种地方化的现象,到清代后期更为严重。如龚自珍《己亥杂诗》第一〇三首说:

> 梨园串本募谁修?亦是风花一代愁。我替尊前深惋惜,文人珠玉女儿喉。(原注:元人百种,临川四种,悉遭伶师窜改,昆曲俚鄙极矣。)

时至清后期,昆剧变迁的一种重要趋势,便是在流布到南北各地后,与当地的民间方言和民间曲调相结合,在当地生根开花,演变为地方昆剧。这又有两种情况:一种是演变为一个独立的地方剧种,如苏州昆曲(分文班、武班)、武林昆曲(武班)、永嘉昆曲、郴州昆曲、衡阳昆曲、高阳昆曲等;一种是与其他声腔结合在一起,共同形成为当地的一个剧种,在这个剧种中保留了昆曲戏目,如湘剧、赣剧、川剧、徽剧、婺剧、上党梆子、秦腔、丝弦戏以及皮黄戏等剧种中的昆曲戏②。

例如苏州的滩簧,通称"苏滩",便是昆曲在苏州的俗唱。钱泳《履园丛话》卷十二说:

---

① 刘献廷:《广阳杂记》(北京:中华书局,1957),第 147 页。
② 见张庚、郭汉城:《中国戏曲通史》,下册,第 37—38 页。

> 演戏如作时文,无一定格局,只须酷肖古圣贤人口气……形容得象,写得出,便为绝构,便是名班。近则不然,视《荆钗》、《琵琶》诸本为老戏,以乱弹、滩王、小调为新腔。多搭小旦,杂以插科,多置行头,再添面具,方称新奇,而观众益众。如老戏一上场,人人星散矣。岂风气使然耶!①

"滩王",当即滩簧,在乾、嘉间已号称"新腔"。成书于同治二年(1863)的范祖述《杭俗遗风》,曾描述苏滩的特点,说:

> 滩簧以五人分生旦净丑脚色,用弦、琵琶、胡琴、鼓板。所唱亦系戏文,如《谒师》、《劝农》、《梳妆》、《跪池》、《和番》、《乡探》之类,不过另编七字句。②

可见苏滩只是将昆剧原本的长短句唱词改为七字句唱词,同时将曲牌联套体改为板式变化体,而保留了昆剧原有的情节、排场、脚色、伴奏。兹录《单刀会》中的两段唱词,以供比较:

> 【新水令】(净扮关羽唱)大江东去浪千叠,趁西风驾着这小舟一叶。才离了九重龙凤阙,早来到千丈虎狼穴。大丈夫心烈,觑着这单刀会一似那赛村社。【驻马听】依旧的水涌山叠,水涌山叠。好一个年少的周郎恁在那何处也,不觉得灰飞烟灭。可怜黄盖暗伤嗟,破曹的樯橹恰恰又早一时绝。只这鏖兵江水犹然热,好教俺心惨切。(内作水响介)(付)好大水吓!(净)周仓,这不是水。(付)吓!(净)这的是二十年前流不尽的英雄血!(昆曲,见《缀白裘》初集卷一)

---

① 钱泳:《履园丛话》(北京:中华书局,1979),第332页。按,此书卷首有道光五年(1825)孙原湘序,所记多为乾、嘉间事。
② 范祖述:《杭俗遗风》,《小方壶斋舆地丛钞》第六帙。

(净扮关羽唱)【曲头】大江东去(起板)浪滔滔,顺风相送小舟摇。秋水长天浑一色,风帆缓缓渡江潮。复思二十年前事,隔江斗志逞英豪。曹操数十万雄兵屯赤壁,个个如狼似虎逞咆哮。孔明妙算谁能反,雾中借箭道谋高。庞统巧献连环计,蒋干偷书反间曹。如今青山绿水犹然在,那年少周郎一命销。他的智勇双全归乌有,可怜赤壁威名一旦抛。(付)呀,好大水也。(净)周仓,此非水也。乃二十年前,曹操鏖兵赤壁,流不尽英雄之血也。①

苏滩的风行,使昆剧的文词由典丽高贵改成明白晓畅,声腔从低回婉转变为坦率平易。昆剧的地方化、通俗化,使传统的昆剧已然面目全非了。②

另一种趋势是,昆剧在保留其最本质的特征,即不改变其唱腔文辞的前提下,进行了一些通俗化、剧场化的尝试。

例如上海的昆剧戏班,从同治初年到光绪十年左右的二十余年间,竞相上演所谓"彩灯戏",简称"灯戏",即在戏台上下周围装饰彩灯,或在演员服装上饰以彩色,以招徕观众③。这就既保持了昆曲原有的唱腔、文辞、身段、排场,又以五彩缤纷的灯烛和服饰吸引观众。"灯戏"渊源于民间元宵观灯风俗,逐渐在一些地方形成独立的民间剧种,如云南的"花灯戏";或者成为地方剧种中特殊的演出方式,如川剧中便有"灯戏"(或称"灯调")。可见,昆曲中的彩灯戏,是高雅的昆曲与通俗的民间戏曲表演形式的结合。彩

---

① 《滩簧》第一集,杭州:武林印书馆,1916。
② 以上论述,参见周贻白:《中国戏曲史长编》,第450—454页。
③ 黄协埙:《淞南梦影录》卷三云:"灯戏之制,始于同治初年,先惟昆腔戏园偶一演之。嗣后天仙、金桂、丹桂、宜春、满春等园,相继争仿。"(《笔记小说大观》第二集)参见陆萼庭:《昆剧演出史稿》,第294页,又见同书附录《清末上海昆剧演出剧目志》所录彩灯戏剧目。

灯戏受到普通百姓的喜爱,一时使昆剧演出在上海呈现出回光返照的势头。如光绪八年(1882)八月二十五日《申报》载《戏楼坍塌》一文,说:

> 苏垣昆腔甲于天下。兵燹后,梨园子弟半多白发。世风亦变,人皆喜二黄、京调、梆子等腔,而昆腔几如广陵散矣。今年七月初,城隍庙前开演文班,观者寥寥……班中欲别开生面,串成新戏一本,名曰《溯慈愿》,灯彩陆离,如《洛阳桥》之类①,更有观音化身种种变幻。先期传布,于十七日开演。讵知是日观者云集,致将厢楼压塌。

这样一种演出效果,不但刺激着昆剧戏班,其他剧种也争相仿效,以致造成"无夜不灯戏"的局面。

刻意讲究场面的新奇绚丽,与乱弹诸腔争奇斗靡,藉以挽救昆剧的衰颓,成为清后期一些昆曲戏班的绝招。如咸丰初,上海创建三雅园,成面为昆剧演出在上海的据点。光绪十六年(1890),三雅园夜戏有《歌伎跑马》,注明为"新排新戏",并刊有告白说:

> 此出乃《西楼记》之一,本园重加考究,新制五色花马,绚烂夺目,全选名旦,互相驰骤,别开生面。

同年,三雅园还演出过李渔的《奈何天》传奇,戏园告白说:

> 原本出于《十种曲》,本园重加排订,推陈出新,变化离奇,新砌新彩,益复别开生面。

此外清末昆剧演出也模仿皮黄戏,采用连台本戏的演出形式。有的是以曲折连续的情节加上五颜六色的灯饰组成的灯彩连台本戏,如《斗牛宫》、《洛阳桥》、《白蛇传》之类;有的是百姓家喻户

---

① 按,清光绪六年(1880),著名艺人周钊泉等参加演出彩灯戏《洛阳桥》,曾轰动一时。

晓、津津乐道的故事戏,如《全本红楼梦》、《三笑姻缘》等;有的是文武兼备、排场热烈的连台本戏,如《文武香球》、《折桂传》等。这种连台戏本,多是许多小本戏的连缀,所以与清宫大戏如《升平宝筏》、《忠义璇图》之类不同。这些小本戏长期以来一直在舞台上传演不衰,本身有着深厚的民间基础,因此容易吸引观众。

从根本上说,昆剧在清末的地方化、通俗化、剧场化,并没有完全抑止住昆剧的衰落趋势,也未尝使古老的昆剧艺术起死回生。它的真正作用,只不过是使昆剧汇入诸腔竞奏的戏曲大合唱之中,成为戏曲大合唱中的一支声部。

第二十一章　文人传奇的余绪

中国古代社会步履蹒跚地进入清朝道光年间以后,外患内乱,接连不断,整个社会处于激烈的动荡之中。鸦片战争、中法战争、中日战争、八国联军……相继频仍;白莲教起义、苗民起义、太平天国运动、义和团运动……风起云涌。所有这一切,使清后期的历史充满了烟与火,血与泪,抗争与失败,耻辱与灾难。古老的中华帝国逐步从封建社会向半封建半殖民地社会过渡,启蒙主义、改良主义、民主主义等社会革命和社会思潮此起彼伏,蔚为大观。这是一个大变革、大转折、大演变的历史时期,传统文化和近代文化、中国文化和西方文化的撞击和交汇,构成一种巨大的双向逆反运动,强有力地制约着清后期文坛的整体走向。

蜕变期的文人传奇创作,以其总体思想倾向的转变为标准,大致以光绪二十四年戊戌(1898)"百日维新"为限,可以分为前后两期。前期的传奇创作,虽然也表现了风云变幻的时代特征,但在基本的思想倾向上,却仍然是传统文化的因袭和延续,是余势期传奇内容道德化的进一步恶性发展,它在一定程度上加速了传奇文体的萎缩和衰落。后期的传奇创作,作为戏曲改良运动的重要组成部分,则表现出与世俱迁的鲜明的时代特征,与风起云涌的社会变革密切联系,成为社会变革的锐利思想武器之一,从而使文人传奇的面貌焕然一新。

第一节　因袭传统:传奇的萎缩

在光绪二十四年(1898)以前,传奇创作虽然多多少少泼染了时代的色调,但基本上操持的是明中叶以来传奇写作的传统招数,老调重弹,旧样翻新,在散发着糜烂气息的封建文化圈子里打转转,这就不免愈来愈斫丧了传奇的艺术生命力。而且,由于皮黄戏等花部戏曲蓬勃兴盛,即便在剧坛上,传奇创作也已经愈来愈由中心走向边缘,从昔日荣耀的宝座上一落千丈,为社会所普遍冷落。

尽管如此,许多文人作家仍不甘寂寞地在传奇创作的田地上耕耘。他们那种锲而不舍的精神是令人钦佩的。但是由于他们大多拾蒋士铨《藏园九种曲》之余唾,顽固地秉持封建文化传统,因此他们的不懈努力终究只取得一个结果,这就是传奇戏曲不可抑止地趋向萎缩。

一、传奇名家巡礼

道光、咸丰年间值得称说的传奇作家,有谢堃、黄燮清和李文瀚。

谢堃(1784—1844)所撰传奇四种①,合刻为《春草堂四种曲》,现存道光二十五年(1845)刻本。其中《黄河远》二十四出,写唐代诗人王之涣与双鬟妓、聂隐娘的故事,多所杜撰;《绣帕记》三十六出,写文波与陈宛娘、程婉扬二女的姻缘,与清初薛旦的《醉月缘》传奇题材相同;《血梅记》三十出,写马任与黄六瑛悲欢离合的故事,大抵出于虚构;《十二金钱》二十四出,写唐诗人顾况与贺

---

① 谢堃,字佩禾,甘泉(今属陕西)人。国子监生。著有《日损斋诗钞》、《药烟阁词钞》、《春在堂随笔》等。参见刘世德:《谢堃和春草堂四种曲》,收于《中国古典小说戏曲论集》(上海:上海古籍出版社,1985),第94—110页。

兰洛珠、奚眉仙的故事,本于同名弹词。这四部传奇作于道光四年至二十三年(1824—1843)之间,皆为传统的才子佳人戏,藉情言理,缺乏新意。

黄燮清(1805—1864)所撰戏曲①,合刻为《倚晴楼七种曲》,现存光绪七年(1881)刻本。其中传奇六种,可分为前后二期。前期传奇作品四种,大略沿袭传统的思想和写法。如《茂陵弦》二十四出,作于道光十年(1830),写司马相如与卓文君的故事,痛惜相如大材小用,感慨自身怀才不遇。《帝女花》二十出,作于道光十三年(1833),写明崇祯皇帝朱由检之女长平公主与驸马周世显的故事,歌颂清廷盛德,隐含乱世之感。《脊令原》二十出,作于道光十四年(1834),据《聊斋志异》所载曾友于故事改编,宣扬兄弟和睦友爱。同年又作《鸳鸯镜》十出,取材于王士禛的《池北偶谈·破镜》,叙李闲与谢玉清以理制情的故事,意在惩创逸志而感发善心。

道光二十年(1840)第一次鸦片战争以后,黄燮清"自悔少作,忏其绮语,毁板不存"(《七种曲》刻本卷首冯肇曾《跋》)。所以,他的后期传奇作品取时事为题材,充满悲伤凄婉的情调。如《居官鉴》二十六出,约作于咸丰四年(1854),叙滇南郡守王文旸以其父所授《居官鉴》作为座右铭,为官清廉的故事,感慨国势飘零,并"聊借管弦鸣吏治"。《桃溪雪》二十出,作于道光二十七年(1847),写康熙间永康烈妇吴绛雪牺牲贞操和生命,以保全家乡的故事,意在扶植伦纪。除《七种曲》外,黄燮清尚有《绛绡记》传

---

① 黄燮清,初名宪清,字韵珊,一字蕴山,别署吟香诗舫主人、西园主人等,海盐(今属浙江)人。道光十五年(1835)举人,多次会试不第,任官至湖北宜都、松滋知县。著有《倚晴楼诗集》、《诗余》等。传见光绪《海盐县志》卷十六。参见蒋星煜:《黄燮清及〈倚晴楼传奇〉》,见其《中国戏曲史钩沉》(郑州:中州书画社,1982),第206—223页;陆萼庭:《黄燮清年谱》,见其《清代戏曲家丛考》(上海:学林出版社,1995),第117—137页。

奇八出,现存抄本,作于咸丰二年(1852),据《聊斋志异·西湖主》改编,全剧场次紧凑,曲白生动,在剧艺上颇有创新;《玉台秋》传奇十六出,现存光绪七年(1881)刻本,写吴康甫伉俪情深的故事。

在黄燮清的传奇作品中,《帝女花》最负盛名。全剧结构严谨,"哀感顽艳,声情俱绘,一时传览无虚日"(刻本卷末黄际清跋)。作者《自序》说:"声捐靡曼,不同燕子吟笺;事涉盛衰,窃比桃花画扇。"自视有别于晚明阮大铖的《燕子笺》,可并肩清初孔尚任的《桃花扇》。《帝女花》脱稿不久便搬上舞台,并很快流传日本①。清末又改编成粤剧,在香港、广州等地演出。本世纪80年代,此剧改编成评剧,在北方上演,仍然深受欢迎。

李文瀚(1805—1856)所撰传奇四种②,合刻为《味尘轩曲四种》(或称《凤笛楼四种曲》),现存道光二十二年至二十七年(1842—1847)间刻本。其中《紫荆花》三十二出,作于道光十八年(1838),写理合浦与凌玉娘的生死姻缘,系感慨其兄弟之死而作;《胭脂舄》十六出,作于道光二十二年(1842),以蒲松龄《聊斋志异·胭脂》为蓝本,叙鄂秋隼、卞胭脂的冤案;《银汉槎》十八出,作于道光二十五年(1845),演西汉张骞泛槎探河源及汲黯开仓赈济的故事;《凤飞楼》二十出,作于道光二十七年(1847),叙明末梁大业与梁珊如父女忠孝的故事。

李文瀚的四种传奇,极力模拟孔尚任,皆附详尽考证,一味尚

---

① 《帝女花》刻本卷首沈全蕊《题词》云:"蛮笺新擘谱笙簧,唱遍江南齿颊香。"《桃溪雪》刻本卷首孙恩保《题词》自注云:"韵珊前制《帝女花》,日本人咸购诵之。"

② 李文瀚,字云生,号莲舫,别署讯镜词人,宣城(今属安徽)人。道光八年(1828)举人,十八年(1838)选官,历官至四川夔州知府。著有《味尘轩诗集》、《文集》、《词余》。参见冯桂芬《四川候补道嘉庆府知府李君墓志铭》,《显志堂稿》卷七;赵景深、张增元:《方志著录元明清曲家传略》(北京:中华书局,1987),第336—338页所录诸方志;严敦易:《李文瀚的〈味尘轩四种曲〉》,见其《元明清戏曲论集》(郑州:中州书画社,1982),第308—312页。

史求实,表现出浓厚的文人趣味。但是除《胭脂鸟》较为可观外,其余诸剧,大抵情节平淡无奇,曲律乖舛谬乱,排场芜杂冷淡,是纯粹的文人案头剧。

同治、光绪之际的传奇作家,以杨恩寿(1834—1891)较有名。

杨恩寿字鹤俦,号蓬海,别署蓬道人,长沙(今属湖南)人。同治九年(1870)举人,多年在云南、贵州作达官的幕客,光绪初年始授盐运使衔,升候补知府。一生著述繁多,光绪间汇刻为《坦园全集》。

杨恩寿所撰戏曲六种,合刻为《坦园六种曲》,现存《坦园全集》本。其中传奇四种:《理灵坡》二十二出,作于同治九年(1870),取材于《明史》卷二九四本传,写明末湖南长沙推官蔡道宪抵抗张献忠义军而死的故事;《桂枝香》有光绪元年(1875)序,取材于道光间陈森的《品花宝鉴》小说,写文人田春航与优人李桂芳的故事,相传影射乾隆间显宦毕沅(字秋帆)与李桂官的情事①;《麻滩驿》十八出,取材于乾隆间董榕的《芝龛记》传奇,单写明末湖南道州守备沈至绪与其女沈云英抗拒张献忠的故事;《再来人》十六出,据沙氏《再来诗谶记》、叶氏《闽中记》和张氏《感应篇广注》,写福建老儒陈仲英前生潦倒,再世腾达的故事。杂剧二种:《姽婳封》六出,作于咸丰十年(1860),取材于曹雪芹《红楼梦》小说第七十八回的《姽婳词》,写明末恒王淑妃林四娘善战殉节的故事,歌颂其忠义英勇,藉以风世;《桃花源》六出,作于光绪元年(1875),写陶渊明的故事。另有《鸳鸯带》传奇,因为插叙时事,语多过激,焚毁不存。

杨恩寿的戏曲作品皆脱胎于蒋士铨的《藏园九种曲》,然而

---

① 见吴长元:《燕兰小谱》卷五,收入张次溪:《清代燕都梨园史料》,上册,第42页;杨掌生:《辛壬癸甲录》,同上,第288页;蒋瑞藻:《小说考证》(上海:上海古籍出版社,1984),卷八引《郏罗延室笔记》,第242—243页。

老气横秋,词采既不如蒋士铨清丽,也不如黄燮清绚烂。但因为他是个出名的戏迷,《坦园日记》中颇多观剧记录,是研究晚清戏曲史的珍贵资料,所以他创作戏曲,更讲究排场的设置与宾白的技巧。杨恩寿又是个见解通达的戏曲批评家,著有《词余丛话》、《续词余丛话》各三卷,大多抄录旧说,略作发明,时有新解。

　　光绪前期的传奇作家,以许善长、陈烺、刘清韵三人,创作最为丰富。

　　许善长(1823—1889以后)撰有六种传奇①,收入光绪十一年(1885)刻《碧声吟馆丛书》。其中《瘗云岩》十二出,作于同治九年(1870),写咸丰间妓女夏爱云(小名馨儿)与洪生农的恋情悲剧故事。《茯苓仙》十四出,作于光绪二年(1876),据《麻姑仙坛记》及《建昌府志》,写仙人麻姑、道士王远度脱蔡经的故事。《风云会》二十四出,作于光绪三年(1877),以唐人裴铏《虬须客传》为蓝本,写红拂与虬须客的故事。《灵娲石》十二出,作于光绪九年(1883),虽称传奇,实为十二种各自独立的杂剧作品的合集。《胭脂狱》十六出,作于光绪十年(1884),演《聊斋志异·胭脂》事。《神仙引》八出,作于《胭脂狱》前,据袁枚《神山引》诗及《聊斋志异·粉蝶》而作。

　　许善长的传奇作品,大都以孔尚任《桃花扇》传奇为蓝本,"为文以细意熨贴为主"(《瘗云岩》刻本卷首海阳逸客《跋》),讲究气格风调,别有韵致,但却仅供案头玩赏,不合场上搬演。

―――――――

①　许善长,字季仁,一字元甫,号梅园,别署玉泉樵子、西湖长,仁和(今浙江杭州)人。咸丰二年(1852)进士,六年(1856)任内阁中书,同治八年(1869)后到江西,历官至信州知府。参见赵景深:《许善长年谱略》,见其《明清曲谈》(上海:古典文学出版社,1957),第234—242页。

陈烺(1822—1898后)所撰戏曲10种①,分刊为前后二集,合刻为《玉狮堂传奇十种》,现存光绪十七年(1891)刻本。其中《仙缘记》(一名《碧玉环》),本唐人小说《袁氏传》(即裴铏《传奇·孙恪》),写老僧以玉环成就孙恪与仙猿的婚姻;《蜀锦袍》本《明史》卷二七○本传,写明末石砫土司秦良玉的故事,与董榕的《芝龛记》传奇同题材;《燕子楼》取材于白居易《长庆集·燕子楼诗序》,写唐人张建中和关盼盼的故事;《海虬记》本《明史》卷六所记永乐间总兵李珪平海盗事,叙海杰啸聚海中,为李乘招抚的故事;《梅喜缘》本《聊斋志异·青梅》,写张介受与程梅、赖阿喜的姻缘故事。以上5种,皆作于光绪八年至十一年(1882—1885)间,且每本均为二卷十六折,通称"前五种"。

《同亭宴》写秦始皇求仙未遂的故事;《回流记》写明代王守仁平朱宸濠之乱和娄妃沉江的故事,与蒋士铨的《采樵图》传奇同题材;《海雪吟》写明永历时邝露万里投荒,抱琴殉难的故事;《负薪记》本《聊斋志异》,写张诚孝友的故事;《错姻缘》演《聊斋志异·姊妹易嫁》事。以上通称"后五种",皆作于光绪十六年至十七年(1890—1891)间,且每本均为一卷八折。

陈烺的戏曲作品都作于晚年,"音节苍凉,情词宛转"(《玉狮堂传奇十种》刻本卷首俞樾《总序》),而且讲究文章结构,有较强的文学性,但大都不便于场上演出。

明清时期涌现出不少女戏曲作家②。清代较著名的,就有乾隆、嘉庆年间的王筠(1749—1819),字松坪,号绿窗女史,长安(今

---

① 陈烺,字叔明,号潜翁,别署云石山人、玉狮老人,阳湖(今江苏武进)人。半生流离,年五十方以盐官分发浙江。擅长绘画,工诗词戏曲,著有《云石山房剩稿》。参见《淮阳师专活页文史丛刊》第152号(1983年8月)。

② 参见徐扶明:《明清女剧作家和作品初探》,见其《元明清戏曲探索》(杭州:浙江古籍出版社,1986),第265—280页。

属陕西)人,著有传奇《繁华梦》、《全福记》;嘉庆、道光年间的吴藻(约1799—约1862),字蘋香,号玉岑子,仁和(今属浙江杭州)人,著有杂剧《乔影》;而光绪年间的刘清韵(1841—1900后),则是明清时期女戏曲作家的殿军①。

刘清韵所撰戏曲,据说共有24种,现存10种,合刻为《小蓬莱仙馆传奇》,有光绪二十六年(1900)上海藻文堂石印本。其中传奇8种:《黄碧签》十二出,写官吏朱培因与侠士元彪治理黄河,为民除害的故事;《丹青副》十二出,本《聊斋志异·田七郎》,写田七郎因受武承休恩惠,代武杀死仇家及县令,舍身报恩的故事,增饰田七郎子田豹立功受封;《炎凉券》八出,写陈杰与任贵分别因武功文才,官至极品的故事;《鸳鸯梦》十二出,写明才子张灵与崔莹的恋情悲剧故事;《氤氲钏》十出,写才子陶元璋与佳人黄佩芬、白玉英的姻缘故事;《英雄配》十二出,本黄钧宰《金壶遁墨·奇女子》,写周孝、杜宪英夫妇悲欢离合的故事;《天风引》十出,本《聊斋志异·罗刹海市》,写马俊(小说作马骥)赘龙宫的海外奇遇故事;《飞虹啸》十出,本《聊斋志异·庚娘》,写金大用与妻尤庚娘智杀仇雠的故事。另有《镜中圆》(五出)、《千秋泪》(四出)两种杂剧。

刻本卷首有俞樾《小蓬莱仙馆传奇序》,高度评价刘清韵的戏曲作品,说:

> 余就此十种观之,虽传述旧事,而时出新意,关目节拍,皆极灵动。至其词则不以涂泽为工,而以自然为美,颇得元人三昧,视李笠翁《十种曲》,才力不及,而雅洁转似过之。

---

① 刘清韵,字古香,小字观音,海州(今江苏连云港)人。著有《小蓬莱仙馆诗钞》、《小蓬莱仙馆曲稿》、《瓣香阁词》。参见严敦易:《刘古香的〈小蓬莱传奇十种〉》,见其《元明清戏曲论集》,第335—340页;姚柯夫《女作家刘清韵生平考略》,载《文献》总第18辑(1985),第30—39页。

按,此评不免溢美。刘清韵诸曲,情节尚奇而关目板滞,曲词雅洁而文情枯淡,与李渔传奇的便捷清丽,实不可作同日语。

二、聊斋戏与时事剧

上述这些传奇作家的作品,要么描写才子佳人艳事,要么宣扬伦理道德教化,要么感慨怀才不遇情怀,要么吟咏文人雅士韵事,大略不越出封建传统思想的范围,散发着靡腐朽烂的气息。

光绪十六年(1890)秋,何墡撰《乘龙佳话》传奇八出[①],本唐人小说及元杂剧,写柳毅传书的故事,现存光绪十七年(1891)《点石斋画报》印本。卷首《自序》说:

> 自有京调、梆子腔,而昆曲不兴,大雅沦亡,正声寥寂。此虽关乎风气之转移,要亦维持挽救者之无其人也。昆班所演,无非旧曲,绝少新声。京班常以新奇彩戏炫人耳目,以紫夺朱,朱之失色也宜矣。三雅昆班,近年来无人过问。去年秋,诸同志有欲振兴正雅者,招昆班来沪开演。初时亦不乏顾曲之人,两月以后,座客渐稀,生涯落寞,渐将不支。班中人以为旧戏不足娱目,爰将旧稿翻新,而卒无补于事。余慨夫雅乐从此一蹶,恐难复振,因自撰《乘龙佳话》传奇一本。

从这段话,不难看出蜕变期一般因袭传统的传奇作家的尴尬处境:在"昆曲不兴,大雅沦亡,正声寥寂"的时势下,他们力图挽狂澜于既倒,振雅乐于已衰,所以背逆时趋,孜孜不倦地谱写传奇新曲;孰料他们蹩脚拙劣的传奇作品,适足以加速传奇的衰落趋势。这真是事与愿违,徒唤奈何!

值得特别一说的,是这时期取材于《聊斋志异》的传奇和感慨

[①] 何墡,字桂笙,别署高昌寒生,山阴(今浙江绍兴)人。生平未详。著有《一二六存稿》。

时事的传奇,因为它们多多少少地流露出时代的新鲜气息。

蒲松龄的《聊斋志异》自康熙年间问世以后,因其情事新警,文词秀美,不胫而走,广为传诵。据《聊斋志异》改编的戏曲,在乾隆、嘉庆年间并不多见,仅沈起凤的《文星榜》影用《胭脂》,《报恩猿》影用《小翠》,钱维乔的《鹦鹉媒》本《阿宝》,陆继辂的《洞庭缘》牵合《织成》及《西湖主》,夏大观的《陆判记》出《陆判》,西泠词客的《点金丹》出《辛十四娘》等,数种传奇作品而已。

道光以后,"聊斋戏"蔚然大兴,一时形成"聊斋戏"热。仅传奇作品,就有李文瀚的《胭脂舄》,黄燮清的《脊令原》、《绛绡记》,陆如钧的《如梦缘》(本《连琐》,存同治间抄本),许善长的《神山引》、《胭脂狱》,陈烺的《梅喜缘》、《负薪记》、《错姻缘》,刘清韵的《丹青副》、《天风引》、《飞虹啸》,阙名的《恒娘记》、《盍簪报》、《紫云回》、《钗而弁》、《琴隐园》、《颠倒缘》(诸种皆佚),等等,洋洋18种,可谓多矣①。至于花部诸腔改编《聊斋志异》的戏曲,更是指不胜屈,仅陶君起《京剧剧目初探》所著录的京剧作品,就有40种之多②!

有趣的是,上述这些"聊斋戏",大多数不是取材于《聊斋志异》中数量最多的花妖鬼狐故事,而是取材于《聊斋志异》中社会题材的故事。这些作品,或暴露封建官吏的贪污腐败,或抨击土豪劣绅的横行不法,或揭示封建道德的虚伪堕落,或讴歌男女青年的纯真爱情,要之,都具有较强的现实针对性,是有所为而作的。这就告诉我们,在《聊斋志异》的实际流传过程中,人们更为重视的是它的社会指向和现实意蕴,而不是仅仅把它当作单纯的谈狐说

---

① 以上剧目均见庄一拂:《古典戏曲存目汇考》(上海:上海古籍出版社,1985),卷十二下编传奇四清代作品(下)。

② 据中国戏剧出版社1963年增订本。各种地方戏中的"聊斋戏"目录,参见纪根垠:《蒲松龄著作与地方戏曲》,载《蒲松龄研究集刊》第二辑(山东:齐鲁书社,1981)。

鬼的志怪故事。无论任何时代的人们,都更为关心自身所赖以生存的现实社会,而不是虚无缥缈的非现实世界;即便是对非现实世界的热中和向往,也仅仅是为了更好地观照现实的生存状态。这应该是《聊斋志异》的审美接受给我们的有益启示。

在明清时期,每当社会矛盾尖锐激化的时候,以现实政治斗争为题材的时事剧就盛极一时,如晚明,如清初,如晚清,无不如此。这是因为,社会的动荡,家国的危亡,往往强有力地激发了文人士大夫"以天下为己任"的社会责任感,促使他们更为自觉地关注现实,针砭时弊,于是时事剧便应运而生。

清代自康熙中期以后,由于文字狱愈益频繁,思想禁锢愈益严酷,人们"避席畏闻文字狱,著书都为稻粱谋"①,时事剧的创作几成绝响。即使有个别的时事剧作品,也是为朝廷歌功颂德的。而从道光年间开始,内乱外患,此起彼伏,中国处于危急存亡之秋,时事剧在沉寂了一百多年以后,终于以各种不同的表现方式再度崛起,风行剧坛。

蜕变期前期的时事剧作品,大都体现出封建的正统道德观念和价值评判标准,而且大多仅仅触及"内乱",涉及"外患"的作品却不多,这与后期时事剧更多地关注"外患"恰好形成鲜明的对照。尽管如此,这些时事剧毕竟以其强烈的现实精神,给当时沉寂的剧坛带来了一股清新的气息。

有的传奇作品借历史故事,或感慨时事,或寓指时事。如黄燮清《帝女花》第十三出《访配》【二犯桂枝香】:

> 高皇陵殿,平芜远天。故侯宫苑,垂杨暮烟。算繁华已换了红羊劫。问涕泣谁谈天宝年?

---

① 龚自珍《咏史》,《龚自珍全集》(上海:上海人民出版社,1975),第九辑,第471页。

此曲激昂而又沉郁,感慨良深,人或比之于庾信的《哀江南赋》和高启的《雨花台诗》。所谓"红羊劫",谐音"洪(秀全)杨(秀清)劫",当即暗指太平军。而杨恩寿的《姽婳封》杂剧第三出《哭师》中,恒王说:

> 莽蛟延一线喷江潮,算将来红羊劫到,大旆残照裛,战鼓浊烟消。宝剑横腰,倩谁人画出凌烟稿。

也同样用了"红羊劫"的"今典"。刻本卷首《自叙》说:"咸丰庚申(十年,1860),游幕武陵,客有谈周将军云耀者,勇敢善战,其妇亦知兵。乙卯(咸丰五年,1855)守新田,以轻出受降而死,妇亦战以殉之。当即演成杂剧,诡其名于说部林四娘,即所谓姽婳将军也。"可知此剧实有感于周云耀夫妇抗击太平军而作。假托林四娘,不过是借古寓今而已。

有的传奇作品借虚构故事,影射时事。如光绪十年(1884),邯郸梦醒人撰《梦中缘》传奇四十出,现存光绪十一年(1885)刻本,写花神何华(即荷花)等下凡历劫,平定广西艾叶豹的叛乱,其实是影指朝廷平定太平军之乱。如第十四出《避兵》,艾叶豹有"想俺在金田起义之时"等语,则艾即影指洪秀全。剧中元帅榛苓,即影射曾国藩。又第三十三出《抗表》,大臣朱兰上疏,急谏不可割地和戎,似影指光绪八年(1882)起的中法越南交涉①。刻本卷首作者的《梦中缘凡例》说:这部传奇,"专以忠孝节义之事,慷慨悲歌,不独使正士知所奋勉,且使奸佞知所儆惧"。表达了他的创作意图。

有的传奇作品在当代故事中插入时事。如黄燮清的《居官鉴》中,《海誓》、《解囊》、《议抚》、《愤边》诸出,表达了鸦片战争时期禁烟主战、抵御外侮的思想和情绪,暴露了清朝政府的腐败无能和西方殖

---

① 参见严敦易:《清人戏曲提要·邯郸梦醒人的〈梦中缘〉》,见其《元明清戏曲论集》,第360—364。

民主义者的侵略野心。第二出《海誓》,西洋岛国夷酋乌延障说:

  我国炼得相思膏一味,偷贩中华,诱他吸食。谁知不上数年,弄得那些百姓朝朝想慕,个个沉酣。不论银穴铜山,尽付一星楚炬;便有琼田珠户,都销三月秦灰。俺这里粪土化黄金,他那里黄金化粪土。这种便宜交易,真乃古今所无。

这不是将帝国主义贩卖鸦片的丑恶用心和盘托出吗?而《匪变》一出,则污蔑太平军。此外,许善长的《瘗云岩》,也以太平军事为背景。刘清韵的《黄碧签》,则插入清廷平捻军事。

有的传奇作品则直接叙写时事,尤其以写太平军事的为多。如咸丰四年(1854)朱绍颐撰《红羊劫》十二出①,现存民国间影印本,便是直接写太平军攻入金陵的时事。又如郑由熙(约1827—1898后)光绪二年(1876)撰《雾中人》十五出②,光绪十四年(1888)撰《木樨香》十出,也都以咸丰年间太平军攻略安徽之事为背景,歌颂殉难官吏的忠节,人称:"事关惩劝,义合兴观,非琐琐儿女子语"(《雁鸣霜》卷末作者志语);"创巨痛深,怵既往,儆将来,可以惩矣。"(《木樨香自序》)

吴梅《中国戏曲概论》卷下第三章《清人传奇》,评论黄燮清的传奇作品,说:

  盖自藏园标下笔关风化之旨,而作者皆矜慎属稿,无青衿挑达之事,此是清代曲家长处……余尝谓:乾隆以上,有戏有曲;嘉、道之际,有曲无戏;咸同以后,实无戏无曲矣。此中消

---

① 朱绍颐,字养和,一字子期,别署劫余道人,高平(今属山西)人,一说溧阳(今属江苏)人。著有《抱翠楼诗文集》。

② 郑由熙,字晓函,一字伯庸,号坚庵,别署啸岚道人,歙县(今属安徽)人。同治间优贡,历署江西瑞金、新昌、靖安等县。著有《晚学斋诗集》、《莲漪词》。所撰传奇《雾中人》、《木樨香》、《雁鸣霜》,合刻为《暗香楼乐府三种》,现存光绪十六年(1890)刻本。参见赵景深:《暗香楼乐府作者考》,见其《明清曲谈》,第226—229页。

息,可与韵珊诸作味之也。①

按,"藏园"指的是蒋士铨。这段话可以用来概括蜕变期前期因袭传统的传奇作家的一般特征:他们大多以维持风化、挽救世风为己任,因此,他们的传奇作品无不涂染着浓厚的封建伦理道德色彩;他们继续发展了余势期传奇作家以曲为史、以文为曲和风格雅正的创作倾向,这就使传奇创作愈益脱离舞台,沦为文人雅士的案头清玩。

第二节 与世俱迁:传奇的新变

光绪二十三年(1897)十一月至十二月,严复(1853—1921)在天津《国闻报》上连载了《本馆附印说部缘起》一文,率先提出小说、戏曲是"使民开化"的重要工具,犹如一声巨雷,炸响在沉寂的文坛。

光绪二十八年(1902)二月,《新民丛报》(半月刊)在日本横滨创刊,主编梁启超(1873—1929)在创刊号上发表了《劫灰梦传奇》楔子一出《独啸》,借剧中人物杜撰之口,倡导要以编写传奇来尽"国民责任","把一国的人从睡梦中唤起来"②。《劫梦灰传奇》虽然有头无尾,但是它的问世,却标志着传奇杂剧已从供少数人玩赏的贵族艺术,转变为面向现实、面向民众,旨在"振国民精神"的资产阶级启蒙武器;从以宣扬封建伦理道德为主的封建阶级文艺,转

---

① 王卫民编:《吴梅戏曲论文集》(北京:中国戏剧出版社,1983),第185页。按,此段标点,原书有误,已予订正。

② 《劫灰梦传奇》系"庚子事变"后感时之作,发泄对帝国主义、清朝政府和无耻汉奸的不满情绪,仅成楔子一出。见阿英《晚清文学丛钞·传奇杂剧卷》(北京:中华书局,1962),下册,第686—688页。

变为以宣扬资产阶级民主主义和民族主义思想为主的资产阶级文艺。这是一个具有时代意义的转变①。梁启超还先后在《清议报》、《新小说》等报刊上发表了《译印政治小说序》(1898年)、《论小说与群治之关系》(1902年)、《小说丛话》(1903)等一系列论文,与严复相互鼓吹,把小说、戏曲提高到至高无上的社会地位,从而正式揭开了晚清戏曲改良运动的序幕②。

光绪三十年(1904)十月,南社诗人陈去病(1874—1933)、柳亚子(1886—1958)等创办了《二十世纪大舞台》(月刊),自觉地把"改革恶俗,开通民智,提倡民族主义,唤起国家思想",作为编辑刊物的"唯一之目的"③。在创刊号上,柳亚子发表了《发刊辞》,正式打出"戏剧改良"的大旗。他主张,戏曲应表演"扬州十日之屠,嘉定万家之惨,以及房酉丑类之慆淫,烈士遗民之忠荩",和"法兰西之革命,美利坚之独立,意大利、希腊恢复之光荣,印度、波兰灭亡之惨酷",这样才能教育人们"崇拜共和,欢迎改革"④。在此前后,无名氏的《观戏记》(1903年),陈去病的《论戏剧之有益》(1904年),三爱(陈独秀)的《论戏曲》(1904年),蒋观云的《中国之演剧界》(1904年),天僇生(王钟麒)的《剧场之教育》

---

① 参见连燕堂:《梁启超与晚清文学革命》(桂州:漓江出版社,1991年),第282页。

② 戏曲改良运动,亦称戏剧改良运动,是对辛亥革命前后戏剧改革的一种泛称,包括传统戏曲(传奇和杂剧)的改革,京剧及地方戏的改革,和新剧(文明戏)的出现。它起于20世纪初,一直延续到"五四"前后。所谓"改良",主要不是政治意义上的"改良",而是文学艺术上的"改革"、"革新"。倡导与参与戏曲改良运动的,以政治分野论,既有资产阶级维新派(如梁启超),但更多的是属于资产阶级革命派和具有民主思想的知识分子。参见郭延礼:《中国近代文学发展史》(济南:山东教育出版社,1993),第三卷,第2268页。

③ 《〈二十世纪大舞台丛报〉招股启并简章》,载《二十世纪大舞台》创刊号(1904)。

④ 阿英:《晚清文学丛钞·小说戏曲研究卷》(北京:中华书局,1960),卷一,第176—177页。

(1908年)等论文,纷纷发表①。一场轰轰烈烈的戏曲改良运动,犹如燎原之火,在中国戏剧界蓬勃燃烧。

在戏曲改良运动中,人们清醒地认识到:

> 故欲善国政,莫如先善风俗;欲善风俗,莫如先善曲本。曲本者,匹夫匹妇耳目所感触易入之地,而心之所由生,即国之兴衰之根源也……中国不欲振兴则已,欲振兴可不于演戏加之意乎?②

因此,不少文人作家把戏曲作品当作改造社会、移风易俗的锐利武器,当作表达进步思想、鼓吹改良革命的有力工具。萧山湘灵子《轩亭冤》传奇卷首《叙事》说:"合古今未有之壮剧、怪剧、悲剧、惨剧,迭演于舞台,以激励我二百兆柔弱女同胞"③,这简明地概括了这时期戏曲作家的创作目的。这时期的戏曲作品,或破除迷信,或讽刺时政,或表扬忠义,或排斥异族,大都具有鲜明的政治倾向性。郑振铎为阿英《晚清戏曲录》作《叙》,对这些戏曲作品作了高度的评价,说:"皆慷慨激昂,血泪交流,为民族文学之伟著,亦政治剧曲之丰碑。"④

这个时期的传奇作品,就其题材内容而言,大而别之,约有三类:

第一,借歌颂古代英雄人物事迹,鼓舞革命斗志的历史剧。

---

① 关于上述论文基本观点的详细介绍,参见郭延礼:《中国近代文学发展史》,第三卷,第四十三章第二节《资产阶级革命派的戏剧理论》,第2268—2282页。

② 无名氏:《观戏记》,收入阿英《小说戏曲研究卷》,卷一,第72页。按,此文原载《清议报》(见《清议报汇编》卷二十五附录《群报撷华》),据今人王立兴考证,作者系欧榘甲。

③ 阿英:《传奇杂剧卷》,上册,第109页。

④ 阿英:《晚清戏曲小说目》(上海:古典文学出版社,1957),卷首《叙记》引录,第4页。

陈独秀《论戏曲》一文在论及"宜多新编有益风化之戏"时,便明确提倡新编历史剧,以古代英雄豪杰、爱国志士的事迹,来唤起观众的民族感情和爱国意识。他说:

> 以吾侪中国昔时荆轲、聂政、张良、南霁云、岳飞、文天祥、陆秀夫、方孝孺、王阳明、史可法、袁崇焕、黄道周、李定国、瞿式耜等大英雄之事迹,排成新戏,做得忠孝义烈,唱得激昂慷慨,于世道人心极有益。①

在这种创作思想的指导下,这时期的作家们自觉地以历史剧服务于现实斗争。历史剧中的民族英雄形象以及他们顽强的战斗精神和崇高的民族气节,成为激励当时人们的民族感情和爱国意识的精神力量。正如刘翌叔《孤臣泪》卷首《剧旨》所说的:

> 本剧描写民族的奋斗,用意非常悲壮。孤臣,指亡国之臣……拼着百折不回底精神,在亡国后谋复国,于死路中求生路,不惜牺牲个人,总要争民族的生存。这个悲剧的结果,是民族精神的胜利。在民气消沉的今天,《孤臣泪》是我们中国人的一帖兴奋剂,并在山穷水尽的路上,指出了几条坦然大路,如致力于发扬文化,如着眼于团结民心。要想发明,必须埋头苦干;要想民族复兴,必须提倡孝悌忠信、礼义廉耻。更进一步,还要鼓励中国人负救世主的使命。本剧即着重于发扬民族精神。②

由于处身于满清统治,家国危亡之秋,这时期的传奇作家最感兴趣的题材,是宋金、宋元和明清之际汉族与少数民族争战的故

---

① 阿英:《小说戏曲研究卷》,卷一,第54页。
② 转引自周妙中:《清代戏曲史》(郑州:中州古籍出版社,1987),第360—361页。

事。如谱写宋金之交的传奇,有幽并子的《黄龙府》,光绪三十年(1904)刊于《二十世纪大舞台》第二期,写岳飞抗金的事迹,全剧仅刊二出,未完;同年有觉佛的《女英雄》,写梁红玉抗金的事迹,仅成一出。谱写宋元之际文天祥义不事元事迹的传奇,有虞名的《指南公》十出,光绪三十二年(1906)刊于《河南》;川南筱波山人的《爱国魂》八出,光绪三十四年(1908)刊于《新小说》;孤的《指南梦》十出,刊于宣统三年(1911)。谱写明清之际风云变幻的传奇,有刘翌叔的《孤臣泪》二十二出,写史可法部将刘应瑞父子起兵复明,以身殉国;吴梅的《风洞山》二十四出,写南明瞿式耜抗清事迹;浴日生的《海国英雄记》十五出,光绪三十二至三十三年(1906—1907)刊于《民报》,后出排印本,写郑成功抗清事迹;洪炳文的《悬嶴猿》五出,光绪三十三年(1907)刊于《月月小说》,写南明张煌言、瞿式耜抗清事迹。同时的杂剧作品,也多有类似题材的历史剧。

在这些传奇作品中,以吴梅(1884—1939)的《风洞山》成就最为突出①。《风洞山》初稿作于光绪二十二年(1896),光绪三十年(1904)在《中国白话报》第四、六期刊出《先导》、《忧国》二出。后因排场近熟,费时十二月之久,于光绪三十一年(1905)改成定稿二十四出②。此剧根据瞿式耜后人瞿锡元所著《庚寅始安事略》,谱写明末清初南明将领瞿式耜义抗清军,兵败桂林,被执不屈,死

---

① 吴梅,字瞿安,一字灵鹣,晚号霜厓,别署呆道人,江苏长洲(今苏州)人。屡应乡试,不第。从光绪三十一年(1905)起,先后任教于东吴大学堂、北京大学、东南大学、中山大学、光华大学、中央大学等,光大曲学,作育人材,历时20余年。著有《顾曲麈谈》、《中国戏曲概论》等。所撰戏曲12种,为近代第一。其中传奇四种:《苌弘血》(一名《血花飞》)、《东海记》、《风洞山》、《绿窗怨》。参见王卫民:《吴梅年谱》,见其编《吴梅戏曲论文集》,附录,第517—560页。

② 见吴梅:《瞿安笔记》、《奢摩他室曲话自序》、《风洞山传奇例言》。按,《风洞山》传奇,小说林社1906年初版;收于阿英:《传奇杂剧卷》,上册,第45—107页。

于仙鹤岩,杨硕父为他修墓于风洞山的故事。作者刻意创新,讲究排场,如第十八出《完忠》写瞿式耜与张同敞并时就戮,剧情与《桃花扇》第三十八出《沉江》中的史可法投江相类,属于"忠臣死节",但结构排场却大有异处①。全剧词风惆怅而正气凛然,凸显了瞿式耜、张同敞等人的英雄气节。如:

> 叹南朝事业,血溅平原,骨掩沙场。鬼啸磷飞,鸟啼花放,不是中兴象。(第一出《游湖》【风云会四朝元】之三)

> 正气凌河岳,不负平生旧话,把一腔颈血溅黄沙。忠名震天下,忠魂满天下。(第十三出《省师》【缕缕金】)

> 坚持贞操,莽男儿忠心自宝。生死关不妨参透,戏文场就此收梢。可怜我流离困苦太无聊,不妨的为着朝廷吃一刀。(第十四出《拒诱》【玉抱肚】)

全剧文辞雅正,音律浏亮,堪称佳作,传诵一时。

第二,描写当代政治斗争,宣扬民主革命的时事剧。

这时期的传奇作家创作出了一大批"描写征讨之苦,侵凌之暴,与夫家国覆亡之惨,人民流离之悲"②,反映当代政治斗争和社会矛盾的激动人心的时事剧,题材、内容焕然一新。

光绪三十三年(1907)七月,一代女杰秋瑾(1877—1907)响应徐锡麟(1873—1907)发动的安庆起义,不幸在浙江绍兴殉难,年仅33岁。此事成为一时戏曲创作的热门题材,正如萧山湘灵子《轩亭冤》传奇卷首《叙事》所说的:

---

① 参见胡忌:《昆剧发展史》(北京:中国戏剧出版社,1989),第647—648页。
② 陈去病:《论戏剧之有益》,收入阿英:《小说戏曲研究卷》,卷一,第66页。

> 吾对于绍城冤狱,而觉有千万不可思议之感想,横梗于胸中,使吾怨,使吾怒,使吾歌,使吾舞,使吾惧,使吾哀。噫吁嘻,奇哉!眇眇一女子,何令吾惊心动魄一至于此也!将赋诗以寄恨耶?而恨已寄无可寄。将著论以辨诬耶?而诬亦辨不及辨。将作传以写怨耶?而怨实写不胜写。然则将奈何?无已,请谱之传奇。①

在秋瑾殉难的当年,便有古越嬴宗季女的《六月霜》(十四出)、萧山湘灵子的《轩亭冤》(一名《鉴湖女侠》,八出)等传奇,和吴梅《轩亭秋》等杂剧,相继问世。稍后,还有龙禅居士(庞树柏)《碧血碑》、天僇生《娲皇魂》、啸庐《轩亭血》(以上1908年)、蒋景缄《侠女魂》(1909年)、悲秋散人《秋海棠》(1911年)等杂剧,也都是为伤悼秋瑾而作的。合谱徐锡麟刺恩铭和秋瑾殉难事迹的传奇,则有光绪三十三年(1907)伤时子的《苍鹰击》(二十二出)和孙雨林的《皖江血》(十六出),以及刊于民国元年(1912)的华伟生《开国奇冤》(十八出)。

此外,吴梅的《血花飞》传奇(1903年,一名《苌弘血》),写"戊戌变法"时"六君子"的故事;浴血生的《革命军传奇》(1903年),仅刊二出,未完,以邹容入狱为题材;阙名的《维新梦》传奇(1904年),仅刊二出,未完,演康有为变法事;林纾的《蜀鹃啼》(二十出,作于1901年),写庚子之变中其友吴德潇被杀的故事;李新琪的《金刚石》四十出,演革命党事;也都取材于当代的政治斗争。

写反抗帝国主义侵华战争的传奇,有:钟祖芬的《招隐居》十六出,作于光绪二十年(1894),现存重庆刻本,描写"四夷交哄,国家多事"之际(刻本卷首李卿五《序》),因鸦片为害,造成魏芝生卖女嫁妻、家破人亡的故事,抨击英帝国主义贻祸中国。全剧

---

① 阿英:《传奇杂剧卷》,上册,第109页。

"语极荒唐,词极猥鄙,穷诸丑态,写诸恶状","期以垂诫"(刻本卷首钟祖芬《招隐居传奇自序》)。陈时泌(季衡)的《武陵春》八出,作于光绪二十七年(1901),现存湖南铅印本,写庚子年八国联军入京,清室逃难的故事;次年(1902年),梁启超的《劫灰梦传奇》也以庚子事变为题材,揭露社会的腐败黑暗和帝国主义的侵略罪行,旨在唤醒国民,发愤图强,以雪国耻。陈时泌另有《非熊梦》八出,作于光绪三十年(1904),现存湖南铅印本,写帝俄侵占黑龙江,有两位士子梦为征俄军军师,一举击败帝俄军队。南荃居士(贺良朴)的《海侨春》十二出,现存光绪三十二年(1906)广智书局排印本,谱写反美华工禁约运动。叶楚伧《中萃宫》传奇,演光绪庚子事变,珍妃投井而死的故事,也强烈抨击帝国主义侵华战争。

正面宣扬改良维新的传奇,有惜秋(欧阳巨源)、旅生等合著的《维新梦》十六出,光绪二十九至三十年(1903—1904)连载于《绣像小说》。剧叙有志维新的爱国官吏徐自立,任巡河都尉,推行新政,改革官制,废除八股,建筑铁路,开发矿产,训练军队,讲求外交,最后宣布立宪,使中国成为富强发达的国家:"从今后除却了野蛮思想,更放出文明气象,何难使九州鳞介奉冠裳!"(第四出《写本》〔尾声〕)但最后他忽被唤醒,原来这只是"南柯一梦"。又如惜秋(欧阳巨源)的《新上海》(1904年)、洪炳文的《秋海棠》等传奇,和玉桥的《广东新女儿》(1903年)、安如的《松陵新女儿》、挽澜的《同情梦》、大雄的《女中华》(以上1904年)等杂剧,反对封建专制统治,表现革命者坚定意志,宣扬妇女解放、提倡女权,强调男女平等,主张兴办女学等,都在不同程度上表达了改良维新的思想。而孙静寰的传奇《安乐窝》、《鬼磷寒》(皆作于1904年),阙名的《麝兰香》传奇(1906年),则揭露了清朝统治者的罪恶。

假托童话和寓言故事,宣传爱国主义和民族思想的传奇,则有洪炳文的《警黄钟》十出①。该剧作于光绪三十年(1904),以动物之中团结最坚的蜜蜂为喻,"感怀而作"。《自序》自揭题旨云:

> 《警黄钟》者何?警黄种之钟也。黄种何警乎尔?以白种强而黄种弱也。黄种何以弱?以吾四百兆人,日醉生梦死于名缰利锁之中而不自知,如燕雀之处堂,醯鸡之舞瓮,不自知其弱,遂终不能强。吁,可怜已!怜之故思设法又警之……他日者,梨园子弟弦管登场,使观者恍然于黄种之受制白种,殆如黄蜂之受困胡蜂,而急思有以挽回之,振作之,则忠君爱国之念,油然而生。②

作品揭露了帝国主义的侵略野心,指斥清政府的腐败,宣传抵御外侮、爱国图存的思想。剧中号召属于黄种的中国人要警觉帝国主义的侵略:

> 那强邻,西并东,白地将人弄。一霎时侵凌逼胁,问何人保护黄封?可知道外交失策兵开衅?可知道内政谁修莽伏戎?真懞懂,只博得花粮供奉,作一个么麽世界可怜虫。(第一出《宫叹》【玉芙蓉】)

> 严兵勒阵,提防无异。所有地方诸官吏,行团练各登陴。众志成城,比似金汤百里。诏书来,定有海内英雄,勤王义师。(第五出《廷诤》【歌拍】)

> 敌忾同仇,韬略如斯真罕有。既听铙歌奏,且喜奇功就。

---

① 洪炳文,字博卿,号栋园,别署祈黄楼主人、寄愤生、雪斋主人、悲秋散人、绮情生等,瑞安(今属浙江)人。有《栋园乐府》四卷,《花信楼词存》及《散曲》各一卷。参见沈沉:《爱国戏曲作家洪炳文》,载浙江艺术研究所编印《艺术研究》第一辑。

② 阿英:《传奇杂剧卷》,上册,第334—335页。

边疆靖,更无忧……(第九出《计捷》【驻云飞】)

次年(1905),洪炳文又撰《后南柯》传奇(十二出),以"知团体"的蚂蚁为喻,命意与此大略相同。其《后南柯传奇自序》说:"《警黄钟》但言争领地,而兹编则言保种族。""天下之祸,自灭种则烈甚矣。大水将至,蚁犹知避;大祸将至,而人不知惧,可以人而不如蚁乎!"①

第三,借外国资产阶级革命故事,宣扬资产阶级革命和民主、自由、平等思想,藉以振奋民族精神的外国历史剧。

柳亚子《二十世纪大舞台·发刊辞》说:

> 吾侪崇拜共和,欢迎改革,往往倾心于卢梭、孟德斯鸠、华盛顿、玛志尼之徒,欲使我同胞效之……今当捉碧眼紫髯儿,被以优孟衣冠,而谱其历史,则法兰西之革命,美利坚之独立,意大利、希腊恢复之光荣,印度、波兰灭亡之惨酷,尽印于国民之脑膜,必有欢然兴者。②

他主张,应该选用外国资产阶级革命的历史故事为戏曲题材,通过资产阶级革命志士的舞台形象来教育中国人民,激发青年的爱国情感和尚武精神。

在这方面,梁启超实开风气之先。光绪二十八年(1902)六月至十一月,他在《新民丛报》上连载了《新罗马传奇》的前七出(包括楔子一出),在《新小说》第一号上发表了《侠情记传奇》第一出《纬忧》。《新罗马传奇》取材于梁启超译述的《意大利建国三杰传》,谱写意大利民族统一运动,演述"梅特涅滥用专制权,玛志尼组织少年党,加将军三率国民军,加富尔一统意大利"。全剧将

---

① 阿英:《传奇杂剧卷》,下册,第376—377页。
② 阿英:《小说戏曲研究卷》,卷一,第176—177页。

"十九世纪欧洲之大事皆网罗其中"(第一出扪虱谈虎客批注),强烈地反对专制主义统治,揭露独裁者的罪行和卖国者的丑行,表达为争取自由民权而斗争的思想,隐含"排满革命"的激烈情绪。全剧拟撰四十出,但只成八出①。《侠情记传奇》谱写意大利女杰马尼他姊弟的故事,本为《新罗马》中之数出,因为《新罗马》按次登载,旷日持久,所以同人怂恿割出,先在《新小说》上发表。在我国戏曲史上,《新罗马传奇》和《侠情记传奇》是最早的以西方资产阶级革命史为题材的传奇,可谓异军突起,独树一帜。

此后,玉瑟斋主人的《血海花》传奇,作于光绪二十九年(1903),只成一出,写法国罗兰夫人玛利侬事迹。雪的《唤国魂》传奇,只写成三出,演希腊革命斗争。此外,杂剧作品有:春梦生的《学海潮》(四出),光绪二十九年(1903)发表于《新民丛报》,写古巴学生反抗西班牙统治者压迫的故事;感惺的《断头台》(四出),光绪三十年(1904)连载于《中国白话报》,写法兰西山岳党的故事;刘珏的《海天啸》(八出),光绪三十一年(1905)连载于《扬子江白话报》,写日本维新爱国志士故事,每事一出;等等。

把外国资产阶级革命的历史故事编成戏曲作品,让外国的英雄豪杰活跃于中国舞台,从此中国戏曲舞台上便增添了崭新的艺术形象,丰富了中国戏曲舞台的形象系列。

上述这些历史剧、时事剧和外国历史剧,往往以热情奔放、激昂慷慨、明朗乐观为基调,成为时代的战鼓和革命的号角。但这些剧本大多为案头之剧,极少正式搬演。吴梅说他的《绿窗怨》传奇"漫走笔成四十折,折成则呜咽自歌"②;又说《无价宝》杂剧犹如

---

① 《新罗马》的第七出《隐农》,发表于1904年11月的《新民丛报》,这时梁启超的思想已发生剧烈变化,从革命派退回立宪派。

② 吴梅:《绿窗怨自序》,见《南社丛选》。按,《绿窗怨》传奇初刊于《游戏杂志》第十至十八期(1914),凡十折,后补成四十九出,现存稿本。

"宋塵觞咏,不过陈藏家故实,所谓案头之书而已"①;这很能代表晚清传奇杂剧的一般情况。这些戏曲作品大多发表于报纸杂志,像《新民晚报》《小说月报》《小说林》《女子世界》等刊物还专设"传奇"一栏。这既刺激了传奇杂剧剧本的创作,又通过"纸上戏剧"的形式,传播了新思想、新观念。

晚清戏曲改良运动也同时波及皮黄戏和各种地方戏。例如,皮黄剧的革新家汪笑侬(1858—1918)便以创作和改编历史剧著称于世②,创作的如《哭祖庙》《受禅台》《纪母骂殿》《长乐老》、《缕金香》等,改编的如《党人碑》《洗耳记》《桃花扇》《博浪椎》等,都具有强烈的现实感,甚至是紧密配合当时重大的政治事件而作的。如《党人碑》以北宋书生谢琼仙反抗蔡京等迫害"元祐党人"的故事,影射谭嗣同等"六君子"的被害,便有强烈的现实批判精神。著名的川剧作家黄吉安(1836—1924)的剧作中,影响最大、成就最高的,也是歌颂反抗异族侵略的民族英雄和爱国志士的历史剧,如写文天祥的《柴市节》,写岳飞的《朱仙镇》,写梁红玉的《黄天荡》,写文天祥、陆秀夫、张世杰殉国的《三尽忠》(即《崖山恨》),写屈原的《忠烈图》等③。

同时,皮黄剧和地方戏也产生了一批时事新戏。皮黄剧如汪笑侬的《瓜种兰因》(1904年),又名《波兰亡国惨》,据《波兰衰亡史》改编,写波兰与土耳其开战,兵败求和的惨痛历史,以此警告中国人民当以波兰作为前车之鉴。北京玉成班班主田际云(1863—1925),在光绪三十一年(1905)编演《惠兴女士》一剧,写

---

① 吴梅:《霜厓三剧自序》,《霜厓三剧歌谱》卷首。
② 汪笑侬的戏曲创作始于1894年,约创作剧本30余种。中国戏剧出版社1957年出版《汪笑侬戏曲集》。
③ 黄吉安的戏曲创作始于1901年,共创作大小川剧剧本80多部,世称"黄本"。四川省戏曲研究所编校《黄吉安剧本选》,于1960年出版,共收剧本18种。

当时杭州贞文女校校长惠兴女士因募捐助学,为杭州将军瑞兴所侮辱,服鸦片自杀的故事,在社会上引起了巨大的反响①。乔荩臣编《潘烈士投海》(1908年),写爱国志士潘子寅(字英伯)为忧愤国事而蹈海,上海丹桂戏园的潘月樵(1869—1928)和夏月珊(1868—1924)、夏月润(1878—1931)兄弟,曾经排演。黄吉安的川剧作品,也有歌颂抗英禁烟的《林则徐》,主张严禁吸毒的《断双枪》,提倡妇女放足的《凌云步》等。

"花部"各剧种以不同的声腔,表达的是与昆腔传奇杂剧同样的时代精神。如果说,昆腔传奇杂剧藉助报刊的力量,主要影响于知识阶层;那么,这些"花部"剧作则具有强盛的舞台生命力,在民间产生了广泛而深远的影响。昆腔传奇和"花部"剧作汇成一股汹涌澎湃的戏剧文化潮流,把中国剧坛从因循守旧的古代迅速地推进到日新月异的近代。

---

① 见中国人民政协北京市委员会文史资料研究会编:《京戏谈往录》(北京:北京出版社,1991),第535页。

第二十二章 传奇文体的消解

蜕变期的传奇创作呈现出分崩离析的状况,而且随着时间的推移愈益严重,犹如春秋时代,诸侯并起,瓜分周朝,天下四分五裂。尽管许多作家在主观上努力按照传奇文体的传统体例,严格规范自己的写作,但是要么受到戏曲描写对象的制约,要么受到舞台演出活动的冲击,要么受到社会审美趣味的波染,他们在实际写作中,总是或多或少地逾越或突破了传奇文体的传统体例,创作出一些以传统标准衡量显得不伦不类、非驴非马的作品来。

时至蜕变期,传奇文体便在这样一种尴尬的局面中逐渐地烟消瓦解:一方面它固然未尝超越其文体的本质规范,归根结底还是"传奇";另一方面,它却在文体的各个层面上发生了显而易见的裂变和革新。

本章即拟从文学体制多样化、音乐体制纷杂化和表演艺术复合化三个方面,粗线条地描述蜕变期传奇文体消解的历史状貌[1]。

第一节 文学体制多样化

蜕变期的大量传奇作品,在文学体制上,包括剧本篇幅、结构

---

[1] 本章论述,参考了梁淑安:《近代传奇杂剧的嬗变》(载《中国社会科学》1983年第3期,第181—198页),《近代传奇杂剧艺术谈》(载《中国近代文学研究》第二辑,第70—92页,广州:广东人民出版社,1985),及康保成:《中国近代戏剧形式论》(桂林:漓江出版社,1991)。

排场、脚色设置、曲白比重、语言风格等方面,都在不同方面或不同程度上突破了前此以往传奇体例的规范,从而在总体上导致了传奇文学体制的本质蜕变。

一、传奇杂剧的混融

正如本书第十九章第三节所描述的,明清传奇剧本的长篇体制,曾经经历过一番"缩长为短"的漫长的演变过程。到清代嘉庆年间,传奇杂剧化的倾向已相当明显,传奇与杂剧在剧本篇幅长短上原有的界线已渐趋模糊。到传奇蜕变期,传奇剧本的长篇体制发生了更为剧烈的变化。

拙著《明清传奇综录》附录一《传奇蜕变期现存作品简目》,收录蜕变期现存传奇作品共 196 种,其中出数已知者有 117 种。为了更清楚地说明问题,现仍遵前文之例,将这些传奇作品的出数分为六档,可得下表①。

表六:蜕变期传奇作品出数比率表

出数	51 出以上	40—50 出	31—39 出	20—30 出	13—19 出	12 出以下	合计
剧本(种)	3	3	8	19	31	53	117
比率(%)	2.6	2.6	6.8	16.2	26.5	45.3	100

从上表可以看出,第一,在传奇蜕变期,十三出至十九出和十二出以下两个档次的传奇作品,竟占此期传奇作品总数的71.8%。

---

① 按梁淑安的考察,她见到的近代传奇杂剧作品 213 种中,八出至二十出之间的中等篇幅的作品有 78 种,四出以下的短剧有 98 种,三十出以上的长篇作品仅仅只有 7 种(出数的统计按实际发表数,未完成者,发表多少出算多少出。有些作品原稿虽完成三十出以上,但未全部发表,亦无其他流传本,则按实际发表数计算)。见其《近代传奇杂剧的嬗变》,第 187 页。按,梁淑安所论,兼及传奇和杂剧,且搜罗未备;而她所说的"近代",时限为 1840 年"鸦片战争"至 1919 年"五四运动",故与本书所论(1820 年—1919 年)不尽相同。

显然,在传奇余势期出现的作家自觉而又大量地创作十九出以下传奇作品的新现象,在传奇蜕变期愈演愈烈,竟至形成了此期传奇剧本篇幅的常例,这是前所未有的。第二,此期十二出以下的传奇作品比率为全部作品的45.3%,几占半数,其数量(53种)是前此以往同一档次传奇作品总数(28种)的一倍①。可以说,时至传奇蜕变期,创作十二出以下的传奇作品,既是风行一时的剧坛风气,也是作家创作的自觉追求。毫无疑问,传奇剧本的长篇体制至此已经发生了本质性的蜕变,在剧本篇幅上,传奇与杂剧已经混融难辨了。

传奇与杂剧的混融,既意味着文体规范的逾越,更显示出文体意识的淡漠:人们仅仅瞩目于传奇与杂剧共通的"戏曲艺术"的特质,而忽略了甚至无视于传奇与杂剧二者之间文体的差异。也就是说,人们仅仅受制于表现内容的需要,满足于表现形式的共性,而绝不屑屑于考究文体自身的个性。这正是晚清文学家文体意识的普遍特征。因此,这一时期的传统昆剧创作,说是传奇杂剧化固然可以,说是杂剧传奇化也无不可。文体界限的打破,对文体自身来说,无异于釜底抽薪:缺乏乃至泯灭个性的文体,不可能是一种独立自足的文体。

二、结构排场的变异

蜕变期前期的大多数传奇作品,在结构排场上,大抵步趋洪昇的《长生殿》、孔尚任的《桃花扇》,尤以蒋士铨的《藏园九种曲》为典范,模拟因袭,少有创新。如吴梅《中国戏曲概论》卷下评黄燮清《帝女花》说:"惟《佛贬》、《散花》两折,全拾藏园余唾,于是陈烺、徐鄂辈无不效之,遂成剧场恶套矣。"评杨恩寿的《麻滩驿》、

---

① 参见本书第十九章第三节表二。

《理灵坡》,"不脱藏园窠臼"①。持此可概其余。

随着时代的推移,传奇作品愈来愈流于案头,成为"纸上戏剧",因此,有些作家别出心裁,或仿造小说结构创作传奇,或借助政论手法创作传奇,这就使传奇作品在结构排场上表现出某些引人注目的变异。

例如,魏熙元的《儒酸福》传奇便值得"奇文共欣赏"②。全剧十六出,作于光绪六年(1880),现存光绪十年(1884)玉玲珑馆刻本。据卷首作者所写的《例言》与《自跋》可知,此剧描写几个儒生的画梅、游湖、庆寿、得子、升官、发财、施舍等遭遇,乃作者及其友人"寒酸逼人"的逸事的实录,"抒其愤闷之胸,以自快乐"。

《例言》又说:

> 传奇各种,多至四十余出,少只四出,均指一人一事而言。是曲逐出逐人,随时随事,能分而不能合,乃于因果两出中,暗为联络,而以十六个"酸"字贯串之。

细察"传奇各种,多至四十余出,少只四出"云云,可知作者心目中原本就泯灭了传奇与杂剧的文体区别,他所说的"传奇"不过是戏曲的代称而已。所以此剧结构大抵取法于乾隆间吴敬梓的《儒林外史》小说,全剧"逐出逐人,随时随事",既没有一个贯穿始终的主人公,也没有一个贯穿始终的完整故事,仅以儒生寒酸的生活状态这一主旨贯串始终,绾系着一个个相对独立的故事,这就完全打破了传奇"一人一事"的结构惯例。

---

① 王卫民编:《吴梅戏曲论文集》(北京:中国戏剧出版社,1983),第184—185页。

② 魏熙元,字玉岩,仁和(今属浙江)人。咸丰八年(1858)举人,尝为嘉兴府幕友,光绪十四年(1888)尚在世。著有《玉玲珑馆词存》。参见赵景深:《读清人散曲四家》二《玉玲珑馆曲》,见其《明清曲谈》(上海:古典文学出版社,1957),第250—256页。

《儒酸福》的这种传奇结构法,与以往的杂剧式传奇,如明代许潮的《泰和记》等,表面上虽然有些类似,但却不尽相同。杂剧式传奇是将数出独立的短剧,依据某种人为的外部因素,总合成一部传奇,这些短剧的出场人物既各自为政,情节也互不相关。如《泰和记》便分别演述了汉代的东方朔,晋代的庾亮、王羲之、陶渊明,唐代的杜甫、刘禹锡,宋代的文彦博、苏轼等人的逸事,按一年二十四节令排列。而《儒酸福》则是用同时并世的几个关系密切的人物,前后穿插出场,每出以一个人物为主,其余为宾,轮流更换,情节也略有呼应。这无疑是一种打破常规的独特的传奇结构体例。

又如梁启超的《新罗马传奇》,在结构上根据历史顺序,第一出《会议》先从"百年来最大关键"的维也纳会议写起,用以交待历史背景;第二出《初革》、第三出《党狱》,写烧炭党人的起义和失败,作为剧作主人公事业的开辟和铺垫。作者打破了第一出正生或正旦登场的惯例,而以净丑上场,三个男主人公则分别在第四、五、七出才上场。第一出末扣虱谈虎客批注云:

> 凡曲本第一出必以本书主人公登场,所谓正生、正旦是也。惟此书则不能,因主人公未出世以前,已有许多事应叙也,于是曲本之惯技乃穷。既创新格,自不得依常例矣。①

所谓"新格",实际上是一种借鉴自小说的叙事性结构手法。这种不"依常例"的结构方法,目的是要取得表现现代生活的较大容量,在情节和人物安排上能有较大的活动余地。

在传奇蜕变期后期,还有些传奇作家不是遵循戏曲艺术规律进行构思和创作,而往往以政治说教或主题图解来代替艺术创造,

---

① 阿英:《晚清文学丛钞·传奇杂剧卷》(北京:中华书局,1962),下册,卷上,第524页。

不讲究戏曲的排场。结果许多传奇作品说教性、战斗性有余,而形象性、戏剧性不足。例如浴血生的《革命军传奇》①,写资产阶级革命家邹容事迹,虽名为"传奇",实则是仅刊二出的短剧,平铺直叙,完全是事件过程的枯燥的展示。吴梅批评道:

> 邹慰丹(按,即邹容)上台至下场,坐也不坐,动也不动,要也不要,张着口,一口气唱到下场,仅叹了数口气完结了。排场之不讲究,如此其极。②

这实际上是化妆的演说,缺乏艺术感染力。欧阳巨源等人的《维新梦》传奇也是如此。全剧根本没有什么情节和冲突,只是一一罗列了主人公徐自立进行维新改良所采取的各项改革措施,毫无戏剧性可言。

要之,蜕变期文人传奇作品结构排场的变异,从根本上看,大都是非戏剧化的。作家在突破传统戏曲体制规范的同时,也抛弃了传统戏曲的结构技巧和艺术精神。职此之故,蜕变期尤其是后期的多数传奇作品,只是案头剧,很难搬上舞台,实际上不少作品也从来未曾搬上舞台。

三、脚色设置的变格

蜕变期尤其是后期的传奇作家,出于戏曲表现内容的需要,一方面采用传奇文学体制进行创作,一方面又置传统的戏曲体制规范于不顾,这一特点还可以从脚色设置上看出。

这时期脚色设置的一种变格,是在传奇作品中偏重生脚,而忽略旦脚,生、旦无法构成对手戏。

例如,梁启超的《新罗马传奇》为了反映意大利"前后亘七十

---

① 浴血生:《革命军传奇》,首刊于《江苏》第六期(1903年)。
② 吴梅:《复金一书》,载《二十世纪大舞台》第2期(1904年)。

余年"的民族斗争事迹,为了适合将"十九世纪欧洲之大事皆网罗其中"(第一出末扪虱谈虎客批注)的格局需要,便打破了传奇以一生一旦为主人公的格局,安排了三个男主人公,即所谓"意大利三杰"玛志尼、加里波的和加富尔,却没有女主人公。但是,此剧第二出《初革》和第三出《党狱》,作者杜撰了几个女烧炭党人上场,扪虱谈虎客在第二出末批注中说:

> 俄罗斯之虚无党,闺秀最多,其行荆、聂之事者,大率皆妙龄绝色之女子也。烧炭党中有此等人否,吾不敢知。窃疑作者以本书旦脚太少,不合戏本体例,故著此一段耳。然以情度之,未必无其人也。①

有人认为所谓"扪虱谈虎客"即梁启超的化名,设或如是,则可以看出,梁启超在艺术构思中虽然毫无顾忌地突破传奇体制,但也时时关注并尽可能地照顾传奇旧有的体制,力求"合戏本体例"。显然,他对传统采取的是一种"革"中有"因"的态度。

华伟生的《开国奇冤》传奇受梁启超的影响,对传奇传统的脚色体制也是有因有革的。此剧重点写浙江山阴人徐锡麟刺杀恩铭的时事,卷首《旨例》说:

> 书名"奇冤",自以先生为正脚,而以恩铭诸人杂错其间,此词家定例也。惟旦脚当家排场绝少,只得假借用之,亦元人所恒有。②

剧中以生脚徐锡麟的戏最重,旦脚扮徐妻王振汉,仅在第三出《遣内》和第十六出《追悼》中偶一出场。在第十三出《公审》中,由于出场人物过多,旦脚便临时客串观察陆费垓,这就是所谓"假借用

---

① 阿英:《晚清文学丛钞·传奇杂剧卷》,下册,卷上,第528页。
② 阿英:《晚清文学丛钞·传奇杂剧卷》,上册,卷上,第244页。

之",本诸元杂剧的惯例。

而林纾(1852—1924)所著传奇三种《天妃庙》、《合浦珠》、《蜀鹃啼》,居然未出现一个旦脚,这的确是前所未有的。近人寒光在《林琴南》一书中称林纾是"中国传奇的压阵大将",在艺术上独辟蹊径:

> 中国从前的传奇,大多数是以生旦做主角,第一出必叙生,第二出必叙旦。此外又有什么排场必有起伏转折,什么填词长折例用十曲,短折例用八曲,等等呆板不灵的格式。而且所谓生旦的传奇,无非是些描写恋爱的故事,替才子佳人团圆式的烂调小说别开一条偏路。当林氏那时代,这个风还未销歇,但他偏能独树一帜,极力打破以前的旧俗套,创造出一种轻松、美妙的新传奇。他所做的传奇三部,内中完全没有旦角,丝毫也没有肉麻式恋爱的痕迹。①

这显然也是因表现内容的需要,而突破传奇脚色设置体制的。

这时期脚色设置的另一种变格,是将原本占据戏曲作品中心地位的生、旦脚色移向作品的边缘。

例如,在洪炳文的《后南柯》传奇中,生脚淳于毅直到第四出《旌召》才上场,旦脚公主的上场更迟至第六出《情引》。全剧写淳于毅等人安内攘外,使大槐安国临危复振,解除亡国之难。卷首《例言》说:

> 是编所重在军国大事,本不应杂以儿女言情之语,第无此一节,则淳于生不肯就职,周、田二人不能襄助,大事去矣,故必以情字为关键。然忠君爱国亦不外乎情,由情生文,乃合传

---

① 转引自福建省戏曲研究所编:《福建戏史录》(福州:海峡文艺出版社,1985),第235页。

奇之体。①

全剧十二出,写儿女之情仅《情引第六》、《释酗第七》、《招驸第八》三出,恰在中间,为情节承转的枢纽。而情节的发端、展开和结束,只展现"军国大事"。如此"由情生文",与传统的以生、旦贯串始终的"传奇之体",在实质上已相去甚远了。

吴梅的《风洞山》传奇在脚色设置上也异曲同工。在表层结构上,此剧虽然设置了生脚王开宇和旦脚于绀珠,并以二人的才子佳人故事贯串全剧,开场也遵循传奇惯例,第一、二出生、旦先后出场。但是在深层结构上,作品主角却是外脚瞿式耜和小生张同敞,全剧二十四出,竟有十三出铺写瞿、张故事,而王开宇和于绀珠的悲欢离合则仅仅作为瞿、张英烈壮举的陪衬,正如作者所说的:"借王永祚之子开宇、于元烨之女绀珠为生、旦,而当时永历帝遗佚为经纬。"②这便打破了传奇向来将生、旦脚色置于作品中心地位的惯例。

此外,洪炳文的《警黄钟》传奇,因"派旦脚过多",故借用戏曲演出本中"正旦"、"武旦"等,以相区别。卷首《例言》说:"盖舍传奇而从梨园名目,以便于派脚色也。"③这也不失为一种创新。

在元代的北曲杂剧作品中,要么以末脚(男主人公)为核心人物主唱,构成所谓"末本";要么以旦脚(女主人公)为核心人物主唱,构成所谓"旦本"。因此,有许多杂剧作品并不一定非得设置一末一旦为主要脚色,构成对手戏,如关汉卿的《窦娥冤》只有正旦窦娥,《单刀赴会》只有正末关羽。有些杂剧作品即便设置了一末一旦,也不一定贯串全剧,如白朴的《梧桐雨》、马致远的《汉宫

---

① 阿英:《晚清文学丛钞·传奇杂剧卷》,下册,上卷,第378页。
② 吴梅:《复金一书》,载《二十世纪大舞台》第2期(1904年)。
③ 阿英:《晚清文学丛钞·传奇杂剧卷》,上册,卷上,第335页。

秋》,旦脚分别扮演的杨玉环、王昭君,在第三折便已身亡,第四折不再出场。这是北曲杂剧脚色设置的惯例,也为明中叶以后的南曲杂剧所沿袭,成为一般杂剧作品脚色设置的惯例。

至于设置一生一旦或二生二旦作为剧作的核心人物,并且将生、旦脚色的悲欢离合作为剧作的中心,这是南曲戏文不同于北曲杂剧的脚色设置惯例,也成为明中叶以后文人传奇作品脚色体制的一般规范。打破规范的情况,在传奇的民间演出本中时有所见。如抄本《桃符记》(原作者为明人沈璟)里,生扮的刘天仪并非主要脚色,旦扮的贾顺妻甚至不是正面人物,而且生不是与旦而是与小旦(裴青鸾)最后配合团圆的。又如抄本《后渔家乐》(清阙名撰),生扮的杜年与旦扮的杜妻林氏,戏都不重,而其他各行脚色却都有整段的戏。又如《人兽关》(清李玉撰),生、旦也完全不搭界:生扮施济,上场已是一位老者,戏至上半本便去世,下半本不上场;旦扮尤氏,是桂薪之妻,乃反面人物。[①] 但这种不合规范的脚色设置,在传奇蜕变期以前毕竟只是特例。而蜕变期许多传奇作品突破了传奇脚色体制的一般规范,这显然也是传奇杂剧化的一种表现,从一个方面显示了传奇文体的消解。

四、曲白比重的倾斜

戏曲剧本以曲为主,以白为宾,这是一种根深蒂固的传统戏曲文体观念。因此,在绝大多数传统戏曲剧本中,曲不仅占据主要地位,而且曲的分量往往要大于白,形成以曲为主、曲多白少的戏曲创作惯例。

在明代,以曲为主、曲多白少的惯例,首先在民间传奇中被突

---

① 以上数例,参见陆萼庭:《昆剧演出史稿》(上海:上海文艺出版社,1980),第100—101页。

破。例如在现存的阙名弋阳腔传奇剧本中,一出戏曲少白多甚或全系说白的现象已不少见。如《袁文正还魂记》的《奏贬》出,只唱一曲【点绛唇】;《古城记》的《逃生》、《议饯》二出,均只一曲【端正好】;《赤松记》的《寄衣》出和《刘汉卿白蛇记》第三十五出,全系说白,而无一曲。这一方面说明弋阳腔作家敢于打破重曲轻白的传统,大胆地采用说白演绎情节;另一方面也说明,弋阳腔剧本在运用音乐演唱手段来表现人物性格和戏剧冲突上还不很熟练,当地方戏创造了板式体音乐后,便以更恰当的演唱形式代替了说白①。

至于明清时期的文人曲家,大多遵循以曲为主、曲多白少的戏曲创作惯例,只有极个别的作家敢于破例。如屠隆的《昙花记》传奇凡五十五出,纯用说白的出目竟有九出之多,即《祖师说法》、《仙佛同途》、《天曹采访》、《冥官迓圣》、《卓锡地府》、《遍游地狱》、《冥官断案》、《阴府凡情》、《上游天界》等出,真可谓空前绝后。孔尚任《桃花扇》闰二十出《闲话》,全出也皆是说白。同时,在文人传奇的民间演出本中,删削曲词,增加说白,使剧本通俗化,却是十分常见的现象②。

到了传奇蜕变期,有一些作家在创作时有意加大了作品中说白的比重,突出了说白的功能,这成为传奇创作中的一种新现象。

例如,洪炳文的《警黄钟》传奇中,说白所占比重便相当大,而且在剧情发展中起着决定性的作用。作者在卷首《例言》中说:

> 是编情节甚多,故讲白长而曲转略。以斗笋转接处曲不能达,不得不藉白以传之,并非讨便宜也。

---

① 参见马也:《论中国戏曲的发展规律》,载《中国社会科学》1986年第1期,第177页。

② 参见陆萼庭:《昆剧演出史稿》,第106—108页。

这清楚地说明他创作传奇之所以增加说白,是因为情节复杂,在剧情转折的关键地方,难以用曲来表达,而用白则能表达自如。其中第四出《醉梦》,以副净、丑、末等脚色上场,全出都是说白,竟无一曲。出末小注云:

> 此折以副净、丑、末等上场,长于打诨插科,每不便于填曲,故以九首十七字令代之。前人成作,亦有一出之中无曲,非自我作古也,阅者谅之。

但这种十七字令也并非随意捏造,而是略变传统而成,他接着解释道:

> 凡丑脚所唱之曲,大都为【字字双】等牌子,句法与十七字相类,以无甚款曲之故。若填别调,写来与原曲神气口吻不甚相合。成作每遇丑、副净之曲,独短独少,正为此耳。

第五出《廷诤》前半出剧情的展开,全赖说白,直到后半出才开始用曲,几支曲子,均为奏章的内容。在出末小注中,作者又诉说了填这几支曲子时所费的踌躇:

> 女士谏疏,既按曲谱,又合章奏体裁,最难著笔。稍有遗漏,亦限于韵,囿于句,拘于格耳。阅者谅之。①

可见作者一方面处处感到曲的束缚,一方面却又极力争取在这种束缚中表情达意。

洪炳文的另一剧本《后南柯》传奇,也有类似情况。此剧说白亦极多,其中第三出《访旧》,上场的是末、丑、外、杂几类脚色,以丑角淳于溜扮皮匠为主,全出有白无曲。出末小注云:

> 此折纯是讲白,并无一曲者,以各人俱无身分情怀,是以

---

① 以上依次见阿英:《晚清文学丛钞·传奇杂剧卷》,上册,卷上,第335页,第347页,第352页。

白描上场,白描下场,与丑脚神气最合。①

稍后,华伟生的《开国奇冤》传奇说白更多,每出均在千字以上,第十三出《公审》中科白竟长达五千八百余字,第十出《暗杀》亦有四千余字。如果说,在传奇创作中,减曲增白,甚至终折无一曲的现象,古已有之;那么,类似《开国奇冤》这样一出戏中长达五千八百余字科白的现象却从未有过。

在传奇蜕变期的后期,插入脱离剧情的长篇议论文字,是一种时髦的做法,这也大大增加了传奇剧本中说白的分量。例如,钟祖芬《招隐居》传奇第二出中有一首《戒烟歌》,长达一千二百字,作者还郑重声明:"此段正文,演者须台前朗诵。"其后,三爱(陈独秀)《论戏曲》说:"戏中有演说,最可长人之见识。"②于是,借戏剧发表时事演说,成为一时风气。吴梅在光绪三十年(1904)发表了《风洞山》传奇前两折的初稿,也以议论风生见长。如《首折》中那一套招国魂的曲子共九支,完全可以独立出来,成为一篇激烈的宣传鼓动文字。一年以后,当吴梅对全剧重新进行审定时,便将这两折全部删去。其中一个重要的原因,恐怕是考虑到这两折戏剧性太弱,不便于场上演出。

五、语言风格的变化

蜕变期的传奇作品在语言风格方面,总体上出现了从典雅、华丽、雕琢向通俗、质朴、自然的变化。咸丰间余治(1809—1874)撰《庶几堂今乐》③,卷端题辞云:

---

① 阿英:《晚清文学丛钞·传奇杂剧卷》,下册,卷上,第393页。
② 阿英:《晚清文学丛钞·小说戏曲研究卷》(北京:中华书局,1960),卷一,第54页。
③ 余治,字翼廷,号莲村、晦斋,别署寄云山人,无锡(今属江苏)人。咸丰间以附生保举训导,署光禄寺衔。所撰《庶几堂今乐》,卷首载咸丰十年(1860)自序,共收皮黄剧本28种,现存清光绪间刻本。参见周贻白:《中国戏曲史长编》,第581—584页。

> 老着脸,粗着话,窃自愿从梨园子弟一例混渔樵。遂演出新戏文,矢口成吟,把许多阳春白雪都变做常言道。

变雅为俗,"矢口成吟",这可以借用来说明蜕变期戏曲作家共同的艺术追求和审美倾向。

蜕变期前期的传奇作家,虽然大多仍然沿袭传统的传奇文学风格,但也多少表现出由雅返俗的倾向。这可以黄燮清的传奇创作为例。黄燮清的前期作品,大多文词华艳诡丽,与蒋士铨的《藏园九种曲》一脉相承。而他的后期作品《居官鉴》、《桃溪雪》、《绛绡记》等,则多口语白描,亲切自然,质朴本色。如《居官鉴》第六出,王父给王文锡写家书的曲子:

> 【皂罗袍】父示吾儿知悉,我平安无恙,精力堪支。纵然白了几吟髭,尚能健饭廉颇似。只要你声名爱惜,官方自恃,功名建立,亲怀自怡。这便是老境真欢喜。

> 【解三酲】你妇妾能修甘旨,你儿郎解读书诗。我年来已有归田志,不烦他朝夕扶持。只怕你官斋寂寞无人侍,须索要眷属团圞慰尔思。休牵记,把家常儿女附笔言之。

全曲逼肖口吻,自然流畅。偶尔运用典故成语,如"吟髭"、"健饭廉颇"、"修甘旨"之类,也是常用熟典熟语,一看便知。

到传奇蜕变期后期,中国社会发生了日新月异的变化,新事物、新思想、新知识、新词汇层出不穷,大量外来语广泛流行,这就不能不对传统的戏曲语言产生了巨大的冲击。于是,传奇作品的语言便出现了新旧杂糅、中西合璧的怪现象,这正是当时整个中国社会新旧杂糅、中西合璧的一种语言表征[①]。从总体上看,这时期

[①] 按,明末冯梦龙撰《双雄记》传奇,现存明崇祯间墨憨斋重定本,第三出《倭奴犯属》,丑扮倭将,所唱【清江引】,以日本语入曲,可谓开外来语入曲之先声。但这只是偶一为之,意在猎奇,与晚清时期传奇创作的语言特点,不可同日而语。

737

的传奇曲词又进一步向散文化、通俗化、口语化发展。

请读一读梁启超的《新罗马传奇》吧,一股清新的气息扑面而来。第一出《会议》写维也纳会议,以净扮奥大利国大宰相公爵梅特涅冲场,而以一般传奇中净、丑专用的粗曲【字字双】为引子,云:

> 区区帝国老中堂,官样。揽权作势尽横行,肥胖。说甚自由平等,混帐。堂堂大会俺主盟,谁抗。

曲中有中国官名"老中堂",有外来新词"自由平等",更有俚俗词语"肥胖"、"混帐",诸如此类,杂凑成一个大拼盘。扪虱谈虎客在第五出《吊古》末批注说:

> 作者生平为文,每喜自造新名词,或杂引泰东、泰西故事,独此书入西人口气,反全用中国典故,曲中不杂一译语名词,是亦其有意立异处。①

这种"中为洋用"的语言杂糅现象,实际上隐含着作者一种潜在的创作意图,即"洋为中用",以外国资产阶级革命故事唤醒民众,振作国民精神。

此剧第一出紧接着的定场白,也不用四六骈语,而是用非常通俗俳谐的白话,"以极轻薄之笔写之",把维也纳会议的一场戏写成"为鬼为蜮,有类儿戏"的闹剧(扪虱谈虎客批注)。为了尽情地吐泄自己胸中的郁勃不平之气,梁启超在第三出《党狱》中写烧炭党男女二首领慷慨骂贼的场面时,特意采用了两支"字句不拘,可以增损"的【混江龙】曲牌,每曲连同科白都是 600 余字,汪洋恣肆,痛快淋漓。而且,语句淹贯流畅,颇似他的散文笔调,间用外来新名词,又是实践着"诗界革命"的主张。

---

① 阿英:《晚清文学丛钞·传奇杂剧卷》,下册,卷上,第 540—541 页。

以外来新名词入曲,始见于梁启超的《劫灰梦传奇》(1902年)第一出《楔子》〔皂罗袍〕之二:

> 更有那卑膝奴颜流亚,趁风潮便找定他的饭碗根芽。官房翻译大名家,洋行通事龙门价。领约卡拉(collar),口衔雪茄(cigar)。见鬼唱喏,对人磨牙。笑骂来则索性由他笑骂。

此曲写洋奴买办的厚颜无耻,狐假虎威,卖国求富,入木三分。以新名词入曲,甚至夹杂着几句英语,又能合辙押韵,天衣无缝,贴合所要描写的对象,这的确是作者的创格,一时风靡海内。

传奇蜕变期剧作曲白比重的倾斜和语言风格的变化,对晚清民初传统戏曲文体向现代戏剧文体(如文明戏)转化,起了不可忽视的催化作用。

第二节 音乐体制纷杂化

在传奇蜕变期,花部诸腔对雅部昆剧造成了猛烈的冲击,破坏最巨的要数传统昆剧的音乐体制了。从现存的昆腔传奇剧本中我们可以看到,这时产生了两种引人注目的现象:其一,在昆乱同台的情势下,出现了一些昆曲与乱弹夹演的剧本,这是一种极为特殊的舞台演出本;其二,在花部诸腔的影响下,出现了一些用板式体创作的传奇剧本,这表现了文人用传奇融合花部诸腔的企图。

一、昆乱夹演

昆曲与乱弹夹演,简称"昆乱夹演",指的是在同一部剧本中,有些出目用昆曲演唱,有些出目用乱弹演唱的一种特殊的舞台演出形式。

最初出现的昆乱夹演的形式,是在整本的昆曲传奇剧本里,夹演几段乱弹戏,作为点缀。这几出乱弹戏,原本也是用昆曲演唱的,换句话说,这一昆乱夹演的剧目,原本是完整的昆曲本戏。但是,由于昆曲本戏过于单调、沉闷,于是艺人在演出过程中,将中间的若干出改用乱弹演唱,以便调节冷清的剧场气氛,调动观众的观剧情绪,久而久之,便固定成为一本昆乱夹演的传奇剧目。

这种昆乱夹演的演出形式,早在嘉庆年间以前便出现了。据邵茗生《岑斋读曲记》介绍,怀宁曹氏藏有嘉庆以前的旧抄本《游龙传》①,不著撰人姓氏,全剧七本,共五十四出,以明正德间王守仁平定宁王朱宸濠叛乱事为背景,叙杨春、孙绩等功名姻缘事。这是一部昆曲与乱弹夹演的舞台脚本,其夹演情况如下:

　　预兆(昆)　遣赘(昆)　唆逼(昆)　押当(昆)　寇会(昆)　宁寿(昆)　游幸(昆)　救驾(昆)　缴令(昆)　挽旋(昆)　观赘(昆)　辱娟(昆)　诳聘(乱)　游遇(昆)　淫哄(昆)　拒关(昆)　闻报(昆)　骂城　陷关(昆)　复冤(昆)　阻驾(昆)　毒售(昆)　棚订(昆)　巧脱(昆)　埋陷(昆)　计抢(昆)　双抢(昆)　密会劫美(昆)　犒署(昆)　洗辱(昆)　纳贿(乱)　逼降(昆)　越匿(昆)　权挟(昆)　捉拿(昆)　挟顺(昆)　箱误(昆)　闹府(昆)　分讨(昆)　恶代(昆)　侠冒奇赚(昆)　宁篡(昆)　拄印(昆)　泾替(昆)　路遇(乱)　献策(乱)　叛聚(昆)　守御(昆)　解围(昆)　擒宁(昆)　阻捷(昆)　密报(乱)　靖逆(乱)　褒圆(昆)②

在全剧五十四出中,仅有六出用乱弹演唱,占11%,可见全剧仍以昆曲为主,剧本也保持传奇的基本结构形式。在这六出乱弹戏中,

---

① 此本现藏北京图书馆,惜未获见。
② 载《剧学月刊》第3卷第9期(1934年9月)。

有四出(《路遇》、《献策》、《密报》、《靖逆》)集中在全剧的结尾部分,以热闹场面,渲染气氛,增强戏剧效果。此外,道光间刻本《镜中明》、《胭脂雪》(即后来的皮黄戏《胭脂褶》)传奇两种,也是昆曲与乱弹合奏的①。

到了咸丰、同治年间,随着昆曲、乱弹势力的消长,昆乱夹演的形式又有了新的变化。我们可以怀宁曹氏所藏抄本《天星聚》为例②。《天星聚》写《水浒传》小说的宋江故事,抄本封面署"同治十年十月曹记",盖重订年月,可知为同治十年(1871)以前所编定的舞台脚本。全剧四本,共三十六出,其昆乱夹演情况如下:

忆友(乱) 到任(昆) 山聚(乱) 寨遇(昆) 烧香(乱) 抢掳(乱) 义释(乱) 逃归(乱) 谒花(乱) 观灯(昆) 诬陷(乱) 营救(乱) 计逃(乱) 复擒(乱) 申文(昆) 密议(乱) 智捉(昆) 谋烈(乱) 聚义(乱) 山会(昆) 逼贞(乱) 奸遁(乱) 遣明(昆) 安家(乱) 设计(乱) 诱战(乱) 中计(乱) 说降(乱) 假陷(乱) 瓦砾(昆) 绝归(乱) 解危(乱) 私盼(乱) 协助(乱) 捉刘(乱) 逐寇(昆)③

在全剧三十六出中,昆曲仅九出,乱弹戏竟有二十七出,占75%。而且,第一出《忆友》,上场即为乱弹,可知其剧本的排场结构已基本上背离传奇规范,而采用乱弹体制了。像这类昆乱夹演、以乱为主的剧本,至迟在同治年间便已出现,并在舞台上流行。

到光绪年间,昆曲已濒于绝境,大量传奇剧本被改编为乱弹剧本演出。昆曲与乱弹夹演的形式,又发生了新的变化。光绪

---

① 参见许之衡:《中国音乐小史》(上海:商务印书馆,1935),第十九章。
② 此本现存北京图书馆,惜未获见。
③ 见邵茗生:《岑斋读曲记》,载《剧学月刊》第3卷第12期(1934年12月)。

四年(1878)李世忠(字良臣)编辑的《梨园集成》,现存光绪六年(1880)安徽竹友斋刻本,是保持了清中叶以后民间戏曲演出台本原来面目的珍贵文献。全书收录剧本四十七种,大多数为皮黄剧本,其他剧种仅收秦腔三种、昆曲五种。在五种昆曲剧本中,有两种是昆黄夹演的,即《闹江州》和《百子图》。《闹江州》标目为《新著闹江州全本》,叙《水浒传》小说中李逵闹江州事,不分出,前面大半均用皮黄,仅结尾小部分用昆曲。《百子图》标目为《新著百子图全曲》,叙晋朝邓攸弃子全侄事,亦不分出,只开头一小段是昆曲,其余大半皆为皮黄①。这两种剧本,情节简练紧凑,文词通俗本色,整个剧本体制基本上是乱弹的格局。昆曲部分的区别只是唱词按牌调填长短句,这部分昆曲已经仅仅成为整个乱弹剧本中的一个组成部分了,昆曲本身也被乱弹所吸收,所包容。

还有一部分在舞台上侥幸保存下来的昆曲剧目,在长期与皮黄同台演出的过程中,也面目全非了。《梨园集成》中收录三种完全的昆曲剧本,是从同治、光绪年间舞台演出剧目中挑选出来的,即《闹天宫》、《濮阳城》、《绿牡丹》。这几种剧本虽然都是曲牌体,但在结构上都不分出,其格局也与传奇不尽相同,而十分类似乱弹的体制。以《闹天宫》为例,既没有副末开场,也不用正生冲场,而是以丑扮土地首先上场,不用引子,而用一首七字句代替,这其实是皮黄的引子。下面是简短的定场白,不用四六骈文,而是十分符合孙悟空性格的大白话:"俺,孙爷爷。可笑世人刨来刨去,刨了个齐天大圣,是俺……"这些剧除了仍按曲牌填词以外,已与

---

① 按,《百子图》,《曲海目》著录,入清无名氏传奇目;《曲海总目提要》卷三十有此本,谓:"近时人作。"可知此剧作于清乾隆以前。现存缀玉轩抄本,梅兰芳旧藏,今归梅兰芳纪念馆,凡二十五出,惜未获见。若能持与《梨园集成》本相比勘,便可考见传奇由昆曲向乱弹演变的迹象。

乱弹剧本没有多大差别了,传奇的体制已荡然无存①。

在传奇蜕变期,原有的传奇剧本,不仅在民间演出台本中被改编为昆乱夹演的形式,在宫廷演出中也发生了大致相似的变化。宫廷大戏在道光年间,大多仍按传奇原本,以昆曲演出,少量出目夹演弋阳腔。但随着乱弹的兴起和昆曲的衰落,内廷演戏也逐渐由以昆曲为主改变为昆曲、乱弹兼奏,又变为以乱弹为主,最后乱弹也几乎完全取代了昆曲。

在现知的内廷戏目中,有不少是由昆曲剧本翻改成昆乱夹演的剧本,或纯粹乱弹的剧本。内廷大戏中,早已有昆、弋兼演的剧目,如张照等人奉诏撰进的《劝善金科》、《升平宝筏》等,其中有一部分出目,便注明为"弋腔"。在乾隆间升平署剧本中,也已有昆曲、皮黄合演的形式。而且,据升平署档案记载,根据内廷传奇剧改编成皮黄剧本的就有不少种。如《铁旗阵》叙演杨七郎破铁旗阵故事②,内廷在道光年间曾由升平署排演过两次,咸丰年间演出过一次,均用传奇原本,唱昆曲。至光绪三十二年(1906),翻改为皮黄演唱,仅翻至昆曲本九段而止,未完。再如阙名《混元盒》传奇,演张节真人与金花圣母斗法,用混元盒收伏诸妖事,乾隆以前歌场甚为流行,用昆曲演唱③。后来内廷词臣张照据此改编为承应大戏《阐道除邪》,凡八十五出,以昆曲、弋腔夹演。同治年间,"四大徽班"之春台班,又"取《混元盒》传奇与《阐道除邪》大戏,复增入《封神传》小说之碧游宫、翻天印诸事,改编而成,仍名《混

---

① 胡忌、刘致中:《昆剧发展史》第六章第五节,也举《雷峰塔》等剧作为例,说明当时"'京、昆'杂用的脚本为数也不少"(第591页)。

② 《铁旗阵》传奇,现存抄本,北京故宫博物院藏,十本,一百零三出,叙宋初下南唐故事。

③ 《混元盒》,董康等辑《曲海总目提要》(北京:人民文学出版社,1959)卷四十有此本,谓:"近时人作。"现存清抄本,中国艺术研究院戏曲研究所资料室藏,凡六十九出。

元盒》。既非纯昆曲,亦不尽为皮黄,乃一昆、黄兼奏之乱弹剧"①。又如乾隆间王廷章编撰《昭代箫韶》,凡十本,每本二十四出,现存嘉庆间内府刻本。此剧道光间由升平府排演过两次,咸丰八九年间又演过一次,均用昆腔传奇本。在光绪二十四年至二十六年(1898—1900),翻改成皮黄演出,翻至旧本第七本第三出。据记载,当时翻改的情况是这样的:

> 据其(按,指原宫中太监)所目睹慈禧太后当日翻制皮黄本《昭代箫韶》时之情况,系将太医院、如意馆中稍知文理之人,全数宣至便殿,分班跪于殿中,由太后取昆曲原本逐出讲解指示,诸人分记词句,退后大家就所记忆,拼凑成文,加以煊染,再呈进定稿,交由本家排演。②

此外还有《青石山》、《上路魔障》等昆曲剧本,也都依据慈禧太后旨意,改为皮黄剧本。

综上所述,蜕变期流行于戏曲舞台上的传奇剧本,大致呈现出两种演化的途径:

其一为:文人传奇剧本——传奇的舞台演出本——昆乱夹演,以昆为主,基本保持传奇体制的演出本——昆乱夹演,以乱为主,基本采用乱弹体制的演出本——乱弹剧本。

其二为:文人传奇剧本——传奇的舞台演出本——类似乱弹体制的昆曲演出本。

其三为:文人传奇剧本——传奇的舞台演出本。③

---

① 傅惜华:《〈混元盒〉剧本嬗变考》,载《北平晨报》1936年6月25日。
② 周志辅:《〈昭代箫韶〉之三种剧本》,载《剧学月刊》第3卷第1期(1934年1月)。
③ 参见梁淑安:《近代传奇杂剧的嬗变》,第192页。但是,梁淑安说:"无论是哪一种演化途径,其结果都是一样:即传奇体制在舞台上的消亡。传奇作为一种戏剧体裁因不能适应时代的需要,从舞台上被淘汰了!"(同上)则言之不当。因为传奇体制不仅没有在舞台上消亡,至今亦然。

从客观上说,昆乱夹演的状况表明,在传奇蜕变期,传奇剧本在戏曲舞台上流行时,受到乱弹演出形式的剧烈冲击和肆意改造,不由自主地产生了传奇音乐体制纷杂化的现象。从主观上说,这也是昆曲传奇为了与乱弹剧本争夺舞台生存空间,而作出的迫不得已的选择。变则存,不变则亡,这是社会历史发展的必然规律。

二、曲牌体与板式体

戏曲剧本以舞台演出为生命,而舞台演出又必然受到社会审美需要的制约。因此,为了适应社会审美需要的变迁,不仅戏曲剧本的演出必然要因时而异,而且戏曲剧本的创作也要与时俱变。于是,对传奇旧有的音乐体制的革新,便成为剧坛上有识者的严峻课题了。

时至蜕变期,传奇、杂剧创作不合律的现象已经极为严重。有人认为这是由于晚清戏曲家大多不通音律的缘故,如吴梅说:

> 又自逊清咸同以来,歌者不知律,文人不知音,作家不知谱,正始日远,牙旷难期。①

这固然是原因之一,然而,更重要的是时代使然。曲律的解放,无疑是晚清戏曲改良在音乐体制上的必然趋势,也是传奇文体消解的重要标志之一。

从元杂剧到昆腔、弋腔,在音乐体制上基本上都采用曲牌体,即每出(折)戏的音乐用若干支曲牌按一定章法组合而成,每支曲牌都须"倚声填词",各曲的句数、用韵,以及各句的字数、句法、四声平仄,都有定格。这就要求作家必须依照一定的宫调配置和曲牌联套来创作剧本。

---

① 吴梅:《曲学通论·自叙》,王卫民编:《吴梅戏曲论文集》,第259页。

到清代中期,昆曲传奇的音乐体制已发展到烂熟的地步。吴梅在总结清人对曲学的贡献时说:清代"虽然词家之盛,固不如前代,而协律订谱,实远出朱明之上"。如《新编南词定律》、《新定九宫大成南北词宫谱》等书出,便使作曲者板式可遵,订谱有据;《中原音韵辑要》、《中州音韵》等书出,也使作曲者"有随调选字之妙,染翰填辞,无劳调舌"①。

因此,按谱填词,成为蜕变期昆曲传奇作家的常识和规范。郑由熙在其《雁鸣霜》传奇卷末志语中说:

> 制曲当考律于《九宫大成谱》,选韵于《中州音韵辑要》,旁参《元人百种》诸书,则分唱合唱之例,阴平阳平之音,抗坠疾徐,庶几无谬。

然而,这时专门的曲家已屈指可数,创作的风气又趋于案头。所以在实际的传奇作品创作中,一般作家大抵取资旧本,依样葫芦。曲谱、曲韵诸书虽然完备,无奈我不用何?郑由熙接着说:

> 余于此艺既非专家,诸书又非寻常坊肆所能购,兴之所至,任意弄翰,仅就目见"四梦"、《九种》各曲,仿佛腔拍,历年成院本三种。意在书事书人,寄托毫素,非欲浅斟低唱,风月赏音也。

所谓"四梦"指汤显祖的"临川四梦",《九种》指蒋士铨的《藏园九种曲》。这种取资旧本、"仿佛腔拍"的创作手法,在蜕变期传奇作家中可谓风行一时。之所以如此,不就是因为他们抱定了仅为案头阅读,"非欲浅斟低唱,风月赏音"的创作目的吗?

因此,虽然在表面上传奇作家们仍然遵循昆曲传统的音乐体制,但是这种音乐体制已经全然蜕化为"按谱填词"的文章样式,

---

① 吴梅:《中国戏曲概论》卷下,王卫民编:《吴梅戏曲论文集》,第166—167页。

而不复是可唱可演的舞台音乐了,这是传奇余势期"以文为曲"的创作倾向的延续。对昆曲传奇音乐体制的舞台性的背离,使传奇沦为纯粹的案头文学剧本,这就从根本上窒息了昆曲传奇音乐的生命。

但是,直到蜕变期后期,昆曲传统的音乐体制仍然是作家创作的矩范。阿英《晚清文学丛钞·传奇杂剧卷》收录蜕变期后期传奇、杂剧作品共31部,这些作品大体上都遵循昆曲剧本传统的音乐体制,全部采用曲牌联套,当然大多都是"按谱填词","仿佛腔拍"。如华伟生《开国奇冤·旨例》云:

> 而行箧中曲谱不备,仅《桃花扇》传奇一册,即用为格调之规矩,阅者其亦讥其固陋否?①

"固陋"自不必说,但却无可讥刺,因为这正是当时昆曲剧本创作的通病,也是昆曲剧本创作的时髦。李慈铭(1830—1894)更是极端的例证,他在《越缦生乐府外集·自记》中称:

> 庚申初秋,闲居京师。风雨积晦,宾客不来……因读稍倦,则分题作乐府杂剧,以延寸晷之景。素不识曲,依谱填之,按于宫商,亦往往有合。②

以"素不识曲"的学养,居然敢于"依谱"填词,显然他倚仗的是丰厚的文学词章修养,而不是浅薄的戏曲艺术知识。以同、光间著名诗人的身份来撰写戏曲,这不是牛刀小试吗?

当然,从"素不识曲,依谱填之"的自白中,我们听到的不仅是对昆曲传统音乐体制的轻视,而且更听到了对昆曲传统音乐体制的尊重。这种自白的"潜台词"无疑是:只要"依谱填之",就能创

---

① 阿英:《晚清文学丛钞·传奇杂剧卷》,上册,卷上,第244页。
② 阿英:《晚清文学丛钞·传奇杂剧卷》,下册,附卷,第701页。

作出滋味纯正的昆曲剧本,而不是别的什么"野狐禅"。洪炳文《警黄钟》是蜕变期后期传奇中破例最多的作品之一,但作者却几度声明,这种破例是迫不得已的,并且古已有之。例如,第五出末尾自注云:

女士谏疏,既按曲谱,又合章奏体裁,最难著笔。稍有遗漏,亦限于韵,囿于句,拘于格耳,阅者谅之。①

在这里,作者请求"阅者谅之"的,既是自己偶尔不合曲谱的"遗漏",更是自己极力遵循曲谱的努力。这种对昆曲传统音乐体制近乎盲目崇拜的尊重,是蜕变期一般文人曲家的普遍心态。这正是对传统文化根深蒂固的"文化情结",激进如梁启超也难以超越。

当然,也有一些传奇作家将"以文为曲"的创作倾向发挥到极致,悍然置曲谱于不顾,突破传统昆曲音乐体制的束缚,范元亨便是其中一人。

范元亨(1819—1855),字直侯,九江(今属江西)人②。他的《空山梦》传奇约作于道光二十一年(1841)③,现存光绪十七年辛卯(1891)刻《尚园遗集》本。剧写王容述被奸相陷害,出塞和亲,慷慨捐躯的故事。"感聚散之无常,伤美人之零落"(卷首问园主人《空山梦传奇序》)。全剧共八出,完全不用宫调,不遵曲牌,但也不同于地方戏的整齐的七字句或十字句,而是全用"自度曲",在

---

① 阿英:《晚清文学丛钞·传奇杂剧卷》,上册,卷上,第352页。
② 范元亨生平,见《尚园遗集》卷首高心夔《范生传》;参见周贻白:《曲海燃藜·范元亨〈空山梦〉》,见《周贻白戏剧论文选》(长沙:湖南人民出版社,1982),第349—351页。
③ 范元亨的胞妹范淑有《题空山梦传奇》诗,据其《忆秋轩诗钞》(《尚园遗集》本),此诗作于道光二十一年辛丑(1841),故《空山梦》约作于是年。参见梁淑安:《近代传奇杂剧艺术谈》注12,第92页。

明清传奇中极为罕见。问园主人《空山梦传奇序》云:

> 但其制谱,不用古宫调,知为曲子相公所诃。然有其继之,必有其创之。元人乐府,孰非创自己意者?若以为不便梨园,则名家依谱循声,可被之管弦者,亦无几矣。《离骚》、《九歌》,随情成音,壮夫握管,何暇为甋瓺计哉?世有知音,当赏之牡牝骊黄之外已。

"问园主人"殆即作者别署。他认为元人乐府皆"创自己意",未免信口雌黄,无非是"扯大旗为虎皮",为自己不遵曲律开脱。而"壮夫握管,何暇为甋瓺计哉"的自白,则表明了他以传奇为案头文学,仅供文人学士欣赏的心声。

但是,范元亨不愿斤斤守律,"依谱循声",而只取曲子的声韵和句法,随意遣词,自由地表情达意,这的确富于创新精神。正如刻本卷首署名"种秫天农"的《空山梦传奇序》所说的:

> 当情文之相生,遂洋溢而莫遏。不归矩尺,难语正声;寻彼卮言,或由寄托……全无结构之规模,不仿金元之院本,词穷意竭,泪尽肠枯,倾墨凝殷,停杯变紫,殆所谓自凭悲愤,别作文章者欤!

刻本卷首问园问竹主人《题词》也说:

> 曲成不惜梨园谱,吐属都凭率性真。若使文章须格律,伤心可也要随人。

当然,范元亨并非不懂音律,"实则其词虽不守宫调曲牌,而声律仍极和谐,殆习知格律,而不愿为其所缚,故悍然出此耳"[①]。如第六出《诀阁》,叙和戎命下,容娘将行,杨生往与诀别,容娘唱道:

---

① 《周贻白戏曲论文选》,第350页。

家破亲亡一息存,那许你空谷凋零。才晓得牵萝补屋是佳人幸。只不过仅仅凄惶,天犹未肯。鸱鸮毁室子伶仃,复巢边可完得娇雏命?

不仅文词秀美,声调也颇为和谐。他也许想学高明创作《琵琶记》的"也不寻宫数调",更进一步,索性连曲牌也不要了。①

　　对昆曲传奇音乐体制的突破,并非自范元亨始。如明代秋郊子的《飞丸记》传奇,在第一出《梨园鼓吹》里,只用所谓"散漫词"(不用曲牌)报告剧情提要②。清代万树的《念八翻》传奇,第一出有"念八翻曲",全用自度曲,从"第一翻"到"念八翻",报告剧情提要③。而直接启发范元亨的,应是曹雪芹《红楼梦》小说第五回警幻仙姑所制的没有"南北九宫之限"的《红楼梦曲》④。但《红楼梦曲》系小说插曲,不涉及歌唱问题,所以不妨用自度曲,而范元亨创作的却是传奇剧本,怎么能毫不考虑场上演出呢⑤? 无怪乎其后无继者了。

　　至于真正从舞台演出的需要出发,突破昆曲传统音乐体制的,

---

　　① 以上论述,参见周贻白:《曲海燃藜·范元亨〈空山梦〉》,见《周贻白戏曲论文选》,第350—351页;又见周贻白:《中国戏剧史长编》(北京:人民文学出版社,1960),第439—440页。

　　② 秋郊子,或作张景言,一作张景,生平未详。所撰《飞丸记》传奇,现存明末汲古阁原刻初印本,汲古阁刻《六十种曲》所收本,叙明代易弘器故事。

　　③ 万树:《念八翻》传奇,现存清康熙间刻《拥双艳三种》所收本。参见本书第十四章第三节。

　　④ 范履福(元亨之子)的《空山梦跋》,提到范元亨著有《红楼梦评批》三十卷,惜今已佚。范淑《忆秋轩诗钞》里有《题直侯所评红楼梦传奇》诗,即指所批《红楼梦》小说。据此可知范元亨熟知《红楼梦》。关于《红楼梦曲》的详细论述,见徐扶明:《论〈红楼梦曲〉》,见其《红楼梦与戏曲比较研究》(上海:上海古籍出版社,1984),第132—149页。

　　⑤ 戏曲作品用自度曲,不便播之于管弦。如万树《念八翻》传奇便有两个"第一出",一为用自度曲的《翻案》,一为用常见曲牌的《改定开场》。因为前者不便于梨园演唱,便改用后者。

应该说是采用板式变化体的传奇杂剧。

与昆腔、弋腔使用的曲牌联套体不同,以皮黄腔为代表的乱弹戏大多使用板式变化体。所谓板式变化体,即用整齐的七字句或十字句,有规律地押着韵,以一对上、下乐句为基础,在变奏中突出节拍、节奏变化的作用,以各种不同的板式(如三眼板、一眼板、流水板、散板等)的联接和变化,作为构成整场戏或整出戏音乐陈述的基本手段,以表现各种不同的戏剧情绪[1]。板式体的唱腔可长可短,唱词不再受固定的宫调、套数、句格、字数的限制,因而比曲牌体更为通俗、单纯、灵活。

根据现有的文献材料,出自于文人之手的最早的板式体传奇剧本,要数吕公溥(1726—1790后)的《弥勒笑》[2]。《弥勒笑》作成于乾隆四十六年(1781),系根据张坚的《梦中缘》传奇改编而成,现存稿本。卷首作者《自序》说:

> 《梦中缘》填词四十六出,结构天然,发情止义,雅炼铿锵,堪称后劲。《长生》补恨,托之神仙,犹是无可奈何之思,何如宜以弥勒一笑容之?山居落拓,无以为娱慈亲计,每即境为词,教儿童拍手清歌,以当登场。顾北人鲜解南音,阳春白雪,竟弗获使北地流传,亦大为憾事。窃尝谓诗变为词,词变为曲,至于曲,凡无可变矣。关内外优伶所唱十字调梆子腔,真嘉声也,或即曲之变也欤?歌者易歌,听者易解,不似听红板曲辄思卧也。但嫌说白俚俗,关目牵强,不足以供雅筵。余

---

[1] 见《中国大百科全书·戏曲曲艺卷》(北京:中国大百科全书出版社,1983),周大风撰写的"板式"和"板式变化体"二条目,第10—14页。参见武俊达撰写的"曲牌联套体"条目,第301—305页。

[2] 吕公溥,字仁原,号寸田,别署守曾子,髯痴。新安(今属河南)人。康熙间传奇作家吕履恒之孙。平生隐居未仕。著有《寸田诗草》、《寸田文稿》、《寸田赋稿》等。生平事迹,见民国《新安县志》卷十一本传;王永宽:《清代河南戏曲作家吕履恒、吕公溥年表》,油印本。

乃取《梦中缘》作蓝本,改为之。

此剧采用中原地区流行的十字调梆子腔写唱词,是现存最早的十字调梆子腔传奇剧本。十字调梆子腔,采用的不是传统的曲牌体音乐,而是民间流行的以十字句为主要句式的板式体音乐,与昆腔、弋腔属于完全不同的两种音乐体系。在乾隆末年,梆子腔已在北方地区盛行,甚至呈现出取代昆腔、弋腔的趋势。吕公溥在这样的时代风会中,大胆地向民间艺人学习,将昆曲传奇剧本改编为梆子腔剧本,可说是得风气之先。

道光年间以降,皮黄戏盛行于世,渗透到传统戏曲形式的各个领地,便有一些文人探索着以传奇之法创作皮黄剧本,以便为传奇这种古老的剧本文学寻找新的音乐体制。这种传奇文学体制和皮黄音乐体制杂糅的戏曲剧本,充分表现出文人用传奇改造皮黄俗本,用皮黄焕发传奇青春的艺术追求。

道光九年(1829),署名"瀛海勉痴子"的《错中错》传奇刊印①。这是一部用二黄编制的传奇,全剧三十六出,称为"出段"。另有"开场",说道:"昨日在共庆园中看了一本传奇,名为《错中错》。"②这与明初以来传奇的"副末开场",形式完全相同。剧叙吴亮弼与周贞娘、商冰素等几对才子佳人恋情故事,关目排场系袭用旧传奇,如男女互误登舟、易装代庖、同名讹误等,即落入阮大铖《春灯谜》传奇所谓"十错认"的窠臼。语言风格又多娴雅典丽,与俚俗朴陋的民间皮黄戏差别甚大。但剧中未用任何曲牌,唱词基本上用十字句,采用三、三、四句格,但也多于一个节段中的一句或

---

① 瀛海勉痴子,名周道昌,人称荫田先生,疑其字荫田。乾隆至道光年间在世。或云曾任广东知府,涉历官场近四十年(见郭彬图《错中错序》),享年60岁以上。著《痴说语录》。《错中错》传奇,现存清道光九年己丑(1829)仲春怀清堂刻本。

② 按,道光八年(1828)张亨甫撰《金台残泪记》说:"余以丙戌至京师,春台、三庆二部为盛。""丙戌"即道光六年(1826),《错中错》所谓"共庆园",或影指三庆部。

数句增加三字,成为三、三、三、四句格的。这也许是原始的二黄句法,大抵属于所谓"原板"①。

道光二十年(1840),又有观剧道人(1787—1840后)创作《极乐世界》传奇②。全书八十二出,本事取材于蒲松龄《聊斋志异》中的《夜叉国》,旁及《罗刹海市》及《织成》,大量虚构,写马骏海外奇遇,终至荣华富贵,铺叙极繁而针线不密。卷首道光十二年(1840)作者《自序》说:

> 戏至二簧,陋矣。而吾谓非二簧之陋,作之者之陋也。使执笔者得《西厢记》之王实甫,《还魂记》之汤若士,《长生殿》之洪昉思,吾知天下锦绣才子,必有拍案叫绝者,户户银筝,字字檀板,安在逊南北九宫哉……今日二簧盛行,而雅驯者殊少。仆思在无佛处称尊,因制《极乐世界》传奇,以娱人而自娱。其词虽未知于《西厢》、《牡丹》、《长生殿》何如,然较之梨园所演者,即以为能掩其陋也。

周贻白曾精辟地指出:此剧"唱词全为十字句,遣词造语颇多藻饰,盖仍以作传奇之法作'皮黄'"③。也就是说,像《错中错》、《极乐世界》这样的文人皮黄剧本,实际上是传奇的文学体制和皮黄的音乐体制互相嫁接的特殊品种。清末李毓如取此剧"柳星星"一段,改编为八本京剧,名《龙马姻缘》,由王瑶卿主演。后来罗瘿公另取其中"龙珠"一段,略加删润,仍名《龙马姻缘》,由程砚秋演出。

---

① 参见严敦易:《最早的二黄刊本〈错中错〉》,见其《元明清戏曲论集》(郑州:中州书画社,1982),第220—224页。
② 观剧道人,姓名不详,别署惰园主人。北京人。工诗文,终身困顿。所撰《极乐世界》传奇,现存清精钞本,十三卷,北京大学图书馆藏。另有清光绪七年(1881)北京聚珍堂木活字本,八卷。
③ 周贻白:《中国戏剧史长编》,第581页。

753

其实,正如本书第十七章第三节所说的,花部乱弹之所以风行于世,并不仅仅因为板式体音乐体制比曲牌体音乐体制更为通俗、单纯、灵活,更因为乱弹剧本的文词通俗朴质,"易入市人之耳","虽妇孺亦能解"①。因此,文人作家以板式体创作传奇剧本,企图融合昆曲传奇与花部乱弹的努力,既无助于挽救昆曲传奇,也背离了乱弹的文学特质,这岂不是"可怜无补费精神"!

第三节 表演艺术复合化

如果说,文学体制的多样化和音乐体制的纷杂化,是从内部釜底抽薪,导致了传奇文体的消解;那么,表演艺术的复合化,则是从外部推波助澜,促进了传奇文体的消解。

时至传奇蜕变期,传统戏曲的表演艺术出现了两种前所罕见的发展趋向:一是由于雅部昆剧与花部乱弹的融合,在舞台表演中往往注重文武兼备,雅俗共赏;二是由于时事剧、洋装戏的大量创作,使舞台表演出现了"写实"化的倾向。前者的结果,是促使传奇剧本在审美风格上逐渐向乱弹靠拢;后者则使传奇艺术逐渐蜕去古典的外装,涂染了现代的色彩。

一、文武与雅俗

在中国传统戏曲艺术中,表演艺术绝不是可有可无的附属品,而几乎居于戏曲艺术的中心,尤其在清代乾隆年间以后是这样。施叔青《西方人看中国戏剧》说得好:

> 在本质上,西方剧场是一种"剧作家的剧场",剧本是整

---

① 依次见昭梿:《啸亭杂录》(北京:中华书局,1980),卷八,第237页;焦循:《花部农谭》,《中国古典戏曲论著集成》(北京:中国戏剧出版社,1959),第八册,第225页。

个戏剧的灵魂,所有的导演、演员、舞台设计,莫不依附剧本的内容才产生灵感……东方剧场,实际是一种演员的剧场……反观中国的京剧,更是一种演员的剧场。中国在成戏之前,早已有了结构健全的音乐与舞蹈,剧本只不过后来加入的。观众去戏园子里往往是去欣赏某个脚色的技艺表演,而舞台上的演员也使出绝招来吸引台下。①

当然,他所说的"西方剧场"和"东方剧场",应该仅仅局限于西方的传统戏剧和中国的传统戏曲。西方现代戏剧早已将"戏剧的灵魂"付与演员,而中国现代话剧则恰恰相反,认定剧本是"一剧之本"。

在中国古代的剧场中,观众的口味差别很大。一般地说,主宰剧场表演艺术趋向的,大抵是一般"行家"观众,即士夫豪客的审美趣味。他们大多看重的是演员俊俏的扮相、文雅的唱腔和细腻的表演。焦菊隐在《连台·本戏·连台本戏》一文中说:

> 我在幼年的时候,常常看见北京各剧场里,有些观众,坐在演员的背后(当时,文武场面设在舞台正中、后场椅与"守旧"之间;那里也准许"行家"观众看戏),或者坐在池座"两廊"的最后排(当时,这种观众被称为"贴大墙的"),他们闭着眼睛,摇头晃脑地在欣赏某一演员的表演或某一段的唱腔。这些"行家",对文戏只要求唱得有味,对武戏只要求打得文雅。至于戏剧反映的是什么生活,刻划的是什么人物,提出的是什么问题,他们完全漠不关心。京派京剧折子戏,有一个时期是依照这些"行家"观众的尺度在发展着。②

---

① 施叔青:《西方人看中国戏剧》(北京:人民文学出版社,1988),第93页。
② 《焦菊隐戏剧论文集》(上海:上海文艺出版社,1979),第303页。

而在观众中人数最多,观剧时间最长的,却是一般平民百姓。他们的审美趣味与士夫豪客往往迥然不同,更欣赏表演的喧嚣热闹和戏剧的故事情节。包世臣《都剧赋序》记载当时戏园的情形,说:

> 嘉庆十四年春,予以随计,始至都下。夙闻俳优最盛,好事招携,遍阅各部。其开座卖剧者名"茶园",午后开场,至酉而散。若庆贺雅集召宾客,则名"堂会",辰开酉散。其地度中建台,台前平地名"池",对台为"厅",三面皆环以楼。堂会以尊客坐池前近台。茶园则池内以人起算,楼上以席起算。故坐池内者,多市井侩侩,楼上人谑之曰"下井"。其衣冠皆登楼,而楼近台之右者名"上场门",近左名"下场门",呼为"官座"。下场门尤贵重,大率佻达少年前期所预定。堂会则右楼为女座,前垂竹帘。楼上所赏者,率为目挑心招、钻穴逾墙之出,女座尤甚。池内所赏者,则争夺战斗、攻伐劫杀之事。故常日所排诸剧,必使文武相间。其所演故事,率依《金瓶梅》、《水浒》两书,《西游记》亦间有之。

又据清道光间杨建懋《梦华琐簿》记载:

> 今梨园登场,日例有"三轴子"。早轴子客皆未集,草草开场。继则三出散套,皆佳伶也。中轴子后一出曰"压轴子",以最佳者一人当之。后此则大轴子矣。大轴子皆全本新戏,分日接演,旬日乃毕。每日将开大轴子,则鬼门换帘,豪客多于此时起身径去。此时散套已毕,诸伶无事,各归家梳掠薰衣,或假寐片时,以待豪客之召。故每至开大轴子时,车骑蹴踏,人语腾沸。所谓"轴子刚开便套车,车中载得几枝花"者是也。贵游来者,皆在中轴子之前,听三出散套,以中轴子片刻为应酬之候。有相识者,彼此互入座周旋。至压轴子毕,

鲜有留者。其徘徊不忍去者,大半市井贩夫走卒。然全本首尾,惟若辈最能详之。盖往往转徙随入三四戏园,乐此不疲,必求知其始讫,亦殊不可少此种人也。①

参看以上两段文献资料,可以大致了解清代后期衣冠豪客与市井小民迥然不同的审美趣味。在实际的舞台演出中,这种不同的审美趣味并非截然对立,水火不容,而更多的是互相融合交汇的。尤其是在雅部昆剧日益衰落,花部乱弹日益盛行的历史趋势下,花部乱弹原本具有的民间的审美趣味,对文人雅士产生了强烈的吸引力,并逐渐改变着文人雅士的审美风范。

中国戏曲一向有搬演武戏的传统,尤其是民间演出更是如此。但自明后期昆剧走上雅化道路以后,因为最能体现昆剧特色的是以唱念为主的文戏,所以一般城市里的昆剧戏班便很少上演武戏,而大多以演文戏见长。与之相映衬,一般弋阳戏班,则以演出武戏擅长。

时至清后期,昆剧演出中文戏渐趋衰落,而夹演弋腔武戏的情形,却有上升的趋势。在苏州一带,最早在昆剧演出中夹演弋阳武戏的,是浙江绍兴的昆弋合班。他们所演的短打戏,以《水浒》较多,注重翻筋斗,唱腔多是弋腔;长靠戏则是《三国》、《英烈传》等整本戏,唱腔用昆曲,行话称为"武戏文唱"。这种演出方式很得观众的喜好,流风所及,一些座城的昆剧文班也渐渐蜕变成武班了。例如,苏州的鸿福班原是专演昆剧文戏的,后来竟然变成以演弋阳武戏为主,江湖上将它跟专唱昆腔的全福班对举,称为"文全福,武鸿福"。

昆剧在舞台表演中逐渐开始注重文武兼备,是清代后期戏曲

---

① 收入张次溪编纂:《清代燕都梨园史料》(北京:中国戏剧出版社,1988),上册,第354—355页。

表演艺术趋向通俗的标志之一。这就促使文人作家创作传奇剧本时，在审美风格上逐渐向乱弹靠拢。

例如黄燮清的《绛绡记》传奇，作于咸丰二年（1852），当时作者正寓居北京。剧中《蛟变》、《荡寇》等折，安排了多种武打场面，热闹紧张，是结合演出、适应观众欣赏要求的文武兼备之作，与以往的昆曲传奇显然有异。例如第二折《蛟变》，便完全采用徽班武戏的演法，今摘录其舞台提示及念白一段如下：

> （净扮杨蛟白）官兵十分利害，只索退兵湖中。待他追来，俺就变作老蛟，鼓起风浪，管教他全军惊窜。孩子们，船只伺候！（内杂应介，各驾船上。净众上船介。外众追上。外）贼兵下水，军士们，驾船追赶！（杂掉船上。外众上船追下。生驾船急上）将军追贼湖中，恐堕诡计。军士们，快快赶上前去！（急下。净众上。外众追上）逆贼，往哪里走！（净）休得逞强，叫你来得去不得！（各战介。内放烟火，净变介。杂变蛟冲上。四卒拥水旗上，作风浪介。外众逃下。蛟众追下。杂驾船，生急上，作翻船介。杂作落水下。场上预设竹笼。生作浮水介）哎哟，一霎时风浪覆舟，性命休矣！这，这便如何是好？（见竹笼介）这里有一竹笼在此，我且抱着竹笼，随风飘去便了。（抱竹笼浮沉下。外众急上）贼子变作长蛟，陡起风浪，战船几乎淹没。军士们，快快登岸，把守城池者。（场上设城。外众登岸入城介）……

全折只用粗曲〔水底鱼儿〕两支，此曲是过场曲，乱弹本子也经常可用。可见此折是典型的以昆就乱之作。剧中还频繁地使用撒火彩的特技，以增加场上演出的气氛。

《绛绡记》传奇今存手稿本，封面有收藏者的署名："维雅堂曹春山"。按，曹春山是当时北京四喜班的昆曲名演员，据说他"十行脚色全扮",尤擅"摔派武功"和"靠把武功","其艺并臻上乘"①。可以推知,作者可能是应曹春山或其他昆曲演员之请而作,并与演员们配合,为发展昆曲表演艺术作了些探索。至于它没有被广泛演出,主要原因可能与剧中对当时的封建官吏多所讥刺有关②。

在传奇蜕变期,像黄燮清这样的作家并非少见。他们自觉地引入民间的审美趣味,有意识地改变传奇原有的审美风格,促使传奇通俗化、民众化,以挽救传奇的舞台艺术生命。他们这种继绝续亡的文化精神无疑是可嘉的,而他们这种面向民众、面向舞台的艺术追求更是可取的。遗憾的是,在诸腔竞奏的历史背景下,昆曲传奇早已门庭冷落,奄奄一息了。无论传奇作家如何努力,也无助于昆曲传奇的"无可奈何花落去"。

二、虚拟与写实

在传奇蜕变期的前期,在表演形式和舞台美术诸方面,几乎所有传奇作品大都仍然遵循传统规范,运用各种虚拟的程式。到蜕变期的后期,由于作家大量创作时事剧和洋装戏,致使传统戏曲原有的服装、道具、化装、身段等程式捉襟见肘,不敷实用。于是,在这时期的传奇作品中,作家对表演形式和舞台美术诸方面的提示说明,已明显地具有写实的特征;在这时期的舞台表演中,中国传统戏曲中程式化的表演艺术也越来越受到写实化的生活动作的冲击。

---

① 曹心泉口述、邵茗生笔记:《近百年来昆曲之消长》,载《剧学月刊》第 2 卷第 2 期(1933 年 1 月)。

② 参见关德栋、车锡伦编辑:《聊斋志异戏曲集》(上海:上海古籍出版社,1983),"作家及作品简介",第 7—8 页;及胡忌、刘致中:《昆剧发展史》(北京:中国戏剧出版社,1989),第 578—579 页。

在传奇蜕变期的后期,作家以传统艺术形式大量写作时事剧和"洋装剧",让秋瑾、徐锡麟、邹容等人大唱南北曲,这本身就既是对戏曲传统体制的维护,又是对戏曲表演程式的背离。以中国古老的剧本体制写外国故事,"捉紫髯碧眼儿被以优孟衣冠"①,更可见出中西文化的杂交。

在服装、道具、化装等舞台美术诸方面,蜕变期后期的时事剧、洋装戏,几乎与传统戏曲判然而异。如梁启超《新罗马传奇》第一出:"净燕尾礼服,胸间遍悬宝星,骄容上"。湘灵子《轩亭冤》第三出《游学》:"生清装上";第六出《惊梦》:"旦辫发西装上"。伤时子《苍鹰击》第十出《割爱》:"生便服内袭西装怀手枪上";第十五出《戕藩》:"杂扮警校教员、学生,小生扮陈猱头,末扮王士诚,各怀手枪上。生警帽军服皮靴佩刀,扮田丰,靴统藏手枪两柄上"。古越嬴宗季女《六月霜》第二出《悔嫁》:"旦时装,襟缀白芙蓉花一朵,扮秋竞雄上";第七出《负笈》:"场上放烟火,作轮舶抵埠介。生短发西装扮留学生上","丑科头跣足荷锄扮垦荒人上","末华冠丽服扮豪商上","副净短衣毡帽扮工匠上";第八出《鸣剑》:"旦日本女装,持倭刀,扮秋竞雄上"。诸如此类,举不胜举②。

在清代民间剧目中,早在乾隆年间就出现过穿着时装演出的戏曲剧本,如高腔剧本《红门寺》,"扮演本朝服色",即为一例③。文人创作的剧本,偶尔也模仿民间戏曲的做法。如蒋士铨于乾隆十五年(1751)为皇太后"万寿"编写了《西江祝嘏》,其中的《升平

---

① 梁启超《新罗马传奇》楔子一出,扪虱谈虎客批注,阿英:《晚清文学丛钞·传奇杂剧卷》,下册,卷上,第520页。
② 此段所举诸例,依次见阿英《晚清文学丛钞·传奇杂剧卷》,下册,卷上,第521页。上册,卷上,第117页,129页,194页,201页,153页,161页,163页。
③ 乾隆四十五年江西巡抚郝硕复奏查办戏曲摺。按,《红门寺》,一名《洪恩寺》,演initial于成龙事,《戏考》第三十一册收录,是所谓"清八出"之一(八剧皆清代故事,清代服装)。

瑞》杂剧,就是一部清代时装戏。其后,道光十三年(1833)莲池居士的《业海扁舟》,道光二十五年(1845)阙名的《烟鬼叹》等,也是别致的清装现代戏①。但是,像上述这些文人传奇作品那样,公然标明剧中人物穿着西装、警服、日本女装等等,则是空前未有的。

中国传统戏曲,本无布景,有之,则自近代始②。如古越嬴宗季女《六月霜》第十四出《追悼》标明:"场上供小影,设祭筵,旁悬挽联,大书'一身不自保,千载有雄名'十字。"③就是显著的一例。

此期文人传奇作品中对演员身段、动作的提示,也突破了传统戏曲程式化的表演艺术规范。如梁启超《新罗马传奇》第一出《会议》科范提示:"从怀中取时表看介","同入介,众起坐迎接介,互握手介,分次坐定介,净起立演说介","众拍掌称善介";第二出《初革》科范提示:"众男女杂上,互相见握手接吻介,丑登坛介,众拍掌介","外扮尼布士王弗得南第一率王子上,众脱帽为礼介。外对众以吻,接《新约全书》,指十字架发毒誓介,王子随誓介"。古越嬴宗季女《六月霜》第十出《瘐噬》:"副净率众拥上,杂惊避。众追放枪,击倒二杂,余二杂急闭门。众破门突入抢掠。旦袭重衣暗上,坐场上隐处。众搜得,前擒旦,牵曳脱衣,以手枪纳旦手及怀中。旦撑拒不受,众强置旦足下。"④上述看表、握手、演说、鼓掌、接吻、脱帽、发誓、开枪等动作,在传统戏曲的程式化表演语汇中都不存在,演员显然无法凭借传统戏曲原有的虚拟性程式加以表演,

---

① 参见陆萼庭:《康平居曲话·最早的时装戏》,见其《清代戏曲家丛考》(上海:学林出版社,1995),第360—363页。
② 按,清初张岱:《陶庵梦忆》(上海:上海古籍出版社,1982),卷五,记载女演员刘晖吉演《唐明皇游月宫》时,场上出现月宫中的嫦娥、吴刚、玉兔捣药等奇妙背景(第49页),当为人物装扮,而非布景。康保成:《中国近代戏剧形式论》(第96页),以为这就是写实的布景,似误。
③ 阿英:《晚清文学丛钞·传奇杂剧卷》,上册,卷上,第174页。
④ 以上诸例,依次见阿英《晚清文学丛钞·传奇杂剧卷》,下册,卷上,第522—523页,525页,527页。

而只能另创新境,采用更为写实化的表演动作。

华伟生《开国奇冤》传奇第十出《暗杀》,描写徐锡麟行刺安徽巡抚恩铭的场面,从舞台的布景、道具、排场到演员的服装、身段、动作等等,都焕然一新,写实化的倾向更为明显:

> (场上设礼堂,场后奏军乐。小旦引杂扮学员、学生分次开正步上,小旦喊口令,学员、学生立场左角介。四卫兵文武巡捕引副净,众拥上。生、副净中立,生紧立副净后。净、外、末右排立。小生、老旦暗上,立生后。文武巡捕、卫兵分立两旁。旦、小旦立场左,贴旦、丑立场右。小旦喊口令介)开正步!向右转!立正!鞠躬!一,二,三。(学员依口令向上行三鞠躬礼,小旦喊口令介)向右转!开正步走!(小生、老旦在生后各掣手枪,小生击射副净不中,生蹲身自马靴内掣两手枪击副净,副净以左手格弹子,侧身急问介)徐锡麟,你这干什么?(生不应,向副净连击,副净倒地。文巡捕急伏副净身上,中弹随地滚喊。武巡捕作救护,中弹,亦倒地介。净、外、末惊窜,生追击,众惊散纷下,四卫兵抢负副净下……)①

上文所引录的这些传奇作品,一般都是"纸上戏剧",从未在舞台上演出过。但这并不等于说,蜕变期传奇表演艺术的写实化倾向仅仅是传奇作家的纸上谈兵,有许多事例可以证明,在当时的戏曲舞台上不仅存在写实化的表演,而且还颇为时髦。例如,昆曲传统剧目《绣襦记》中有李亚仙"剔目劝夫"的情节,著名昆旦小桂林扮此戏时,仿佛面上真的刺出血来,当时很受观众欢迎。这种"出彩法",是从皮黄戏《鸳鸯壶》学来的。在汪笑侬表演的自撰皮黄剧目《瓜种兰因》中,人物首次穿西装登场,"变数百年来之妆

---

① 阿英:《晚清文学丛钞·传奇杂剧卷》,上册,第189—190页。

饰,开梨园一代之风气"①。从此以后,皮黄剧的洋装戏、时装戏风靡上海,席卷全国。洪深在《从中国的新戏说到话剧》一文中,曾记载清末民初上海时装新戏的演出情况,说:

  (夏月润等人)在上海十六铺造了一所比较新式的剧场。那戏台可以转的,布景等一切,有了相当的便利,那戏的性质,不知不觉的,趋于写实一途了。演员们穿了时装,当然再用不来那拂袖甩须等表演。有了真的,日常使用的门窗桌椅,当然也不必再如旧时演戏,开门上梯等,全须依靠着代表式的动作了。虽是改革得不彻底,有时还有穿着西装的剧中人,横着马鞭,唱一段西皮,但表演的格式和方法,逐渐的自由了。而且模仿式的动作也多了。②

中国古代戏曲的舞台表演程式,以虚拟化为核心,固然有其长处。但是时至清末民初,观众最难以接受的,是这种表演方式因虚拟而流于虚假。王梦生《梨园佳话》第四章《余论》批评道:

  戏之劣处,无情无理。其最可笑者,如痛必倒仰,怒必吹须,富必撑胸,穷必散发。杀人必"午时三刻",入梦必"三更三点"。不马而鞭,类御风之列子;无门故掩,直画地之秦人。举动若狂,情词并拙。此犹可云示意于人也。至于手不执圭,障袖若琵琶之遮面;人孰我问,登台如小鸟之呼名。王曰孤王,寡人绝对;父曰为父,王季多逢。而且汉相秦丞,有匈奴大人之号(下官必称上官为大人);齐兵魏卒,得满洲壮士之称(凡扮胡人,必红顶花翎,称其卒伍曰巴图鲁)。包孝肃以文正为名,贾半闲以平章作字。将军衷甲,必右袒以搴旗(袍带

---

① 张次溪:《燕都名伶传·汪笑侬》,张次溪辑:《清代燕都梨园史料》,下册,第1204页。
② 见《中国新文学大系·戏剧集·导言》,1981年影印本,第12—13页。

袖往往曳一袖于背,庙堂坛坫,恐万无此式);美女捧心,却当门以掩袖(旦两袖恒交掩于腹下,甚不雅观)。种种乖谬,思之哑然。①

但是,程式是戏曲艺术的基本表演语汇,在这一意义上可以说,没有程式就没有戏曲。因此,高明的艺术家不是轻易地抛弃程式,而是力图在传统的程式中输入新的艺术生命,从而更新程式,创造程式。例如,晚清皮黄剧表演艺术大师汪笑侬便主张:

> 做工必合其人之身份,神气必合其事之形容,腔调必合其词之语气。按五音,转七情,设身处地,方足以动人观听。

这就是说,必须把握艺术表演的独特性,赋予传统的程式以活泼的生命。如《马前泼水》中的朱买臣,《玉簪记》中的潘必正,《彩楼记》中的吕蒙正,都是穷书生,一般人演来容易雷同,但汪笑侬却把握住他们各自在气质上、性格上的不同特点:"朱买臣年纪稍大,饱经沧桑,沉稳练达,不寒不酸;潘必正眉宇俊秀,而面带憔悴;吕蒙正则寒而且酸,书呆子气浓,火气尤旺。"②因此,他所演的人物便不是千人一面,而是人各有异。

综结而言,时事剧、洋装戏的大量创作和表演,促使晚清戏曲舞台上出现了写实化的表演倾向。这种写实化的表演倾向,体现出与中国传统的虚拟化表演倾向迥然不同的艺术精神,即一种背离于中国古代文化传统的近代文化精神。在晚清时期,任何一种传统文化的样式,都要经受近代文化精神的考验和试炼,戏曲艺术也不例外。

值得庆幸的是,古老的戏曲艺术经受住了近代文化精神的猛

---

① 王梦生:《梨园佳话》(上海:商务印书馆,1915),第122—123页。
② 见傅秋敏:《论汪笑侬的戏曲改良运动》,载《戏剧艺术》1988年第3期。

烈冲击,逐渐发生了脱胎换骨的变化。在这一变化过程中,戏曲艺术既没有全然抛弃文化传统,也未尝绝然拒斥时代精神,而是对文化传统和近代精神进行了一番整合,重新锻铸自身刚硬的身躯。因此,戏曲艺术不仅避免了大浪淘沙的悲剧命运,而且焕发出老树新芽的艺术青春,以矫健的身姿屹立在神州大地,成为世界瞩目的艺术瑰宝。凤凰在烈火中涅槃了!

我很喜欢唐代诗人刘禹锡的诗句:"沉舟侧畔千帆过,病树前头万木春。"①这两句诗体现出一种乐观主义的历史精神:新陈代谢,这是历史的铁的规律。在清后期剧烈的文化变迁中,传奇文体无可挽回地烟消瓦解了,这并不值得惋惜。因为传奇的艺术精神,正在百花齐放的戏曲剧种中得到发扬光大,成为20世纪中国戏曲艺术的一股生生不息的生命潜流。千帆竞渡,万木争春,20世纪中国的戏曲艺术呈现出一派勃勃生机。

---

① 刘禹锡:《酬乐天扬州初逢席上见赠》,《刘禹锡集》(上海:上海人民出版社,1975),卷三一。

余论　明清传奇的文化价值

我编撰的《明清传奇综录》一书（石家庄：河北教育出版社，1997），著录了现有完整存本的明清传奇剧目1100多种。其实，明清时期的传奇作品远远不止这个数目。根据不完全的统计，明清传奇作品的总数至少在2700种以上，现存的剧本还不足50%。

经过数百年历史长河的淘汰，这1100多种明清传奇作品流传下来了。流传于世的东西，并不都是有价值的东西，因为能否流传往往还有许多偶然的机遇。但是，这1100多种明清传奇的绝大部分，却的确有着足以流传的价值。

人们通常说，元杂剧是中国古代戏剧史上的黄金时代。此话诚然不假，只是稍欠周全。我还要补充一句：明清传奇在中国戏剧史上与元杂剧可谓双峰并峙，而且在中国文化史上占据着相当重要的地位。

明清传奇的文化价值是多方面的，这里我想着重谈谈它的认识价值和审美价值。

第一节　明清传奇的认识价值

旧时舞台上有这么一副对联："舞台小世界，世界大舞台。"戏剧舞台是大千世界的缩影，戏剧作品是社会人生的写照，这就是明清传奇的认识价值。这种认识价值主要包括三方面：

第一，明清传奇有助于我们认识当时的社会和时代。

中国文学历来就具有鲜明的现实性特征,"饥者歌其食,劳者歌其事"①,以形象的文学画面展示丰富多彩的大千世界。明清传奇作家继承和发扬了这一传统,始终关注着社会的风云,积极倡导着时代的精神,精心描绘着世俗的生活。

你想了解封建末世专制统治令人发指的丑恶内幕吗?你想欣赏封建官场不堪入目的"群丑图"吗?你想洞察仕途是何等险恶,是非是如何颠倒,黑白是怎样混淆的吗?你想知道贪官污吏是怎样鱼肉百姓,涂炭民生的吗?你想体会封建时代平民百姓的悲欢离合、喜怒哀怨吗?那么,你不妨读读明清传奇作品。传奇作品以历史真实为基础,对社会生活加以集中、提炼、虚构和夸张,让形形色色的人物粉墨登场,使读者如见其人,如闻其声,如临其境。这种真率的直观性和深切的感染力,是其他体裁的文学作品难以达到的。

而且,许多传奇作品强烈地表现了明清时期的时代精神。例如,在明清传奇中,大多数历史剧和时事剧都呈现出忠奸斗争的主题模式。从人物看,这些作品的人物构成大都分为泾渭分明的两大阵营:一是忠臣义士,一是权奸邪佞。如李开先《宝剑记》传奇里的林冲与高俅、童贯、蔡京等奸党,阙名《鸣凤记》传奇里的杨继盛等忠臣义士与严嵩父子及其党羽,李玉《清忠谱》传奇里的周顺昌等东林党人与魏忠贤阉党等等。在两大阵营之上,还有一个居高临下的皇帝,他的存在、聪愚和偏向制约着两大阵营的胜败消长。此外,平民百姓是忠臣义士的同盟,内叛外寇则是权奸邪佞的辅翼。

从情节看,这些作品的故事情节大都呈现大致相似的展开形

---

① 《春秋公羊传注疏》卷十六,宣公十五年何休注语,《十三经注疏》(北京:中华书局影印本,1980),第 2287 页。

态:起初是权奸邪佞蒙蔽皇帝,独揽大权,害国殃民,党同伐异;为此忠臣义士或上疏谏君,或逼上梁山,或舍身赴难,无不惨遭迫害,历尽坎坷;最后奸谋败露,冰山瓦解,奸邪授首,忠义褒扬,天下太平。总之,故事情节的展开是从邪压倒正转化为正倒邪,转化的契机是皇帝的清醒与否,转化的结果是忠臣义士重掌朝纲。

这种忠奸斗争主题模式的形成,既是明清时期封建专制制度发展到烂熟地步,暴露出解体危机的产物,也是这一时期文人士大夫阶层自觉的政治意识高涨的表现。晚明东林党人倡导:"国事家事天下事,事事关心";清初顾炎武疾呼:"保天下者,匹夫之贱,与有责焉耳矣。"①他们明确地认识到:忠臣义士与权奸邪佞作斗争,"决然以死生去就争之,其有关宗社非细也"②。忠奸势力的消长,关乎国运民生,岂可等闲视之! 这种时代精神,在明清传奇中得到了鲜明的表现。

第二,明清传奇有助于我们认识中华民族的文化特征。

明清传奇是中华民族文化的组成部分,不能不凝聚着并映射出中华民族的文化特征。这些文化特征,恰恰是中华民族赖以生存和发展的精神根柢。

例如,为什么历史上统治集团内部的政治斗争,在明清传奇中形成了忠奸斗争这样的主题模式,而不是别的什么模式呢? 这一模式为什么同西方古代历史剧和历史小说中的主题模式迥然不同呢? 要解答这个问题,就必须从中国文化传统中去寻找答案。

原来,在中国古代的传统思想中,个人的道德信持和精神修养,总是具有建立和维护社会政治秩序的特异功用的。这就是儒

---

① 顾炎武:《日知录》卷十三《正始》,顾炎武著、黄汝成集释:《日知录集释》(《四部备要》本)。

② 吴伟业:《清忠谱序》,李玉等:《清忠谱》传奇卷首,《古本戏曲丛刊三集》影印清康熙间刻本。

家所说的:"古之欲明明德于天下者,先治其国;欲治其国者,先齐其家;欲齐其家者,先修其身;欲修其身者,先正其心;欲正其心者,先诚其意;欲诚其意者,先致其知。物格而后知至,知至而后意诚,意诚而后心正,心正而后身修,身修而后家齐,家齐而后国治,国治而后天下平。""修身为本",这是"平天下"的起点和基点①。因此,政治伦理和道德规范的信持就至关重要,关系着社会政治的安危治乱,至少在文人士大夫阶层中这种道德意识是根深蒂固的。如果说中华民族在精神上是最重道德的民族,这恐怕不算过甚之词吧?

所以,在明清传奇作品中,忠臣义士的品质总是清廉正直、忠贞不阿、节义凛然,而权奸邪佞的品质则是骄奢淫逸、狼子野心、残忍凶暴。忠奸斗争,实质上是善与恶两种道德品质、道德力量的尖锐对抗。这集中地体现了中国文化的道德特质。这种道德特质成为明清传奇创作的生命源泉,陶铸了为数众多的道德型的理想人格,如仁君、忠臣、孝子、义夫、节妇、贤母、义友等等。有的传奇作家甚至认为,传奇的创作就是为了道德的标榜,道德的宣扬,和道德的教化。

究竟怎样评价明清传奇所体现的中国文化的道德特质呢?我想,一方面,我们必须充分地肯定道德对维系中华民族大家庭具有无可替代的文化功能。重道德,讲文明,正是中华民族有别于世界上其它民族的重要特征之一,也是中华民族的优良传统之一。作为"礼义之邦",我们是当之无愧的。另一方面,我们也必须看到,在中华民族的传统道德中的确包含着一些腐朽没落甚至野蛮的东西,如"三纲五常"(君为臣纲,父为子纲,夫为妻纲等等),如"割股疗亲",如"披麻戴孝"等等。而且,正如鲁迅所说的,由重道德讲

---

① 《礼记正义》卷六十《大学》,《十三经注疏》,第 1673 页。

文明派生出一种"瞒和骗"的民族性格①,千百年来层出不穷地造就着一些"满嘴仁义道德,满腹男盗女娼"的"假道学",道德的提倡和道德的实践严重分离,反而酿造出随意践踏道德的社会风习。

我们要对中华民族的传统文化去其糟粕,取其精华,阅读、鉴赏、分析、研究明清传奇作品,那是会很有帮助的。

第三,明清传奇有助于我们认识中国古代文人的文化心态。

在明清传奇中,占主导地位的是文人传奇,因此明清传奇主要属于古代文人文学的范围。中国古代的文人文学有一个突出的特点,那就是作家总是把自己的主观感情强烈地投射到文学作品之中,借助文学作品自我写照、自我表现。因此,要了解中国古代文人活生生的文化心态,最好的办法,莫过于展读他们的文学作品了。

明清文人的传奇创作,便是自觉而明确地以抒情解愤为动机的。李贽说的"夺他人之酒杯,浇自己之垒块,诉心中之不平,感数奇于千载"②;吴伟业说的"因借古人之歌呼笑骂,以陶写我之抑郁牢骚"③;周昂说的"传奇,言情者之所寓也"等等④,都表达了传奇抒情解愤的创作动机。

清代戏剧家李渔曾说:"传奇十部九相思。"⑤这话是很有道理的。在明清传奇中,以青年男女的爱情婚姻故事为题材的作品几乎占80%以上。为什么会出现这种现象呢?其中一个很重要的原因,就是明清传奇作家借爱情婚姻题材的作品,可以最直接、最

---

① 参见鲁迅:《坟·论睁了眼看》,《鲁迅全集》(北京:人民文学出版社,1973),第一卷,第217—222页。
② 李贽:《杂说》,《焚书》(北京:中华书局,1975),卷三《杂述》,第96页。
③ 吴伟业:《北词广正谱序》,李玉等编:《北词广正谱》(清康熙间刻本),卷首。
④ 周昂:《玉环缘小引》,《玉环缘》传奇(清乾隆间刻本),卷首。
⑤ 李渔:《怜香伴》传奇卷末收场诗,《笠翁十种曲》(清康熙间刻本)。

畅快地抒发自己的主观感情，使自己在现实生活中难以实现，甚至无法实现的理想愿望，在艺术中得到圆满的实现。

中国古代文人最普遍的生活理想和美好愿望，说穿了，无非是"洞房花烛夜，金榜题名时"。所谓"金榜题名"，即通过科举，步入仕途，这除了自身的才能之外，往往还需要倚仗客观环境和外部势力的帮助，所以"人生大半不如意"就成了大多数文人的普遍命运。因此，他们便不得不转而寻求"红颜知己"的抚慰，沉迷于"洞房花烛"的美梦。

于是，他们就构想了才子佳人姻缘会合的故事模式，才子必遇佳人，佳人必配才子，虽经颠沛流离，终得团圆喜庆。这样一来，失意文人的个体生命价值受到社会的贬抑或冷落，却得到了女性的赞赏和肯定——实质上这是文人的自我欣赏，自我肯定。失意文人在社会中的沉沦，由在爱情中的殊遇得到了补偿，从而使他们达到心理的平衡。

可见，才子佳人姻缘会合的故事表现了封建末世文人的普遍心态，即个体生命的价值无法在真实的现实中实现，便转而在虚幻的理想中张扬的悲剧心态。他们对这种虚幻的理想如痴如迷以至不可自解，固然维持了他们心理平衡，固然也是对污浊社会的精神反叛，但却不免消蚀了他们作为一个社会个体所应具有的批判精神和独立人格，使他们在精神深处与腐朽的社会同流合污。他们的追求越执著，他们个体生命价值的丧失便越惨重，这是多么深刻的悲剧！

明清传奇的认识价值决不仅止于上述诸端。即使是上述诸端，我的简略介绍也只不过是只鳞片爪。但就是这鼎中一脔，不也足以让我们益智启思了吗？

第二节 明清传奇的审美价值

说到明清传奇的审美价值,至少有两个方面值得特别提出:一是传奇作为一种文学艺术样式有着自身独具的艺术美,二是传奇作为中国戏曲与西方戏剧、西方文学有着迥然不同的艺术美。

首先,明清传奇作为一种戏剧文学样式,具有中国传统的诗歌、散文、小说等文学样式都无法替代甚至无可比拟的审美价值。

同诗歌、散文比较,传奇有着小说般的容纳广阔生活、结构复杂事件的能力。传奇剧本的篇幅通例为三十出到五十出,由生、旦、净、外、丑等脚色扮演十几个以至几十个戏剧人物,这样的艺术容量,足以包容相当广阔而复杂的社会生活。

试将洪昇的《长生殿》传奇,和它的蓝本白居易的叙事诗《长恨歌》加以比较吧。你可以看到,《长生殿》传奇不仅细致曲折地描写了唐明皇李隆基和贵妃杨玉环的恋爱故事,还用大量的篇幅展现了安史之乱前后唐王朝的社会政治状况,如安禄山的飞扬跋扈,杨国忠的权谋机诈,郭子仪的忠肝义胆,雷海青的视死如归,以及战乱中平民百姓的悲苦流离等等。这些社会画面构成了李、杨恋爱的历史背景,赋予李、杨恋爱以厚实的社会历史内容。

所以,读《长恨歌》的时候,你主要感受到的是"天长地久有时尽,此恨绵绵无绝期"的深切感伤。而读《长生殿》的时候,你在哀痛李、杨爱情悲剧之余,还会发生浩然的兴亡之感:"唱不尽兴亡变幻,弹不尽悲伤感叹,大古里凄凉满眼对江山。"(《长生殿》第三十八出《弹词》【转调货郎儿】)

传奇戏曲在结构众多人物和复杂事件时,往往不作平铺直叙,而是利用出与出之间的自由转换,灵活地调动时间和空间,使事件的进展曲折变幻,波谲云诡,同时又脉络贯通,一气呵成。

例如,明清传奇作品中经常采用一种对称性的场面设计。这种结构方式的自觉使用,始于元末高明的《琵琶记》戏文。《琵琶记》中,蔡伯喈与赵五娘的遭遇在剧本开始后不久就成双线并进、交错映照之势,蔡伯喈的仕途和赵五娘的穷途形成强烈的对比。作者著意"花开两头,各表一枝",采用一以贯之的往返对照,交叉演出:一边是赵五娘临妆感叹,一边是蔡伯喈杏园春宴;演完赵五娘吃糠,立即演蔡伯喈偕牛氏赏月饮酒……

在明清传奇作品中,这种自由串联时空的流线型对称结构,不仅成为习见的艺术格局,而且达到了更为完美的境地。情节冲突的主线在交相穿插的场面中曲折展开,是明清传奇文学结构的常规。这种艺术结构方式的大量出现,说明明清戏剧家对戏剧情节、戏剧场面作为艺术符号所含蕴的象征意味,有着深刻的认识和娴熟的运用。

同小说比较,传奇具有诗歌般的抒情写意的艺术能力。传奇作品的文学语言由曲(曲辞)、白(对话或独白)、介(动作语言)三者构成,而以曲为灵魂。因此,传奇文学可以说是一种剧诗,归根到底是诗的一种特殊类型。"曲为诗之流派"[1],这是无可置辩的常识。

因此,传奇文学继承了中国诗歌传统的托物比兴、情景交融的造境方法,和意在言外、含蓄蕴藉的艺术风格,总是充满着浓郁的诗意。请看汤显祖《牡丹亭》第十出《惊梦》杜丽娘游园的一段精彩描写:

  (旦白)不到园林,怎知春色如许!

  【皂罗袍】原来姹紫嫣红开遍,似这般都付与断井颓垣。

---

[1] 黄周星:《制曲枝语》,《中国古典戏曲论著集成》(北京:中国戏剧出版社,1959),第七册,第120页。

良辰美景奈何天,赏心乐事谁家院!恁般景致,我老爷和奶奶再不提起。(合)朝飞暮卷,云霞翠轩;雨丝风片,烟波画船——锦屏人忒看的这韶光贱!

明媚绚丽的春光春景,激起了杜丽娘潜藏于心中的青春之情;汹涌澎湃的青春之情,同时也流溢于姹紫嫣红、莺啼燕啭的春天之景。从美好春色领悟到宝贵青春,从春色不为人知联想到青春徒然弃掷——情景相生,杜丽娘流泻出如歌如泣、如怨如诉的声律,婉转徘徊,柔肠九曲!

这是诗,但又不是一般的诗,而是剧诗。在这里,不是作家在直接抒情,而是作家化身为剧中人物在抒情言怀,"而我之性情,爰借古人之性情而盘旋于纸上,宛转于当场"①。

传奇文学首先是诗,这一点构成中国戏曲民族特征的逻辑起点。而中国戏曲民族特征的展开形态,撮其大要,不外有三,即综合性、抒情性和虚拟性。

综合性是戏剧艺术的重要审美特性,而戏曲艺术又是所有戏剧艺术中综合度最高的种类。综合性,既是戏曲艺术赖以形成的粘合力,又是推动其不断发展的原动力;既是戏曲艺术再现和表现生活的基本艺术手段,又是其感染观众的主要审美特征。明人王骥德说:戏曲的特点在于"并曲与白而歌舞登场"②。清人阮元说:"戏曲,歌者、舞者与乐器全动作也。"③王国维在论及戏曲的基本特性时也指出:"必合言语、动作、歌唱,以演一故事,而后戏剧之意义始全。"④合言语与动作以演一故事,是话剧;合歌唱与动作演

---

① 吴伟业:《北词广正谱序》,李玉:《北词广正谱》卷首。
② 王骥德:《曲律》卷三《杂论》上,《中国古典戏曲论著集成》第四册,第150页。
③ 阮元:《释颂》,《揅经室集》(北京:中华书局,1993),卷一。
④ 王国维:《宋元戏曲考》,《王国维戏曲论文集》(北京:中国戏剧出版社,1957),第29页。

一故事,是歌剧;而戏曲则是言语、歌唱、动作、故事等的有机综合体,这赋予它有别于西方戏剧的多姿多彩的审美风貌。

这种综合性的艺术美的真正根柢,不是别的,恰恰是中国传统的艺术思维。整体性、混合性的原始思维的长期延续,是中国传统思维方式的重要特点。在原始意识结构中,人不能把自己从自然中划分出来,因而不能区分物质和精神、自然和人、现实和幻想、实践和想象、思想和感情等等。因此,原始意识结构具有客观现实与人的相交溶性,对于被知觉现象的认识和评价的不可分性,以及思维中理性—情感过程的完整性等特征。这种意识结构成为艺术—形象地掌握世界的基础,正是它使艺术体现成为原始人精神能动性的自然的、有机的和自生的表现,也正是它使原始艺术呈现出整体性和混合性的朴拙风貌。在原始艺术中,我们可以看到实践地和精神地掌握世界的不同方式的互相渗透,也可以看到各种艺术形态的混合运用和无定形性①。这种混合性的原始思维方式,在西方由于奴隶制城邦的崛起而消歇殆尽,在中国却伴随着封建宗法血缘关系的递传而延绵不绝,成为中华民族传统的思维方式,对中国文学艺术影响极为深远。思维方式的混合性,决定了艺术形式的混合性。中国戏曲艺术的综合性,不正是这种传统思维方式的结晶吗?

传奇文学既然是一种剧诗,就不能不具有抒情性的本质属性。明人张琦说:"曲也者,达其心而为言者也。"②陈继儒说:"夫曲者,谓其曲尽人情也。"③清人洪昇说:"从来传奇家非言情之文,不

---

① 参见〔苏〕莫·卡冈:《艺术形态学》,凌继尧、金亚娜译本(北京:三联书店,1989),第189—207页。
② 张琦:《衡曲麈谈》,《中国古典戏曲论著集成》第四册,第267页。
③ 陈继儒:《秋水庵花影叙》,施绍莘:《秋水庵花影集》卷首,收入任讷辑:《散曲丛刊》(上海:中华书局,1931)。

能擅场。"①刘熙载也说:"委曲尽情曰曲。"②所以,与西方戏剧刻意设置客观规定的戏剧情境不同,中国戏曲努力构成主体化的景物和环境,以表现人的主观世界为中心;与西方戏剧主要展示戏剧人物的外部动作不同,中国戏曲更侧重于揭示人物的内心世界,在流连往复中达到委曲尽情的境地;与西方戏剧追求舞台形象的客观性、再现性不同,中国戏曲往往允许作家主体精神的强烈介入,涂染上浓烈的主观色彩。而主体精神的强烈介入,不也正是中国艺术精神的要旨吗?

戏曲是戏与曲的有机体。曲锻铸了戏曲艺术的抒情性,戏则奠定了戏曲艺术的虚拟性:"戏者,以虚中生戈。"③虚拟动作,是中国戏曲艺术体系区别于其他一切戏剧艺术体系的主要标志。虚拟中"虚"的意思是,在舞台上要虚掉戏中与角色发生关系的环境和实物对象;"拟"的意思是,环境和对象虽然虚掉了,却要通过语言、结构和演员表演模拟显现其存在④。

因此,虚拟性包括内在动作(语言、结构)的虚拟,和外在动作(演员表演)的虚拟,前者即构成戏曲文学的审美特征。所谓语言虚拟,就是剧作家通过剧中人的语言,借助观众的联想,构筑特定的景物和环境。如前引杜丽娘的唱词,"原来姹紫嫣红开遍,似这般都付与断井颓垣",是其所见;"朝飞暮卷,云霞翠轩"等等,则是她想象的春景。所有这些景物都没有出现在舞台上,而是虚拟的。观众通过杜丽娘的唱词,在想象中仿佛看见一幅生气勃勃的春景。

---

① 洪昇:《长生殿自序》,《长生殿》传奇(清康熙间刻本),卷首。
② 刘熙载:《艺概·曲概》(上海:上海古籍出版社,1978)。
③ 黄旛绰:《梨园原》,《中国古典戏曲论著集成》第九册,第10页。
④ 参见马也:《戏曲艺术时空论》(北京:中国戏剧出版社,1988),第45页。但他认为虚拟适应的范围主要在戏曲表演中,余意以为不然。

这种"因事以造形,随物而赋象"的艺术方法①,可以称之为宏观取象法。所谓结构虚拟,指的是戏曲按照时空自由的法则进行结构,戏随人走,流动连贯,可分可合,类似于中国水墨画的"散点透视法"。这种流动的线性结构,同西方话剧油画式的板块结构是大异其趣的。至于演员表演的虚拟性,论者甚多,人人尽知,此处不拟赘述。

戏曲艺术的虚拟性特征,渊源于中国传统的艺术真实观。中国古代的文艺家受到儒家"物感说"的文艺观和道家"法天贵真"、"得意忘形"的艺术原则的浸染,按照以人为中心、以政治伦理为焦点的思维方式,构筑了传统的艺术真实观。他们认为,艺术的真实存在于主体的心理领域,在于创作主体和审美主体之间真情实感的交流感通;对象的外貌真实并不是达到内在真实的唯一途径,必须通过形似追求神似——对象的神韵与生气,才能实现内在真实。因此他们在艺术创作中更突出情感的逻辑,重视主体情感、主体精神对艺术创作的参与和渗透,提倡"贵情思而轻事实"②、"离形得似"③。要之,在中国艺术精神中,虚拟传神较之逼肖原物更为真实。

以综合性、抒情性和虚拟性所构成的戏曲艺术精神的有机整体,其本质特征是什么呢?这就是一种高度自由的审美精神,一种自由地把握世界的艺术方式。综合性体现出戏曲艺术在艺术形式

---

① 孟称舜:《古今名剧合选序》,孟称舜编:《古今名剧合选》卷首,《古本戏曲丛刊四集》影印明崇祯间刻本。
② 李东阳:《麓堂诗话》,丁福保辑:《历代诗话续编》(北京:中华书局,1983),第1375页。
③ 司空图:《二十四诗品·形容》,何文焕辑:《历代诗话》(北京:中华书局,1981),第43页。

的包容和运用上的高度自由,抒情性说明了戏曲艺术在艺术想象上"观古今于须臾,抚四海于一瞬"的高度自由①,虚假性则显示了戏曲艺术在艺术表现上以情为真、得意忘形的高度自由。自由与规范相对立,艺术的自由正与专制的社会、严酷的理性、滞重的现实相对立。从沉积的地层下迸射而出的岩浆,是最炽热、最强烈也最耀眼的。也许正因为中国古代的专制制度远比任何一个国家更顽固、更久远,所以中国的艺术精神才更为自由,更为热切地追求着审美的超越吧?

中国戏曲艺术所体现的这种高度自由的审美精神,是中国艺术的宝藏,也是世界艺术的宝藏。在东西方文化交流、碰撞的当今世界中,中国古老的戏曲艺术以其无可比拟的艺术魅力,为西方人打开了一扇窥视世界的窗口,从而重新焕发出不朽的生命力。从某种意义上说,明清传奇正是东方戏剧美的标本,是东方艺术哲学、东方审美思维的标本,它所蕴含的潜在的审美价值是不可估量的。

---

① 陆机:《文赋》,六臣注《文选》(《四部丛刊》影宋本),卷十七。

附录:明清戏曲研究书目举要

一、戏曲总集

《元刊杂剧三十种》,《古本戏曲丛刊四集》影印本。

〔明〕臧懋循:《元曲选》,明万历间吴兴臧氏刻本;上海:商务印书馆据明博古堂本影印,1918;隋树森校本,北京:中华书局,1979。

隋树森:《元曲选外编》,北京:中华书局,1980。

〔明〕赵琦美:《脉望馆钞校本古今杂剧》,稿本;《古本戏曲丛刊四集》影印本。

〔明〕孟称舜:《新镌古今名剧合选》(《柳枝集》、《酹江集》),明崇祯六年(1633)刻本;《古本戏曲丛刊四集》影印本。

王季烈:《孤本元明杂剧》,长沙:商务印书馆,1941;北京:中国戏剧出版社,1957。

〔明〕沈泰:《盛明杂剧》(初集、二集),民国间董氏诵芬室重刻本;北京:中国戏剧出版社据董氏本影印,1958。

〔清〕邹式金:《杂剧三集》(一名《杂剧新编》),清康熙间刻本;武进董氏诵芬室刻本,1941;北京:中国戏剧出版社据董氏本影印,1958。

郑振铎:《清人杂剧初集》,长乐郑氏景印本,1931。

郑振铎:《清人杂剧二集》,长乐郑氏景印本,1934。

钱南扬:《永乐大典戏文三种校注》,北京:中华书局,1979。

〔明〕阙名:《绣刻演剧》,明万历间刻本。

〔明〕毛晋:《六十种曲》,明崇祯间虞山毛氏汲古阁刻本;上海:开明书店,1935;北京:中华书局,1982,1985。

〔清〕姚燮:《庄今乐府选》(残存110册),清道光间乌丝栏稿本。

刘世珩辑刻:《暖红室汇刻传剧》,贵池刘氏暖红室刻本,1908—1923。

吴梅:《奢摩他室曲丛》(初集、二集),上海:商务印书馆影印排印本,1928。

《古本戏曲丛刊》编辑委员会:《古本戏曲丛刊初集》,上海:商务印书馆,1954。

《古本戏曲丛刊》编辑委员会:《古本戏曲丛刊二集》,上海:商务印书馆,1954—1955。

《古本戏曲丛刊》编辑委员会:《古本戏曲丛刊三集》,上海:文学古籍刊行社,1957。

《古本戏曲丛刊》编辑委员会:《古本戏曲丛刊四集》,上海:商务印书馆,1958。

《古本戏曲丛刊》编辑委员会:《古本戏曲丛刊五集》,上海:上海古籍出版社,1986。

《古本戏曲丛刊》编辑委员会:《古本戏曲丛刊九集》,上海:中华书局,1962—1964。

二、戏曲选集

〔明〕徐文昭:《新刊耀目冠场擢奇风月锦囊正杂两科全集》(一名《全家锦囊》),明嘉靖癸丑(三十二年,1553)书林詹氏进贤堂重刻本。

孙崇涛、黄仕忠笺校:《风月锦囊笺校》,北京:中华书局,2000。

〔明〕黄文华:《新刻京板青阳时调词林一枝》,明万历新岁冬月福建书林叶志元刻本。

〔明〕黄文华:《鼎镌昆池新调乐府八能奏锦》,明万历新岁爱日堂蔡正和刻本。

〔明〕胡文焕:《新刻群音类选》,明万历间刻本;北京:中华书局影印本,1980。

〔明〕黄文华:《新锲精选古今乐府滚调新词玉树英》,明万历二十七年(1599)玄明壮夫序书林余绍崖刻本;〔俄〕李福清、〔中〕李平:《海外孤本晚明戏剧选集三种》影印,上海:上海古籍出版社,1993。

〔明〕刘君锡:《新锲梨园摘锦乐府菁华》,明万历庚子(二十八年,1600)书林三槐堂王会元刻本。

〔明〕秦淮墨客(纪振伦):《新刊分类出像陶真选粹乐府红珊》,明万历壬寅(三十年,1602)唐振吾刻本;清嘉庆庚申(五年,1800)积秀堂覆刻本。

〔明〕黄正位:《阳春奏》,明万历三十七年(1609)刻本。

〔明〕吉州景居士:《鼎刻时兴滚调歌令玉谷新簧》,明万历庚戌(三十八年,1610)书林刘次泉刻本。

〔明〕龚正我:《新刊徽板合像滚调乐府官腔摘锦奇音》,明万历三十九年(1611)书林敦睦堂张三怀刻本。

〔明〕程万里:《鼎锲徽池雅调南北官腔乐府点板曲响大明春》(一名《新调万曲长春》),明万历间福建书林金魁刻本。

〔明〕熊稔寰:《新锓天下时尚南北徽池雅调》,明万历间福建书林燕石居主人刻本。

〔明〕阮祥宇:《梨园会选古今传奇滚调新词乐府万象新》,明万历间书林刘龄甫刻本;《海外孤本晚明戏剧选集三种》影印本。

〔明〕阙名:《精刻汇编新声雅杂乐府大明天下春》,明万历间刻本;《海外孤本晚明戏剧选集三种》影印本。

〔明〕洞庭萧士:《新刻点板乐府南音》,明万历间刻本。

〔明〕殷启圣:《新锓天下时尚南北新调尧天乐》,明万历间福建书林熊稔寰刻本。

〔明〕梯月主人:《吴歈萃雅》,明(万历)丙辰(四十四年,1616)序刻本。

〔明〕周之标:《新刻出像点板增订乐府珊珊集》(残存二卷),明崇祯间刻本。

〔明〕凌虚子:《月露音》,明(万历)丙辰(四十四年,1616)序刻本。

〔明〕阙名:《赛征歌集》,明万历间刻巾箱本。

〔明〕黄儒卿:《新选南北乐府时调青昆》,明末书林四知馆刻本。

〔明〕徐復祚:《南北词广韵选》,清初抄本。

〔明〕鲍启心:《新镌汇选辨真昆山点板乐府名词》,明末书林周敬吾刻本。

〔明〕汪公亮:《新镌乐府争奇》(残),明刻本。

〔明〕许宇:《词林逸响》,明天启癸亥(三年,1623)萃锦堂刻本。

〔明〕止云居士:《新镌出像点板北调万壑清音》,明天启四年(1624)刻本。

〔明〕锄兰忍人:《新镌绣像评点玄雪谱》,明末刻本。

〔明〕冲和居士:《新镌出像点板怡春锦》(一名《缠头百练》),明末刻本。

〔明〕冲和居士:《新镌出像点板缠头百练二集》,明崇祯三年

(1630)刻本。

〔明〕粲花主人:《新镌歌林拾翠》,明崇祯间刻本。

〔明〕白云道人:《听秋轩精选万锦娇丽》,明末刻本。

〔明〕槐鼎、吴之俊:《彩云乘新镌乐府遏云编》,明末刻本。

〔明〕郁冈樵隐、积金山人:《缀白裘合选》,明刻清康熙间翼圣堂补修本。

〔明〕阙名:《类聚名贤乐府群玉》,明四明范氏天一阁抄本。

〔明〕青溪菰芦钓叟:《新刻出像点板时尚昆腔杂曲醉怡情》,明崇祯间刻本;清乾隆间古吴致和堂刻本。

〔明〕凌濛初编、〔清〕袁志学重定:《南音三籁》,清康熙间刻本。

〔明〕阙名:《新镌南北时尚青昆合选乐府歌舞台》(残存《风集》),清书林郑元美刻本。

〔清〕阙名:《新镌乐府清音歌林拾翠》,清顺治己亥(十六年,1659)金陵宝圣楼、奎璧斋刻本。

〔清〕阙名:《新镌南北时尚乐府雅调万曲合选》(一名《新镌乐府时曲万家锦》),清初奎璧斋刻本。

〔清〕方来馆主人:《方来馆合选古今传奇万锦清音》,清顺治十八年(1661)方来馆刻本。

〔清〕邀月主人:《来凤馆合选古今传奇》,清初刻本。

〔清〕江湖知音者:《新刻精选南北时尚昆弋雅调》,清初书林广平堂刻本。

〔清〕阙名:《新镌时尚乐府千家合锦》,清乾隆间苏州王君甫刻袖珍本。

〔清〕阙名:《新镌时尚乐府万家合锦》,清乾隆间苏州王君甫刻袖珍本。

〔清〕玩花主人编选、钱德苍续选:《缀白裘全集》(初集至十二集),清乾隆二十九年甲申至三十五年庚寅(1764—1770)金阊宝仁堂原刻初印本;清鸿文堂刻本;清乾隆四十二年(1777)校订重镌本;扫叶山房石印本。

赵景深:《明清传奇钩沉》,上海文学出版社。

王秋桂:《善本戏曲丛刊》(第一至第六辑),台北:学生书局,1984—1987。

王季思主编:《中国古典十大悲剧集》,上海:上海文艺出版社,1982。

王季思主编:《中国古典十大喜剧集》,上海:上海文艺出版社,1982。

郭汉城主编:《中国古典十大悲喜剧集》,上海:上海文艺出版社,1989。

阿英:《晚清文学丛钞·传奇杂剧卷》,北京:中华书局,1962。

三、曲　谱

〔明〕朱权:《太和正音谱》,《中国古典戏曲论著集成》(北京:中国戏剧出版社,1959)第三册本(以下简称《集成》)。

〔明〕蒋孝:《旧编南九宫谱》,明嘉靖间刻本;明三径草堂刻本;《玄览堂丛书三集》本。

〔明〕沈璟:《增定南九宫十三调曲谱》(简称《南曲全谱》),明万历间文治堂刻本;明程明善辑、清张汉校:《啸馀谱》所收本,清康熙间刻;民国间北京大学据《啸馀谱》影印本。

〔明〕沈宠绥:《弦索辨讹》,《集成》第五册本。

〔明〕沈璟编、〔清〕沈自晋重定:《广缉词隐先生增定南九宫词谱》(简称《南词新谱》),清顺治十二年(1655)沈氏不殊堂刻本;北京大学影印本。

〔清〕徐于室辑、钮少雅订:《汇纂元谱南曲九宫正始》,清抄本;民国间戏曲文献流通会影印本。

〔清〕李玉等:《一笠庵北词广正谱》,清康熙间青莲书屋刻文靖书院印本;民国间暖红室重刻本;民国间北京大学石印本。

〔清〕张彝宣:《寒山堂新定九宫十三摄南曲谱》(简称《寒山堂曲谱》,残存卷一至卷五),中国艺术研究院戏曲研究所藏抄本。

〔清〕查继佐等:《九宫谱定》,清初金阊绿荫堂刻本。

〔清〕王奕清等:《钦定曲谱》,清康熙间内府刻朱墨套印本。

〔清〕吕士雄等:《新编南词定律》,清康熙五十九年(1720)刻朱墨本。

〔清〕冯起凤:《吟香堂曲谱》,清乾隆五十四年(1789)吟香堂刻本。

〔清〕叶堂:《纳书楹曲谱》,清乾隆五十七年至五十九年(1792—1794)纳书楹刻本;清道光间重刻本。

〔清〕周祥钰等:《新定九宫大成南北词宫谱》,清乾隆十一年(1746)允禄刻朱墨套印本。

〔清〕琴隐翁:《审音鉴古录》,清道光十四年(1834)东乡王继善补雠刻本。

〔清〕张怡庵:《增辑六也曲谱》,上海:朝记书庄,1922。

〔清〕王锡纯辑、李秀云拍正:《遏云阁曲谱》,民国间著易堂书局石印本。

〔清〕阙名:《霓裳文艺全谱》,石印本。

吴梅:《南北词简谱》,稿本。

王季烈、刘富梁:《集成曲谱》,上海:商务印书馆,1925。

四、曲　目

〔元〕钟嗣成：《录鬼簿》，《集成》第二册本；《录鬼簿（外四种）》本（上海：上海古籍出版社，1978）。

〔明〕阙名：《录鬼簿续编》，《集成》第二册本；《录鬼簿（外四种）》本。

《永乐大典目录》（戏文目录），杨氏连筠刻本。

〔明〕吕天成：《曲品》，《集成》第六册本。

吕天成著、吴书荫校注：《曲品校注》，北京：中华书局，1990。

〔明〕祁彪佳：《远山堂曲品》，明远山堂蓝格稿本；《集成》第六册本。

〔明〕祁彪佳：《远山堂剧品》，明远山堂蓝格稿本；《集成》第六册本。

祁彪佳著、黄裳校录：《远山堂明曲品剧品校录》，上海：上海公司排印本，1955。

〔清〕高奕：《新传奇品》，《集成》第六册本。

〔清〕阙名：《古人传奇总目》，《集成》第六册本。

〔清〕阙名：《传奇汇考标目》，《传奇汇考》（清抄本）卷首；《集成》第七册本。

〔清〕阙名：《传奇汇考标目》（增补本），传抄本。

〔清〕笠阁渔翁：《笠阁批评旧戏目》，《笺注才子牡丹亭》（清乾隆二十七年[1762]刻本）卷首；《集成》第七册本。

〔清〕钱曾：《也是园藏古今杂剧目录》，《玉简斋丛书》本。

〔清〕黄文旸撰、阙名重订：《重订曲海总目》，《集成》第七册本。

〔清〕黄丕烈：《也是园藏书古今杂剧目录》，《集成》第七册本。

〔清〕支丰宜:《曲目表》(一名《曲目新编》),《集成》第九册本。

〔清〕阙名:《传奇汇考》,抄本;民国间上海古今书室石印本;北京:书目文献出版社影印本,1994。

董康等校订:《曲海总目提要》,北京:人民文学出版社,1959;天津:天津古籍书店据1928年大东书局本影印,1992。

北婴:《曲海总目提要补编》,北京:人民文学出版社,1959。

〔清〕姚燮:《今乐考证》,稿本(藏北京大学图书馆);《集成》第十册本。

王国维:《曲录》,《王忠悫公遗书》本(上海:商务印书馆,1940);《增补曲苑》本。

阿英:《晚清戏曲小说目》,上海:上海文艺联合会出版社,1954;上海:古典文学出版社,1957。

傅惜华:《元代杂剧全目》,北京:作家出版社,1957。

傅惜华:《明代杂剧全目》,北京:作家出版社,1958。

傅惜华:《明代传奇全目》,北京:人民文学出版社,1959。

陶君起:《京剧剧目初探》,北京:中国戏剧出版社,1963。

罗锦堂:《中国戏曲总目汇编》,香港:香港万有图书公司,1966。

张棣华:《善本戏曲经眼录》,台北,1976。

傅惜华:《清代杂剧全目》,北京:人民文学出版社,1981。

庄一拂:《古典戏曲存目汇考》,上海:上海古籍出版社,1982。

邵曾祺:《元明北杂剧总目考略》,郑州:中州古籍出版社,1985。

郭英德:《明清传奇综录》,石家庄:河北教育出版社,1997。

傅晓航、张秀莲主编:《中国近代戏曲论著总目》,北京:文化艺术出版社,1994。

梁淑安、姚柯夫:《中国近代传奇杂剧经眼录》,北京:北京图书馆出版社,1997。

五、曲话、曲考

〔明〕魏良辅:《曲律》,《集成》第五册本。

〔明〕徐渭:《南词叙录》,《集成》第三册本。

〔明〕何良俊:《曲论》,《集成》第四册本。

〔明〕王世贞:《曲藻》,《集成》第四册本。

〔明〕王骥德:《曲律》,明天启四年(1624)方诸馆刻本,《集成》第四册本。

〔明〕徐復祚:《曲论》,《集成》第四册本。

〔明〕沈德符:《顾曲杂言》,《集成》第四册本。

〔明〕张琦:《衡曲麈谈》,《集成》第四册本。

〔明〕凌濛初:《谭曲杂札》,《集成》第四册本。

〔明〕沈宠绥:《度曲须知》,《集成》第五册本。

〔清〕李渔:《闲情偶寄》(《词曲部》、《演习部》),《集成》第七册本。

〔清〕黄周星:《制曲枝语》,《集成》第七册本。

〔清〕毛先舒:《南曲入声客问》,《集成》第七册本。

〔清〕黄图珌:《看山阁闲笔》(《文学部·词曲》),《集成》第七册本。

〔清〕徐大椿:《乐府传声》,《集成》第七册本。

〔清〕李调元:《雨村曲话》,《集成》第八册本。

〔清〕焦循:《剧说》,《集成》第八册本。

〔清〕焦循:《花部农谭》,《集成》第八册本。

〔清〕梁廷柟:《曲话》,《集成》第八册本。

〔清〕刘熙载:《艺概》(《曲概》),《集成》第九册本。

〔清〕平步清:《小栖霞说稗》,《集成》第九册本。

〔清〕杨恩寿:《词余丛话》,《集成》第九册本。

〔清〕杨恩寿:《续词余丛话》,《集成》第九册本。

姚华:《菉猗室曲话》,《新曲苑》本(上海:中华书局,1940)。

蒋瑞藻:《小说考证》(《正编》、《续编》、《拾遗》),上海:上海古籍出版社,1984。

蒋瑞藻:《小说枝谈》,上海:商务印书馆,1931。

卢前:《读曲小识》,上海:商务印书馆,1936。

任讷:《曲海扬波》,《新曲苑》本。

古书流通处辑:《增补曲苑》,上海:六艺书局,1922。

任讷:《新曲苑》,上海:中华书局,1940。

周贻白:《曲海燃藜》,北京:中华书局,1958。

中国戏剧研究院:《中国古典戏曲论著集成》,北京:中国戏剧出版社,1959。

阿英:《晚清文学丛钞·小说戏曲研究卷》,北京:中华书局,1960。

六、戏曲史

王国维:《宋元戏曲史》,上海:商务印书馆,1915;《王忠悫公遗书》本。

〔日〕宫原民平:《支那小说戏曲史概论》,东京:共立社,1925。

吴梅:《中国戏曲概论》,上海:大东书局,1926;王卫民编:《吴梅戏曲论文集》本(北京:中国戏剧出版社,1983)。

〔日〕青木正儿:《中国近世戏曲史》,王古鲁译著,上海:商务印书馆,1936;北京:作家出版社,1958。

卢前:《明清戏曲史》,上海:商务印书馆,1935。

卢前:《中国戏剧概论》,上海:世界书局,1936。

周贻白:《中国剧场史》,上海:商务印书馆,1936。

周贻白:《中国戏剧史略》,上海:商务印书馆,1936。

徐慕云:《中国戏剧史》,上海:世界书局,1938。

董每戡:《中国戏剧简史》,上海:商务印书馆,1949。

周贻白:《中国戏剧史》,上海:中华书局,1953。

王国维:《王国维戏曲论文集》,北京:中国戏剧出版社,1957。

朱尚文:《明代剧曲史》,台南:高长印书馆,1959。

〔日〕八木泽元:《明代剧作家研究》,东京:日本讲谈社,1959。罗锦堂译本,香港:龙门书店,1966;台北:中新书局,1977。

周贻白:《中国戏剧史长编》,北京:人民文学出版社,1960。

傅大兴:《明杂剧考》,台北:世界书局,1961。

张敬:《明清传奇导论》,台北:东方书店,1961;台北:华正书局,1986。

孟瑶:《中国戏曲史》,台北:文星书店,1965。

〔日〕岩城秀夫:《中国古典劇の研究》,东京:创文社,1982。

陈万鼐:《元明清剧曲史》(增订本),台北:鼎文书局,1974。

Dolby, William. *A History of Chinese Drama*. London: Paul Elek, 1976.

冯明之:《中国戏剧史》,香港:上海书局再版,1978。

曾永义:《明杂剧概论》,台北:学海出版社,1979。

周贻白:《中国戏曲发展史纲要》,上海:上海古籍出版社,1979。

吴国钦:《中国戏曲漫话》,上海:上海文艺出版社,1980。

陆萼庭:《昆剧演出史稿》,上海文艺出版社,1980。

张庚、郭汉城主编:《中国戏曲通史》,北京:中国戏剧出版社,1981。

Mackrras, Colin, ed. *Chinese Theater from its Origins to Present Day.* Honolulu:University of Hawaii Press 1983.

余秋雨:《中国戏剧文化史述》,长沙:湖南人民出版社,1985。

唐文标:《中国古代戏剧史》,北京:中国戏剧出版社,1985。

朱承朴、曾庆全:《明清传奇概说》,广州:广东人民出版社,1985。

彭隆兴:《中国戏曲史话》,上海:知识出版社,1985。

史焕章:《中华国剧史》,台北:台湾商务印书馆,1985。

周妙中:《清代戏曲史》,郑州:中州古籍出版社,1987。

赵景深、张增元:《方志著录元明清曲家传略》,北京:中华书局,1987。

顾笃璜:《昆剧史补论》,南京:江苏古籍出版社,1987。

曾永义:《中国古典戏剧》,台北行政院文化建设委员会,1988。

陈芳:《晚清古典戏曲的历史意义》,台北:台湾学生书局,1988。

胡忌、刘致中:《昆剧发展史》,北京:中国戏剧出版社,1989。

王安沂:《明代戏曲五论》,台北:大安出版社,1990。

陈芳:《清初杂剧研究》,台北:学海出版社,1991。

康保成:《中国近代戏剧形式论》,桂林:漓江出版社,1991。

胡世厚、邓绍基主编:《中国古代戏曲家评传》,郑州:中州古籍出版社,1992。

郭英德:《明清文人传奇研究》,北京:北京师范大学出版社,1992。

廖奔:《中国戏曲声腔源流史》,台北:贯雅文化事业有限公司,1992。

余从等:《中国戏曲史略》,北京:人民音乐出版社,1993。

徐朔方:《晚明曲家年谱》,杭州:浙江古籍出版社,1993。

谢柏梁:《中国悲剧史纲》,上海:学林出版社,1993。

许金榜:《中国戏曲文学史》,北京:中国文学出版社,1994。

邓长风:《明清戏曲家考略》,上海:上海古籍出版社,1994。

王永宽、王钢:《中国戏曲史编年(元明卷)》,郑州:中州古籍出版社,1994。

七、戏曲散论

吴梅:《顾曲麈谈》,上海:商务印书馆,1916;《吴梅戏曲论文集》本。

〔日〕辻武雄:《中国剧》,北京:顺天时报社,1920。

赵景深:《读曲随笔》,上海:北新书局,1936。

华连圃:《戏曲丛谭》,上海:商务印书馆,1937。

冯沅君:《古剧说汇》,北京:作家出版社,1956。

赵景深:《明清曲谈》,上海:古典文学出版社,1957。

孙楷第:《沧州集》,北京:中华书局,1965。

曾永义:《中国古典戏剧论集》,台北:联经出版事业公司,1975。

曾永义:《说戏曲》,台北:联经出版事业公司,1976。

West, Stephen H. *Vauderville and Narrative: Aspects of China Theater*. Wiesbaden, 1977.

焦菊隐:《焦菊隐戏剧论文集》,上海:上海文艺出版社,1979。

叶德均:《戏曲小说丛考》,北京:中华书局,1979。

王季思:《玉轮轩曲论》,北京:中华书局,1980。

钱南扬:《汉上宧文存》,上海:上海文艺出版社,1980。

周贻白:《周贻白戏剧论文选》,长沙:湖南人民出版社,1982。

戴不凡:《戴不凡戏曲研究论文集》,杭州:浙江人民出版社,1982。

严敦易:《元明清戏曲论集》,郑州:中州书画社,1982。

蒋星煜:《中国戏曲史钩沉》,郑州:中州书画社,1982。

王卫民编:《吴梅戏曲论文集》,北京:中国戏剧出版社,1983。

赵景深:《中国戏曲初考》,郑州:中州书画社,1983。

王季思:《玉轮轩曲论新编》,北京:中国戏剧出版社,1983。

董每戡:《说剧——中国戏剧史专题研究论文集》,北京:人民文学出版社,1983。

Yao, Christina Shu-hua. *Cai-zi jia-ren: Love Drama During the Yuan, Ming and Qing Periods*. Unpublished Ph.D. dissertation, Stanford University.

董每戡:《五大名剧论》,北京:人民文学出版社,1984。

谭正璧著、谭寻补正:《话本与古剧》,上海:上海古籍出版社,1985。

聂石樵、邓魁英:《古代小说戏曲论丛》,北京:中华书局,1985。

蒋星煜:《中国戏曲史探微》,济南:齐鲁书社,1985。

赵景深:《中国戏曲丛谈》,济南:齐鲁书社,1986。

沈尧:《戏曲与戏曲文学论稿》,北京:中国戏剧出版社,1986。

徐扶明:《元明清戏曲探索》,杭州:浙江古籍出版社,1986。

王季思:《玉轮轩曲论三编》,北京:中国戏剧出版社,1988。

颜长珂:《戏曲剧作艺术谈》,北京:中国戏剧出版社,1988。

王丽娜:《中国古典小说戏曲名著在国外》,上海:学林出版社,1988。

李晓:《比较研究:古剧结构原理》,北京:中国戏剧出版社,1989。

郑传寅:《传统文化与古典戏曲》,武汉:湖北教育出版社,1990。

赵山林:《中国戏曲观众学》,上海:华东师范大学出版社,1990。

〔日〕田仲一成:《中国的宗族与戏剧》,钱杭等译,上海:上海古籍出版社,1992。

路应昆:《中国戏曲与社会诸色》,长春:吉林教育出版社,1992。

郑传寅:《中国戏曲文化概论》,武汉:武汉大学出版社,1993。

幺书仪:《戏曲》,北京:人民文学出版社,1994。

七、戏曲理论批评:

张庚:《戏曲艺术论》,北京:中国戏剧出版社,1980。

余秋雨:《戏剧理论史稿》,上海:上海文艺出版社,1983。

张赣生:《中国戏曲艺术》,天津:百花文艺出版社,1984。

秦学人、侯作卿:《中国古典编剧理论资料汇辑》,北京:中国戏剧出版社,1984。

陈衍:《中国古代编剧理论初探》,武汉:湖北人民出版社,1984。

齐森华:《曲论探胜》,上海:华东师范大学出版社,1985。

叶长海:《中国戏剧学史稿》,上海:上海文艺出版社,1986。

苏国荣:《中国剧诗美学风格》,上海:上海文艺出版社,1986。

祝肇年:《古典戏曲编剧六论》,北京:中国戏剧出版社,1986。

蔡钟翔:《中国古典剧论概要》,北京:中国人民大学出版社,

1988。

夏写时:《论中国戏剧批评》,济南:齐鲁书社,1988。

蔡毅:《中国古典戏曲序跋汇编》,济南:齐鲁书社,1989。

吴毓华:《中国古代戏曲序跋集》,北京:中国戏剧出版社,1990。

谭帆、陆炜:《中国古典戏剧理论史》,北京:中国社会科学出版社,1993。

赵山林:《中国戏曲学通论》,合肥:安徽教育出版社,1996。

后 记

　　我在写作过程中,有一个下意识的习惯,就是不断地倾听内心中一种神秘的声音,这种声音在整个写作过程中总是不停地在批评着写作本身。于是,写作的过程便宛如一首三声部乐曲的演奏:一个声部是主旋律,即天马行空似的写作思维;一个声部是辅旋律,即将无形的思维转化为有形的文字;还有一个隐含的声部,即对写作本身无休无止的批评。

　　通常,这个隐含的声部总是持续不断地加强着我的写作信念,并促进着我的写作进程。可唯独在写作《明清传奇史》的过程中,这个隐含的声部却一反常态,一直在我心里窃窃私语,教唆我趁早打着白旗退出这一旷日持久的写作。这一声音是如此的强烈,常常骚扰着我,使我写着写着,心里就泛起一片茫然的疑虑:以我的才学识力,我当真能够写好这部《明清传奇史》吗?

　　同这种茫然的疑虑整整抗争了三年,我终于还是写完了洋洋60余万言的《明清传奇史》。奇怪的是,当我看着书桌上堆着的厚厚一摞打印出来的书稿,我并没有丝毫胜利者的喜悦,有的却是更为深重的疑虑:这部书稿称得上是"史"吗?司马迁撰写《史记》,曾表达了"究天人之际,通古今之变,成一家之言"的自信心,这成为史家的轨辙,而我这部书稿称得上是"成一家之言"吗?

　　这三年中,我疑虑最深的是:怎么写才是一部名副其实的"史"?我在写作之初,就将《明清传奇史》定位为一部断代的文体史。但这部断代文体史与其他断代文体史(如《唐宋词史》、《清诗史》、《清词史》等）不同的是，它展示了传奇戏曲在明清两代由萌生到衰变的全过程，因此是传奇戏曲的一部完整的生命史。考察和展示这部完整的文体生命史，要超越前人的研究成果，真正地"成一家之言"，我很明白，必须突破三个撰写史著的传统：一是进化史观的绝对指导，二是作家作品的时间组合，三是价值判断的任意介入。然而说来容易做来难，理论思考和操作实践往往总是不能天衣无缝地接榫。在具体的写作过程中，我不仅无法真正突破这三个传统，反而时时自觉自愿地坠入传统之网，这怎能不使我愈益疑虑呢？

例如，文学史不是（或者较为"中庸"地说，不仅仅是）文学进化的历史，这已经是近年来国内外文学史学界的共识了。文学作为一种精神产品，它决不严格地恪守自然界的进化规律（何况自然界的演变也不仅仅只是进化一途），而是更多地具有生生不已、绵延不绝的文化传统的特性。然而问题在于，我所面对的明清传奇戏曲的演变历史，恰恰是一部完整的生命史，亦即传奇戏曲萌生、兴起、变异、衰亡的一部完整的历史。传奇戏曲的前身是宋元明初的戏文，从戏文脱胎而出；它到清末已经苟延残喘，入民国不久即寿终正寝了。二十世纪以来，旧体的诗、文、词还赢得不少的爱好者、恋旧者或猎奇者的青睐，作为一种文体，它们还时时被人们用来抒情写意，所以与现代人的生活仍然发生着活生生的联系，并因此在现代文学史中占有一席之地。而传奇戏曲却没有这份荣幸，尽管它作为一种艺术传统，虽然"零落成泥碾作尘"，却仍然"化作春泥更护花"，催生、哺育出无数的地方戏剧作；但它作为一种文体，自身却实实在在地成了历史博物馆中的陈列品，仅供人们赏鉴品玩，决没有阑入现代文学史的奢望。人们可以读它，却再也不去写它了。作为一种文体，传奇戏曲早已沦落为一种历史的陈迹。

任何历史观都不可能是架空的、理想的观念,而必须受到历史研究对象的潜在制约。既然传奇戏曲在明清时期的的确确构成了一个封闭自足的圆圈,就像一个生命体一样,展示了一个完整的生死荣衰过程,那么,历史研究者在探讨这种生死荣衰过程的实际展开和内在原因时,又怎能全然避开进化史观呢?《明清传奇史》全书的结构模式,便是这种进化史观的外化:传奇生长期—传奇勃兴期—传奇发展期—传奇余势期—传奇蜕变期。这是一个完整的抛物线,除此之外,我不知道是否还有更好的结构模式足以描述传奇戏曲的历史进程?尽管我在实际操作中尽可能地避免简单的进化模式,而极力探寻传奇戏曲自身的传承和变异过程,但是,如果有人批评我落入进化史观的窠臼,我将何以自辩呢?

再如,文学史不应该仅仅只是在时间直线上的作家作品的组合,这也早已是国内外文学史学界的共识了。作家作品仅仅构成文学历史的表象,作家作品依时间顺序的罗列是一种最不具备因果逻辑的、简单的历史过程。文学史家应该追问的是:究竟是什么制约、影响着作家的写作?究竟是什么决定着作品的产生及其价值?作家与传统、作家与作家之间的联系,作品与传统、作品与作品之间的联系,这才是文学史的内在构成,也才是文学史家应该提出和解决的问题。但是话说回来,抽撤掉或隐退了作家作品的文学史,还能称之为文学史吗?文学史的演进轨迹,难道果真仅仅由因果律、关联律等逻辑规律构成,而不是由具体的、个别的、特殊的现象构成吗?缺乏对个体的关注和关怀的文学史,固然更具有抽象性、一般性和普遍性,但它距离五彩缤纷的历史本身,是更远了呢,还是更近了?

正是在具体与抽象、个别与一般、特殊与普遍这两极之间游移,我在选择《明清传奇史》的研究对象时,便采取了一种"两条腿走路"的权宜之法:一方面,我针对传奇戏曲文体规范的有规律的演变设立若干章节,既着眼于外在的文化需求和文体需求,也注目于内在的文体规范的传承与变异,研究的焦点是传奇戏曲的三大文体规范,即规范化的长篇文学体制、格律化的戏曲音乐体制和文人化的艺术审美趣味;另一方面,我也专就作家、作家群体和戏曲流派设立了若干章节,既描述作家的生活经历、创作思想和创作实践,也评述作品的历史价值和审美价值。问题在于,在实际的操作中,我所能做到的,仅仅是使这两条走着路的腿在时间的推移这一层面保持着步调一致,我却始终未能有效地剔抉二者之间的深层的逻辑联系,亦即何种文体规范催生出具有何种创作倾向的作家和作品?由作家作品所显现的何种创作倾向规定了何种文体规范?如此等等。

又如,文学史家对文学现象,应该更多地做出事实判断而不是价值判断,这也早已是国内外文学史学界的共识了。毋庸置疑,精辟的价值判断总会或多或少地给人们以深刻的启示,并成为文学史研究的经典命题,如鲁迅评《史记》所谓"史家之绝唱,无韵之《离骚》"。然而,任何价值判断都不可避免地染上了判断者的主观色彩,"仁者见仁,智者见智",因而总是具有相当大的随意性、即时性,是基于主体对客体的感受,而不是主体对客体的客观分析。更重要的是,价值判断往往是"不可证伪"的,是无条件的、不言自明的"绝对"真理,它不仅不提供进行"判断之判断"的标准,甚至不允许进行"判断之判断"的可能,其结果只能窒息历史研究。与价值判断的这种"非历史性"相反,事实判断却不仅要求建立在历史事实的基础上,而且始终指向历史事实的发现和再发现,因而总是有效地推进着历史研究。

然而,历史研究与科学研究的不同之处就在于,它必然要求价值判断。因为事实判断仅仅告诉你"是什么"(What)和怎么样(How),却不去追问"为什么"(Why),而追问"为什么"恰恰是历史研究者的天职;事实判断只能满足人们"念天地之悠悠,独怆然而泣下"的思古幽情,却未能给予人们"往者不可追,来者犹可谏"的现实启迪,而重建传统正是历史研究者的要务。因此在实际的历史研究中,研究者总是交错地进行事实判断和价值判断,而且更让研究者神往,也更容易让读者着迷的,恰恰是价值判断所在。在《明清传奇史》一书中,历史事实的描述和判断无疑占有绝对数量的篇幅,但我个人偏爱的,却是一些独出己见的价值判断,如对文词派的评价,对风情剧主题的认识,对传奇语言风格雅俗转化内在动因的剖析,对传奇诗文化倾向的看法,以及对许多作家作品的评论等等。

既然我无法避免进化史观的绝对指导、作家作品的时间组合和价值判断的任意介入,在文学史观、写作框架和写作态度等方面相当"传统",这样写出来的《明清传奇史》能否称得上"成一家之言",这怎能不使我深深地疑虑呢?

摆脱疑虑的最佳办法,无疑是尽快结束这项旷日持久的工作,并且信誓旦旦地宣称:白日在上,我决不再撰史了!——虽然心里很明白,这是一句靠不住的"毒誓",就像关汉卿的《救风尘》杂剧中赵盼儿对周舍所发的"灯草打折臁儿骨"的"毒咒"一样。不过,这种洋洋洒洒、锱铢必较的"文学史"著作,的确不是我的兴趣所在。如果让我选择,我会更愿意撰写专题式的"史论"文章。当然,这部《明清传奇史》应属例外,因为它是不能不写的。在我写完了《明清文人传奇研究》、《明清传奇综录》这两部著作以后,顺理成章,也应该有这明清传奇研究第三部曲的撰作。这是一个完整的系列工程,让它半途而废,岂非大煞风景?

我由衷地感谢江苏古籍出版社吴小林、卞岐等先生的鼎力支持,如果没有他们热情的鼓励和鞭策,《明清传奇史》也许早就被我茫然的疑虑扼杀在襁褓之中了。他们不仅给予我一次极好的写史的机会,更使我切身地体验到了写史的艰辛。当我呈上这份《明清传奇史》书稿时,心里不免惴惴不安:我的这份差事完成得是否差强人意呢?

这种惴惴不安的心情将一直伴随着我,当我面对着我的恩师启功先生、聂石樵先生和邓魁英先生的时候,当我期待着学术界同仁的批评指正的时候。我只能用这样的话聊以自解:我很笨,但我很努力。请相信,总有一天我会写出更好的文章来的。

窗外时雨时晴,就像我的心情一样,变幻不定。

郭 英 德

一九九七年六月三日草于北京师范大学塔一楼701室。

再 版 后 记

1999年是个值得纪念的年份,因为历经三年的辛劳写作,我终于完成了"明清传奇研究三部曲"中的第三部《明清传奇史》,并承蒙江苏古籍出版社纳入"中国分体断代文学史"系列丛书中出版。这的确是一件让人欣慰的事情,因为这部《明清传奇史》不仅凝聚着我多年对明清戏曲演进的思考,也包含着我对明清文学,乃至明清文化演进的许多思考。这部著作中阐述的许多观点,比如明中叶以后文化权力的下移,明清时期古代文化与近代文化的碰撞,明清时期文化思想中"情"与"理"的消长,传奇语言风格雅俗转化的内在动因,戏曲活动对于明清文人士大夫所具有的独特的生存意义乃至生命意义,传奇戏曲研究所体现的文体学研究价值与研究方法等等,都为我日后的学术思考提供了诸多的启示,也为我日后的学术研究开启了诸多的门径。

当然,限于"中国分体断代文学史"系列丛书的体例,在《明清传奇史》出版时,我不得不忍痛删除原书稿中绝大部分的脚注。这些相当详尽的脚注,是我花了几乎三个月时间,一一核对征引文献,并对相关史料进行考证辨析之后,仔细地标注、认真地打磨出来的。因此当时大刀阔斧地删除它们,我心里觉得酸溜溜的不是滋味。对于一部学术著作来说,详尽的注释不仅仅是其有机的组成部分,甚至可以说是其学术价值的重要体现。因此国外的许多学术著作,尤其是历史类的学术著作,往往详于注释,有的著作的注释文字甚至占到全书总字数的三分之一。

因此，当人民文学出版社古典文学编辑室主任周绚隆博士有意再版《明清传奇史》时，我由衷地感到高兴，因为我终于可以借再版之机，将原书的注释部分全部恢复，让它以完整的面貌呈现给读者了。这次"旧著新刊"，除了恢复、整理原书的注释以外，仅仅对原书的个别文字讹误进行了修订，其余部分基本上一仍其旧。这并不意味着我完全认可原书所有的观点和内容，在这几年的明清戏曲史、明清文学史研究中，我已经对其中的一些观点进行了修正，其中一些历史考证的内容，业已扼要地体现在新版的注释之中。这次再版，我不拟对原书进行脱胎换骨式的改写，主要还是为了"立此存照"，保留我十多年前的学术思考和学习心得，因为这是历史，而历史是不宜，也不能随意改写的。无论知我罪我，呈现在读者面前的这部《明清传奇史》，都已是一个记录着我学术历程的历史存在，我愿意听到读者更多的批评意见。学术必须，也只能在不断的批判中发展，我热切地期待着这种学术批判。

最后，再一次感谢周绚隆博士，感谢人民文学出版社和江苏古籍出版社的同仁。没有你们的厚爱，我的学术脚步只能悄无声息地湮没在历史的风雨之中；有了你们的厚爱，我才能在中国古代文学研究史上留下这一串清晰的脚印。

郭 英 德

二〇一一年七月十四日草于京师园